U0438409

國家社科基金
後期資助項目

《玉臺新詠校正》整理與研究

Re-organization and Study of *Correction of Yu Tai Xin Yong*

張 蕾 著

上海古籍出版社

國家社科基金後期資助項目(14FZW007)

《玉臺新詠校正》稿本書影

玉臺新詠卷第六　　　　河間紀昀校正

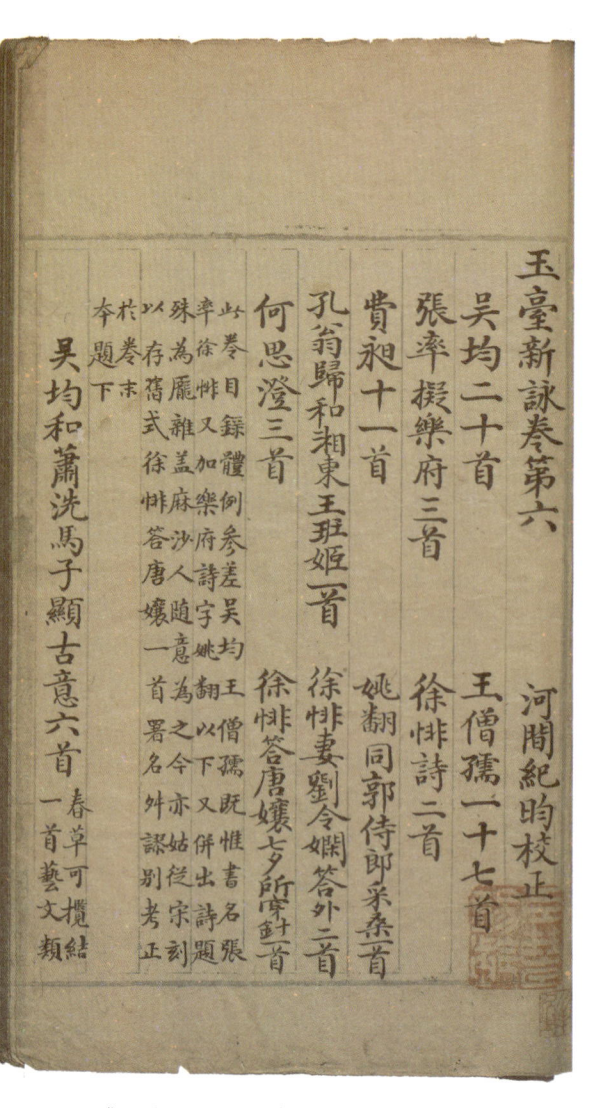

吳均二十首　　　　王僧孺一十七首

張率擬樂府三首　　徐悱詩二首

費昶十一首　　　　姚翻同郭侍郎采桑一首

孔翁歸和湘東王班姬一首

何思澄三首　　　　徐悱妻劉令嫻答外二首

　　　　　　　　　徐悱答唐孃七夕所穿鍼一首

此卷目錄體例參差吳均王僧孺既惟書名張
率徐悱又加樂府詩字姚翻以下又併出詩題
殊為龐雜蓋麻沙人趨意為之今亦姑從宋刻
以存舊式徐悱答唐孃一首署名外詠別考正
於卷末

　　本題下

吳均和蕭洗馬子顯古意六首　春草可攬結
　　　　　　　　　　　　　一首藝文類

玉臺新詠卷第八

河間紀昀校正

蕭子顯雜詩二首
劉孝綽雜詩五首
王訓奉和率爾有詠一首
劉孝成雜詩三首
鮑泉雜詩二首
鄧鏗雜詩二首
庾信雜詩三首
紀少瑜雜詩三首
徐孝穆雜詩四首

王筠和吳主簿六首
劉遵雜詩二首
庾肩吾雜詩七首
徐吾舊雜詩四首
劉緩雜詩四首
甄固奉和世子春情一首
劉邈雜詩四首
聞人蒨春日一首
吳致雜詩一首

玉臺新詠卷九

陳尚書左僕射太子少傅東海徐陵孝穆編

吳江吳兆宜顯令原注

長洲程琰盛東治剛甫補

歌詞二首 按雜曲歌詞古辭一首又作晉辭
作雜歌謠辭梁武帝河中之水歌又一
中之水歌梁武帝其第二首樂府

東飛伯勞歌 樂府作東飛伯勞歌

東飛伯勞西飛燕黃姑織女時相見 歲時記河鼓黃姑牽牛也姑之轉語女嬃女之轉語宗懍撰歲時記
誰家女兒對門居開華顏發色 一作照里閭顏都賦蘭苣發色 說文
靄子真詩話古樂府東飛伯勞因讀杜公瞻所注宗懍歲時記乃知黃姑即河鼓也亦猶河之語落之誰阿母之語
國家圖書館藏佚名過錄紀昀朱墨批校《玉臺新詠》書影

國家社科基金後期資助項目
出版說明

　　後期資助項目是國家社科基金設立的一類重要項目，旨在鼓勵廣大社科研究者潛心治學，支持基礎研究多出優秀成果。它是經過嚴格評審，從接近完成的科研成果中遴選立項的。爲擴大後期資助項目的影響，更好地推動學術發展，促進成果轉化，全國哲學社會科學工作辦公室按照"統一設計、統一標識、統一版式、形成系列"的總體要求，組織出版國家社科基金後期資助項目成果。

全國哲學社會科學工作辦公室

序

詹福瑞

《玉臺新詠》是六朝時期著名的詩歌總集。明清學者如二馮、吴兆宜、程琰、紀昀等在此總集整理方面卓有成就。近年來又有章培恒等先生之彙校本出版，傅剛先生的校箋（即其國家社科基金後期資助項目《〈玉臺新詠〉與南朝文學》的下編）也於去年問世。

學術研究永無止境，文獻整理亦然，即使經過前人反覆耕耘，也非意味着相關選題再無繼續推進的空間。即就紀昀對於《玉臺新詠》的批校而言，其《玉臺新詠校正》（簡稱《校正》）堪稱清代六朝文籍整理的典範之作。此書與其所纂《四庫全書總目》及其他著述相互映照，體現了紀昀的文學思想、批評理念及校勘原則、文獻學造詣。學界雖不乏著録其版本、肯定其價值的研究成果，但《校正》迄今尚未以完本形態整理出版，校考部分以"考異"爲題、署其父紀容舒之名隨《四庫》刊行，又録入《畿輔叢書》、《叢書集成初編》而流傳更廣，眉端賞析卻仍處在稿抄本狀態。國家圖書館部分善本古籍的數字化，爲讀者提供了很大的便利，但《校正》的稿抄本眉批則因技術原因無法完整閲讀，殊屬憾事。況且紀昀的批校版本複雜，異文迭見，因而整理工作很有必要。

張蕾2001—2004年攻讀博士學位期間，論文選題定在對《玉臺新詠》的研究，即已關注過紀昀的批校，論以專章。學位論文出版後，萌生了整理《校正》以還原其本來面目的想法。由於不是文獻專業出身，因此她是在古籍整理具體工作中，夯實版本目録校勘學基礎，可謂邊學邊做，工作進展比較緩慢。教學之餘，她曾赴京、津、滬乃至臺北等多地訪書。每有點滴收穫，即與師友分享，看得出她對於文獻整理工作的敬畏與熱忱。幾經寒暑，整理初具規模。2014年獲批國家社科基金後期資助項目。又經過三四年打磨，此課題結項並進入出版程序。

課題冠以"整理與研究"之名，與十幾年前寫就的相關章節相比，進步或創獲主要體現在版本研究及校勘方面。

紀昀之於《玉臺新詠》的研究用力頗勤，多次批校，廣爲傳抄，形成了不同的版本系統。張蕾的"版本考述"討論了12種版本，對版本源流作了清晰梳理，歸結出兩大版本系統：一是以朱墨雙色筆批校於吳兆宜注本眉端的早期批本系統（簡稱朱墨批本系統）；二是將考校内容以雙行小字插入《玉臺新詠》原文而評點之語置於眉端的繕清本系統。其中不乏首次發現或未見詳論的版本，如翁同龢轉録本、徐行可校訂本、國家圖書館及天津圖書館所藏之朱墨批本抄本等。"版本考述"對學界先行結論既有補充豐富，也有辨析修正。兹略舉幾例：

其一，擷英書屋抄本，學界以往的討論中都没有注意所鈐"臣曹錫齡"白文方印，而通過對曹錫齡其人的考索，判斷此本是與紀昀稿本問世時間最爲接近的抄本；又從翁同龢轉録本的不少訛誤之處與擷英本相同的現象中，悟出擷英本爲《校正》諸抄本的祖本的結論，可謂心得。雖然學界推許此本"幾可亂真"，但扎實比對稿本，卻可發現其缺憾甚多，提醒研究者慎重使用。

其二，徐行可校訂本尚未被學界述及，通過具體分析其多達400餘條的朱筆校訂，判斷其校對之精、校改類型之廣，見出其品質之優；又客觀地指出其偶有漏改、漏補、臆改的百密一疏之處，恰如其分地論定了這一精校本的得失。

其三，臺灣所藏清人過録本，學界以爲其"僅録批語，紀昀校語則闕"，而仔細目驗發現其取捨並非在批語與校語之間，而是所録皆爲紀氏朱批，而墨批則闕。此本僅完成了前九卷的朱批轉録，卷十的眉批則未録一語。由此判斷其或爲未完本，是《校正》諸版本中的特殊形態。所論都屬發人之未發。

此外，對紀昀批校、修訂的時間跨度，以及梁章鉅過録本的過録特點等問題也有新的發現和思考。

校勘工作如"凡例"所示，以《校正》十卷稿本爲底本，校以屬早期批本系統的朱墨批抄本及殘稿本、《玉臺新詠考異》之《四庫》刊本（包括文淵閣、文津閣兩種版本）、梁章鉅之"定本"等不同類型的版本，融合通校與參校，"今校"詳録異文，意在客觀呈現紀昀多次批校的情形，見出紀氏精益求精的批校過程，以及批點文字的搖曳變化，以窺乾嘉學者整理總集的經典性之所在。書稿基本達到了這一目的。

值得一提的是，異文非止於詳録，尚有甄别。凡遇需要辨析、解釋之處，又加按語以説明，從而避免了點校的簡單化。如卷一枚乘《雜詩》之"胡馬依北風"句，紀氏朱批引《越絶書》"胡馬依北風而立"之語解其出處及"同類之相感"之意，按語説《越絶書》恐爲紀昀誤記，梁章鉅過録本作"《吳越春秋》"爲是，辨析了正誤。又如卷十宋孝武《丁督護歌二首》題注"後一首《樂府詩集》作'王金珠'",稿抄本皆脱"珠"字,按語解説此因稿本籤條不慎將"珠"字遮掩,抄本未加識别所致。若非仔細目驗,此類細微之處很容易忽略。

古籍整理工作艱辛而有風險,即便是訓練有素的前輩專家,也難免斷句、校對出錯,何況是非文獻學專業出身的後學。本課題幾易其稿,作者直言曾爲那些時有發現的校對疏忽驚出冷汗。付梓之後,更要誠惶誠恐,就正方家。這的確是從事學術研究應有的姿態。

張蕾敏於行而訥於言,是踏踏實實做學問的學者。古代文學研究取得成就的學者中,自然不乏天分很高的人,但據我看來,資質平常似我輩者居多。天分高的人,僅憑天資似乎也很難做出大成就;資質平平者如能守住方向,持之以恒,不斷努力,定會取得成績。我年輕時做事多躁進,有些年歲常說"慢慢來",做學問就是慢慢來的事業,相信只要路子正,坐得住,勤讀書,善思考,張蕾一定會有所成就的。

2019 年 3 月 10 日

目　　錄

序 …………………………………………………… 詹福瑞　1

《玉臺新詠校正》綜論 …………………………………… 1
　一、《玉臺新詠校正》與《玉臺新詠考異》的關係 ……… 1
　二、校訂之功 ………………………………………… 4
　三、批評理念 ………………………………………… 8
　四、通達與迂腐 ……………………………………… 14
　五、考評合璧，勢在必然 …………………………… 17

《玉臺新詠校正》版本考述 ……………………………… 18
　一、朱墨批本系統 …………………………………… 18
　　（一）紀昀手批稿本殘卷 ………………………… 18
　　（二）國家圖書館藏佚名過錄本 ………………… 20
　　（三）天津圖書館藏佚名過錄本 ………………… 23
　　（四）王文燾過錄本 ……………………………… 24
　　（五）臺北"國家圖書館"藏清人過錄本 ………… 29
　　（六）鐵嶺高氏藏本 ……………………………… 31
　二、繕清本系統 ……………………………………… 32
　　（一）紀昀手批十卷稿本 ………………………… 32
　　（二）擷英書屋抄本 ……………………………… 35
　　（三）翁同龢轉錄本 ……………………………… 37
　　（四）徐行可校訂本 ……………………………… 39
　　（五）梁章鉅過錄本 ……………………………… 42
　附：過錄於朱彝尊舊藏本之批本 …………………… 51

《玉臺新詠校正》整理凡例 ········· 53
《玉臺新詠校正》序 ········ 紀　昀　55
《玉臺新詠》序 ········ 徐　陵　56

玉臺新詠卷第一 ········· 63

古詩八首 ········· 64
古樂府詩六首 ········· 70
日出東南隅行 ········· 71
相逢狹路間 ········· 72
隴西行 ········· 74
艷歌行 ········· 75
皚如山上雪 ········· 75
雙白鵠 ········· 77
枚乘 ········· 77
雜詩九首 ········· 77
李延年 ········· 83
歌詩一首并序 ········· 83
蘇武 ········· 84
詩一首 ········· 84
辛延年 ········· 85
羽林郎詩一首 ········· 85
班婕妤 ········· 86
怨詩一首并序 ········· 86
宋子侯 ········· 88
董嬌饒詩一首 ········· 88
漢時童謠歌一首 ········· 89
張衡 ········· 89
同聲歌一首 ········· 89
秦嘉 ········· 91
贈婦詩三首并序 ········· 91
秦嘉妻徐淑 ········· 93

答詩一首 …………………………………… 93
蔡邕 ………………………………………………… 94
　　飲馬長城窟行一首 ………………………… 94
陳琳 ………………………………………………… 96
　　飲馬長城窟行一首 ………………………… 96
徐幹 ………………………………………………… 97
　　室思一首 …………………………………… 97
　　情詩一首 ………………………………… 100
繁欽 ……………………………………………… 100
　　定情詩一首 ……………………………… 100
　古詩無名人爲焦仲卿妻作併序 ………………… 103

玉臺新詠卷第二 ………………………………… 111
魏文帝 …………………………………………… 112
　　於清河見挽船士新婚與妻別一首 ……… 112
　　又清河作一首 …………………………… 113
　　又甄皇后樂府塘上行一首 ……………… 113
劉勳妻王氏 ……………………………………… 115
　　雜詩二首併序 …………………………… 115
曹植 ……………………………………………… 117
　　雜詩五首 ………………………………… 117
　　樂府三首 ………………………………… 121
　　棄婦詩一首 ……………………………… 124
魏明帝 …………………………………………… 126
　　樂府詩二首 ……………………………… 126
阮籍 ……………………………………………… 127
　　詠懷詩二首 ……………………………… 127
傅玄 ……………………………………………… 129
　　青青河邊草篇 …………………………… 129
　　苦相篇　豫章行 ………………………… 130
　　有女篇　豔歌行 ………………………… 130
　　朝時篇　怨歌行 ………………………… 132

  明月篇 ………………………………………… 132

  秋蘭篇 ………………………………………… 133

  西長安行 ……………………………………… 133

  和班氏詩一首 ………………………………… 134

 張華 ……………………………………………… 135

  情詩五首 ……………………………………… 135

  雜詩二首 ……………………………………… 138

 潘岳 ……………………………………………… 139

  顧内詩二首 …………………………………… 139

  悼亡詩二首 …………………………………… 141

 石崇 ……………………………………………… 142

  王明君辭一首並序 …………………………… 142

 左思 ……………………………………………… 144

  嬌女詩一首 …………………………………… 144

玉臺新詠卷第三 …………………………………… 148

 陸機 ……………………………………………… 148

  擬古七首 ……………………………………… 148

  爲顧彦先贈婦二首 …………………………… 152

  周夫人贈車騎一首 …………………………… 154

  樂府三首 ……………………………………… 155

 陸雲 ……………………………………………… 158

  爲顧彦先贈婦往反四首 ……………………… 158

 張協 ……………………………………………… 159

  雜詩一首 ……………………………………… 159

 楊方 ……………………………………………… 160

  合歡詩五首 …………………………………… 160

 王鑒 ……………………………………………… 162

  七夕觀織女一首 ……………………………… 162

 李充 ……………………………………………… 163

  嘲友人一首 …………………………………… 163

 曹毗 ……………………………………………… 164

夜聽擣衣一首 ································· 164
陶潛 ··· 164
　　效古一首 ··································· 164
荀昶 ··· 165
　　樂府二首 ··································· 165
王微 ··· 167
　　雜詩二首 ··································· 167
謝惠連 ······································· 168
　　七月七日夜詠牛女 ··························· 168
　　擣衣 ····································· 169
　　代古 ····································· 170
劉鑠 ··· 171
　　雜詩五首 ··································· 171

玉臺新詠卷第四 ··························· 175

王僧達 ······································· 175
　　七夕月下一首 ······························· 175
顏延之 ······································· 176
　　爲織女贈牽牛一首 ··························· 176
　　秋胡詩一首 ································· 177
鮑昭 ··· 179
　　翫月城西門 ································· 179
　　代京洛篇 ··································· 180
　　擬樂府白頭吟 ······························· 181
　　采桑詩 ····································· 182
　　夢還詩 ····································· 183
　　擬古 ······································· 184
　　詠燕 ······································· 185
　　贈故人 ····································· 185
王素 ··· 186
　　學阮步兵體 ································· 186
吳邁遠 ······································· 187

擬樂府四首 ·· 187
　鮑令暉 ··· 190
　　擬青青河畔草 ·· 190
　　擬客從遠方來 ·· 190
　　題書後寄行人 ·· 191
　　古意贈今人 ·· 191
　　代葛沙門妻郭小玉詩 ·· 192
　丘巨源 ··· 193
　　詠七寶扇 ·· 193
　　聽隣妓 ·· 194
　王元長 ··· 194
　　古意 ·· 194
　　詠琵琶 ·· 195
　　詠幔 ·· 196
　　巫山高 ·· 196
　謝朓 ··· 197
　　贈王主簿 ·· 197
　　同王主簿怨情 ·· 197
　　夜聽妓 ·· 198
　　詠邯鄲故才人嫁爲廝養卒婦 ·· 199
　　秋夜 ·· 199
　　雜詠五首 ·· 200
　陸厥 ··· 203
　　中山王孺子妾歌 ·· 203
　施榮泰 ··· 203
　　雜詩 ·· 203

玉臺新詠卷第五 ·· 205
　江淹 ··· 205
　　古體 ·· 205
　　班婕妤 ·· 207
　　張司空離情 ·· 208

  休上人怨別 …………………………………… 208

丘遲 ………………………………………………… 209
  敬酬柳僕射征怨 ……………………………… 209
  答徐侍中爲人贈婦 …………………………… 209

沈約 ………………………………………………… 210
  登高望春 ……………………………………… 210
  昭君辭 ………………………………………… 211
  少年新婚爲之詠 ……………………………… 212
  雜曲三首 ……………………………………… 213
  雜詠五首 ……………………………………… 215
  六憶詩四首 …………………………………… 218
  十詠二首 ……………………………………… 218
  擬青青河邊草 ………………………………… 219
  擬三婦艷 ……………………………………… 220
  古意 …………………………………………… 221
  夢見美人 ……………………………………… 221
  效古 …………………………………………… 222
  初春 …………………………………………… 222
  悼往 …………………………………………… 222

柳惲 ………………………………………………… 223
  擣衣詩一首 …………………………………… 223
  鼓吹曲二首 …………………………………… 225
  雜詩 …………………………………………… 225
  長門怨 ………………………………………… 226
  江南曲 ………………………………………… 226
  起夜來 ………………………………………… 227
  七夕穿鍼 ……………………………………… 227
  詠席 …………………………………………… 228

江洪 ………………………………………………… 229
  詠歌姬 ………………………………………… 229
  舞女 …………………………………………… 229
  詠紅箋 ………………………………………… 230

詠薔薇 ·· 230

高爽 ·· 231

    詠鏡 ·· 231

鮑子卿 ·· 232

    詠畫扇 ·· 232

    詠玉階 ·· 232

何子朗 ·· 233

    學謝體 ·· 233

    和虞記室騫古意 ·· 233

    和繆郎視月 ·· 234

范靖婦 ·· 234

    詠步搖花 ·· 234

    戲蕭娘 ·· 235

    詠五彩竹火籠 ·· 235

    詠鐙 ·· 236

何遜 ·· 236

    日夕望江贈魚司馬 ·· 236

    擬輕薄篇 ·· 237

    詠照鏡 ·· 238

    閨怨 ·· 238

    詠七夕 ·· 239

    詠舞妓 ·· 239

    看新婚 ·· 240

    詠倡家 ·· 240

    詠白鷗嘲別者 ·· 241

    學青青河邊草 ·· 241

    嘲劉孝綽 ·· 242

王樞 ·· 242

    古意應蕭信武教 ·· 242

    至烏林村見采桑者聊以贈之 ···························· 243

    徐尚書座賦得可憐 ··· 243

庾丹 ·· 243

秋閨有望 …… 243
夜夢還家 …… 244

玉臺新詠卷第六 …… 245

吴均 …… 245

和蕭洗馬子顯古意六首 …… 245
與柳惲相贈答六首 …… 247
擬古四首 …… 250
贈杜容成一首 …… 253
春詠 …… 253
去妾贈前夫 …… 254
詠少年 …… 254

王僧孺 …… 255

春怨 …… 255
月夜詠陳南康新有所納 …… 255
見貴者初迎盛姬聊爲之詠 …… 256
與司馬治書同聞隣婦夜織 …… 256
夜愁 …… 257
春閨有怨 …… 257
擣衣 …… 258
爲人述夢 …… 258
爲人傷近而不見 …… 259
爲何庫部舊姬擬蘼蕪之句 …… 259
在王晉安酒席數韻 …… 260
爲人有贈 …… 261
何生姬人有怨 …… 261
鼓瑟曲　有所思 …… 262
爲人寵姬有怨 …… 262
爲人自傷 …… 263
秋閨怨 …… 263

張率 …… 264

相逢行 …… 264

　　　　對酒 ·· 265
　　　　遠期 ·· 265
　　徐悱 ·· 266
　　　　贈內 ·· 266
　　　　對房前桃樹詠佳期贈內 ······················ 267
　　費昶 ·· 267
　　　　華光省中夜聞城外擣衣 ······················ 267
　　　　和蕭記室春旦有所思 ·························· 269
　　　　春郊望美人 ······································· 269
　　　　詠照鏡 ··· 270
　　　　和蕭洗馬畫屏風二首 ·························· 270
　　　　采菱 ·· 271
　　　　長門怨 ··· 271
　　　　鼓吹曲二首 ······································· 272
　　姚翻 ·· 273
　　　　同郭侍郎采桑一首 ······························ 273
　　孔翁歸 ·· 273
　　　　奉和湘東王教班婕妤一首 ··················· 273
　　徐悱妻劉令嫻 ······································· 274
　　　　答外詩二首 ······································· 274
　　何思澄 ·· 275
　　　　奉和湘東王教班婕妤 ·························· 275
　　　　擬古 ·· 276
　　　　南苑逢美人 ······································· 276
　　徐悱 ·· 277
　　　　答唐孃七夕所穿針 ···························· 277

玉臺新詠卷第七 ······································· 278
　　梁武帝 ·· 278
　　　　擣衣 ·· 278
　　　　擬長安有狹斜十韻 ···························· 280
　　　　擬明月照高樓 ··································· 280

樂府二首 ……………………………………………………… 319
王筠 ……………………………………………………………… 320
　　和吴主簿六首 ……………………………………………… 320
劉孝綽 …………………………………………………………… 323
　　遥見隣舟主人投一物，衆姬爭之，有客請余爲詠 ……… 323
　　淇上人戲蕩子婦示行事一首 ……………………………… 323
　　賦得照棊燭刻五分成 ……………………………………… 324
　　夜聽妓賦得烏夜啼 ………………………………………… 324
　　賦得遺所思 ………………………………………………… 325
劉遵 ……………………………………………………………… 325
　　繁華應令 …………………………………………………… 325
　　從頓還城應令 ……………………………………………… 326
王訓 ……………………………………………………………… 326
　　奉和率爾有詠 ……………………………………………… 326
庾肩吾 …………………………………………………………… 327
　　詠得有所思 ………………………………………………… 327
　　詠美人看畫應令 …………………………………………… 327
　　賦得橫吹曲長安道 ………………………………………… 327
　　南苑還看人 ………………………………………………… 328
　　送别於建興苑相逢 ………………………………………… 329
　　和湘東王二首 ……………………………………………… 329
劉孝威 …………………………………………………………… 330
　　侍宴賦得龍沙宵月明 ……………………………………… 330
　　奉和湘東王應令冬曉 ……………………………………… 330
　　鄀縣遇見人織率爾寄婦 …………………………………… 331
徐君蒨 …………………………………………………………… 332
　　共内人夜坐守歲 …………………………………………… 332
　　初春携内人行戲 …………………………………………… 333
鮑泉 ……………………………………………………………… 333
　　南苑看遊者 ………………………………………………… 333
　　落日看還 …………………………………………………… 334
劉緩 ……………………………………………………………… 334

  敬酬劉長史詠名士悦傾城 …………………………………… 334
  雜詠和湘東王三首 …………………………………………… 335
鄧鏗 ……………………………………………………………………… 336
  和陰凉州雜怨 ………………………………………………… 336
  奉和夜聽伎聲 ………………………………………………… 337
甄固 ……………………………………………………………………… 337
  奉和世子春情 ………………………………………………… 337
庾信 ……………………………………………………………………… 338
  奉和詠舞 ……………………………………………………… 338
  七夕 …………………………………………………………… 339
  和何僕射還宅懷故 …………………………………………… 339
劉遵 ……………………………………………………………………… 340
  萬山見采桑人 ………………………………………………… 340
  見人織聊爲之詠 ……………………………………………… 340
  秋閨 …………………………………………………………… 341
  鼓吹曲　折楊柳 ……………………………………………… 341
紀少瑜 …………………………………………………………………… 341
  建興苑 ………………………………………………………… 341
  擬吴均體應教 ………………………………………………… 342
  春日 …………………………………………………………… 343
聞人蒨 …………………………………………………………………… 343
  春日 …………………………………………………………… 343
徐孝穆 …………………………………………………………………… 343
  走筆戲書應令 ………………………………………………… 343
  奉和詠舞 ……………………………………………………… 345
  和王舍人送客未還閨中有望 ………………………………… 346
  爲羊兖州家人答餉鏡 ………………………………………… 346
吴孜 ……………………………………………………………………… 347
  春閨怨 ………………………………………………………… 347
湯僧濟 …………………………………………………………………… 347
  詠渫井得金釵 ………………………………………………… 347
徐悱妻劉氏 ……………………………………………………………… 348

和婕妤怨 …………………………………… 348
　王叔英妻劉氏 ………………………………… 349
　　和昭君怨 …………………………………… 349

玉臺新詠卷第九 ………………………………… 350

　歌詞二首 ………………………………………… 351
　越人歌一首併序 ………………………………… 353
　司馬相如 ………………………………………… 354
　　琴歌二首併序 ……………………………… 354
　烏孫公主 ………………………………………… 355
　　歌詩一首併序 ……………………………… 355
　漢成帝時童謠歌二首併序 ……………………… 356
　漢桓帝時童謠歌二首 …………………………… 358
　張衡 ……………………………………………… 359
　　四愁詩四首 ………………………………… 359
　秦嘉 ……………………………………………… 360
　　贈婦詩一首 ………………………………… 360
　魏文帝 …………………………………………… 361
　　樂府燕歌行二首 …………………………… 361
　曹植 ……………………………………………… 363
　　樂府妾薄命行一首 ………………………… 363
　傅玄 ……………………………………………… 365
　　擬北樂府三首 ……………………………… 365
　　擬四愁詩四首併序 ………………………… 368
　盤中詩一首 ……………………………………… 369
　張載 ……………………………………………… 371
　　擬四愁詩四首 ……………………………… 371
　晉惠帝時童謠歌一首 …………………………… 372
　陸機 ……………………………………………… 372
　　樂府燕歌行一首 …………………………… 372
　鮑昭 ……………………………………………… 373
　　代淮南王二首 ……………………………… 373

代白紵歌詞二首 …………………………………… 374
　　　行路難四首 ……………………………………… 375
　釋寶月 …………………………………………………… 377
　　　行路難一首 ……………………………………… 377
　陸厥 ……………………………………………………… 378
　　　李夫人及貴人歌一首 …………………………… 378
　沈約 ……………………………………………………… 379
　　　八詠二首 ………………………………………… 379
　　　春日白紵曲一首 ………………………………… 382
　　　秋日白紵曲一首 ………………………………… 382
　吳均 ……………………………………………………… 383
　　　行路難二首 ……………………………………… 383
　張率 ……………………………………………………… 385
　　　擬樂府長相思二首 ……………………………… 385
　　　白紵歌詞二首 …………………………………… 386
　費昶 ……………………………………………………… 387
　　　行路難二首 ……………………………………… 387
　皇太子聖製 ……………………………………………… 388
　　　烏栖曲四首 ……………………………………… 388
　　　雜句從軍行一首 ………………………………… 390
　　　和蕭侍中子顯春別四首 ………………………… 392
　　　雜句春情一首 …………………………………… 393
　　　擬古一首 ………………………………………… 393
　　　倡樓怨節一首 …………………………………… 394
　湘東王 …………………………………………………… 394
　　　春別應令四首 …………………………………… 394
　蕭子顯 …………………………………………………… 395
　　　春別四首 ………………………………………… 395
　　　樂府烏栖曲應令二首 …………………………… 396
　　　燕歌行 …………………………………………… 397
　王筠 ……………………………………………………… 399
　　　行路難一首 ……………………………………… 399

劉孝綽 …………………………………………… 400
 元廣州景仲座見故姬一首 ………………… 400
劉孝威 …………………………………………… 401
 擬古應教一首 ……………………………… 401
徐君蒨 …………………………………………… 402
 別義陽郡二首 ……………………………… 402
王叔英婦 ………………………………………… 403
 贈答一首 …………………………………… 403
沈約 ……………………………………………… 403
 古詩題六首 ………………………………… 403

玉臺新詠卷第十 ………………………………… 409

古絕句四首 ……………………………………… 411
賈充 ……………………………………………… 412
 與妻李夫人連句三首 ……………………… 412
孫綽 ……………………………………………… 412
 情人碧玉歌二首 …………………………… 412
王獻之 …………………………………………… 413
 情人桃葉歌二首 …………………………… 413
桃葉 ……………………………………………… 414
 答王團扇歌三首 …………………………… 414
謝靈運 …………………………………………… 415
 東陽谿中贈答二首 ………………………… 415
宋孝武 …………………………………………… 415
 詩三首 ……………………………………… 415
許瑤之 …………………………………………… 417
 詩二首 ……………………………………… 417
鮑令暉 …………………………………………… 417
 寄行人一首 ………………………………… 417
近代西曲歌五首 ………………………………… 418
 石城樂 ……………………………………… 418
 估客樂 ……………………………………… 418

烏夜啼 …………………………………… 418
　　　襄陽樂 …………………………………… 419
　　　楊叛兒 …………………………………… 419
近代吳歌九首 …………………………………… 420
　　　春歌 ……………………………………… 420
　　　夏歌 ……………………………………… 420
　　　秋歌 ……………………………………… 420
　　　冬歌 ……………………………………… 421
　　　前谿 ……………………………………… 421
　　　上聲 ……………………………………… 421
　　　歡聞 ……………………………………… 422
　　　長樂佳 …………………………………… 422
　　　讀曲 ……………………………………… 423
近代雜歌三首 …………………………………… 423
　　　潯陽樂 …………………………………… 423
　　　青陽歌曲 ………………………………… 423
　　　蠶絲歌 …………………………………… 424
近代雜詩一首 …………………………………… 424
丹陽孟珠歌一首 ………………………………… 424
錢塘蘇小小歌一首 ……………………………… 425
王元長 …………………………………………… 425
　　　詩四首 …………………………………… 425
謝朓 ……………………………………………… 427
　　　詩四首 …………………………………… 427
虞炎 ……………………………………………… 429
　　　有所思一首 ……………………………… 429
沈約 ……………………………………………… 429
　　　詩三首 …………………………………… 429
施榮泰 …………………………………………… 430
　　　詠王昭君一首 …………………………… 430
高爽 ……………………………………………… 431
　　　詠酌酒人一首 …………………………… 431

吳興妖神 …………………………………………………… 431
  贈謝府君覽一首 ………………………………… 431
江洪 ………………………………………………………… 432
  詩七首 …………………………………………… 432
范靖婦 ……………………………………………………… 434
  詩三首 …………………………………………… 434
何遜 ………………………………………………………… 434
  詩五首 …………………………………………… 434
吳均 ………………………………………………………… 436
  雜絕句四首 ……………………………………… 436
王僧孺 ……………………………………………………… 437
  詩二首 …………………………………………… 437
徐悱婦 ……………………………………………………… 438
  詩三首 …………………………………………… 438
姚翻 ………………………………………………………… 440
  詩三首 …………………………………………… 440
王環 ………………………………………………………… 440
  代西豐侯美人一首 ……………………………… 440
梁武帝 ……………………………………………………… 441
  詩二十七首 ……………………………………… 441
皇太子 ……………………………………………………… 447
  雜題二十一首 …………………………………… 447
蕭子顯 ……………………………………………………… 453
  詩二首 …………………………………………… 453
劉孝綽 ……………………………………………………… 454
  詩二首 …………………………………………… 454
庾肩吾 ……………………………………………………… 455
  詩四首 …………………………………………… 455
王臺卿 ……………………………………………………… 456
  同蕭治中十詠二首 ……………………………… 456
劉孝儀 ……………………………………………………… 457
  詩二首 …………………………………………… 457

劉孝威 ·· 458
    和定襄侯八絕初笄一首 ··············· 458
江伯瑤 ·· 458
    和定襄侯八絕楚越衫一首 ············ 458
劉泓 ··· 459
    詠繁華一首 ···································· 459
何曼才 ·· 459
    爲徐陵傷妾詩一首 ······················· 459
蕭驎 ··· 459
    詠袙複一首 ···································· 459
紀少瑜 ·· 460
    詠殘鐙一首 ···································· 460
王叔英婦 ·· 461
    暮寒一首 ······································· 461
戴暠 ··· 461
    詠欲眠詩一首 ································ 461
劉孝威 ·· 462
    詩二首 ··· 462

跋 ··· 紀　昀 464
後敘 ·· 陳玉父 465

附録：紀批《玉臺新詠》宋刻本未收詩輯録 ······ 466
後記 ·· 505

《玉臺新詠校正》綜論

　　《玉臺新詠》是六朝時期一部著名的詩歌總集,所錄詩歌自漢至梁,約660首,大都表現男女之情,歌詠女性之美,雖題材狹窄,卻自具特色。因其與梁陳時期宮體詩的盛行有密切關聯,故在後世文人的批評語境中褒貶不一。貶之者謂其"陷於淫靡"[1],褒之者贊其"國風之正宗"[2]。亦有折中兩端,既守正統立場,又能揭示其價值者,清代學者紀昀便是其中的代表。

　　紀昀(1724—1805),字曉嵐,一字春帆,號觀弈道人,晚號石雲,直隸河間府獻縣(今屬河北)人。乾隆十九年進士,改庶吉士,散館授編修,三十八年爲《四庫全書》總纂官。歷任侍讀學士、內閣學士、禮部尚書、左都御史等職。嘉慶中擢協辦大學士,加太子少保,管國子監事。學問淹通,於書無所不讀。卒謚文達。自乾隆三十六年(1771)至乾隆三十八年(1773),紀昀多次批校《玉臺新詠》,此後又有修訂,並廣爲傳抄,形成朱墨批本與繕清本兩大版本系統,具體情形詳見《版本考述》。紀昀所作《玉臺新詠校正》是《玉臺新詠》研究史上的重要文獻,是乾嘉學者對總集進行整理、校勘的典範著作。此書與其所纂《四庫全書總目》相互映照[3],體現了紀昀的文學思想、批評理念及校勘原則、文獻學造詣。

一、《玉臺新詠校正》與《玉臺新詠考異》的關係

　　《玉臺新詠校正》(以下簡稱《校正》)內容由兩部分構成,一是《玉臺新詠》正文及以雙行小字插入其間的校訂文字;二是作者在每頁天頭寫下的賞

---

[1] 高仲武《中興間氣集序》,見《唐人選唐詩十種》,上海古籍出版社1978年版,第302頁。
[2] 袁枚《隨園詩話》卷九,人民文學出版社1982年版,第302頁。
[3] 關於紀昀對《四庫全書總目》的著作權,周積明《紀昀評傳》論證甚詳,見"生平篇"第五章第三節"紀昀與《四庫全書總目》",南京大學出版社1994年版。故《四庫全書總目》的相關論述可視爲紀昀觀點。

析詩歌的眉批。前者即署紀昀父紀容舒之名而入《四庫全書》的《玉臺新詠考異》(以下簡稱《考異》)。也就是説，《考異》其實是《校正》的組成部分。

由於這樣一重背景，《考異》的署名問題，疑議由來已久。《四庫全書總目》卷一八六載："《玉臺新詠考異》十卷，國朝紀容舒撰。"①而邵懿辰《增訂四庫簡明目録標注》則曰："此書實文達自撰，歸之父也。"②今人雋雪艷撰文找尋到邵氏判斷的依據，即將《校正》稿本序與《考異》之序對照，"文字幾乎完全相同，所不同的只是年代和署名"；"再取現存刻本《玉臺新詠考異》與稿本對比，結果兩書的正文和考訂文字也都完全相同"，只是《考異》没有稿本天頭位置上的評論文字，因而可以確定"《玉臺新詠考異》爲紀昀所作"③。雖説細核《校正》稿本與《考異》刊本，可以發現兩書的考訂文字並非"完全相同"，但此文結論仍有説服力，基本解決了關於《考異》的"著作權"問題。而隨着研究的深入，聯繫更多材料再作補正，則能使這一問題的解決更爲完滿。

關於《考異》的"著作權"，《校正》抄本的序跋中也早有論證。如擷英書屋抄本下册護頁内側題跋："檢是編，首題'河間紀某校正'，末題'觀弈道人書'，均無容舒名。考《知足齋集》載《紀文達墓誌》則云，文達父諱容舒，曾官姚安太守，乃知代其先人所作也。序中記'壬辰'、'癸巳'，公官侍讀，總纂《四庫》時所作。"即認爲《玉臺新詠考異》一書的作者實爲紀昀，且完成於其任《四庫全書》總纂官期間。而翁同龢轉録本題跋則直言"紀河間作《考異》，並加評語於眉端，頗可觀覽"，對《考異》署名毫無疑議。

此外，梁章鉅《退庵隨筆》云："余有《玉臺新詠》讀本十卷，每詩後各附批語，皆本紀文達師之緒論，尚擬付梓以行也。"④但這個注本最終並未刊行。就筆者查檢梁注《玉臺新詠》稿本即《梁氏定本玉臺新詠》(簡稱梁定本)⑤的情況看，此本體例仿效紀昀《校正》，亦由校訂、賞析兩部分内容構成，校訂部分一仍《校正》，以雙行小字插入原詩，而批語的位置則由眉端改爲附在原詩之後。各卷題署"古閩長樂梁章鉅述"，此本的確是"述"多"作"少⑥。但梁章鉅只道"批語"的來源，並未對校訂部分的出處加以説明，或許

---

① 《四庫全書總目》，中華書局1965年影印本，第1687頁。以下出自此書的引文，不再注明版本。
② 邵懿辰撰，邵章續録《增訂四庫簡明目録標注》，中華書局1959年版，第880頁。
③ 〈《玉臺新詠考異》爲紀昀所作〉，《文史》第26輯，中華書局1986年版，第366頁。
④ 梁章鉅《退庵隨筆》，《清詩話續編》本，上海古籍出版社1983年版，第1973頁。
⑤ 《梁氏定本玉臺新詠》稿本，湖北省圖書館藏，又著録爲《玉臺新詠定本》。關於其作爲紀昀批本過録本的性質，參見傅剛先生《〈玉臺新詠〉版本補録》，《文史》2004年第3輯。
⑥ 此本過録的具體情形，參見拙文《梁章鉅〈玉臺新詠定本〉價值考述》，《文獻》2016年第1期。

可以理解爲這部分亦從紀昀的校正而來。梁氏隻字未提紀容舒,正是對其師著作權的默認。

倫明《辛亥以來藏書紀事詩》有言:

> 河間紀文達公昀,……余得其《河間紀氏家集》原寫本二册。而前此亦得文達《玉臺新詠考異》手稿本,及其父容舒《杜律詳解》傳録本,二書在《四庫》,一著録,一存目。但《玉臺》題容舒名,《畿輔叢書》刊本同,而稿本則文達自著。證之後序,刻本題紀容舒序,稿本題紀昀序。刻本"余自姚安歸來"句,稿本"姚安"作"灤陽"二字外,文全同。因思是書所引諸異本,非容舒所能見,文達兹舉,殆善則歸親之意耶?《考異》中語,近人丁福保又添入《八朝全詩》中,攘爲己有。然稿本上方尚有評,無語不精。①

這段話雖有不够確切之處,如謂稿本序與刊本序之别,稱"刻本'余自姚安歸來'句,稿本'姚安'作'灤陽'",實則《考異》刊本作"余自雲南乞養歸",而稿本作"余自西域從軍歸",或爲倫明誤記,但其將《考異》與《校正》的瓜葛理得很清楚,並且揣測紀昀將此作歸之於父的原因,是"善則歸親之意",也頗有道理。因爲按照紀昀的做派,不會輕易在自己統領纂修的《四庫全書》中收入自己的著述,哪怕是得意之作。從《四庫全書總目》可以看出,紀昀對歷代總集編撰者自收己作之舉頗有微詞,如《國秀集》提要曰:"唐以前編輯總集,以己作入選者,始見於王逸之録《楚辭》,再見於徐陵之撰《玉臺新詠》,挺章亦録己作二篇,蓋仿其例。然文章論定,自有公平,要當待之天下後世,何必露才揚己,先自表章?雖有例可援,終不可爲訓。"②因爲抱定"孝穆編歷代之詩,不應自收己作"的成見,他甚至懷疑《玉臺新詠》中入選的徐陵之詩,"皆後人所附入"③。因此儘管紀昀個人著述頗豐,但《四庫全書》僅録有其奉命主編的《欽定歷代職官表》。而《校正》爲其得意之作,恐難割捨。或許改變它的書名與作者署名,正是使其得以入編《四庫全書》所採取的策略。且《四庫全書總目》所録《玉臺新詠》諸版本的來源均爲"兵部侍郎紀昀家藏本",惟《玉臺新詠考異》署"大理寺卿陸錫熊家藏本",其假名深意恐亦可從此解説。

其實,《校正》稿本跋(即"觀弈道人記")對《校正》與《考異》的關係已

---

① 倫明著《辛亥以來藏書紀事詩》,雷夢水校補,上海古籍出版社1990年版,第2—3頁。
② 《國秀集》提要,《四庫全書總目》卷一八六,第1688頁。
③ 徐陵《走筆戲書應令》題注,見《玉臺新詠校正》卷八,國家圖書館藏稿本。以下引文出自此書者,不再注明版本。

有清晰交代:"余既粗爲校正,勒爲《考異》十卷,會汾陽曹子受之問詩於余,屬爲評點,以便省覽,因雜書簡端以應之,與《考異》各自爲書,不相雜也。"可知此書校訂部分"考異"之名本爲紀昀擬定,原計劃與評點部分各成一書。這段話既明確了《考異》爲紀昀自作,也説明《考異》的完成時間早於評點部分。以存世版本證之,正可見紀昀完成《校正》工作的步驟,即先以朱墨雙色筆批注於吴兆宜注本眉端,再將其中的校訂文字插入《玉臺新詠》原文,"勒爲《考異》",後又在《考異》之眉端重加評點賞析之語。然而紀昀並没有實現"各自爲書"的設想,最終僅《考異》部分收入《四庫全書》,眉端評點還處在稿抄本狀態。故《校正》亟待整理,以還其本來面目。

二、校訂之功

紀昀之前的詩論家已經留下了不少關於《玉臺新詠》的評論文字,大體呈現出《玉臺新詠》研究的印象式或妙悟式評點的特色。明末以來,馮舒、馮班兄弟側重校勘,吴兆宜、程際盛專意箋注,逐漸形成了點評與校注並行的研究格局。紀昀的研究有對傳統的承襲(例如文本賞讀的點評形式的選擇),又頗多開拓,明顯體現出理性色彩。

紀昀的《玉臺新詠》研究突出表現爲以直面學術客體的勇氣,摒棄了先入爲主的簡單化判斷,以"由漢及梁文章升降之故亦略見於斯"[1]的史家襟懷,考察文本的存在價值,比較科學地論定了《玉臺新詠》的文獻學意義。《四庫全書總目》之《玉臺新詠》提要先據《大唐新語》粗定其成書年代,稱"是書作於梁時,故簡文稱皇太子,元帝稱湘東王。今本題陳尚書左僕射太子少傅東海徐陵撰,殆後人之所追改";繼而對此書結構加以概括:"前八卷爲自漢至梁五言詩,第九卷爲歌行,第十卷爲五言二韻之詩。"紀昀認爲《玉臺新詠》之所以具有不可替代的文獻價值,一是它保存了大量的詩歌資料,"如曹植《棄婦篇》、庾信《七夕詩》,今本集皆失載,據此可補闕佚";二是它提供了考知某些作品的産生年代及作者的原始資料,"如馮惟訥《詩紀》載蘇伯玉妻《盤中詩》作漢人,據此知爲晉代。梅鼎祚《詩乘》載蘇武妻《答外詩》,據此知爲魏文帝作。古詩《西北有高樓》等九首,《文選》無名氏,據此知爲枚乘作。《飲馬長城窟行》,《文選》亦無名氏,據此知爲蔡邕作"[2]。這

---

[1] 《玉臺新詠校正》"觀弈道人記"。
[2] 《玉臺新詠》提要,《四庫全書總目》卷一八六,第1686—1687頁。

些發現高屋建瓴,奠定了後世認知《玉臺新詠》價值的基礎。

紀昀的時代距《玉臺新詠》成書已逾千年。由於《玉臺新詠》一書一直受到正統勢力的排斥,故其命運不濟,正如紀昀所言,是集"自明以來無善本"①,具體而言,"刊本不一,非惟字句異同,即所載諸詩,亦復參差不一。萬曆中,張嗣修本多所增竄,茅國縉本又併其次第亂之,而原書之本真益失"②。因此《校正》的撰著,即是出於清理《玉臺新詠》所蒙受的"增竄"、次第混亂等遭遇,以復原書之真的考慮,並且通過逐卷逐首地進行精審的考校,體現清代學術嚴謹求實的時代精神。這部著作以《考異》之名收入《四庫全書》,或許也有清算《玉臺新詠》研究中的空疏學風的用意。

《四庫全書總目》的相關提要中,紀昀已經對自己這部嫁名他人的得意之作的得意之處大略點明。此書頗能見出紀昀校勘的精審與思維的縝密,尤其是在此基礎上對一些懸而未決的問題的深入探討。

首先,精校原文,訂正疏誤。紀昀之前,馮舒、馮班兄弟亦頗重視《玉臺新詠》的校勘工作,早在明崇禎二年,二馮聞知趙均藏有宋本③,即與友人前往抄回,進行校訂。至清順治六年,馮班又借宋刻本再校,並"摘其豔語可用者"加以圈點。馮舒所撰《馮氏校定〈玉臺新詠〉》,《四庫全書總目》卷一九一《集部·總集類存目》有著録。《四庫提要》一方面客觀地評價馮氏所校本"確有依據",謂之"較諸本爲善"④;另一方面,又一一指出其失考之處。關於後者,紀氏大致概括了三種情況:其一,"有宋刻本誤而堅執以爲不誤者,如張衡《同聲歌》訛'恐慓'爲'恐瞟',訛'莞弱'爲'苑蒻'之類,亦以古字假借,曲爲之説,既牽强而難通";其二,"有宋刻本不誤而反以爲誤者,如蘇武詩一首,舊本無題,而妄題爲《留別妻》之類,復僞妄而無據";其三,"有宋刻已誤,因所改而益誤者,如《塘上行》,據《宋書·樂志》改爲魏武帝之類"。三種情況"全與原書相左,彌失其真,皆不可以爲定。"⑤因此,從某種意義上説,紀昀的校正隱含着對馮氏錯誤的訂正。他本着"參考諸書,哀合各本"⑥的原則,進行了精審的校訂。統觀《校正》一書,徵引書目包括《藝文類聚》、《文苑英華》、《古今樂録》、《太平廣記》、《太平御覽》、《永樂大典》、《鄴中故事》、《西京雜記》、《説苑》、《元和姓纂》、《説

---

① 《玉臺新詠校正序》。
② 《玉臺新詠考異》提要,《四庫全書總目》卷一八六,第1687頁。
③ 近年來,傅剛先生提出紀昀誤將明末趙均覆宋本判定爲宋本,故《考異》所論"宋本"實爲趙氏本,參見《四庫全書所收〈玉臺新詠〉非宋本考》,《中國典籍與文化》2013年第2期。
④ 《馮氏校定玉臺新詠》提要,《四庫全書總目》卷一九一,第1735頁。
⑤ 《玉臺新詠考異》提要,《四庫全書總目》卷一八六,第1687頁。
⑥ 同上。

文》、《爾雅》、《釋名》、《廣韻》、《史記》、《漢書》、《後漢書》、《晉書》、《宋書》、《南史》、《隋書》、《唐書》、《文選》(包括李善注本、五臣注本)、《選詩補注》、《初學記》、《詩紀》、《樂府詩集》、《古樂府》、《古詩類苑》以及不同版本的《玉臺新詠》(包括"宋刻"、吳兆宜注本、馮氏校本)等多種類型,的確是"引證頗爲賅備"。具體操作過程中,遵循"兩可者並存之,不可通者闕之。明人刊本雖於義可通,而於古無徵者,則附見之,各箋其棄取之由,附之句下"①的校勘原則。這種審慎的態度體現了清代校讎學的嚴謹求實與規範。

其次,精考作者,核實篇目。由於《玉臺新詠》年湮世遠,流傳過程中又經過增益,版本頗爲混亂。除了文本本身存在差異外,某些詩篇的作者歸屬問題歧議頗多,篇章數量也無定論。關於作者歸屬的歧見,如卷二《塘上行》作者有四說,即古辭(無名氏)、甄后、魏文帝、魏武帝;《雜詩》二首作者有三說:王宋自作、文帝代作、曹植作。諸如此類,紀昀均徵引衆作,予以詳考,又本着審慎的態度,"未敢輕改古書,姑附識異同"。又如卷十徐悱婦(即劉令嫻)詩三首,《校正》根據原書的體例作出判斷,認爲"此書排纂之例,蓋以所卒之歲爲先後。第六卷中,徐悱在姚翻前,令嫻則在姚翻後,此忽移令嫻於姚前,不應自亂其例。疑此三首皆徐悱詩,而傳寫誤增一'婦'字,猶六卷《答唐孃七夕所穿針詩》,本令嫻作,而傳寫誤脱一'婦'字耳"。精細如此,紀昀仍謹慎地留有餘地:"姑識所見,待博雅者更考之。"篇目數量方面的混亂比較突出的,如卷一徐幹《室思》本爲六首,而宋本作一首,馮氏校本分此詩前五篇爲《雜詩》,後一篇爲《室思》;卷三楊方《合歡詩》本爲五首,而馮惟訥《詩紀》則將其後三首別題爲《雜詩》。此類問題紀昀都作了考訂,彙集了大量的文獻資料。

再次,透視歧議,闡微洞幽。紀昀並不局限於考訂、校勘,還能透過歧議,發現一些關乎成書背景及原書編輯旨趣的隱秘問題,以案語的方式作出闡釋。因此《校正》其實是考與論的結合,這使它有別於其他校注性質的著作,而能够"高挹群言"②,"於詞章之學別出義理之學"③,體現出紀昀作爲學問家兼批評家的寬廣視野。例如紀昀注意到《玉臺新詠》卷七專收梁代皇室成員的詩歌,獨無蕭統之作,這引起了他的興趣。卷七考訂皇太子聖製樂府三首所加的案語中,紀昀對此作了解釋:"昭明艷詩傳於今者,除與

---

① 《玉臺新詠考異》提要,《四庫全書總目》卷一八六,第 1687 頁。
② 余嘉錫《四庫提要辨證・序錄》,科學出版社 1958 年版,第 52 頁。
③ 錢仲聯主編《中國文學家大辭典・清代卷》,中華書局 1996 年版,第 227 頁。

簡文及庾肩吾互見四首外,尚有《相逢狹路間》、《三婦艷》、《飲馬長城窟行》、《長相思》等樂府四首,《詠同心蓮》、《詠彈箏人》等詩二首,當時篇詠,自必更多,而竟無一字登此集,蓋昭明薨而簡文立,新故之間,意有所避,不欲於武帝、簡文之間更置一人,故屏而不錄耳。"顯然,紀昀認爲蕭統詩不入《玉臺新詠》,並非如某些先入之見所示,因爲他提倡雅正詩風,排斥艷體創作,相反,蕭統創作的艷詩存世者爲數不少,"當時篇詠,自必更多",故"選體"並不能涵蓋他文學追求的方方面面。紀昀認爲《玉臺新詠》不收昭明詩,是因爲編者徐陵不欲介入微妙敏感的人事糾葛,所以選集的編纂有時並不只是文事。這一推測合情入理,對現代研究者多有啓發。

　　紀昀的目光頗爲敏銳,每每能在細微處發現大問題。以卷九的兩段考論爲例,沈約《古詩題》(本集作《八詠》)六首,紀氏先引述"宋刻原注":"《八詠》,孝穆止收前二首,此皆後人附錄,故在卷末。"然後加按語曰:"此書之例,非詞關閨閫者不收,故《八詠》惟錄二章,非挂漏也。以類贅附,殊失孝穆之旨。"認爲後人補錄屬未能領悟原書體例之舉,當爲不易之論。又如紀氏考訂張衡《四愁詩》時,就《玉臺新詠》不錄其序更引發了關於原書編輯旨趣的思考。紀昀認爲,《四愁詩序》"所謂依'屈原以美人爲君子,以珍寶爲仁義,以水深雪氛爲小人,思以道術相報,貽於時君,而懼讒邪不得以通'者,正作者之本意",徐陵不取,原因是"此集所錄,皆裙裾脂粉之詞,可備艷體之用,其非艷體而見收者,亦必篇中字句有涉閨幃"。這幾句話進一步體現了紀昀對原書編輯體例與原則的理解。追求比興寄託是屈原所開啓的中國古典詩歌的傳統,而梁代文學新變以宮體詩爲途徑,所背離的正是包括這一傳統在內的詩學精神。典型的宮體詩,一方面逼真地描寫女性的服飾、容貌、體態,一味追求唯美的表現,愈益遠離興寄傳統;另一方面,即使是以抒情爲主,表達閨情宮怨的宮體詩,也並不以寄託作者的身世感慨爲旨歸。故陳子昂《與東方左史虬修竹篇序》以"采麗競繁而興寄都絕"概括齊梁詩歌。徐陵編《玉臺新詠》這樣一部總集,將艷詩的上限放寬到漢代,而漢魏詩歌本多興寄,因此曹植等人所作深受"香草美人"傳統沾溉的女性題材之詩仍被收入《玉臺新詠》。但是像《四愁詩》這樣在序言中明示其創作本意正在於承襲"香草美人"傳統的詩歌,顯然不符合徐陵"撰錄艷歌"的編輯原則。紀昀分析道:"此四詩之見錄,亦以'美人贈報'等語。若存其本序,則與艷體爲不倫,故刪去以就此書之例,非遺漏也。"意謂徐陵不肯捨棄這首充斥着"美人"、"所思"字眼的名作,於是便采取了一種變通的策略,刪去原序,僅錄正文。紀氏的分析於情於理都頗服人。至於有的學者深信《四愁詩序》爲僞作①,可備一説,並不能完全推翻紀昀所謂編者有意"删去以就此書之例,非遺漏也"的結論。至少與徐陵處在同一時代的《昭明文選》的編選者並不認爲此序爲僞作,而將其與原詩一並收入詩類"雜詩"目。退一步講,即使此序爲僞作,《文選》不過從存文的角度將其錄入,那麽徐陵棄而不錄的原因,仍以紀昀的解釋最爲合理。紀昀進而認爲吴兆宜箋注本從《文選》補入此序,未能理解徐陵的"本旨",因而不妥。紀昀的論析絲絲入扣,立足於探究原書的編輯旨趣,從而對這一懸案作出了合理的解釋。

三、批評理念

如果説《校正》的校訂考異部分側重從文獻角度展開研究,那麽天頭眉批部分則是對文本的文學鑒賞,既有三言兩語的簡要評説,亦時見數十句的大段論析。眉批與對原文的朱墨圈點相映成趣,呈現了評點這種富有中國特色的文學批評樣式的魅力。

關於眉批部分,書末"觀弈道人記"明示應門人曹受之之請而爲。故《校正》的評點並非興之所至率爾操觚,而是欲以此與同好相切磋,且帶有課徒的意味。因此儘管在形式上承襲了傳統文學批評的點評遺風,但行文卻少了些隨意。紀昀不無謙虚地表示:"曹子如平心静氣以言詩,則管蠡之見或不無小補,如欲高論以駭俗,則僕不敏焉。"這些眉批雖非驚世駭俗之語,但論析源流,品鑒賞讀,看似零散瑣碎,稍加整合,便會發現其中貫穿着紀昀的理性思考,寄寓着他的詩學思想、批評理念。這正是成熟的批評家使評點達到的"形散而神完"、"外雜而内整"②的境界。舉其大略,紀評的特色體現於以下幾個方面:

首先,抓住《玉臺新詠》的編選特色,肯定"情"爲詩的本體。

詩"發乎情",而"情"在梁代文人語境中多被狹隘化,成爲男女之情的簡稱。如蕭綱《答新渝侯和詩書》稱讚新渝侯蕭暎表現"高樓懷怨""長門下泣",描寫"影裏細腰""鏡中好面"的三首詩"皆性情卓絶,新致英奇"③;《文選》賦類下特立"情"目,所選四篇賦即宋玉《高唐賦》、《神女賦》、《登徒子

---

① 如逯欽立輯《先秦漢魏晉南北朝詩》漢詩卷六張衡《四愁詩》後案語:"此序乃後人僞託,而非衡所作。王觀國《學林》辨之甚詳。"中華書局 1983 年版,第 180 頁。
② 黄霖《中國古代文學中的評點》,《古典文學知識》2016 年第 5 期。
③ 肖占鵬、董志廣校注《梁簡文帝集校注》第三册,南開大學出版社 2015 年版,第 753 頁。

的佳作，但這一詩學思路仍然具有重要的借鑒意義，啟發我們思考仿與創、承與變等問題之於文學發展的作用。

紀昀多次主持鄉試、會試，策問中也非常重視詩法的探討，所撰《唐人試律説》、《庚辰集》、《我法集》皆以傳授詩法爲務①。對《玉臺新詠》所録詩的評點也隨處可見對構思、布局、技法、句法等諸多方面的體悟。如卷一《古詩無名人爲焦仲卿妻作》的幾處精彩批點：

> 起十字總挈一篇，與"十三"、"十四"數句若接若不接，妙絕言説。
>
> "雞鳴"十二句設色精妙，有景有情，此自府吏目中看出，使臨別之時又添一重情障，非泛寫女子容飾也。
>
> 兒女呢呢，猶爲恒徑入；"却與小姑别"一段，波瀾縈繞，更爲生動有情。
>
> 一路散散碎碎，着"青雀白鵠舫"一段濃姿麗采之文，方覺波瀾生動。樂府多用此閒處設色之法。
>
> "其日牛馬嘶"八句淡淡敘事，而至今有燐火陰風之氣，此爲象外傳神。
>
> 末一段借水生波，憑空布景，不如此十分圓足，結不住爾許大篇。

如此層層解析，將這篇名作的精妙之處揭示出來。又如卷四顏延之《秋胡詩》，雖亦爲名篇，但紀昀卻點明其構思的缺憾：

> 第三章寫旅況極警拔，而以全詩章法論，究爲衍出。詩家有旁起之波瀾，樂府有橫生之機趣，均非此之謂也。

這種辯證的思維方式不獨使其對詩之得失評點到位，且能洞悉前後承傳之法，真正使詩成爲可悟可學的藝術。以詩的收束之法爲例，眉批中既見"一結超妙"、"結有深致"、"收法波峭"之讚語，亦有"結句近俚"、"末二句可删"、"結太激訐"等指摘，皆以簡短的評語點明高下之别。更爲可貴的是，尚有不少結合篇章整體以分析結法，瞻前顧後見出來源及影響的評語，如卷九《歌詞二首》之"河中之水向東流"，紀昀評道：

> 詳末二句，莫愁蓋嫁富貴之家，而夫則非偶者，故詞人悼而詠之。向來以盧家少婦爲佳事，蓋徒見點綴華艷，而未究"人生富貴"一語將上文已一筆掃盡耳。〇一路極力鋪張，而末以一語露本意，章法得之《君子偕老》。高常侍《燕歌行》末以"憶李將軍"點睛，亦此法也。

---

① 參見彭國忠《〈唐人試律説〉：紀昀的試律詩學建構》，《文藝理論研究》2014 年第 5 期。

又如對卷二左思《嬌女詩》結法的評點：

> 一結以竟住爲妙，李義山《驕兒詩》通體從此脱胎，而結處特加收束，遂令壁壘一新，合觀之，可悟變化之法。

再如卷五丘遲《敬酬柳僕射征怨》的評語：

> 後六句本鮑參軍《贈故人詩》，而鮑用以發端，以奇矯勝；此用以結末，以折宕勝。古人非不相師，但運用不同耳。

可見卒章顯志、出人意表、含蓄不盡、波瀾跌宕等結法皆爲紀昀所激賞。幾段眉批都是紀昀借助於具體詩篇對理想的收束之法的概括、體察。

再次，從沿波討源的史學意識出發，以發展的眼光觀照文學作品與文學現象。

把握歷史的流程是紀昀學術的突出特點，他所統領纂輯的《四庫全書總目》體現出"辨章學術，考鏡源流"的鮮明宗旨①。朱東潤先生《中國文學批評史大綱》言："曉嵐對於文學批評之貢獻，最大者在其對於此科，獨具史的概念，故上下千古，纍纍如貫珠。"②紀昀評點《玉臺新詠》，即表現出明確的"史的概念"。而《玉臺新詠》在編排體例上以史爲綱，正好使紀昀的研究思路得以充分發揮。紀氏《校正》跋云"《玉臺新詠》雖宮體，而由漢及梁文章升降之故亦略見於斯"，着眼於"升降之故"，《校正》眉批中即處處可見其"史的概念"。

紀昀在評點時非常重視所評作品在文學史的鏈條上所處的位置，常常似在不經意間便勾勒出史的發展脈絡。例如，艷體創作由來已久，紀昀評點張衡《同聲歌》云："漸趨濃艷，而氣脉仍自渾然，故是天人姿澤。陳思一派，從此導源，非六朝雕繢所可擬。""'思爲'四句爲靖節《閑情》之藍本，古人非不相師，但擬議之中自有變化耳。"寥寥數語將《同聲歌》之風格、地位、影響簡筆勾勒出來，强調了"擬議之中自有變化"的詩學思想。對於六朝詩風的漸變過程，紀昀每每有敏鋭的發現。如評卷九傅玄《車遥遥篇》："漸入清巧，然尚未纖。"又評其《擬北樂府》三首曰："詞采耀艷而興象深微，格力遒健，上存漢氏之遺，下開六朝之始。此風氣初轉變而未漓之候也。"從詞采、興象、格調等方面的特徵，體現出了傅玄在六朝詩史上的"中間"狀態。再如同類題材詩歌在不同階段的發展變化，也爲紀昀所關注。曹植《美女篇》取材於樂府民歌《陌上桑》，是文人改造樂府使之由敘事化轉向抒情化的典範

---

① 參見周積明《紀昀評傳》"思想篇"第五章，南京大學出版社 1994 年版。
② 《中國文學批評史大綱》，上海古籍出版社 1957 年版，第 301 頁。

之作。此後以"擬美女篇"、"代美女篇"爲題者亦不少見,内容卻發生了流變。紀昀評卷八蕭子顯《代樂府美女篇》,比較諸作,指出"子建本詞託言賢士之自守,傅休奕所擬已非本旨,梁簡文帝以下純作艷歌,去之彌遠矣",題材的演變往往映照出文學風尚的變遷,紀氏於此頗能細膩捕捉。

七言詩的産生是漢魏六朝時期突出的文學現象,《玉臺新詠》的編者敏感於此,特立一卷因體收詩,卷九録入七言詩 89 首。七言詩的成熟興盛過程則一直延續到唐代,衆多詩人選擇此體,形成了異彩紛呈的詩歌風貌。紀昀評卷九蕭子顯《燕歌行》(風光遲舞出青蘋)時精彩地描述道:

> 七言之體至鮑參軍而始變,然迄六代無和者。迨唐乃有李、杜、韓諸公起而應之,餘則自齊梁以至唐人皆用此格。盧、王諸公變而宏麗,摩詰諸公變而高秀,嘉州諸公變而雄峭,香山諸公變而流易,昌谷諸公變而幽艷,飛卿諸公變而婉縟,不過才分不同,興趣各異,其音節則未之改也。此詩置之初唐、盛唐之間,未見必能辨別,概以"齊梁蟬噪"揮斥之,恐亦興到之言也。

紀昀認爲,正是有了六朝時期的醞釀與準備,才成就了唐詩的繁榮,七言詩的産生、發展、興盛過程即是有力的證明;韓愈以"齊梁及陳隋,衆作等蟬噪"一筆抹倒高潮到來之前的醞釀與準備過程,不過是"興到之言",缺乏理性分析的依據,更缺乏史家襟懷。對於六朝文學之於唐代文學的導源作用,紀昀在評點中多次談及。卷九評蕭子顯《春別》四首曰:"與元帝所作第四首已有後來《竹枝》風味。"評吳均《行路難》曰:"純寓升沉之感,音節流暢,已露唐人風氣。"評陸厥《李夫人及貴人歌》曰:"哀艷而有幽味,已開長吉、飛卿之先。"卷六評費昶《華光省中夜聞城外擣衣》曰:"音節流美,已啓唐音。"卷八評徐陵《和王舍人送客未還聞中有望》"拭粉留花勝,除釵作小鬟"二句云:"'拭粉'十字情景宛然,然漸入詩餘小令矣。文章機括常兆於數百年之前,而成於數百年之後。"雖然都是點到爲止,未能展開論證,但紀昀已經借助於這一傳統形式,將自己融注史的概念和討源辨流的批評理念展示得淋漓盡致。

其實,除了文學史鏈條的勾連,"史的概念"也從另一層面體現出來。前文已約略述及紀昀對收束之法的承傳動向的矚目,而其對句式、語典等方面的取法、衍化之跡,更有細膩體察。如卷四鮑令暉《題書後寄行人》"鴻來知客寒"句,紀評:"'鴻來'五字有致。梁武帝'中州木葉下,邊城應早霜'句即衍此意而爲之。"又如卷六吳均《與柳惲相贈答六首》之"閨房宿已清,落月有餘輝"句,紀評:"起二句從陳思王'明月照高樓'脱胎,而意境又別。"《贈杜容成》末四句"昔別縫羅衣,春風初入幃。今來夏欲晚,桑蛾薄樹飛",紀評:"結從《詩》'昔我往矣'四句脫胎,頗有簡峭之致。"再如卷五江淹《古體》"不惜蕙草晚,所悲道路寒"二句,紀氏眉批:"'不惜'二句從古詩'不惜歌者苦'二句得法,而語加深至。杜工部《雨詩》曰'不愁巴道路,恐濕漢旌旗',陳簡齋《雨詩》'未憂荒楚菊,直恐敗吳秔',皆相承。"①凡此種種點化章法句法的來龍去脈,皆可見紀昀批評理念的貫徹,又隱含着課徒學詩的苦心。

四、通達與迂腐

從上述分析可以看出,直面學術客體使得紀昀的《玉臺新詠》研究具有了回歸文學本位的可貴品質,這顯然與"淫艷"、"淫靡"的武斷斥責或"《國風》之正宗"②的簡單化褒揚不在同一批評層面。然而我們閱讀《校正》,歎服於其中精審的考證與精彩的點評的同時,也常常能夠嗅到迂腐的道學氣味。在男女之情入詩與如何入詩的問題上,紀昀的批評立場使他的認識深度打了折扣。

作爲正統派文人,紀昀論詩謹守儒者立場,與他整個思想體系保持着一致。其《冰甌草序》辨析詩之性情曰:

> 詩本性情者也。人生而有志,志發而爲言,言出而成歌詠,協乎聲律。其大者,和其聲以鳴國家之盛;次亦足抒憤寫懷。舉日星河岳,草秀珍舒,鳥啼花放,有觸乎情,即可以宕其性靈。是詩本乎性情者然,而究非性情之至也。……彼至性至情,充塞於兩間蟠際不可澌滅者,孰有過於忠孝節義哉!③

紀昀將性情分爲兩個層次,忠孝節義爲大,一己私情爲次。無論是評説現實生活中的愛欲還是文學作品中的情感,都以不逾"禮"(或"理")作爲必要前提。他承認"飲食男女,人生之大欲存焉",但如果它"干名義,瀆倫常,敗風俗",那就該當"王法之所必禁"。所以他雖然對"癡兒騃女,情有所鍾"表示

---

① 按:"陳簡齋"恐是紀昀誤記,此句見於陸游《劍南詩稿》卷十五,另,梁章鉅過録本正改作"陸放翁"。
② 袁枚《隨園詩話》卷九,人民文學出版社1982年版,第302頁。
③ 《冰甌草序》,《紀曉嵐文集》第一册,第186—187頁。

理解,但理解的前提是:"實非大悖於禮者,似不必苛以深文。"①從而對情理關係作了有限度的變通。這一原則運用於詩歌研究,即是以《詩大序》所謂"發乎情,止乎禮義"説爲尺度,衡量文學史上的理論主張與創作實踐。

對於男女之情入詩的問題,紀昀的基本態度是正視這一客觀事實,既不像李重華所謂"《三百篇》所存淫奔,都屬詩人刺譏,代爲口吻"②,只見衛道不見真情,又不似袁枚所謂"艷詩宫體,自是詩家一格"③,爲艷詩據理力争一席之地,而是表現出温和的折中④,時或有通達之論。《四庫全書總目》卷一八六《玉臺新詠》提要謂是集"雖皆取綺羅脂粉之詞,而去古未遠,猶有講於温柔敦厚之遺,未可概以淫艷斥之",即典型地代表了這種態度。評説與《玉臺新詠》性質類似的《香奩集》亦如此:"《香奩》之詞,亦云褻矣。然但有悱惻眷戀之語,而無一決絶怨懟之言,是亦可以觀心術焉。"⑤紀昀爲清詩人伊朝棟(字雲林)詩集《雲林詩鈔》作序曰:

> "發乎情,止乎禮義"二語,實探風雅之大原。後人各明一義,漸失其宗。一則知"止乎禮義"而不必其"發乎情",流而爲金仁山"濂洛風雅"一派,使嚴滄浪輩激而爲"不涉理路,不落言詮"之論;一則知"發乎情"而不必其"止乎禮義",自陸平原"緣情"一語引入歧途,其究乃至於繪畫横陳,不誠已甚歟! 夫陶淵明詩時有莊論,然不至如明人道學詩之迂拙也。李、杜、韓、蘇諸集豈無艷體? 然不至如晚唐人詩之纖且褻也。酌乎其中,知必有道焉。⑥

紀昀認爲詩之"情"不能毫無節制,詩人應該帶着"止乎禮義"的鐐銬跳舞。對於陸機"詩緣情"説,紀昀指出它的失誤在於只知"發乎情",而不知"止乎禮義",背離了詩教,將後世文學"引入歧途",遂導致齊梁詩歌"繪畫横陳"的不良傾向。因此從立場上講,紀昀對《玉臺新詠》等艷體選集的總體評價並不高:"齊、梁以下,變而綺麗,遂多綺羅脂粉之篇,濫觴於《玉臺新詠》,而弊極於《香奩集》,風流相尚,詩教之決裂久矣。"⑦但是《玉臺新詠》所録詩

---

① 《灤陽續録》(五),《閲微草堂筆記》卷二三,上海古籍出版社 1980 年版,第 534 頁。
② 《貞一齋詩説·詩談雜録》,《清詩話》本,上海古籍出版社 1999 年版,第 931 頁。
③ 《再與沈大宗伯》,《小倉山房文集》第十七卷,王英志點校《袁枚全集》,江蘇古籍出版社 1993 年版,第 286 頁。
④ 關於紀昀詩學理論與實踐的折中色彩,參見張健《清代詩學研究》,北京大學出版社 1999 年版,第 593—604 頁。
⑤ 《書韓致堯〈香奩集〉後》,《紀曉嵐文集》第一册,第 252 頁。
⑥ 《雲林詩鈔序》,《紀曉嵐文集》第一册,第 199 頁。
⑦ 《詩教堂詩集序》,《紀曉嵐文集》第一册,第 209—210 頁。

畢竟是"發乎情"的産物,故而仍要予以關注。紀氏對於《玉臺新詠》所錄詩,凡符合溫柔敦厚之旨的,都大加襃揚;對跨越雷池者,則以"殊乖大雅"、"此殊傷雅"、"太猥"、"靡靡之音"等嚴詞斥之。前者如卷二劉勳妻王氏《雜詩》道棄婦的哀怨:"翩翩牀前帳,張以蔽光輝。昔將爾同去,今將爾共歸。緘藏篋笥裏,當復何時披。"紀昀批道:"不曰'蔽風霜'而曰'蔽光輝',無限燕昵舊情見諸言外。'昔將'二句語淡而情悽。末二句猶作冀望之詞,忠厚之至。"而卷一《古詩》八首之《孟冬寒氣至》中"客從遠方來,遺我一書札。上言長相思,下言久離別。置書懷袖中,三歲字不滅。一心抱區區,懼君不識察"幾句,也頗得紀昀欣賞,其評曰:"'客來'四句自言我已信君,'置書'四句轉恐君不信我,放寬對面一層,彌覺纏綿深至,後來閨情諸作,皆責人之意居多,去古人渾厚遠矣。"可見言情而有度,乃是紀昀的理想。

　　《玉臺新詠》所錄詩被紀昀指爲有違"渾厚"之旨的也不在少數,即使是某些傳誦一時的名作。如卷一首篇《上山采蘼蕪》是著名的棄婦詩,以棄婦與故夫偶然相遇的一段對話結構全詩。對於詩中這段對話,紀昀就頗爲不滿:"盛稱新不如故,以動其念舊之情,立意非不忠厚,而措語似嘲似譏,反掩其纏綿悱惻冀倖復收之意。昭明不選,其以是歟?"紀昀推測《文選》不錄此詩的緣由正是因其言情似嘲似戲,有違溫柔敦厚之旨。《古樂府詩六首》之《皚如山上雪》傳爲卓文君聽說司馬相如欲娶茂陵女憤然而作,詩中"聞君有兩意,故來相決絕"等句頗見烈女烈性。紀昀卻責問:"此古今傳誦之作。然聞有兩意即行決絕,忠厚之旨安在也?"對詩中表達激憤之情頗爲反感。他欣賞"溫厚和平,俯仰中度"[1],認爲韓愈的"不平則鳴"說與歐陽修的"窮而後工"說不過是"一時有激之言,非篤論也"[2]。因此紀氏的點評時露道學先生的面孔。如卷六王僧孺《爲人自傷》:"自知心裏恨,還向影中羞。迴持昔慊慊,變作今悠悠。還君與妾珥,歸妾奉君裘。弦斷猶可續,心去最難留。"此詩亦寫女子因對方情變而與之決絕,主旨與樂府《有所思》、《白頭吟》相同,當然同樣遭到紀昀的酷評:"其言怨以怒。""此脱胎於古樂府之《有所思》,然彼爲淫奔之詞,無所不可,此則姬人之語,固應自有分寸。"又卷六費昶《有所思》,紀評亦曰:"後四句(按即"北方佳麗子,窈窕能回顧。夫君自迷惑,非爲妾心妒")詞怨以怒,去古人敦厚遠矣。"措辭可謂嚴苛。又如卷十徐悱婦(劉令嫻)《題甘蕉葉示人》、《摘同心支子贈謝孃因附此詩》等詩,紀昀評曰:"男女相悅,乃贈同心,女子豈宜如此?"未免以正統文人之

---

[1] 《李文公集》提要,《四庫全書總目》卷一五〇,第1291頁。
[2] 《月山詩集序》,《紀曉嵐文集》第一册,第196頁。

心度有情女子之腹。而由此推斷："合觀三詩,信決非令嫺作也。"由於根基不固,結論就難以令人信服。

　　要之,紀昀以傳統詩教説爲標尺衡量《玉臺新詠》,揭示詩歌言情的本質特徵,又對未能"止乎禮義"的言情之作大加指責,試圖折中情禮,樹立典範,但在具體操作過程中時露迂腐之相,看來這是所持批評尺度本身存在問題所致。然而儒者立場給紀昀的點評帶來的尷尬,並没有扼殺他的詩家慧心。當紀昀對詩教法則加以變通,而以詩家手眼統觀《玉臺新詠》這部總集的時候,依然顯示了他的卓越識見。某些時候,甚至甘冒偏離詩教之險,對宫體詩許以"有情"、"情語"、"深情雋語"、"搖曳有致"。對於詩教家法的嚴守與變通,造成了紀氏評詩交織着通達之論與迂腐之語的複雜情形。這無疑是《玉臺新詠》接受史、研究史上值得關注的現象。

五、考評合璧,勢在必然

　　如前所述,《校正》作爲紀昀用力多且收功遠的得意之作,原本集校勘、考證、評點於一書,卻被人爲割裂,導致了考校部分與評點部分的不同命運。《考異》不乏流通之本,有四庫本、畿輔叢書本、叢書集成初編本等多種版本(尚無現代標點本),但評點部分卻未見刊刻,仍處於稿本、抄本狀態,長期與《考異》分離。故僅執《考異》刊本,則難窺紀氏成果的全貌,給研究帶來不便。因而將《考異》與眉批合璧,重加整理,是十分必要的。

　　《校正》曾廣爲傳抄,版本形態各異,底本有别,批點繁簡不同,文字也有出入。詳加比勘,不僅可窺紀氏精益求精的批校過程,批點文字的搖曳變化,亦可見此書的影響。

　　《校正》作爲紀昀學術思想的重要載體,也有紀氏其他著述不可取代的價值。而此書的性質又使其無從録入紀昀文集,因此對其標點、校勘都是具有原創性質的工作。將紀氏對《玉臺新詠》的考證批評之功萃於一編,以解研究者奔波查書之勞,蓋將有益於學林。整理的具體設想與操作原則詳見"凡例"。不當之處,懇請專家同好指正。

《玉臺新詠校正》版本考述

　　《玉臺新詠校正》（以下簡稱《校正》）是紀昀用力頗勤的著述。其撰寫時間據紀昀題跋所示，自乾隆三十六年（1771）紀氏謫戍烏魯木齊歸來始，至乾隆三十八年（1773）入四庫館總纂《四庫全書》之前完成。其間乃至此後多年塗乙修訂，又經傳抄、過錄，形成了不同的版本系統。大體説來，《校正》的版本系統有二：一是以朱墨雙色筆批校於吳兆宜注本眉端的早期批本系統（簡稱朱墨批本系統），二是將考校文字以雙行小字插入《玉臺新詠》原文，而評點文字置於眉端的繕清本系統。此書現有稿本、抄本、過錄本等多種形態存世，學界有關《玉臺新詠》版本，劉躍進《〈玉臺新詠〉版本研究》、傅剛《〈玉臺新詠〉版本補録》等著述嘗有梳理①。但這些成果並不是針對《校正》一書的集中討論，故對其成書過程、版本系統、各本特點與價值等問題的交代尚不很清晰，需在已有成果的基礎上再做補充、完善的工作。兹以兩大版本系統爲綫索，據筆者所見及學界論及者，將《校正》版本敍考如下。凡學界已有討論的簡言之，未述及或可辨析處則詳言之。

一、朱墨批本系統

　　朱墨批本屬紀昀早期的批校，雖稿本已殘，但從存世抄本可窺其全貌，也形成了比較完整的版本系統。

（一）紀昀手批稿本殘卷

　　臺北"國家圖書館"（以下簡稱"臺圖"）藏，著録爲："陳徐陵編，存二卷，

---

① 劉躍進《〈玉臺新詠〉版本研究》，見《玉臺新詠研究》一書，中華書局 2000 年版。傅剛《〈玉臺新詠〉版本補録》，載《文史》2003 年第 3 輯。以下所引二先生觀點，均出此二文，不再詳注出處。

四册,烏絲欄舊抄本,清乾隆三十七年紀昀朱墨批校並跋。"所存爲卷九、卷十兩卷(以下簡稱"殘稿本"),卷九首頁鈐"春颿校定"白文長方印、"一六淵海"朱文方印、"瀛海紀氏閱微草堂藏書之印"朱文長方印、"羅振常讀書記"朱文長方印、"國立中央圖書館收藏"朱文方印。全書卷終紀氏跋文落款"河間紀昀記",後鈐"昀印"白文方印、"春""颿"朱文連珠方印;跋文頁面左下端鈐"蟫隱廬秘笈印"朱文方印。

此本爲紀昀自烏魯木齊歸家後的首次批點,以朱墨雙色筆批校於吳兆宜注本天頭,爲朱墨批諸過錄本之所本。卷十末有閱畢題款以雙行字插入行間,依時間順序分別是:

  乾隆辛卯七月廿八日閱畢。曉嵐記。(朱筆)
  八月初二日又覆閱畢。鈔本訛脱甚多,暇當檢諸書詳校之。曉嵐又記。(朱筆)
  壬辰正月十一日重閱畢。曉嵐又記。(墨筆)

三次批閱後的題識並未按時間順序依次排列,"壬辰正月"、"八月初二日"兩條插入卷末王臺卿《陌上桑》四首吳注後的空白處,且有朱墨之别;"乾隆辛卯"一條則書於"玉臺新詠卷第十終"之下,當是首次閱畢後所記。屬朱墨批版本系統的諸抄本亦仿此例迻錄,但次序又稍有别,如國家圖書館藏佚名本、上海圖書館藏王文燾過錄本三條題款的排列順序爲"壬辰正月"、"乾隆辛卯"、"八月初二日"。

此本卷末錄趙均跋,其後之紀昀手書題記,破損處頗多,據抄本補足轉錄如下:

  《玉臺新詠》舊乏佳刻,此本出吳江吳氏,鈔胥潦草,訛不勝乙。暇日偶爲點論,因以家藏宋刻互校之,而宋刻之訛更甚。馮鈍吟跋謂宋刻爲麻沙本,故不佳,誠篤論也。而馮默菴所校猶執宋本以爲據,宜其疏矣。然孝穆所錄諸詩尚非隱僻,他集具在,可以互勘而明,因旁證諸書,定爲此本,雖疑誤之處尚所不免,而較諸本之牴牾,似爲清整矣。其注文踳駁,則尚未暇舉正也。乾隆壬辰上元前三日河間紀昀記。

關於此本的價值,傅剛先生《〈玉臺新詠〉版本補錄》有較爲深入的論述,指出作爲此本批校底本的吳兆宜原注本未見刊刻,後經程琰删補刊行於世,但吳氏原貌遂不復得見,幸賴此批本得以保留。故此本對於研究吳兆宜原注的嚴謹體例、底本真相,都具有彌足珍貴的價值。

此外,筆者對殘稿本與朱墨批抄本加以比勘,發現前者的某些批校並不見於抄本,批語不乏有益之處。如卷九曹植《樂府妾薄命行》"能者冗觸别端"、"朱顔發外形蘭"二句,殘稿本朱批:"'能者'句、'朱顔'句俱生拗。""手形羅袖良難"、"坐者歎息舒顔"句①,殘稿本朱批:"'手形'句、'坐者'句俱晦。"均未見於抄本。又如張載《擬四愁詩》,殘稿本有朱批:"昭明録此一首,其實此一首亦屋下屋。"亦不見於朱墨批抄本。卷十梁武帝《詠笛》,殘稿本朱批:"此殊無味。"江伯瑶《和定襄侯八絶楚越衫》"一見落千行"句殘稿本朱批:"節去'淚'字,'千行'定是何物?"亦皆不見於朱墨批抄本。梁武帝《冬歌》第四首:"一年漏將盡,萬里人未歸。君志固有在,妾軀乃無依。"②殘稿本朱批:

"一年"二句,戴叔倫取爲《客邸除夜詩》,可謂能倒用大司農印。

評點雖簡,卻對梁武帝此詩的影響説得很到位。所言戴叔倫詩又題作《除夜宿石頭驛》,其中"一年將盡夜,萬里未歸人"句,靈活化用了梁武帝《冬歌》之"一年"二句之意,被胡應麟稱爲"客中除夜之絶唱"③。但紀氏此評並未見於抄本。推測此種情形的發生,或爲抄本漏抄,或因紀氏曾有訂補而抄本無由得見,遂致缺憾相襲。上述幾例僅取殘本所存的兩卷與諸抄本比勘而得,而完本的抄録缺失幾何,已無從查對。所以,從朱墨批抄本雖然大致可窺紀昀首次批點的原貌,但上述遺憾恐難彌補,愈見殘稿本的珍貴。

(二) 國家圖書館藏佚名過録本

此本藏於國家圖書館(以下簡稱"國圖"),兩函十册,金鑲玉裝,匡高17.6釐米,廣13.5釐米。半頁十行,滿行二十一字,白口,花魚尾,左右雙欄。目録首頁天頭右側鈐有"合肥李氏集虛堂藏書印"(朱文方印),頁面右下角鈐"李國松"朱文長方印。此本劉躍進、傅剛先生之文均未言及。

此本以吴兆宜原注、程琰删補本爲底本過録紀昀批語,天頭有朱墨雙色眉批。首録徐陵序,惜缺首半頁,徐序自"珠簾以瑇瑁爲押"句始,天頭眉批自"撰《玉臺集》以大其體"始。徐序末程琰按語後有墨筆跋文:

海陽李芍亭嘗謂孝穆此序似言選録女子之詩,今本當出僞造。余謂書之真僞不可知,然考其詞意正謂選爲閨閣之吟玩,非言選女子詩也。

跋後爲徐釚題跋、考訂姓氏、全書總目録,目録後有朱筆過録紀昀題跋:

---

① 按:此句《校正》稿本闕。
② 按:此首宋刻未收,爲明刻本所闌入。
③ 胡應麟《詩藪》内編卷四,上海古籍出版社1979年版,第74頁。

此書體例頗爲猥雜,一卷至八卷皆收五言,九卷則以四言、七言、雜言別爲一卷①,此已似分體編詩之陋習,至兩韻之古詩、四句之樂府又別編爲第十卷,而不入五言之中,則是竟以此種爲絶句矣。夫自唐以來,但有古體近體之分,而無以絶句自爲一體之事,舊刻諸集班班可考。至宋人而律詩絶句始若鴻溝,明代承流,遂爲定格,豈梁時選本先以絶句另編耶? 然則此書出孝穆與否,蓋未可定,特自宋以來流傳已久,姑以舊本存之耳。曉嵐記。

　　注本爲予門人吳子惠叔所傳鈔,即顯令之曾孫也。蓋未成之稿,故踳駁特甚,欲爲删補而未暇也。曉嵐又記。

題跋以下爲正文,各卷卷首有著作人三行:

　　陳尚書左僕射太子少傅東海徐陵孝穆編
　　吳江吳兆宜顯令原注
　　長洲程際盛東冶删補

卷十終以朱墨筆抄録"乾隆辛卯"、"壬辰正月"、"八月初二日"三通題跋,内容同殘稿本。書尾墨筆抄録趙均跋,跋後録紀昀書於"乾隆壬辰上元前三日"的題記。紀氏題記已見前文,兹不贅。

　　作爲過録本,朱墨批本的價值首先在於從中可窺紀昀早期批校的情形。由於朱墨批稿本爲僅存九、十兩卷之殘卷,幸賴此一系統的抄本存世而得以見其全貌。校訂、評點之語俱書於簡端,朱墨雙色筆表明批校非止一次。與作爲定本的《校正》十卷稿本(簡稱稿本)比勘,可以發現其藍本的作用(詳見下文對稿本的敍考)。

　　其次,朱墨批本不獨爲《校正》稿本提供參照,以映襯其後出轉精的情形,還保留了未被稿本吸收的批校文字,多不乏益處。早期、後期批校的此有彼無之處説明,各本的價值是不可互相取代的。如卷四鮑照《代京洛篇》"寶帳三千萬"一句,墨批推測其典"似用益州爲合德造帳事";卷五何遜《日夕望江贈魚司馬》"耿耿青雲外"句,朱批:"'耿耿'佳於'眇眇'。"卷五范靖婦《詠鐙》"冰宇淡青暉"句,朱批:"'冰宇'句似月不似鐙。"幾例皆不見於稿本。又如卷五沈約《詠月》"方暉竟入户,圓影隙中來"句,《校正》稿本並無眉批,而朱墨批本有朱批:

　　"方暉"二句從惠連《雪賦》"方珪""圓璧"語化出,而遠不及其工妙。月光豈可如此瑣屑刻畫? ○唐太宗《秋日懸清光》詩"臨波無定

---

① 按:此句天頭有朱筆眉批:《文選》四言與五言雜編,不入歌詞之内。

影,入隙有圓暉"句又從此"圓影"句脫出,而上句空闊,下句細膩,轉覺青出於藍,是知神奇腐臭轉變無常,運用之妙存乎一心耳。

指出了語典出處、影響及得失。此批語爲屬於繕清本系統的梁章鉅《玉臺新詠定本》(簡稱"梁定本")所轉錄,是對其價值認同的表徵。

尤其值得注意的是,吳注本將明刻本所闌入的179首詩悉附各卷之後,注明"以下宋刻不收",紀昀對這部分詩作的評語也賴朱墨批系統之抄本保存下來。此本卷三末天頭有紀昀的一段説明:

> 宋刻不收之詩,皆明人所妄入。吳氏雖離析編之而仍爲作注,今亦一例點論之。他時如繕清本,則仍以宋刻所有爲斷,庶不失舊本面目耳。觀弈道人附記。

紀昀對其中約百首詩的評點,爲最終所"繕清本"如稿本及擷英書屋抄本等所無。對這部分詩的評點中也有些值得稱道的見解,可以看出紀昀一貫的詩學思想,特別是對齊梁詩的態度。

紀昀一向認爲詩應抒發真情實感,如其《清艷堂詩序》所言,古來詩人,風格"千變萬化,不名一體,而其抒寫性情,則一也"。"凡物色之感於外,與喜怒哀樂之動於中者,兩相薄而發爲歌詠,如風水相遭自然成文,如泉石相舂自然成響"①。此外,《鶴街詩稿序》所謂"戛戛獨造,不落因陳之窠臼,而意境遥深,隱合溫柔敦厚之旨"②,亦是其評詩標準。故評點中對某些一味炫技而偏離"詩之正軌"之作,以及擬議中缺少變化之詩,屢有尖銳批評。僅就這百首詩的評點仍可管中窺豹。如卷四王融《回文詩》,紀批:"此詩家之惡派,不作可也。"即是基於回文詩"回復讀之,皆歌而成文"③,因而更倚重文字技巧的體式特徵而發,認爲此類詩若人人爭作便偏離了詩的根本。卷七湘東王蕭繹《春日》④,紀批:"亦有別趣,但不容有二。○從淵明《止酒》脱出。"陶淵明《止酒》二十句中每句皆著一"止"字,朱自清先生認爲"當係俳諧體","宋以後此等詩體大盛,建除、數名、縣名、姓名、藥名、卦名之類,不一而足"⑤。蕭繹此首《春日》每句皆著"春"字,其中有五句甚至各著二"春"字,如"春還春節美,春日春風過"之類。紀昀認爲此詩"有別趣",尚肯

---

① 見孫致中等校點《紀曉嵐文集》,河北教育出版社1995年版,第一册,第202頁。
② 見《紀曉嵐文集》第一册,第207頁。
③ 吳兢《樂府古題要解》,《歷代詩話續編》(上),中華書局1983年版,第62頁。
④ 按:程琰删補本《玉臺新詠箋注》將此首歸爲簡文帝作,又有按語説徐刻作元帝詩。
⑤ 朱自清《陶詩的深度》,《朱自清古典文學論文集》下册,上海古籍出版社1981年版,第573頁。

定其可取之處,而對卷八鮑泉《和湘東王春日》,紀批:"元帝作亦偶一爲之,此體若輾轉相和便成惡道。"則全然是痛斥的語氣。

齊梁多擬樂府舊題之作,對於不能出新者,紀昀的批評毫不客氣。如卷九簡文帝蕭綱《東飛伯勞》二首,紀批其一:"亦是屋下架屋,而賴此一結尚有情致。"批其二:"此首鉤摹填廓,了無意致,而複衍前篇,更屬可已不已。"卷八庾信《昭君辭》,紀批:"子山亦作此塵劫語,信此題可以不作。"卷九張率《白紵歌辭》三首,紀批:"三首皆不失風格,而了無新意。"皆從承變之度確定其優劣。

從遵循"詩教"傳統的立場出發,紀昀對齊梁詩總體評價不高,但對齊梁詩開啓唐音之功,則並無遮蔽,這在《校正》稿本眉批中斑斑可見,而朱墨批本保存的這近百首詩的批語亦不乏此類内容。如卷五范雲之《思歸》:"春草醉春煙,春閨人獨眠。積恨顏將老,相思心欲然。幾回明月夜,飛夢到郎邊。"紀批道:"小詩却極情致,已開太白之先聲。○佳在自然。"卷四謝朓《贈故人》紀批道:"此種已全是唐音。詩至玄暉是千古一大轉關處。故趙紫芝曰:玄暉詩有唐音。"對於卷九分屬蕭繹、庾信的兩首《燕歌行》,紀昀也有"初唐多是此體,蓋此體實成於齊梁"、"宛轉疏暢,已成就唐人體格"之批語,體悟唐詩與齊梁詩的關聯。

另外,摘句批評爲評點的慣常形式,紀昀作爲詩家的慧心常於此顯現。如卷八蕭愨《秋思》之"芙蓉露下落,楊柳月中疏"二句,紀批:"顏黃門之論當矣,八米盧郎故應未喻。此詩得此二語正似懷珠川媚。"按,八米盧郎即盧思道,作爲土著北人,其初不解南朝詩風也在情理之中。紀氏認同顏之推對此詩的賞析。《顏氏家訓·文章》云:"蘭陵蕭愨,梁室上黄侯之子,工於篇什,嘗有《秋詩》云:'芙蓉露下落,楊柳月中疏。'時人未之賞也。吾愛其蕭散,宛然在目。潁川荀仲舉、琅琊諸葛漢亦以爲爾。而盧思道之徒,雅所不愜。"[1]紀昀認爲顏氏吟味之句正是佳句。而"懷珠川媚"之比,語出陸機《文賦》"石韞玉而山輝,水懷珠而川媚",説明警句勝語對於提升全篇品位的作用。如此,精彩之評時見簡端,若僅讀其"繕清本",則難免有遺珠之憾。

(三)天津圖書館藏佚名過録本

此本亦劉躍進、傅剛先生之文未著録者。天津圖書館(以下簡稱"天圖")著録爲:"佚名録紀昀批校,八册一函,乾隆三十九年刻本,吴兆宜、程際盛注本。版框高17 cm,寬13.1 cm,10行,行21字,白口,四周雙邊,單黑

---

[1] 王利器《顏氏家訓集解》,上海古籍出版社1980年版,第275頁。

魚尾,版心上書口鎸題名。"封面鎸"玉臺新詠箋注　本衙藏版"。首頁鈐"天津市人民圖書館藏書之章"。此本底本爲乾隆三十九年刊行的吳兆宜原注、程琰刪補本,天頭録紀昀朱墨批語,與國圖藏本屬同一系統,且無缺頁,品質似更優。

此本首録徐陵序,在著作人"陳尚書左僕射太子少傅東海徐陵字孝穆撰"相應位置,有天頭眉批:

> □氏曰:《陳書·徐陵傳》云:"太建二年,遷尚書左僕射,後主即位遷太子少傅。"《大唐新語》云:"梁簡文爲太子,好作艷詩,境内化之,晚年欲改作,追之不及,乃令徐陵撰《玉臺集》以大其體。"檢此,則是書之撰實在梁朝,可以明證。署名如是,明是後人所加也。

這段眉批,在《校正》稿本及畿輔叢書、叢書集成初編本《玉臺新詠考異》(簡稱《考異》)中以雙行注的形式插入,所不同者,"□氏"作"馮氏";而出自《陳書·徐陵傳》關於徐陵職位變化的幾句引文,《校正》稿本、《考異》各本則未取。

此本於徐陵序後録底本序跋,計有陳玉父跋、趙均跋,以及李維楨、馮舒、馮班、道人法頊、南陽轂道人、朱彝尊、程際盛、阮學濬等人跋。次目録,次録紀昀朱墨筆數通題款,與國圖藏本同。

此本第一册卷首有夾條,似爲整理時所夾,佚名題寫,透露了一些有益的信息:

> 紀文達手批,門人吳子○所抄《玉臺新詠》稿本,時在乾隆辛卯冬季,於壬辰正月又用墨筆覆校一過。此本乃刻於乾隆甲午,去壬辰僅二年。蓋此書刻於南中,其時尚不知有此批本,也不知何人過録於此本之上。首尾完全,字亦匀整可愛,視其墨色,當去紀批時未遠也。文達所批蘇詩早經鋟版,惟此批未見刻本。據羅君子常云,曾於吳中故家見有文達原批殘本二册,跋尾鈐有圖章。是原書早經散佚,而此本尚完整如新,亦可寶也。子常爲羅叔言振玉之弟,頗精版本之學,故並識之。

"吳子"即吳兆宜的曾孫吳惠叔,乃紀昀門生。抄本所轉録紀氏題跋已點明這層關係:"注本爲予門人吳子惠叔所傳抄,即顯令之曾孫也。"所謂"原批殘本二册"當即是現存於臺圖的九、十兩卷稿本。民國時期,羅振常(1875—1942)"曾於吳中故家見"之,從前述殘稿本所鈐"羅振常讀書記"、"蟬隱廬秘笈印"可知,其終爲羅氏收藏,不知何時輾轉到了臺北。

(四)王文燾過録本

上海圖書館(以下簡稱"上圖")藏,十卷,五册,傅剛先生《〈玉臺新詠〉

富收藏,有此迻錄本。大人假得,命文燾迻錄。又於友人處得文達原書,惟祇九、十兩卷,卷末有文達校記,卷九首葉有文達收藏及校定兩章,均一一景橅,時爲宣統庚申夏季。九、十兩卷爲表兄晏達如紹璋景橅。今歲命工重裝,並志原始於後。宣統癸亥夏五端午後三日,華陽王文燾記。

跋文後鈐"俶憮識語"朱文小方印。蓋知此本係王文燾之父王秉恩從徐行可處借得藏本,命其子過錄而成。後文燾又於友人處得紀氏殘稿本二卷,由其表兄晏紹璋"景橅",於"宣統癸亥"(1923)夏重裝成書。此本卷九、卷十以朱筆"景橅"紀氏之收藏、校訂印章,如"瀛海紀氏閱微草堂藏書印"、"春颿校訂"、"昀印"、"春"、"颿"等,印章旁又皆以朱筆標注形制,如"朱文鍊線長方印"、"白文方印"、"白文"、"赤文"等,亦見出景橅之精細。

至於批語內容,此本與國圖、天圖所藏朱墨批本也略有相出入處。

首先,國圖、天圖藏本偶有貼條,對眉批或底本加以說明,而此本則或闕如,或徑書眉端。如卷八劉孝威《侍宴賦得龍沙宵月明》"月輪殊未安"句,墨批:

"安"宋本作"圓",然工部"影斜輪未安"句似用此語。齊梁聲律已嚴,亦罕用古韻,作"安"爲是。

國圖、天圖藏本皆有貼條說明異文情形:

抄本原作"殊未安",旁改爲"圓",故有此批。

但此本則無貼條。又如卷十何遜詩《爲人妾思》之"飛花落枕前"句,國圖、天圖藏本有墨批貼條:

"花"字抄本作"前",疑抄本訛。

此本亦無。而卷十《漢成帝時童謠歌》,殘稿本底本末有"皇孫死,燕啄矢"二句,且有墨批:

宋本無末二句,恐是誤脫,此不比《越人歌》中四句,原可刪也。

國圖、天圖藏本則爲貼條:

宋本無末二句,恐是誤脫,此不比《越人歌》中四句,原可刪也。
抄本"皇孫死,燕啄矢"六字入正文,故墨批有此語。　卷九第四頁。

前句過錄眉批,後句則對眉批略加說明,且標明卷次、頁碼。此本則僅過錄殘稿本眉批,而無貼條說明。

他本貼條而此本徑作眉批的情形,如卷九傅玄《擬北樂府三首》之《車遥遥篇》"追思君兮不可忘"句,國圖、天圖藏本有墨批貼條:

> "追思",抄本作"迫思"。　卷九第十三。

此本則不標卷次、頁碼,批語徑書眉端。又如傅玄《擬四愁詩》之"佳人貽我蘇合香"句,墨批貼條:

> 傅玄《擬四愁詩》第三首"貽我"抄本作"贈我"。　卷九第十五頁。

詳細標注了作者、標題、卷次、頁碼等信息,此本則僅有"'貽我'抄本作'贈我'"幾字錄於眉端。再如沈約《八詠二首》之《臨春風》"摇緑蒂,抗紫莖"句,墨批貼條:

> 抗紫莖,抄本作"枕紫莖",故尚有"'枕'字再校,疑是'拂'字"墨筆八字。

按:朱墨批抄本底本原文作"抗紫莖",而殘稿本底本原文作"枕紫莖"。吴注:"'枕',一作'抗'。"殘稿本有紀氏墨批:"'枕'字再校,疑是'拂'字。"抄本貼條當是對此情形的解説。而此本從殘稿本眉批,並無貼條説明。

其次,此本尚有未見於天圖、國圖抄本的批語,彼此參看,不無助益。如卷三陸機《擬古七首》之《擬西北有高樓》"但願歌者歡"句,此本眉批:

> "但願歌者歡"句不可解,疑"歌"字當作"聽"字。

天圖、國圖本則未見。《校正》稿本原有雙行注:

> "歌者"字未詳所指,疑"歌"字乃"聽"字之訛。

但又以墨筆删除,梁定本則轉録爲:"疑'歌'字乃'聽'字之訛。"大致保留了稿本注。又如卷一《古詩無名人爲焦仲卿妻作》"其日牛馬嘶"數句,國圖藏本因缺頁未見批語,此本則有朱批:

> 淡淡數言,至今乃猶覺鬼火陰風生於紙上,須悟此傳神之法。

而稿本眉批與之意同,而表達略有出入:

> "其日牛馬嘶"八句淡淡敘事,而至今有燐火陰風之氣,此爲象外傳神。

值得注意的是,卷一宋子侯《董嬌饒》"何時盛年去"句,諸本有墨批:

> "何時"句不可解,必有訛字。然諸本並同,蓋沿誤已久。

而此本除轉録上述眉批,還有一句批語緊隨其後:

上言花則秋落而春復芳,以歎人之盛年一去不可復返也。

按,此將"何時"句與前句"秋時自零落,春月復芬芳"聯繫起來,試圖對"不可解"處作出解説。這段眉批後落款"耐菴",尚不知何人,則此句或爲後之校閲者所加。

總之,此本爲名家手録,與同一系統的其他抄本相互映照,自有價值。

(五) 臺北"國家圖書館"藏清人過録本

此本十卷,十二册,藏於臺圖,著録爲:"清乾隆三十九年長洲程氏原刊本。有批校。"封面爲"玉臺新詠箋注",署"本衙藏版"。此本的"批校",實爲清人於吴兆宜原注、程琰删補的《玉臺新詠箋注》刊本上過録的紀昀批語,與朱墨批本屬同一系統。書首夾條:"澤存書庫藏書。"首册黏貼清代書畫家潘遵祁(1808—1892)寫給"旭初"的書信二封①,書箋爲"雲藍閣製箋"。各卷所鈐藏書印有:"澤存書庫"(朱文方印)、"澄江朱氏"(朱文長方印)、"國立中央圖書館收藏"(朱文長方印)、"忠恕堂藏書"(朱文長方印)、"湛華閣藏書印"(有朱、白文兩制方印)、"熙俊之印"(白文方印)、"是書曾藏修學齋"(朱文長方印)等。

此本與其他朱墨批本底本相同,屬同一版本系統,但細微處尚存差異。

其一,形制略有差異。此本眉端皆以墨筆過録批校之語,而非朱墨雙色筆。

其二,所録眉批有所取捨。傅剛先生判斷,此本"僅録批語,紀昀校語則闕"。但據筆者目驗,此本的取捨並非在批語與校語之間,而是所録皆爲紀氏朱批,而墨批則闕。

即以傅剛先生所舉之例來看,此本於徐陵《序》未録紀氏眉批,並非因其皆爲校語,而是因其皆爲墨批。統觀全書,就很容易發現其取捨規律。如卷一《古詩八首》之《穆穆清風至》中"朝登津梁上"一句,紀氏眉批有校語:"上,宋刻作'山'。吴顯令曰:案:下'抱柱','山'當作'上'。"此本未録;但針對全詩,紀氏還有一段總批:"此首措語稍質,而仍作冀望之詞,亦不失忠厚之旨。"此本亦闕,顯然不是如傅先生所言"僅録批語",而是因這兩段眉批皆爲墨批故捨而未録。相反,卷三謝惠連《擣衣》之眉批"烈烈,疑作'冽冽',魏文帝詩有'冽冽寒蟬吟'",卷四顔延之《秋胡詩》之眉批"觀,疑作'歡'",雖爲校語,但皆爲此本所録,蓋因其皆爲朱批之故。相關的例子

---

① 按,"旭初"或爲沈玉麒(生卒不詳),字旭初,號味似,浙江海鹽人。其父沈錫華(1808—1879)與潘遵祁有信札存世。潘遵祁致"旭初"書信内容與《玉臺新詠》無關,故不贅。

又如卷二石崇《王明君辭》,紀氏既有批語:

> 此明妃入詩之始,在初出亦是雅音,輾轉承流遂成窠臼,併始作亦覺庸熟矣。如此之類再效之固不可,遽訛之亦不可。

亦有校語:

> 旌,宋刻作"旂",義可兩存。
> "棄",諸本作"乘",然"棄"字即"逝將去汝"之意,較"乘"字于上文有關照,今從宋刻。

此本皆付闕如,亦因其皆爲墨批。又如卷四謝朓《雜詠五首》之《鐙》,他本有朱、墨兩段眉批:

> 隸事自爾時習氣,然過涉排砌則不可以立制。(朱批)
> 後四語小有思致。(墨批)

而此本只錄前者,未錄後者。再如卷二曹植《美女篇》之兩段眉批:

> 《雜詩》猶帶漢風,《美女》等篇純乎建安格矣。才情富贍,故豐蔚有餘;風骨本高,故華而不靡。(朱批)
> 平敘處多已逗士衡一派。(墨批)

此本亦只錄前者,未錄後者,很顯然是按照取朱捨墨的原則作出的選擇,與其是否爲"批"爲"校"無涉。

其三,批校之語與同一版本系統的其他抄本相較,略有出入。如卷七梁武帝《代蘇屬國婦》朱批:

> 屬國妻終于別嫁,似不必代作爾語。語亦頗唐不工。

此本則闕"爾語",語意更爲簡明。又如卷二張華《情詩五首》朱批:"不失雅音,然未能荓甲新意。"此本"新意"作"生新"。卷八王筠《和吳主簿六首》之《春月二首》朱批:"齊梁人尚詞不尚意,故往往一意複衍,章法蕩盡。"其中"往往",此本作"皆"。而卷九《歌詞二首》的兩段朱批:

> 李義山詩自注引此詩作"黃姑阿母時相見",然"黃姑織女"本寓脈脈相望之意,作"阿母"殊無取義,或義山誤記耳。
> 此二首不應在《越人歌》之前,味其詞格不過與《西州曲》時代相先後。

此本則顛倒其序,"此二首"句置前爲總批,"李義山"句在後,爲針對第一首之"黃姑"句異文的解說,次序看起來更爲合理。而紀氏殘稿本中的"西州曲",其他抄本作"州曲",此本作"西洲曲",顯然更爲準確。當然,此本也偶有誤抄之例,如卷五何遜《學青青河邊草》朱批"此但效其音節,較勝休奕諸人之刻畫",此本誤"休奕"爲"奕休";鮑子卿《詠玉階》之朱批"題本枯寂,詩自無從運意",此本"運意"作"用意",似也不妥。

關於此本,尚有懸而未決的問題。如其錄朱批捨墨批,究竟有何隱衷?我們不妨關注朱墨批本的幾段跋語的時間:

> 乾隆辛卯七月廿八日閱畢。曉嵐記。(朱筆)
>
> 八月初二日又覆閱畢。鈔本訛脱甚多,暇當檢諸書詳校之。曉嵐又記。(朱筆)
>
> 壬辰正月十一日重閱畢。曉嵐又記。(墨筆)

由此可以推測紀氏朱批的完成早於墨批,似乎存在此本抄錄於尚未見到紀氏墨批的可能性。但"辛卯"、"壬辰"皆在乾隆三十九年長洲程氏原刊本《玉臺新詠箋注》刊刻之前,以《箋注》作爲底本過錄紀氏批校,則上述可能性並不成立。另外,此本僅完成了前九卷的朱批轉錄,卷十的眉批則未錄一語,似又可懷疑其爲未完本。或許過錄者設想朱批、墨批分次轉錄,而計劃尚未完成一半,便又擱置?總之爲後人留下了進一步探究的空間。

(六) 鐵嶺高氏藏本

此本藏於天津師範大學圖書館。昝亮《〈玉臺新詠〉版本探索》未及詳述,僅謂:"批校的底本是宏達堂刊程氏稻香樓本《玉臺新詠箋注》,但此書有鐵嶺高氏過錄紀昀朱墨批校。"①據筆者目驗,此本六册一函,每册書衣有"鐵嶺高氏藏書"朱文長方印,每卷卷首鈐"天津師範學院藏書章"朱文方印。天津師範大學圖書館著錄"清光緒己卯宏達堂刊本,鐵嶺高氏過錄紀曉嵐朱墨批校六册",但書中未見過錄者即爲高氏的線索,故稱其"鐵嶺高氏藏本"或許更爲嚴謹。

此本半頁十行,行二十一字,白口,四周雙邊,單黑魚尾。板框高17.6 cm,寬13.4 cm。底本光緒五年宏達堂刻本《玉臺新詠箋注》,與乾隆三十九年刻本相比,"程際盛"皆作"程琰"。首錄《玉臺新詠》後序,包括陳玉父、趙均、李維禎、馮舒、馮班、道人法頂、南陽轂道人等序,次徐陵序,次考訂姓氏,次目錄、紀昀題跋、正文,卷末有徐釚、吳兆宜、阮學濬、程琰、朱彝尊等跋文。

---

① 昝亮《〈玉臺新詠〉版本探索》,《文史》2000 年第 2 輯。

此本的特別之處在於，除以朱墨雙色筆録紀昀之三條閲畢題款外，皆以墨筆過録紀昀批校之文。故如果忽略底本、眉批的朱墨兩色圈點，則此本與"朱墨批校"似已名實不副。

二、繕清本系統

紀昀早在首次朱墨批校《玉臺新詠》期間，就有計劃重選底本，匡正明清諸本之失，按照乾嘉之學的規範對這部六朝時期的詩歌總集重加整理，最終《校正》十卷得以問世，實現了朱墨批本卷三"觀弈道人附記"中所謂"繕清本"的設想。此本亦曾廣爲傳抄，稿本與抄本、過録本，又形成了繕清本系統。

（一）紀昀手批十卷稿本

國家圖書館藏，著録爲："玉臺新詠校正十卷　陳徐陵輯　清紀昀校正　稿本　二册。"劉躍進《〈玉臺新詠〉版本研究》、傅剛《〈玉臺新詠〉版本補録》均有討論。此本各卷前有目録，署"玉臺新詠卷第幾　河間紀昀校正"。卷首有序，交代了校正緣起、起止時間、校勘原則等信息：

> 六朝總集之存於今者，《文選》及《玉臺新詠》耳。《文選》盛行，而《玉臺新詠》則在若隱若顯間，其不亡者幸也。自明以來無善本，趙靈均之所刻，馮默菴之所校，悉以嘉定宋刻爲鼻祖。然觀所載陳玉父跋，則傳寫踳駁，自宋已然。跋又稱得石氏録本補亡校脱，然則竄亂舊本未必不始于斯時。陳氏兹刻，蓋亦功過參半矣。崇禎癸酉距今百有餘載，意其書已不存，乾隆壬午，忽于常熟門人家得之，紙墨完好，巋然法物。摩挲遠想，如見古人。然亦時時有訛字。馮鈍吟云宋刻是麻沙本，故不佳。信矣。辛卯六月，余自西域從軍歸，檢點藏書，多所散佚，惟幸是本之僅存。是歲十月，再入東觀，稍理舊業，偶取閲之，喜其去古未遠，尚有典型，終勝於明人臆改之本。用參校諸書，仿《韓文考異》之例，各箋其棄取之由，附之句下。兩可者並存之；不可通者闕之；雖可通而於古無徵者，則別附注之。丹黄矻矻，蓋四閲月乃粗定。耗日力于綺羅脂粉之詞，殊爲可惜。然鄭衛之風，聖人不廢，苟心知其意，温柔敦厚之旨亦未嘗不見于斯焉。壬辰二月廿一日河間紀昀書。

文中所示"壬辰二月"，距離朱墨批校"壬辰正月十一日重閲畢"的時間不過月餘。稿本卷終的"觀弈道人記",落款時間爲"癸巳正月二十七",與其序所題的"粗定"時間則已間隔近一年。時間的節點或許透露了紀昀於此二版本反復摩挲、耗力修訂的情狀。

"觀弈道人記"說明《校正》的成書過程:"余既粗爲校正,勒爲《考異》十卷。會汾陽曹子受之問詩於余,屬爲評點,以便省覽,因雜書簡端以應之,與《考異》各自爲書,不相雜也。"即先完成了考訂部分,又應門生之請加以眉批,是爲繼朱墨批校之後的重加評點。跋文中所謂"《考異》"即入《四庫全書》、署其父紀容舒之名的《玉臺新詠考異》一書。所謂"各自爲書",今僅見"《考異》"抄錄成書,眉批部分並未成編。此本爲判斷《考異》的署名真相提供了很大的便利。學界正是根據《考異》之序與《校正》之序文字基本相同,惟涉及時間、地點、經歷之處有異的情形(如"壬午"作"壬申","辛卯"作"乙亥","壬辰"作"丁丑","西域從軍歸"作"雲南乞養歸","是歲十月,再入東觀"作"林居無事"),從而得出這些改動爲紀昀有意爲之的結論①。

傅剛先生注意到稿本的考訂部分與《考異》刊本文字的幾處不同,斷定"刊本顯係稿本改定後的定稿"。但稿本據《永樂大典》核覆異文的文字,刊本未錄。或許說明即使定稿後,紀昀仍有修訂補充。文津閣本《玉臺新詠考異十卷》書前提要指出:"惟漢魏六朝諸作散見《永樂大典》者,所據皆宋刻精本,足資考證。案:文淵閣書皆宋刻,見王肯堂《鬱岡齋筆塵》。以書藏中秘,非外間之所能窺,其間文句之殊,尚未能一一考訂,今並詳爲校正,各加案語於簡端,以補其所遺焉。"②遺憾的是,文津閣《考異》刊本中,並未見其據《永樂大典》核覆的簡端按語。稿本據《永樂大典》考訂"文句之殊"的文字,見於卷一班婕妤《怨詩》(4條)、《古詩無名人爲焦仲卿妻作》(1條),卷二曹植《美女篇》(1條),卷九張衡《四愁詩》(2條)、魏文帝《樂府燕歌行》(1條)。除此類以雙行小字插入正文間的考異之外,卷二傅玄《有女篇 艷歌行》詩後及卷五末尚有兩處貼簽,書《永樂大典》所載異文約30餘條,當是紀氏未及一一插入原文,以俟他日校改的資料。可見紀昀並沒有給《校正》畫上最終的句號。觀四庫本《考異》書前提要所示最終完成校對的時間,文淵閣本爲"乾隆四十五年七月",文津閣本則爲"乾隆四十九年八月",則《校正》撰寫、修訂的時間跨度長達十餘年,足見作者精益求精的審慎態度。

從稿本的塗乙之跡也可見其求精之處。全書校訂之語多見粘貼、圈刪、

---

① 參見雋雪艷《〈玉臺新詠考異〉爲紀昀所作》,《文史》第26輯,中華書局1986年版,第366頁。
② 文津閣《四庫全書》第445冊,商務印書館2005年影印,第271頁。按,這段引文未見於文淵閣本《考異》書前提要。

劃改之迹,其中"今從宋刻"、"今仍從宋刻"、"今亦從宋刻"等字劃去最多,或許出於行文簡潔的考慮,是否也包含其他隱衷,還不敢遽斷①。此外稿本也多見朱筆校改之迹。以卷二爲例,甄皇后《樂府塘上行一首》題注中"梅氏《詩乘》"之"氏"字,"旁能行仁義"句注文所引"《選詩補注》"之"詩"字,曹植《雜詩五首》"朝遊江北岸"句之"遊"字,《棄婦詩》"無子當歸寧"句之"寧"字,皆爲朱筆所添加,改正了最初書寫的脱誤。此本修訂之迹,於此可見一斑。

與朱墨批本相較可以發現,稿本所作的並非僅將考校之語以雙行字插入原文,而將點評之語仍保留眉端的簡單的技術處理,而是呈現出考校更爲精審、點評更趨全面、措詞搖曳多變的特點。以考校文字爲例,卷一班婕妤《怨詩》題注,朱墨批本爲墨批:

> 此詩《文選》作"《怨歌行》"。李善注曰:"《歌録》曰:《怨歌行》,古詞。然言古者有此曲,而班婕妤擬之。"

稿本改"此曲"爲"此詞"②,將上述眉批書於題下,其後還添加了一段考釋:

> 則此題曰"《怨詩》",似誤。然善注謝朓《和王主簿怨情詩》、江淹擬班婕妤詩並作"《怨詩》",蓋相傳有此二本。又江淹《雜擬》題爲《班婕妤詠扇》,則櫽括其意而命題,非舊有此目。

又如卷二魏明帝《樂府詩二首》其一之末,稿本有雙行注:

> 《文選》末有"佇立吐高吟,舒憤訴穹蒼"二句,吴氏注本據以增入,然二句頗激,或孝穆以其竭情而刪之,亦未可定。王季友《山中贈秘書十四兄詩》、元結《篋中集》所載較殷璠《河嶽英靈集》節去數句,知古人原有刪句例也。

而朱墨批本只有一句簡略的墨批:

> "佇立"二句,宋刻脱誤,吴氏本從《文選》補入。

再如卷九《盤中詩》題目眉端,朱墨批本僅一句批語:"此詩宋刻作傅玄。"③《校正》稿本則以雙行題注形式有大段辨析:

---

① 傅剛先生《四庫全書所收〈玉臺新詠〉底本非宋本考》(《中國典籍與文化》2013 年第 2 期)認爲,《考異》所説的宋本其實並非宋本,而是明末趙均覆宋本。據此則紀氏是否對校本性質有過疑慮,值得思考。
② 按,《文選》李善注正作"此曲",朱墨批本不誤。
③ 按,殘稿本作:"此詩宋刻誤作傅玄。"蓋抄本脱"誤"字。

案:《滄浪詩話》列"盤中詩"爲一體,注曰:"《玉臺集》有此詩,蘇伯玉妻作,寫之盤中,屈曲成文也。"據此則此詩出處以《玉臺新詠》爲最古,當時舊本亦必明署蘇伯玉妻之名,故滄浪云爾。宋刻于題上誤佚其名,因而目錄失載。馮氏校本遂改題爲傅玄詩,殊爲疏舛。又此詩列傅玄、張載之間,其爲晉人無疑,《詩紀》、《詩乘》並列之漢詩,亦未詳何據。

且有眉批:

此種皆性情所至,偶爾成文,如元氣所凝,忽生芝菌,莫知其然而然,非文士所能代擬,而其人亦不復能爲第二篇。如《焦仲卿妻詩》、《木蘭詩》、《隴上壯士歌》、《西州曲》,皆此類也。

繁簡之間,可以見出批校的精益求精,日臻完善之迹。

(二) 擷英書屋抄本

國家圖書館藏,二册。國圖著録:"清紀昀校正 清擷英書屋抄本 失名評點。"實則正如傅剛先生所言,"此本即抄紀昀《玉臺新詠校正》,眉批所録亦紀昀批語"。此本(以下簡稱"擷英本")各卷目録卷次標目下署"河間紀昀校正",形制同於稿本。卷一目録後有貼條說明:

委校詩集,間有筆誤,均剪小紙粘上改寫,未敢塗壞法楷也。惟目録一頁小字,似以重寫爲妥。老眼昏花,恐有不到處,仍祈原諒。此請鶴翁老兄即安。　弟勛頓首。

似有對抄、校情形的交代。下册有二題跋,其一題於封面:

辛巳秋于虎林得《續玉臺新詠》五卷,不詳撰人名氏,卷後刻明人跋一首,亦不詳編輯者年代。所録諸家自陳迄隋而止,疑是唐人所選,偶讀紀氏本,因並及之。九月一日。

其二題於護頁內側:

是書向以宋陳玉父刻本爲最善,自元明以來,絕少佳本。館目《玉臺新詠考異》十卷,紀容舒撰。檢是編,首題"河間紀某校正",末題"觀奕道人書",均無容舒名。考《知足齋集》載《紀文達墓志》則云,文達父諱容舒,曾官姚安太守,乃知代其先人所作也。序中記"壬辰"、"癸巳",公官侍讀,總纂《四庫》時所作。考訂精審,不減兩盧公。曾手編《鏡炯堂十書》,惜未經刊入爾。

前段題跋借"偶讀紀氏本"之機,順便描述所見明刻《續玉臺新詠》的版本特點;後段跋文則對《校正》的成書時間、批校品質有判斷與評價,且辨析了《考異》的著作權問題,明示《四庫》所收《考異》雖署紀容舒之名,確爲紀昀"代其先人所作"的事實。

此本所鈐藏書印尚未見相關著述予以描述,其中所傳達的信息,也被長期忽略。除上册卷一目錄首行下端鈐"臣光焴印"(白文)、"鹽官蔣氏衍芬堂三世藏書印"(朱文)二方印外,上册"古詩八首"題注下端及下册卷六目錄首行下端都鈐有"臣曹錫齡"白文方印,尤爲值得注意。"曹錫齡"即是前引"觀弈道人記"中提及的"汾陽曹子受之"。曹錫齡(1741—1820),字受之,號定軒,汾陽人,曹學閔(號慕堂)之子,曹祝齡(號鏡源)之兄。曹學閔與紀昀爲同年進士,曹氏逝後,紀昀作《曹宗丞逸事》稱平生"交最契","求如慕堂之古誼,指不數數屈"①。據《山西獻徵》卷六《曹鏡源先生事略》記載,曹錫齡與其弟祝齡皆受業於紀昀②,關係不同尋常。"觀弈道人記"所謂"會汾陽曹子受之問詩於余"云云,表明曹氏的請益成爲紀氏重評《玉臺新詠》的機緣。關於眉批,紀氏儘管在題跋中表示,並無"高論以駭俗",但確爲用心之作,因而很看重,曾計劃單獨成書。紀昀許多重要的詩學思想,正是借助評點的形式表達出來。而擷英本鈐曹氏之印,至少表明此本是與稿本問世時間最爲接近的抄本。傅剛先生認爲"此本當依紀昀定本",劉躍進先生甚至推許其"幾可亂真"。或許因其過錄時間、品質最接近稿本,遂成爲後繼傳抄的祖本(後文詳述)。而所鈐"臣曹錫齡"、"臣光焴印"似能說明此本曾是進呈朝廷以供御覽之書,這一背景又堪保其品質之上乘。

然而此本也有與稿本不同之處,一是加有"璵按";二是對稿本略有校改。

關於"璵按",如徐陵序"可代彼萱蘇"句,稿本無注,擷英本則有眉批:

> 萱蘇,馮本作"皋蘇"。璵按:王粲書"蘽蘇釋忿"。又考字書,"蘽",一作"皋"。

又如卷一目錄"徐幹詩二首室思一首情詩一首",目下稿本有雙行注:

> 按:目所云"二首",即下《室思》、《情詩》,不宜複出。以宋刻列目如是,姑仍舊本書之。

---

① 見《紀曉嵐文集》第一册,第320、321頁。
② 《曹鏡源先生事略》云:"先生幼與伯兄錫齡受業朱文正珪、紀文達昀、錢辛楣大昕、翁覃溪方綱之門。"見《山西獻徵》第十六頁,山西省文獻委員會1936年印,山西文獻社1980年重印。

擷英本照録此注，又外加一段眉批：

> 璵按：馮本以"沉陰"、"高山"、"浮雲"、"慘慘"、"思君"五首爲《雜詩》，"人靡不有初"一首爲《室思詩》，此本合六章爲一首，俱作《室思詩》，未詳孰是。

這兩處"璵按"或增補考異，或對稿本注作進一步説明，不無價值。但"璵"爲何人，尚不可考。

擷英本也偶見對稿本疏誤的校改，如卷一《古詩無名人爲焦仲卿妻作》之"入門上家堂，進退無顔儀"句，稿本眉批："'進退'五字傳神之神。"後"神"字旁標有墨點，似爲轉録者的校點，擷英本改此"神"字爲"筆"，正是對稿本筆誤的修正。

但此類校改畢竟比例太小，相反，時有抄寫錯訛的情形，導致後繼抄本以訛傳訛，不能不説是影響此本品質的一大憾事（詳見下文）。

（三）翁同龢轉録本

此本藏於上海圖書館，二册，無框格。上圖著録："清翁同龢跋並封面題字，又過録清紀文達評。"（以下簡稱翁抄本）封面題寫："紀文達評，丁亥五月假閻相國藏本傳録。"閻相國，即閻敬銘（1817—1892），字丹初，晚清重臣，曾任户部尚書、軍機大臣、東閣大學士等職。

此本首録翁同龢題跋，次録紀昀原序，紀序眉端右側鈐"翁萬戈藏"朱文方印。次録徐陵序，有雙行注插入，眉端有"璵按"。正文十卷，各卷目録首行均書"河間紀昀校正"。書尾録"觀弈道人記"、陳玉父《後敘》。除首録翁氏題跋外，形制同於擷英本。

翁同龢題跋曰：

> 嘉定本《玉臺新詠》向在汲古閣，吾虞多傳鈔者，此亦從嘉定本出。紀河間作《考異》，並加評語於眉端，頗可觀覽。丁亥正月假閻相國藏本命胥録一通，訛謬處宜再校正。瓶生記。

文中所言抄録時間與封面所題有出入，或許説明録入時間自正月始，至五月完成。但據《翁同龢日記》，閻敬銘以"紀批《玉臺新詠》抄本見假"一事，時間爲光緒十二年十一月初六日[1]；又《翁同龢集》所録翁氏致閻敬銘手札，談及此事者有三通，如光緒十二年八月十二日云："所示紀評有家法，其校勘亦

---

[1] 翁同龢著，翁萬戈編，翁以均校訂《翁同龢日記》，上海文藝出版（集團）有限公司、中西書局2012年版，第五卷，第2095頁。

甚審慎,但傳鈔不無一二訛失耳。暇時當一對看,稍遲奉繳何如?"①九月二十八日云:"公手臨紀氏批《玉臺新詠》,珍重奉到,(錢通政書蘇公和陶一册,並繳上)三數日即繳。其踳駮處,宋刻已然,恐難是正矣。"②光緒十四年九月初八日又云:"尊處給傭書,每千字直幾許? 便中示下。至《玉臺》兩册,俟略對過即繳,頃寫得一本也。"③這幾通手札透露出閻敬銘手臨之《校正》爲翁抄本所本,翁氏略加校勘,即已發現了輾轉傳抄中的"一二訛失"。惟信函所繫時間皆與上引題跋所謂"丁亥"(光緒十三年)不合。

　　翁氏直言"紀河間作《考異》",明確將《考異》的著作人歸紀昀,並非從《四庫全書》署名而歸"紀容舒",或許因翁氏對紀昀之於《玉臺新詠》的研究狀況頗爲諳熟之故,抑或《考異》的署名問題在清代並無疑義。

　　此本以楷書謄抄,頗爲清整,比較真實地復現了紀氏繕清本特別是擷英本的樣貌,例如紀氏據《永樂大典》核校之處一一轉錄,眉端及目下"璵按"亦皆保留,頗顯可貴。但此本的缺點,正如翁氏題跋所說,"訛謬處"尚未及"校正"。其訛謬之處大致説來有以下幾種情形:

　　(1)底本誤抄。如卷五江淹《古體》"不惜蕙草晚",誤"草"爲"早"。卷九王筠《行路難》"裲襠雙心共一抹",誤"抹"爲"株";"已繰一蠶催衣縷",誤"蠶"爲"璽",皆因字形相近而訛。卷六王僧孺《與司馬治書同聞鄰婦夜織》"鳥聲長不息"一句誤抄"長"爲"常",則因音近而訛。

　　(2)批注誤抄。此類訛誤亦多因字形相近所致。如卷五江淹《古體》之《班婕妤》題注:"《文選》題下有'詠扇'二字,以下張司空、休上人例推之,是宋刻誤脱也。"其中"張司空",翁抄本誤"司"爲"同"。又卷九張衡《四愁詩》"欲往從之湘水深",稿本注:"湘,《永樂大典》作'江'。"翁抄本誤爲:"湘水樂天典作江。"蓋因"永"與"水"、"大"與"天"形近而訛。張載《擬四愁詩》之四,紀氏批語"昭明獨録此一章"云云,翁本誤"昭"爲"照"。《盤中詩》稿本眉批"元氣所凝",翁本誤"凝"爲"疑"。又如卷九皇太子聖製《烏栖曲四首》其一"采桑渡頭礙黄河"句夾注引《春秋·僖公八年》晉里克敗狄於採桑事,翁抄本誤"八年"爲"元年";卷十賈充《與妻李夫人連句三首》眉批誤"柏梁"爲"相梁";何遜《詠春風》眉批誤"謎語"爲"迷語";等等,皆是顯例。因音近爲誤者,如卷九王筠《行路難》"復畏邊遠乏衣裳"一句注文誤抄"畏"爲"爲"。

---

① 謝俊美編《翁同龢集》,中華書局2005年版,第325頁。
② 同上書,第330頁。
③ 同上書,第413頁。按:上述函中"玉臺"原作"玉壺",誤。

至於蕭子顯《燕歌行》"吳刀鄭綿絡",紀氏稿本注:"絡,《文苑英華》作'結'。案:《楚詞·招魂》:'秦篝齊縷,鄭緜絡此。'則'結'字爲誤。"注文末句翁抄本誤作"則'結'字爲是",與紀注原意南轅北轍。

（3）漏抄與誤衍。漏抄之例,如卷十目録漏抄兩條注,一則蕭驎《詠袙複一首》,漏抄題注"袙,宋刻作'祁',誤,說見本詩題下";二則劉孝威《詠佳麗一首》題下漏抄:"此卷目録凡一人數詩者,皆總題其數,孝威此詩獨另題,例不畫一,明爲續附。"又如卷九費昶《行路難二首》其二漏抄眉批"即吳均'上林苑中'一首之意。　二首相足見意"。又如鮑照《行路難四首》之"奉君金巵之美酒"稿本眉批:"歌者之致語,別無深意。"翁抄本誤脱一"歌"字。

誤衍之例,如卷九蕭綱《和蕭侍中子顯春別四首》其三稿本眉批:"潮有去來以興蕩子,柳覆河橋所以自興,已含得後二句甫別即忘之意。"翁抄本末句作"後已含得後二句甫別即忘之意",顯然首"後"字爲誤衍。又如卷五江淹《古體》"不惜蕙草晚,所悲道路寒"句稿本眉批:"'不惜'二句從古詩'不惜歌者苦'二句得法,而語加深至。"其中"'不惜'二句",翁抄本作"'不惜歌'二句","歌"字爲衍。卷九魏文帝樂府《燕歌行二首》其二"仰看星月觀雲間"句注:"看,晉樂所歌作'戴'。""晉樂",翁抄本作"晉樂府","府"字似衍。

由此可見此本訛謬之多,致使其品質大打折扣。而有些訛謬當是來自其所本——閻敬銘手臨本,翁抄本不過以訛傳訛。閻敬銘抄本未見著録,尚無由得見,但比照時間更早的擷英本,就會發現,不少錯訛其實早在擷英本中就已鑄成。如上述所舉之例中,"昭明"誤爲"照明","謎語"誤爲"迷語","僖公八年"誤爲"僖公元年","畏"誤作"爲","'結'字爲誤"誤作"'結'字爲是"等等,均屬此種情形。擷英本的遺憾波及之廣,令人欷惋;翁抄本未及校訂,殊爲可惜。

（四）徐行可校訂本

此本藏於國家圖書館。國圖著録:"二册,無框格。半頁十行,行十九字。有過録紀昀批語,徐行可朱筆校字。"（以下簡稱徐校本）劉躍進《玉臺新詠版本研究》在討論《校正》稿本、擷英本時,稱國家圖書館"還藏有一部抄本,未入善","對於閱讀紀氏眉批提供了極大的方便"[1],或即指此本[2]。此本與擷英本、翁抄本等抄本形制相同,每五卷爲一册,各卷分列目録,首行

---

[1] 劉躍進《玉臺新詠研究》,第36頁。
[2] 按:此本目前已提善。

卷次標目下署"河間紀昀校正"。正文首録徐陵序,有雙行注插入,眉端有"璵按"。

此本卷一目録首頁右下端鈐印三方,分別爲:"徐恕印信"(白文方印)、"宗室盛昱藏書"(白文方印)、"耘盦藏書"(朱文長方印)。可知此本原爲清盛昱收藏,後經徐行可朱筆校訂。徐行可(1890—1959),名恕,以字行,號彊誃,湖北武昌人,近現代著名藏書家、版本目録學家。倫明《辛亥以來藏書紀事詩》謂其"所儲皆士用書,大多稿本、精校本"[1],此本即屬精校本。

徐校本與《校正》其他過録本最大的不同,正在於經過了專家的精心校勘。粗略統計,朱筆校改之處多達400餘條。與屬同一版本系統而未經校訂的翁抄本相較,更能見出此本品質之優。凡此本原與前引翁抄本乃至擷英本訛誤相襲之處,幾乎都爲徐氏朱筆校改。大量因形近、音近、義近造成的訛誤皆經徐氏改訂;補脱、删衍工作也盡力做到了完備。徐校本嚴謹細密的校勘工作,筆者另有詳述[2],可參看。以下先就各卷目録的校改,略窺其精細之一斑。

徐校本對目録的校改大體分爲訂正誤抄、補正脱漏、調整失次等方面。徐校本原本目録誤抄之例,如卷三"李充"誤爲"季充";卷六孔翁歸《和湘東王班姬一首》,"王"誤作"主";卷八"徐君蒨"誤作"徐吾蒨","庾肩吾"誤作"庾肩五";卷十"宋孝武"誤作"宋孝穆","虞炎"誤作"虞焱","王僧孺"誤作"王僧儒";等等,徐氏皆朱筆校改。

徐氏補正脱漏之例,如卷二目録中傅玄《和班氏詩一首》,原本脱"詩"字;卷七目録後有雙行小字注文討論帝王與臣下在目録書及類書中的排序問題,"至徐堅編《初學記》始升太宗所作於歷代詩文之上"句,徐校本原脱"作"、"文"二字;卷九目録中"沈約雜詩《八詠》二首",題後有雙行小字注文"二首,宋刻誤作四首",徐校本原脱"作"字,此類誤脱處,徐氏皆以朱筆補正。

徐校本目録的失次之處,如卷三目録"楊方合歡詩五首",此本蓋沿襲擷英本,居"王微雜詩二首"之後,而在《校正》稿本中則位於"張協雜詩一首"之後,對照正文,顯然抄本順序有誤,徐氏則以朱筆劃改。

稿本偶有並爲抄本因襲的疏誤,徐氏也有校改。如卷八目録"劉孝威雜詩三首",稿本、擷英本皆誤"劉孝威"爲"劉孝成",徐氏以朱筆校改。

---

[1] 倫明《辛亥以來藏書紀事詩》,雷夢水校補,上海古籍出版社1990年版,第115頁。
[2] 《徐行可校訂〈玉臺新詠校正〉考述》,《文獻》2018年第2期。

目録校改之外,再舉幾例徐校本對稿本疏誤的校訂,以見此本的可貴之處。如卷二石崇《王明君辭》眉批引《義門讀書記》之語:

> 時陳湯斬郅支,傳首。呼韓邪單于復入朝,非薦女和親也。強盛請婚,殊乖本事,後世作者多謬,宜也。

"作者",稿本誤爲"多者"。擷英本因襲稿本之誤,而"多"旁有點讀,但只校未改;翁抄本改"多"爲"言",則屬臆斷。而徐校本改"多"爲"作",正合於《義門讀書記》原作。又卷九曹植《樂府妾薄命行》"腕弱不勝珠環"句後,稿本脱"坐者歎息舒顏"一句,徐校本則以朱筆補。又如卷十王獻之《桃葉歌二首》"渡江不用檝"句,稿本眉批:

> "渡江不用檝"言體態輕盈,可以凌波微步耳。周敦實《六朝事迹》謂言其眼波之急,似乎失之。

"周敦實",稿本原作"周敦頤",爾後將"頤"描改爲"實",可見紀氏當初的猶豫。擷英本、翁抄本皆承稿本,而徐校本則改"周敦實"爲"張敦頤",修正了紀昀的誤記。又如沈約《秋日白紵曲》注引《古今樂録》,書名稿本誤作"古今樂府",徐氏的校改,正與四庫本《考異》相合。再如卷二阮籍《詠懷詩》之"二妃游江濱"眉批:

> 沈約注曰:"婉孌則千載不忘,金石之交一旦離絶,未見好德如好色。"

批語中所引沈約注已亡佚,因《文選》李善注的徵引而保存。《校正》諸抄本皆因襲稿本,而徐校本則改"離絶"爲"輕絶"。查對胡刻本李善注《文選》、明州本六臣注《文選》,皆作"輕絶",徐校本爲是。

徐校本也偶有漏改、漏補、臆改,是其百密一疏之處。如卷一《古詩無名人爲焦仲卿妻作》"登即相和許,便可作婚姻"句眉批:"劉編修躍雲曰:'登',如俗語所謂'登時'。"此本誤"躍"爲"耀",徐氏未改。又如卷二左思《嬌女詩》"明朝弄梳臺"句眉批:"'明朝'當訓爲'晨'。曹子建詩曰:'明朝秉機杼,日昃不成文。'"此本誤"晨"爲"昃",徐氏亦未校改。

漏補之例,如卷九《盤中詩》眉批:"此種皆性情所至,……如《焦仲卿妻詩》、《木蘭詩》、《隴上壯士歌》、《西州曲》,皆此類也。"此本於"焦仲卿"後脱一"妻"字,徐氏未補;卷十以朱筆補紀少瑜《詠殘鐙》一首,卻漏補眉批"淺語而藻思豔發"。再如卷十目録,稿本於蕭驎《詠袘複一首》、劉孝威《詠佳麗一首》目下尚有小字雙行注文,而此本、擷英本、翁抄本皆無,如果排除稿本抑或在成書後又作補訂,而擷英本作爲諸抄本的祖本無由同步修訂的可能性,則亦屬抄本漏抄、徐氏漏補之例。

徐氏憑藉扎實的文獻功底補、改抄本的缺誤,但也偶見臆斷、誤改之處。如卷十《近代吳歌九首》之《夏歌》"芙蓉始結葉,抱艷未成憐"句,稿本眉批:"借'蓮'爲憐,吳曲體也。"指出雙關是南朝樂府的常用手法。擷英本、翁抄本、此本皆誤"吳曲"爲"誤曲",而徐氏改爲"詞曲",當屬臆斷。

平心而論,相比大量精細有益的校勘工作,此類缺憾畢竟比例甚微。徐校本作爲《校正》諸抄本中的精校本,價值是不言而喻的。

(五) 梁章鉅過錄本

湖北省圖書館藏,著錄爲:"《玉臺新詠》定本十卷,陳徐陵輯,清梁章鉅注,稿本四册。"國圖存縮微膠片。此本封面題寫"梁氏定本　玉臺新詠",各卷目錄頁首題"玉臺新詠定本卷幾　古閩長樂梁章鉅述",版心鐫"芷鄰手編"紅字。紅格,半葉九行,行二十五字,有"中南圖書館藏書"朱印。

梁章鉅(1775—1849),字閎中,又字芷林,號芷鄰,晚號退庵,祖籍福建長樂。嘉慶七年(1802)進士,選翰林院庶吉士。官江蘇布政使、甘肅布政使、廣西巡撫、江蘇巡撫等職。梁氏一生勤於著述,關於其對《玉臺新詠》的整理,《退庵隨筆》自云:"余有《玉臺新詠》讀本十卷,每詩後各附批語,皆本紀文達師之緒論,尚擬付梓以行也。"①當即此本(以下簡稱"梁定本")。劉躍進、傅剛之文及《中國古籍善本書目》、《中南西南地區省市圖書館藏古籍稿本提要》等書皆有著錄。

關於梁定本的性質,以傅剛先生的判斷最爲準確:"觀全書批語,乃是過錄紀昀的批語。"此本體例沿襲《校正》,惟批語位置與此系統其他抄本置於眉端不同,而分別列於詩後。傅先生又有"困惑"之處:"其校記雖略同於《考異》,但時有不同,似乎不是錄自《考異》。""梁氏所錄卻還有許多全同於《考異》的地方。""紀昀的批本除了我們知道的兩種外,是否還有如梁氏過錄的一種呢?"筆者通過對梁定本與紀氏稿本、擷英本、朱墨批本、文淵閣四庫本《考異》(以下簡稱"《考異》刊本")等版本較爲詳細的比勘,發現梁定本雖然幾乎保留了爲稿本劃去的所有內容,看似對稿本原稿最爲忠實,但其考訂文字與賞析批語的來源並非拘於一本,似有雜取諸本,又有所增删的傾向。此本既自信爲"定本",看起來是做了許多超越"過錄"的努力。其"定"大致從以下幾個方面實現:

一是簡化,主要表現於考訂部分。如卷四鮑照《夢還詩》"孀婦當户歎"

---

① 梁章鉅《退庵隨筆》,《清詩話續編》本,上海古籍出版社1983年版,第1973頁。

一句,紀氏稿本、《考異》刊本皆注爲:

> 歡,宋刻作"笑"。案:此句在"繅絲""鳴機"之上,作"笑"字不近事理。馮氏校本注一作"歡",今從之。

而梁定本簡化爲:

> 宋刻作"笑",不近事理。馮氏校本注一作"歡",今從之。

按,梁定本所注字詞多承前(底本原詩)省略,故注前少一"歡"字,亦無關宏旨;而判斷"作'笑'字不近事理"似也不必一定聯繫下文,故梁氏簡化得合理。又如卷五沈約《雜詠五首》之《詠月》"網軒映珠綴"句,稿本、刊本皆注爲:

> 《文選》李善注曰:"網户朱綴刻方連。"下云"綠苔",此當云"朱綴",今並爲"珠",疑傳寫之誤。

梁定本僅注爲:

> "珠"當作"朱",李善注已辨之。

又如卷九《盤中詩》題注,紀氏稿本、《考異》刊本皆考辨較詳,前文已徵引,兹不贅。梁定本則作了簡化處理,大致也言簡意賅:

> 此詩蓋失作者之姓名,故但署詩題如一卷"古詩"、"古樂府"之例。宋刻目錄既誤失載,馮氏校本遂併入傅玄詩中,題爲"雜詩十九首",殊誤。 案:《詩紀》、《詩乘》皆列此篇於漢詩,未詳據何書。

但也有的簡化處理略去了考證依據,如卷二左思《嬌女詩》之"煙熏染阿錫"句,梁定本注:

> 宋刻"熏"作"勳","阿"作"珂",並誤。

而紀氏稿本、《考異》刊本注爲:

> 熏,宋刻作"勳",誤,今從《詩紀》。阿錫,宋刻作"珂錫"。案:司馬相如《子虛賦》"被阿緆",李善《文選》注:"張揖曰:'阿,細繒也。緆,細布也。'《列子》:'鄭衛之處子,衣阿錫。''緆'與'錫'古字通。"然則"珂"字爲誤。

這段注文詳述判斷的依據,顯然比梁定本更能滿足讀者探究其所以然的願望。又如卷五鮑子卿《詠畫扇》,紀氏稿本、《考異》刊本有題注:"《藝文類聚》作高爽詩,蓋歐陽詢編書之時,此詩即從此書采出,因與高爽相連,偶然

誤視耳。"而梁定本僅取"《藝文類聚》作高爽詩"一句,略去了對異文原因的推測。再如卷四王元長《古意》,梁定本題下注曰:

> 《古文苑》作《和王友德元古意二首》。案①:王融獨書其字,疑齊和帝名寶融,當時避諱而以字行,入梁猶相沿未改。

這段題注與紀氏稿本、《考異》刊本相同,但後者多出有一段考訂之語:

> 鍾嶸《詩品》曰:"近任昉、王元長等詞不貴奇,競須新事。"又曰:"王元長創其首,謝朓、沈約揚其波。"是則齊梁之間,融以字行之明證。即此一節,知此書確出梁代也。

梁定本捨此一段,實際上忽略了紀氏據此捎帶討論的另一個問題,即《玉臺新詠》成書年代問題。卷十吳興妖神《贈謝府君覽》,紀氏稿本、《考異》刊本皆有題注:

> 馮氏《詩紀》作"《吳興妓童詩》",極言《玉臺》"妖神"之誤,然不言何據。案:《太平御覽》"敘"部收此詩作《吳興妖童贈謝府君詩》,云出《志怪》。馮氏殆因刊本訛"神"爲"童"②,遂視"妖"爲"妓"耳。然詩載《志怪》,是"妖"明矣,"妓"則何怪之有?

梁定本題注則略去按語,僅注爲:"馮氏《詩紀》作'《吳興妓童詩》',極言《玉臺》之誤,然不言'妓童'之説何據。"顯然忽略了紀氏對"妓童"之説"何據"的推測,簡則簡矣,卻也略去了不少有用的信息。梁定本對《校正》批注的簡化可謂得失參半。

對照《校正》稿本、《考異》刊本,梁定本還有一些完全捨而未錄之處。凡紀氏據《永樂大典》所作的考校,梁定本皆未錄。又有題注未錄者,如卷一繁欽《定情詩》、卷十虞炎《有所思》及宋孝武《擬徐幹》等;注文未錄者,如卷二傅玄《苦相篇 豫章行》"情合同雲漢"句,《青青河邊草》"期盡欷無聲"句。卷一《古詩無名人爲焦仲卿妻作》未錄之校語則多達八處,卷三謝惠連《七月七日夜詠牛女》未錄校語之處竟有十句之多。或許梁氏認爲此多無關宏旨故可闕如③?

眉批也有簡化之處。如鮑令暉的兩首詩,卷四《題書後寄行人》之"鴻來知客寒"句,紀氏稿本眉批:"'鴻來'五字有致。梁武帝'中州木葉下,邊

---

① 按,《校正》稿本無"案"字。
② 此句有異文,刊、四庫本作"別"。
③ 按,梁定本所闕注文在《校正》稿本中多爲塗改、粘貼修訂之處,是否因梁氏過錄在先而稿本修改在後所致,也不好遽斷。

城應早霜'句即衍此意而爲之。"而梁定本批語僅取"'鴻來'五字有致"一句,略去了"有致"的來由。卷十《寄行人》"桂吐兩三枝,蘭開四五葉。是時君不歸,春風徒笑妾。"稿本眉批:

> 淺語含情,妙於不盡。桂本春花,故摩詰有"人閒桂花落,夜静春山空"句。段成式《酉陽雜俎》亦言張曲江"桂華秋皎潔"之誤。

梁定本只"淺語含情,妙於不盡"一句,略去紀氏引王維、張九齡之詩對"桂本春花"的辨析,雖無關宏旨,卻也失落了紀氏的淵雅從容。卷一枚乘《雜詩》九首末,紀昀有大段眉批作爲總結:

> 《古詩》凡五十九首,實非一人一時之作,其間爲比爲賦,無從考核,蓋不可執以一端,必首首解以君臣之遇合、世道之治亂、賢人君子之出處,穿鑿附會,豈無一説之可通? 然謂之借題發議則可,以云得古人之意則未必盡然。班婕妤《怨歌行》、魏文帝《見挽船士新婚與妻别》詩,使佚其姓名、題目,何不可以寓言解之?

其中藴含着紀氏對《古詩十九首》等詩解讀問題的思考,梁氏隻字未録,不知何故。

二是補充,這在批語方面尤爲突出。梁定本批語有不見於《校正》諸本者。如卷二張華《情詩五首》其三"居歡惜夜促,在戚怨宵長"句,梁定本批曰:

> "居歡"二句沿爲不易之語,實自茂先發之,然即古詩"愁多知夜長"意,演爲兩句耳。

此爲《校正》各本所無。又如卷七蕭綱《和湘東王横吹曲三首》,梁定本批:"語皆陳腐。"《擬落日窗中坐》,梁定本批:"題意頗深,語殊未稱。"皆未見於他本。更多的情況則是在《校正》諸本批語基礎上的補充。如卷七蕭綱《詠舞》"懸勝河陽伎,闇與淮南同。入行看履進,轉面望鬟空"幾句,紀氏稿本無批語,朱墨批本之朱批僅"'闇與'句拙"幾字簡評,梁定本則有一段批語:

> "闇與"句用張平子觀舞。"淮南"語殊有填綴之迹。"闇"字尤未穩愜。舞時矯首抑揚,或不見其髻,故曰"望鬟空"。此句極意刻畫,然而不工。

指出語典出自張衡《舞賦》序"昔客有觀舞於淮南者,美而賦之"云云,並對難解之語"望鬟空"有意譯,不失爲有益的補充。卷一枚乘《雜詩九首》之"胡馬依北風,越鳥巢南枝"二句,紀氏稿本並無眉批,但雙行插注以解讀詩意來考訂異文:"依,宋刻作'嘶'。按:此二句乃以一南一北申足'各天一涯'之意,以起下'相去日遠',作'依'爲是,今從《文選》。"朱墨批本有朱批:

> "胡馬"二句申足"各天一涯"之意,非用不忘本意也。《越絕書》亦有"胡馬依北風而立,越燕向海日而熙"語,蓋言同類之相感,意義亦別。

梁定本則批曰:

> "胡馬"二句有兩出處,一出《韓詩外傳》"代馬依北風,飛鳥棲故巢",不忘本之意也;一出《吳越春秋》"胡馬依北風而立,越燕向海日而熙",同類相親之意也,皆與詩意別。注家引彼解此,遂令文義窒礙。

梁氏批語補充了"胡馬"二句的出處,改《越絕書》爲《吳越春秋》,修正了紀昀的誤記,又指出注家"引彼解此"的結果,此類補充的價值自不待言。又如卷二張華《雜詩二首》之"遊雁比翼翔,歸鴻知接翮"二句,紀氏稿本眉批:

> 劉勰《文心雕龍》曰:"張華詩稱'遊雁比翼翔,歸鴻知接翮',如斯重出,即對句之駢枝也。"

梁定本作:

> 劉勰《文心雕龍》曰:"張華詩稱'遊雁比翼翔,歸鴻知接翮',劉琨詩言'宣尼悲獲麟,西狩泣孔邱'。若斯重出,即對句之駢枝也。"所摘實中其病。

紀氏稿本約取《文心雕龍·麗辭》篇,而梁定本的徵引更爲完整準確,且有評說。

又如卷十謝靈運《東陽谿中贈答二首》,紀氏稿本眉批:

> 詞意膚淺,蓋小説家依託爲之。

梁定本則批曰:

> 詞意膚淺,蓋小説家附會之詞,非康樂作也。康樂一代勝流,編錄歷代之詩,不容不載其一字,而尋其所作,則遊覽山水者多,流連歌舞者鮮,故不得已而以委巷瑣語充之。蓋徇名之習,自古而然,非竟不分白黑也。

批語推測此詩入選《玉臺新詠》的原因,在紀氏原批基礎上有所發揮。

梁定本的有些補充更有助於對詩歌的理解。如卷六王僧孺《爲人寵姬

有怨》,紀氏稿本眉批:

> 齊梁閨怨,門徑多同,此獨以憂讒畏譏立言,雖古人已有之意,而爾時轉爲新聲矣。

梁定本批曰:

> 六朝人閨怨諸作,大抵皆借其麗情以寄藻采,然棄姬思婦,蹊徑多同,此獨以寵極憂讒之言,雖述恒情,乃爲新意矣。

後者所補將齊梁閨怨詩的"門徑"説得更明白。

又如卷四謝朓《贈王主簿》二首,紀氏稿本眉批:

> 二詩爲比爲賦蓋不可知,就詩論詩,神韻特爲楚楚。

梁定本批曰:

> 前首爲懷春之詞,後首爲邀歡之語。題曰"王主簿",或借比其仕路之遇合,或戲賦其後房之佳麗,均未可以臆定之。就詩論詩,詩意故爲楚楚。

紀氏眉批爲總評,梁氏則分述二詩題旨,並針對紀氏所謂"爲比爲賦蓋不可知"處作出推測。又如卷八劉孝威《都縣遇見人纖率爾寄婦》,紀氏稿本眉批僅"結有情致"四字,朱墨批本僅"'彌想'二句鄙"一句朱批,而梁定本則有三段批語:

> 本爲寄内之詞,乃詳述所見之容飾,以爲冗漫。蓋極陳彼美,皆爲"直爲"二句轉捩處作勢,愈寫所見之移人,愈折落有力耳,非泛泛塗飾比也。○"夢啼"二句自道相憶之情,然寫來却似女子語,亦是微瑕。

> "愈憶"二句太猥,下句尤甚。

> 結二句極有情致。

對原詩的題旨、結構、用語皆有分析。卷十《古絶句》其一"藁砧今何在?山上復有山。何當大刀頭?破鏡飛上天",紀氏稿本批:"此所謂藁砧體也。存此一格則可,從而效之則必墮入惡趣。"可見紀昀對於類似文字遊戲的雜體詩的保留態度。朱墨批本之朱批曰:"《讀曲》等歌多用影借之詞,源出於此。"點明此體的影響。梁定本則有大段解説全面分析:

> 許彦周《詩話》曰:"藁砧今何在",言夫也;"山上復有山",言出也;"何當大刀頭? 破鏡飛上天",言月半當還也。○漢時圖讖多作離合之文,通儒討論謂起哀平,其後孔北海有《離合詩》,而《參同契》、《越絶

書》之末亦以離合隱作者姓名,是此風盛於後漢,此詩亦後漢作也。《滄浪詩話》謂之"藁砧體",後來《讀曲》等歌多作隱語,則又承此體而變之,流傳既久,存此一格則可,如輾轉擬作,即乖大雅。○"出"字《説文》作□①,非山上山也。然古人離合之文往往但從近似,於六書非所深求。如"去"得"衣"之爲"袁","庚"覆"米"之爲康,亦不合於六書也。

這段批語不僅吸收了稿本、朱墨批本批語的思想,還解説詩意,並對"藁砧體"的源流、特點予以補充,對於理解此體頗有助益。

除批語外,以雙行小字插入正文的考訂之語,亦可見梁定本的補充之處。如卷九魏文帝樂府《燕歌行二首》其二,"寄聲浮雲往不還"句梁定本注:"《樂府詩集》'聲'作'書'。""涕零雨面毁容顏"句梁定本注:"《樂府詩集》'容'作'形'。"沈約《古詩題六首》(披褐守山東)之"倏暮年而逢此"句,梁定本注:"馮氏校本'逢此'作'此逢'。"均不見於別本。又如卷五范靖婦《詠五彩竹火籠》"耀采接緗裏"一句。紀氏稿本、《考異》刊本注:"采,《藝文類聚》作'緑',誤。"梁定本進一步推測訛誤的原因:"當是作'綵'而訛。"此類雖較爲少見,但與別本互爲補充,不無益處。

三是綜合,主要體現於批語的不拘一本。如卷三陸雲《爲顧彦先贈婦往反四首》,朱墨批本、紀氏稿本各有一段眉批。朱墨批本之墨批曰:"四詩皆音節朗朗,別有修潔之致。士龍清省,故是定評。"紀氏稿本眉批:"建安以後,文格日新,詞人多借新事製題,寓其藻采。彦先夫婦必有猜貳疑沮之事爲世所傳,故二陸爲之擬作,觀後二章情事可見。士衡詩疑本亦四章,而軼其二章云。"梁定本則將上述兩本的批語合爲一處,批曰:

> 四詩皆音節諧婉,別有修潔之致。士龍清省,故是定評。○建安以後,文格日新,詞人多借新事製題,寓其藻采。彦先夫婦必有猜貳疑沮之事爲詩人所傳,故二陸爲之擬作,觀後二章情狀可見。士衡詩疑本亦四章,而軼其後二章也。

只個別詞語與兩本稍有不同。又如卷六王僧孺《秋閨怨》"風來秋扇屏,月出夜鐙吹。深心起百際,遥淚非一垂"幾句,紀氏稿本批:"'風來'二句賦而比也。"朱墨批本有朱批:"'吹'字終俚。'深心'二句尤拙。嚴滄浪謂勿用六朝生造語,此類是矣。"前者道其手法,後者評其優劣,梁定本則將二評相合:"'風來'二句賦中有比,'深心'二句措語頗拙。嚴滄浪謂勿用六朝生造

---

① 梁定本此處或因殘損而空白。按,《説文》"出"字作"㞢"。

語,此類是矣。"再如卷六費昶《鼓吹曲》二首之《巫山高》:"巫山光欲晚,陽臺色依依。彼美巖之曲,寧知心是非。朝雲觸石起,暮雨潤羅衣。願解千金佩,請逐大王歸。"朱墨批本有朱批:"此亦牀上牀,屋下屋也。○'寧知'句未詳。"紀氏稿本眉批則解說"寧知"句意:"未卜其有情與否,故曰'寧知心是非',措語頗晦。"從中能夠看出批校先後的進展。而梁定本批作:"此亦牀上牀,屋下屋也。未卜其情相屬與否,故曰'寧知心是非',語意殊晦。"顯然將兩版本的批語整合爲總論與個論,意旨更爲明確。

四是存異。梁定本與《校正》他本相較,除繁簡互異、此有彼無的情形外,尚存其他出入。其一,底本有異,故校語不同。如卷九沈約《古詩題六首》(晨征聽曉鴻)之"秋蓬飛兮未極"句,梁定本作"秋蓬飛兮未絕",故其注"宋刻'絕'作'極',誤"與紀氏稿本、《考異》刊本注"'極'字韻複,義亦未愜,疑當作'息'"全然不同。卷九《盤中詩》"君忘妾,天知之"句,紀氏稿本注:

> 天,馮氏《詩紀》作"未",似於義爲長。

梁定本底本作"君忘妾,未知之",且注語略詳:

> 宋刻"未"作"天"。案:此詩語意和平,不應此句忽作懟詞,怵以負心之報。馮氏《詩紀》作"未"字,語意較圓,今從之。

說明了底本去取的原因。

其二,梁章鉅雖爲紀昀門生,對其師並未盲從,遇紀昀誤記處,梁定本時有改正。除前述"胡馬"出處改《越絕書》爲《吳越春秋》之例,又如卷五江淹《古體》"不惜蕙草晚,所悲道路寒"二句,紀氏稿本眉批:

> "不惜"二句從古詩"不惜歌者苦"二句得法,而語加深至。杜工部《雨詩》曰"不愁巴道路,恐濕漢旌旗",陳簡齋《雨詩》"未覆荒楚菊,直恐敗吳秔",皆相承。如此用意,古人所謂偷勢法也。

梁定本轉錄這段批語,改"陳簡齋"爲"陸放翁",修訂了稿本、朱墨批本等版本的疏誤。

當然,作爲過錄本,梁定本自身也有疏忽,偶見筆誤與脫衍,還是留下了遺憾。如卷四鮑照《翫月城西門》"客遊厭苦辛"句,"苦"誤抄爲"若";吳邁遠擬樂府四首之《飛來雙白鵠》"交頸遊青雲"句注"遊,《文苑英華》作'憩'"中,"憩"誤抄爲"想";卷六費昶《鼓吹曲》二首之《有所思》批語"後四句詞怨以怒","怒"誤抄爲"恕",皆因形近而誤。又如卷三劉鑠《雜詩五首》之《代青青河畔草》,誤脫末句"依依采菱彈",而"楚楚秋水歌"句雙行注中

"高誘注"三字後誤衍"淥水之詑淮南子手會綠水之趣高誘注"十六字，恐是抄寫串行所致；卷十宋孝武詩三首之《擬徐幹詩》批語"六代代詩人幾於人人擬作"，誤衍一"代"字。

畢竟瑕不掩瑜，梁定本仍從多方面顯示了此本"定本"之名不虛。此外，從梁定本對紀氏稿本所刪之語幾乎全部保留，而對於某些批校之語又未予錄入等情形來看，似乎我們對於《校正》的完成時間需重新考量。如前所述，按照紀氏稿本序跋所言，其時間跨度自乾隆三十六年六月至三十八年正月。而我們比照了文淵閣、文津閣本《考異》又能發現校語的差異，特別是書前提要所示《考異》最終完成校對的時間，文津閣本已晚至"乾隆四十九年八月"，似乎傳達了十餘年間反覆打磨的信息。而生於乾隆四十年（1775）、作爲紀昀門生的梁章鉅，或許有條件見證留有紀氏不斷修訂之印記的諸多版本。梁定本客觀上爲我們提供了探究真相的可能性。

綜上所述，《玉臺新詠》的確是令紀昀頗"耗日力"的六朝文籍。紀昀研究、整理此書的時間跨度恐非如《校正》稿本序跋所言，僅自乾隆三十六年六月至三十八年正月這一年又半載的時段。依批語底本的不同，《校正》形成不同的版本系統。十卷稿本、擷英本、翁抄本等批於《考異》眉端，爲同一系統，梁定本批語位於每詩之後，仍屬此系統；朱墨批本批於吳兆宜注本眉端，且校語、點評並存，形成另一系統①。從時間序列來看，朱墨批本爲早期批本，其稿本現僅存兩卷，藏於臺北"國家圖書館"（原"國立中央圖書館"），但通過綜合考察國圖、天圖、上圖等地所藏過錄本，仍可瞭解紀昀首次批點的全貌。十卷稿本爲繕清本，將朱墨批本眉端的校訂之語轉變爲雙行小字插入《玉臺新詠》原文，復經修訂、增益，成型爲《考異》部分，編入《四庫全書》，後又收進《畿輔叢書》、《叢書集成初編》，流傳更廣；而眉端評點之語也較朱墨批本大爲豐富，惜未能按計劃另成一書。各本時有異文，從中可窺紀氏精益求精的批校過程，體味批點文字的搖曳變化。諸本之中，梁定本對原作有補充、修訂之功，在過錄本中具有不可忽視的價值。徐校本堪稱《校正》抄本中的精校本，從某種意義上講，品質甚至超越了擷英本；而其對於稿本疏誤的校訂，更爲可貴；儘管尚存漏校、臆改的遺憾，仍不掩其優異之處。《校正》現存版本從一個側面表明了紀昀的校勘學、評點學成就，堪稱乾嘉學者整理集部文獻的典範。

---

① 按：國家圖書館還藏有一部將紀昀批語過錄於白文眉端的批本，不屬於此二版本系統，詳情見文後所附。

附：過録於朱彝尊舊藏本之批本

國家圖書館藏，著録附注："有墨筆過録紀昀《校正》批語。"此本一函四册，匡高16.2釐米，廣13.4釐米。半頁十行，滿行十八字，白口，白魚尾，左右單欄。各卷題寫"陳東海徐陵編"，目録頁及第一册"名家世序"首頁均鈐印三方："挹翠樓珍賞"（白文）、"朱十彝尊錫鬯"（朱文）、"南書房舊講官"（白文）。此外，書首於徐陵序題名處尚有白文橢圓收藏印，鈐"延古堂李氏珍藏"。

此本首爲徐陵序，後爲"名家世序"，列漢、魏、晉、宋、齊、梁、陳、北魏、北齊、北周、隋作者之名，二人一行。各卷首有目録，作者姓名與其入選的第一首詩在一行。前二卷有墨筆過録紀昀批語，與稿本大體相同，而有個別異文，當是因形近所致。如卷一《古樂府六首》之《艷歌行》，稿本眉批"末二句言孤身遠客"，此本"遠客"作"遠寄"；卷二《曹植雜詩五首》之《西北有織婦》稿本眉批"'孤鳥'二句託物起興，即景寓情"，此本"寓情"作"寫情"。

卷二某些詩題下尚有墨筆批注，爲各本所無，似是過録者所爲。如《塘上行》題下批："紀本作甄皇后作，在《清河作》一首之後。"陳琳《飲馬長城窟行》題下批："此篇紀本在蔡邕《飲馬長城窟》下。"徐幹《雜詩》五首其一題下批："其一、其二均注在詩下。"《室思》下批："此篇紀本在第一卷陳琳《飲馬長城窟》下，連前五首題俱作《室思》。"《情詩》下批："此篇他本在第一卷，接前首。"王宋《雜詩》下批："紀本在曹植《雜詩》前。"諸題注中"紀本"云云顯係對紀昀《校正》的比勘。

此本底本爲朱彝尊舊藏明刻本，編排頗爲奇怪，從中可窺明刻輕改古書之風。此底本刊刻時對原書進行了重新整合，與通行本出入較大。卷一尚與通行本大體一致，惟陳琳、徐幹詩編入卷二。卷二則阮籍以下均付闕如。自卷三起排序混亂。如卷三起盧思道《日出東南隅行》，止僧法宣《愛妾換馬》；卷四起陳後主《玉樹後庭花》，止虞茂《白紵歌》；卷五起梁武帝《擣衣》，止武陵王蕭紀《曉色》；卷六起范雲《巫山高》，止王樞《至烏林村見采桑者因有贈》；卷七起吳均《采桑》，止楊皦《詠舞》；卷八起蕭子顯《日出東南隅行》，止徐孝穆《爲羊兗州家人答餉鏡》；卷九起《古詞》（東飛伯勞歌），止庾信（按，應爲徐陵）《雜曲》（傾城得意已無儔）；卷十起《古絶句》，止何曼才《爲徐陵傷妾》。三、四兩卷收録陳、隋及北朝詩，插入書中頗爲不倫，與明嘉靖十九年鄭玄撫刻本將此作爲續選詩集附於原編之後的編排體例相比，很不合情理。劉躍進先生認爲這兩卷"實際上是鄭玄撫續編五卷中的三、四兩卷,而誤移正文中"①。與稿本底本比對可以看出,此本卷五對應原編卷七,卷六對應原編卷五,卷七對應原編卷六,卷八、卷九、卷十則大體與原編相合。各卷順序均有與原編不同之處,有宋刻未録之詩闌入其中,且蕭綱、蕭繹之作署名"梁簡文帝"、"梁元帝",曹植署"陳思王",各卷目録頁題"陳東海徐陵編"而略去官職。

如劉躍進先生所述,此本印刷極差,脱字誤字不勝枚舉,"在現存諸明刻中品質實爲最差的一種"②。而過録紀昀批語僅限於前兩卷,在《校正》諸本中也是僅見的。

① 《玉臺新詠研究》第29頁。
② 同上。

《玉臺新詠校正》整理凡例

一、《玉臺新詠校正》（簡稱《校正》）有兩大版本系統：一是早期批本系統，以朱墨雙色筆批校於吳兆宜注本眉端，簡稱朱墨批本系統；二是繕清本系統，將考校文字以雙行小字插入《玉臺新詠》原文，而評點文字置於眉端。兩者底本不同，前者爲吳兆宜注本，後者則爲明末覆宋本（即紀昀所謂"宋本"）。前者稿本僅存卷九、卷十兩卷（簡稱殘稿本），藏於臺北"國家圖書館"，但從抄本尚可窺其全貌；後者有稿本十卷，藏於國家圖書館。兩版本批校繁簡不同、文字有出入，相異之處詳加比勘，出以"今校"，客觀展現《校正》的定稿過程。

二、全書校勘以國家圖書館所藏《校正》十卷稿本（簡稱稿本）爲底本，校以有代表性的抄本、過錄本、刊本。涉及版本有：臺北"國家圖書館"藏殘稿本；國家圖書館藏朱墨批本（簡稱朱墨批本）、擷英書屋抄本（簡稱擷英本）、徐行可校本（簡稱徐校本）；湖北圖書館藏梁章鉅過錄本即《梁氏定本玉臺新詠》稿本（簡稱梁定本）；上海圖書館藏王文燾過錄本；文淵閣及文津閣四庫本《玉臺新詠考異》（簡稱文淵閣本、文津閣本，並稱四庫本）；叢書集成初編本《玉臺新詠考異》（簡稱初編本）等。其中朱墨批本、梁定本、四庫本爲通校，其餘版本爲參校。原序、原詩亦參校明寒山趙氏覆宋陳玉父本（簡稱趙本，中華書局 2018 年影印《玉臺新詠珍本二種》）。

三、朱墨批本爲早期批校，與稿本出入較大。批校異文皆出"今校"，注明"朱批"、"墨批"。爲避繁瑣，凡相同處注明"同稿本"；凡未出"今校"處，皆爲朱墨批本無批者。卷九、卷十兩卷，又校以殘稿本，文字出入、此有彼無處亦出校。朱墨批底本與稿本所取底本不同，因原詩文本異文導致的各本批校之語的出入，皆出校説明。朱墨批本録"宋刻未收"而爲明刻本增益的 179 首詩，其中約百首有朱墨批語，輯於"附録"。

四、梁定本作爲《校正》的過録本，情形較其他抄本複雜。與稿本比勘，批校異文皆出"今校"，但若注文僅屬表達次序略不同者，如稿本爲"徂，宋刻作'但'"，梁定本作"宋刻'徂'作'但'"之類，則不出校。凡梁定本未批注者,"今校"注明"無注"或"無批語";稿本原有,後以墨筆劃去而爲梁定本保留的批注之文,亦在"今校"中説明。因底本異文造成的批校之語的出入,亦出"今校"。凡梁定本同於稿本的批注,則不出校。

五、稿本中原詩及以雙行小字插入其中的考訂之語,與先行刊刻的文淵閣及文津閣本《考異》相較,如遇異文,亦出"今校",或羅列異同,或指明正誤。下列情形不出校:

1. 領起按語的"案"、"按"之別,不出校;

2. 組詩涉及標題位置不同者不出校;

3. 異體字不出校。

六、按照文獻整理的一般規範,因避諱而造成的異文,如"傅玄"作"傅元"之類,據古本回改,不出校。

七、原文的雙行注改爲單行。《校正》稿本批在眉端的批語,標以"紀批"附於原詩後。一詩多段批語者,針對全詩的眉批,以"〔總〕"標識;針對具體詩句的眉批,在原詩相應處加注碼如"〔一〕""〔二〕"。稿抄本批語異文出校,與底本異文、注文異文連碼編排,並書於"今校"下,校碼形式爲"(1)""(2)"。整句多處有異文或異文較長者,校碼標於斷句標點符號之後;僅個別詞語有異文者,校碼標於原句標點之前。稿抄本批校之語原有"○"表示間隔者,今依舊保留;眉批分段亦以"○"表示。稿本中的圈點不録。

八、辨析正誤、存疑、解説之處在"今校"中加按語以説明。稿本可議之處不輕改,但因筆誤所致的疏誤則徑改,並出校説明改正依據。

《玉臺新詠校正》序[1]

紀　昀

六朝總集之存於今者,《文選》及《玉臺新詠》耳。《文選》盛行,而《玉臺新詠》則在若隱若顯間,其不亡者幸也。自明以來無善本,趙靈均之所刻,馮默菴之所校,悉以嘉定宋刻爲鼻祖。然觀所載陳玉父跋,則傳寫踳駁,自宋已然。跋又稱得石氏録本補亡校脱,然則竄亂舊本未必不始於斯時。陳氏兹刻,蓋亦功過參半矣。崇禎癸酉距今百有餘載,意其書已不存,乾隆壬午[2],忽於常熟門人家得之,紙墨完好,巋然法物。摩挲遠想,如見古人。然亦時時有訛字。馮鈍吟云宋刻是麻沙本,故不佳。信矣。辛卯六月[3],余自西域從軍歸[4],檢點藏書,多所散佚,惟幸是本之僅存。是歲十月,再入東觀[5],稍理舊業,偶取閲之,喜其去古未遠,尚有典型,終勝於明人臆改之本。用參校諸書,仿《韓文考異》之例,各箋其棄取之由,附之句下。兩可者並存之;不可通者闕之;雖可通而於古無徵者,則別附注之。丹黄矻矻,蓋四閲月乃粗定。耗日力於綺羅脂粉之詞,殊爲可惜。然鄭衛之風,聖人不廢,苟心知其意,溫柔敦厚之旨亦未嘗不見於斯焉。壬辰二月廿一日河間紀昀書[6]。

【今校】

(1) 此序與收入文淵閣四庫全書的《玉臺新詠考異》(簡稱《考異》)原序文字大致相同,惟序中涉及時間、經歷、署名有異,見以下逐條校記。按:文津閣本《考異》未録此序。
(2) 壬午,《考異》作"壬申"。
(3) 辛卯,《考異》作"乙亥"。
(4) 西域從軍,《考異》作"雲南乞養"。
(5) "是歲"二句,《考異》作"林居無事"。
(6) "壬辰"句,《考異》作"乾隆丁丑二月廿一日河間紀容舒序"。

《玉臺新詠》序[1]

陳尚書左僕射太子少傅東海徐陵字孝穆撰

馮氏曰：《大唐新語》云："梁簡文爲太子，好作艷詩，境內化之，晚年欲改作，追之不及，乃令徐陵撰《玉臺集》以大其體。"檢此，則是書之撰實在梁朝，署名如是，明是後人所加也。[2]

夫淩雲槩日，《藝文類聚》、《文苑英華》皆無"夫"字[3]。由余之所未窺；千門萬户，張衡之所曾賦。周王璧臺之上，漢帝金屋之中，玉樹以珊瑚作枝，珠簾以瑇瑁爲押，押，《文苑英華》作"匣"。案：白珠爲簾，以瑇瑁押之，見于《漢武故事》，則作"匣"爲非。[4]其中有麗人焉。其人也，宋刻誤脱"也"字，據《藝文類聚》補。五陵豪族，充選掖庭；四姓良家，馳名永巷。亦有潁川、新市、河間、觀津，間，《文苑英華》作"澗"。案：河間指鉤弋夫人，作"澗"爲誤。[5]本號嬌娥，本號，《文苑英華》作"大家"，于對句不相儷偶[6]。又對句用段巧笑事，乃魏文帝宫人，見馬縞《中華古今注》。"嬌娥"則未詳所出，疑爲"娙娥"之訛，事見《前漢書·外戚列傳》[7]。曾名巧笑。楚王宫裏，無不推其細腰；衛國佳人，案："摻摻女手"，語本《魏風》，則"衛"當作"魏"。然"手如柔荑"固亦《衛風》之語，未敢遽斷其誤[8]。考《藝文類聚》亦作"衛"。佳，《文苑英華》作"家"，誤[9]。俱言訝其纖手。閲詩敦禮，《藝文類聚》作"説詩明禮"。豈東鄰之自媒；婉約風流，異西施之被教。《文苑英華》"豈"字作"非直"二字，"異"字上多一"無"字。案："閲詩"二句言其禮法自持；"婉約"二句言其慧姿天賦。若作"非直"、"無異"乃正與本意相反。檢《藝文類聚》亦與宋刻相同，是《英華》誤衍也[10]。弟兄協律，自小學歌[11]；自，《藝文類聚》作"生"。少長河陽，由來能舞。琵琶新曲，無待石崇；箜篌雜引，引，《藝文類聚》作"句"，誤。非關曹植。關，《藝文類聚》作"因"。傳鼓瑟於楊家，得吹簫於秦女。以至寵聞長樂[12]，"以至"二字，《藝文類聚》無之，宋刻作"至若"，又與下"至如"相複，今從《文苑英華》。陳后知而不平；

畫出天仙,"天仙"字諸本並同,然無意義,疑爲"天山"之誤[13]。閼氏覽而遙妒。至如東鄰巧笑,至,《文苑英華》作"且",誤[14]。來侍寢于更衣;西子微顰,將橫陳于甲帳[15]。陪遊馺娑,騁纖腰於結風;長樂鴛鴦,奏新聲於度曲。妝鳴蟬之薄鬢,鳴,《文苑英華》作"明"。照墮馬之垂鬟。墮,《文苑英華》作"墜",誤。反插金鈿,鈿,《文苑英華》作"蓮"。橫抽寶樹[16]。南都石黛,最發雙蛾;北地燕支,偏開兩靨。亦有嶺上仙童[17],分丸魏帝;腰中寶鳳,授曆軒轅。四句與下文不屬,疑有脫落。金星與婺女爭華[18],麝月共姮娥競爽[19]。驚鸞冶袖,時飄韓掾之香;飛燕長裾,宜結陳王之佩。雖非圖畫,入甘泉而不分;言異神仙,戲陽臺而無別。真可謂傾國傾城,無對無雙者也。加以天情開朗,情,《藝文類聚》、宋刻作"時",《文苑英華》作"晴"。案:《魏書·崔光傳》曰:"天情沖謙,動定祇愧。"《齊書·王文殊傳》曰:"婚義滅于天情,官序空于素抱。"庾信《譙國夫人步陸孤氏墓誌》曰:"敬愛天情,言容禮典。"則"天情"二字本南北朝之習語,蓋訛"情"爲"晴",又訛"晴"爲"時"耳。揆以文意,舛誤顯然,今改正。[20]逸思雕華。妙解文章,尤工詩賦。瑠璃硯匣[21],終日隨身;翡翠筆牀,無時離手。清文滿篋,非惟芍藥之花;新製連篇,寧止蒲桃之樹[22]。九日登高,時有緣情之作;萬年公主,非無累德之詞。吳顯令注本改"累德"爲"誄德"[23],引《晉書》左貴嬪作《萬年公主誄》事爲證。案:劉勰《文心雕龍》曰:"誄者,累也。累其德行,旌之不朽也。"然則累德之詞即指作誄,不必改"累"爲"誄"[24]。其佳麗也如彼,其才情也如此。既而椒宮宛轉,椒宮,《藝文類聚》作"椒房"。柘館陰岑[25];絳鶴晨嚴,絳,《藝文類聚》作"木"。鶴,《文苑英華》作"劍"。並誤。銅蠡晝静。蠡,《文苑英華》作"鋪",義可兩存。《藝文類聚》"蠡"作"梁","静"作"靖",並誤。三星未夕,不事懷衾;五日猶賒,賒,《文苑英華》作"余",誤。誰能理曲。優遊少託,寂寞多閒。厭長樂之疏鐘,勞中宮之緩箭。中宮,《藝文類聚》作"宮中"。案[26]:"中宮"字出《漢書·哀帝紀》,注謂皇后之宮。沈括《夢溪筆談》引此句亦作"中宮",與宋刻合,今從之。輕身無力[27],怯南陽之擣衣;陽,《文苑英華》作"宮",誤。生長深宮,笑扶風之織錦。雖復投壺玉女,爲歡盡於百驍[28];諸本皆作"百嬌",惟馮氏校本作"百驍"。案:《神異經》曰:"東王公與玉女投壺,梟而脱誤不接者,天爲之笑。"又《西京雜記》曰:"郭舍人善投壺,激矢令還,一矢百餘返,謂之爲驍。""驍"、"梟"義通,作"嬌"爲誤。證佐顯然,不爲輕改,故從馮氏校本。爭博齊姬[29],心賞窮于六箸。無怡神于暇景,惟屬意于新詩。可得代彼萱蘇[30],蠲兹愁疾。蠲兹,《文苑英華》作"微蠲"。但往世名篇,當今巧製,分諸麟閣,散在鴻都,不藉篇章,"篇章"二字未詳。《藝文類聚》作"篇連",亦不可解,疑爲"編連"之訛[31]。無由披覽。於是然脂暝寫,弄筆晨書。筆,《藝文類聚》作"墨"。撰録艷歌,撰,《文苑英華》作"選"。案:古人編輯總集皆謂之"撰"[32]。《文選》題曰"梁昭明太子撰",猶是古法,作"選"爲誤[33]。凡爲十卷。曾無參于雅頌,亦靡濫于風人。涇渭之間,若斯而已。《藝文類聚》"而已"下有"也"字。於是麗以金箱,《文苑英華》誤脫"於是"二字[34]。裝之寶軸。三臺妙迹,迹,《文苑英華》作"札"。龍伸蠖屈之書;五色花牋,河北膠東之紙。《文苑英華》"龍伸"上有"亦"字,"河北"上有"皆"字,皆于文爲衍[35]。高樓紅粉,《文苑英華》作"高按鉛粉",誤。仍定魯魚之文;辟惡生香,聊防羽陵之蠹。靈飛六甲,靈飛,《文苑英華》作"雲飛"。六甲,宋刻作"太甲"。案:六甲靈飛十二事,封以白玉函,事出《漢武内傳》,兩本均訛,今"雲"字從宋刻作"靈","太"字從《文苑英華》作"六"[36]。高擅玉函;鴻烈仙方,長推丹枕。至如青牛帳裹,餘曲既終,既,宋刻作"未"。案:度曲未終,不應旁涉,今從《文苑英華》。朱鳥窗前,新妝已竟。方當開兹縹袟,散此緗繩,緗繩,《文苑英華》作"緗編"。永對玩於書帷[37],長循環於纖手。豈如鄧學春秋,《文苑英華》誤脫"豈"字[38]。儒者之功難習;竇傳黃老[39],金丹之術不成。固勝西蜀豪家[40],託情窮于魯殿;東儲甲觀,觀,《文苑英華》作"館"。流詠止于洞簫。孌彼諸姬,聊同棄日。猗歟彤管,無或譏焉[41]。末四字王志堅《四六法海》作"麗矣香奩",于義未愜,亦未詳所據,疑明人所臆改,非舊本也。[42]

【今校】

（1）四庫本無此序,畿輔叢書本、叢書集成初編本《考異》有序並注。此序稿本插入雙行小字爲注,朱墨批本因過録于吳兆宜注本上,故以眉批的形式作注,是《校正》最初的批校形式。朱墨批本對此序的批校皆爲墨批。

（2）墨批作:

□（按:當爲"馮"）氏曰:《陳書·徐陵傳》云:太建二年遷尚書左僕射,後主即位遷太子少傅。《大唐新語》云:"梁簡文爲太子,好作艷詩,境内化之,晚年欲改,追之不及,乃令徐陵撰《玉臺集》以大其體。"檢此,則是書之撰實在梁朝,著名如是,明是後人所加也。

按:國圖藏本缺頁,墨批自"撰《玉臺集》"始;序文自"珠簾"句始。

所缺部分據天圖藏本補足。又按,著作人一行此系統版本"徐陵"後少一"字"字。

（3） 注文末稿本原有"惟宋刻有之",墨筆劃去,但擷英本、梁定本仍存。

（4） 注文末稿本原有"今從宋刻",墨筆劃去,擷英本、梁定本仍存。珠,稿本原作"玉",塗改爲"珠",梁定本仍作"玉"。

（5） 注文末稿本原有"今從宋刻",墨筆劃去,擷英本仍存。

（6） 注文末稿本劃去"今從宋刻",梁定本保留。

（7） "事見"句,梁定本作:

> 娙娥,漢武邢夫人字也。

（8） 遽斷其誤,梁定本作"遽斷其必誤,今仍從宋刻"。

（9） 誤,稿本原作"其誤顯然,今亦從宋刻",墨筆劃去,僅留一"誤"字,梁定本皆保留。"衛國"句墨批作:

> "魏國",宋刻作"衛國"。然"摻摻女手"實出《魏風》,此音近而誤耳。

（10） "是《英華》"句,梁定本作"故仍從宋刻"。"豈東鄰"三句墨批:

> "豈"字諸本作"非直","異"字諸本作"無異",然此聯出二句言其禮法自守;對二句言其慧質天成,"非直"、"無異"四字適與本意相反,宜從宋刻。

（11） 自,朱墨批本、趙本作"生"。

（12） 以至,朱墨批本、趙本作"至若"。

（13） 誤,梁定本作"訛"。

（14） 注文末稿本劃去"於義未愜,今從宋刻"字,而梁定本保留。梁定本作:

> "至如",《文苑英華》作"且如",於義未愜,今從宋刻。

墨批作:

> "且如"一作"至如",然總羨文傳寫所誤也。

（15） 將,朱墨批本、趙本作"得"。

（16） "橫抽"句墨批:

> 凡集中"抽"字,宋刻皆作"榴"。"榴"即"抽"字,見許氏《說文》,非兩字也。馮校本俱注宋刻作"榴",殊爲未考。如以字從古體而注之,則宋刻"啼"字皆作"嗁",何又不注乎?

（17） "亦有"句墨批:

> "嶺上"四句上下文義俱不屬,或爲羨文,或其下別有脫字。

（18） 與,朱墨批本、趙本作"將"。

(19) 共,朱墨批本、趙本作"與"。
(20) "加以"句墨批、梁定本注文皆簡。墨批作:

　　"天情"宋刻作"天時",誤。"天情"猶言天性,即神明穎悟之意,無與于天時。

　　今按,朱墨批本異文同宋刻。梁定本作:

　　情,《藝文類聚》作"時",《文苑英華》作"晴",並誤。
(21) 璃,稿本作"琉",據通行本改。
(22) 桃,朱墨批本、趙本作"萄"。
(23) 吳顯令,梁定本作"吳氏兆宜"。
(24) 注文末稿本劃去"今仍從宋刻",梁定本保留。"非無"句墨批:

　　"誅德"一作"累德",吳顯令注引《晉書》:左貴妃名芬,思之妹也。少好學,善綴文,名亞于思。帝女萬年公主薨,帝痛悼不已,詔芬爲誅。然則"累德"誤矣。
(25) 館,趙本作"觀"。
(26) "案"以下注文,梁定本無。
(27) 輕身,朱墨批本、趙本作"纖腰"。
(28) "爲歡",朱墨批本底本作"爲觀","觀"下吳氏注:一作"歡"。"爲歡"句墨批:

　　"觀"宋刻作"歡";"驍",宋刻作"嬌",馮校本謂"驍"字宋刻作"嬈",亦誤。
(29) 博,稿本作"傳",據通行本改。
(30) 可,朱墨批本、趙本作"庶"。萱,朱墨批本、趙本作"皋"。"可得"句擷英本有眉批:

　　萱蘇,馮本作"皋蘇"。璵按:王粲書"蘽蘇釋忿"。又考字書,"蘽",一作"皋"。
(31) 整段注文梁定本作:

　　篇,《藝文類聚》作"連",義均未愜。案:"篇"形近"連",疑或"編章"、"編連"之誤也。
(32) "古人"句梁定本作:

　　古人編輯詩文皆謂之"撰"。魏文帝《與吳質書》曰:"撰其遺文,都爲一集。"
(33) 注文末稿本劃去"今從宋刻",梁定本保留。
(34) 注文末稿本劃去"今從宋刻",梁定本保留。
(35) 注文末稿本劃去"今從宋刻",梁定本保留。

（36） "靈飛"句墨批作：

　　宋刻"六甲"作"太甲"。按：六甲靈飛十二事，封以白玉函，見《漢武內傳》。今法帖尚有鍾紹京《靈飛經》寫本，言六甲日修煉之事。馮校本從宋刻，誤。

（37） 帷，趙本作"幃"。

（38） 注文末稿本劃去"今從宋刻"，梁定本保留。

（39） 傳，朱墨批本、趙本作"專"。

（40） "固勝"句墨批：

　　"固"，宋刻誤作"因"。

　　今按，朱墨批本異文同宋刻。

（41） "無或"句墨批：

　　"無或譏焉"，別本作"麗以香奩"，于義未愜，此從宋刻。

（42） 梁定本無注。

玉臺新詠卷第一　　河間紀昀校正

古詩八首
古樂府詩六首
枚乘雜詩九首
李延年歌詩一首併序
蘇武詩一首
辛延年羽林郎詩一首
班婕妤怨詩一首併序
宋子侯董嬌饒詩一首
漢時童謠歌一首
張衡同聲歌一首
秦嘉贈婦詩三首併序
秦嘉妻徐淑答詩一首
蔡邕飲馬長城窟行一首
陳琳飲馬長城窟行一首
徐幹詩二首室思一首[1]情詩一首按：目所云"二首"，即下《室思》、《情詩》，不宜複出。以宋刻列目如是，姑仍舊本書之。[2]
繁欽定情詩一首
古詩無名人爲焦仲卿妻作併序[3]

【今校】

（1）　二首室思一首，朱墨批本作"室思六首"。
（2）　注文天頭，擷英本有批語：
　　　璵按：馮本以"沉陰"、"高山"、"浮雲"、"慘慘"、"思君"五首爲《雜詩》，"人靡不有初"一首爲《室思詩》，此本合六章爲一首，俱作《室思詩》，未詳孰是。
（3）　無名人，朱墨批本作"無人名"。

古詩八首[1]

昭明選《古詩十九首》,皆不著作者姓名,劉勰《文心雕龍》曰:"古詩佳麗,或稱枚叔,其《孤竹》一篇則傅毅之詞。"鍾嶸《詩品》曰[2]:"其外《去者日以疎》四十五首,舊疑是建安中曹王所製。《客從遠方來》、《橘柚垂華實》亦爲驚絶矣[3]。"孝穆取枚叔之説[4],而此八首不取傅毅、曹王之説,蓋年代縣遠,傳聞異詞,著書者各據所見,故莫能畫一。

上山采蘼蕪,下山逢故夫。長跪問故夫:長跪,《太平御覽》作"回首",誤。[5] "新人復何如?""新人雖言好,未若故人姝。顔色類相似,此句《藝文類聚》作"其色似相類"。手爪不相如。""新人從門入,故人從閤去。"〔一〕"新人工織縑,故人工織素。織縑日一疋,織素五丈餘。將縑來比素,《藝文類聚》"閨情"部全載此詩,此句作"持縑將比素"。又"素"部引末二句,此句作"以縑持比素",蓋屢經傳寫,雖一書不免異文。[6] 新人不如故。"〔二〕

【紀批】

〔總〕 盛稱新不如故,以動其念舊之情,立意非不忠厚,而措語似嘲似譏,反掩其纏綿悱惻冀倖復收之意,昭明不選,其以是歟?[7]

〔一〕 從門入者,盛禮以迎之;從閤去者,賤之使由側門出也。《爾雅》:"小閨謂之閤。"《説文》:"閤,門旁户。"

〔二〕 劉熙《釋名》曰:縑,兼也,其絲細緻,數兼于布絹也。素,樸素也。織則供用,不復加巧飾也。織縑、織素蓋隱含華巧質實之喻[8]。○《小爾雅》曰:二丈爲兩,倍兩爲疋。一疋當爲四丈,計其實功,故曰縑不如素,非以巧拙爲言也。[9]

【今校】

(1) 題上文津閣本有"古詩無名人"一行。梁定本無題注。

(2) "曰"字後稿本劃去"古詩陸機所擬十四首"。"鍾嶸"句眉端有墨筆貼條:
　　　　刪"古詩"句,"其外"二字疑亦應刪。
擷英本有朱筆貼條,説明稿本刪改情形:
　　　　原本"其外"上有"古詩陸機所擬十四首"九字,刪。

(3) 文津閣本無"亦"字。

(4) 取,文津閣本作"取諸"。

(5) 梁定本無注。四庫本注作:
　　　　長跪,《太平御覽》作"回首",考文瑩《玉壺清話》引此句證古婦人有跪禮,則作"回首"爲誤。
(6) 整段注文梁定本作:
《藝文類聚》"將縑來"作"持縑將"。又"素"部引末二句作"以縑持"。
(7) 朱批作:
盛稱新不如故,動其念舊之思,以冀倖復收立意,非不忠厚。措語近激,轉覺似嘲似訕,卒讀之,不見纏綿悱惻之情,昭明不選,蓋以是也。
梁定本作:
盛稱新不如故,以動其念舊之情,立意非不忠厚,而措語微激,反不見纏緜悱惻之意,昭明不選,其以是歟?
(8) 梁定本無"蓋"字。華巧質實,梁定本作"華巧質樸"。
(9) "《小爾雅》"句梁定本作:
據《小爾雅》:二丈爲□,倍而爲疋。則一疋爲四丈,計其實功,故曰縑不如素,非論功之巧拙、物之貴賤也。
"劉熙"以下整段批語,墨批作:
織縑、織素隱含浮華質樸之喻。"一疋"、"五丈",計其實功,故謂縑不如素,非論工之巧拙、物之貴賤也。

凜凜歲云暮,螻蛄多鳴悲。多,《文選》作"夕"(1)。涼風率已厲,遊子寒無衣。[一]錦衾遺洛浦,同袍與我違。獨宿累長夜,夢想見容輝。良人惟古歡,[二]枉駕惠前綏(2)。願得長巧笑,携手同車歸。既來不須臾,又不處重闈。諒無晨風翼(3),焉能凌風飛。眄睞以適意,引領遙相睎。徙倚懷感傷,垂涕霑雙扉。

【紀批】
〔一〕"凜凜"四句,感天寒而念行人,乃思婦意中之詞,非寫旅況。(4)
〔二〕"良人惟古歡",李善注爲:"良人念昔之歡愛。"今人以"古歡"爲嗜古之意,失其本旨。○本因己念良人而入夢,乃云良人念己而入夢(5),忠厚之至。○"古歡"等字,在古人爲恒言,在後世則爲奧句。譬之殷盤周誥,當時原戶曉家喻,而至漢已煩訓詁。若務效此種以爲古,則形骸之外去之愈遠。(6)

【今校】
(1) 注文後,四庫本尚有一段按語,文淵閣本作:

案:"夕"字與下文"獨宿累長夜"相應,似勝於"多"字。然何溪汶《竹莊詩話》載此詩亦作"多"字,則宋本實作"多",不作"夕",非緣後來誤刻,既義可兩通,即不必據彼改此矣。
按,非緣,文津閣本作"非由"。
梁定本底本作"螻蛄夕鳴悲",注曰:
宋刻"夕"作"多",今從《文選》。

(2) 墨批:
"惠前綏"用《禮》婿受婦綏意。

(3) 晨,朱墨批本、趙本作"鷃"。

(4) "凜凜"四句,梁定本作"'涼風'二句"。
墨批作:
"涼風"二句感天寒而念行客,非敘遊子旅況也。

(5) 乃云,梁定本作"轉云"。

(6) "譬之"以下,梁定本作:
譬之殷盤周誥,當時原可共知,而至漢已煩訓詁。若效以爲古,則謬以千里。
"良人惟古歡"句,朱墨批本各有朱墨批語。墨批:
本因己念良人而入夢,轉云良人念己而入夢,忠厚之至。
朱批:
"惟古歡"李善注爲:"念昔之歡愛。"今人多以古歡爲嗜古之意,殊非本旨。○此種在古人爲常言,在後人則爲奧句。譬之殷盤周誥,當日原人人可曉,非故爲詰屈,而至漢已煩訓詁。若專效此種以爲古,則失之千里。

　　冉冉孤生竹,結根太山阿。與君爲新婚,菟絲附女蘿。[一]菟,《文選》作"兔"。宋刻則皆從艸,案:《玉篇》艸部"菟"字注:"菟絲,草名。"則加艸尚非俗體。又《楚詞·天問》"顧菟在腹",字亦從艸,則"菟"、"兔"古字本通,今仍從宋刻作"菟",後皆倣此。(1)菟絲生有時,夫婦會有宜。千里遠結婚,悠悠隔山陂。思君令人老,軒車來何遲。傷彼蕙蘭花,含英揚光輝。過時而不采,將隨秋草萎。君亮執高節,賤妾亦何爲(2)。[二]

【紀批】

〔一〕義門謂"孤竹"二句是興,"與君"二句是比。案:"孤竹"以比在家,"女蘿"以比許嫁,皆比體也。

〔二〕"軒車"句不作怨詞,但作疑詞;"傷彼"四句,不怨見棄,但懼過時,已爲忠厚。末二句折入一層,並自咎疑懼之誤,風人之旨如斯。⁽³⁾

【今校】
（１） 楚詞,文津閣本作"楚辭"。梁定本無注。
（２） "賤妾"句後稿本原有注,以墨筆劃去,而梁定本保留:
劉勰《文心雕龍》曰:"古詩佳麗,或稱枚叔,其《孤竹》一篇則傅毅之詞。"然昭明、孝穆並録此篇,皆不署武仲之名,蓋傳聞異詞,寧闕所疑之義。
按:稿本蓋因這段文字已見《古詩八首》題下注而删除之。
朱批作:
《文心雕龍》曰:《孤竹》一篇乃傅毅之詞。
（３） 朱批作:
"軒車"不作怨詞,但作疑詞;"傷彼"四句,不怨見棄,而但懼過時,已爲忠厚。末句折轉一步,併自咎疑懼之誤,詩人風旨如斯。
按:梁定本批語與朱批同。

　　孟冬寒氣至,北風何慘慄。愁多知夜長,仰觀衆星列。三五明月滿,四五蟾兔缺。〔一〕客從遠方來,遺我一書札。上言長相思,下言久離别。置書懷袖中,三歲字不滅。一心抱區區,懼君不識察。〔二〕

【紀批】
〔一〕 "三五"二句,以月光之逐日而虧,比情愛之逐年而減⁽¹⁾,反激後八句,極頓挫又極渾涵。⁽²⁾
〔二〕 "客來"四句自言我已信君,"置書"四句轉恐君不信我,放寬對面一層,彌覺纏綿深至,後來閨情諸作,皆責人之意居多,去古人渾厚遠矣。⁽³⁾

【今校】
（１） 比,梁定本作"寓"。
（２） 墨批作:
"三五"二句,感月光之圓缺不恒,恐情愛之久而漸減亦如是也,反激後八句之意,極頓挫,又極渾融。
（３） 墨批作:

"客來"四句言已信君之憶我,"置書"四句言恐轉不信我之憶君,委曲纏綿,深得風人之旨。杜羔妻劉氏詩曰:"良人得意正年少,今夜醉眠何處樓?"前後人相去遠矣。

梁定本作:

"客來"四句自言我已信人,"置書"四句轉恐人不信我,放開對面一層彌覺纏綿篤摯,後來閨情諸作皆責人之意居多,無此渾厚矣。

客從遠方來,遺我一端綺。相去萬餘里,故人心尚爾。〔一〕文采雙鴛鴦(1),文采,《太平御覽》"綺"部引之作"文作"(2),然"鴛鴦"部引之又作"文綵",蓋《御覽》刊本多訛,不盡可據。(3)裁爲合歡被。著以長相思,緣以結不解。〔二〕以膠投漆中,誰能離別此(4)。

【紀批】

〔一〕但言相信之深,而相念自在言外,此古人不竭情處。(5)

〔二〕鄭玄《儀禮注》曰:"著,謂充之以絮也。"又《禮記注》曰:"緣,飾邊也。"此二句特極寫深情,言如以"長相思"爲著,以"結不解"爲緣耳。趙德麟《侯鯖錄》謂實有其物而託以寓名,穿鑿甚矣。(6)

【今校】

(1) 采,朱墨批本、趙本作"彩"。

(2) 文作,文津閣本作"文綺"。

(3) "文采"句整段注文,梁定本無。

(4) 離別,文津閣本作"別離"。

(5) 朱批作:

但言情契之深,而相念之切已於言外見之,不煩説破矣。

梁定本作:

但言情契之深,而相念自在言外,此古人不竭情處。

(6) 梁定本作:

鄭玄《儀禮注》:"著,謂充之以絮也。"又《禮記注》:"緣,飾邊也。"二句極寫深情,言如以"長相思"者爲著,以"結不解"者爲緣耳。《侯鯖録》謂被中著緜謂之長相思,取緜緜之意;緣被四邊綴以絲縷,取結而不解之意。是實有其物而託以寓名。固矣。

四坐且莫諠,願聽歌一言。請説銅鑪器,崔嵬象南山。上枝以松柏,以,《藝文類聚》、《初學記》並作"似",誤⁽¹⁾。下根據銅盤。雕文各異類,離婁自相連。誰能爲此器,公輸與魯班。朱火然其中,青煙颺其間。從風入君懷,四坐莫不歎。歎,《藝文類聚》作"歡"。香風難久居,空令蕙草殘。《初學記》"器用"部收此篇題曰"詠香鑪",蓋類書以意標目,非其本題,亦非其本旨。〔一〕⁽²⁾

【紀批】

〔一〕"香風"二句寓盛年易謝、恩寵易移之感,乃一篇之結穴。○意注篇末,乃拉拉雜雜先説博山,正是古人不板煞處,此種意思尚與樂府相出入。⁽³⁾

【今校】

（1） 梁定本無"誤"字。
（2） "蓋類書"以下,梁定本作:

　　此編類書者以意標目,非其本題,亦非其本旨也。

（3） 朱批:

　　恩寵易移之意。

墨批:

　　意注末二句,却拉拉雜雜先説博山,正是古人不板煞處,此種意思已與樂府相出入。

梁定本作:

　　意注末二句,却拉拉雜雜先説博山,正古人不板煞處,此種意思尚與樂府相出入。○"香風"二句寓盛年易謝、恩寵易移之意,乃一篇之結穴。

悲與親友別,氣結不能言。贈子以自愛,道遠會見難。人生無幾時,顛沛在其間。念子棄我去,新心有所歡。結志青雲上,何時復來還。

【紀批】

此憂其或罹世難而戒以勿徇功名而不返。"自愛"字、"顛沛"字、"青雲"字語意分明。○"念子"二句言爲仕路之友相招俱往,非友朋相怨之

詩⁽¹⁾。○"棄我"二字勿泥。⁽²⁾

【今校】
（1） 詩，梁定本作"詞"。
（2） 整段批語墨批作：
　　此憂其或懼世難而戒以勿徇功名而不返，非友朋新故之感。"自愛"字、"顛沛"字、"青雲"字語意分明。○"念子"二句特言其爲仕路之友相招俱往耳。○"棄我"二字勿泥。

　　穆穆清風至，吹我羅裳裾⁽¹⁾。青袍似春草，長條隨風舒。"長條"句，《藝文類聚》作"草長條風舒"，誤。朝登津梁山，吳顯令曰："案：下'抱柱'，'山'當作'上'。"⁽²⁾褰裳望所思。安得抱柱信，皎日以爲期。

【紀批】
　　此首措語稍質，而仍作冀望之詞，不失溫厚之旨。⁽³⁾

【今校】
（1） 裳，文津閣本作"衣"。
（2） "朝登"句，朱墨批本作"朝登津梁上"。墨批：
　　上，宋刻作"山"。吳顯令曰："案：下'抱柱'，'山'當作'上'。"
（3） 墨批作：
　　此首措語稍質，而仍作冀望之詞，亦不失忠厚之旨。
　　按，梁定本"冀望"作"冀幸"，餘同墨批。

古樂府詩六首

　　日出東南隅，照我秦氏樓。秦氏有好女，自名爲羅敷。名爲，《初學記》作"言名"⁽¹⁾。羅敷善蠶桑，善，《藝文類聚》作"喜"，《樂府詩集》作"意"，並誤。蠶，《初學記》作"采"，亦誤。⁽²⁾采桑城南隅。青絲爲籠系，系，《藝文類聚》、《初學記》並作"繩"⁽³⁾。桂枝爲籠鉤。頭上倭墮髻，耳中明月珠。綠綺爲下裳⁽⁴⁾，綠，《藝文類聚》、《初學記》、《樂府詩集》俱作"緗"⁽⁵⁾。紫綺爲上襦。行者見羅敷，下擔捋髭須。少年見羅敷，脫巾著帩頭。巾，《樂府詩集》

作"帽"。"帩"《初學記》作"幞"。耕者忘其耕,鋤者忘其鋤。《初學記》下"耕"字作"犁",上"鋤"字作"刈"。來歸相怨怒,怨,《初學記》作"喜"(6),誤。但坐觀羅敷。〔一〕《樂府詩集》此句下有"一解"二字,宋刻刪之,非是。使君從南來,五馬立踟躕。使君遣吏往,問此誰家姝。〔二〕"秦氏有好女,自名爲羅敷。""羅敷年幾何?""二十尚未滿,十五頗有餘。"使君謝羅敷:"寧可共載不?"羅敷前致詞(7):致,宋刻及《樂府詩集》皆作"置",今從《古樂府》。(8)"使君一何愚!使君自有婦,羅敷自有夫。《樂府詩集》此句下有"二解"二字。東方千餘騎,夫婿居上頭。何用識夫婿(9)?白馬從驪駒。青絲繫馬尾,黃金絡馬頭。絡,宋刻作"駱",誤,今從《樂府詩集》。腰間鹿盧劍,可直千萬餘。十五府小吏,二十朝大夫。三十侍中郎,四十專城居。爲人潔白皙,鬑鬑頗有鬚。馮氏曰:"鬑鬑",宋本作"髩髩"(10)。按:"髩髩"字字書不載,凡宋刻書"鬑"字多如此寫。活本、楊本作"鬑鬑"。《説文》:力兼切,長貌。 案:《樂府詩集》及《古樂府》皆作"鬑鬑",不但明人刊本,宋刻顯屬舛訛,今改正。(11)盈盈公府步,冉冉府中趨。坐中數千人,皆言夫婿殊。"《樂府詩集》此句下有"三解"二字。〔三〕

日出東南隅行宋刻凡題有綱目者,皆以總題居前,而每篇之題繫於末,蓋古書行款類然。近本悉移于前,是亦輕改之一端。今仍依宋刻,以存其舊,後皆倣此。

【紀批】

〔一〕 "行者"八句將丰姿之美從旁看出,烘託有神。過接無迹(12)。局法、筆法皆可從此悟入。(13)

〔二〕 "使君"二句湊泊天然。(14)

〔三〕 第三解餘波拉雜,是樂府妙境(15),亦是樂府體裁,若古詩則無此章法矣。

【今校】

(1) 朱墨批本、趙本同《初學記》。

(2) 梁定本作:
　　《藝文類聚》、《樂府詩集》"善"並作"喜";《初學記》"蠶"作"采",皆誤。

(3) 朱墨批本、趙本同二書。

(4) 裳,朱墨批本、趙本作"裾"。

(5) 俱,梁定本作"並"。

（6） 朱墨批本、趙本同《初學記》。

（7） 致詞,朱墨批本、趙本作"置辭"。

（8） 四庫本"《樂府詩集》"後有"《後村詩話》"。文津閣本"詩話"誤作"詩語"。

（9） 用,朱墨批本、趙本作"以"。

（10） 朱墨批本、趙本同宋刻。

（11） "案"以下注文,墨批無。顯屬,文津閣本作"顯然"。改正,文津閣本作"改政",誤。

（12） 過接,梁定本作"起下"。

（13） 整段批語朱批作：

　　　　丰姿之美從旁看出,烘託有神,起下無迹,局法筆法皆可從此悟入。

（14） 朱批作：

　　　　過接之妙,天然湊泊。

　　梁定本作：

　　　　"使君從南來"二句過接之妙,天然湊泊。

（15） "第三"句朱批作：

　　　　餘波拉雜,此樂府妙境。

　　相逢狹路間,道隘不容車。如何兩少年,"如何"句,《樂府詩集》作"不知何年少"。案：梁簡文帝《春情雜句詩》有"兩童夾車問不已"句,正用此典。《樂府詩集》誤也。[1]挾轂問君家。挾,《樂府詩集》、《古樂府》並作"夾"。君家誠易知,易知復難忘[2]。黃金爲君門,白玉爲君堂。堂上置樽酒,使作邯鄲倡。使作,《樂府詩集》、《古樂府》皆作"作使"[3]。中庭生桂樹,華鐙何煌煌。兄弟兩三人,中子侍中郎。侍中郎,《樂府詩集》、《古樂府》皆作"爲侍郎"[4]。五日一來歸,道上自生光。黃金絡馬頭,絡,宋刻作"駱",誤,今從《樂府詩集》[5]。觀者滿路旁,滿,《古樂府》作"盈"。入門時左顧,但見雙鴛鴦。鴛鴦七十二,羅列自成行。音聲何囋囋,鶴鳴東西廂。"鶴"字未詳,然諸本並同,無從校正。[6]大婦織羅綺,羅綺,《太平御覽》、《樂府詩集》、《古樂府》皆作"綺羅"。[7]中婦織流黃。小婦無所作,作,《太平御覽》作"謂",誤[8]挾瑟上高堂。丈人且安坐,安坐,《太平御覽》作"徐徐"。[9]調絲未遽央。未遽,《樂府詩集》、《古樂府》皆作"方未",義可兩存。《太平御覽》作"遽未",則誤倒其文。[10]

相逢狹路間

【紀批】

　　樂府此種皆無風旨之可取，然吟諷含咀，得其氣味，則吐屬自然古雅。如人久處廊廟(11)，自有富貴氣象，不知其然而然。六朝人依譜填腔，祇成優孟。其割後六句爲《三婦艷》者，劉鑠以下，寙白相仍，皆非善效古者也。(12)

【今校】

（1）　"案"以下注文，梁定本無。
（2）　復，朱墨批本、趙本作"誠"。
（3）　皆，梁定本作"並"。
（4）　皆，梁定本作"並"。
（5）　今從，四庫本作"從"字。
（6）　"鶴鳴"句墨批：
　　　　"鶴"字未詳。
（7）　梁定本作：
　　　　《樂府詩集》、《古樂府》並作"綺羅"。
（8）　梁定本無注。
（9）　梁定本無注。
（10）樂府詩集，稿本原作"樂府詩"，據四庫本改。"調絲"句梁定本注作：
　　　　《樂府詩集》、《古樂府》並作"方未央"。
（11）廊廟，梁定本作"廟廊"。
（12）"六朝"以下，梁定本作：
　　　　六朝人字櫛句比，依譜填腔，祇成優孟衣冠。其割後六句爲《三婦艷》者，尤陳因無味，皆不可以爲法。
　　　整段批語朱批作：
　　　　此詞爲六朝人刻畫模擬，觸目厭觀。其專擬後六句爲《三婦艷》者，亦陳因無味。然本詞自是偉制，不以後來流弊追咎作始之人。○此等詩絕無風旨之可取，但須吟諷含咀，得其氣味。如人久處廊廟之中，自有富貴氣象，不知其然而然耳。如規規模襲，依譜填腔，則王李所以見嗤于識者也。

　　天上何所有？歷歷種白榆。桂樹夾道生，青龍對道隅。鳳皇鳴啾啾，一母將九雛。顧視世間人，爲樂甚獨殊。好婦出迎客，顏色正敷愉。伸腰再拜跪，問客平安不？請客北堂上，坐客氍毹毹。

清白各異尊,酒上正華疏。此句未詳,《樂府詩集》"酒上"作"酒止"[1],亦不可解。酌酒持與客,客言主人持。卻略再拜跪,然後持一梧。談笑未及竟,左顧敕中厨。促令辦麤飯,慎莫使稽留。廢禮送客出,"廢禮"二字諸本並同,然不可解,當有譌誤。盈盈府中趨。送客亦不遠,足不過門樞。取婦得如此,齊姜亦不如。健婦持門户,勝一大丈夫。末句《古樂府》作"亦勝一丈夫"[2],《樂府詩集》作"一勝一丈夫",則傳寫之誤。[3]

隴西行 漢魏樂府體例不一,郊廟諸歌多依律以製詞,相和諸歌則多采詩以入樂。詩或不能協律,則增減其文以就之;詩長而調短,則或節其數句;詩短而調長,則或采他詩數句益之。或兩詩之中各取半章合歌之,但取音調之和諧,而不必文義之連屬。郭茂倩《樂府詩集》多以入樂之詞與本詞並列[4],其分合增減之迹,尚有一二之可求,後人不究其本,一一誤執爲本詞,或強爲訓詁,或疑爲脱誤,均所謂大惑不解者也。此詩自"好婦出迎客"以下,文不與前相屬,蓋即兩詩各采半章者也。[5]

【紀批】

此種如古銅玉器殘缺剥蝕不可名識,而古色斑斕,自是法物,然不容依式雕劖而爲之。讀古樂府宜知此意。

【今校】

（1） 樂府詩集,文津閣本作"樂府"。
（2） 注文末稿本劃去"語較雅馴",梁定本保留。
（3） 誤,梁定本作"訛"。"《樂府詩集》"句文津閣本作:
   又《樂府詩集》作"一勝一丈夫",傳寫之誤。
（4） 入樂,梁定本作"入學",誤。
（5） 整段題注朱批作:
   漢魏樂府體例不一,郊廟諸歌多依律以製詞,相和諸歌則多采詩以入樂。詩或不能協,則增減其文以就之;詩長而調短,則或節其數句;詩短而調長,則或采他詩數句益之。或兩詩之中各取半章合歌之,但取節奏之和諧,而不必文義之連屬。郭茂倩《詩集樂府》所載尚多以入樂之詞與本詞並列,其分合增減之迹,尚有一二之可求,後人不究其本,一一誤執爲本詞,或強爲詮解,或疑爲闕誤,均所謂大惑不解者也。此詩自"好婦出迎客"以下,文不相屬,蓋即刪併以入樂者,或以爲承上"爲樂獨殊"之文,即鳳皇顧視之所見,謬妄甚矣。
   今按,詩集樂府,據稿本當作"樂府詩集"。

翩翩堂前燕,冬藏夏來見。[一]兄弟兩三人,流蕩在他縣。故衣誰當補?新衣誰當綻?賴得賢主人,覽取爲吾綻。下"綻"字馮氏《詩紀》作"袒"。案:《廣韻》"綻"訓衣縫解,"袒"訓補縫,則兩字皆應從"旦"。然流俗相沿,補綻字皆從"定",上"綻"字既已從俗,下"綻"字不應獨從古。今並依宋刻作"綻"。(1)夫婿從門來,斜柯西北眄。斜柯,馮氏《詩紀》作"斜倚"。考梁簡文帝《遙望詩》曰:"散誕垂紅帔,斜柯插玉簪。"則"斜柯"原是古語,當爲欹側之意,後人誤改爲"倚"耳。(2)語卿且勿眄,水清石自見。石見何纍纍,遠行不如歸。[二]

艷歌行

【紀批】
〔一〕起二句言鳥猶一歲一歸,興人之不如也(3)。
〔二〕末二句言孤身遠客,易受嫌疑,雖久而得白,業已多時蒙垢,不如去此之爲愈。轉落處有神無迹,其聲亦哀屬感人。(4)

【今校】
(1)"覽取"句整段注文墨批作:
　　　下"綻"字別本作"袒"。《廣韻》"綻"訓衣縫解,"袒"訓補縫,則兩字均應作"袒"。然流俗相沿,補綻字皆從"定",故從宋刻書之。古詩不避重韻,其"袒"字亦從宋刻作"綻",不復歧出。
(2)注文末稿本劃去"今仍從宋刻",梁定本保留。整段注文墨批作:
　　　斜柯,諸本作"斜倚"。考梁簡文《遙望詩》曰:"散誕垂紅帔,斜柯插玉簪。"必古人有此語,不可考耳。今仍從宋本作"斜柯"。
(3)興,墨批作"興起"。
(4)雖久而得白,梁定本作"縱久而得明"。整段批語朱批作:
　　　言孤身遠客,易受嫌疑,縱得辨明,業已久蒙塵垢,不如去此之爲愈。敢曰"石見何纍纍,遠行不如歸",轉落處有有神無迹之妙,其聲亦哀激感人。

皚如山上雪,皎若雲間月。聞君有兩意,故來相決絕。今日斗酒會,明旦溝水頭。躞蹀御溝上,溝水東西流。淒淒復淒淒,嫁娶不須啼。願得一心人,白頭不相離。竹竿何嫋嫋,魚尾何簁簁。男兒重意氣,何用錢刀爲?

皚如山上雪即《白頭吟》(1),郭茂倩《樂府詩集》引王僧虔《技錄》曰:

"《白頭吟行歌》[2]，古'皚如山上雪'篇。"《宋書·樂志》載此篇亦曰"古詞"。後人因《西京雜記》之說[3]，舉卓文君以實之[4]，然《西京雜記》但曰文君作《白頭吟》，不云即此詞也。此列之《古樂府》中，而不署文君之名，古人詳慎，去後來臆斷遠矣。○歷代之樂，音節遞殊，故其增減入樂之詞，亦輾轉改更[5]，不止一本。此篇晉樂所歌，"相決絕"下增入"平生共城中"二句；"東西流"下增入"郭東亦有樵"四句；"不相離"下增入"齗如馬噉箕"四句。《宋志》有明文矣，其實"竹竿何嫋嫋"四句，已是先時入樂所加，其文迥不相屬，説者曲爲之詞，究牽強不可通也。[6]

【紀批】

此古今傳誦之作。然聞有兩意即行決絕，忠厚之旨安在也？[7]

【今校】

（1） 四庫本作：
　　案：此詩即《白頭吟》。
（2） 白頭吟行歌，四庫本作"白頭吟歌"。
（3） 後人，梁定本作"劉履《選詩補注》"。
（4） 舉，文津閣本作"遂舉"。
（5） 改更，四庫本作"更改"。
（6） 整段題注朱批作：
　　《西京雜記》雖曰文君作《白頭吟》，不言即此詩。《宋書·樂志》載此詩但曰"古詞"，不曰文君作也。後人竟署此詞爲文君，殊爲鹵莽。此書不署文君名，即此一節，知非明人贗本，或宋人好事者所依託也。
（7） 朱批作：
　　此古今膾炙之作。然聞有兩意即行決絕，溫厚之旨何居？彼紈扇之詩，非見棄于夫者耶？○注中所注"平生共城中"等句，即樂人增入以協律者也。郭茂倩《詩集》分列甚明，吳氏未之詳何也。
　　梁定本作：
　　此古今傳誦之作。然聞有兩意即行決絕，忠厚之旨何居？彼紈扇之作，非不得志於夫者耶？

飛來雙白鶴，乃從西北來。十十將五五，羅列行不齊。忽然卒疲病，不能飛相隨。五里一反顧，六里一徘徊。吾欲銜汝去，口噤不能開。吾將負汝去,羽毛日摧頹。樂哉新相知,憂來生別離。峙躕顧羣侶,淚落縱橫垂。今日樂相樂,延年萬歲期。末二句文不相屬,蓋亦入樂所加,非脫誤也。○《樂府詩集》載此篇作:"飛來雙白鵠,乃從西北來[1]。十十五五,羅列成行[2]。妻卒被病,行不能相隨。五里一反顧,六里一徘徊。吾欲銜汝去,口噤不能開。吾欲負汝去,毛羽何摧頹。樂哉新相知,憂來生別離。峙躕顧羣侶[3],淚下不自知。念與君離別,氣結不能言。各各重自愛,遠道歸還難。妾當守空房,閉門下重關。若生當相見,亡者會黃泉。今日樂相樂,延年萬歲期。"前十六句每四句注"一解",又注:"念與"下爲趨。左克明《古樂府》次句作"乃從西北方",蓋又因韻不相叶而改之,皆與此本不同,豈此最初入樂之詞,而《樂府》所載又後來增益之文歟?自唐以前學者無輕改古書之習,孝穆去古未遠,必有所受之也。

雙白鵠吳邁遠擬作作"飛來雙白鵠",疑此題脫誤。[4]

【紀批】

此亦老嫗可解之詩。然凄凄切切,瑣屑入情,而不覺其俚。下視香山諸作,前後人相去遠矣。[5]

【今校】

（1）　來,文津閣本作"方"。
（2）　成行,四庫本作"行行"。
（3）　峙,文津閣本作"峙"。
（4）　梁定本無題注。
（5）　朱批作:

　　此亦老嫗能解之文也。然凄凄切切,瑣屑入情,而不覺其纖,不覺其俗。下視白香山輩,古今人相去遠矣。○後二句亦入樂所增,非本詞也。

梁定本作:

　　此亦老嫗可解之詩。然凄凄切切,瑣屑入情,而不覺其纖,不覺其俚。下視白香山輩,前後人相去遠矣。

枚乘

雜詩九首

西北有高樓,上與浮雲齊。交疏結綺窗,阿閣三重階。上有絃歌聲,音響一何悲。誰能爲此曲？無乃杞梁妻。清商隨風發,中曲正徘徊[一]。一彈再三嘆,慷慨有餘哀。不惜歌者苦,但傷知音稀。願爲雙鴻鵠,奮翅起高飛。[二]

【紀批】

〔一〕 "中曲"五字,曲傳言外之神,下半首皆"正徘徊"時情事也。(1)

〔二〕 末二句如何逗筍而鬱而思奮,實有此種神理,其妙可以意會。○末句亦祇不能奮飛之意,但脫化無痕耳,于此悟古人奪意之法。(2)

【今校】

（1） 墨批作：

"中曲"五字,曲傳言外之神,下半首皆徘徊情事也。

梁定本作：

"中曲"五字,曲傳言外之神,下半首皆"正徘徊"時情事也。

（2） 朱批作：

末句如何逗筍而鬱結無聊,激而思奮。實有此種神理,其妙可以意會。其實亦是不能奮飛意,但脫化得妙耳,即此見古人奪意之法。

梁定本作：

末二句如何鬪笋而鬱結無聊,激而思奮。實有此種神理,其妙可以意會。○末二句實亦止不能奮飛意,但脫化得無痕耳,即此見古人奪意之法。

東城高且長,逶迤自相屬。回風動地起,秋草萋以綠。四時更變化,歲暮一何速。晨風懷苦心(1),蟋蟀傷局促。蕩滌放情志,何爲自結束。燕趙多佳人,美者顏如玉。被服羅衣裳,當戶理清曲。音響一何悲,絃急知柱促。馳情整中帶,中帶,劉履《選詩補注》作"巾帶"。案：《文選》李善本亦作"中帶",注曰："中帶,中衣帶。"又鄭玄《儀禮注》曰："中帶若今褌襂。"(2)則作"巾"爲誤。(3)沉吟聊躑躅。思爲雙飛燕,銜泥巢君屋。

【紀批】

無聊而託之遊冶有激之詞。"燕趙多佳人"以下即所謂"蕩滌放情志"也。明張伯起《文選纂注》分"燕趙"下別爲一首,失其旨矣。(4)

【今校】
（1） 晨，朱墨批本、趙本作"鷐"。
（2） 今，文淵閣四庫本作"衿"。
（3） "馳情"句整段注文梁定本作：
　　　　"中"，《選詩補注》作"巾"。按，《文選》李善注本亦作"中"，注曰："中帶，中衣帶。"則作"巾"爲誤，今從宋刻。又《儀禮》有"中帶"，鄭注：中帶若今之禪袊。則"中帶"之名舊矣。
（4） 朱批：
　　　　無聊而託之遊冶，即所謂"蕩滌放情志"也。或析"燕趙"以下另爲一首，神理索然矣。
　　墨批：
　　　　士衡擬作"京洛多妖麗"以下即擬此。"燕趙多佳人"以下兩相比較，益見此本一詩。
　　梁定本作：
　　　　張鳳翼《文選纂注》分"燕趙多佳人"以下另爲一首。案：此十句乃無聊而託之遊冶，即所謂"蕩滌放情志"也，陸士衡所擬可以互證，張氏臆爲變亂，不足爲據。
　　按：梁定本此段爲雙行注，並非批語。

　　行行重行行，與君生別離。相去萬餘里，各在天一涯。道路阻且長，會面安可知。胡馬依北風，依，宋刻作"嘶"(1)。按：此二句乃以一南一北申足"各天一涯"之意，以起下"相去日遠"，作"依"爲是，今從《文選》。越鳥巢南枝。相去日已遠，衣帶日已緩。浮雲蔽白日，遊子不顧返。〔一〕思君令人老，歲月忽已晚。棄捐勿復道，努力加餐飯。〔二〕《滄浪詩話》謂《玉臺新詠》以"越鳥巢南枝"以下另爲一首，與此宋刻又不同。觀陳玉父跋，宋時已多別本矣。

【紀批】
〔一〕 惟"浮雲"句稍露尤人之意，而託之讒人，仍怨誹不亂之旨。(2)
〔二〕 末二句絕望之詞，仍非憨語，古人所以不可及。(3)

【今校】
（1） 朱墨批本同宋刻。

（2） 梁定本作：

　　惟"浮雲"句稍露尤人之意，而出以比體，尚無痕迹，且不怨君而歸之讒人，仍怨誹不亂之旨。

（3） 朱批作：

　　絕望之詞仍非懟語，《十九首》所以不可及。

今按：朱墨批本、梁定本尚有對"胡馬"二句的批語。朱批作：

　　"胡馬"二句申足"各天一涯"之意，非用不忘本意也。○《越絕書》亦有"胡馬依北風而立，越燕向海日而熙"語，蓋言同類之相感，意義亦別。

梁定本作：

　　"胡馬"二句有兩出處，一出《韓詩外傳》"代馬依北風，飛鳥栖故巢"，不忘本之意也；一出《吳越春秋》"胡馬依北風而立，越燕向海日而熙"，同類相親之意也，皆與此詩意別。注家引彼解此，遂令文義窒礙。又按，"《越絕書》"恐爲紀昀誤記，梁定本作"《吳越春秋》"，是。

　　涉江采芙蓉，蘭澤多芳草。采之欲遺誰？所思在遠道。還顧望舊鄉，長路漫浩浩。〔一〕同心而離居，憂傷以終老。憂傷，宋刻作"傷憂"，誤，今從《文選》。

【紀批】

〔一〕 "還顧"二句忽從對面落筆，奇妙不測。(1)

【今校】

（1） 墨批作：

　　忽從對面落筆，出人意表。

　　青青河畔草，鬱鬱園中柳。〔一〕盈盈樓上女，皎皎當窗牖。娥娥紅粉妝，纖纖出素手。〔二〕昔爲倡家女，今爲蕩子婦。《初學記》"昔爲"作"自云"，"今"作"嫁"。蕩子行不歸，空牀難獨守。〔三〕

【紀批】

〔一〕 起二句抉春情駘蕩之根。義門謂"草"興蕩子，"柳"興美人，固矣。(1)
〔二〕 連用六疊字，有意出奇，然不可無一，不容有二(2)。

〔三〕　但曰空牀難守,戛然竟住,此爲盡而不盡。(3)

【今校】
（1）　"青青"二句梁定本無批語。
（2）　不容有二,梁定本作"不可有兩"。
（3）　朱批作:
　　　　但曰難守,戛然竟住,此謂盡而不盡。

　　蘭若生春陽,涉冬猶盛滋。願言追昔愛,情款感四時。美人在雲端,天路隔無期。夜光照玄陰,長嘆戀所思。誰謂我無憂,積念發狂癡。

【紀批】
　　此亦陸機所擬十四首之數。鍾嶸所謂"驚心動魄,一字千金"者也。然措語微傷質直,結亦不免竭情,昭明獨刪此首,不爲無見。(1)

【今校】
（1）　墨批作:
　　　　此首微覺質直。
　　梁定本作:
　　　　此首頗傷質直,結亦竭情,昭明獨刪去之,故非無見。

　　庭中有奇樹(1),綠葉發華滋。攀條折其榮,將以遺所思。馨香盈懷袖,路遠莫致之。此物何足貴,貴,李善《文選》注本作"貢",注:"貢,獻也。"但感別經時(2)。

【紀批】
　　玉容寂寞之感。不曰可惜而轉曰不足貴,深婉之至。(3)

【今校】
（1）　中,朱墨批本、趙本作"前"。
（2）　時,文津閣本作"詩",誤。
（3）　墨批作:

芳華易逝之感。

迢迢牽牛星[(1)],皎皎河漢女。纖纖擢素手,札札弄機杼[(2)]。河漢清且淺,相去復幾許。[一]盈盈一水間,脉脉不得語。《義門讀書記》曰:"'脉'當從見,從目亦可通,從月則乖其義。"《廣韻》"嘆"字下箋列此作"嘆嘆不得語"。

【紀批】

〔總〕 誼本疏遠,亦復何憾,惟彌近而彌不得親,斯情愈戚耳。[(3)]
〔一〕 "河漢"二句頓挫極爲有力。[(4)]

【今校】

（1） "迢迢"句四庫本有注,文淵閣本注曰:
　　迢迢,宋刻作"苕苕",全書皆然。按:古詩《迢迢牽牛星》呂延濟注曰:"迢迢,遠貌。"張衡《西京賦》"干雲雨而上達,狀亭亭以苕苕",李善注曰:"亭亭、苕苕,高貌。"然則"迢"、"苕"迴別,混而一之,非是,不得以古字假借爲詞,今於凡作遠意者,用"迢迢";凡作高義者,仍從宋刻作"苕苕"。
　　按,假借爲詞,文津閣本作"假借爲辭"。以上注文稿本、梁定本見於卷二張華《雜詩》二首之"迢迢遠離析"句下。

（2） "札札"句後朱墨批本、趙本、四庫本有"終日不成章,泣涕零如雨"二句,稿本恐誤脱。

（3） "斯情"句,梁定本作"情斯戚耳"。
　　整段批語朱批作:
　　誼本疏遠,亦復何憾,彌近而彌不得通,斯情戚耳。

（4） 朱批作:
　　頓宕好。
　　按,朱批"誼本"四句在"頓宕"句后。

明月何皎皎,照我羅牀幃。憂愁不能寐,攬衣起徘徊[(1)]。客行雖云樂[(2)],不如早旋歸。[一]出戶獨徬徨,愁思當告誰。引領還入房,淚下霑裳衣。

【紀批】

〔一〕 "客行"二句但似憂念行人[(3)],又深于自悲遠矣。[(4)]

〔總〕　《古詩》凡五十九首,實非一人一時之作,其間爲比爲賦,無從考核,蓋不可執以一端,必首首解以君臣之遇合、世道之治亂、賢人君子之出處,穿鑿附會,豈無一説之可通? 然謂之借題發議則可,以云得古人之意則未必盡然。班婕妤《怨歌行》、魏文帝《見挽船士新婚與妻別》詩,使佚其姓名、題目,何不可以寓言解之?(5)

【今校】
（１）　攬,朱墨批本、趙本作"覽"。
（２）　客行,朱墨批本作"行客"。
（３）　但似,梁定本作"但作"。
（４）　朱批作:
　　　但作憂念行人,悱惻乃爾,又深于自悲遠矣。
（５）　按,此大段眉批稿本批在此首天頭,當是"《古詩》"的總批。又按,梁定本無此批語。

李延年

歌詩一首併序

　　此書體例,前八卷皆收五言,而長短歌詞則皆入第九卷(1)。此歌疑後人所竄入。《文選》一書家絃户誦,五臣注本尚妄增《君子行》一篇。此書自唐迄宋皆不甚行,並無善本是正。好事者輾轉傳寫,各以己意附益,蓋所不免。陳玉父跋稱以石氏傳本補亡校脱,則變亂舊本,必白石氏。玉父不及辨别,轉據以增入耳。觀七卷武陵王詩、九卷沈約詩,宋刻皆注附入。而六卷徐悱妻詩、十卷劉孝威詩,皆顯爲附入而不注(2),則失注者諒不止是,惜不可盡考矣(3)。

　　李延年知音善歌舞,每爲漢武帝作新聲變曲(4),聞者莫不感動。延年侍上坐,上坐,宋刻作"坐上"(5),誤。起舞歌曰(6):

　　北方有佳人,絶世而獨立。一顧傾人城,再顧傾人國。寧不知傾城復傾國,宋刻原脱"寧不知"三字(7),據《漢書·外戚傳》補。佳人難再得。〔一〕

【紀批】

〔一〕 得"寧不知"句一宕,末句乃折入深際。(8)

【今校】

（1） 長短,梁定本作"長短句"。
（2） 皆顯爲,梁定本作"顯爲"。
（3） "惜不可盡考"五字,梁定本無。
（4） 聲,朱墨批本、趙本作"歌"。
（5） 朱墨批本同宋刻。
（6） "起舞"句下,稿本劃去一段注文,爲梁定本保留：

此後人敍記之詞,非本序也,宜作子注書於題下,不宜標之曰"序"。

（7） 原脫,墨批作"脫"。按,朱墨批本同宋刻。
（8） 朱批作：

有此一别,乃折入深際。

梁定本作：

有"寧不知"句作一頓宕,末句乃折入深際,語意跳脫之至。

蘇武

詩 一 首

"蘇李詩"始見《文選》。李陵詩三首題曰"與蘇武",而蘇武詩四首則皆無題。此其第三首也,宋刻目錄及題皆作"蘇武詩一首",蓋猶舊本(1)。馮氏校本改題曰"留别妻",妄也。〔一〕(2)

結髮爲夫妻,恩愛兩不疑。懽娱在今夕,嬿婉及良時。征夫懷遠路,起視夜何其。參辰皆已沒,去去從此辭。〔二〕行役在戰場,行,宋刻作"征",今從《文選》。相見未有期。握手一長歎,淚爲生别滋。生别,宋刻作"别生",誤。今從《文選》。(3)努力愛春華,莫忘歡樂時(4)。生當復來歸,死當長相思。〔三〕

【紀批】

〔一〕 "留别妻"三字固是後人所妄加,然詩則實爲别妻之作。注家概指爲別李陵,亦爲附會。古人簡質,往往不立題目。如謂子卿一生惟別陵時作詩三首,恐非通論也。何義門知"行役"二句解爲別陵之難通,遂曲以二句爲指陵。夫陵久降匈奴,不可謂"行役",武歸時匈奴已和,尤不可云"在戰場"。(5)

〔二〕 "征夫"四句真情真景,寫來慘憺之至,而絶非蹶躄之聲。(6)

〔三〕 生人死別,結語乃爾纏綿,妙于兩説並存。戛然竟住,英雄決絶之情,兒女紆鬱之念,俱于言外見之。後人往往祇得一邊耳。(7)

【今校】

（１） 蓋猶,文津閣本作"蓋由"。
（２） 題注末稿本劃去"今仍從宋刻",梁定本保留。按,朱墨批本同馮氏校本。
（３） "今从"句,梁定本無。按,朱墨批本同宋刻。
（４） 時,文津閣本作"詩",誤。
（５） 整段批語,梁定本無。
（６） 蹶躄之聲,梁定本作"衰颯之氣"。整段批語朱批作:

真情真景,慘憺之極,而絶無衰颯之氣。

（７） 墨批作:

生人死別,措語仍(按,似應爲"乃")爾纏綿,妙于兩説並存。戛然竟住,英雄決絶之心,兒女紆鬱之念,俱于言下見之。後人往往只説得一邊。

梁定本作:

生人死別,而結語乃爾纏綿,妙于兩説並存。戛然竟住,英雄決絶之情,兒女紆鬱之念,並于言下見之。後人往往只説得一邊。

辛延年

羽林郎詩一首

昔有霍家奴,姓馮名子都。霍家奴,《樂府詩集》作"趙家姝"。案:馮子都,見《漢書·霍光傳》,作"趙家姝"誤。(1)依倚將軍勢,調笑酒家胡。胡姬年十五,春日獨當壚。長裾連理帶,廣袖合歡襦。頭上藍田玉,耳後大秦珠。兩鬟何窈窕,一世良所無。一鬟五百萬,兩鬟千萬餘。不意金吾子[2],娉婷過我廬。銀鞍何煜爚,煜,宋刻作"昱",誤。今從《樂府詩集》。[3]翠蓋空踟躕。就我求清酒,絲繩提玉壺。就我求珍肴,金盤鱠鯉魚。貽我青銅鏡,結我紅羅裾。不惜紅羅裂,何論輕賤軀。男兒愛後婦,女子重前夫。人生有新故,貴賤不相踰[4]。多謝金吾子,私愛徒區區。〔一〕(5)

【紀批】

〔總〕 序致處錯落參差,點綴濃郁,樂府妙境往往在無要緊處使人意消。(6)
〔一〕 曲終奏雅,猶是恒蹊。放手縱橫淋漓盡致,至間不容髮之際(7),然後臨厓勒轉,羅敷艷歌之外又出一奇。

【今校】

（1） 注文末稿本劃去"今從宋刻"字,梁定本保留。姝,文津閣本作"奴"。
（2） 金吾子,文津閣本作"馮子都"。
（3） 梁定本無注。按,朱墨批本同宋刻。
（4） 踰,四庫本作"渝"。
（5） 全詩末四庫本有注:
　　案:《後村詩話》引此詩無"一鬟五百萬"二句,又無"就我求清酒"四句,又無"不惜紅羅裂"二句,蓋刪節之本,不足為據。
（6） 墨批作:
　　序致處錯落纖悉,點綴濃郁,樂府擅長往往在沒要緊處使人意消。
　　梁定本作:
　　序致處錯落纖悉,點綴濃郁,樂府妙境往往在沒要緊處使人意消。
（7） 際,朱批、梁定本皆作"時"。

班婕妤

怨詩一首并序

此詩《文選》作"怨歌行"。李善注曰:"《歌錄》曰:怨歌行,古詞。然言古者有此詞,而班婕妤擬之。"則此題曰"怨詩",似誤。然善注謝朓《和王主簿怨情詩》、江淹擬班婕妤詩並作"怨詩",蓋相傳有此二本[1]。又江淹《雜擬》題爲"班婕妤詠扇",則櫽括其意而命題,非舊有此目。[2]

昔漢成帝班婕妤失寵,供養於長信宮,乃作賦自傷,併爲《怨詩》一首。[3]

新裂齊紈素,裂,《永樂大典》作"製"[4]。鮮潔如霜雪。鮮潔,《文選》作"皎潔"。然李善注謝朓、江淹詩並引爲"鮮潔",蓋亦有二本。[5] 裁爲合歡扇,爲,《永樂大典》作"成"[6]。團團似明月下"團"字,《永樂大典》作"圓"[7]。出入君懷袖,動搖微風發。常恐秋節至,涼風奪炎熱。風,《永樂大典》作"飇"[8]。棄捐篋笥中,恩情中道絕。〔一〕

【紀批】

〔一〕 已失寵矣,乃云"常恐",淺人定不作此語。[9]

【今校】

(1) 二本,梁定本作"二本也"。
(2) 整段題注墨批作:
　　《文選》作"怨歌行"。李善注:"《歌錄》曰:《怨歌行》,古詞。然言古者有此曲,而班婕妤擬之。"
(3) 序後稿本原有注,墨筆劃去,而梁定本保留:
　　此亦應書於題下爲子注。
(4) 稿本夾注凡據《永樂大典》校核之處,皆爲貼條修訂,不見於四庫本、朱墨批本、梁定本。下同。
(5) 注文末梁定本有"今仍從宋刻"字。"鮮潔"句整段注文墨批作:
　　鮮,《文選》作"皎"。然謝宣城《王主簿怨情》注復引爲"鮮潔",蓋古已有此二本。
(6) "裁爲"句四庫本、朱墨批本、梁定本皆無注。
(7) "團團"句四庫本、朱墨批本、梁定本皆無注。
(8) "涼風"句此注四庫本、朱墨批本、梁定本皆無。
(9) 朱批同稿本。

宋子侯

董嬌饒詩一首[1]

洛陽城東路,桃李生路旁。花花自相對,葉葉自相當。春風東北起,東,《太平御覽》作"南",誤。[2]花葉正低昂。不知誰家子,提籠行采桑。纖手折其枝,花落何飄颺。"請謝彼姝子,何爲見損傷?""高秋八九月,白露變爲霜。終年會飄墮,安得久馨香。""秋時自零落,春月復芬芳。何如盛年去,如,宋刻作"時",諸本亦皆作"時",惟《藝文類聚》作"如"。案:此四句本言花落仍可重開,不如人之盛年一去即遭捐棄,而從前之歡愛俱忘,乃一篇立言寄慨之本旨。如作"時"字,則此句竟不可解,全篇文義俱闕矣,今從《藝文類聚》改正。[3]懽愛永相忘。"〔一〕吾欲竟此曲,此曲愁人腸。歸來酌美酒,挾瑟上高堂。〔二〕[4]

【紀批】

〔總〕 設爲人與花問答之詞,以寄紅顏零落恩寵不終之感,文心委曲,極宛轉關生之妙。[5]

〔一〕 "請謝"二句花問詞,"高秋"四句姝子答詞,"秋時"四句又花答姝子之詞,此沈方舟《漢詩說》之解,深得作者之意。[6]

〔二〕 末四句柔情忽觸,不復更置一詞,託之及時行樂,正是不能排遣處。[7]

【今校】

(1) 四庫本有題注:
> 嬌饒,諸本或作"嬌嬈",蓋以相沿俗字誤改古書。今仍從宋刻。

(2) 梁定本無注。

(3) "何如"句朱墨批本、梁定本底本作"何時盛年去"。墨批:
> "何時"句不可解,必有訛字。然諸本並同,蓋沿誤已久。

梁定本注爲:
> 此句不可解,當有訛字。《藝文類聚》"何時"作"何如",亦不可解。

(4) 全詩末梁定本有雙行注:
> 此篇亦樂人增減之詞,無由校正,不必強爲置解。

(5) 梁定本無批語。朱批作:
> 此詩不甚喻其意,不欲強爲置解。

（6）　梁定本無批語。朱批作：

> "請謝"二句代花致詞，"高秋"四句人答花，"秋時"二句花又答人。此沈歸愚語。

（7）　梁定本無批語。

漢時童謠歌一首⁽¹⁾

城中好高髻，四方高一尺。城中好大眉，四方眉半額。城中好廣袖，四方用疋帛。《後漢書》"大眉"作"廣眉"，"眉半"作"且半"，"廣袖"作"大袖"，"用疋"作"全疋"，皆與此本不同。然後漢諸史，今惟范蔚宗、袁宏及司馬彪十志存耳，東觀以下諸家，今並不傳，未審孝穆所據，定屬何本。《太平御覽》引謝承《後漢書》載此文，"高一尺"作"且一尺"，"眉半額"作"畫半額"，已有兩字不同。則劉珍、張璠、薛瑩、華嶠、袁崧之書，難斷其必不異詞，未可以一家繩之。況趙王好大眉見《風俗通》，石華廣袖見《飛燕外傳》，義既兩通，即不必輕改也。⁽²⁾

【今校】

（1）　此首稿本無眉批，朱批作：

> 此謠何以入艷歌，殊所未喻。○此亦非五言詩，即收，此亦應入九卷。

（2）　整段注文墨批作：

> "廣眉"，宋刻作"大眉"；"且半額"，宋刻作"眉半額"；"大袖"，宋刻作"廣袖"；"全"，宋刻作"用"，皆與《後漢書》不同。然此謠實出《後漢書》，故仍從蔚宗所記。

梁定本作：

> 宋刻"廣眉"作"大眉"，"且半"作"眉半"，"大袖"作"廣袖"，"全匹"作"用匹"，皆與《後漢書》不同。然此謠實出《後漢書》，自當以《後漢書》爲定，故不從宋刻。

張衡

同聲歌一首

邂逅承際會，得充君後房。得充君，宋刻作"遇得充"，于上句際會爲複，今從《樂府詩集》。情好新交接,恐慄若探湯。慄,宋刻作"瞟"。《廣韻》注引《埤蒼》云:"瞟,一目病。"與"慄"字音義全別,無容假借。馮氏校本曲爲回護,乃過泥宋刻之失。(1) 不才勉自竭,賤妾職所當。綢繆主中饋,奉禮助烝嘗。思爲莞蒻席,莞,宋刻作"苑"(2),誤。馮氏指爲通用,亦曲説也。在下蔽匡牀。願爲羅衾幬,在上衛風霜。〔一〕灑掃清枕席,鞮芬以狄香。楊用修《丹鉛録》辨此句"狄香"字訛爲"秋香",今考宋刻正作"狄"字,知用修所説不謬。(3) 重户結金扃,高下華鐙光。衣解巾粉御,列圖陳枕張。此句未詳。素女爲我師,儀態盈萬方。衆夫所稀見,天老教軒皇。樂莫斯夜樂,没齒焉可忘。〔二〕

【紀批】

〔總〕 漸趨濃豔,而氣脉仍自渾然,故是天人姿澤。陳思一派,從此導源,非六朝雕繢所可擬。(4)

〔一〕 "思爲"四句爲靖節《閒情》之藍本,古人非不相師,但擬議之中自有變化耳。(5)

〔二〕 要以永久,作詩本旨,全篇神注末二句。極陳嬿婉之情,皆所以感之不忘也。而不云願人勿忘,乃云己不能忘,運意委曲之至。(6)

【今校】

(1) "恐慄"句整段注文墨批作:

恐慄,宋刻作"恐瞟"。按:《埤蒼》曰:"瞟,一目病。"與"慄"字音義俱別。馮氏凡例曲爲之詞,乃過泥宋刻之過。

按,"瞟"字,朱墨批本作"瞟"。

(2) 朱墨批本同宋刻。

(3) 謬,文津閣本作"誤"。整段注文梁定本作:

楊慎《丹鉛録》辨此句"狄香"字訛爲"秋香",今考宋刻正作"狄"字也。

(4) 朱批作:

漸趨濃豔,而氣脉仍自渾然,故是天人姿澤,非雕繢之文可擬。

梁定本作:

漸趨濃豔,而氣脈仍自渾然,故是天人姿澤,非六朝雕繢所可擬。

(5) 梁定本作:

"蒻席"、"衾幬"二擬爲陶公《閒情賦》藍本。古人非不相師,但擬議之中自有變化爾。

（6）墨批作：

　　要以永久，作詩本意在此，全篇神注。此二句極陳謙婉之情，皆所以感之不忘也。而不説使人勿忘，偏説己不能忘，尤爲委曲動人。

梁定本作：

　　要以永久，作詩本旨，全篇神注末二句。一路極陳嬿婉之情，皆所以感之不忘也。而不説使人勿忘，偏説己不能忘，尤爲委曲。

秦嘉

贈婦詩三首併序

姚寬《西溪叢語》以第一首爲徐淑贈詩，後二首爲秦嘉答詩，蓋由誤讀小序，不足爲據。(1)

秦嘉，字士會，隴西人也。爲郡上計(2)，計，宋刻作"掾"。《西溪叢語》引此文注："'掾'一作'計'。"案：漢法，歲終郡國各遣吏上計。鄭玄注《周禮》"歲終則令羣吏致事"句，謂若今上計是也。其所遣之吏，亦謂之上計。《後漢書・趙壹傳》"光和元年舉郡上計"，《晉書・宣帝紀》"建安六年郡舉上計掾"是也。鍾嶸《詩品》直題"漢上計秦嘉"，嘉及其妻往來書亦並稱"爲郡詣京師"，則作"計"爲是，宋刻誤也。馮氏《詩紀》又因漢有上郡，遂倒其文爲"上郡掾"，更誤中之誤矣。(3)其妻徐淑，寢疾還家，不獲面别，贈詩云爾。

人生譬朝露，居世多屯蹇。憂艱常早至，歡會常苦晚。念當奉時役，去爾日遥遠。遣車迎子還，空往復空返。省書情淒愴，臨食不能飯。獨坐空房中，誰與相勸勉。長夜不能眠，伏枕獨輾轉。憂來如尋環，尋，疑作"循"。《尚書大傳》曰："三王之道若循環。"(4)匪席不可卷。

皇靈無私親，皇，《西溪叢語》作"帝"，誤。爲善荷天禄。傷我與爾身，少小罹煢獨(5)。既得結大義，歡樂苦不足(6)。念當遠離別，思念敘款曲。河廣無舟梁，道近隔丘陸。〔一〕臨路懷惆悵(7)，中駕正躑躅。浮雲起高山，悲風激深谷。〔二〕良馬不回鞍，輕車不轉轂。針藥可屢進，愁思難爲數。貞士篤終始，恩義不可屬。此句未詳。《詩紀》"屬"作"促"，稍爲可通，然未詳所本。(8)

肅肅僕夫征，鏘鏘揚和鈴。清晨當引邁，束帶待雞鳴。顧看空室中，髣髴想姿形。一別懷萬恨，起坐爲不寧。何用敍我心，遺思致款誠。遺,宋刻作"遣",誤,今從《西溪叢語》。(9) 寶釵好耀首,好,《西溪叢語》作"可"(10)。明鏡可鑒形。芳香去垢穢,素琴有清聲。詩人感木瓜,乃欲答瑤瓊。愧彼贈我厚,贈我,《西溪叢語》作"持贈"。(11) 慚此往物輕。雖知未足報(12),貴用敘我情。貴,《西溪叢語》作"良",誤。(13)

【紀批】

〔總〕 三詩詞氣真樸,猶是漢氏之餘,語意清婉,已開晉人之漸,以此上視西京,如大曆之于開寶。○三首次序井然,連章詩須如此作。(14)

〔一〕 遠別而云"道近"者,"遠"指所往之地,"近"指啓行之地。(15)

〔二〕 "浮雲"二句已開烘染之法。(16)

【今校】

（1） 梁定本無題注。

（2） 郡上,朱墨批本、梁定本底本並作"上郡"。計,朱墨批本、趙本、梁定本作"掾"。

（3） 整段注文朱墨批本、梁定本皆簡。墨批作:

> 上郡,宋刻訛作"郡上"。

梁定本作:

> 上郡,宋刻作"郡上"。按:《漢書·地理志》:"上郡,秦置,高帝元年改爲翟國,十月復故。"則"上郡"乃地名,宋刻誤矣。

（4） 梁定本作:

> 宋刻"尋"作"循",誤。

（5） 罹,文淵閣本作"惟"。

（6） 苦,朱墨批本、趙本作"若"。

（7） 路,文津閣本作"終",誤。

（8） "恩義"句墨批:

> 末句未詳。

梁定本注作:

> 此句未詳。馮氏《詩紀》作"不可促",稍爲可通,然未詳所本。

（9） 梁定本無注。按,朱墨批本同宋刻。

（10） 可,文津閣本作"足"。梁定本無注。按,朱墨批本、趙本同《西溪叢語》。

（11） 梁定本無注。

(12) 知未,四庫本作"未知"。
(13) 梁定本無注。
(14) 墨批作:
　　三詩語意清婉,猶是古人之遺。音節漸響,無復古人之渾穆,則時會爲之也。以此上視西京,如大曆十子之視開寶,潘陸宗風已先逗其機矣。
梁定本作:
　　三詩詞氣質樸,猶是漢氏之餘,語意清婉,已開晉人之漸,以此上視西京,正如大曆之於開寶。
(15) 梁定本作:
　　云"遠離"復云"道近"者,蓋"遠"指所往之地,"近"指啓行之地也。
(16) 朱批:
　　此格於後來爲窠臼,當其初作,故爲巧於烘染。
梁定本作:
　　"浮雲"二句烘染取神,開後來無數法門。

秦嘉妻徐淑

答詩一首

此亦歌詞,特連"兮"字爲五言耳。然鍾嶸《詩品》謂"五言不過數家,而婦人居二,徐淑叙別之作亞于《團扇》",則當時固以爲五言詩矣。(1)

妾身兮不令,嬰疾兮來歸。沉滯兮家門,歷時兮不差。曠廢兮侍覲,情敬兮有違。君今兮奉命,遠適兮京師。悠悠兮離別,無因兮叙懷。瞻望兮踴躍,佇立兮徘徊。思君兮感結,夢想兮容輝。君發兮引邁,去我兮日乖。恨無兮羽翼,高飛兮相追。長吟兮永嘆,淚下兮霑衣。

【紀批】

〔總〕 此詩實無佳處,以夫婦贈答連類存之耳,過相推許,未免英雄欺人。(2)

【今校】

（1） 朱批作：

　　既別編歌詞于第九卷，入此于五言爲不類矣。

（2） 朱批作：

　　此詩實無甚佳，牽連存之耳，過相推許，未免英雄欺人。

梁定本作：

　　此詩實無佳處，以夫婦倡和連類錄之耳，過相推許，未免英雄欺人。

蔡邕

飲馬長城窟行一首

《滄浪詩話》云："《文選·飲馬長城窟》無人名，《玉臺》以爲蔡邕作。"所言與此本合，後人編入蔡集蓋即據此。(1)

　　青青河邊草，河邊，《文選》五臣注本作"河畔"。案：六朝擬作凡題"青青河邊草"者，皆擬此篇；題"青青河畔草"者皆擬枚叔之作。然則五臣誤矣。(2) 緜緜思遠道。遠道不可思，宿昔夢見之(3)。夢見在我旁，忽覺在他鄉。他鄉各異縣，展轉不可見(4)。枯桑知天風，海水知天寒。〔一〕入門各自媚，誰肯相爲言。客從遠方來，遺我雙鯉魚。呼兒烹鯉魚，中有尺素書。〔二〕長跪讀素書，書中竟何如？上有加餐食，下有長相憶。(5)

【紀批】

〔總〕 音節之妙，動合天然。此謂神來，不容摹擬。○韋莊《雜體聯錦》源出于此。此友朋相怨之詩，作意在"入門"二句，而前以己之念友，後以友之念己互映出之，用意極爲委婉，六朝人以閨情擬之，多失其旨。(6)○"遠道"、"遠方"、"思"字、"憶"字，前後關鍵，針對現在同事之人，渾然不露。(7)

〔一〕 枯桑不見落葉，然未始不爲風動，海水不見成冰，然未始不爲寒侵，喻甘苦各自默知，而同仕者秘不相告也。李善《文選》注差爲近之。五臣注以"知"爲"豈知"，失之遠矣。(8)

〔二〕 烹魚得書,偶爾狡獪,所謂詩有別趣者也。説者謂用陳勝魚腹帛書事,固之甚矣。⁽⁹⁾

【今校】

（1） 梁定本題注作:
　　《文選》作"古詞",惟此書題爲中郎作,後人編入蔡集蓋即據此也。
（2） "青青"句墨批:
　　河邊,五臣注《文選》本作"河畔"。考六朝擬作凡署"青青河邊草"者,皆擬此作;凡署"青青河畔草"者,皆擬枚叔之作。然則作"畔"爲誤矣。
（3） 宿昔,四庫本作"夙昔"。
（4） 可,朱墨批本、趙本作"相"。
（5） "上有"二句墨批:
　　就所思一邊竟住,筆墨高絶。
（6） "此友朋"以下批語,梁定本作:
　　此友朋相怨之詩,作意在"枯桑"四句,而前以己之念友,後以友之念己縈繞互映之,用意極爲委曲,運筆極爲渾融,六朝人以閨情擬之,失其旨矣。
（7） "音節"以下整段總批,朱批較簡:
　　音節之妙,巧合天然。此謂神來,不容摹擬。
（8） "枯桑"以下整段批語朱批作:
　　枯桑似不知天風,海水似不知天寒。然葉雖不落而未嘗不爲風動,波雖不冰,而未嘗不受寒侵,特人不知而枯桑海水自知耳。以比人之獨抱隱憂,人不及喻,故下言"入門各自媚"云云,五臣解誤矣。
　　梁定本作:
　　枯桑似不知天風,海水似不知天寒。然葉雖不落而未嘗不爲風搖,波雖不冰,而未嘗不受寒侵,以比己之甘苦自知,煢煢無告。○"入門"二句則言同仕者之各爲身謀,不相顧也。李善所注差爲近之,五臣注以"知"爲"豈知",失之遠矣。
（9） 梁定本作:
　　烹魚得書,偶爾狡獪,所謂詩有別趣,非關理也。注者謂暗用陳勝魚腹藏書事,固之甚矣。

陳琳

飲馬長城窟行一首

此亦當入第九卷,疑此附入之人未究孝穆之體例,以與中郎時代相接,題目又同,遂竄置于此耳。[1]

飲馬長城窟,水寒傷馬骨。往謂長城吏:"慎莫稽留太原卒!""官作自有程,舉築諧汝聲!""男兒寧當格鬥死,何能怫鬱築長城!"[2]長城何連連,連連三千里。邊城多健少,內舍多寡婦。作書與內舍:"便嫁莫留住[3]。善事新姑章,時時念我故夫子!"〔一〕報書往邊地:"君今出語一何鄙!"[4] "身在禍難中,何爲稽留他家子。生男慎莫舉,生女哺用脯[5]。君獨不見長城下,死人骸骨相撐拄。""結髮行事君,慊慊心意關。明知邊地苦,宋刻誤脱"明知"二字[6],《樂府詩集》亦然,文義、句格俱不諧,今從《古樂府》補入。[7]賤妾何能久自全?"

【紀批】

〔總〕 絕不鋪敍邊塞情形,亦不另作斷語,但述夫婦決絕之詞,而征役之苦畢見,筆墨高絕。[8]

〔一〕 動人處不在"便嫁"句之決絕,而在"善事"二句寫入癡景,愈爲黯然。[9]

【今校】

(1) 整段題注墨批作:

此首以此書體例言之,當入九卷,此殊誤編。

梁定本作:

此亦當入第九卷,或以與中郎時代相接,題目又同,遂竄置於此耳。

(2) "官作"四句墨批:

"官作"二句,吏言;"男兒"以下,乃征夫言也。

(3) "邊城"四句墨批:

"支"、"魚"古法不通用,然史遊《急就篇》已"之"、"諸"同押,蓋漢時有此方音。〇香山《琵琶行》"住"、"婦"同押,與唐韻不合,蓋本于此。

（4）　"報書"二句朱批：

　　　此亦篇中自爲應答,與《董嬌嬈》同格。

（5）　用,稿本原作"同",據通行本改。

（6）　朱墨批本同宋刻。

（7）　"慊慊"二句墨批：

　　　"關"字,諸本作"間",今從宋刻。宋刻脫"明知"二字,文意、句法俱不諧,今從別本。

（8）　墨批作：

　　　只述夫婦往還之詞,而亂世征役之苦曲折畢見,絕不另下斷詞。樂府正格,工部《無家》諸別從此發脈。

　　　梁定本作：

　　　絕不鋪敘邊塞情形,亦不另作斷語,只述夫婦往還之詞,而征役之苦曲折畢見,筆墨絕高。

（9）　梁定本作：

　　　動人處不在"便嫁"句之決絕,在"善事姑章"二句寫入癡景,淒切倍深。

徐幹

室思一首

　　馮氏校本分此詩前五篇爲《雜詩》,後一篇爲《室思》,注曰："前六章宋本統作《室思》一首。"按：郭茂倩《樂府詩集》云[1]："徐幹有《室思》詩五章。"據此則後一章不知何題。檢諸本都作《雜詩》五首、《室思》一首,姑仍之。今按：偉長本集不傳,其詩昭明亦不錄。見于選本者惟《玉臺新詠》爲最古,所題較爲可信。《藝文類聚》載"浮雲何洋洋"一首,正作《室思》；又載宋孝武"自君之出矣"一首,亦作《擬室思》。唐人舊本可以互證,郭茂倩所記特以"六"爲"五"耳。然第四首與第五首文既相屬,韻亦相同,或茂倩所見之本偶合爲一,孝穆所見之本則分爲二。又或原書本爲一首,宋人傳刻以篇幅獨長而誤分之,均未可定,不得以旁證一字之異[2],遂疑末首之無題,而輕改古書也,今仍從宋刻。○此書之例[3],凡一題數首者,皆題爲一首,聯屬其文,而以"其一"、"其二"等字夾注中,今亦皆從宋刻,不復變亂其例。

　　沉陰結愁憂,愁憂爲誰興？念與君生別[4],各在天一方。良會

未有期,中心摧且傷。不聊憂湌食,慊慊常饑空。端坐而無爲,髮髻君容光。其一[一]

峩峩高山首,悠悠萬里道。君去日以遠,鬱結令人老。人生一世間,忽若暮春草。時不可再得,何爲自愁惱。每誦昔鴻恩,賤軀焉足保。其二[二]

浮雲何洋洋,願因通我詞。飄飖不可寄,徙倚徒相思。"飄飖"二句,《藝文類聚》作"一逝不可歸,嘯歌久踟躕"(5)。人離皆復會,君獨無返期。君獨,《藝文類聚》作"我獨",誤。自君之出矣,明鏡不復治(6)。思君如流水,何有窮已時。其三[三]

慘慘時節盡,蘭葉復凋零。喟然長太息,君期慰我情。"君期"二字未詳。傅玄《秋蘭篇》"君期歷九秋"句,《樂府詩集》"期"作"其",疑此亦當作"君其"也。(7)展轉不能寐,長夜何綿綿。躡履起出戶,仰觀三星連。自恨志不遂,涕泣如涌泉。其四

思見君巾櫛(8),以弭我勞勤。見君,宋刻作"君見",弭,宋刻作"益"(9),並誤。今從《太平御覽》。"勤"字,《御覽》作"懃"(10),則書"勤"爲"懃",因而轉誤。(11)安得鴻鷟羽,覯此心中人。誠心亮不遂,搔首立悁悁。何言一不會(12),復會無因緣。其五

人靡不有初,想君能終之。[四]別來歷年歲,舊恩何可期。重新而忘故,君子所尤譏。寄身雖在遠,豈忘君須臾。既厚不爲薄,想君時見思。[五]其六

【紀批】
〔一〕 第一首未見佳處,"不聊"句尤拙。〇東、陽、蒸通押,古有此音。(13)
〔二〕 第二首"鬱結"五字已盡大意,中四句一拓一頓,跌出明知自苦而不敢自惜之意,更爲沉著。(14)
〔三〕 "浮雲"四句起勢夭矯。"自君之出"四句看似平平,而後人百擬不到,由自然處着力不得耳。(15)
〔四〕 "人靡"二句運經太滯。龐雪厓《詩義固說》已論之。(16)
〔五〕 結語不失忠厚。(17)

【今校】
(1) "按"字後梁定本無"郭茂倩"字。

（２）　"又或"句,梁定本作"所以兩岐,不得以旁證一字之異"。一字,文津閣本作"字字"。
（３）　此書之例,文淵閣四庫本作"以此書之例"。
（４）　生,朱墨批本作"相"。
（５）　一逝,文津閣本作"一字"。
（６）　不復治,朱墨批本、趙本作"暗不治"。
（７）　"君期"句四庫本注作:

　　"君期"二字未詳,疑爲"期君"之譌。又傅玄《秋蘭篇》"君期歷九秋"句,《樂府詩集》"期"作"其",或此亦當作"君其"歟?

梁定本作:

　　"君期"疑當作"期君"。

（８）　見君,文津閣本作"君見"。
（９）　朱墨批本同宋刻。正文及注釋之"弭",文津閣本皆作"彌"。
（１０）　"勤"字,文淵閣本作"懃"。

　　"'勤'字"句,文津閣本作:

　　又"勤",作"懃"。

（１１）　"以弭"句整段注文,梁定本無。
（１２）　會,朱墨批本、趙本作"見"。
（１３）　朱批作:

　　此首未見佳處。

墨批:

　　"不聊"句究拙。

梁定本作:

　　第一首未見佳處,"不聊"句尤拙。

（１４）　"鬱結"五字,梁定本作"'鬱結令人老'句"。沉著,梁定本作"沉痛悱惻"。

墨批作:

　　"鬱結令人老"句大意已盡。中四句作一頓宕,跌出明知自苦而不敢自惜之意。繳足"鬱結"二字,更爲沉痛悱惻。

（１５）　朱批作:

　　起得夭矯。○此亦平近無奇,而後人百擬不肖,其自然處着力不得耳。

梁定本作:

　　第三首起四句勢最夭矯,"自君之出"四句看似平易,而後人百擬不到,由自然處着力不得耳。

(16) 朱批作：

"人靡不有初",運古殊拙。龐雪厓《詩義固説》嘗論之。

梁定本作：

第五首起二句運經太滯,龐雪崖《詩義固説》已論之。

按,"第五首"似應爲"第六首"。

(17) 墨批作：

結得忠厚。

梁定本作：

結二句却極忠厚。

情 詩 一 首

高殿鬱崇崇,廣厦淒泠泠。微風起閨闥,落日照階庭。峙嶠雲屋下,嘯歌倚華楹。君行殊未返,我飾爲誰容⁽¹⁾？鑪熏闔不用,鏡匣上塵生。綺羅失常色,金翠暗無精。嘉肴既忘御,旨酒亦常停。〔一〕顧瞻空寂寂,惟聞燕雀聲。憂思連相屬⁽²⁾,中心如宿醒。

【紀批】

〔一〕 中六句疊用儷偶,已開潘陸之先。⁽³⁾

【今校】

（1） 容,朱墨批本、趙本作"榮"。

（2） 屬,朱墨批本、趙本作"囑"。

（3） 朱批作：

六句一意,未免太衍。

梁定本作：

中六句已開潘陸排調之先。

繁欽

定情詩一首〔一〕

案：李善注《洛神賦》引繁欽《定情詩》曰："何以消滯憂,足下雙遠遊。"不

知當在何句下,附識備考。(1)

　　我出東門遊,邂逅承清塵。思君即幽房,侍寢執衣巾。時無桑中契,迫此路側人。我既媚君姿(2),君亦悅我顏。何以致拳拳,綰臂雙金環。何以致殷勤,約指一雙銀。何以致區區,耳中雙明珠。何以致叩叩,香囊繫肘後。何以致契闊,繞腕雙條脫(3)。何以結恩情,佩玉綴羅纓。何以結中心,素縷連雙鍼(4)。何以結相於,相於,《古樂府》作"相投",誤。蓋不知古音本諧,而以今韻臆改之。(5)金薄畫幧頭。幧,宋刻作"搔"。按:《西京雜記》:"搔頭乃玉簪之名。"不得云"金薄"、云"畫",且《太平御覽》收此句於"幧頭"部,知非誤字,今從之。(6)何以慰別離,慰,《太平御覽》作"表"。耳後瑇瑁釵。何以答歡忻,紈素三條裠。忻,宋刻作"悅"(7);裠,宋刻作"裾"。《樂府詩集》、《古樂府》並同,然于韻不諧。案:《初學記》"裠"部引此二句,則"裾"當作"裠",更無疑義。"悅"當作"忻",亦可以韻推之矣。又《太平御覽》引此二句作"何以合歡忻,紈素爲衫裠",義可兩存,併附識之。(8)何以結愁悲,白絹雙中衣。與我期何所,乃期東山隅。日旰兮不來(9),谷風吹我襦。遠望無所見,涕泣起踟躕。與我期何所,乃期山南陽。日中兮不來,凱風吹我裳。逍遙莫誰睹,望君愁我腸。與我期何所,乃期西山側。日夕兮不來,躑躅長太息。遠望涼風至,俯仰正衣服。與我期何所,乃期山北岑。日暮兮不來,淒風吹我襟。望君不能坐,悲苦愁我心。愛身以何爲,惜我華色時。中情既款款,然後克密期。褰裳躡茂草(10),茂,《樂府詩集》作"花",誤。謂君不我欺(11)。厠此醜陋質,徙倚無所之。自傷失所欲,淚下如連絲。〔二〕

【紀批】

〔一〕　定情者,自定其情也。不能自定其情,故始于輕投,終于見負,縷陳依託之私,極述棄捐之狀,所以戒也。意本《衛風‧氓》篇而拓之,但彼賦而此比耳。(12)

〔二〕　意注篇末,通篇皆欲翕故張之勢也。張之彌高,斯翕之彌重,故反覆重疊,而不以詞費爲嫌。○華而不靡,是爲古澤,排而不滯,是爲真氣。精神意格似脫胎於《楚詞‧招魂》,此如長史草書得之公孫大娘舞劍器,其故不在形迹間。○末一段點足"情"字,總束上文。"愛身"二句指出不定病根,妙于不更作規戒語,而情之當定,自於言外見之。(13)

【今校】

（1） 梁定本無題注。定情詩，文津閣本誤作"定情思"。附識備考，文津閣本作"備識附考"。

（2） 既，朱墨批本、趙本作"即"。

（3） 條，朱墨批本、趙本作"跳"。

（4） 纓，文津閣本作"履"。

（5） "何以"句墨批作：

　　相於，別本作"相投"，此由不知古韻而臆改。

梁定本注作：

　　別本"相於"作"相投"，此由不知古音而以今韻臆改之。此從宋刻。

（6） 梁定本無注。按，朱墨批本同宋刻。

（7） 朱墨批本同宋刻。

（8） "何以"二句梁定本合注作：

　　宋刻"忻"作"悦"，"襃"作"裾"。《樂府詩集》、《古樂府》並同。案：《初學記》"襃"部引此二句，則作"襃"更無疑義，今據以改正。

（9） 來，朱墨批本、趙本作"至"。

（10） 裳，朱墨批本、趙本作"衣"。

（11） 我，文津閣本作"可"。

（12） 梁定本作：

　　定情者，定其情也。不能自定其情，故輕於相期，終於相負。纓陳依託之私，而極述失望之狀，所以戒也。本"氓之蚩蚩"一篇而拓之，彼賦而此比耳。

（13） 朱批作：

　　意注篇末，通篇皆欲翕故張之勢也。張之彌恢，斯翕之彌重，故反復重疊，而不爲辭費。〇華而不靡，是爲古澤，排而不滯，是爲真氣。〇色澤意格似從《招魂》一篇化出，此似長史草書得之公孫大娘舞劍器，其故不在迹象間。

墨批：

　　臨收逼近一層，然後放倒，戛然竟住，淡語而筆力千鈞。

梁定本作：

　　意注篇末，通篇皆欲翕故張之勢。張之彌高，斯翕之彌重，故反復重疊，不爲詞費。〇華而不靡，是爲古澤，排而不滯，是爲真氣。精神意格似從《楚詞·招魂》化出,此如長史草書得之公孫大娘舞劍器,其故不在形迹間。

古詩無名人爲焦仲卿妻作併序

漢末建安中,廬江府小吏焦仲卿妻劉氏,爲仲卿母所遣,自誓不嫁。其家逼之,乃没水而死。仲卿聞之,亦自縊於庭樹。時傷之,爲詩云爾。《樂府詩集》"時"下有"人"字,末句作"而爲此詞也"。

孔雀東南飛,五里一徘徊。〔一〕"十三能織素,十四學裁衣。十五彈箜篌,十六誦詩書。十七爲君婦,心中常苦悲。君既爲府吏,守節情不移。馮氏校本注曰:"按:活本、楊本此句下有'賤妾留空房,相見常日稀'二句。"(1)檢郭、左二《樂府》,並無之。鷄鳴入機織,夜夜不得息。三日斷五疋,大人故嫌遲。故,《永樂大典》作"苦"。(2)非爲織作遲,君家婦難爲。妾不堪驅使,徒留無所施。便可白公姥,及時相遣歸。"〔二〕府吏得聞之,堂上啓阿母:"兒已薄禄相,幸復得此婦。結髮同枕席,黄泉共爲友。共事二三年,始爾未爲久。女行無偏斜,何意致不厚?"阿母謂府吏:"何乃太區區!此婦無禮節,舉動自專由。吾意久懷忿,汝豈得自由。東家有賢女,自名秦羅敷。可憐體無比,阿母爲汝求(3)。便可速遣之,遣之慎莫留。"府吏長跪答,伏惟啓阿母:"今若遣此婦,終老不復取。"阿母得聞之,搥牀便大怒:"小子無所畏,何敢助婦語!〔三〕吾已失恩義,會不相從許。"府吏默無聲,再拜還入户。舉言謂新婦,哽咽不能語:"我自不驅卿,逼迫有阿母。卿但暫還家,吾今且赴府(4)。不久當歸還,還必相迎取。以此下心意,慎勿違吾語。"新婦謂府吏:"勿復重紛紜。往昔初陽歲,謝家來貴門。奉事循公姥,進止敢自專。晝夜勤作息,伶俜縈苦辛(5)。謂言無罪過,供養卒大恩。仍更被驅遣,何言復來還。妾有繡腰襦,葳蕤自生光。自生,《藝文類聚》作"金縷"(6)。紅羅複斗帳,四角垂香囊。箱簾六七十,"簾"字未詳,疑爲"奩"字之訛。綠碧青絲繩。物物各自異,種種在其中。"箱簾"四句,《藝文類聚》作"交文象牙簟,宛轉素絲繩",《太平御覽》"籠"部引此二句又作"交文象牙籠,宛轉青絲繩"。(7)人賤物亦鄙,不足迎後人。

"人賤"二句,《藝文類聚》作"鄙賤雖可薄,猶中迎故人"。案:"不足迎後人"句似與"留待"句語意不應,不及此二句之諧適,惟"故人"字不可解,當是"後人"之訛。[8]留待作遺施[9],於今無會因,時時爲安慰,久久莫相忘。"雞鳴外欲曙,新婦起嚴妝。著我繡夾裙,事事四五通。足下躡絲履,頭上瑇瑁光。腰若流紈素,按:腰如束素雖本宋玉賦語,然"著我繡夾裙"六句皆言服飾,[10]"指如削蔥根"四句乃言姿態,此處"腰若"一句未免敘述夾雜,疑"若"字當作"著"字。耳著明月璫。指如削蔥根,口如含朱丹。纖纖作細步,精妙世無雙。〔四〕上堂拜阿母,母聽去不止[11]。《八代詩乘》、馮氏《詩紀》、《古詩類苑》此句皆作"阿母怒不止"[12],然《樂府詩集》、《古樂府》皆同宋刻。[13]"昔作女兒時,生小出野里。本自無教訓,兼愧貴家子。受母錢帛多,不堪母驅使。今日還家去,念母勞家裏。"却與小姑別,淚落連珠子。"新婦初來時,小姑始扶牀。今日被驅遣,宋刻誤脫此二句,文義不續,今從《樂府詩集》。[14]小姑如我長。勤心養公姥,好自相扶將。初七及下九,嬉戲莫相忘。"〔五〕出門登車去,涕落百餘行。府吏馬在前,新婦車在後。隱隱何甸甸,俱會大道口。下馬入車中,低頭共耳語:"誓不相隔卿,且暫還家去。吾今且赴府,不久當還歸。誓天不相負。"新婦謂府吏:"感君區區懷。君既若見録,不久望君來。君當作磐石,妾當作蒲葦。蒲葦紉如絲,磐石無轉移。我有親父兄,性行暴如雷。恐不任我意,逆以煎我懷[15]。"舉手長勞勞,二情同依依。入門上家堂,進退無顏儀。〔六〕阿母大拊掌:"不圖子自歸!十三教汝織,十四能裁衣。十五彈箜篌,十六知禮儀。十七遣汝嫁,謂言無誓違。"誓違"二字,義不可通,疑是"愆違"之訛。愆,古"愆"字。《詩》"不愆于儀",《禮·緇衣》篇引之作"僁",顏延年《秋胡詩》"百行愆諸己"句,李善《文選》注本亦作"僁",可以互證。[16]汝今無罪過,無,《詩乘》諸書並作"何"。案:"無罪過"不似問詞,作"何"爲是。然皆不言所本,蓋明人推求文義,以意改之。[17]不迎而自歸。"蘭芝憖阿母:"兒實無罪過。"阿母大悲摧。還家十餘日,縣令遣媒來。云有第三郎,窈窕世無雙。年始十八九,便言多令才。阿母謂阿女:"汝可去應之。"阿女含淚答:"蘭芝初還時,府吏見丁寧。結誓不別離,今日違情意[18],恐此事非奇。"奇"字,義不可通,疑爲"宜"字之訛。[19]自可斷來信,徐徐更謂之。"[20]阿母白媒人:"貧賤有此女,始適還家門。不堪吏人婦,豈合令郎君。幸可廣問訊,不得便相許。"媒人去數日,尋遣丞請還。"請還"二字未詳。説有蘭家女,説,《樂府詩集》作"誰",誤。又吳顯令注曰:"序云劉氏,此云蘭家,未詳,或字之誤也"[21]。案:此二句文義不屬,"説有"、"云有"亦複,疑此句下脱失二句,不但字句有訛也。[22] 承籍有宦官。云有第五郎,嬌逸未有婚。遣丞爲媒人,主簿通語言。直説太守家,有此令郎君。既欲結大義,故遣來貴門。阿母謝媒人:"女子先有誓,老姥豈敢言。"阿兄得聞之,悵然心中煩。舉言謂阿妹:謂,宋刻作"爲",誤,今從《樂府詩集》。[23] "作計何不量! 先嫁得府吏,後嫁得郎君。否泰如天地,足以榮汝身。不嫁義郎體,"義郎體"三字未詳,《樂府詩集》作"即",亦不可解。[24] 其往欲何云?"蘭芝仰頭答:"理實如兄言。謝家事夫婿,中道還兄門。處分適兄意,那得自任專。雖與府吏要,渠會永無緣。登即相和許,[七][25]便可作婚姻。"媒人下牀去,諾諾復爾爾。還部白府君:"言談大有緣。"府君得聞之,[26] 心中大歡喜。視曆復開書,便利此月內,六合正相應。"良吉三十日,今已二十七,卿可去成婚[27]。"交語速裝束,駱驛如浮雲。駱驛,諸本多作"絡繹"。案:《後漢書·郭伋傳》"駱驛不絶"字正從馬,宋刻猶是古字,明人誤改也。[28] 青雀白鵠舫,四角龍子幡。婀娜隨風轉,金車玉作輪。躑躅青驄馬,流蘇金鏤鞍。齎錢三百萬,皆用青絲穿。雜彩三百疋,交廣市鮭珍。從人四五百,鬱鬱登郡門。[八]"登"字疑當作"發"。阿母謂阿女:"適得府君書,明日來迎汝。何不作衣裳,莫令事不舉。"阿女默無聲,手巾掩口啼,淚落便如瀉。移我瑠璃榻,榻,宋刻作"塌",誤。今從《樂府詩集》。[29] 出置前窗下。左手持刀尺,右手執綾羅。朝成繡夾裙,晚成單羅衫。[九]晻晻日欲暮[30],愁思出門啼。府吏聞此變,因求假暫歸。未至二三里,摧藏馬悲哀。摧,宋刻作"催",誤。今從《樂府詩集》。[31] 新婦識馬聲,躡履相逢迎。悵然遙相望,知是故人來。舉手拍馬鞍,嗟歎使心傷:"自君別我後,人事不可量。果不如先願,又非君所詳。我有親父母,逼迫兼弟兄。以我應他人,君還何所望!"府吏謂新婦:"賀卿得高遷! 磐石方且厚,且,宋刻作"可",誤。今從《樂府詩集》。[32] 可以卒千年。蒲葦一時紉,便作旦夕間。卿當日盛貴,我獨向黃泉。"[33] 新婦謂府吏:"何意出此言! 同是被逼迫,君爾妾亦然。黃泉下相見,下,宋刻作"不",誤。今從《樂府詩集》。[34] 勿違今日言。"執手分道去,各各還家門。生人作死別,恨恨那可論。念與世間辭,千萬不復全。府吏還家去,上堂拜阿母:"今日大風寒,寒風摧樹木,嚴霜結庭蘭(35)。兒今日冥冥,令母在後單。故作不良計,勿復怨鬼神(36)。命如南山石,四體康且直。"(37)阿母得聞之,零淚應聲落:"汝是大家子,仕宦於臺閣。慎勿爲婦死,貴賤情何薄。〔十〕東家有賢女,窈窕艶城郭。阿母爲汝求,便復在旦夕。"府吏再拜還,長歎空房中。作計乃爾立,〔十一〕轉頭向户裏,漸見愁煎迫。其日牛馬嘶,新婦入青廬。菴菴黄昏後,前作"晻晻",此作"菴菴",案:《廣韻》:"晻,烏感切。"晻,靄暗也。而左思《蜀都賦》"豐蔚所盛,茂八荒而菴藹焉",正作"菴"字。李善亦音烏感切,然則二字本通,非訛異也。(38)寂寂人定初。"我命絶今日,魂去尸長留。"攬裳脱絲履,舉身赴清池。〔十二〕清,宋刻作"青",誤。今從《樂府詩集》。(39)府吏聞此事,心知長别離。徘徊庭樹下,自挂東南枝。兩家求合葬,合葬華山旁。東西植松柏,左右種梧桐。枝枝相覆蓋,葉葉相交通。中有雙飛鳥,自名爲鴛鴦。仰頭相向鳴,夜夜達五更。行人駐足聽,寡婦起彷徨。起,宋刻作"赴",誤。今從《樂府詩集》。(40)多謝後世人,戒之慎勿忘。〔十三〕

【紀批】

〔總〕 此蓋當日里巷所歌。首尾千七百餘言。散散碎碎,卻整整齊齊,一氣渾淪,如化工肖物,原不以文字爲意而極文字之工者,莫能及。義門病其太野,似未知言;謂顔延年《秋胡詩》勝此,尤非確論。

〔一〕 起十字總挈一篇,與"十三"、"十四"數句若接若不接,妙絶言説。(41)

〔二〕 "非爲"六句寫負氣詬誶不爲之諱,是古人紀録不誣處,後世凡所譽之人無非全美,文章於是不爲信矣。(42)

〔三〕 "阿母"四句,情事如畫。

〔四〕 "雞鳴"十二句設色精妙,有景有情,此自府吏目中看出,使臨别之時又添一重情障,非泛寫女子容飾也。(43)

〔五〕 兒女呢呢,猶爲恒徑,入"卻與小姑别"一段,波瀾縈繞,更爲生動有情。(44)

〔六〕 "進退"五字傳神之筆。(45)

〔七〕 劉編修躍雲曰:"登",如俗語所謂"登時"。○案,"登時"者一舉足之時,言其速也,佛經所謂"屈伸臂頃",亦此意。彼以舉手言,此以舉足言耳。(46)

〔八〕 一路散散碎碎,著"青雀白鵠舫"一段濃姿麗采之文,方覺波瀾生動,

樂府多用此閒處設色之法。(47)

〔九〕 許嫁一層,製衣一層,亦皆不爲之諱。蓋其初未信府吏,尚持兩端,及再見相約,乃決意同死耳。(48)

〔十〕 "貴賤"句言貴賤相懸,本非匹偶,即棄之亦不爲薄情。然此種究費言詮,不必效以爲古。(49)

〔十一〕 "作計"五字傳神。

〔十二〕 "其日牛馬嘶"八句淡淡敘事,而至今有燐火陰風之氣,此爲象外傳神。(50)

〔十三〕 末一段借水生波,憑空布景,不如此十分圓足,結不住爾許大篇。如以爲真有此異,則癡人説夢矣。(51)

【今校】

（1） 朱墨批本同"活本、楊本"。

（2） 四庫本、梁定本、朱墨批本並無注。

（3） 爲,文津閣本作"謂",誤。

（4） 赴,朱墨批本、趙本作"報"。

（5） 伶仃,朱墨批本、趙本作"伶俜"。

（6） 藝文類聚,文津閣本作"義文類聚",誤。梁定本無注。

（7） 梁定本無注。

（8） 梁定本無注。

（9） 遺,朱墨批本、趙本、文津閣本作"遣"。

（10） "腰如"二句,梁定本作:

"著我繡夾襦"六句皆言服飾。

（11） "母聽"句,朱墨批本作"阿母怒不止",墨批:

"怒不止"者,逐之而忿猶未已之意。宋刻作"母聽去不止",似其婦忽怒而辭去,母不留之矣,非情事也。

（12） 八代詩乘,梁定本作"梅氏《詩乘》"。"阿母怒不止"後,稿本劃去"於文義爲愜,於情事亦近",梁定本保留。

（13） 注文末稿本劃去"未詳其何所本也",梁定本保留。

（14） 墨批作:

"小姑始扶牀"十字,宋刻誤脱,文義遂格格不諧。

（15） 懷,文津閣本作"憂"。

（16） "謂言"句整段注文墨批作:

譬違,宋刻作"誓違"。諸本並同,殊不可解。此與"誓"字形似訛耳。讆,古"愆"字。杜預《左傳注》:"讆,失也。"顏延之《秋胡詩》"百行愆諸己"句,李善本正作此"讆"字。

梁定本注作:

"誓違"二字義不可通,疑是"讆違"之訛。讆,古"愆"字。顏延之《秋胡詩》"百行愆諸己"句,李善《文選》注本正作此"讆"字,可以互證。

(17) "汝今"句,朱墨批本作"汝今何罪過",墨批:

何罪過,宋刻作"無罪過",非問詞矣,正因下句"無罪過"而訛。

(18) 意,朱墨批本、趙本作"義"。

(19) 朱批作:

"奇"字無意義,疑爲"宜"字之訛。

(20) 徐徐更謂之,文津閣本作"除徐更爲之",誤。

(21) 誤也,梁定本作"訛也"。

(22) "說有"句整段注文墨批作:

吳顯令曰:序云劉氏,此云蘭家,未詳,或字之訛。

(23) 梁定本無注。

(24) 墨批作:

"義郎體"三字未詳。

按,朱墨批本、趙本"郎"作"即"。

(25) 和許,朱墨批本、趙本作"許和"。

(26) "還部白府君"句下,朱墨批本、趙本有"下官奉使命"句。"還部"以下四句,文津閣本作"還部白府君,下官奉使命。言談大有君得聞之"。按,"言談"句"有"字後誤脫"緣"、"府"二字。

(27) 成,文津閣本作"就"。

(28) 梁定本無注。

(29) 梁定本無注。

(30) 暮,朱墨批本作"暝"。

(31) 梁定本無注。

(32) 且,文津閣本作"可"。朱墨批本同宋刻。文津閣本、梁定本無注。

(33) "便作"三句,文津閣本作:"便作旦夕聞。卿當日勝貴,吾獨向黃泉。""卿當"二句,朱墨批本、趙本同此。

(34) 梁定本無注。朱墨批本同宋刻。

(35) 闌,文津閣本作"蘭"。

(36) 勿,文津閣本作"忽"。

(37) "命如"二句,稿本原有注,後劃去而梁定本保留:
> 此二句文義不屬,吳顯令注謂即陶公《挽歌》"死去何所道,託體同山阿"意,亦殊牽强。繹其詞意,當是留囑其母努力自愛,以保康强之意,而上脫二句耳。蓋此詩篇幅最長,傳寫易于脫落。

墨批作:
> "命如"二句未詳,吳顯令注謂即陶公《挽歌》"死去何所道,託體同山阿"意,亦牽强。大抵此詩篇幅最長,傳寫多誤。

(38) "菴菴"句梁定本注作:
> 前作"晻晻",此作"菴菴",案:《廣韻》:"晻,烏感切。"晻,靄暗也。而左思《蜀都賦》作"菴藹",李善亦音烏感切,然則二字古通,非訛誤也。

(39) "舉身"句梁定本注作:
> 宋刻"清"作"青",誤。

(40) "寡婦"句,梁定本注作:
> 宋刻"起"作"赴",誤。

(41) 朱批作:
> 十字總攝一篇,與"十三"句若接若不接,妙絶言説。

梁定本作:
> "孔雀東南飛"十字,總挈一篇,與"十三"、"十四"等句若接若不接,妙絶言説。

(42) 朱批作:
> 此數行語寫出小家婦女悻悻負氣之狀,不爲之諱,是古人紀録不誣處,後人所美之人無非完璧,文章于是乎不足信矣。

梁定本作:
> "非爲織作遲"六句寫負氣悻悻,不爲之諱,是古人紀録不誣處,後世所美之人無非完璧,文章于是不足信矣。

(43) 朱批作:
> 設色精妙,入景入情,此自府吏目中看出,非從旁代寫也。

梁定作:
> "鷄鳴外欲曙"十二句,設色精妙,入景入情,此自府吏眼中看出,使臨别之時又增一重情障,非泛作點綴也。

(44) 朱批作:
> 兒女妮妮,尚屬恒徑。得此閒文旁託,倍爲黯然。

梁定本作:

兒女呢呢，尚屬恒徑。得"却與小姑別"一段閒文旁託，倍爲黯然。

(45) 按：稿本"筆"作"神"，似誤，據擷英本改。

(46) 梁定本無批語。

(47) 朱批作：

着此一段，局陣方不平衍，歸愚論之當矣。

梁定本作：

一路散散碎碎，著"青雀白鵠舫"一段濃姿麗采之文，局陣方不漫衍。且極寫太守富貴動人，更襯出下文身分。

(48) 朱批作：

此亦不爲之諱。蓋此女未信府吏，尚持兩端，及再見相訂，乃感其情至而決死耳。

梁定本作：

"移我瑠璃榻"一段亦不爲之諱。蓋其初未信府吏，尚持兩端，及再見訂約，乃決意同死耳。

(49) 梁定本作：

"貴賤情何薄"句言貴賤相懸，本非匹偶，即棄之亦不爲薄情。然此種句法究費言詮，古文質奧原出自然，不得作意效之。

(50) 朱批作：

淡淡數言，至今乃猶覺鬼火陰風生於紙上，須悟此傳神之法。

梁定本作：

"其日牛馬嘶"六句淡淡寫景，而至今有燐火陰風之氣，此爲象外傳神。

按：國圖藏朱墨批本有缺頁，朱批據王文燾過錄本補。

(51) 梁定本作：

"東西植松柏"一段就水生波，憑空布景，不如此十分圓足，結不住一篇大文。如以爲真有此異，則癡人說夢。

朱批作：

就水生波，平空布景，不如此十分圓足，結不住一首長篇。如以爲真有其事，則癡人說夢矣。

按：國圖藏朱墨批本有缺頁，朱批據王文燾過錄本補。

玉臺新詠卷第二　　河間紀昀校正

魏文帝於清河見挽船士新婚與妻別一首
又於清河作一首
又甄皇后樂府塘上行一首"甄皇后"三字衍文，説見本題條下。[1]
劉勲妻王氏雜詩二首併序
曹植雜詩五首
樂府三首
棄婦詩一首
魏明帝樂府二首
阮籍詠懷詩二首
傅玄樂府詩七首
和班氏詩一首
張華情詩五首
雜詩二首
潘岳内顧詩二首
悼亡詩二首
石崇王明君辭一首併序　　"明"字宋刻訛作"昭"。[2]
左思嬌女詩一首

【今校】
（１）　四庫本、梁定本無注。朱墨批本標題無"又"字。
（２）　四庫本無注。梁定本注爲：
　　　　宋刻"明"作"昭"，誤。

魏文帝

於清河見挽船士新婚與妻別一首

此詩《藝文類聚》作徐幹,蓋別有所據。明梅禹金《八代詩乘》署此爲蘇武妻作,而題曰"答外贈詩",可謂拙于作僞矣。(1)

與君結新婚,宿昔當別離。涼風動秋草,蟋蟀鳴相隨。[一] 冽冽寒蟬吟,冽冽,《藝文類聚》作"蚓結",誤。蟬吟抱枯枝。枯枝時飛揚,身體忽遷移。[二] 不悲身遷移,但惜歲月馳。[三] 但,《藝文類聚》作"當",誤。歲月無窮極,歲月,《藝文類聚》作"月馳",誤。(2) 會合安可知。願爲雙黃鵠,比翼戲清池。比翼,《藝文類聚》作"悲鳴",誤。

【紀批】

〔總〕 觸物起興,語拉雜而意融貫,反覆纏綿,宛然古意。(3)
〔一〕 "蟋蟀"句對面烘託,漢魏間人多用此法。(4)
〔二〕 "冽冽"四句純用比體,包括多少情事。(5)
〔三〕 "不悲"二句接落處純以神行,此非晉以後人所辦。(6)

【今校】

(1) 明梅禹金《八代詩乘》,梁定本作"梅氏《詩乘》"。拙于作僞,梁定本從稿本原注作"作僞曰拙"。整段題注朱批作:

> 梅禹金《八代詩乘》以此爲蘇武妻作,可謂拙於作僞矣。

(2) 梁定本無注。
(3) 朱批同稿本。
(4) 墨批作:

> "蟋蟀"句對面烘託,即太白"八月蝴蝶來,雙飛西園草"意。

梁定本作:

> "蟋蟀"二句對面烘託,太白"八月蝴蝶黃,雙飛西園草"即此意也。

(5) 墨批同稿本。
(6) 晉,朱墨批本、梁定本作"魏晉"。

又清河作一首⁽¹⁾

　　方舟戲長水,湛澹自浮沉。絃歌發中流,悲響有餘音。音聲入君懷,淒愴傷人心。心傷安可念,但願恩情深。〔一〕願爲晨風鳥⁽²⁾,雙飛翔北林。

【紀批】

〔一〕"心傷"二句運意沉著。⁽³⁾

【今校】

（１）朱批:

　　　　此首未見佳處,直雜取古詩成篇耳。

（２）晨,朱墨批本、趙本作"鸇"。

（３）梁定本作:

　　　　"心傷"二句頓挫有力,悱惻有情。

又甄皇后樂府塘上行一首

　　此篇作者,衆說紛紛⁽¹⁾。《藝文類聚》所載署曰甄后,《樂府詩集》引《歌錄》曰:"《塘上行》,古詞,或曰甄皇后造。"又引《樂府解題》曰:"前《志》云晉樂奏魏武帝《蒲生篇》,而諸集錄皆云其詞甄后所作⁽²⁾。"又引《鄴中故事》⁽³⁾:"甄后臨終作詩曰:'蒲生我池中,綠葉何離離。豈無蒹葭艾,與君生別離。莫以賢豪故,棄捐素所愛。莫以麻枲賤,棄捐菅與蒯。莫以魚肉賤,棄捐葱與薤。'數說不同⁽⁴⁾,詞亦小異,然無以爲魏文帝者。惟《文選》陸機《塘上行》題下李善注曰:"《歌錄》曰:'《塘上行》,古詞,或云甄皇后造,或云魏文帝,或云武帝。歌曰:'蒲生我池中,葉何一離離⁽⁵⁾。'"所引較郭茂倩爲詳,乃知《歌錄》所載,本有四說,古詞之說,後人不用。沈約《宋書》用武帝一說,《鄴中故事》諸書用甄后一說,而孝穆此書則用文帝一說耳。題首"又"字蓋其本文,其"甄皇后"三字,則後來傳刻所竄入。觀下代擬劉勳妻詩,本文帝作,而刻本改題爲王宋,其變亂之迹,固灼然可見矣。楊氏刻本據《宋書·樂志》改題魏武帝作⁽⁶⁾,移其次于文帝前,吳氏注本又據諸書之説改題甄后,固失傳疑之義。梅氏《詩乘》但稱《玉臺》作魏文帝,亦未究其本,今仍從宋刻,併爲考證如右。⁽⁷⁾

　　蒲生我池中,其葉何離離。旁能行仁義,仁義,《選詩補注》作"人義"⁽⁸⁾,引《禮運》曰:"夫義婦聽,謂之人義。"莫若妾自知。衆口鑠黃金,使君生別離。念君去我時,獨愁常苦悲⁽⁹⁾。想見君顏色,感結傷心脾。念君常苦悲,夜夜不能寐。莫以賢豪故,賢豪,《藝文類聚》作"豪髮"。棄捐素所愛。莫以魚肉賤,賤,吳氏本注:一作"貴"。蓋疑魚肉不賤於葱薤也。案:此二"賤"字皆作價廉易致解,以譬逢迎者之易合,非下賤之"賤",所改爲非。況麻枲亦不賤於菅蒯,何爲魚肉獨云貴耶?⁽¹⁰⁾棄捐葱與薤。莫以麻枲賤,棄捐菅與蒯。〔一〕出亦復苦愁,入亦復苦愁。邊地多悲風,樹木何修修⁽¹¹⁾。從軍致獨樂,軍,《樂府詩集》作"君"⁽¹²⁾,誤。延年壽千秋。郭茂倩《樂府詩集》以增減之本爲晉樂所歌,而以此一曲爲本詞。然邊地從軍,延年千秋,均非本詞所應有,蓋《鄴都故事》所載乃刪節之本。此詞及晉樂所奏與梅禹金《古樂苑》所載第三首,則皆增加之本,而本詞則久佚矣。後人不得其本詞,因此本增減略少,遂以當之,而未察後六句之不相屬。劉坦之《選詩補注》謂文帝從軍邊地而甄后念之,益無稽矣⁽¹³⁾。

【紀批】

〔總〕 怨望之詞出以微婉,前幅但陳感憶,後幅但反覆譬喻,猶是漢魏間人去古未遠處。⁽¹⁴⁾

〔一〕 後人必以魚肉兩層興起正意,此以正意居前,而以喻意咏嘆之,彌爲不盡。⁽¹⁵⁾

【今校】

（1） 紛紛,梁定本作"紛紜"。
（2） 諸集録皆云,文津閣本作"諸集樂府云"。
（3） 鄴中,文淵閣本作"鄴都"。
（4） 數説不同,稿本原作"以上數説所言作者不同",梁定本從。
（5） 葉何一離離,文津閣本作"其葉何離離"。
（6） 樂志,文津閣本省"志"字。
（7） 整段題解朱批較簡:
　　此篇作者,衆説紛紛。惟魏武帝之名明見于史,然詞氣殊不類武帝。《樂府詩集》既有甄后之説,而又載甄后一首,其詞小異,似宜從《歌録》作"古詞"。宋刻於題上增一"又"字,以爲魏文帝作,尤謬。
（8） "旁能"句,梁定本注作:
　　劉履《選詩補注》"仁義"作"人義"。
（9） 常,文津閣本作"長"。
（10） 菅,文津閣本作"管",誤。

"莫以"句梁定本注作：

> 吴氏本注：賤，一作"貴"。此二"賤"字皆作價廉易致解。麻枲亦不賤於菅蒯，何爲魚肉獨云貴乎？今仍從宋刻。

按，"今仍從宋刻"爲稿本劃去，梁定本保留。

(11) 修修，文津閣本作"脩脩"。

(12) 朱墨批本同"《樂府詩集》"。

(13) 益，文津閣本作"蓋"。"延年"句整段注文梁定本作：

> 《樂府詩集》以增減之本爲晉樂所歌，而以此一曲爲本詞。然邊地從軍，延年千秋，均非本詞所應有，蓋《鄴都故事》所載乃刪節之本。此詞及晉樂所奏與梅氏《詩乘》、《古樂苑》所載第三首，則皆增加之本，而本詞則久佚矣。後人不得本詞，因以增減略少之一本當之，而未察後六句之不相屬。《選詩補注》遂謂文帝從軍邊地而甄后念之，益無稽矣。

朱批：

> 此解乃樂人雜取他詩足之，以協律調，歸愚強爲之説，未悉古人樂府例耳。其每解之首重一句，亦樂人增之。

(14) 梁定本作：

> 怨望之詞出以微婉，前幅但陳感憶，後幅但反覆譬喻，猶是漢魏間人去古未遠處。

(15) 墨批作：

> 後人必以魚肉、麻枲二層引入正文，此偏以正文在前而以此二層陪作詠嘆，倍爲淋漓感慨。○二"賤"字以價輕易得言，非言其物之貴賤。

梁定本作：

> 後人必以魚肉麻枲二層興起正意，此乃以正意居前，而以此二層詠歎之，彌覺低徊感慨。

劉勳妻王氏

雜詩二首并序

王宋者，平虜將軍劉勳妻也。入門二十餘年，後勳悦山陽司馬氏女，以宋無子出之。還於道中，作詩二首。《藝文類聚》載前一首作"魏文帝代劉勳出妻王氏作"。案：此詩置陳思之前⁽¹⁾，知孝穆舊本原作魏文帝詩，此題、此序皆後來傳刻所改增，如前《塘上行》竄入"甄皇后"字耳。然宋刻業已如是，則變亂舊文，相傳已久，不欲輕改古書，姑從原本列之，而附著其説於此。⁽²⁾

　　翩翩牀前帳，張以蔽光輝。〔一〕昔將爾同去，今將爾共歸。〔二〕緘藏篋笥裏⁽³⁾，當復何時披。〔三〕

　　誰言去婦薄，去婦情更重。千里不唾井，況乃昔所奉。遠望未爲遥，峙嶇不得往⁽⁴⁾。吴氏本注：往，一作"并"。此由未考漢魏東、陽通押之例而臆改之。⁽⁵⁾〔四〕

【紀批】

〔一〕不曰"蔽風霜"而曰"蔽光輝"，無限燕昵舊情見諸言外⁽⁶⁾。
〔二〕"昔將"二句語淡而情淒。
〔三〕末二句猶作冀望之詞，忠厚之至。⁽⁷⁾
〔四〕次首尤悲惻感人⁽⁸⁾，《白頭吟》有愧色矣。　"況乃"句大義凜然，非惟情至，抑有禮焉，看古人當看此等處。⁽⁹⁾

【今校】

（1）"此詩"句稿本原作：

　　　　此詩果王宋作，不應置陳思之前。

　　按，稿本終劃去"果王宋作，不應"字，而梁定本保留。

（2）詩序整段注文四庫本作：

　　　　《藝文類聚》載前一首作"《魏文帝代劉勳出妻王氏作》"，邢凱《坦齋通編》載後一首引《玉臺新詠》作"曹植爲劉勳出妻王氏作"，均與此異。凱爲宋寧宗時人，則舊本必作曹植。陳玉父重刊乃更題王宋，併删改序文爾，然舊本今不可見，而《藝文類聚》又作文帝，未敢輕改古書，姑附識異同於此。

（3）裏，文津閣本作"中"。
（4）不得往，四庫本底本作"不得共"。
（5）"此由"句末稿本劃去"今從宋刻"字，梁定本保留。臆改，梁定本作"以臆改"。"峙嶇"句四庫本注作：

　　　　共，宋刻作"往"，吴氏本作"并"，並誤。今據《坦齋通編》改正。

　　墨批作：

　　　　東、冬、江、陽、庚、青、蒸七韻皆收穿鼻聲，故古人往往通用。

《易》韻、《詩》韻間以冬、陽相通,偶爾取用方音,尚非成格。至漢則東、陽通用者甚衆。此詩"重"、"奉"二字是東、冬鍾部之上聲,"往"字是陽唐部之上聲,故得相叶,或改爲"并",或改爲"共",均非。

(6) 燕昵,梁定本作"燕婉"。
(7) 朱批:
　　語澹而情淒。
　　梁定本作:
　　"昔將"二句語淡而情淒。○末二句不作決絶之詞,猶有冀倖之意,立言温厚。
(8) "次首"句,梁定本作"纏緜悱惻"。
(9) 整段批語朱批作:
　　忠厚悱惻之言,《白頭吟》有愧色矣。

曹植

雜詩 五首

第一首,《文選》作"七哀詩";第三首[1],《文選》作"情詩"。蓋雜取子建之詩,故標曰"雜詩",不必盡其本題也。《文選》魏文帝《雜詩》二首,李善注本集一題"枹中作",一題"于黎陽作",是其例矣。

明月照高樓,流光正徘徊。〔一〕上有愁思婦,悲嘆有餘哀。借問嘆者誰,言是宕子妻。言是,《古樂府》作"自云"。宕,《文選》作"客"[2]。君行逾十年,《古樂府》"君"作"夫","年"作"載"。孤妾常獨棲。君若清路塵,妾若濁水泥[3]。二"若"字《太平御覽》並作"爲"[4]。浮沉各異勢,會合何時諧。願爲西南風,長逝入君懷。君懷時不開,時,《文選》作"良",誤,今從宋刻。賤妾當何依。〔二〕賤妾,《樂府詩集》作"妾心"[5]。

【紀批】
〔一〕李善曰:"夫皎月流輝,輪無輒照,當其未没,似若徘徊,前覺以爲文外旁情。斯言當矣。"案:月本無心,人誰測景,惟孤棲静對,始若覺來去有情,此爲景中有人,意中生境,以爲餘波旁觸,體物入微,則失其旨矣。[6]

〔二〕"願爲"二句本是漢人習徑,乃折入一步,言逝入君懷,值君披襟而受之,固所深幸,儻其時君懷不開,當何依乎？出以危疑躑躅之詞,運意更爲委曲,遂令舊譜翻新。(7)

【今校】

（1）第三首,四庫本作"第二首",誤。
（2）朱墨批本、趙本同"《文選》"。
（3）濁,文津閣本作"獨",誤。
（4）梁定本無注。
（5）朱墨批本、趙本同"《樂府詩集》"。
（6）朱批:

興象深微,而俯拾即是,此爲神到之文。○李善注《選》概不論文,獨品此二句,妙契微茫。

墨批:

李善曰:"皎月流輝,輪無綴照,當其未沒,似若徘徊,前覺以爲文外旁情。斯言當矣。"

按:"綴"當爲"輟"。

梁定本作:

起二句興象深微,而俯拾即是,故爲神到。李善曰:"皎月流輝,輪無輟照,當其未沒,似若徘徊,前覺以爲文外旁情,斯言當矣。"

按:當其未沒,《文選》李善注作"以其餘光未沒"。

（7）墨批作:

"不開"者不見納之意。知不見納而猶爲乞憐之詞,悱惻之意。

梁定本作:

"願爲"二句本是漢魏習徑,乃折入一步,言逝入君懷,值君而受之,固所深幸,儻君懷其時不開,當何依乎？運意更爲委曲,遂令舊局翻新。

西北有織婦,綺縞何繽紛(1)。明晨秉機杼,明,《太平御覽》作"清"(2)。日昃不成文。昃,《太平御覽》作"暮"(3)。太息終長夜,悲嘯入青雲。妾身守空房,良人行從軍。自期三年歸,今已歷九春。孤鳥繞樹翔,噭噭鳴索羣(4)。願爲南流景,馳光見我君。〔一〕

【紀批】

〔一〕 "孤鳥"二句託物起興,即景寓情,直接"願爲"二句,不更着一語過接,簡妙之至。(5)

【今校】

（1） 繽紛,文淵閣本作"繽紜"。
（2） 梁定本無注。
（3） 梁定本無注。
（4） "孤鳥"二句朱批：
　　　　興也。
（5） 朱批：
　　　　"願爲"二句,本漢魏間習語,以"孤鳥"二句有興象,遂爾改觀。
　　　梁定本作：
　　　　"孤鳥"二句對景起興,得此點綴遂覺生動。

　　微陰翳陽景,清風飄我衣。遊魚潛綠水,翔鳥薄天飛。〔一〕眇眇客行士,遙役不得歸。始出嚴霜結,今來白露晞。遊子嘆《黍離》,行者歌《式微》。〔二〕慷慨對嘉賓,淒愴内傷悲。(1)

【紀批】

〔一〕 發端脱灑。○"遊魚"二句言物得所而人獨勞,而説來衹似寫景,比興無痕。(2)
〔二〕 《黍離》寓時事之變遷,《式微》寓一身之困辱,此文帝時詩也。(3)

【今校】

（1） "慷慨"二句下稿本劃去注文："此詩入此書爲不倫,疑亦竄入。"而梁定本保留。
（2） 朱批作：
　　　　比興無限。
（3） 此,梁定本作"此亦"。
　　　朱批作：
　　　　《黍離》借用"行邁"二句,《式微》借用"胡不歸"句,皆非用其本旨,蓋猶斷章之古法。

攬衣出中閨,逍遥步兩楹。閒房何寂寞,緑草被階庭。空室自生風,百鳥翔南征。翔,《藝文類聚》作"翻"。春思安可忘,憂感與我并[1]。"憂感"句《藝文類聚》作"憂戚與君并"[2]。佳人在遠道,妾身獨單煢。獨單煢,《藝文類聚》作"單且煢"。懼會難再遇,蘭芝不重榮。人皆棄舊愛,君豈若平生。[一]寄松爲女蘿,依水如浮萍[3]。束身奉襟帶,朝夕不墮傾。[4]儻終顧盼恩,"儻終"句宋刻作"儻願終盼眄"[5],于義爲短[6],今從《藝文類聚》。永副我中情。

【紀批】
〔一〕"人皆"二句但作疑詞,忠厚之旨。[7]

【今校】
（1）感,朱墨批本、趙本作"感"。
（2）"憂感"句梁定本注作:
　　　　《藝文類聚》"感"作"戚","我"作"君"。
（3）依,文津閣本作"衣",誤。
（4）"束身"二句墨批:
　　　　"束身"二句似可節。
（5）盼眄,文津閣本作"顧盼"。朱墨批本此句作"儻願終顧盼"。
（6）于義爲短,梁定本作"語義未順"。
（7）梁定本作:
　　　　"人皆"二句祇作疑語,和平之至。

南國有佳人,榮華若桃李。朝遊江北岸,夕宿湘川沚。《選詩補注》作"日夕宿湘沚"。時俗薄朱顏,誰爲發皓齒[1]。俛仰歲時暮[2],榮耀難久恃。

【紀批】
子建《雜詩》,李善以爲在鄄城時所作,昭明選六首,孝穆選三首,此其第四首也。末二句即《求自試表》之意,故其下二首皆言報國從軍,以非託喻閨情,故孝穆不録,附著之,以見立言之本意。[3]

【今校】

（1）"誰爲"句朱批：

　　　　"誰爲"猶曰"爲誰"。

（2）時，朱墨批本作"將"。

（3）墨批作：

　　　　此寓不遇之感。

　　梁定本作：

　　　　子建《雜詩》，李善以爲在郢城時所作，昭明選六首，孝穆選三首，此其第四首也。末二句乃急於及時自效，故五首、六首皆言赴敵從軍，以非託喻艷情，故孝穆不錄，今附著之，以見立言之本意。

　　按："郢"當作"鄄"，梁定本誤。

樂府三首

美女篇

美女妖且閑，采桑岐路間。間，《選詩補注》作"西"。西，古音先，于韻亦諧。但采桑何必定在路西，于義未愜(1)。長條紛冉冉(2)，落葉何翩翩。〔一〕攘袖見素手，皓腕約金環。頭上金爵釵，金爵，《藝文類聚》、《樂府詩集》並作"三爵"，《太平御覽》作"合歡"。(3) 腰佩翠琅玕。明珠交玉體，珊瑚間木難。羅衣何飄飄，飄飄，《文選》作"飄颻"。(4) 輕裾隨風還(5)。還，《永樂大典》作"翻"。〔二〕(6) 顧盼遺光采(7)，長嘯氣若蘭。行徒用息駕。休者以忘餐。借問女安居，乃在城南端。青樓臨大路，高門結重關。容華暉朝日，暉，《文選》作"耀"。(8) 誰不希令顏。媒氏何所營，玉帛不時安。"安"字未詳。李善注："安，定也。"愈不可解。然唐本業已如斯，似非訛字，當闕所疑。(9) 佳人慕高義，求賢良獨難。衆人徒嗷嗷(10)，安知彼所歡。歡，《文選》、《樂府詩集》、《選詩補注》並作"觀"。(11) 盛年處房室，中夜起長嘆。〔三〕

【紀批】

〔總〕《雜詩》猶帶漢風，《美女》等篇純乎建安格矣。由其才情本富，風骨本高，故排而不冗，華而不靡。然平敘之筆較多，士衡一派已于此濫觴。(12)

〔一〕"落"字如《左傳》取材落實之"落"。(13)

〔二〕"還"字音義並同"旋"(14)。

〔三〕末六句乃一篇之本旨。○何義門謂此詩末二句即求自試之意,繹其語意殊不然。此自謂賢人,義不苟合,無求試意。古人實有偶然之作,不必定摭史傳以實之。(15)

【今校】

（1）注文末稿本劃去"今仍從宋刻"字,梁定本保留。
（2）"長條"句墨批:
　　　　長,《文選》作"柔"。
（3）梁定本注作:
　　　　《藝文類聚》、《樂府詩集》"金"並作"三"。
（4）"飄飄"句,墨批同稿本。
（5）裾,文津閣本作"車",誤。
（6）朱墨批本、四庫本、梁定本無注。
（7）盼,朱墨批本、趙本、文淵閣本作"眄"。
（8）"容華"句注文,墨批同稿本。
（9）"玉帛"句墨批:"不時安"三字未詳。梁定本無插注,但全詩末有批語:
　　　　"不時安"三字不可解。李善注訓"安"爲"定",益不可解。
（10）"徒"字下梁定本有注:
　　　　宋刻"徒"作"何"。
（11）墨批作:
　　　　歡,《文選》作"觀",誤。
（12）朱批作:
　　　　《雜詩》猶帶漢風,《美女》等篇純乎建安格矣。才情富贍,故豐蔚有餘;風骨本高,故華而不靡。
　　墨批作:
　　　　平敘處多已逗士衡一派。
　　梁定本作:
　　　　《雜詩》猶帶漢風,《美女》等篇純乎建安格矣。才情富贍,故豐蔚有餘;風骨本高,故華而不靡。然平敘處較多,士衡一派已于此濫觴。
（13）梁定本作:
　　　　"落葉"之落,即《左傳》取材落實之落,非黃落之謂。
（14）"還"字,梁定本作"還"。
（15）整段批語墨批僅一句:

結出身分是一篇命意處。
梁定本作:
　　"佳人"四句結出身份,是一篇命意所在。

種葛篇

種葛南山下,葛蔓自成陰。與君初婚時,婚時,《藝文類聚》作"定婚"。結髮恩義深。歡愛在枕席,宿昔同衣衾。竊慕《棠棣》篇,好樂和瑟琴。行年將晚暮,佳人懷異心。恩絶曠不接,絶,《藝文類聚》作"紀",誤。我情遂抑沉。出門當何顧,徘徊步北林。(1)下有交頸獸,仰有雙棲禽(2)。攀枝長太息,淚下沾羅襟(3)。良鳥知我悲,延頸對我吟。〔一〕昔爲同池魚,今若商與參。往古皆歡遇,我獨困于今。棄置委天命,悠悠安可任。悠悠,宋刻作"愁愁",誤。今從《樂府詩集》。〔二〕

【紀批】

〔一〕 "下有"二句、"良鳥"二句,皆繾染烘托,不使筆墨板實處,開後來無限悟門,亦開後來無限窠臼。然自相沿之失,不以追咎古人也。(4)

〔二〕 不尤人而歸之天,風人之旨。(5)

【今校】

（1） "出門"二句朱批:
　　　　對面落墨,亦是後來習徑,然不以此論古人。
（2） 有,朱墨批本、趙本作"見"。
（3） 襟,文津閣本作"巾"。
（4） 朱批作:
　　　　以無情爲有情,所謂風旛不動,賢者心自動也。
　　梁定本作:
　　　　"下有"二句、"良鳥"二句,皆繾染烘託不使筆墨板實處,開後來多少悟門,亦開後人多少窠臼。然不以此歸咎古人。
（5） "往古"四句墨批:
　　　　不尤人而委之天,風人之旨。○"我獨"句非怨詞,乃起下之詞,言歡遇乃屬常理,今我獨困必有故焉。此句已含得"命"字意。
　　梁定本作:
　　　　不尤人而歸之天,忠厚之旨。○"我獨"乃起下之詞,非怨詞也。

浮萍篇《樂府》作"《蒲生行浮萍篇》"。

浮萍寄清水,清,《藝文類聚》作"綠"。隨風東西流。結髮辭嚴親,來爲君子仇。恪勤在朝夕,無端獲罪尤。"無端"句《藝文類聚》作"中年獲愆尤"。在昔蒙恩惠,和樂如瑟琴。何意今摧頹(1),曠若商與參。茱萸自有芳,有芳,《藝文類聚》作"内芳",誤。不若桂與蘭。新人雖可愛,無若故所歡。"新人"句,《藝文類聚》作"佳人雖成列"。無,《藝文類聚》作"不"。(2)行雲有返期,君恩儻中還。慊慊仰天歎,愁心將何愬。愁心,宋刻作"愁愁"(3),誤,今從《樂府詩集》。日月不常處,人生忽若寓。寓,宋刻作"遇",誤,今從《樂府詩集》。悲風來入懷,淚下如垂露。發篋造裳衣,裁縫紈與素。〔一〕

【紀批】

〔一〕"行雲"二句忠厚之至,結語即繳足此意。(4)

【今校】

（1）摧,文津閣本作"推"。
（2）兩句注文梁定本各注於"新人"、"無若"二句下。
（3）朱墨批本同宋刻。
（4）朱批作:

　　結意纏綿,迥脱習徑。

梁定本作:

　　"行雲"二句忠厚之至,結意纏綿即繳足此意。

棄婦詩一首

婦,《太平御覽》作"妻"。(1)

石榴植前庭,綠葉摇縹青。丹華灼烈烈,璀采有光榮。璀,宋刻作"帷"(2),誤,今從《樂府詩集》。光榮曄流離(3),可以戲淑靈。〔一〕此句未詳,馮氏《詩紀》"戲"作"處",亦不可解(4)。有鳥飛來集,拊翼以悲鳴。拊,宋刻作"樹",誤,今從《太平御覽》(5)。悲鳴夫何爲,丹華實不成。拊心長歎息(6),無子當歸寧。〔二〕有子月經天,無子若流星。天月相終始,流星没無精。棲遲失所宜,下與瓦石併。憂懷從中來,歎息通雞鳴。〔三〕反側不能寐,逍遥於前庭。時崛還入房,肅肅帷幕聲。搴帷更攝帶,撫節彈素箏。慷慨有餘音,要妙悲且清。收淚長歎息,何以負神靈。招搖待霜露,何必春夏成。晚獲爲良實,願君且安寧。〔四〕馮氏《詩紀》注曰:"本集不載,見《玉臺新詠》。"案:子建集,後人所輯,實非原書,蒐錄時偶遺之耳。《太平御覽》載此詩亦云曹植作。(7)

【紀批】

〔一〕 起六句頗嫌詞費。(8)
〔二〕 "歸寧"二字趁韻,無子而出乃大歸,非歸寧也。(9)
〔三〕 "憂懷"二句亦似可節。
〔四〕 結意和平。

【今校】

（1） 梁定本無題注。
（2） 朱墨批本同宋刻。
（3） 榮,朱墨批本、趙本作"好"。曄,文津閣本作"煜"。
（4） "可以"句朱批:

"戲淑靈"三字未詳,或作"處",亦不可解。
（5） "拊翼",朱墨批本、梁定本底本作"樹翼",梁注爲:

"樹翼"二字不可解,當是"拊翼",以"樹"字形似而訛。
（6） 歎息,文津閣本作"太息"。
（7） "馮氏"句梁定本作:

馮氏《詩紀》注曰:"本集不載,見《玉臺新詠》。"然子建集後人所輯,實非原書,蒐錄時偶遺之耳。相其詞氣,自是建安風格,非後來所能依託也。
（8） 朱批作:

起數句格格不自然,頗嫌詞費。

墨批作:

"綠葉"句可以直接"有鳥"句。

梁定本作:

起數句頗不自然,亦嫌詞費。其實"綠葉"句可以直接"有鳥"句也。
（9） 朱批作:

"歸寧"似乎趁韻。

梁定本作:

"歸寧"二句亦嫌趁韻,無子而出乃大歸,非歸寧也。

魏明帝

樂府詩二首

前一首,《文選》作"古詞怨歌行",然《藝文類聚》亦作魏明帝詩。

昭昭素明月,素,《藝文類聚》作"清"。輝光燭我牀。憂人不能寐,耿耿夜何長。微風吹閨闥,吹,宋刻、《藝文類聚》皆作"衝"(1)。按:微風徐入,似不得云"衝"。今從《文選》。羅帷自飄颺。〔一〕攬衣曳長帶,屣履下高堂。屣,宋刻作"縱",誤(2)。今從《文選》。春鳥向南飛,向,《文選》作"翻"。案:下句既云翩翩翱翔,則"翻"字爲複。(3)翩翩獨翱翔。悲聲命儔侶,哀鳴傷我腸。感物懷所思,泣涕忽沾裳。《文選》末有"佇立吐高吟,舒憤訴穹蒼"二句,吳氏注本據以增入,然二句頗激,或孝穆以其竭情而刪之(4),亦未可定。王季友《山中贈秘書十四兄詩》,元結《篋中集》所載較殷璠《河岳英靈集》節去數句,知古人原有刪句例也。(5)

種瓜東井上,冉冉自踰垣。與君新爲婚,瓜葛相結連。寄託不肖軀,有如倚太山。菟絲無根株,蔓延自登緣。萍藻託清流,常恐身不完(6)。被蒙丘山惠,賤妾執拳拳。天日照知之,想君亦俱然。〔二〕

【紀批】

〔一〕 "微風"二句寫景有情。(7)

〔二〕 憂讒畏譏而語意渾融,斯爲風人之旨。末轉作相信之詞,尤爲深厚。(8)

【今校】

（1） 皆,梁定本作"並"。按,朱墨批本同宋刻。

（2） 朱墨批本同宋刻。按,"屣履"句下朱墨批本、趙本有"東西安所之,徘徊以傍徨"二句。

（3） 爲複,梁定本從稿本所刪作"稍複"。注文末稿本劃去"今從宋刻"字,梁定本保留。墨批合注"微風"、"春鳥"二句,作:

衝,《文選》作"吹"(按:墨批底本原文作"微風衝閨闥");向,《文選》作"翻",義皆兩通。

（4） 梁定本無"或"字。

（5） 梁定本無"也"字。注文末稿本劃去"故今仍從宋刻"字,梁定本保留。
按：朱墨批本從《文選》補結句"佇立吐高吟,舒憤訴穹蒼"。墨批："佇立"二句,宋刻脫誤,吳氏本從《文選》補入。
（6） 完,朱墨批本、趙本作"全"。
（7） 朱批作：
漸開烘染之法,非復漢人之古質矣。
梁定本作：
"微風"二句已開布景之法,非復前此之古質。
（8） 朱批作：
憂讒畏譏之情淒然于言外見之,而語意渾然,斯爲風雅之遺。
梁定本作：
憂讒畏譏而語意渾融,斯爲風人之旨。末二句轉作相信之詞,更爲忠厚。

阮籍

詠懷詩二首

二妃遊江濱,逍遥從風翔。從,《選詩補注》作"順"。(1) 交甫解佩環(2),婉孌有芬芳。猗靡情歡愛,千載不相忘。傾城迷下蔡,容好結中腸。感激生憂思,萱草樹蘭房。膏沐爲誰施(3),其雨怨朝陽。如何金石交,石,宋刻作"砮",誤。今從《文選》。一旦更離傷。

【紀批】

沈約注曰："婉孌則千載不忘,金石之交一旦離絶(4),未見好德如好色。"然推阮公之意,似謂漢皋遊女恍惚相逢,解佩暫遺,倏忽仍失,類夫邂逅新交虛言相啖而乃信之不疑。至于窈窕淑姿傾心相奉,樹萱草而感朝陽,可謂金石之交矣。而乃棄之不顧,託喻男女,不復質言,朋友君臣義可兼括,與隱侯所説似亦可各明一義也。(5)

【今校】

（1） 注文末稿本劃去"似不如'從'字之自然,今仍從宋刻"字,梁定本

（2）佩環，朱墨批本、趙本作"環珮"。
（3）膏，四庫本作"蘭"。
（4）離絕，徐校本改爲"輕絕"，查胡刻本《文選》李善注、明州本六臣注《文選》，徐本爲是。
（5）整段批語梁定本作：

　　沈約注曰："婉孌則千載不忘，金石之交一旦離絕，未見好德如好色。"然推阮公之意，似謂漢皋遊女恍惚相逢，解佩暫遺，倏忽復失，類夫邂逅之交虛言相啖而乃悦之不忘。至於窈窕麗姿傾心相與，樹萱草而感朝陽，可謂金石之交矣。而乃棄之不顧，託喻男女，不復質言，朋友君臣義亦兼括，似亦可各明一義也。

　　昔日繁華子，安陵與龍陽。夭夭桃李花，灼灼有輝光。悅懌若九春，懌，《藝文類聚》作"澤"。磬折似秋霜。此句未詳。流盼發姿媚，言笑吐芬芳。携手等歡愛[1]，夙昔同衾裳。願爲雙飛鳥，比翼共翱翔。丹青著明誓，永世不相忘。

【紀批】
　　此詩未審其寓意。若如《文選》舊注以爲刺尚男寵，則不免爲拙筆。阮公詩託興深微，恐未必爾。[2]

【今校】
（1）"携手"句朱批、梁定本批：
　　　　比之女寵，故曰"等歡愛"。
（2）梁定本作：
　　　　此詩不測其意指所在。《文選》載原注曰："以財助人者，財盡則交絕，以色助人者，色盡則愛弛。是以嬖女不敝席，嬖男不敝輿，安陵君所以悲魚也。亦豈能丹青著誓永代不忘者哉！蓋以俗衰教薄，方直道喪，携手笑言代之所重者，乃足傳之來代，非止耻會一時，故託二子以見其意，不在分桃斷袖愛嬖之歡"云。仍不甚可喻也。

傅玄

青青河邊草篇

　　青青河邊草,悠悠萬里道。草生在春時,遠道還有期。春至草不生,期盡歎無聲。歎,《藝文類聚》作"漠"。[1]感物懷思心,夢想發中情。夢君如鴛鴦,比翼雲間翔。既覺寂無見,曠如參與商。吳氏本此下有"夢君結同心,比翼遊北林。既覺寂無見,曠如商與參"四句,宋刻無之;檢《樂府詩集》,亦無之,知爲後人闌入。[2]河洛自用固,此句未詳。不如中岳安。回流不及反,浮雲往自還。悲風動思心,悠悠誰知者。懸景無停居,忽如馳駟馬。傾耳懷音響,轉目淚雙墮。生存無會期,要君黄泉下。

【紀批】

　　晉代詞人漸趨漫衍,休奕蕪累尤多,風會所漸,作者亦不自知也。○雖復依傍中郎,而"草生"四句就"草"字衍開,"夢爲"四句從"夢"字展拓,尚爲擬議之中參以變化,勝後來之雙鉤填廓。[3]

【今校】

(1) 梁定本無注。文津閣本注作:

　　　《藝文類》"期"作"泣"。

(2) 注文末稿本劃去"今仍從宋刻"字,梁定本保留。"宋刻無之"以下,梁定本作"宋刻及《樂府詩集》並無之,知爲後人闌入,今仍從宋刻"。整段注文墨批作:

　　　"曠如"句下別本有"夢君結同心,比翼遊北林。既覺寂無見,曠如商與參"四句,宋刻無之,較清省,今從宋刻。

(3) 朱批作:

　　　晉代詞人漸趨汙漫,休奕尤爲蕪累。○雖不免依傍伯喈,而借草點染,自爲新意;又就一"夢"字衍開,不免詞費。

　　梁定本作:

　　　雖是依傍中郎,而"草生"四句就"草"字衍開,"夢君"四句就"夢"字衍開,亦可謂擬議之中參以變化。

苦相篇　豫章行

《樂府詩集》作"豫章行苦相篇"。

苦相身爲女,卑陋難再陳。男兒當門户,男兒,宋刻作"兒男",誤,今從《藝文類聚》。墮地自生神。雄心志四海,萬里望風塵。女育無欣愛,愛,《藝文類聚》作"慶"。不爲家所珍。長大逃深室[1],藏頭羞見人。垂淚適他鄉,垂,宋刻作"無",誤,今從《藝文類聚》[2]。忽如雨絕雲。低頭和顏色,素齒結朱脣。跪拜無復數,婢妾如嚴賓。情合同雲漢,"雲漢"二字未詳[3]。葵藿仰陽春。心乖甚水火,百惡集其身。玉顏隨年變,丈夫多好新。昔爲形與影,今爲胡與秦。胡秦時相見,一絕踰參辰。

【紀批】

末二句折入一層,彌爲沉摯。窠臼漸多,各求新意,不必定責以竭情[4]。

【今校】

(1)　梁定本無"今從"句。
(2)　逃,朱墨批本作"避"。
(3)　"情合"句梁定本無注,但全詩末有批語解此句:

"同雲漢"者,蓋言如牛女之有情,措語殊晦,用事亦不親切。

(4)　朱批作:

折入一層,益爲沉摯。窠臼既多,各求新意,不必病其竭情。

梁定本作:

"胡秦"二句折入一層,益爲深摯。窠臼既多,各求新意,不能病其竭情也。

有女篇　艷歌行[1]

有女懷芬芬,媞媞步東箱。媞媞,馮氏校本注一作"提提"[2]。案:"提提"語本《國風》,"媞媞"訓出《爾雅》,音義並同,無庸改字。《藝文類聚》載此詩[3],亦作"媞媞"。○箱,《樂府詩集》作"廂"。案:《儀禮·公食大夫禮》曰:"公揖退于箱。"又史游《急就篇》曰:"墼壘廥廡庫東箱。"顏師古注:"箱,東序之屋也。"然則"箱""廂"二字,古亦通矣。[4]蛾眉分翠羽,明目發清揚。目,《樂府詩集》作"眸"。丹唇齴皓齒,秀色若圭璋。巧笑露權靨(5),露,《樂府詩集》作"雲",誤。衆媚不可詳。容儀希世出,無乃古毛嬙。頭安金步摇,《樂府詩集》注:"頭安"一作"首戴"。耳繫明月璫。珠環約素腕,翠爵垂鮮光。爵,《樂府詩集》作"羽"。文袍綴藻黼,玉體映羅裳。容華既已艷,已,宋刻作"以",誤,今從《樂府詩集》。志節擬秋霜。徽音冠青雲,徽,《樂府詩集》作"微",誤(6)。聲響流四方。妙哉英媛德(7),宜配侯與王。靈應萬世合,日月時相望。媒氏陳素帛(8),氏,宋刻作"人",今從《樂府詩集》。羔雁鳴前堂。百兩盈中路(9),起若鸞鳳翔。凡夫徒踊躍,望絶如參商。如,《樂府詩集》作"殊"。

【今校】

（1） 此首稿本無眉批。梁定本批:

　　晉代詞人漸趨漫衍,休奕蕪累尤多,風會所移,文質相遞變,作者亦不自知也。

（2） 梁定本脱"注"字。按,媞媞,朱墨批本作"提提"。

（3） 此詩,文津閣本作"此時"。

（4） "媞媞"句,朱墨批本作"提提步東箱",墨批:

　　提提,馮氏校本注一作"媞媞","提提"從《詩》,"媞媞"從《爾雅》,義可兩通。

梁定本作:

　　馮氏校本"媞媞"一作"提提"。案:"提提"語本《國風》,"媞媞"訓出《爾雅》,義可並存。然《藝文類聚》已作"媞媞",故仍從宋刻。宋刻"廂"作"箱",誤,今從《樂府詩集》。

（5） 權,文津閣本作"懽"。"巧笑"句朱批:

　　詞殊凡近。

（6） "徽音"句,朱墨批本作"徽音貫青雲"。墨批:

　　貫,宋刻作"冠",義可兩通。

梁定本注作:

　　徽,《樂府詩集》作"微",誤。

（7） 英,文津閣本作"美"。

（8） 陳素帛,朱墨批本作"束素帛",趙本作"陳束帛"。

（9） 盈,文淵閣本作"迎"。

朝時篇　怨歌行[1]

　　昭昭朝時日,皎皎晨明月。十五入君門,一別終華髮。同心忽異離,曠若胡與越[2]。胡越有會時,參辰遼且闊。〔一〕形影無髣髴[3],音響寂無達[4]。纖絃感促柱,觸之哀聲發。情思如循環,憂來不可遏。塗山有餘恨,詩人詠《采葛》。蜻蜓吟牀下,回風起幽闥。春榮隨露落[5],芙蓉生木末。自傷命不遇,良辰永乖別。已爾可奈何,譬如紈素裂。孤雌翔故巢,星流光景絕。魂神馳萬里,甘心要同穴。

【紀批】

〔一〕"同心"四句與《苦相篇》相同,然《苦相篇》用之篇末,即有勒舞馬勢,此用之篇中,反覺多此一折。[6]

【今校】

（1）墨批：
　　　此亦庸音。
（2）若,朱墨批本、趙本作"如"。
（3）無,文津閣本作"雖"。
（4）響,朱墨批本、趙本作"聲"。
（5）露,文津閣本作"零"。
（6）朱批作：
　　　古人亦不免自套,信乎變化之難。○《苦相篇》用于篇末,即有勒舞馬之勢,此用之篇中即減色。
梁定本作：
　　　"同心"四句與《苦相篇》相同,然用之篇末,即有勒舞馬勢,用之篇中,即覺減色。

明　月　篇
《藝文類聚》作"怨詩"。

　　皎皎明月光,灼灼朝日暉。昔爲春繭絲,今爲秋女衣。丹脣列素齒,列,《藝文類聚》作"形"。翠彩發蛾眉。嬌子多好言,歡合易爲姿。玉顔盛有時，盛，《藝文類聚》作"虧"，誤[1]。秀色隨年衰。常恐新間舊，變故興細微。浮萍無根本，"無根本"《藝文類聚》作"本無根"。[2]非水將何依。憂喜更相接，樂極還自悲。還自，宋刻作"自還"，今從《藝文類聚》。

【紀批】

格意猶近古風，後六句尤爲深至。[3]

【今校】

（1） 梁定本無"誤"字。
（2） 梁定本注作：
　　　《樂府詩集》作"浮萍本無根"。
（3） 朱批作：
　　　深至。
　　　後六句，梁定本作"結四句"。

秋　蘭　篇[1]

秋蘭映玉池，映，《太平御覽》作"蔭"[2]。池水清且芳。芙蓉隨風發，中有雙鴛鴦。雙魚自踊躍，兩鳥時回翔。君其歷九秋，其，宋刻作"期"，今從《樂府詩集》。與妾同衣裳。

【今校】

（1） 此首稿本無眉批。梁定本批：
　　　比興頗淺，語亦複雜。
（2） 朱墨批本、趙本同"《太平御覽》"。梁定本無注。

西　長　安　行

所思兮何在，乃在西長安。何用存問妾，香橙雙珠環。何用重存問，羽爵翠琅玕。今我兮聞君[1]，更有兮異心。香亦不可燒，環亦不可沉。[一]香燒日有歇，有，疑作"自"[2]。環沉日自深。

【紀批】

〔總〕 大意本漢樂府《有所思》，而後幅則全變其拉雜摧燒之意，作意擺落，已開翻案法門。(3)

〔一〕 兩"不可"字作"不必"解。(4)

【今校】

（1） 聞，文津閣本誤作"問"。

（2） 梁定本無注。

（3） 朱批作：

此擬漢樂府《有所思行》。

（4） 墨批作：

結處四語極有筆力，然環何以云"沉"，未喻其旨，俟更詳之。

全詩批語梁定本作：

大段規橅漢樂府《有所思行》，而末幅則全變其意。兩"不可"字作"不必"解，言業已相負，即摧燒揚灰亦無所益。燒其香橙，不過燒而即歇；沉其珠環，不過沉而日深耳。作意擺脫，已開翻案法門。

和班氏詩一首

按：《樂府詩集》載休奕《秋胡行》二首，此第二首也。然二首語意相同，何必複作？疑班固《詠史詩》中有《秋胡妻》一首(1)，休奕和之，後人以亦詠秋胡(2)，遂併附《秋胡行》後，而孝穆所書，則其本題耳。班固《詠史》，今惟存緹縈一章，正詠賢女之事，則詠及秋胡，正從其類(3)。舊本標題如是，必非漫然，故仍從宋刻。

秋胡納令室，三日宦他鄉。皎皎潔婦姿，泠泠守空房。燕婉不終夕，別如參與商。憂來猶四海，易感難可防。人言生日短，愁者苦夜長。百草揚春華，攘腕采柔桑。素手尋繁枝，落葉不盈筐。羅衣翳玉體，迴目流采章。采章，《樂府詩集》作"來章"，誤(4)。君子倦仕歸，車馬如龍驤。精誠馳萬里，既至兩相忘。至，《古樂府》作"去"，誤。行人悅令顏，借息此樹旁。借，宋刻作"請"(5)，誤；《樂府詩集》作"情"，尤誤，今從《古樂府》。誘以逢卿喻，卿，宋刻作"郎"(6)，誤，今從《樂府詩集》。遂下黃金裝。烈烈貞女憤，言詞屬秋霜。長驅及居室，奉金升北堂。母立呼婦來，歡樂情未央(7)。秋胡見此婦，惕然懷探湯。負心豈不慙，永誓非所望。清濁必異源,梟鳳不並翔。吳氏注本據《晉陽秋》"鸞鳳不與梟鴟同棲"語[8],謂"梟"當作"梟",然"梟"、"鳳"已自相懸,不必"梟"也。[9] 引身赴長流,果哉潔婦腸。彼夫既不淑,此婦亦太剛。

【紀批】

詩不及顏延之作,而結處持論獨平。故何義門曰:"詠秋胡者,傅休奕得之。"[10]

【今校】

(1) "疑班固"句文津閣本無"有"字。
(2) 亦,文津閣本作"奕"。"秋胡",四庫本作"秋胡妻"。
(3) "秋胡",四庫本作"秋胡妻"。"則詠"以下至題注末,梁定本作:
　　或詠及秋胡,亦未可定,故仍從宋刻。
(4) 來章,文淵閣本作"來車"。梁定本無注。
(5) 朱墨批本同宋刻。
(6) 朱墨批本同宋刻。
(7) "歡樂"句,朱墨批本、趙本作"歡情樂未央"。
(8) 鴟,四庫本作"鶚"。
(9) 注文末稿本劃去"今仍從宋刻"字,梁定本保留。"梟鳳"句墨批:
　　吳顯令疑"梟"字當作"梟",此因《晉陽秋》"鸞鳳不與梟鴟同棲"語耳。然"梟"、"鳳"已自相懸,不必"梟"也。
(10) 全詩朱批:
　　已開獷派。○語多猥雜,未諧雅音。
梁定本作:
　　語皆庸淺,未諧雅音。

張華

情 詩 五 首

北方有佳人,端坐鼓鳴琴。終晨撫管絃,琴有絃而無管,"管"字與上句不叶。管須吹而不須撫,"撫"字與本句亦不叶。此句必有訛字,然諸本並同,闕疑俟考。[1]日夕不成音。憂來結不解,我思存所欽。君子尋時役,幽妾懷苦心。初爲三載別,於今久滯淫。昔邪生戶牖,庭內自成林。翔鳥鳴翠隅,"翠隅"二字未詳。《詩紀》作"翠偶",亦不可解,疑爲"率偶",二字以形似而訛。[2]草蟲相和吟。心悲易感激,俛仰淚流衿。願託晨風翼,束帶侍衣衾。[3]

【今校】
(1)"終晨"句整段注文梁定本作:
　　琴有弦無管,"管"字與上句不叶。管須吹不須撫,二字與本句亦不叶。必有訛字,闕疑俟考。
(2)《詩紀》,梁定本作"馮氏《詩紀》"。
　　"翔鳥"句墨批僅一句:
　　　　"翠隅"字再校。
(3)此首稿本無眉批。朱批:
　　　　不失雅音,然未能莩甲新意。
　　梁定本作:
　　　　不失古格,然未能莩甲新意。

明月曜清景,朧光照玄墀[1]。幽人守靜夜,迴身入空帷。束帶俟將朝,廓落晨星稀。寐假交精爽,覿我佳人姿。巧笑媚權靨[2],聯娟眸與眉。聯娟,宋刻作"聯媚"。按:"眉聯娟以蛾揚",本宋玉《神女賦》語,宋刻誤也。[3]寤言增長嘆,寤,宋刻作"寐",誤。淒然心獨悲。[4]

【今校】
(1)曜,朱墨批本、趙本作"朧"。
(2)權,文津閣本作"懽"。
(3)"聯娟"句墨批:
　　　　聯娟,宋刻作"聯媚",誤。此用《神女賦》語也。
　　梁定本注作:
　　　　聯娟,宋刻作"聯媚",按:"修眉聯娟",本用《洛神賦》語,宋刻誤也。
　　朱墨批本同宋刻。
(4)此首稿本無眉批。墨批:

此首語意殊淺。

　　清風動帷簾,晨月燭幽房。佳人處遐遠,蘭室無容光。襟懷擁虛景,輕衾覆空牀。居歡惜夜促,在慼怨宵長[1]。撫枕獨吟嘆,縣縣心内傷。

【今校】
（1）"居歡"句梁定本批:
　　"居歡"二句沿爲不易之語,實自茂先發之,然即古詩"愁多知夜長"意,演爲兩句耳。

　　君居北海陽,妾在南江陰。南江,諸本作"江南",然水南即是水陰[1],于義爲複[2],今從宋刻。懸邈極修途[3],山川阻且深。承歡注隆愛,結分投所欽。銜恩守篤義,萬里託微心。

【紀批】
　　但言矢志不移,而見棄與否不復更置一詞,晉人去古未遠,尚有溫柔敦厚之遺。[4]

【今校】
（1）　即是,墨批、文津閣本作"即"。
（2）　于義爲複,墨批作"于文爲複",文津閣本作"于義複"。
（3）　極修途,朱墨批本、趙本作"修途遠"。
（4）　"晉人"二句,梁定本作:
　　是晉初去古未遠處。

　　遊目四野外,逍遙獨延竚。蘭蕙緣清渠,繁華蔭綠渚。佳人不在兹,取此欲誰與。巢居覺風飄,風飄,《文選》作"風寒",《藝文類聚》作"寒風"。[1]穴處識陰雨。未曾遠別離,安知慕儔侶。

【紀批】
　　此首格韻特高。[2]

【今校】
（1） 注文末稿本劃去按語，而梁定本保留：
　　　　按：風不定寒，"寒"字較"飄"字爲偏枯，今從宋刻。
（2） 朱批作：
　　　　此首特爲高唱。

雜 詩 二 首

　　逍遙遊春宫，容與綠池阿。白蘋齊素葉，齊，《詩紀》作"開"。(1)朱草茂丹華。〔一〕微風搖葴若，層波動芰荷。層，宋刻作"增"。案：《楚詞》"增冰峨峨"即作"層"義，蓋古字假借相通。然詩歌爲後代之文，不必更假借以爲古，今從諸本作"層"字。(2)榮采曜中林，流馨入綺羅。王孫遊不歸，修路邈以遐。誰與玩遺芳，竚立獨咨嗟。

【紀批】
〔一〕 白素、朱丹，句中疊用(3)，六朝人往往如斯，不必譏以爲複，亦不必效以爲古。

【今校】
（1） 注文末稿本劃去"此從宋刻"。墨批作：
　　　　齊，諸本作"開"，此從宋刻。
　　齊，梁定本注作"'齊'字"，餘同墨批。
（2） 梁定本無注。
（3） 句中疊用，梁定本作"相承疊用"。

　　荏苒日月運，寒暑忽流易。同好逝不存，逝，宋刻作"遊"(1)，誤。迢迢遠離析。迢迢，宋刻作"苕苕"(2)，全書皆然。案：《古詩》"迢迢牽女星"(3)，呂延濟注曰："迢迢，遠貌。"張衡《西京賦》："干雲雨而上達(4)，狀亭亭以苕苕。"李善注曰："亭亭、苕苕，高貌。"然則"苕"、"迢"迥别，混而一之，非是，不得以古字假借爲詞。今于凡作遠義者用"迢迢"，凡作高義者，仍從宋刻作"苕苕"。(5)房櫳自來風，户庭無行迹(6)。兼葭生牀下，蛛蝥網四壁。懷思豈不隆，感物重鬱積。遊雁比翼翔，歸鴻知接翩。〔一〕來哉彼君子，無愁徒自隔。"愁"字未詳，疑有舛誤。(7)

【紀批】

〔一〕 劉勰《文心雕龍》曰：張華詩稱"遊雁比翼翔，歸鴻知接翮"，如斯重出，即對句之駢枝也。(8)

【今校】

（1） 朱墨批本同宋刻。
（2） 朱墨批本同宋刻。
（3） 《古詩》，梁定本作"《文選·古詩》"。牽女星，梁定本作"牽女"。
（4） 梁定本無"干雲雨"句。
（5） 按："迢迢"句下整段注文四庫本無，而見于卷一枚乘《雜詩九首》之"迢迢牽牛星"句下。
（6） 迹，梁定本作"踪"。
（7） "無愁"句墨批：

"愁徒"疑作"徒愁"。

（8） 朱批作：

二句複沓，前人已論之。

梁定本作：

劉勰《文心雕龍》曰："張華詩稱'遊雁比翼翔，歸鴻知接翮'，劉琨詩言'宣尼悲獲麟，西狩泣孔丘'。若斯重出，即對句之駢枝也。"所摘實中其病。

潘岳

顧內詩二首(1)

《藝文類聚》作"內顧詩"。

　　靜居懷所歡，登城望四澤(2)。春草鬱青青，桑柘何奕奕。芳林振朱榮，朱，《藝文類聚》作"丹"。綠水激素石。初征冰未判(3)，忽然振絺綌(4)。振，吳氏本作"袗"，據《論語》文也。然詩家用事，未必如此板實。作節序初更，始振拂而衣之，較有情致，不必輕改舊文。(5)漫漫三千里，迢迢遠行客(6)。馳情戀朱顏，寸陰過盈尺。〔一〕夜愁極清晨，朝悲終日夕。山川信悠永，願言良弗獲。引領訊歸雲，沉思不可釋。《藝文類聚》"訊歸雲"作"訴歸期","沉思"作"雲沉",並誤。

【紀批】

〔一〕 "盈尺"字不出"璧"字,定爲何物? 未免有割裂之嫌。(7)

【今校】

（1） 顧内,朱墨批本、趙本作"内顧"。文津閣本作"贈内"。
（2） 登,文津閣本作"發"。
（3） 判,朱墨批本、趙本、四庫本作"泮"。
（4） 然,朱墨批本、趙本作"焉"。
（5） 不必輕改舊文,梁定本作"今仍從宋刻"。"忽然"句墨批:
　　　振,諸本作"袗",此據《論語》文改也。然詩不必如此板用,今從宋刻。
（6） 迢迢,朱墨批本、趙本作"苕苕"。
（7） 墨批作:
　　　"盈尺"不出"璧"字,定爲何物? 此二字未妥。
　　梁定本作:
　　　"盈尺"二字未安。盈尺璧不出"璧"字,定是何物乎?

　　獨悲安所慕,人生若朝露。緜邈寄絕域,眷戀想平素。爾情既來追,我心亦還顧。形體隔不達,精爽交中路。不見山上松,隆冬不易故。不見陵澗柏(1),歲寒守一度。〔一〕無謂希見疏,見,宋刻作"是",誤,今從《詩紀》(2)。在遠分彌固。

【紀批】

〔總〕 此首故爲警策。(3)
〔一〕 "不見"四句,遂爲香山排調之祖。(4)

【今校】

（1） 澗,文津閣本作"間"。
（2） 朱墨批本同宋刻。梁定本注無"今從《詩紀》"字。
（3） 墨批、梁定本作:
　　　前首不免恒語,此首故爲警策。

（4）朱批：

　　　　排調遂爲香山鼻祖。效之不慮其板而慮其滑。結亦力翻窠白。

梁定本作：

　　　　"不見"四句遂爲香山排調之祖。〇結二句力翻窠白,遂啓論宗。

悼亡詩二首

　　荏苒冬春謝,寒暑忽流易。之子歸窮泉,重壤永幽隔。私懷誰克從,淹留亦何益。僶俛恭朝命⁽¹⁾,迴心反初役。望廬思其人,入室想所歷。幃屏無髣髴,翰墨有餘跡。流芳未及歇,遺挂猶在壁。悵怳如或存,悵怳,宋刻作"帳幔",誤,今從《文選》。⁽²⁾回惶忡驚惕。如彼翰林鳥,雙棲一朝隻。如彼遊川魚,比目中路拆⁽³⁾。〔一〕春風緣隙來,晨溜依檐滴。寢息何時忘⁽⁴⁾,沈憂日盈積。庶幾有時衰,莊缶猶可擊。

【紀批】

〔總〕　潘岳《悼亡》遂爲事祖,當以前無作者耳。詩情宛轉尚無重膇之習,以云絶唱則未也。⁽⁵⁾

〔一〕　"如彼"四句未能免俗,竟陵譏之良是。⁽⁶⁾

【今校】

（1）"僶俛"句墨批：

　　　　"黽勉"諸本作"俛仰",宋刻作"僶俛"。考《文選》李善注引《詩》"黽俛從事,不敢告勞",知本是"黽勉"也。

（2）朱墨批本同宋刻。梁定本注無"今從《文選》"字。

（3）拆,朱墨批本、趙本、文津閣本作"析"。

（4）寢息,四庫本作"寢興"。

（5）朱批作：

　　　　潘岳《悼亡》遂爲事祖,當以前無作者耳。二詩特無龎雜重膇之習,未能千古絶唱也。

（6）朱批作：

　　　　"如彼"四句,竟陵譏之良是。

梁定本作：

"如彼"四句調滑而語俗,宜爲竟陵之所詆。

皎皎窗中月,照我室南端。清商應秋至,溽暑隨節闌。凜凜涼風升⁽¹⁾,始覺夏衾單。豈曰無重纊,誰與同歲寒。歲寒無與同,朗月何曨曨。展轉盼枕席⁽²⁾,長簟竟牀空。牀空委清塵,室虛來悲風。獨無李氏靈,髣髴睹爾容。撫襟長歎息,不覺涕霑胸。霑胸安能已,悲懷從中起。寢興目存形,目,宋刻作"自",今從《文選》。遺音猶在耳。上慙東門吳,下愧蒙莊子。賦詩欲言志⁽³⁾,零落難具紀。命也可奈何,可,宋刻作"詩",誤,今從《文選》。長戚自令鄙。

【今校】
（1） 升,文津閣本作"生"。
（2） 盼,朱墨批本、趙本作"眄"。
（3） 言,四庫本作"見"。

石崇

王明君辭一首并序

序明言改"昭"爲"明",宋刻仍題"王昭君辭"⁽¹⁾,誤也。今從《文選》改正。

王明君者,本爲王昭君。爲,劉坦之《選詩補注》作"是"⁽²⁾。以觸文帝諱,故改。故改,《文選》作"改之",《選詩補注》作"改焉"。匈奴盛,請婚於漢,元帝以後宫良家子明君配焉⁽³⁾。昔公主嫁烏孫,令琵琶馬上作樂,以慰其道路之思。其送明君,亦必爾也,其造新曲⁽⁴⁾,宋刻"曲"上有"之"字,馮氏校本改"造新"爲"新造"。案:《唐書·樂志》:"《明妃》,漢曲也。漢人憐其遠嫁,爲作此歌。晉石崇妓緑珠善舞,以此曲教之,而自製新歌。"⁽⁵⁾《文選》李善注本作"其造新曲",劉坦之補注本亦同⁽⁶⁾。文義本明,馮氏不究"之"字誤衍,而顛倒舊文,非也。今改從李善本。多哀怨之聲⁽⁷⁾,故叙之於紙云爾。

我本漢家子,將適單于庭。辭訣未及終⁽⁸⁾,前驅已抗旌。旌,宋刻作"斾"。今從《文選》。⁽⁹⁾僕御涕流離,轅馬爲悲鳴。爲悲鳴,《文選》作"悲且鳴"。哀鬱傷五内,泣淚霑朱纓。朱纓,宋刻作"珠瓔"⁽¹⁰⁾,當以冠纓乃男子之飾,改爲珠綴瓔珞耳。按:《儀禮·士昏禮》"主人親説婦之纓",《禮記》"衿纓綦履",鄭玄注:"婦人有纓,示繫屬也"[11]。"《爾雅》:"婦人之禕謂之縭。""縭,綏也。"郭璞注曰:"即今之香纓也。"然則"珠瓔"非矣[12]。《選詩補注》作"珠纓",謂以珠飾纓,則義可兩存。行行日已遠,乃造匈奴城。乃,《文選》作"遂"。案:"乃"字有遠而難至之意[13],故從宋刻。延我於穹廬,加我閼氏名。殊類非所安,雖貴非所榮。父子見凌辱,對之慙且驚。殺身良未易,未,《古樂府》作"不"。默默以苟生。[一]苟生亦何聊,積思常憤盈。願假飛鴻翼,棄之以遐征。"棄"字《文選》作"乘",然"棄"字與上文有意,且"假"字已括"乘"字意,考《藝文類聚》亦作"棄",故從宋刻。[14]飛鴻不我顧,佇立以屏營。昔爲匣中玉,今爲糞上英。朝華不足歡,歡,《古樂府》作"嘉",誤[15]。甘與秋草并,與,宋刻作"爲",誤[16],今從《文選》。傳語後世人,遠嫁難爲情。

【紀批】

〔總〕《義門讀書記》曰:"時陳湯斬郅支,傳首。呼韓邪單于復入朝,非薦女和親也。強盛請婚,殊乖本事,後世作者多謬[17],宜也。"○《琴操》"秋木萋萋"一章稱明妃所自作,或疑即漢《明妃曲》,然無可考,詞氣亦不類,蓋出依託。○此曲乃倚聲而製詞,故晉樂所歌,文無增減。○漢曲不傳,則此爲明妃入詩之始,輾轉承流遂爲窠臼。然當其始出,故是雅音。○此自代寫哀怨,義門謂可諷失節之士,非其本旨。[18]

〔一〕"殺身"二句善道明妃心事。[19]

【今校】

(1) 朱墨批本同宋刻。
(2) 梁定本注無"劉坦之"三字。
(3) 以,朱墨批本作"詔以"。子,朱墨批本、趙本作"女子"。
(4) 造新,朱墨批本作"新造之"。
(5) 妓,梁定本作"伎"。引《樂志》文後,梁定本尚有:
　　然則新曲指漢人所作,而下文"敘之於紙"乃指自製之新歌。
(6) "劉坦之"句,梁定本無。
(7) 朱墨批本無"怨之"字。
(8) 訣,朱墨批本作"決"。
(9) "前驅"句墨批:
　　旌,宋刻作"旂",義可兩存。
(10) 朱墨批本同宋刻。

(11) 示繫屬也,文淵閣本作"亦繫屈也"。
(12) 珠瓔,四庫本作"珠纓"。
(13) 意,文津閣本作"義"。
(14) 整段注文津閣本無"然"字、"亦"字;"且"作"但"。
墨批作:
"棄",諸本作"乘",然"棄"字即"逝將去汝"之意,較"乘"字于上文有關照,今從宋刻。
(15) 梁定本無"誤"字。
(16) 梁定本無"誤"字。
(17) 作,稿本、擷英本皆作"多",據《義門讀書記》改。擷英本"多"字旁有點,或是存疑之意。徐校本改"多"爲"作",是。
(18) 整段批語朱墨批本、梁定本皆簡。墨批作:
此明妃入詩之始,在初出亦是雅音,輾轉承流,遂成窠臼,併始作亦覺庸熟矣。如此之類再效之固不可,遽詆之亦不可。
梁定本作:
此曲乃倚聲而製詞,故晉樂所歌,文無增減。○漢曲不傳,則此爲明君入詩之始,輾轉承流,遂爲窠臼。然當其始出,故是雅音。
(19) 梁定本作:
"殺身"二句入理入情,曲中明君心事。

左思

嬌女詩一首

吾家有嬌女,皎皎頗白晳。小字爲紈素,口齒自清歷。鬢髮覆廣額,雙耳似連璧。明朝弄梳臺,黛眉類掃迹。〔一〕濃朱衍丹脣,黃吻瀾漫赤(1)。嬌語若連瑣,忿速乃明慛。〔二〕握筆利彤管,"利"字未詳。篆刻未期益。此句未詳。執書愛綈素(2),誦習矜所獲。其姊字蕙芳(3),面目曈如畫。"曈"字《説文》、《玉篇》皆不載,似非梁以前字,疑當作"璨",然宋刻如是,姑存俟考。輕妝喜樓邊,宋刻"妝"作"莊","樓"作"纏",俱誤(4)。臨鏡忘紡績。舉觶臨京兆(5),"舉觶"二字未詳,吳顯令注謂當作"舉瓠",然瓠亦非畫眉物也(6)。立的成復易。玩弄眉頰間,劇兼機杼役。從容好趙舞,延袖象飛翻。上下絃柱際,文史輒卷襲。顧昐屏風畫[7],如見已指摘。丹青日塵闇,明義爲隱賾。〔三〕馳騖翔園林,果下皆生摘。紅葩綴紫蔕[8],萍實騾抵擲。"萍實"未詳。貪華風雨中,眅忽數百適。眅忽,《詩紀》作"倐忽"。案:司馬相如《子虛賦》曰:"儵眅凄浰。"張揖注曰[9]:"皆疾貌。"太沖《蜀都賦》亦有"鷹犬倐眅"之語,此"眅忽"當即"倐眅"之意[10],古書今不盡見,未可以字僻而改之。[11]務躡霜雪戲,重綦常累積。并心注肴饌,端坐理盤槅。翰墨戢函按[12],相與數離逖。〔四〕動爲鑪鉦屈,"鑪鉦屈"三字未詳。屣履任之適。止爲茶荎據,"茶荎據"三字亦未詳。[13]吹噓對鼎䥶。脂膩漫白袖,煙熏染阿錫。熏,宋刻作"勳",誤,今從《詩紀》。阿錫,宋刻作"珂錫"。案:司馬相如《子虛賦》"被阿緆",李善《文選》注:"張揖曰:'阿,細繒也。緆,細布也。'《列子》:'鄭衛之處子,衣阿錫。''緆'與'錫'古字通。"然則"珂"字爲誤。[14]衣被皆重池[15],《古詩類苑》注:"重池,被之心如池。《玉臺》作'衣被皆重施',誤。"案:張氏所云乃明人新本,宋刻實作"衣被皆重池"。[16]難與沉水碧。沉,宋刻作"次",誤,今從《詩紀》[17]。任其孺子意,羞受長者責。瞥聞當與杖,掩淚俱向壁。〔五〕

【紀批】

〔總〕太沖在晉人之内風骨特高。景純猶可雁行,二陸、三張皆不及也。此篇特創新聲,以瑣入妙,遂爲千古小品之祖。中有爲韻所牽不免生拗處,亦有傳刻舛訛不可強通處,皆不害其宏旨,固可略之。[18]

〔一〕"明朝"當訓爲"晨"。曹子建《雜詩》曰:"明朝秉機杼,日昃不成文。"[19]

〔二〕"若連瑣",言不斷也。悆語多氣急而蹇,乃能明憻,言口舌捷也。《廣韻》:憻憻,辨快,出《音譜》。[20]

〔三〕古圖畫多作故事指摘是非,如親見其事者然,故曰"如見已指摘";摩挲故敝,莫辨所畫爲何事,故曰"明義爲隱賾"。[21]

〔四〕戢,斂也。翰墨斂于函中案上者,每爲移易其處,故曰"相與數離逖"。[22]

〔五〕一結以竟住爲妙,李義山《驕兒詩》通體從此脱胎,而結處特加收束,遂令壁壘一新,合觀之,可悟變化之法。[23]

【今校】

(1) 灡,四庫本作"爛"。
(2) 執,文津閣本作"勢",誤。

（3）蕙，文淵閣本作"惠"。
（4）俱，梁定本作"並"。
（5）臨，朱墨批本、趙本作"擬"。
（6）"舉觶"句墨批：
　　　"舉觶"未詳，吳氏注疑作"舉觚"。然觚亦非畫眉物也。
（7）眄，文津閣本作"盼"。
（8）綴，朱墨批本、趙本作"掇"。
（9）揖，文津閣本作"桂"，誤。
（10）意，文津閣本作"義"。
（11）"眴忽"句朱墨批本、梁定本底本作"倏忽數百適"，梁注作：
　　　宋刻"倏"作"眴"，誤。
（12）函按，朱墨批本作"閑案"。
（13）朱墨批本、趙本"茶"作"荼"。"止爲"句，四庫本作"心爲荼蕣劇"，注作：
　　　案，諸本皆作"止爲荼蕆據"，宋刻亦同，今據《太平御覽》改正。
（14）"煙熏"句梁定本注作：
　　　宋刻"熏"作"勳"，"阿"作"珂"，並誤。
（15）池，朱墨批本作"地"。
（16）"衣被"句梁定本注作：
　　　張玄超《古詩內苑》（按："內"當爲"類"之誤）注："重池，被之心如池也。《玉臺》作'衣破皆重施'，誤。"按：此據明人新本而言，宋刻實作"衣被皆重池"。
　　　按："宋刻"句後梁定本保留了大段爲稿本劃去的注文：
　　　然衣破重施正兒女頑劣之實景，《左傳》寫昭公遊戲（按，遊戲，稿本原作"遊戲云"）"三易衰"，是古人善於摹寫（按，摹寫，稿本原作"摹神"）處。太沖此句蓋即此意，故下曰"難與沉水碧"。若作"重池"，無論衣不須池，池不須重，即用"重池"，又何以"難與沉水碧"乎？今姑從宋刻，然揆以事理，頗覺新本爲是。但改字而不注明，是明人一病耳。
（17）梁定本無"今從"句。
（18）朱批作：
　　　以瑣入妙。
　　　墨批作：
　　　太沖在晉人之內風骨最高。景純猶可肩隨，潘、陸、張皆不及也。

此篇特創新聲,遂爲後來小品之祖。中有生硬之句,則爲韻所牽耳。爾時風氣未開,猶未講一韻徹尾之長篇,故巧押不及後人也。

梁定本作:

太沖在晉人之內風骨獨高。景純猶可肩隨,潘、陸、張皆不及也。此篇特創新聲,以瑣入妙,遂爲後來小品之祖。中有爲韻所牽不免生硬處,亦有傳刻舛訛不可考□處,皆不害其宏旨,固可略之。

(19) 梁定本作:

"明朝"當訓爲"晨"義。子建詩曰"明朝弄機杼",蓋魏晉人有此語。

(20) 梁定本作:

"若連瑣",言不斷也。您多氣急而語寒,乃述而明懂,言口舌捷利也。《廣韻》:懂懂,辨快,出《音譜》。

(21) 梁定本作:

古圖畫多作故事指摘其是非,如親見其事者然,故曰"如見已指摘";摩挲故敝,不復辨所畫爲何事,故曰"明義爲隱蹟"。

(22) 梁定本作:

戢,斂也。翰墨斂于函中案上者,每爲移易故處,故曰"翰墨戢函案,相與數離遏"。

(23) 朱批作:

一結神妙。　義山本此爲《驕兒詩》而加以收束,局陣頓新。古人未嘗不摹擬,但有變化之妙耳。

梁定本作:

一結以竟住爲妙。李義山《驕兒詩》本此詩而拓之,加以收束,遂覺局陣一新。古人有擬議處,必有變化處,可合二詩而觀之。

玉臺新詠卷第三　　河間紀昀校正

陸機擬古七首
爲顧彥先贈婦二首
周夫人贈車騎一首[1]
樂府三首
陸雲爲顧彥先贈婦往反四首
張協雜詩一首
楊方合歡詩五首
王鑒七夕觀織女詩一首
李充嘲友人一首
曹毗夜聽擣衣一首
陶潛擬古詩一首
荀昶樂府詩二首
王微雜詩二首
謝惠連雜詩三首
劉鑠雜詩五首

【今校】
（1）　梁定本題首有"爲"字。

陸機

擬　古　七　首〔一〕

高樓一何峻，苕苕峻而安。綺窗出塵冥，飛階躡雲端。佳人撫琴瑟,琴,《藝文類聚》作"瑤"。纖手清且閑。芳氣隨風結,芳氣,宋刻誤作"芳草",今從《文選》[1]。哀響馥若蘭。玉容誰能顧,傾城在一彈。竚立望日昃,躑躅再三歎。不怨竚立久,但願歌者歡[2]。思駕歸鴻羽,比翼雙飛翰。

擬西北有高樓[二]

【紀批】

〔一〕 士衡《擬古》十四首,刻意求似,而論者終有太似之嫌。[3]

〔二〕 本詞傷知音之希,此詩"竚立"以下云知音而無由相即,各明一義,方非依樣壺盧。[4]

【今校】

(1) "芳氣"句梁定本注作:
　　氣,宋刻作"草",誤,今從《文選》。

(2) "但願"句,稿本原有注,後劃去:
　　"歌者"字未詳所指,疑"歌"字乃"聽"字之訛。
　梁定本作:
　　"歌者"未詳。疑"歌"字乃"聽"字之訛。
　墨批:
　　"但願歌者歡"句不可解,疑"歌"字當作"聽"字。

(3) 朱批作:
　　古詩何容復擬?宜後人有牀上施牀之誚,後來相尋不已,益非所知。〇傳寫古帖,有臨有摹,臨者取神氣之肖,摹者求點畫之同。褚臨《蘭亭》多參己法,而周越輩筆筆入古,乃見誚于奴書,當知此意。士衡擬古所以不及江淹者,弊由于此。
　梁定本批語在第七首《擬涉江采芙蓉》之末。

(4) 梁定本無批語。

西山何其峻,層曲鬱崔嵬。零露彌天墜,蕙葉憑林衰。寒暑相因襲,時逝忽如頹。頹,宋刻作"遺",誤,今從《文選》。[1]三閒結飛巒,大臺嗟落暉[2]。何爲牽世務[3],中心悵有違。悵,《文選》作"若"。京洛多妖麗,玉顏侔瓊蕤。閑夜撫鳴琴,惠音清且悲。長歌赴促節,哀響逐高徽。一唱萬夫嘆,嘆,宋刻作"歡"[4],誤,今從《文選》。再唱梁塵飛。思

爲河曲鳥,雙遊豐水湄。〔一〕

擬東城高且長《文選》作"擬東城一何高"。案:《文選》載《古詩十九首》正作"東城高且長",李善注:"城高且長,故登之以望也。"然則"高且長"爲定本,而此首標題乃別本未及畫一耳(5)。

【紀批】

〔一〕 五臣《文選》注謂河曲鳥爲鴛鴦,非也。豐水,周南之地,正指河洲雎鳩耳。(6)

【今校】

（1） "時逝"句朱墨批本、梁定本底本作"時逝忽如遺",梁注爲:
  《文選》作"頹"。
（2） 嗟,朱墨批本、趙本作"悲"。
（3） 何,朱墨批本、趙本作"曷"。
（4） 朱墨批本同宋刻。
（5） 此首標題,文津閣本作"此題標首"。耳,文淵閣本作"也"。
（6） 正指,梁定本作"正謂"。"思爲"二句墨批:
  五臣注謂河曲鳥爲鴛鴦,非也。豐水,周南之地,蓋指河洲雎鳩言之。

嘉樹生朝陽,凝霜封其條。執心守時信,歲寒不敢凋。《文選》作"終不凋"。案:"終不凋"則質本天生,"不敢凋"則有拳拳自保之意,故從宋刻。(1) 美人何其曠,灼灼在雲霄。隆想彌年月,月,宋刻作"時"(2),誤,今從《文選》。長嘯入飛飈。飛飈,宋刻作"風飄"(3),今從《文選》。引領望天末,譬彼向陽翹。末句《文選》五臣注本作"葵藿向陽翹",語殊板滯,不及"譬彼"二字之生動,李善本亦與宋刻同。(4)

擬蘭若生春陽

【今校】

（1） "歲寒"句整段注文,墨批作:
  諸本作"終不凋",宋刻作"不敢凋"。"不敢"字有拳拳自保之意,以無情爲有情,可謂詩有別趣也,今從宋刻。
 梁定本作:
  《文選》作"終不凋"。案:"終不凋"則質本天生,"不敢凋"則有拳拳自保之意,以無情爲有情,可謂詩有別趣,故從宋刻。

按:稿本原有"宋刻作'不敢凋'"、"以無情爲有情,可謂詩有別趣"句,墨筆劃去,梁定本保留"以無情"二句。

（2） 朱墨批本同宋刻。
（3） 朱墨批本同宋刻。
（4） 注文首梁定本無"末句"字。注文末稿本劃去"故從宋刻"字,梁定本保留。"譬彼"句墨批:

末句《文選》作"葵藿向陽翹",語殊板滯,今從宋刻。

昭昭清漢暉,清,宋刻作"天",今從《文選》[1]。粲粲光天步[2]。牽牛西北回,織女東南顧。華容一何綺,綺,《文選》作"冶"[3]。揮手如振素。怨彼河無梁,悲此年歲暮。跂彼無良緣,睆焉不得度。睆,宋刻作"睍"。案:"睍"字于義可通,而"睆彼牽牛"實本經義[4],故從《文選》[5]。引領望大川,雙涕如霑露。

擬迢迢牽牛星

【今校】

（1） 朱墨批本同宋刻。"昭昭"句梁定本注作:

宋刻"清"作"天",然下句即有"天"字,今從《文選》。

（2） 光天,文津閣本作"天光"。
（3） 朱墨批本同《文選》。
（4） 牽牛,四庫本作"牽女",誤。按:《小雅·大東》有"睆彼牽牛"句。
（5） "睆焉"句整段注文梁定本作:

宋刻"睆"作"睍",今從《文選》。

靡靡江蘺草,蘺,《文選》作"蘺"。案:《楚詞》"江蘺"字不從艸,今仍從宋刻,後皆仿此。[1]熠熠生河側[2]。皎皎彼姝女,阿那當軒織。粲粲妖容姿,妖,《藝文類聚》作"嬌",誤。此字後來習見,漢晉間人尚不甚用也。灼灼美顏色[3]。良人遊不歸,偏棲常隻翼。空房來悲風[4],中夜起歎息。

擬青青河畔草

【今校】

（1） 朱墨批本同《文選》。"靡靡"句梁定本注作：
> 《文選》"離"作"蘺"。按：《楚詞》"江離"不從艸，今仍從宋刻，後仿此。

（2） 熠熠，朱墨批本、趙本作"熠燿"。

（3） 美顏，朱墨批本、趙本作"華美"。

（4） 來，文津閣本作"徒"。

歡友蘭時往，迢迢匿音徽。虞淵引絶景，四節逝若飛。逝，宋刻作"遊"，誤，今從《文選》。芳草久已茂，佳人竟不歸。躑躅遵林渚，惠風入我懷。感物戀所歡，采此欲貽誰。

擬庭中有奇樹[一]

【紀批】

〔一〕 此首在似與不似之間，綽有情致。(1)

【今校】

（1） 梁定本無批語。

上山采瓊蘂，穹谷饒芳蘭。采采不盈匊，悠悠懷所歡。故鄉一何曠，山川阻且難。沉思鍾萬里，鍾，宋刻作"鐘"，二字古亦通用，然入詩固自有分，今從《文選》。(1)躑躅獨吟歎。

擬涉江采芙蓉

【今校】

（1） 梁定本無注，批作：
> 傳寫古帖，有臨有摹，臨者取神氣之肖，摹者取點畫之同，士衡《擬古》、文通《雜擬》，其工拙當作如是觀。

爲顧彥先贈婦二首(1)

李善《文選》注曰："集云爲令彥先作，今云顧彥先，誤也。且此上篇贈婦，下篇答，俱云'贈婦'，亦誤也。"案：《晉書》："顧榮，字彥先。"令彥先別無所考。二陸皆別有《贈顧彥先》詩，則作顧彥先似不誤。士龍此題"贈婦"下有"往反"二字，士衡此題亦必爾,當是傳寫誤脫。《文選》載士龍詩,題亦脫"往反"二字也。[2]

　　辭家遠行遊,悠悠三千里。京洛多風塵,素衣化爲緇。循身悼憂苦,循身,《文選》作"脩身"[3]。案:"循身"即撫躬之意,作"脩身"非惟句格板拙,且與憂苦感念俱不貫矣[4]。感念同懷子。隆思亂心曲,沉歡滯不起。歡沉難克興,歡沉,劉坦之《選詩補注》疑作"歡滯"。案:此承上二句而倒其文,劉氏誤也[5]。心亂誰爲理。願假歸鴻翼,翻飛浙江汜[6]。

　　東南有思婦,長嘆充幽闥[7]。借問歎何爲,佳人渺天末。遊宦久不歸,山川修且闊。形影參商乖,音息曠不達。離合非有常,譬彼弦與筈。願保金石軀,軀,宋刻作"志"。案:作"志"乃冀不相負,猶是恒意;作"軀"則憂念行人,祝其無恙,用意更爲深至,故從《文選》[8]。慰妾長饑渴。

【今校】

（1）墨批:

　　酷摹秦嘉而邊幅又狹。

梁定本批:

　　二詩頗類秦嘉,但邊幅少狹耳。

（2）"案"字以下梁定本作:

　　士龍亦有此作,而二陸又皆別有《贈顧彥先》詩,則"顧彥先"似不誤,士龍此題"贈婦"下有"往反"二字,士衡此題亦必爾,當是傳寫誤脫。《文選》載士龍詩,題亦脫"往反"二字也。

整段題注墨批作:

　　士龍詩題"婦"字下有"往返"二字,此二首前贈後答亦有此二字,傳寫脫耳。

（3）朱墨批本同《文選》。梁定本注作:

　　《文選》"循"作"脩"。

（4）板拙,文津閣本作"板滯"。不貫矣,梁定本作"不貫",注文末留有爲稿本刪除的"今從宋刻"字。"循身"句整段注文墨批作:

　　循身,諸本作"脩身"。案:循身即撫躬之意,作"脩身"迂板無謂,今從宋刻。

（5）梁定本作:

　　《選詩補注》疑"歡沉"當作"歡滯"。按:此承上二句而倒其文,"歡沉"自不誤也。

（6）浙,文津閣本作"游"。
（7）"長歎"句墨批：
　　　"充"字作"滿"字解,然此種字法終嫌板笨。
（8）朱墨批本同宋刻。"願保"句墨批：
　　　軀,宋刻作"志"。然作"志"但望其不相負；作"軀"則有憂念遊子之思,但以所思之康强無恙爲慰,用意更深。

周夫人贈車騎一首

《詩紀》題首有"爲"字[(1)]。

　　碎碎織細練,爲君作縛襦。君行豈有顧,憶君是妾夫。昔年得君書,聞君在高平。今時得君書,聞君在京城。[一]京城華麗所,璀璨多異端[(2)]。男兒多遠志,豈知妾念君。[二]昔者與君別,歲律薄將暮。日月一何速,素秋墜湛露。湛露何冉冉,思君隨歲晚。對食不能餐,臨觴不能飯。[三]

【紀批】

[一] 起八句渾然古意,晉人難得此質語。
[二] "京城"四句怨而不激。後八句純以相憶感動之,亦極温厚。○"異端"猶曰新奇之觀,吴氏注引《論語》"攻乎異端",誤[(3)]。
[三] "觴"當言飲,不可言飯。此亦趁韻之病,不必曲爲之詞。[(4)]

【今校】

（1）朱墨批本、梁定本題作"爲周夫人贈車騎一首"。稿本題首原有"爲"字,題注原作"宋刻脱'爲'字,據本集補",皆刪除,而梁定本保留。
（2）端,文津閣本作"人"。
（3）誤,梁定本作"誤也"。
（4）墨批作：
　　　"觴"不可云飯。
　　梁定本作：
　　　"觴"不可言飯,亦是語病。

樂 府 三 首

　　榑桑升朝暉[1]，照此高臺端。高臺多妖麗，洞房出清顔。洞房，《文選》作"潀房"。李善注引雍門周"廣廈邃房"之語，頗爲迂曲，疑其初當爲"璿房"[2]。士衡《七徵》"名倡陳于璿房"，是其證也。其後訛"璿"爲"潀"，又以"潀"字難通，改爲"洞"字耳。[3] 淑貌曜皎日，惠心清且閑。美目揚玉澤，蛾眉象翠翰。鮮膚一何潤，秀色若可餐[4]。窈窕多容儀，婉媚巧笑言。暮春春服成，粲粲綺與紈。金雀垂藻翹，瓊佩結瑶璠。方駕揚清塵，濯足洛水瀾。藹藹風雲會[5]，佳人一何繁。南崖充羅幕，北渚盈軿軒。清川含藻景，景，宋刻作"影"。案：二字古本無別，自葛洪加"彡"之後，詞人所用亦略區分。"形影"字可以作"景"，"風景"字則不可作"影"[6]，今從《文選》。高岸被華丹。岸，《文選》作"崖"，于上"南崖"爲複[7]。馥馥芳袖揮，泠泠纖指彈。悲歌吐清音，雅舞播幽蘭。丹脣含九秋，妍跡陵七盤[8]。赴曲迅驚鴻，蹈節如集鸞。綺態隨顔變，沉姿無定源。"沉姿"二字未詳，然諸本並同。定，《文選》作"乏"。[9] 俯仰紛阿那，顧步咸可歡。遺芳結飛飈，浮景映清湍。冶容不足詠，春遊良可嘆。

　　艷歌行《文選》作"日出東南隅行"。

【紀批】

　　案：《義門讀書記》曰："此刺晉之無政，淫荒遊蕩，王公以下皆不能正其家。"以末二句觀之，其説良是。至謂"高臺"指在上之人，則殊爲附會。觀《芣苢》《兔罝》而周南之化可知，觀《行露》《死麕》而召南之政自見。富貴之家遊冶如斯，國政不綱已在言外，不必以"高臺"字影喻尊位也。○酷摹陳思，亦復相似。○末二句乃作詩之本旨，然突接竟住，病其少促。[10]

【今校】

（1）　升，文津閣本作"生"。
（2）　疑，梁定本作"竊疑"。
（3）　注文末稿本劃去"然古書未敢輕改，姑從宋刻作'洞房'"字，梁定本保留。"洞房"句墨批：
　　　　洞房，《文選》作"潀房"，而李善注作"邃房"，其意似以"潀"、"邃"皆深意爾，頗疑是"璿"字之誤。然無旁證，仍從宋刻。
（4）　秀，朱墨批本、趙本作"彩"。

（5） 藹藹,文淵閣本作"靄靄"。
（6） "風景"句梁定本作"'風'字則不可作'影'",疑"風"下誤脫一"景"字。
（7） 注文末稿本劃去"今從宋刻"字,梁定本保留。
（8） 陵,文津閣本作"凌"。
（9） "沉姿"句墨批:

> "沉姿"未詳,再校。

梁定本作:

> 此句未詳。《文選》李善注本作"乏源",亦未詳。

（10） 全詩批語朱批作:

> 酷摹陳思,亦復近似。

梁定本批語亦僅一句:

> 酷摹陳思,亦復相似,惟結處病其少促。

遊仙聚靈族,高會層城阿。城,宋刻作"山",誤,今從《文選》。長風萬里舉,舉,《藝文類聚》作"急",誤。慶雲鬱嵯峨。宓妃興洛浦,王韓起太華。北徵瑤臺女,南邀湘川娥[(1)]。肅肅霄駕動,霄,宋刻作"宵"。《文選》李善注本作"霄",而注則引《詩》"肅肅宵征"句。案:詩敘遊仙,正指駕于雲霄之上,作"霄"爲是。善注引《詩》,蓋注"肅肅"字,非注"宵"字也,今從《文選》。[(2)]翩翩翠蓋羅[(3)]。羽旗棲瓊鸞,瓊,宋刻作"瑣"[(4)],誤,今從《文選》。玉衡吐鳴和。太容揮高絃,洪厓發清歌。獻酬既已周,輕舉乘紫霞。宋刻"舉"作"軒","乘"作"雲",今從《文選》[(5)]。總轡榑桑枝,枝,《樂府詩集》一作"底",誤[(6)]。濯足暘谷波。清暉溢天門,垂慶惠皇家。

前緩聲歌

【紀批】

此章如鳳采鸞音,震耀耳目。結二句是樂府體,而氣亦微覺其促。[(7)]

【今校】

（1） 邀,朱墨批本、趙本作"要"。
（2） 今從,四庫本作"今仍從"。"肅肅"句梁定本注作:

> 宋刻"霄"作"宵"。《文選》六臣本亦作"宵"。按:詩敘遊仙,正指駕於雲霄之上,若引《詩》"肅肅宵征",於義無取也。今從《文

（３）　"翩翩"句,梁定本底本誤脱。
（４）　朱墨批本同宋刻。
（５）　按,"雲"字趙本作"垂"。"輕舉"句梁定本無注,朱墨批本作"輕軒垂紫霞"。墨批:

　　　　"舉"宋刻作"軒",今從《文選》。

（６）　梁定本無注。
（７）　朱批作:

　　　　鶯采鳳音,震耀耳目,而妙無章咒之氣。○結乃弩末。

梁定本作:

　　　　鳳采鶯音,震耀耳目。○結處是樂府體,然亦嫌其太促。

江離生幽渚,微芳不足宣。被蒙風雨會,移君華池邊。君,《文選》、《樂府詩集》並作"居",誤(1)。發藻玉臺下,垂影滄浪淵。淵,《樂府詩集》作"前",誤;《文選》作"泉",則避唐諱也(2)。沾潤既已渥,結根奥且堅。四節逝不處,逝,宋刻作"遊"(3),誤。今從《文選》。繁華難久鮮。繁華,宋刻作"華繁",誤,今從《文選》(4)。淑氣與時殞,餘芳隨風捐。天道有遷易,人理無常全。男歡智傾愚,女愛衰避妍。不惜微軀退,但懼蒼蠅前。願君廣末光,照妾薄暮年。〔一〕

塘上行

【紀批】

〔一〕　後八句和平深婉,遠勝本詞。(5)

【今校】

（１）　注文末稿本劃去"今從宋刻"字,梁定本保留。
（２）　"垂影"句墨批:

　　　　淵,《文選》作"泉",避唐諱也。

（３）　朱墨批本同宋刻。
（４）　梁定本"四節"、"繁華"二句合注爲:

　　　　宋刻"逝"作"遊","繁華"作"華繁",並誤,今從《文選》。

（５）　"不惜"四句朱批:

　　　　此勝本詞。

梁定本作：

  結四句纏綿曲折，遠勝本詞。

陸雲

爲顧彥先贈婦往反四首

  我在三川陽，子居五湖陰。山海一何曠，譬彼飛與沉。目想清惠姿，耳存淑媚音。獨寐多遠念，寤言撫空襟。彼美同懷子，非爾誰爲心。

  悠悠君行邁，煢煢妾獨止。山河安可踰，永路隔萬里。路隔，宋刻作"隔路"，今從《文選》。(1) 京室多妖冶(2)，粲粲都人子。雅步嫋纖腰，巧笑發皓齒。佳麗良可羨，《義門讀書記》"羨"作"美"，蓋刊本之誤。(3) 衰賤安足紀(4)。遠蒙眷顧言，銜恩非望始。

  翩翩飛蓬征，鬱鬱寒木榮。遊止固殊性，浮沉豈一情。隆愛結在昔，信誓貫三靈。秉心金石固，豈從時俗傾。美目逝不顧，纖腰徒盈盈。何用結中款，仰指北辰星。

  浮海難爲水，遊林難爲觀(5)。容色貴及時，朝華忌日晏(6)。西城擅雅舞，總章饒清彈。鳴簧發丹脣，朱絃繞素腕。輕裾猶電揮，雙袂如霞散。霞，《文選》作"霧"，誤(7)。華容溢藻幄，哀響入雲漢。知音世所稀，非君孰能讚(8)。棄置北辰星，問此玄龍煥。時暮無復言(9)，華落理必賤。

【紀批】

  建安以後，文格日新，詞人多借新事製題，寓其藻采。彥先夫婦必有猜貳疑沮之事爲世所傳，故二陸爲之擬作，觀後二章情事可見。士衡詩疑本亦四章，而軼其二章云。(10)

【今校】

（1） 梁定本無注。"永路"句朱墨批本、梁定本作"永隔路萬里"。

（2） 京室，四庫本作"京師"。

（3） 梁定本無注。

（４）　安,朱墨批本、趙本作"焉"。
（５）　觀,梁定本作"覩"。
（６）　"朝華"句下朱墨批本、趙本有"皎皎彼姝子,灼灼懷春粲"二句。
（７）　注文末稿本劃去"今從宋刻"字,梁定本保留。
（８）　孰,朱墨批本、趙本作"誰"。
（９）　無,朱墨批本、趙本作"勿"。
（10）　墨批作:
　　　　四詩皆音節朗朗,別有修潔之致。士龍清省,故是定評。
　　梁定本作:
　　　　四詩皆音節諧婉,別有修潔之致。士龍清省,故是定評。〇建安以後,文格日新,詞人多借新事製題,寓其藻采。彥先夫婦必有猜貳疑沮之事爲詩人所傳,故二陸爲之擬作,觀後二章情狀可見。士衡詩疑本亦四章,而軼其後二章也。

張協

雜詩一首

秋夜涼風起,清氣蕩暄濁。蜻蛚吟階下,飛蛾拂明燭[1]。君子從遠役,佳人守煢獨。離居幾何時,鑽燧忽改木。房櫳無行迹,庭草萋已綠[2]。青苔依空牆,蜘蛛網四屋。感物多所懷,沉憂結心曲。

【紀批】
　　此種皆不出舊人窠臼,擬古者勿再效之。[3]

【今校】
（１）　拂,文津閣本作"滅"。
（２）　萋,文津閣本作"淒"。
（３）　墨批作:
　　　　此亦前人窠臼語。
　　梁定本作:
　　　　不出前人窠臼。

楊方

合歡詩五首

馮氏《詩紀》別後三首爲"雜詩",注其下曰:"《樂府》通前爲《合歡詩》,今從《玉臺》。"案:馮氏所據乃是明刻,其宋刻正作《合歡詩》五首,與《樂府詩集》相同。《藝文類聚》"合歡"部收此第五首,題曰"晉楊方《合歡詩》",雖誤以爲詠合歡花,然可見當時此詩本題"合歡",乃有此誤也。蓋此五首皆屬寓言,前二首極寫篤摯之忱,第三首乃人暌違之感,第四首言見而不親,第五首言求之不得。詞雖不屬,意實相承。明人以前二首語相酬答,遂誤以比爲賦,而析後三首題曰"雜詩",輕改舊文,殊失古人之意,今仍從宋刻。

虎嘯谷風起,龍躍景雲浮。同聲好相應,同氣好相求。[1]我情與子親,譬如影追軀。食共並根穗,飲共連理杯。衣用雙絲絹,寢共無縫襧。襧,宋刻作"綃",誤。今從《樂府詩集》。居願接膝坐,行願携手趨。趨,吳氏注本作"遊",蓋不知古音,而以今韻臆改。[2]子静我不動,子遊我不留[3]。齊彼同心鳥,譬此比目魚。情至斷金石,膠漆未爲牢。但願長無別,合形作一軀。生爲併身物,死爲同棺灰。"杯"字、"灰"字皆於韻不諧[4],或疑其誤。案:古音"虞""尤"相近,《隴西行》曰[5]:"卻略再拜跪,然後持一杯。談笑未及竟,左顧勅中厨。"陳琳《柳賦》曰:"有孤子之細柳,獨么枰而標殊[6]。隨枯木於爨側,將並置于土灰。"則是"杯"字、"灰"字本與虞部相諧,故與尤部同押,蓋漢晉間有此音,非訛字也。秦氏自言至,我情不可儔。

【今校】

(1) 好相求,朱墨批本、趙本作"自相求"。"虎嘯"四句朱批:
起四句太趨徑易。○通體亦不能免俗。此種皆纖瑣小品,不以詩論。

(2) 墨批作:
趨,別本作"遊",此不知魚、虞、尤古韻相通,而以今韻臆改也。今從宋刻。
梁定本注作:
吳氏注本作"遊",此不知古音,而以今韻臆改,今從宋刻。
按,稿本句末原有"今從宋刻"字,墨筆劃去。

(3) 不,朱墨批本、趙本作"無"。

（４）　注文句首四庫本有"詩中"字。韻，梁定本作"今韻"。
（５）　隴西行，四庫本作"漢樂府《隴西行》"。
（６）　孑，擷英本、梁定本誤作"子"。標，梁定本作"剽"。

　　磁石招長鍼，陽燧下炎煙。宮商聲相和，心同自相親。我情與子合，亦如影追身。寢共織成被，絮用同功緜。暑搖比翼扇，寒坐並肩氈。並，宋刻作"併"(1)，誤，今從《樂府詩集》。子笑我必哂，子慼我無歡。來與子共迹，去與子同塵。齊彼蛩蛩獸，舉動不相捐。惟願長無別，合形作一身。生有同室好，死成併棺民。徐氏自言至，我情不可陳。

　　獨坐空室中，愁有數千端。悲響答愁嘆，哀涕應苦言。彷徨四顧望，白日入西山。不睹佳人來，但見飛鳥還。飛鳥亦何樂，夕宿自作羣。〔一〕

【紀批】
〔一〕　不曰飛鳥一何樂，而曰飛鳥亦復何樂，"夕宿"乃爾"作羣"，然則有房帷之樂者，不能不念侶矣。激而反言，運意委曲之至。(2)

【今校】
（１）　朱墨批本同宋刻。
（２）　墨批作：
　　　　末二句激而反言之。
　　　梁定本作：
　　　　不曰飛鳥一何樂，而曰飛鳥亦復何樂，"夕宿"尚"自作羣"，然則人有房帷之樂者，其慕侶何如哉！激而反言，運意委曲之至。

　　飛黃銜長轡，翼翼回輕輪。俯涉綠水間(1)，仰過九層山。修塗曲且險，秋草生兩邊。黃華如沓金，白華如散銀。青敷羅翠彩，絳葩象赤雲。爰有承露枝，紫榮合素芬。"合"疑作"含"(2)。扶疏垂青藻，疏垂，《樂府詩集》作"路重"，誤。布翹芳且鮮。目爲艷彩迴，心爲奇色旋。撫心悼孤客，俛仰還自憐。踌躅向壁歎，攬筆作此文。(3)

【今校】
（1） 間，梁定本、四庫本作"澗"。
（2） 疑，四庫本作"擬"，誤。梁定本作：
　　　　"合"字疑"含"字之訛。
（3） "峙嶁"句朱批：
　　　　結亦潦草足韻。
　　梁定本作：
　　　　結二句殊太草草。

　　南隣有奇樹，承春挺素華。豐翹被長條，綠葉蔽朱柯。因風吐微音，芳氣入紫霞。(1) 我心羨此木，願徙著余家。余家，《樂府詩集》作"子家"，誤(2)。夕得遊其下，朝得弄其葩。爾根深且堅，堅，《藝文類聚》作"固"。余宅淺且洿(3)。移植良無期(4)，嘆息將如何。歎，《樂府詩集》作"欲"，誤(5)。

【今校】
（1） "芳氣"句朱批：
　　　　"入紫霞"亦趁韻。
　　梁定本批：
　　　　"入紫霞"三字趁韻。
（2） "願徙"句梁定本注：
　　　　《樂府詩集》"余"作"子"，誤。
（3） 宅，文津閣本作"家"。淺，文津閣本作"清"。
（4） 植，文津閣本作"根"。
（5） 梁定本無注。

王鑒

七夕觀織女一首

　　牽牛悲殊館，織女悼離家。一稔期一宵，此期良可嘉。赫奕玄門開，飛閣鬱嵯峨。隱隱驅千乘，闐闐越星河。六龍奮瑤轡，文螭負瓊車。火丹秉瑰燭，素女執瓊華。絳旗若吐電，朱蓋如振霞。雲韶何嘈嗷,靈鼓鳴相和。停軒紆高盻,停,宋刻作"亭",誤。紆,吳氏注本作"伃",誤。[1]眷予在岌峨[2]。澤因芳露霑,恩附蘭風加。明發相從遊,翩翩鸞鷟羅。同遊不同觀,"觀"字疑"歡"字之訛[3]。念子憂怨多。敬因三祝末,此句未詳。[4]以爾屬皇娥。

【紀批】

塗澤太濃,了無風旨,掩其首末,謂之遊仙詩亦可。[5]

【今校】

（１） 朱墨批本"停"作"亭","盻"作"盼"。梁定本無注。
（２） 予,朱墨批本作"余"。
（３） 訛,四庫本作"誤"。
（４） 文津閣本無注。
（５） 朱批作:

　　塗飾拉雜,絕無風旨。

梁定本作:

　　塗飾拉雜,了無風旨。掩去首尾,謂之遊仙詩可也。

李充

嘲友人一首

同好齊歡愛,纏緜一何深。子既識我情,我亦知子心。燕婉歷年歲,和樂如瑟琴。良辰不我俱,中闊似商參。爾隔北山陽,我分南川陰。嘉會罔克從,積思安可任。目想妍麗姿,耳存清媚音。修晝興永念,遙夜獨悲吟。逝將尋行役,言別涕霑襟。願爾降玉趾,一顧重千金。

【紀批】

此代擬友寄所歡之詞。[1]

【今校】

（1） 朱批作：

　　　此以孌童戲之耳。

梁定本作：

　　　直以孌童戲之。有其事則太猥，無其事則太虐，均非詩體也。

曹毗

夜聽擣衣一首

寒興御紈素，佳人理衣衾[1]。理衣衾，《藝文類聚》作"治衣襟"。冬夜清且永，皎月照堂陰。皎，《藝文類聚》作"皓"[2]。纖手疊輕素，朗杵叩鳴砧。清風流繁節，迴飈灑微吟。嗟此往運速，往，《藝文類聚》作"嘉"。悼彼幽滯心。二物感余懷，豈但聲與音。

【紀批】

　　一結超妙，盡洗恒蹊。[3]

【今校】

（1） 衾，朱墨批本、趙本作"裣"。
（2） 朱墨批本、趙本同《藝文類聚》。
（3） 墨批作：

　　　宕開作結，轉覺深遠。

陶潛

效 古 一 首[1]

日暮天無雲，春風扇微和。佳人美清夜，達曙酣且歌。歌竟長太息，持此感人多。明明雲間月，灼灼葉中花。豈無一時好，不久當如何。

【紀批】

起二句興象深微,有此二句,三四句乃有情致。有此前四句引出五六句,樂往哀來[2],乃有神理。若但以歡娛難久質言出之,則白香山亦多曠語矣[3]。

【今校】

（1） 效古,目錄朱墨批本作"擬古詩"。
（2） "五六句"三字,梁定本無。
（3） "若但"二句梁定本作:
　　　若直以榮樂不常質言寫出,則白香山優爲之矣。

荀昶

樂 府 二 首

　　朝發邯鄲邑,暮宿井陘間。井陘一何狹,車馬不得旋。邂逅相逢值,崎嶇交一言。一言不容多,伏軾問君家。君家誠易知,易知復易博。上二"易"字宋刻並作"難"[1],誤,今從《樂府詩集》。○博者,尋覓之意。釋寶月《估客樂》曰:"五兩如竹林,何處相尋博。"蓋六朝有此方言,或疑爲誤字[2],非也。南面平原居,北趨相如閣。飛樓臨名都,名,宋刻作"夕",誤,今從《樂府詩集》。通門枕華郭[3]。入門無所見,但見雙棲鶴。棲鶴數十雙,鴛鴦羣相追。大兄珥金璫,璫,宋刻作"鐺",誤,今從《樂府詩集》。中兄纓珠綏。纓珠綏,宋刻作"振纓綏",今從《樂府詩集》注。[4]伏臘一來歸,一,宋刻作"二",誤,今從《樂府詩集》。隣里生光輝。小弟無所作,作,《樂府詩集》作"爲"。鬭鷄東陌逵。大婦織紈綺,中婦縫羅衣。小婦無所作,挾瑟弄音徽。丈人且却坐,梁塵將欲飛。

擬相逢狹路間

【紀批】

此真牀上之牀。[5]

【今校】

（1） 朱墨批本同宋刻。
（2） 誤，梁定本作"訛"。
（3） 枕，文津閣本作"整"。
（4） "中兄"句朱墨批本、梁定本底本作"中兄振纓綏"，梁注爲：

《樂府詩集》注一作"纓玉蕤"。

按："一作纓玉蕤"五字爲稿本所删，梁定本保留。
（5） 朱批作：

此真東施之顰矣。

梁定本作：

六朝人最好擬此詩，大抵亦東施之顰，不知何所取義也。

熒熒山上火，迢迢隔隴左。隴左不可至，精爽通寤寐。寤寐衾裯同[^(1)]，忽覺在他邦。他邦各異邑，相逐不相及。迷墟在望煙，木落知冰堅。升朝各自進，誰肯相攀牽。〔一〕客從北方來，貽我端弋綈。命僕開弋綈，中有隱起珪。"隱起珪"三字未詳。長跪讀隱珪，詞苦聲亦凄。上言各努力，下言長相懷。

擬青青河邊草[^(2)]

【紀批】

〔一〕 "升朝"二句獨得中郎微旨。[^(3)]

【今校】

（1） 裯，朱墨批本、趙本作"幬"。
（2） 邊，文津閣本作"畔"。

朱批：

此首摹擬尤淺鄙。

梁定本批：

此篇摹擬尤淺陋。

（3） 梁定本無批語。

王微

雜詩二首

　　桑妾獨何懷,傾筐未盈把。自言悲苦多,排卻不肯捨。[一]妾悲亙陳訴,填憂不銷冶。寒雁歸所從(1),半途失憑假。壯情抃驅馳,猛氣捍朝社。常懷雪漢恥,常欲復周雅。[二]重名好銘勒,輕軀願圖寫。萬里度沙漠,懸師蹈朔野。傳聞兵失利,不見來歸者。奚處埋旍麾,何處喪車馬。[三]拊心悼恭人,零淚覆面下。徒謂久別離,不見長孤寡。寂寂掩高門,寥寥空廣廈。待君竟不歸,收顏今就槥。[四]

【紀批】

〔總〕　通體遒麗(2),排而不冗。

〔一〕　"排卻不肯捨"承上"悲苦"而言,猶曰推之不去。

〔二〕　"周雅"指宣王《六月》諸詩,然二字所該太廓。(3)

〔三〕　"奚處"、"何處"換一字轉成稚筆。(4)

〔四〕　一結筆力斬截,特爲高老。(5)

【今校】

(1)　所從,文津閣本作"何所"。

(2)　遒麗,梁定本作"遒緊"。

(3)　墨批作:

　　"周雅"蓋指《江漢》、《常武》諸篇,然語太儱侗。

梁定本作:

　　"周雅"指宣王《六月》諸篇爲獵犹而作者,然二字所該太廣,未免儱侗。

(4)　梁定本作:

　　"奚處"、"何處"未免太複。

(5)　特,梁定本作"致"。

朱批作:

　　收得高老。

思婦臨高臺,長想憑華軒。弄絃不成曲,哀歌送苦言。送苦,宋刻作"苦送"[1],誤,今從《文選》。箕帚留江介,良人處雁門。詎憶無衣苦,但知狐白溫。日暗牛羊下,野雀滿空園。孟冬寒風起,東壁正中昏。抱景自愁怨,朱火獨照人。此句宋刻在"抱景"句上[2]。案:"怨"字本有平音,于韻未爲不諧,然先言朱火獨照,而後言抱景愁怨,其文較直;先言抱景愁怨,而後言朱火獨照,其味較深。故從《文選》。[3]誰知心思亂[4],所思不可論。

【紀批】

此亦漢魏之舊格,在當時不失雅音,後來再一效之,即爲土羹塵飯。[5]

【今校】

（１） 苦送,當爲"若送"。朱墨批本、趙本作"若送"。
（２） 朱墨批本同宋刻。
（３） 故從,梁定本作"故今從"。"朱火"句整段注文墨批較簡:

　　　《文選》"抱景"句在"朱火"句上。

（４） 心思,四庫本、朱墨批本作"心曲"。
（５） 墨批作:

　　　此亦習徑。

　　梁定本作:

　　　此首不出古人蹊徑。

謝惠連

七月七日夜詠牛女

宋刻脱"夜"字。案:詩語實屬夜作[1],今從《文選》。

落日隱櫚楹,升月照房櫳。房,《太平御覽》作"簾"。[2] 團團滿葉露,析析振條風。躡足循廣除,除,宋刻作"塗"[3],誤,今從《文選》。瞬目曬層穹。雲漢有靈匹,此句《太平御覽》作"栩栩恒蝶夢",以文義推之,殊誤。[4] 彌年闕相從。彌,《太平御覽》作"終"。[5] 遐川阻昧愛,修渚曠清容。弄杼不成彩,彩,《太平御覽》作"藻"。[6] 聳轡騖前蹤。騖,宋刻作"鶩",誤,今從《文選》。

昔離秋已兩，今聚夕無雙。傾河易回斡，斡，《太平御覽》作"幹"，誤。[7] 款顏難久悰。款顏，《太平御覽》作"凝情"。[8] 沃若靈駕旋，寂寥雲幄空。寥，《太平御覽》作"寞"。[9] 留情顧華寢，遙心逐奔龍。沉吟爲爾感，情深意彌重。《藝文類聚》、《初學記》、《太平御覽》皆無末二句，語意殊不完，蓋類書節本，不足爲據。[10]

【紀批】
力去陳言，而未能孳甲新意，故不免雕琢之痕。何義門以穢褻譏之，未當其病。[11]

【今校】
（1）詩語，梁定本作"詩話"。
（2）梁定本無注。
（3）朱墨批本同宋刻。
（4）梁定本無注。
（5）梁定本無注。
（6）梁定本無注。
（7）梁定本無注。
（8）梁定本無注。
（9）梁定本無注。
（10）梁定本無注。
（11）朱批作：
　　　　刻意劓削，力去陳言，而語多生拗，所謂過猶不及。
　　梁定本作：
　　　　刻意劓削，力去陳言，然"聳轡"句、"昔離"四句、"遙心"句皆不免斧鑿之痕。

擣　衣

衡紀無淹度，晷運倏如催。白露滋園菊，秋風落庭槐。蕭蕭莎雞羽，莎，宋刻作"沙"，誤，今從《文選》。冽冽寒螿啼。冽冽，宋刻作"烈烈"。案：魏文帝詩有"冽冽寒蟬吟"句，故從《藝文類聚》。[1] 夕陰結空幕，宵月皓中閨[2]。美人戒裳服，端飾相招攜[3]。宋刻"裳"作"常"，"飾"作"飭"，並誤，今從《文選》。簪玉出北房,鳴金步南階。〔一〕榴高砧響發,楸長杵聲哀[4]。微芳起兩袖,起,《藝文類聚》作"發"。輕汗染雙題。紈素既已成,君子行未歸[5]。裁用笥中刀,縫爲萬里衣。盈筐自余手[6],幽緘俟君開。腰帶準疇昔,不知今是非。〔二〕

【紀批】

〔一〕 義門以"簪玉"、"鳴金"爲不類,語自有理,而六朝詩不能如此論。如此論,則不類者不但此二句也。[7]

〔二〕 義門曰:結語託意高妙。[8]

【今校】

（1） 魏文帝,文津閣本作"魏文"。"冽冽"句,朱墨批本作"烈烈寒螿啼"。朱批:

烈烈,疑作"冽冽",魏文帝詩"冽冽寒蟬吟"。

（2） 宵,朱墨批本作"霄"。
（3） 飾,朱墨批本作"飭"。
（4） 楸,文津閣本作"檻"。
（5） 未,朱墨批本、趙本作"不"。
（6） 筐,朱墨批本、趙本作"篋"。
（7） 梁定本無批語。
（8） 朱批作:

語弱而情真,故爲清曲。

梁定本作:

一結語淡而情真,開後來清巧之思。

代　古[1]

客從遠方來,贈我鵠文綾。貯以相思篋,緘以同心繩。裁爲親身服,著以俱寢興。別來經年歲,歡心不可凌。[2]瀉酒置井中,誰能辨斗升。合如杯中水,誰能判淄澠。

【今校】

（1） 此首稿本無眉批。朱批:

此亦雙鉤填廓,但出自雅人,尚無鄙言耳。

梁定本批:

　　未免依樣壺盧。

（2）"歡心"句朱批:

　　"凌"字費解,凡費解之詩,雖佳亦失自然之妙。

梁定本作:

　　"不可凌"三字太費解。

劉鑠

雜詩 五首[一]

眇眇凌長道(1),長,宋刻作"羨",誤,今從《文選》。(2) 搖搖行遠之。搖搖,宋刻作"遥遥"。《文選》李善本亦作"遥遥",注引《左傳》"遠哉遥遥"。惟五臣本作"搖搖",呂向注曰:"搖搖,心不安貌。"案:既曰"長道",又曰"遠之",再曰"遥遥"(3),未免太複,不必以《左傳》爲例也,故改從五臣本。(4) 回車背京里,揮手於此辭。堂上流塵生,庭中綠草滋。寒螿翔水曲,秋兔依山基。[二] 芳年有華月,佳人無還期。日夕涼風起,對酒長相思。悲發江南調,憂委《子衿》詩。臥看明鐙晦,坐見輕紈緇。淚容曠不飾,飾,宋刻作"飭"。(5) 幽鏡難復治。願垂薄暮景,照妾桑榆時。

代行行重行行

【紀批】

〔一〕 四首規橅古詩,如褚摹《蘭亭》時出本法(6),勝士衡處在此。(7)

〔二〕 "寒螿"二句用《淮南子》語,非即景湊泊。(8)

【今校】

（1） 眇眇,文津閣本作"渺渺"。

（2） 朱墨批本同宋刻。墨批作:

　　　　長道,宋刻作"羨道",再校。

（3） 遥遥,四庫本作"搖搖",誤。

（4） "搖搖"句整段注文,墨批作:

摇摇,諸本皆作"遥遥"。然吕向《文選》注:"摇摇,心不安貌。"知本作"摇摇"矣,況下有"遠"字。"遥遥"亦嫌太複,不得以"遠哉遥遥"爲例。

（5）注文末梁定本有"誤"字。按,朱墨批本同宋刻。
（6）本法,梁定本作"己法"。
（7）朱批作:

擬古四首不求形似,乃如雙鵠並翔,各極所至而休。

按:"四首"指前四首。梁定本批語在第四首《代青青河畔草》之後。
（8）梁定本無批語。

落宿半摇城,浮雲靄層闕。玉宇來清風,羅帳延秋月。結思想伊人,沉憂懷明發。誰謂行客遊,屢見流芳歇。河廣川無梁,山高路難越。

代明月何皎皎

【紀批】

工于發端。[1]

【今校】

（1）梁定本作:

起二句工於發端,清景宛然在目。

白露秋風始,秋風明月初。明月照高樓,白露皎玄除。迨及涼雲起,行見寒林疏。客從遠方至,贈我千里書。先敘懷舊愛,末陳久離居。一章意不盡,三復情有餘。願遂平生眷,無使甘言虛。

代孟冬寒氣至

淒淒含露臺,肅肅迎風館。思女御欄軒,哀心徹雲漢。端撫悲絃泣,獨對明鐙歎。良人久遙役[1],耿介終昏旦。楚楚秋水歌,吳顯令注曰:"秋,疑作'狄'。"按:孔子《狄水之歌》,未聞被之絃管,且尤于閨情無與,作"狄"非是,疑爲"淥水"之訛[2]。《淮南子》曰:"手會《淥水》之趣。"高誘注[3]:《淥水》,古詩也。"《琴操》《蔡邕五弄》亦有《淥水》一曲[4]。依依采菱彈[5]。

代青青河畔草[6]

【紀批】

結法高妙。(7)

【今校】

（１） 遥,朱墨批本、趙本作"徭"。
（２） 渌水,梁定本、四庫本作"綠水"。
（３） "高誘注"後梁定本誤衍"綠水之訛淮南子手會綠水之趣高誘注",恐是抄寫串行所致。
（４） 渌水,四庫本作"綠水"。"楚楚"句墨批僅：

吴氏注疑"秋"當作"狄",存考。
（５） "依依"句,梁定本誤脱。
（６） 朱批：

此擬枚叔之"青青河畔草",非中郎也。
（７） 朱批作：

竟住高妙。

梁定本批作：

擬古四首不求形似,乃如雙鵠並翔,各極所至而休。

秋動清風扇,風,宋刻作"氛"。案："氛"不可言清,亦不可言扇。今從《藝文類聚》。火移炎氣歇。廣欄含夜陰,高軒通夕月。安步巡芳林,傾望極雲闕。組幕縈漢陳,龍駕凌霄發。誰云長河遥,頗劇促筵越(1)。馮氏《詩紀》此句作"頗覺促筵悦"。案：此句言長河雖遥,倐忽可渡,更捷於促筵之時,越席相接。雖措語稍澀,非竟不可訓釋。馮氏因其難解而以意改之,于古無據,今仍從宋刻。又《初學記》、《藝文類聚》皆載此詩,而皆無此二句。案：上二句言渡河,下二句言曉别,無此二句似非情事,當是類書删本,輾轉相承。謝惠連《七夕詩》,兩書亦皆無末二句,其明證也。沉情未申寫,飛光已飄忽。來對眇難期〔一〕,今歡自兹没。

詠牛女(2)

【紀批】

〔一〕 "來對"二字太生,牛女一年一度(3),亦不得謂之"難期"。

【今校】

（１） 劇,朱墨批本作"覺"。"頗劇"句墨批：

"頗劇促筵越"言較同席相隔更近耳,措語頗晦拙,後人遂改

"劇"爲"覺",改"越"爲"悦",失其旨矣。今從宋刻。
（2）墨批：
　　此題自六代已成窠臼,後之作者襲古調則入陳因,出新意又涉迂腐。不食馬肝,不審知味,正應以不作爲高耳。
（3）一年一度,梁定本作"一年一晤"。

玉臺新詠卷第四　　河間紀昀校正

王僧達七夕月下一首
顏延之爲織女贈牽牛一首宋本"牽牛"下誤衍"七夕"二字。
秋胡詩一首
鮑昭雜詩九首
王素學阮步兵體一首
吳邁遠擬樂府四首
鮑令暉雜詩六首
丘巨源雜詩二首
王元長雜詩五首
謝朓雜詩十二首
陸厥中山王孺子妾歌一首
施榮泰雜詩一首

王僧達

七夕月下一首

遠山斂霧裌，霧，《藝文類聚》、《初學記》並作"氛"。廣庭揚月波。氣往風集隙，秋還露泫柯。節期既已屚，"屚"字未詳。《初學記》作"屏"，亦未詳。[1]中宵振綺羅。來歡詎終夕，收淚泣分河。[2]

【今校】
（1）朱批作：

　　　　"屚"字未詳。

（2） 朱批：

  語殊淺拙。

顔延之

爲織女贈牽牛一首

  婺女儷經星,常娥棲飛月⁽¹⁾。慙無二媛靈,託身侍天闕。閶闔殊未暉,咸池豈沐髮。漢陰不夕張,夕,宋刻作"久"⁽²⁾,《藝文類聚》作"夕"⁽³⁾。案:《楚詞·湘夫人》曰⁽⁴⁾:"與佳期兮夕張。"王逸注:"張,施也,修設祭具⁽⁵⁾,夕早洒掃,張施帷帳,與夫人期歆享之也。"則"夕張"爲是。今從《藝文類聚》。長河爲誰越。雖有促諧期,方須凉風發。虛計雙曜周,空遲三星没。非怨杼軸勞,但念芳菲歇。

【紀批】

  延之詩頗傷雕繢而風力終遒,故得顔、謝並稱。此詩雖涉戲筆,亦自天情開朗。○代擬贈答始自魏文,衍于二陸,至延之託詞織女,沈約、王筠相繼有作,遂開纖仄之門,曹唐《遊仙》濫觴于此。至羅隱《代孔子答詩》、盧仝《擬蝦蟆請客》而弊斯極矣,作始不可不慎也。⁽⁶⁾

【今校】

（1）　常,文津閣本作"姮"。
（2）　朱墨批本同宋刻。
（3）　久,文津閣本作"人"。四庫本無"《藝文類聚》作'夕'"句。
（4）　楚詞,梁定本作"楚辭"。湘,梁定本誤作"相"。
（5）　修設,文津閣本作"修飾"。
（6）　朱批作:

  神思清朗,一洗靡靡之氣。○延之詩雖雕繢而神思自清,風骨自遒,高出諸人之上,故有顔謝之稱。○代擬贈答始于魏晉,至延之託詞織女,已開纖仄之門。曹唐《遊仙》惡札實作俑于此,所宜懸之戒律者。

梁定本作:

延之詩頗涉雕繢而風骨自遒，故得顏、謝並稱。此詩雖出戲筆，亦自天情開朗。○代擬贈答始自晉人，至延之託詞織女，沈約、王筠相繼有作，已開纖仄之門，遂爲曹唐《遊仙》之祖。至《羅江東集》有《代文宣王答詩》，《盧玉川集》有《蝦蟆請客詩》，弊斯極矣，作始不可不慎也。

秋胡詩一首

椅梧傾高鳳，寒谷待鳴律。影響豈不懷，自遠每相匹。婉彼幽閒女，作嬪君子室。峻節貫秋霜，明艷侔朝日。嘉運既我從，欣願自此畢。其一。燕居未及歡，歡，《選詩補注》作"好"[1]，誤。良人顧有違。脫巾千里外，結綬登王畿。戒徒在昧旦，左右來相依。驅車出郊郭，行路正威遲。存爲久離別，沒爲長不歸。其二。嗟余怨行役，三陟窮晨暮。嚴駕越風寒，解鞍犯霜露。原隰多悲凉，迴飆卷高樹。離獸起荒蹊，驚鳥縱橫去。悲哉宦遊子，宦遊，《選詩補注》作"遊宦"[2]。勞此山川路。其三。[一]迢遙行人遠，迢，《樂府詩集》作"超"。宛轉年運徂。良時爲此別，日月方向除。孰知寒暑積，僶俛見榮枯。歲暮臨空房，凉風起坐隅。寢興日已寒，白露生庭蕪。其四。勤役從歸顧[3]，反路遵山河。昔辭秋未素，今也歲載華。蠶月觀時暇，觀，張玄超《古詩類苑》作"歡"，于義爲愜，然未詳所本。[4]桑野多經過。佳人從所務，窈窕援高柯。傾城誰不顧，弭節停中阿。其五。年往誠思勞，誠思，疑作"思誠"。路遠闕音形[5]。雖爲五載別，相與味平生。捨車遵往路，鳧藻馳目成。南金豈不重，聊自意所輕。義心多苦調，密此金玉聲[6]。其六。高節難久淹，朅來空復辭。遲遲前塗盡，依依造門基。上堂拜嘉慶，入室問何之。日暮行采歸，采，《選詩補注》作"來"。案：此句乃言凡采桑者皆歸。"美人"句乃言其婦亦至，若作"來"字，則此句已指其婦，下文複矣[7]。物色桑榆時。美人望昏至，慙歎前相持。其七。有懷誰能已，聊用申苦難。難，《選詩補注》作"艱"。離居殊年載，一別阻河關。春來無時豫，秋至恒早寒[8]。明發動愁心，閨中起長歎。起，《樂府詩集》作"夜"，誤。慘悽歲方晏[9]，日落遊子顏。其八。[二]高張生絕絃，聲急由調起。[三]自昔枉光塵，結言固終始。言，《樂府詩集》作"心"，誤。如何久爲別，百行諐諸已。君子失明義，誰與偕沒齒。[四]愧彼《行露》詩，甘之長川汜。其九。案：此詩宋刻訛舛特甚[10]，驗其字畫，此一板乃出補刻，今從《文選》所載，凡宋刻異同悉不注。

【紀批】

〔總〕 鍛鍊劌削，仍存本色，而澄而清之，出以簡峭，遂爲高唱。[11]
〔一〕 第三章寫旅況極警拔，而以全詩章法論，究爲衍出。詩家有旁起之波瀾，樂府有橫生之機趣，均非此之謂也。[12]
〔二〕 第八首自叙平昔念遠之情，以明于夫無負。○"有懷"二句甚妙，言此人本不必與言，但聊述苦況使人知之耳，已含得必死意矣。[13]
〔三〕 "高張"二句起勢超忽。[14]
〔四〕 "自昔"六句其音兀屬，如面聞決絕之詞。[15]

【今校】

（1） 朱墨批本同《選詩補注》。
（2） 朱墨批本同《選詩補注》
（3） 顧，四庫本從《文選》作"願"。
（4） 梁定本無"張玄超"字。"蠱月"句朱批：
　　　　覯，疑作"歡"。
（5） 路，朱墨批本、趙本作"事"。
（6） 此，文津閣本作"比"。
（7） 下文，擷英本、梁定本作"下句"。注文末稿本劃去"今仍從宋刻"，梁定本保留。
（8） 恒，朱墨批本、趙本作"應"。
（9） 晏，文淵閣本作"宴"。
（10） 此詩，梁定本作"此一詩"。特甚，文津閣本作"特異"。
（11） 劌削，梁定本作"琢削"。簡峭，梁定本作"簡古"。
（12） 朱批作：
　　　　此一章究是衍出，四體妍媸無關妙處，何不節而去之？
　　梁定本作：
　　　　第三章究是衍出，與正意太無關會。詩家有旁起之波瀾，樂府有橫生之機趣，均非此之謂，節而去之，不爲斷鶴。
（13） 墨批作：
　　　　此首先敘平時念遠之況，以見無負于其夫。
　　梁定本作：

第八章自明平時念遠之懷以見于夫無負。○"有懷"二句甚妙,言此人本可不必與言,但聊申夙昔之意俾之知耳,已藏得必死意矣。○"慘悽"二句乃其婦意中想像之詞,即長歎時所憶及也。

(14) 墨批作:

起得超拔。

梁定本作:

"高張"二句起勢超拔。

(15) 朱批作:

其音抗厲,如面聞決絕之詞。

梁定本作:

"自昔"六句其音亢厲,如面聞決絕之詞。全體畫龍,此一章其點睛處也。

鮑昭

翫月城西門[1]

《文選》"西門"下有"廨中"二字[2]。

始見西南樓,纖纖如玉鉤。末映東北墀,娟娟似蛾眉。蛾眉蔽朱櫳[3],二"蛾"字宋刻作"娥","櫳"字宋刻作"籠",並誤。今從《文選》。[4]玉鉤隔綺窗。三五二八時,千里與君同。夜移衡漢落[5],徘徊帷幌中。歸華先委露,別葉早辭風。客遊厭苦辛,苦辛,宋刻作"辛苦",於轉韻音節未諧,今從《文選》。仕子倦風塵。風,宋刻作"飄",誤,今從《文選》。休澣自公日,宴慰及私晨[6]。蜀琴抽《白雪》,郢曲發《陽春》。發,宋刻作"繞"[7],誤,今從《文選》。肴乾酒未闌,闌,宋刻作"缺"。案:李善《文選》注訓為"酒未止",則本是"闌"字。[8]金壺起夕淪[9]。宋刻作"夕輪"[10],不可解。《文選》作"夕淪",李善注謂"肴雖乾而酒未止,金壺之漏,已起夕波"[11],義尚可通,今從《文選》。[12]迴軒駐輕蓋,留酌待情人。

【紀批】

玩"三五"二句似懷人之作,玩篇末又似招友之作,題無明文,遂莫詳其作意。[13]

【今校】

（1） 朱批：

明遠古詩不及樂府，樂府五言不及七言。才有偏長，非力可強。

（2） 題注末稿本劃去"宋刻無之"字，梁定本保留。

（3） 朱，朱墨批本、趙本作"珠"。

（4） 梁定本注作：

宋刻"蛾"皆作"蛾"（按，後"蛾"字當作"娥"），"櫳"作"籠"，並誤。今從《文選》。

（5） 衡，四庫本作"橫"。

（6） 宴，朱墨批本、趙本作"晏"。

（7） 朱墨批本同宋刻。

（8） 朱墨批本同宋刻。"肴乾"句墨批：

闋，宋刻作"缺"。觀李善訓爲"止"，則知本是"闋"字。

（9） 起，朱墨批本、文淵閣本作"啓"。按：《文選》作"啓"，初編本作"起"。

（10） 朱墨批本同宋刻。夕淪，文津閣本作"多淪"。

（11） 起夕波，文淵閣本作"啓夕波"。

（12） 今從《文選》，梁定本作"故從之"。

"金壺"句整段注文墨批作：

"金壺"句未詳。李善注謂"肴雖乾而酒未止，金壺之漏，已啓夕波"，亦牽強。

（13） 梁定本作：

觀"三五"二句似懷友之作，觀末二句又似招友之作，題無明文，遂莫喻其作意。○"蛾眉"、"玉鉤"四字始見此詩，遂爲典故。以詩論之，尚非參軍高作。

代京洛篇[一]

鳳樓十二重，樓，《藝文類聚》作"臺"。四戶八綺窗。繡桷金蓮華，桂柱玉盤龍。柱，《古樂府》作"樹"，誤(1)。珠簾無隔露，露，《樂府詩集》《古樂府》皆作"路"，誤(2)。羅幌不勝風(3)。寶帳三千萬(4)，萬，《樂府詩集》《古樂府》皆作"所"。爲爾一朝容。揚芬紫煙上，垂綵綠雲中。春吹迴白日，霜歌落塞鴻。但懼秋塵起，盛愛逐衰蓬。[二]坐視青苔滿，臥對錦筵空。琴筑縱橫散,筑,《樂府詩集》《古樂府》皆作"瑟"。舞衣不復縫。古來皆歇薄,君意豈獨濃?豈,《古樂府》作"良",誤。(5)惟見雙黃鵠,千里一相從。〔三〕

【紀批】

〔一〕 前幅設色極濃而迥異齊梁之綺靡(6),當由神骨不同。
〔二〕 "但懼"二句,一篇之轉軸,即一篇之作意。(7)
〔三〕 末四句怨而不怨,不怨而怨,此爲和平之音。(8)

【今校】

（１） 注文末稿本劃去"今從宋刻"字,梁定本保留。
（２） 注文末稿本劃去"今從宋刻"字,梁定本保留,惟無"誤"字。
（３） 勝,四庫本作"生"。
（４） "寶帳"句墨批:
　　　"寶帳三千萬"似用益州爲合德造帳事。
（５） 注文末稿本劃去"今從宋刻"字,梁定本保留。
（６） 迥異,梁定本作"迥異乎"。綺靡,梁定本作"綺縟"。
（７） "但懼"二句梁定本無批語。
（８） 朱批無"末四句"三字。梁定本作:
　　　末四句不怨而怨,怨而不怨,此爲溫厚和平。

擬樂府白頭吟

直如朱絲繩,清如玉壺冰。何慚宛昔意,猜恨坐相仍。人情賤恩舊,世議逐衰興。〔一〕議,宋刻作"義"(1),誤,今從《文選》。毫髮一爲瑕,丘山不可勝。食苗實碩鼠,點白信蒼蠅。鳧鵠遠成美,薪芻前見凌。申黜褒女進,褒,宋刻作"哀",誤,今從《文選》。(2)班去趙姬升。升,宋刻作"昇",誤,今從《文選》。(3)周王日淪惑,漢帝益嗟稱。〔二〕心賞猶難恃,猶,《古樂府》作"同",誤。貌恭豈易憑。古來共如此,非君獨撫膺。

【紀批】

〔總〕 風骨自道,然其詞頗激。
〔一〕 《義門讀書記》曰:恒言"興衰",倒作"衰興",韓詩用字多如此。(4)
〔二〕 "鳧鵠"二句、"周王"二句似皆可刪。(5)

【今校】

（1） 朱墨批本同宋刻。
（2） 梁定本無注。
（3） 梁定本無注。
（4） 梁定本無批。
（5） 似皆可删，梁定本作"皆似可節"。
　　　朱批作：
　　　　　"鳧鵠"二句可節。"周王"二句尤可節。

采 桑 詩

案：《樂府》相和曲有《采桑》[(1)]，此"詩"字疑衍。

　　季春梅始落，女工事蠶作。采桑淇洧間，還戲上宮閣。早蒲時結陰，晚篁初解籜。篁，《樂府詩集》作"竹"。藹藹霧滿闈，融融景盈幕。乳燕逐草蟲，巢蜂拾花蕚。[一]蕚，宋刻作"藥"，誤，今從《文苑英華》。是節最暄妍，暄，《樂府詩集》作"喧"，誤。佳服又新爍。斂歎對迥途，斂，《樂府詩集》作"欽"，誤。揚歌弄場藿。抽琴試抒思[(2)]，薦佩果成託。[二]承君郢中美，服義久心諾。衛風古愉艷，鄭俗舊浮薄。虛願悲渡湘，虛，《樂府詩集》作"靈"，誤。空賦笑瀍洛。空，《樂府詩集》作"宓"，誤。○"瀍"字未詳，《樂府詩集》作"景"，亦誤，疑爲"濟"字之訛[(3)]。盛明難重來，明，疑作"時"。[(4)]淵意爲誰涸。君其且調絃，桂酒妾行酌。[三]

【紀批】

〔總〕　桑濮之詞，寫來爾許大雅。[(5)]
〔一〕　"早蒲"六句景中有人，純以烘染取神，非泛寫春色。[(6)]
〔二〕　"抽琴"二句一篇轉軸。極猥褻事借阿谷、漢皋二故實輕輕遞下，雅潔之至。[(7)]
〔三〕　住得不盡。[(8)]

【今校】

（1） 相和，文津閣本誤作"相如"。
（2） 抒，朱墨批本、趙本作"佇"。
（3） "虛願"二句梁定本注在下句：

《樂府詩集》"虛"作"靈","空"作"宓","瀘"作"景"。
（4）梁定本底本作"盛時難重來",無注。
（5）爾許,梁定本作"如許"。朱批作：
　　色澤鮮華,繁而不縟,桑濮之詞,寫來如許大雅。此殆非齊梁才士所知。
（6）純以,梁定本作"純是"。泛寫春色,梁定本作"泛泛寫景"。
　　墨批作：
　　此六句景中有人,純是烘染取神,非泛泛寫景之筆。
（7）朱批作：
　　"抽琴"用阿谷處女事,"薦珮"用鄭交甫事,此二語爲一詩之轉軸,落得極輕便,又極大雅。
　　梁定本作：
　　"抽琴"用阿谷處女事,"薦珮"用鄭交甫事,此二句爲一詩之轉軸,極猥褻事借二故事一點,落得極便捷,又極雅潔。
（8）墨批作：
　　住得恰好。
　　梁定本作：
　　結得不盡。

夢還詩

銜淚出郭門,撫劍無人遙。沙風暗塞起,離心眷鄉畿。夜分就孤枕,夢想暫言歸。孀婦當戶歎,歎,宋刻作"笑"[1]。案：此句在"繅絲"、"鳴機"之上,作"笑"字不近事理。馮氏校本注一作"歎",今從之。[2]繅絲復鳴機。慊款論久別,相將還綺帷。靡靡簀下凉,朧朧窗裏輝。刈蘭爭芬芳,采菊競葳蕤。開奩集香蘇[3],探袖解纓徽。寐中長路近,覺後大江違。驚起空歎息,怳惚神魂飛。白水漫浩浩,高山壯巍巍。波潮異往復[4],風霜改榮衰。此土非我土[5],慷慨當訴誰。

【紀批】

本茂先《雜詩》而拓之。起四句先畫圓光,末八句展出遠勢,遂覺青出于藍。[6]

【今校】

（1） 朱墨批本同宋刻。

（2） "孀婦"句梁定本注作：

> 宋刻作"笑"，不近事理。馮氏校本注一作"歎"，今從之。

（3） 集，文津閣本作"奪"。

（4） 潮，文津閣本作"瀾"。

（5） 我，朱墨批本、趙本作"吾"。

（6） 朱批作：

> 即茂先詩而衍之。賴此一結拓出境界。

梁定本作：

> 本茂先"明月曜清"（按："清"後脱一"景"字）一首而拓之。後六句展出境界，豪宕淋漓，遂覺青出於藍。

擬　古

河畔草未黃，胡雁已矯翼。秋蛩挾户吟，挾，宋刻作"扶"[(1)]，誤，今從本集。寒婦晨夜織。去歲征人還，流傳舊相識。聞君上隴時，東望久歎息。宿昔改衣帶[(2)]，旦暮異容色。〔一〕念此意如何[(3)]，夜長憂向多[(4)]。明鏡塵匣中，寶瑟生網羅。〔二〕

【紀批】

〔一〕 中六句全從對面落墨，遂覺字字玲瓏。此法得之古詩"還顧望舊鄉"二句。[(5)]

〔二〕 住法高妙。如著于中幅，則常語耳。[(6)]

【今校】

（1） 朱墨批本同宋刻。

（2） 改衣帶，朱墨批本、趙本作"衣帶改"。

（3） 意，朱墨批本、趙本作"憂"。

（4） 向，文津閣本作"更"。

（5） 朱批作：

> 對面落筆，善於擊虛。

梁定本作：

中六句純從對面落筆,玲瓏生動。
（6） 朱批作:
　　佳在竟住,如著於中間,則爲凡語。
　　梁定本作:
　　結二句佳在竟住,如著于中間,則爲常語。

詠　　燕(1)

雙燕戲雲崖,羽翮始差池。出入南闈裹,經過北堂陲。意欲巢君幕,層楹不可窺。沉吟芳歲晚,徘徊韶景移。悲歌辭舊愛,銜淚覓新知。淚,宋刻作"泥"(2),今從《藝文類聚》。

【紀批】

比興頗淺。(3)

【今校】

（1） 朱墨批本題作"詠雙燕"。
（2） 朱墨批本同宋刻。
（3） 朱批作:
　　此託意之作,必有本事,非泛擬之詞。
　　梁定本作:
　　寓意之作,頗有情致。然格已純是齊梁,于明遠集中爲次乘。

贈　故　人

寒灰滅更然,夕華晨更鮮。春冰雖暫解,冬冰還復堅(1)。佳人舍我去,賞愛長絶緣。歡至不留時,每感輒傷年。〔一〕
雙劍將別離,先在匣中鳴。煙雨交將夕,從此遂分形。《藝文類聚》無此二句,蓋類書所引多節文。雌沉吳江水,雄飛入楚城。吳江深無底,楚城有崇扃。一爲天地別,豈直阻幽明。阻,《藝文類聚》作"限"。神物終不隔,千祀儻還并。〔二〕

【紀批】

〔總〕 二詩皆節短勢長,在此集如管絲掩抑之中,忽聞霜天曉角。(2)

〔一〕 借襯亦是恒蹊,然多用于中幅作跌宕,此獨突兀直入,連作三疊方入本位,極爲夭矯離奇。(3)

〔二〕 此首純用比體,尤爲奇恣。(4)

【今校】

（1） 還復,朱墨批本、趙本作"復還"。

（2） 朱批作:

　　二詩淋漓俯仰,一氣卷舒,節短而勢長,如管弦掩抑之中聽霜天曉角。

梁定本作:

　　二詩淋漓俯仰,一氣縱橫,節短而勢長,在此集如管弦掩抑之中,忽聽霜天曉角。

（3） 梁定本作:

　　借襯亦是常徑,然多用於中間作頓挫,亦不過一二句而止。突兀無端,連作三疊,方落正意,極爲夭矯離奇。

（4） 梁定本作:

　　此首全作比體,竟不出正意,亦極奇恣。

王素

學阮步兵體

沉情發遐慮,紆鬱懷所思。髣髴聞簫管,鳴鳳接嬴姬。聯緜共雲翼,嬿婉相攜持。寄言芳華士,寵利不常期。涇渭水清濁(1),視彼《谷風》詩。

【紀批】

根柢不及其深厚,自氣格不及其渾成,所謂形骸之外去之逾遠。(2)

【今校】

（1） 水,朱墨批本、趙本作"分"。

（2） 朱批作：

　　此友朋相怨之詩，尚爲不失雅音，然擬之阮公，則神骨去之遠矣。

梁定本作：

　　根柢不及其深厚，自氣格不及其渾成，摹擬字句之間，所謂形骸之外去之愈遠。

吴邁遠

擬樂府四首

　　可憐雙白鵠，雙雙絕塵氛。連翩弄光景，交頸遊青雲。遊，《文苑英華》作"憇"，誤。逢羅復逢繳，雌雄一旦分。哀聲流海曲，孤叫出江濱(1)。豈不慕前侶，爲爾不及羣。步步一零淚，千里猶待君。〔一〕樂哉新相知，悲矣新別離。矣，《樂府詩集》作"來"(2)。持此百年命，持，宋刻作"恃"(3)，誤，今從《樂府詩集》。共逐寸陰移。譬如空山草，零落心自知。〔二〕

飛來雙白鵠

【紀批】

〔一〕"豈不"四句沉痛不減本詞，如此擬古乃非貌似。(4)
〔二〕結四句更爲深至。(5)

【今校】

（1） 濱，朱墨批本、趙本作"濆"。
（2） 朱墨批本同"《樂府詩集》"。
（3） 朱墨批本同宋刻。
（4） 貌似，梁定本作"形似"。朱批作：

　　沉痛不減本詞，如此擬古乃非形似。

（5） 朱批作：

　　結更深微。

梁定本作：

结四句更深微。

　　百里望咸陽,知是帝京域。綠樹搖雲光,春城起風色。佳人愛景華,流靡園塘側。妍姿艷月映,羅衣飄蟬翼。宋玉歌《陽春》,巴人長太息。雅鄭不同賞,那令君愴惻。〔一〕生平重愛惠,此句《英華》作"生重愛惠輕"(1),又注"愛",一作"受"。均不可解。(2)私自憐何極。

陽春曲

【紀批】

〔一〕"宋玉"四句,艷歌中能作身分語,齊梁作者不解如此用意矣。(3)

【今校】

（1）　愛惠,文津閣本作"惠愛"。
（2）　"生平"句梁定本注作:
　　　《文苑英華》作"生重",今從宋刻。
　　　按:注文末稿本劃去"今從宋刻"字,梁定本保留。
（3）　如此用意,梁定本作"如此説"。朱批作:
　　　艷歌中能作身分語,宋人猶去古未遠也。

　　生離不可聞,況復長相思。據本題疑"思"字當作"離"字。(1)如何與君別,當我盛年時。蕙華每搖蕩,妾心空自持。空,《文苑英華》作"長"。榮乏草木歡,悴極霜露悲。富貴身難老,身,《文苑英華》作"貌"。貧賤年易衰。持此斷君腸,君亦宜自疑。淮陰有逸將,折翮謝翻飛。"折翮"句《英華》作"折羽不曾飛"(2)。楚亦扛鼎士,出門不得歸。正爲隆準公,仗劍入紫微。君才定何如,白日下爭暉。

長別離

【紀批】

　　圖功名而踐危機,不如保身家而歡良晤(3)。此必有爲而作,託爲婦規其夫之詞(4),非艷歌也。(5)

【今校】

（1）　梁定本無注。

（２）英華，梁定本作"文苑英華"。注文末稿本劃去"語似率易，今從宋刻"，梁定本保留。
（３）身家，梁定本作"家室"。
（４）託，梁定本作"而託"。
（５）整段批語朱批作：
　　此亦必有所指而託爲婦規其夫之詞，非艷歌也。

　　晨有行路客，依依造門端。人馬風塵色，知從河塞還。〔一〕時我有同棲，結宦遊邯鄲。將不異客子，分饑復共寒。煩君尺帛書，寸心從此殫。遣妾長憔悴，遣，《樂府詩集》作"道"，于下"一見"句爲複。⑴豈復歌笑顔。簪隱千霜樹⑵，庭枯十載蘭。經春不舉袖，秋落寧復看。一見願道意，君門已九關。〔二〕虞卿棄相印，擔簦爲同歡。〔三〕閨陰欲早霜，何事空盤桓。

長相思

【紀批】
〔總〕亦純作招隱之詞，翻出窠臼之外，然實從《東門行》"賤妾與君共哺糜"意化出，但脱換無迹耳。⑶
〔一〕"人馬"二句寫狀宛然，猶有漢人遺意。⑷
〔二〕"君門"句，言廉遠堂高，難邀知遇，非求取功名之時。⑸
〔三〕虞卿事比擬不倫，却不倫得妙。爲朋友尚棄功名，況夫婦之愛乎？如此用事乃能觸手玲瓏。⑹

【今校】
（１）"遣妾"句梁定本底本作"道妾長憔悴"，注作：
　　宋刻"道"作"遣"，誤，今從《樂府詩集》。
（２）霜，文津閣本作"桑"。
（３）朱批作：
　　純作招隱之詞，翻出窠臼之外，却是從《西門行》一首化出，但脱換無迹耳。
梁定本作：
　　亦純作招隱之詞，翻出窠臼之外，然實從《西門行》化出，但脱換無迹耳。

按：《西門行》，當作"《東門行》"。東，稿本原作"西"，描改爲"東"。
（4）　朱批作：

十字有神。

梁定本作：

"人馬"二句寫得有神。

（5）　梁定本作：

"君門"句，言賢路閉塞，廉遠堂高，非求取功名之時。

（6）　朱批作：

比擬不倫，却不倫得妙。

鮑令暉

擬青青河畔草[1]

裊裊臨窗竹，藹藹垂門桐。灼灼青軒女，泠泠高臺中。明志逸秋霜，玉顔豔春紅。人生誰不別，恨君早從戎。鳴絃慙夜月，紺黛羞春風[2]。

【今校】

（1）　此首稿本無批語。梁定本批：

二詩語皆淺弱，病又不止於效顰。

按，二詩，指此首及下一首。

（2）　黛，四庫本作"帶"。

擬客從遠方來[1]

客從遠方來，贈我漆鳴琴。木有相思文，絃有別離音。終身執此調[2]，歲寒不改心。願作《陽春》曲，宮商長相尋。

【今校】

（1）　此首稿本無眉批。朱批：

此首稍可，然亦牀上牀也。

（2）　執，四庫本作"持"。

題書後寄行人

　　自君之出矣,臨軒不解顏。砧杵夜不發,高門晝長關[1]。晝長,《文苑英華》作"恒晝"。帳中流熠耀,流,《文苑英華》作"浮",誤[2]。庭前華紫蘭。物枯識節異,宋刻及《藝文類聚》《文苑英華》皆作"物枯",惟吳氏注本作"楊枯",于儷偶爲切,而未詳所據。[3]鴻來知客寒。〔一〕遊用暮冬盡,除春待君還。"除春"二字未詳。《文苑英華》末二句作"近取暮秋盡,餘思待春還",亦不甚可解。[4]

【紀批】

〔一〕 "鴻來"五字有致。梁武帝"中州木葉下,邊城應早霜"句即衍此意而爲之。[5]

【今校】

（１） 長,朱墨批本、趙本作"常"。
（２） 注文末稿本劃去"今從宋刻",梁定本保留。
（３） "物枯"句梁定本注作:
　　　　物枯,別本作"楊枯"者,誤。
（４） "遊用"二句梁定本注作:
　　　　《文苑英華》作"近取暮秋盡,餘思待春還"。
（５） 朱批作:
　　　　通體靡靡,結尤淺率,惟"鴻來"五字特佳。
　　　梁定本作:
　　　　"鴻來"五字有致。

古意贈今人

　　寒鄉無異服,衣氈代文練。月月望君歸,年年不解綖。荆揚春早和,幽冀猶霜霰。北寒妾已知,南心君不見。誰爲道路苦[1],寄情雙飛燕。〔一〕形迫杼煎絲,顏落風摧電[2]。"杼煎絲"、"風摧電"俱不甚可解,然古語今不盡詳,未敢必斷其誤,當闕所疑。[3]容華一朝盡,惟餘心不變。〔二〕

【紀批】

〔一〕 "誰爲"二句,言誰肯爲歷道路之苦遠寄音書? 惟有寄情雙燕耳。

"爲"字讀去聲。(4)
〔二〕 結二句透出前人窠臼,覺蕙蘭遲暮又常語矣。(5)

【今校】

（1） 路,朱墨批本、趙本作"辛"。
（2） 摧,朱墨批本、趙本作"催"。
（3） 梁定本無注。
（4） 梁定本作:

"誰爲"二句,言誰肯代寄音書爲歷道路之苦,惟有寄情雙燕耳。"爲"字讀去聲。

（5） 朱批作:

結句十字透出前人窠臼,覺蕙蘭遲暮之思,又爲常語。

梁定本作:

"容華"二句透出前人窠臼,覺蕙蘭遲暮之悲又爲常語。

代葛沙門妻郭小玉詩(1)

明月何皎皎,垂幌照羅茵。若共相思夜,知同憂怨晨。〔一〕芳華豈矜貌,霜露不憐人。〔二〕君非青雲逝,飄迹事咸秦。妾持一生淚,經秋復度春。

君子將遥役,遥,宋刻作"徭",誤。遺我雙題錦。臨當欲去時,復留相思枕。題用常著心,枕以憶同寢。行行日已遠,轉覺思彌甚。〔三〕

【紀批】

〔一〕 共夜而曰同晨,言一夜對月無眠也。(2)
〔二〕 "矜"訓哀矜,"芳華"謂春色也。(3)
〔三〕 前首但敘獨處之悲,次首瑣瑣屑屑,追敘舊愛以感之。雖氣格不免少薄,而措語和平,猶存古意。(4)

【今校】

（1） 朱批:

二詩清切,病在薄耳。

（2） 梁定本作:

"共相思夜"而曰"同憂怨晨",兩句合看,正言一夜對月耳。
（3） 梁定本作：
　　"矜"字訓爲哀矜義,"芳華"謂春光也。
（4） 梁定本作：
　　前首但敍獨處之悲,次首瑣瑣屑屑,追述舊愛以感之。雖氣格不免稍薄,而不露一毫悁憤之意,猶是漢魏之遺。

丘巨源

詠七寶扇

《藝文類聚》"扇"上有"閣"字,義不可解,疑爲"團"字之訛。《初學記》作"詠七寶圖畫扇",義亦未愜。《古詩類苑》作"詠七寶畫團扇",似爲近之。

妙縞貴東夏,首句《初學記》作"妙貴經炎夏"[1],誤。巧技出吳閬。技,宋刻作"媛"[2],誤,今從《初學記》。裁狀白玉璧,縫似明月輪。表裏縷七寶,中銜駭雞珍。畫作景山樹,圖爲河洛神。來延揮握玩,人與環釧親。生風長袖際,晞華紅粉津。拂昒迎嬌意,隱映含歌人。時移務忘故,節改競存新。卷情隨象箄,卷,《初學記》作"眷",誤。舒心謝錦茵。厭歌何足道,歌,《初學記》作"歌",誤。敬哉先後晨。

【紀批】
艷詞自以情韻爲宗,有詞無情,有情無韻,雕繢滿眼,弗貴也。[3]

【今校】
（1） 梁定本無"首句"字。
（2） 朱墨批本同宋刻。
（3） 朱批作：
　　二詩(今按：指此首與下首《聽隣妓》)語皆笨滯。○艷歌自以情韻爲宗,有詞無情,有情無韻,雖組繪滿眼,弗善也。
梁定本作：
　　艷歌自以情韻爲宗,有詞無情,有情無韻,雕繢滿眼,弗貴也。此純以塗飾成文,後六句衍班婕妤意,措語尤滯。

聽鄰妓

披袵乏游術,憑軾寡文才。蓬門長自寂,虛席視生埃。貴里臨妝館,東鄰歌吹臺。雲間嬌響徹,風末艷聲來。飛華瑶翠幄,揚芬金碧杯。久絕中州美,從念尸鄉灰。遺情悲近世,中山安在哉。

王元長

古意

《古文苑》作"和王友德元古意二首"。○王融獨書其字⁽¹⁾,疑齊和帝名寶融,當時避諱而以字行,入梁猶相沿未改。⁽²⁾鍾嶸《詩品》曰:"近任昉、王元長等詞不貴奇,競須新事。⁽³⁾"又曰:"王元長創其首,謝朓、沈約揚其波。"是則齊梁之間,融以字行之明證。即此一節,知此書確出梁代也。⁽⁴⁾

遊禽暮知反,行人獨不歸。〔一〕坐銷芳草氣,空度明月輝。嚬容入朝鏡,思淚點春衣。巫山彩雲没,没,《古文苑》作"合"。淇上緑條稀。待君竟不至,待,《古文苑》作"侍",誤。⁽⁵⁾秋雁雙雙飛。〔二〕

霜氣下孟津,秋風度函谷。念君凄已寒,當軒卷羅縠。纖手廢裁縫,曲髻罷膏沐。千里不相聞,寸心鬱氤氳。〔三〕氤氳,《古文苑》作"紛蕴"。⁽⁶⁾況復飛螢夜,木葉亂紛紛。〔四〕

【紀批】

〔一〕 發端有致,若着于中幅則常語。

〔二〕 後四句情景交融,特爲深至。⁽⁷⁾

〔三〕 "千里"二句即古詩"一心抱區區"、"懼君不識察"意。

〔四〕 結亦妙于不盡。○末二句觸景含情,章樵《古文苑》注謂比小人之亂政,殊爲附會,宋人説詩多此病。⁽⁸⁾

【今校】

(1) 文淵閣四庫本"王融"句前有"案"字。

（2）未改,梁定本作"未改耳"。
（3）新事,文津閣本作"新字",誤。
（4）"鍾嶸"以下題注,梁定本無。
（5）注文末稿本劃去"今從宋刻",梁定本保留。
（6）蘊,梁定本作"緼"。
（7）朱批作：
　　　　情景交融,興象特爲深妙。
　　梁定本作：
　　　　後四句情景交融,興象特爲深妙。
（8）朱批作：
　　　　二章俱妙于結束。
　　梁定本作：
　　　　結亦妙于不盡。○末二句即景好語,宋章樵《古文苑》注謂比小人之亂政,穿鑿甚矣。

詠 琵 琶

抱月如可明,懷風殊復清。絲中傳意緒,花裏寄春情。掩抑有奇態,淒鏘多好聲[1]。芳袖幸時拂,時拂,《初學記》作"拂持",誤,今從宋刻。龍門空自生。

【紀批】
　　好作詠物小詩,六朝風尚。前幅點綴形似,後幅寓情,亦六朝體格。二詩雖不出爾時蹊徑[2],而出語清整,尚未至浮文掩意。[3]

【今校】
（1）鏘,朱墨批本作"愴"。
（2）二詩,指此首與下首《詠幔》。
（3）整段批語朱批作：
　　　　二詩皆無深思而語特清整,無塗飾之態。
　　梁定本作：
　　　　好作詠物小詩,六朝風尚。前幅點綴形似,結處寓情,亦六朝體格。此二詩雖不出爾時蹊徑,而語猶清整,無堆砌故實之習。

按：這段批語梁定本批在下首《詠幔》詩後。

詠　幔

《古文苑》作謝朓詩,誤[1]。

幸得與珠綴,珠,《古文苑》作"君",誤[2]。羃麗君之楹。月映不辭捲,風來輒自輕。每聚金鑪氣,時駐玉琴聲。但願置樽酒,宋刻"但"作"俱","置"作"致"[3],並誤,今從《古文苑》。蘭釭當夜明。[4]

【今校】
（1）　梁定本無"誤"字。
（2）　注文末稿本劃去"今從宋刻",梁定本保留。
（3）　朱墨批本同宋刻。
（4）　釭,四庫本作"缸"。

巫　山　高

想像巫山高,薄暮陽臺曲。煙霞乍舒卷,蘅芳時斷續。想像,宋刻作"響像",《古樂府》作"髣髴",《藝文類聚》作"髣象",並誤。今從《樂府詩集》。[1]《古樂府》"霞"作"雲","蘅芳"作"猿鳥"。《藝文類聚》"煙雲"作"煙華"[2],"蘅芳"作"行芳"。彼美如可期,寤言紛在矚[3]。憮然坐相思,"憮然"句《藝文類聚》作"無忘坐相望",誤。憮,宋刻作"撫",亦誤。今從《樂府詩集》。[4]秋風下庭綠。

【紀批】
通體超妙,一結尤縹緲不盡。李端、皇甫冉刻意鍛鍊,終是第二義也。[5]

【今校】
（1）　"想像"以下注文四庫本、梁定本皆在"想像巫山高"句下。
（2）　煙雲,梁定本作"煙霞"。
（3）　矚,朱墨批本、趙本作"屬"。
（4）　梁定本注作：

宋刻"憮"作"撫",誤。今從《樂府詩集》。《藝文類聚》作"無忘坐相望",亦誤。
（5）　終是,梁定本作"終落"。
　　朱批作:
　　　　縹緲不盡,使人之意也消。

謝朓

贈王主簿

　　日落窗中坐,紅妝好顏色。〔一〕舞衣襞未縫,流黄覆不織。蜻蛉草際飛,遊蜂花上食。一遇長相思,願寄連翩翼。
　　清吹要碧玉,調絃命綠珠。輕歌急綺帶,含笑解羅襦。餘曲遽幾許(1),高駕且時崛。徘徊韶景暮,惟有洛城隅。

【紀批】
〔總〕　二詩爲比爲賦蓋不可知,就詩論詩,神韻特爲楚楚。(2)
〔一〕　起有神理。(3)

【今校】
（1）　遽,朱墨批本、趙本作"詎"。
（2）　梁定本作:
　　　　前首爲懷春之詞,後首爲邀歡之語。題曰"王主簿",或借比其仕路之遇合,或戲賦其後房之佳麗,均未可以臆定之。就詩論詩,詩意故爲楚楚。
（3）　梁定本無批語。

同王主簿怨情(1)

　　掖庭聘絶國,長門失歡讌。相逢詠蘼蕪,辭寵悲團扇。〔一〕花叢亂數蝶,風簾入雙燕。〔二〕雙燕,《文選》五臣注本作"飛燕"。案:此句正以"雙"字互映見意,作"飛"爲誤。(2)徒使春帶賒,坐惜紅顏變。平生一顧重,夙昔千金賤。故人心尚爾(3),故心人不見。〔三〕此句《文選》李善注本作"故人心不見",誤(4)。

【紀批】

〔一〕 "團扇"承"長門",而"蘼蕪"與明妃各一事,未詳其故。
〔二〕 "花叢"二句興象天然,不由雕繪。(5)
〔三〕 結有身分,六朝人多不如此説。

【今校】

（1） 同,文津閣本作"和"。
（2） 作"飛"爲誤,梁定本作"今從宋刻"。按:稿本原作"今從宋刻",劃改爲"作'飛'爲誤"。
（3） 爾,朱墨批本、趙本作"永"。
（4） 梁定本無"此句"字。注文末稿本劃去"今從宋刻",梁定本保留。
（5） 朱批作:

景語含情,何其嫵媚,天機偶到,不由雕飾而成。

梁定本作:

"花叢"二句,景語含情,自然嫵媚,天機偶到,不由雕繪而成。

夜　聽　妓(1)

瓊閨釧響聞,瑶席芳塵滿。要取洛陽人,共命江南管。情多舞態遲,意傾歌弄緩。知君密見親,寸心傳玉腕。腕,宋刻作"鋺",誤,今從本集。

上客光四座,佳麗直千金。掛釵報纓絕,墜珥答琴心。蛾眉已共笑,清香復入襟。歡樂夜方靜,歡,宋刻作"夜",誤,今從本集。翠帳垂沉沉。〔一〕

【紀批】

〔總〕 齊梁之詩麗而縟,小謝獨麗而清。(2)
〔一〕 第二首説到盡情反無餘味。(3)

【今校】

（1） 朱墨批本作"夜聽妓二首"。
（2） 梁定本作:

齊梁之詩麗而縟,小謝詩獨麗而清。此雖常語,而亦脱灑有致,故由骨韻不同。
（3） 朱批作：
　　　　一首已足，此首說到盡情反無餘味。○結二句突接無致。
　　梁定本作：
　　　　前首已足，此首說到盡情反無餘味。

詠邯鄲故才人嫁爲廝養卒婦

　　生平宮閣裏，出入侍丹墀。開筩方羅縠，窺鏡比蛾眉。[一]初別意未解，去久日生悲。(1)顑頷不自識，嬌羞餘故姿。夢中忽髣髴，猶言承讌私。

【紀批】
〔一〕"開筩"二句只言以服飾容色相角，已見富貴氣象，不必更裝金玉錦繡字也。(2)

【今校】
（1） 梁定本批：
　　　　"初別"二句語淺情真。
　　朱批：
　　　　淺語真情。
（2） 梁定本作：
　　　　"開筩"二句言同宮之伴以服飾容色相較，寫出富貴氣象。若出凡手，必填綴許多珠玉錦繡字。

秋　　夜

　　秋夜促織鳴，南鄰擣衣急。思君隔九重，夜夜空佇立。北窗輕幔垂，西戶月光入。何知白露下，坐見前階濕(1)。[一]誰能長分居，秋盡冬復及。

【紀批】
〔總〕 不爲煩促激烈之音，而情思自足(2)。

〔一〕 "北窗"四句情境悄然可想。⁽³⁾

【今校】

（１） 見，朱墨批本、趙本作"視"。
（２） 自足，梁定本作"自深"。
（３） 梁定本作：
　　　　"北窗"四句情中有人，讀之悄然可想。

雜詠五首

發翠斜溪裏，溪，宋刻作"漢"，《藝文類聚》《初學記》並作"溪"，今從之。⁽¹⁾蓄寶宕山峰。抽莖類仙掌，銜光似燭龍。飛蛾再三繞，輕花四五重。孤對相思夕，空照舞衣縫。舞，《初學記》作"無"，誤。⁽²⁾

鐙

【紀批】

前四句太涉堆垛，後四句情致自佳。⁽³⁾

【今校】

（１） 斜溪，朱墨批本、梁定本底本作"斜漢"，梁注爲：
　　　　《藝文類聚》《初學記》"漢"並作"溪"。
（２） 梁定本無注。
（３） 朱批作：
　　　　隸事自爾時習氣，然過涉排砌則不可以立制。
　　　墨批作：
　　　　後四語小有思致。
　　　梁定本作：
　　　　前四句太涉堆排，後四句自有情致。

杏梁賓未散，桂宮明欲沉。曖色輕幰裏⁽¹⁾，低光照寶琴。徘徊雲髻影，灼爍綺疏金。恨君秋月夜，遺我洞房陰。

燭

【紀批】

末二句關合天然。⁽²⁾

【今校】

（１） 曖,文淵閣四庫本作"煖"。
（２） 梁定本作:

　　　結處寓情,六朝詠物常格。佳在"秋月夜"三字映出奪寵之悲。本地風光,天然關合。

本生朝夕池⁽¹⁾,落影照參差。汀洲蔽杜若,幽渚奪江離。遇君時采擷,玉座奉金卮⁽²⁾。但願羅衣拂,無使素塵彌。

席

【紀批】

宋玉《笛賦》、王褒《洞簫賦》、馬融《長笛賦》皆先敘竹,嵇康《琴賦》先敘桐,雖少覺漫衍,然長篇展拓,猶自無妨。此詩首尾八句,而四句敘草,殊乖格律。"奉金卮"句未見是席,末二句即作他物亦可,皆不足爲法。⁽³⁾

【今校】

（１） 朝夕池,文津閣本作"潮汐地"。
（２） 玉座,梁定本作"玉塵"。
（３） 墨批作:

　　　前六句掩題視之,不知爲席。"金卮"句尤湊韻。

梁定本作:

　　　宋玉《笛賦》、子淵《洞簫賦》、季長《長笛賦》皆先敘竹,叔夜《琴賦》先敘桐,雖少覺其蔓衍,然長篇展拓,猶屬可以鋪敘。此詩首尾八句,而四句先敘織席之草,殊乖詩格。"玉塵"句不見是席;末二句可以言席,亦未見其必是席,掩題視之,不知所詠何物也。

玲瓏類丹檻,檻,《初學記》作"楹",誤。苕亭似玄闕。苕亭,《太平御覽》作"孤高"。⁽¹⁾對鳳懸清冰,懸清冰,《初學記》《太平御覽》並作"臨清水",誤⁽²⁾。垂龍挂明月。垂,《太平御覽》作"乘",誤。照粉拂紅妝,插花理雲髮⁽³⁾。玉

顏徒自見,常畏君情歇。⁽⁴⁾常畏,《太平御覽》作"畏見"。⁽⁵⁾

鏡臺

【今校】

（1）　梁定本無注。
（2）　梁定本作：
　　　　《初學記》"懸"作"臨"。
（3）　理,朱墨批本、趙本作"埋"。
（4）　"玉顏"二句梁定本批：
　　　　結二句不粘不脫,特有情致。
（5）　梁定本無注。

新葉初冉冉,初蕊新霏霏。上"初"字,吳氏注本作"何"。案：此二句乃故作互文,如上"初"字作"何",下"新"字反爲複矣⁽¹⁾。逢君後園讌,相隨巧笑歸。親勞君玉指,摘以贈南威。用持插雲髻,翡翠比光輝。日暮長零落,君恩不可追。

落梅

【紀批】

　　六朝至唐尚不以"梅"爲難題,宋人辨論日增,所謂七日而渾沌死也。○題是"落梅",而"落"字只結處一點即住,意境絶高。○結但自傷薄命,不作怨詞,意特深婉。⁽²⁾

【今校】

（1）　注文末稿本劃去"今從宋刻",梁定本保留。
（2）　墨批作：
　　　　五首結處俱着意。
　　　梁定本作：
　　　　結但自悲薄命,不作怨詞,意特深婉。○六朝以迄唐人尚不以"梅"爲難題,宋人辨論日增,魔障亦於斯日起,所謂七日而渾沌死也。

陸厥

中山王孺子妾歌

如姬寢臥內，班姬坐同車(1)。洪波陪帳飲，林光宴秦餘。〔一〕歲暮寒飆及，秋水落芙蕖。子瑕矯後駕，安陵泣前魚。安陵，當作"龍陽"，李善《文選》注中已辨之。(2)賤妾終已矣，君子定焉如。

【紀批】

〔一〕 李善《文選》注謂林光秦餘實爲漢事，洪波之飲乃趙簡子而非魏王，疑陸爲誤。然二句乃泛言遊宴，非分承上文，善自固也。(3)

〔總〕 義門謂擬《怨歌行》，似未然。至謂士衡樂府雖本前人之意而能自開風氣，韓卿規橅前人，略不能自出新意，不免失肉餘皮，則篤論也。(4)

【今校】

（1） 姬，朱墨批本、趙本作"妾"。

（2） 梁定本無注。

（3） 墨批作：

李善《文選》注疑林光秦餘宴爲漢事，飲于洪波之事乃趙簡子事，與魏無涉，謂陸爲誤。然此二句自是徒言宴飲，不必定分頂上二句，善自固耳。

梁定本作：

《文選》李善注謂林光秦餘實爲漢事，而洪波之飲乃趙簡子而非魏王，疑陸爲誤。然此二句自是泛言遊宴，非分承上文，善自固也。至謂"龍陽"誤作"安陵"，則所辨爲是。

（4） 梁定本作：

了不省其佳處，未審昭明、孝穆何故俱以入選，歐陽永叔所謂文章如女色，好惡繫乎其人歟？

施榮泰

雜　詩

趙女修麗姿，燕姬正容飾。妝成桃毀紅，黛起草慙色。羅裙數十重,^{〔一〕}猶輕一蟬翼。不言縠袖輕,專歎風多力。^{〔二〕}鏘佩玉池邊,弄笑銀臺側。折柳貽目成,插蒲贈心識。吳顯令注曰:插,當作"拔",古詞《拔蒲曲》:"與君同拔蒲,終日不成把。"來時嬌未盡,還去媚何極。

【紀批】

〔一〕 "數十重"言襞積也⁽¹⁾。
〔二〕 "不言"二句欲作態而反拙。⁽²⁾

【今校】

（1） 言,梁定本作"謂"。
（2） 朱批作:

　　"不言"二句極用意而轉拙。

梁定本作:

　　"不言"二句頗拙。

玉臺新詠卷第五　　河間紀昀校正

江淹四首
丘遲二首
沈約二十四首
柳惲九首
江洪四首
高爽一首
鮑子卿二首
何子朗三首
范靖婦四首
何遜一十一首[1]
王樞三首
庾丹二首

　　此卷及七卷目錄體例特爲不同，蓋麻沙人隨意書之，非孝穆之舊。既不害于宏旨，亦姑仍宋刻。

【今校】
（1）　一十一，朱墨批本作"十一"。

江淹

古　體

　　《文選》李善注本作"古離別"，五臣注本作"古別離"。案：文通《雜擬三十首》皆擬古之作，不應此首獨題"古體"。檢《藝文類聚》收此詩，題曰"擬古雜體"，似誤以三十首之總題爲第一首之本題，而本題反爲佚去，疑此書輾轉傳寫，誤亦相同，又省去"擬"、"雜"二字，遂但曰"古體"耳。然宋刻業已如是，

今姑從之,而附識所疑於此。(1)

遠與君別者,乃至雁門關。黃雲蔽千里,遊子何時還。〔一〕送君如昨日,檐前露已團。不惜蕙草晚,所悲道路寒(2)。〔二〕君在天一涯(3),妾心久別離。願一見顏色,不異瓊樹枝。兔絲及水萍,所寄終不移。

【紀批】

〔總〕 前人謂文通《雜擬》惟《古離別》、《班婕妤》、《李都尉》三首不及西漢,此索之皮毛間耳,精神意旨故自一脈相通。(4)
〔一〕 "黃雲"二句蒼莽悲凉,非齊梁人所有。(5)
〔二〕 "不惜"二句從古詩"不惜歌者苦"二句得法,而語加深至。杜工部《雨詩》曰"不愁巴道路,恐濕漢旌旗",陳簡齋《雨詩》"未憂荒楚菊,直恐敗吳秔",皆相承。如此用意,古人所謂偷勢法也。(6)

【今校】

(1) 題注墨批作:

此文通《雜擬三十首》之四,宋刻以《古離別》一首爲古體,已誤;吴氏本改題爲"古體四首",尤誤。○此首當從《文選》題"古離別"。

(2) 路,朱墨批本、趙本作"裏"。

(3) "君在"句朱墨批本、趙本作"君子在天涯"。

(4) 朱批作:

前人謂文通擬古惟《古離別》不似西漢,此以時代限人,務爲高論耳。平心衡量,其實可以亂真。

梁定本作:

前人謂文通擬古惟此及《李陵》、《班婕妤》三首不似西漢,此索之皮毛間耳,其精神意旨故自一脈相通。

(5) 梁定本作:

"黃雲"二句蒼莽雄深,齊梁人無此意境。

(6) 朱批作:

"不惜"二句翻進一層,益爲悱惻。杜工部《雨詩》"不愁巴道路,恐濕漢旌旗"句從此脱胎,陳簡齋《雨詩》"未憂荒楚菊,直恐敗吳秔"句又從杜脱胎,皆古人所謂偷勢法也。

按:"杜工部《雨詩》曰",梁定本作"杜工部《詠雨詩》曰"。"陳簡齋《雨詩》",梁定本作"陸放翁《詠雨詩》曰"。"陳簡齋"恐紀昀誤記,梁定本是。

又按:陸放翁《詠雨詩》,原題《秋雨排悶十韻》,見《劍南詩稿》卷十五。此詩作者一作曾幾,見《茶山集》卷四,又見於《兩宋名賢小集》(卷一百九十)、《瀛奎律髓》(卷十七)等總集。而《御選宋詩》(卷五十九)、《御選唐宋詩醇》(卷四十五)等總集則又將其繫於陸游名下。

班 婕 妤

《文選》題下有"詠扇"二字,以下張司空、休上人例推之,是宋刻誤脱也。

綾扇如團月[(1)],出自機中素。畫作秦王女,乘鸞向煙霧。[一]彩色世所重,雖新不代故。竊悲涼風至,悲涼風,《藝文類聚》作"愁秋涼",誤。[(2)]吹我玉階樹。君子恩未畢[二],零落委中路。委,《文選》及宋刻並作"在"[(3)],今從《藝文類聚》。

【紀批】

〔一〕 "畫作"二句添出色澤,其佳處在此,其不似古人處亦在此。[(4)]

〔二〕 不曰恩遽絕而曰"恩未畢",較本詞更爲忠厚。[(5)]

【今校】

(1) 綾,文津閣本作"紈"。

(2) 梁定本注作:

《藝文類聚》作"竊愁秋涼至"。

(3) 朱墨批本同《文選》及宋刻。

(4) 朱批作:

添出色澤,烘染有情。此詩佳處在此二句生姿,其不似漢人處亦在此二句之設色。

梁定本作:

"畫作"二句添出色澤,烘染有情。此詩佳處在此,其不似漢人亦在此。

(5) 梁定本作:

不曰恩遽絕而曰"恩未畢",立言忠厚,較本詞更爲深婉。

張司空離情[(1)]

　　秋月映簾櫳,懸光入丹墀。佳人撫鳴琴,清夜守空帷。蘭徑少行迹,玉臺生網絲。[一]庭樹發紅彩,庭,宋刻作"夜"[(2)],誤,今從《文選》。閨草含碧滋。羅綺爲君整,"羅綺"句《文選》五臣本作"延佇整羅綺"。萬里贈所思。願垂湛露惠,信我皎日期。

【紀批】

〔一〕 義門謂"玉臺"似指鏡臺,其説甚久,因悟此書之名"玉臺",正猶韓偓之以"香奩"名集耳。吴氏注牽引支離,非本旨也。[(3)]

【今校】

（1） 梁定本批:
　　　　此乃亂真。
（2） 朱墨批本同宋刻。
（3） 梁定本無批語。

休上人怨别

　　西北秋風至,楚客心悠哉。日暮碧雲合,佳人殊未來。[一]露彩方泛艷,月華始徘徊。寳書爲君掩,瑶琴詎能開。相思巫山渚,悵望雲陽臺。雲陽,《選詩補注》作"陽雲"。案:《史記·司馬相如傳》:"楚王乃登雲陽之臺。"孟康注曰:"雲夢中高唐之臺,宋玉所賦者,言其高出雲之陽。"則"陽雲"爲誤[(1)]。金鑪絶沉燎,綺席遍浮埃[(2)]。桂水日千里,因之平生懷。

【紀批】

〔一〕 "日暮"十字,千摹百擬而至今不覺其濫。贊皇所謂"日月終古常見,而光景常新"。[(3)]

【今校】

（1） 注文末稿本劃去"今從宋刻",梁定本保留。
（2） 遍,文津閣本作"生"。
（3） 朱批作:

"日暮"二句,百摹千擬而至今不覺其濫,贊皇所謂"日月終古常見,而光景常新"。

按：梁定本無"贊皇"字,餘同朱批。

丘遲

敬酬柳僕射征怨

新歌自言妍[1],雅舞空僛僛。耳中解明月,頭上落金鈿。雀飛且遠近[2],且,宋刻作"且",誤。暮入綺窗前。魚戲雖南北,終還蓮葉邊。惟見君行久,新年非故年。

【紀批】

後六句本鮑參軍《贈故人詩》,而鮑用以發端,以奇矯勝;此用以結末,以折宕勝。古人非不相師,但運用不同耳。[3]

【今校】
(1) 新,朱墨批本、趙本作"清"。
(2) 旦遠近,朱墨批本、趙本作"旦近遠"。
(3) 朱批作:
　　　意本舊人而索性衍開暢說,便另換一番色澤。
梁定本作:
　　　後六句意本前人,而衍開暢說,便另換一番色澤,與鮑參軍《贈故人詩》同一運意,而鮑用於發端,以奇矯勝;此用於篇末,以婉轉勝,又各不同。

答徐侍中爲人贈婦

丈夫吐然諾,受命本遺家。糟糠且棄置,蓬首亂如麻。側聞洛陽客,金蓋翼高車。謁帝時來下,光景不可奢。此句未詳[1]。幽房一洞啓,二八盡芳華。羅襲有長短[2],翠鬢無低斜。[3]長眉橫玉臉,皓腕卷輕紗。俱看依井蝶,共取落簷花。何言征戍苦,抱膝空咨嗟。

【紀批】

　　無臨行贈婦而盛陳他處之遊冶者,殆有人捐棄糟糠,爲公論之所不與,故有激而代擬此詞耳。[4]

【今校】

（1）　朱批作:

　　　　"不可奢"三字未詳。

（2）　裳,朱墨批本、趙本作"裾"。

（3）　梁定本批:

　　　　"羅裳"二句拙。

（4）　朱批作:

　　　　敷衍成文,了無興會。

　　　梁定本作:

　　　　別家贈婦乃盛陳他處艷冶之樂,世無此理。此必有捐棄糟糠者,爲衆論之所不平,有激而故爲之詞耳。

沈約

登高望春

　　登高眺京洛,街巷紛漠漠。紛漠漠,《藝文類聚》作"何紛紛"。案:"紛"、"桓"古音雖通[1],然此句正以轉韻見妙,今仍從宋刻。回首望長安,城闕鬱盤桓。日出照鈿黛,風過動羅紈。齊童躡朱履,趙女揚翠翰。春風搖雜樹,葳蕤綠且丹。寶瑟玫瑰柱,金羈瑇瑁鞍。淹留宿下蔡,置酒過上蘭。解眉還復斂,方知巧笑難。佳期空靡靡,含睇未成懽。嘉客不可見,因君寄長嘆。

【紀批】

　　此望遠有懷之作。通體規擬陳思,依稀略似。○起四句莽莽而來,脱盡爾時門徑,蓋休文風骨本高,故主角時時自露。○換韻、音節似得之中郎《飲馬長城窟》。[2]

【今校】
（1）　"紛桓古音雖通"，梁定本作"'紛'與'桓'韻雖可通"。
（2）　整段批語朱批作：

  莽莽而來，脫落爾時門徑。○通篇大勢，規橅陳思。

梁定本作：

  此望遠有懷之作。通篇大勢，規橅陳思。○起四句莽莽而來，脫盡當時門徑，蓋休文風骨本高，故圭角時時自露。

昭　君　辭(1)

《文苑英華》作"昭君怨"。

  朝發披香殿，夕濟汾陰河(2)。於茲懷九逝，逝，《文苑英華》作"折"。案：《楚詞·九章》有"魂一夕而九逝"語，此正用之，作"折"爲誤(3)。自此斂雙蛾。沾妝疑湛露，妝，宋刻作"莊"，今從《文苑英華》。疑，《文苑英華》作"如"，義可兩存，又注一作"凝"，則又因"疑"字而誤。(4) 繞臆狀流波。〔一〕臆，《文苑英華》作"臉"。(5) 日見奔沙起，稍覺轉蓬多。胡風犯肌骨，非直傷綺羅。銜涕試南望，關山鬱嵯峨。〔二〕始作陽春曲，陽，《文苑英華》作"傷"，誤。(6) 終成苦寒歌。惟有三五夜，明月暫經過。

【紀批】
〔一〕　"沾妝"二句不脫當時格調，刪之則通體遒警矣。(7)
〔二〕　"胡風"四句非齊梁人所辦。(8)

【今校】
（1）　朱批：

  題本塵劫，詩尚未失大雅。

梁定本批：

  題已塵劫，詩尚未傷大雅。

（2）　陰河，文津閣本作"河陰"。
（3）　作"折"爲誤，梁定本無。注文末稿本劃去"今仍從宋刻"，梁定本保留。
（4）　"沾妝"句梁定本注作：

  《文苑英華》"妝"作"莊"，誤。"疑"作"如"，義可兩存。又注一作"凝",則因"疑"而誤也。
（5）　梁定本無注。
（6）　注文末稿本劃去"今從宋刻",梁定本亦無。
（7）　墨批作：

"沾妝"二句太落爾時靡調,措語亦拙,不稱通篇,刪之亦未覺促。

梁定本作：

"沾妝"二句太落爾時靡調,去之亦未覺促。

（8）　朱批作：

四語殊不類齊梁,蓋休文風骨本高,故雖轉移于風氣之中,而圭角能時時自露。

梁定本作：

"胡風"四句風骨特高,齊梁人少此神力。

少年新婚爲之詠

山陰柳家女,莫言出田墅[1]。丰容好姿顔,便辟工言語。辟,宋刻作"僻",誤。腰肢既軟弱,〔一〕衣服亦華楚。紅輪映早寒,畫扇迎初暑[2]。錦履並花紋,繡帶同心苣。羅襦金薄廁,〔二〕雲鬟花釵舉。我情已鬱紆,何用表崎嶇。託意眉間黛,申心口上朱。莫爭三春價,坐喪千金軀。〔三〕[3]盈尺青銅鏡,徑寸合浦珠。無因達往意,欲寄雙飛鳧。裾開見玉趾,衫薄映凝膚。羞言趙飛燕,笑殺秦羅敷。〔四〕自顧雖悴薄,冠蓋耀城隅。高門列驪駕,廣路從驪駒。何慙鹿盧劍,詎減府中趨。還家問鄉里,詎堪持作夫。"詎"、"堪"二字相承,作"詎不堪"解。此正如中郎"枯桑知天風,海水知天寒"句,李周翰注訓"知"爲"豈知"耳,究爲牽強,疑"詎"字本是"誰"字,以形近而訛。又姚寬《西溪叢語》謂六朝呼妻爲"鄉里",引《南史·張彪傳》爲證[4]。然此詩通首皆擬夫對婦之詞,不應末二句忽脫語脈,又令其夫問婦。蓋"鄉里"指所出之田墅,言我富貴如斯,可稱佳婿,爾試還鄉中之人,誰堪以我爲夫乎？言外有非爾與我不堪配偶,乃相矜調之詞[5],可不必別生岐解也。但舊說相沿已久,未敢輕改古書,姑附識于此。

【紀批】

〔一〕"腰肢"句近俚。[6]

〔二〕廁,邊也。《漢書·汲黯傳》曰:"上嘗踞廁視之。"應劭曰:"牀邊側也。"又《劉向傳》曰:"北臨廁。"服虔曰:"廁,側近水。"皆沿邊之意。"金薄廁"者,謂以金薄緣襦耳,"金薄"蓋如今之熟治羊革而金塗之。[7]

〔三〕"莫爭"二句,言莫過于邀勒使良緣蹉跎,反致失身于非偶,然措語終嫌其晦。[8]

〔四〕"羞言"二句亦近率。[9]

【今校】

（１）莫,文津閣本作"薄"。
（２）"畫扇"句朱批:
　　暑,疑作"曙"。
（３）"坐喪"句,稿本、梁定本無注,四庫本有注:
　　"坐喪"二字未詳,疑或有誤。
（４）梁定本無"爲證"字。
（５）相矜調,四庫本作"相矜相調"。
（６）句,梁定本作"二句"。朱批作:
　　"腰肢"二句嫌其近俚。
（７）梁定本作:
　　廁,邊也,謂以金薄緣襦也。張華《輕薄篇》有"足下金薄履"句,蓋如今之熟治羊革而以金冪之。
　　按,稿本原有"張華《輕薄篇》曰'足下金薄履',亦必如金塗羊革乃可爲履也"等語,墨筆劃去。
（８）朱批作:
　　"莫爭"二句未詳,以文意推之,"坐喪千金軀"蓋失身之謂耳。
　　梁定本作:
　　"莫爭"二句不甚可解,大意謂莫以邀勒自誤,然着語未免太重。
（９）朱批作:
　　"羞言"二句淺率太甚。
　　梁定本作:
　　"羞言"二句亦太淺易。

雜 曲 三 首 [一]

捨轡下雕輅,更衣奉玉牀。斜簪映秋水,斜,《古樂府》作"聯",誤[1]。

開鏡比春妝。所畏紅顏促,君恩不可長。鷄冠且容裔,《古樂府》作"鷁冠",宋刻作"鷄冠",《樂府詩集》作"鷁冠"。⁽²⁾案:雄鷄爲冠,但有子路一事,斷乎無涉于艷情。鷁鵲爲冠,更無出典。吳氏注引《漢·佞幸傳》:"孝惠時,侍中郎皆冠鷁鸃⁽³⁾,貝帶⁽⁴⁾,傅脂粉。"于義爲近。蓋"鷄"、"鷁"皆以形近訛耳,今從《古樂府》。⁽⁵⁾ 豈吝桂枝亡。〔二〕

携手曲

【紀批】
〔一〕 按《樂府解題》:此休文自製之曲。⁽⁶⁾
〔二〕 結言重男色而輕女寵,其詞太盡。⁽⁷⁾

【今校】
(1) 梁定本無"誤"字。
(2) "《古樂府》"以下三句,梁定本作:
　　　宋刻"鷁"作"鷄",《樂府詩集》作"鷁"。
(3) 侍中郎,朱墨批底本吳注引作"郎侍中",與《漢書》相合。
(4) 貝,稿本原作"具",誤,據朱墨批本吳氏注引文、文淵閣本改。梁定本、初編本皆同稿本誤作"具",文津閣本誤作"且"。
(5) "案"以下注文墨批作:
　　　"鷄冠"只有子路一事,與此無涉。吳氏本作"鷁冠",引《漢書·佞幸傳》爲證,似乎近之。
(6) 梁定本作:
　　　此休文自製之曲。
(7) 朱批作:
　　　結言重男色而輕女寵,殊不成語。
　　梁定本作:
　　　結言重男色而輕女寵,亦太淺直。

西征登隴首,東望不見家。關樹抽紫葉,塞草發青芽。昆明當欲滿,蒲萄應作花。流淚對漢使,流,《樂府詩集》作"垂"⁽¹⁾。因書寄狹邪。
　　有所思⁽²⁾

【今校】
(1) 垂,梁定本作"無"。

（2） 朱批：
> 亦殊平平。

河漢縱且橫,北斗橫且直⁽¹⁾。星漢空如此,寧知心有憶。有,《藝文類聚》作"所"。孤燈曖不明,寒機曉猶織。曉猶,《藝文類聚》作"猶更"。⁽²⁾零淚向誰道,雞鳴徒歎息。

夜夜曲

【紀批】
此亦休文自製之曲,格意殊遒。⁽³⁾

【今校】
（1） 且,朱墨批本、趙本作"復"。
（2） 梁定本作：
> 《藝文類聚》"猶"作"更"。
（3） 格意,梁定本作"風骨"。
朱批作：
> 此首警策。

雜詠五首

楊柳亂如絲,綺羅不自持。春草黃復綠,黃復,宋刻作"青復",誤。《藝文類聚》作"復黃",亦誤⁽¹⁾。今從吳氏注本。客心傷此時。翠苔已結涓,碧水復盈淇。日華照趙瑟,風色動燕姬。⁽²⁾色,宋刻作"心",誤。襟中萬行淚,故是一相思。

春詠

【紀批】
起四句情韻殊佳,氣格亦勝。⁽³⁾

【今校】
（1） "春草"句梁定本注作：
> 宋刻作"青復綠",《藝文類聚》作"復黃綠",並誤。

按,朱墨批本同宋刻。
（2）"翠苔"、"風色"句,朱批：
> "翠苔"句、"風色"句俱未自然。

（3）梁定本作：
> 起四句綽有情致。

朱批作：
> 起有風致。

風來吹葉動,風去畏花傷。紅映已照灼[1],況復含日光。歌童暗理曲,遊女夜縫裳。詎減當春淚,能斷思人腸。[2]後四句文義不屬,未詳其故。

詠桃

【今校】

（1）映,朱墨批本、趙本、文津閣本作"英"。
（2）"歌童"四句,梁定本批：
> 後四句太無關照,離形得似,非此之謂也。

月華臨靜夜,夜靜滅氛埃。下"靜"字,宋刻作"靖",誤,今從《文選》。[1]方暉竟入戶[2],圓影隙中來。[3]高樓切思婦,西園遊上才。網軒映珠綴,《文選》李善注曰："網戶朱綴刻方連。下云'綠苔',此當云'朱綴',今並爲'珠',疑傳寫之誤。"[4]應門照綠苔。洞房殊未曉,清光信悠哉。

詠月《文選》作"應王中丞思遠詠月"。

【紀批】

義門酷愛此詩,深所未喻。詠月當取其神,不應如是細碎也。至謂以上才比王,而以思婦自比,恐尤無此理。

【今校】

（1）梁定本無注。
（2）入戶,朱墨批本、梁定本、趙本作"戶入"。
（3）"方暉"二句朱批：
> "方暉"二句從惠連《雪賦》"方珪"、"圓璧"語化出,而遠不及其

工妙。月光豈可如此瑣屑刻畫？○唐太宗《秋日懸清光》詩"臨波無定影,入隙有圓暉"句又從此"圓影"句脫出,而上句空闊,下句細膩,轉覺青出於藍,是知神奇腐臭轉變無常,運用之妙存乎一心耳。

梁定本作:

"方暉"二句從惠連《雪賦》"方珪"、"圓璧"二句化出,而遠不及其天然。月豈宜如此刻畫？○唐太宗《賜房玄齡秋日懸清光》詩"臨波無定彩,入隙有圓暉"句又從此"圓影"句化出,而上句空闊,下句細膩,大處小處兼到,轉覺青出於藍,神奇腐臭轉變何常,運用之妙存乎一心耳。

（4）"網軒"句整段注文,文津閣本作:

《文選》李善注曰:"網戶朱綴。"按下句云"照綠苔",此當作"朱",今並爲"珠",疑是傳寫之誤。

梁定本作:

"珠"當作"朱",《文選》李善注已辨之。

輕陰拂建章,夾道連未央。因風結復解,霑露柔且長。楚妃思欲絕,班女淚成行。遊人未應去,爲此歸故鄉。

詠柳[1]

【今校】

（1） 梁定本批:

與《詠桃》詩同格。

江南簫管地,妙音發孫枝[1]。殷勤寄玉指,含情舉復垂。復,《古文苑》作"腹",誤[2]。雕梁再三繞,輕塵四五移。曲中有深意,丹誠君詎知。誠,《古文苑》作"心"。

詠篪

【紀批】

未見必是詠篪。詠物之詩太粘、太脫皆病也。[3]

【今校】

（1） 音,朱墨批本、趙本、文津閣本作"響"。
（2） 注文末稿本删去"今從宋刻"字。梁定本作:

《古文苑》"復"作"腹",今從宋刻。
（3）梁定本作：
> 亦未見必是詠籨。凡詠物之詩,太粘、太脫均病也。

六憶詩四首[一]

宋刻原注：三言、五言(1)。○案：四詩宜入九卷,疑亦竄入。

憶來時,的的上階墀。勤勤敘離別(2),慊慊道相思。相看常不足,相見乃忘饑。

憶坐時,點點羅帳前。或歌四五曲,或弄兩三絃。笑時應無比,嗔時更可憐。

憶食時,臨盤動容色。欲坐復羞坐,欲食復羞食。含哺如不飢,哺,宋刻作"唯",蓋字形相近而誤刊,今從本集。(3)擎甌似無力。

憶眠時,人眠強未眠。解羅不待勸,就枕更須牽。復恐旁人見,嬌羞在燭前。

【紀批】

〔一〕《六憶》《十詠》之類,皆題目先墮惡趣,故刻畫彌工,彌乖大雅。(4)

【今校】

（1）文淵閣本無"宋刻原注"字。
（2）敘,朱墨批本作"聚"。
（3）"含哺"句梁定本注作：
> 宋刻"哺"作"唯",誤。
（4）朱批作：
> 極有傳神之句,而究不爲雅音,其體格不足道也。此及《十詠》之類,由于題目先墮惡趣,無論詩不工,愈工乃愈入魔道。

梁定本作：
> 極有傳神之句,而究不得爲雅音,其體卑也。

十詠二首

纖手製新奇,刺作可憐儀(1)。縈絲飛鳳子,結縷坐花兒。不聲如動吹[2],無風自裊枝[3]。麗色儻未歇,聊承雲鬢垂。

領邊繡

【紀批】

此首語多拙滯。

【今校】

（1） "刺作"句墨批:

"儀"字不妥。

梁定本注:

次句"儀"字不妥。

（2） "不聲"句墨批:

"不聲"句太拙。

梁定本批:

"不聲"句尤拙。

（3） 裊枝,朱墨批本作"移枝",趙本作"裊杉"。

丹墀上颯沓,玉殿下趨蹡。蹡,宋刻作"鏘"[1],誤。逆轉珠佩響,先表繡袿香。裾開臨舞席,袖拂繞歌堂。所嘆忘懷妾,見委入羅牀。[一]

脚下履

【紀批】

〔一〕 "所嘆"句未安,借履寫情則可,代履稱妾則不可。[2]

【今校】

（1） 朱墨批本同宋刻。

（2） 梁定本作:

結處"妾"字未妥。借履寫情雖可,代履稱妾不可也。○《十詠》《六憶》之類,皆題目先墮惡趣,故刻畫彌工,彌乖大雅。

按,"《十詠》"以下三句,稿本批在《六憶詩》眉端,已見前。

擬青青河邊草

漠漠牀上塵,中心憶故人。故人不可憶,中心長歎息[1]。歎息想容儀,不欲長別離。別離稍已久,空牀寄杯酒。

【紀批】

此又故以清省勝,然亦未佳。總之絕唱不宜再和耳。(2)

【今校】

（1） 心,朱墨批本、趙本作"夜"。
（2） 不宜再和耳,梁定本作"不宜和爾"。
朱批作：

此又故以清省求勝,然亦不佳。總之絕唱不宜再和耳。

擬三婦艷[一]

宋刻無"艷"字,然諸本皆有之。諸家所擬,亦皆作"三婦艷",蓋宋刻誤脱。(1)

大婦拂玉匣,拂玉匣,宋刻作"掃玉墀",于義爲短,今從《樂府詩集》。(2) 中婦結羅帷。羅,《樂府詩集》作"珠"。(3) 小婦獨無事,對鏡畫蛾眉。畫,《樂府詩集》作"理"。良人且安卧,夜長方自私。

【紀批】

〔一〕 此題創自南平,殊無佳趣。陳後主衍至十一首,益無謂矣。(4)

【今校】

（1） 蓋宋刻,梁定本作"宋刻蓋"。朱墨批本標題作"擬三婦",墨批：

此題依宋刻所署,以《樂府詩集》校之,脱一"艷"字。

（2） 朱墨批本同宋刻。"大婦"句梁定本注作：

宋刻作"掃玉墀",今從《樂府詩集》。

（3） 注文後四庫本尚有按語：

案："羅帷"不可言"結",《楚詞》"蘇糞壤以充幃"注："幃,佩囊也。"疑"帷"字或"幃"字之訛。

（4） 梁定本作：

劉休玄始割《相逢狹路間》後六句爲《三婦艷》,偶一爲之尚無不可,六朝人輾轉擬作遂爲習徑,陳後主衍至十一首,無謂極矣。休文此作亦可已而不已者也。

古　　意

挾瑟叢臺下，徙倚愛容光。佇立日已暮，戚戚苦人腸。露葵已堪摘，淇水未霑裳。錦衾無獨暖，羅衣空自香。明月雖外照，寧知心內傷[1]。

【今校】

（1）"明月"二句朱批：

　　末二句極用意而語不工。

按，梁定本同朱批，惟無"語"字。

夢 見 美 人

案：起二句似是和人之作[1]，疑題有脫。然諸本並同，無從校補。

夜聞長歎息，知君心有憶。果自閶闔開，魂交睹容色。既薦巫山枕，又奉齊眉食。立望復橫陳，忽覺非在側。[一]那惡神傷者，"惡"字殊不可解，疑爲"意"字之訛[2]。潺潺淚霑臆。

【紀批】

〔一〕"既薦"四句太猥。[3]

【今校】

（1）起二句，梁定本作"詩起二句"。
（2）那惡神傷者，朱墨批本作"那知神傷者"，朱批作：

　　"知"字宋刻作"惡"，殊無文義，疑是"義"字之訛。

按：稿本、四庫本疑"惡"爲"意"字之訛，或着眼於字形相近，較朱墨批本爲合理。
（3）太猥，梁定本作"太猥傷雅"。

朱批作：

　　語無興象，中四句尤鄙。

效　　古(1)

可憐桂樹枝,單雄憶故雌。歲暮異棲宿,春至猶別離。山河隔長路,路遠絕容儀。豈云無我匹,寸心終不移。

【今校】

（1）朱批：

　　窘狹太甚。

初　　春

夾道覓陽春(1),佳人共携手。草色猶自腓(2),腓,宋刻作"非",誤,今從《藝文類聚》。林中都未有。無事逐梅花,空教信楊柳。教,宋刻作"中"(3),《藝文類聚》作"交",並誤。今從《初學記》。且復歸去來,含情寄杯酒。

【紀批】

　　清淺而有致。(4)

【今校】

（1）夾,朱墨批本、趙本作"扶"。春,文淵閣本誤作"眷"。
（2）腓,朱墨批本作"菲"。
（3）朱墨批本同宋刻。
（4）墨批作：

　　淡而有味。

梁定本作：

　　淺而有致。

悼　　往(1)

去秋三五月,今秋還照房。今春蘭蕙草,來春復吐芳。悲哉人道異,一謝永銷亡。屏筵空有設,帷席更施張。遊塵掩虛座,孤帳覆空牀。萬事無不盡,徒令存者傷。

【紀批】

亦用鮑參軍《贈故人》詩格,而鮑是題外襯貼,此是題中感觸,又微不同。○奇矯不及鮑,自然勝之。(2)

【今校】

（1）　悼往,四庫本、趙本作"悼亡"。
（2）　朱批作:

　　　移作起局,壁壘又新,更勝希範之用于結處。文心變化,原自無窮。

　　梁定本作:

　　　起六句與鮑參軍《贈故人》詩同格,而鮑是題外生喻,此就現景指點,又微不同。

柳惲

擣衣詩一首

孤衾引思緒,獨枕愴憂端。深庭秋草綠,高門白露寒。思君起清夜,促柱奏幽蘭。不怨飛蓬苦,徒傷蕙草殘。其一。行役滯風波,遊子淹不歸。亭皋木葉下,隴首秋雲飛。〔一〕雲,《藝文類聚》作"蓬",然《梁書》本傳亦作"雲"(1)。寒園夕鳥集,思牖草蟲悲(2)。嗟矣當春服(3),安見禦冬衣。其二。鶴鳴勞永嘆,吳顯令注曰:"鶴"疑作"鸛"。(4)采菉傷時暮(5)。念君方遠遊,遊,宋刻作"遙"(6),誤,今從《藝文類聚》。望妾理紈素。〔二〕望,《藝文類聚》作"賤"。案:"賤"字文義可通,而不及"望"字從行人意中體出,用意較深。(7)秋風吹綠潭,明月懸高樹。佳人飾淨容,淨,疑作"靚"(8)。招攜從所務。其三。步欄沓不極(9),離堂肅已扃。堂,宋刻作"家"(10),誤,今從《藝文類聚》。軒高夕杼散,氣爽夜砧鳴(11)。瑤華隨步響(12),幽蘭逐袂生。峕嵋理金翠,容與納宵清。其四。泛艷迴煙采,淵旋龜鶴文。淒淒合歡袖,冉冉蘭麝芬。不怨杼軸苦,所悲千里分。垂涕送行李(13),傾首遲歸雲。其五。

【紀批】

〔總〕 題是"擣衣",而第一首先敍離懷,第二首乃落到"衣",第三首乃落到"擣",第四首正寫擣衣只二句,餘六句皆烘染之文。第五首純作擣後寄遠之詞,歸繳第一首意。古人文字必不句句抱題,而旁擊側映,亦未嘗一處脫題。此可觀布局運意之法。[14]

〔一〕 "亭皋"二句舊推絕唱[15]。

〔二〕 "念君"二句從對面落墨,尤爲淺語入情,爲前人所未道。[16]

【今校】

（1） "然《梁書》"句,梁定本無。

（2） 牖,朱墨批本作"囿"。

（3） 矣,朱墨批本作"兮"。

（4） 墨批作:

　　吳氏疑"鶴鳴"當作"鸛鳴",其說甚是。

（5） 菉,朱墨批本作"緑"。

（6） 朱墨批本同宋刻。

（7） 注文末稿本刪去"今從宋刻"字,梁定本保留。整段注文梁定本作:

　　《藝文類聚》"望"作"賤",而不及"望"字用意較深,今從宋刻。

（8） 梁定本無注。

（9） 櫚,四庫本作"櫩"。杳,朱墨批本作"杳"。

（10） 朱墨批本同宋刻。

（11） "軒高"二句朱批:

　　擣衣只如此一點,筆墨高絕。

（12） 華,文淵閣本作"草"。

（13） 涕,朱墨批本、趙本作"泣"。

（14） 整段批語朱批作:

　　第一章如此入筆,所謂頂上圓光。

梁定本作:

　　題是"擣衣",而第一首先敍離懷,第二首乃落到"衣",第三首乃落到"擣",第四首正寫擣衣只二句,餘六句皆是旁染。第五首即純作擣後寄遠之詞,歸繳前意。古人文字必不句句抱題,而處處旁擊側映,實不脫題。此可觀布局運意之法。

（15） 舊,梁定本作"向"。

（16） 朱批作:

對面落筆,更深至。

梁定本作:

"念君"二句對面落墨,淺語入情,尤爲前人所未道。

鼓吹曲二首

別島望風臺,風,《樂府詩集》作"雲"。天淵臨水殿。芳草生未積,春花落如霰。出從張公子,還過趙飛燕。奉帚長信宮,誰知獨不見。〔一〕

獨不見

【紀批】
〔一〕 住法超妙⁽¹⁾,一點便飛。

【今校】
(1) 超妙,朱批、梁定本作"高老"。

長安倡家女,長安,宋刻作"少長"⁽¹⁾,語不可解,今從《樂府詩集》。出入燕南陲。"出入"二字未詳,疑爲"出自"之訛。惟持德自美⁽²⁾,惟,《樂府詩集》作"與",誤。本以容見知。舊聞關山遠,何事總金羈。妾心日已亂,秋風鳴細枝。

度關山⁽³⁾

【今校】
(1) 朱墨批本同宋刻。
(2) 持,四庫本作"恃"。
(3) 朱批:

此太草草。

雜　　詩

雲輕色轉暖,草綠晨芳歸。山墟罷寒晦,園澤潤朝暉。〔一〕春心多感動,睹物情復悲。自君之出矣,蘭堂罷鳴機。徒知遊宦是,不念別離非。〔二〕

【紀批】

〔一〕 三四句規橅康樂而失之。(1)
〔二〕 觀"自君之出矣"句,此作乃擬《室思》,而不曰"思君如某某",善于避喧。(2)

【今校】

（1） 墨批作:
    "山墟"句太生硬。
    梁定本作:
    "罷寒晦"言春日晴和,已過風冷雲陰之候,然語太生拗。規橅康樂而失之。
（2） 梁定本作:
    此擬徐幹《室思》,而不曰"思君如某某",善於避熟。

長 門 怨

玉壺夜愔愔,應門重且深。秋風動桂樹,流月搖清陰(1)。綺簷清露溥(2),網戶思蟲吟。歎息下蘭閣,含愁奏雅琴。何由鳴曉佩,復得抱宵衾。無復金屋念,豈照長門心。〔一〕

【紀批】

〔一〕 結太竭情。(3)

【今校】

（1） 陰,文津閣本作"音"。
（2） 溥,朱墨批本作"滴"。
（3） 梁定本作:
    末二句言失寵者尚自絕望,見棄者豈能念及乎?措語頗嫌其太盡。

江 南 曲

汀洲采白蘋,日落江南春。日落,吳氏本注一作"日暖",然"落"字更有蒼茫望遠之神(1)。洞庭有歸客,瀟湘逢故人。〔一〕故人何不返,春華復應晚。不道新知樂,且言行路遠。且,《藝文類聚》作"空",《樂府詩集》作"只"。

【紀批】
〔一〕 起四句興象天然,神來之候。⁽²⁾

【今校】
（１） 注文末稿本劃去"今從宋刻",梁定本保留。
（２） 朱批作:
　　　興象天然。
　　梁定本作:
　　　起四句興象天然,所謂神來之候。

起　夜　來

城南斷車騎,閣道覆清埃。車,《樂府詩集》作"兵";清,《樂府詩集》作"青",並誤。露華光翠網,月影入蘭臺。洞房且莫掩,應門或復開。颯颯秋桂響,非君起夜來。⁽¹⁾非,《古樂府》作"悲"⁽²⁾,誤。

【紀批】
稍爲單薄,而出語和婉,不失雅音。

【今校】
（１） "颯颯"二句梁定本批:
　　　末二句即傅玄"雷殷殷,感妾心。傾耳聽,非車音"義,而遠不及其天然矣。
（２） 朱墨批本同《古樂府》。

七　夕　穿　鍼

代馬秋不歸,代,宋刻作"黛",誤,今從《初學記》。緇紈無復緒。迎寒理夜縫,夜,《英華》作"衣"⁽¹⁾,誤。映月抽纖縷。的皪愁睇光,連娟思眉聚。^{〔一〕}《藝文類聚》無"的皪"二句,蓋類書節本。⁽²⁾清露下羅衣,秋風吹玉柱⁽³⁾。流陰稍已多,"流陰"句《藝文類聚》、《文苑英華》並作"流景對秋夕",誤。⁽⁴⁾

餘光亦難取。〔二〕末三字宋刻作"欲難取";《藝文類聚》作"欲難駐";《文苑英華》作"亦難取",又注"難取"一作"誰與"。今從《文苑英華》。

【紀批】

〔一〕 "的皪"二句寫"穿"字細。(5)

〔二〕 結二句透過一層,用筆沉着。(6)

【今校】

（1） 英華,四庫本、梁定本作"文苑英華"。

（2） 梁定本作:

《藝文類聚》無此二句,蓋節本也。

（3） 柱,文津閣本作"樹"。

（4） 梁定本注無"誤"字。

（5） 細,梁定本作"入微"。

（6） 梁定本無批語。墨批作:

末句未詳。

詠　　席

照日汀洲際,搖風緑潭側。雖無獨繭輕,輕,《初學記》作"絲",誤。幸有青袍色。羅袖少輕塵,象牀多麗飾。願君闌夜飲,闌夜,《初學記》作"蘭夜",誤;《藝文類聚》作"夜闌",亦誤。(1)佳人時宴息。宴,《藝文類聚》作"安",誤。(2)

【紀批】

病與玄暉《詠席》詩同。(3)

【今校】

（1） 注文末,稿本劃去"今從宋刻"字。梁定本作:

《初學記》"闌夜"作"蘭夜",《藝文類聚》作"夜闌",並誤。今從宋刻。

按,朱墨批本同《初學記》。

（2） 梁定本無注。

（3） 朱批作:

大致與玄暉《詠席》相同,而結語則遜之遠矣。

梁定本作:

先敘草,與玄暉《詠席》詩同,而又少采草爲席一層,覺入題更突。

江洪

詠 歌 姬

寶鑷建珠花,"建"字未詳。案:《續漢書·輿服志》曰:"簪以瑇瑁爲擿,長一尺,端爲華勝,上爲鳳皇爵。以翡翠爲毛羽,下有白珠,垂黃金鑷。"然則古人亦以鑷爲首飾,疑"建"當作"間",以音近而誤也。(1) 分明靚粧點。粧,宋刻作"莊",誤。薄鬢約微黃,輕紅淡鉛臉。發言芳已馳(2),復加蘭蕙染(3)。浮聲易傷欸,沉唱安而險。孤轉忽徘徊,雙蛾乍舒斂。不持全示人,半用輕紗掩。〔一〕

【紀批】

〔一〕"沉唱"句太生拗。○後四句自佳。(4)

【今校】

(1) 梁定本無注。按,建,朱墨批本作"間"。
(2) "發言"句梁定本批:
    "馳"字未甚堅穩。
(3) 加,文津閣本作"語"。
(4) 朱批作:
    "浮聲"二句太生拗。後四句乃小有情致。
梁定本作:
    "浮聲"二句太生拗。後四句自有情致。

舞 女(1)

腰纖莁楚媛,體輕非趙姬。映襟闐寶粟,緣肘掛珠絲。發袖已成態,動足復含姿。斜睛若不盼,當轉復遲疑。[2]何憖雲鶴起,詎減鳳鷖時。鷖,宋刻作"鸞",誤。馮氏校本注:一作"鷖",于義爲近,今從之。[3]

【今校】
(1) 朱墨批本題作"詠舞女"。
(2) "斜睛"二句墨批:
    二句有致。
  梁定本批:
    "斜睛"二句小有致。
  按,上句朱墨批本"睛"作"精","盼"作"眄"。
(3) 梁定本作:
    宋刻"鷖"作"鸞",誤。馮氏校本注曰一作"鷖",今從之。
  按,"曰一"二字梁定本誤作"旦"。

詠紅箋[1]

雜彩何足奇,惟紅偏作可。灼灼類蕖開[2],輕明似霞破。鏤質卷芳脂,裁花承百和。且傳別離心,復是相思裹。不值情幸人,豈識風流座。末句未詳[3]。

【今校】
(1) 朱批:
    支綴無味。
  梁定本批:
    病在太粘。
(2) 灼灼,朱墨批本、趙本作"灼爍"。
(3) 文津閣本無注。

詠薔薇

當戶種薔薇,枝葉太葳蕤。不搖香已亂,無風花自飛。春閨不能靜,開匣理明妃[1]。曲池浮采采,斜岸列依依。或聞好音度,時見銜泥歸。且對清觴湛,其餘任是非。其文前後不屬,未喻其故。[2]

【今校】
（1） 理,朱墨批本、趙本作"對"。
（2） 朱批作:
　　　其文不屬,未喻其故。
　　梁定本作:
　　　前後語意不屬,未喻其故。
　　按:此句梁定本爲批語,非插注。

高爽

詠　鏡

　　初上鳳皇墀,此鏡照蛾眉。言照長相守,不照長相思。⁽¹⁾虚心會不采,〔一〕貞明空自欺。"欺"字未詳,疑爲"持"字之訛⁽²⁾。無言此故物,更復對新期。〔二〕

【紀批】
〔一〕 會,逢也。會不采,猶曰逢不見取也,然句終生拗。⁽³⁾
〔二〕 結得斬截,怨在言外。⁽⁴⁾

【今校】
（1） "言照"二句,朱墨批本"長"作"常"。梁定本批:
　　　"言照"二句質而有情。
（2） 訛,梁定本作"誤"。
（3） 朱批作:
　　　"虚心"二句太生拗。
　　梁定本作:
　　　會,逢也;采,取也。"會不采",猶曰逢不見取。
（4） 梁定本無批語。

鮑子卿

詠 畫 扇

《藝文類聚》作高爽詩,蓋歐陽詢編書之時,此詩即從此書采出,因與高爽相連,偶然誤視耳。(1)

細絲本自輕,弱彩何足晤。直爲發紅顏,謬成握中扇。〔一〕乍奉長門泣,時承柏梁宴。思妝開已掩,歌容隱而見。但畫雙黃鵠(2),莫畫孤飛燕。〔二〕下"畫"字《藝文類聚》作"作"。(3)

【紀批】

〔一〕 素扇紅顏相映,發其光采,故曰"發紅顏",然字終太晦。(4)
〔二〕 收法波峭。(5)

【今校】

（1） 梁定本題注作:

　　　　《藝文類聚》作高爽詩。

（2） 鵠,朱墨批本、趙本作"鶴"。

（3） "莫畫"句梁定本注作:

　　　　《藝文類聚》"莫畫"作"莫作"。

　　　　按,朱墨批本同《藝文類聚》。

（4） 梁定本作:

　　　　素扇紅顏相映,而發其光采,故曰"發紅顏"。

（5） 朱批作:

　　　　收得波峭。

　　　　按,梁定本同朱批。

詠 玉 階(1)

玉階已夸麗,復得臨紫微。北戶接翠幄,南路抵金扉(2)。重疊通日影,參差藏月輝。輕苔染朱履,微溦拂羅衣。溦,馮氏校本注一作"澂"。案:階非流水不得有激灩之紋,《爾雅》:"溦謂之㜸。"《説文》:"㜸,溦也。"此正指人行之處泥㜸微迹,作"溦"爲是。(3) 獨笑崑山曲,空見青鳧飛。

【今校】
（1） 朱批：
　　　　題本枯寂，詩自無從運意。
（2） 抵，朱墨批本、趙本作"低"。
（3） 注文句稿本劃去"故從宋刻"，梁定本保留。

何子朗

學　謝　體

　　桂臺清露拂，銅陛落花沾。美人紅粉罷⁽¹⁾，攀鉤卷細簾。思君擊促織⁽²⁾，"擊促織"三字未詳。吳氏注本作"暫促柱"，于義可通，而不言所本。玉指何纖纖。未應爲此別，無故坐相嫌。

【紀批】
　　結太激訐。⁽³⁾

【今校】
（1） 粉，朱墨批本作"粧"。
（2） 織，朱墨批本作"柱"。
（3） 朱批作：
　　　　結殊激訐，語亦不工。

和虞記室騫古意

　　美人弄白日，灼灼當春牖。清鏡對蛾眉，新花映玉手。燕下拾池泥⁽¹⁾，風來吹細柳。君子何時歸，與我酌尊酒。

【紀批】
　　二詩皆語意清脫，勝爾時之雕繪。⁽²⁾

【今校】
（1） 朱批：
　　　"燕下"句拙。
（2） 按，"二詩"指此首及下首《和繆郎視月》。梁定本作：
　　　淺淡有則，尚愈于濃朱厚粉。

和繆郎視月(1)

清夜未云疲，細簾聊可發。泠泠玉潭水，泠泠，宋刻作"玲玲"，誤。(2)映見蛾眉月。靡靡露方垂，輝輝光稍没。佳人復千里，餘影徒揮忽。

【今校】
（1） 梁定本批：
　　　齊梁詩之清脱者。
（2） 泠泠，梁定本底本及注文皆作"冷冷"。

范靖婦

詠步摇花

《隋書·經籍志》："梁征西記室范靖妻沈滿願集三卷。"(1)則此婦有名可考，宜與鮑令暉一例書名。

珠華縈翡翠，寶葉間金瓊。剪荷不似製，爲花如自生。低枝拂繡領，微步動瑶瑛。但令雲髻插，蛾眉本易成。〔一〕

【紀批】
〔一〕 末二句言能得此花見飾，不患畫眉不工，不相稱也。曲肖兒女相泥之詞。(2)

【今校】
（1） 稿本"隋"作"隨"，"三卷"作"三集"，並誤，據四庫本改。
（2） 梁定本作：

末二句言妍妝易就，麗飾難求，如肯以此花見飾，則不患畫眉不工也。頗肖兒女口吻，但"雲鬟插"三字未渾老。

戲蕭娘

蕭，馮氏校本注一作"繡"。按：劉令嫻有《答唐娘詩》，又有《贈謝娘詩》，皆舉其姓，蓋六朝女伎有此稱[(1)]，作"繡"誤也。[(2)]

明珠翠羽帳，金薄綠綃帷。因風時暫舉，想像見芳姿。清晨插步搖，向晚解羅衣。託意風流子，託，《藝文類聚》作"記"，誤。佳情詎肯私〔一〕。

【紀批】

〔一〕 "私"如《左傳》私于某人之私，密相語也。[(3)]

【今校】

（1） 女伎，四庫本作"女妓"。
（2） 梁定本無題注。
（3） 梁定本無批語。

詠五彩竹火籠

可憐潤霜質，質，《太平御覽》作"雪"，誤。[(1)]纖剖復毫分。織作回風苣，苣，《藝文類聚》作"縷"，義可兩存。《太平御覽》作"葛"，則字形相近之訛也。[(2)]製為縈綺文。含芳出珠被，耀采接緗裠。采，《藝文類聚》作"綠"，誤。[(3)]徒嗟今麗飾，今，宋刻作"金"，誤，今從《藝文類聚》。豈念昔凌雲〔一〕。

【紀批】

〔一〕 結二句自是託意，然如楊用修之解則太深。[(4)]

【今校】

（1） 梁定本無注。
（2） 梁定本作：
　　　　苣，《藝文類聚》作"縷"。

（3） 梁定本作：

  《藝文類聚》"采"作"綠",當是作"綠"字而訛。

（4） 梁定本作：

  結二句託意頗深。

詠 鐙

  綺筵日已暮,羅幛月未歸。幛,《藝文類聚》作"帳"。開花散鶴彩,鶴,《藝文類聚》、《初學記》並作"鵠"[(1)]。案：劉子駿《燈賦》曰："惟兹蒼鶴,修麗以奇。負斯明燭,躬含冰池。"[(2)] 庾子山《七夕賦》曰："鶴焰初上,羊燈未安。"則作"鶴"爲是。[(3)] 含光出九微。風軒動丹焰,冰宇淡青暉[(4)]。青,宋刻作"清",誤,今從《初學記》。不吝輕蛾繞,惟畏曉蠅飛[(5)]。

【今校】

（1） 鶴,朱墨批本、趙本作"鵠"。稿本此句注文"鶴"、"鵠"二字位置顛倒,不合文理,據四庫本改。

（2） 躬,文津閣本作"影"。

（3） "開花"句整段注文,梁定本無。

（4） 朱批：

  "冰宇"句似月不似鐙。

（5） 畏,朱墨批本、趙本作"恐"。

何遜

日夕望江贈魚司馬

  溢城帶溢水,溢水縈如帶。日夕望高城,耿耿青雲外。[一][(1)] 城中多宴賞,絲竹常繁會。管聲已流悅,絃聲復淒切。歌黛慘如愁,舞腰疑欲絕。仲秋黃葉下,長風正騷屑。[二] 早雁出雲歸,故燕辭檐別。晝悲還異縣[(2)],夜夢還洛汭[(3)]。洛汭何悠悠,起望登西樓。的的帆向浦,團團月隱洲。月,宋刻誤作"日"。隱,本集誤作"映"[(4)]。據黃伯思《東觀餘論》改正。[(5)] 誰能一羽化,輕舉逐飛浮。

【紀批】

〔一〕 起四句氣脉渾成,齊梁所少。(6)
〔二〕 "仲秋"二句氣格亦高。(7)

【今校】

（1） "耿耿"句朱批：
　　　　"耿耿"佳於"眇眇"。
（2） 還,朱墨批本、趙本作"在"。
（3） 還,文淵閣本作"在"。
（4） 誤,文津閣本作"注"。
（5） "團團"句梁定本注作：
　　　　宋刻作"日隱州",誤,今從本集。
　　　按,朱墨批本同宋刻。
（6） 朱批作：
　　　　工於發端。
　　　梁定本作：
　　　　起四句工於發端。
（7） 梁定本作：
　　　　"中秋"二句筆力挺然,不似齊梁格調。

擬輕薄篇

　　城東美少年,重身輕萬億。柘彈隨珠丸,白馬黃金勒。長安九逵上,青槐蔭道植。轂擊晨已喧,肩排暝不息。暝,宋刻作"暗"(1),今從《藝文類聚》。走狗通西望,通,《古樂府》作"東",誤。牽牛亘南直。相期百戲旁,去來三市側。象牀沓繡被,玉盤傳綺食。倡女掩扇歌,小婦開簾織。倡女,《古樂府》作"大姊"。小婦,《古樂府》作"小妹"。相看獨隱笑,見人還斂色。黃鶴悲故羣,山枝詠初識。烏飛過客盡,雀聚行龍匿。酌羽方厭厭,〔一〕方,宋刻作"前"(2),不甚可解,今從《古樂府》。此時歡未極。

【紀批】

〔一〕 "行龍匿"謂羲和六龍西没,日已暮也。"酌羽"(3),觴也。語皆生拗,不可爲訓。(4)

【今校】

（1） 朱墨批本同宋刻。
（2） 朱墨批本同宋刻。
（3） 酌羽,稿本作"羽羽",誤。
（4） 墨批作:

"雀聚"、"龍匿"太湊泊。

梁定本作:

水部格韻本清,故排而不滯,而渾成之氣則去古遠矣。"行龍"謂羲和所御六螭也。語太塗飾,便成澀體。

詠　照　鏡

珠簾旦初卷,綺機朝未織[(1)]。玉匣開鑒形,寶臺臨淨飾[(2)]。對影獨含笑,看花空轉側。〔一〕聊爲出繭眉,試染夭桃色。羽釵如可間,金鈿畏相逼。畏,宋刻作"長",吳氏本注[(3)]：一作"畏",今從之。蕩子行未歸,啼粧坐沾臆。

【紀批】

〔一〕　"對影"二句小有情致。[(4)]

【今校】

（1） 機,朱墨批本作"羅"。
（2） 淨,文津閣本作"静"。
（3） 注,梁定本作"注云"。按,朱墨批本同宋刻。
（4） 梁定本作:

"對影"二句摹寫有神。

閨　　怨[(1)]

曉河没高棟,斜月半空庭[(2)]。窗中度落葉,簾外隔飛螢。含情下翠帳,掩涕閉金屏。昔期今未返,春草寒復青。思君無轉易,何異北辰星。

【今校】
（1） 墨批：

　　　　不失古格，亦不出古格。

　　梁定本批：

　　　　不失古格。
（2） 半，四庫本作"坐"。

詠 七 夕

　　仙車駐七襄，"仙車"複下句"鳳駕"，且與"七襄"文義不諧，"車"字、"襄"字必有一訛。《藝文類聚》作"七驤"，尤不可解。鳳駕出天潢。月映九微火，風吹百和香。來歡暫巧笑，來，《歲時雜詠》作"逢"，誤。還淚已啼妝。啼，《文苑英華》作"沾"。依稀猶洛汭，倏忽似高唐。別離不得見[1]，河漢漸湯湯。

【紀批】

　　陳後山《七夕詩》曰："超騰水部陳篇上。"即指此詩。[2]

【今校】
（1） 見，朱墨批本作"語"。
（2） 朱批作：

　　　　塵劫中題，復作塵劫中語。

　　梁定本作：

　　　　意既陳因，語亦凡近。陳後山《七夕詩》曰："超騰水部陳篇上。"謂此詩也。

詠 舞 妓[1]

　　管清羅薦合，清，《藝文類聚》作"隨"，誤。絃驚雪袖遲。逐唱回纖手，聽曲動蛾眉。凝睛眄墮珥[2]，"凝睛"句《藝文類聚》作"凝情顧眄墮"，誤。微睇託含辭。日暮留嘉客，相看愛此時。

【今校】
（1）梁定本批：

　　雖無深致，然語皆清切。
（2）睛，朱墨批本作"情"。

看 新 婚

霧夕蓮出水⁽¹⁾，霞朝日照梁。⁽ᵃ⁾何如花燭夜，輕扇掩紅妝。良人復灼灼，席上自生光。⁽²⁾所悲高駕動⁽³⁾，環佩出長廊⁽⁴⁾。

【紀批】
〔一〕 直以襯筆入手，又一機局。⁽⁵⁾

【今校】
（1）霧，文津閣本作"露"。
（2）梁定本批：

　　"良人"二句太質太易，不稱前四語。
（3）"所悲"句朱批：

　　"悲"字何意？

　　梁定本批：

　　別家涕泣，女子恒情，然此處用一"悲"字究爲不倫。
（4）環佩，朱墨批本作"掩袖"。
（5）墨批作：

　　以襯筆真起跌入，蹊徑一新。

　　梁定本作：

　　先用襯筆，蹊徑一新。

詠 倡 家

曖曖高樓暮，曖曖，宋刻作"皎皎"⁽¹⁾，今從《藝文類聚》。華燭帳前明。羅帷雀釵影⁽²⁾，寶瑟鳳雛聲。夜花枝上發⁽³⁾，新月霧中生。誰念當窗牖，相望獨盈盈。

【今校】
（1） 朱墨批本同宋刻。
（2） 帷,四庫本作"幃"。"華燭"、"羅帷"二句梁定本批:
　　　"帳"字、"帷"字連用,在後人爲複,古人不甚避忌也。
（3） 夜,文津閣本作"庭"。

詠白鷗嘲別者
《藝文類聚》無"嘲別者"三字。[1]

可憐雙白鷗,朝夕水上遊。何言異棲息,雌住雄不留。孤飛出渚浦[2],獨宿下滄洲。東西從此去,影響絕無由。

【今校】
（1） 朱批:
　　　此亦有何可嘲？既不得其本事,亦無從究其意旨,但就詩論詩,殊無佳語。
（2） 渚,朱墨批本、趙本作"嶼"。

學青青河邊草[1]

春園日應好,日,《文苑英華》作"已"。折花望遠道。秋夜苦復長,抱衾面空牀[2]。面,《文苑英華》作"向"。吹樓下促節,樓,《文苑英華》作"臺"。不言于此別。歌筵掩團扇,何時一相見。弦絕猶依軫。葉落裁下枝。即此雖云別,方我未成離。

【紀批】
但摹其音節而不襲其意,勝於雙鉤填廓。[3]

【今校】
（1） 邊,文津閣本作"畔"。
（2） "抱衾"句,朱墨批本、趙本"衾"作"枕","面"作"向"。
（3） 朱批作:
　　　此但效其音節,較勝休奕諸人之刻畫。

墨批：

　　氣味稍薄，然尚有致。

梁定本作：

　　此但效其音節，勝休奕等人之刻畫。

嘲劉孝綽[1]

　　房櫳滅夜火，窗户映朝光。妖女搴帷出，躞蹀初下牀。雀釵橫曉髻，蛾眉艷宿妝。稍聞玉釧遠，猶憐翠被香。寧知早朝客，參池已雁行[2]。

【紀批】

　　嘲弄詩須有言外之致，太着題則無味矣。[3]

【今校】

（1）　朱墨批本題作"嘲劉諮議孝綽"。

（2）　參，朱墨批本、趙本作"差"。

（3）　朱批作：

　　太着題便無致。

梁定本作：

　　嘲弄詩須有言外之致，語太着題轉無意味。

王樞

古意應蕭信武教[1]

　　朝取饑鼉食，夜縫千里衣。復聞南陌上，日暮采蓮歸。青苔覆寒井，紅藥間青薇。人生樂自極，良時徒見違。何由及新燕，雙雙還共飛。

【今校】

（1）　墨批：

清而淺。

梁定本批：

清而淺近,然齊梁體頗難于清。

至烏林村見采桑者聊以贈之

遙見提筐下,妍翩實端妙。將去復回身,欲語先爲笑。閨中初別離,不許覓新知。空結茱萸帶,敢報木蘭枝。

【紀批】

艷歌亦有體裁,此殊傷雅。(1)

【今校】

（1） 梁定本作：

艷歌亦有體裁,此未免言不雅馴。

徐尚書座賦得可憐

此賦可憐之態,吳氏本注一作"阿憐",蓋誤以爲人名也。

紅蓮披早露,玉貌映朝霞。飛燕啼妝罷,顧插步搖花。匜帀金鈿滿,匜,宋刻作"溢",誤。參差繡領斜。暮還垂瑶帳,香燈照九華。

庾丹

秋閨有望

耿耿橫天漢,飄飄出岫雲。月斜樹倒影,風至水回文(1)。已泣機中婦,復悲牀上君。〔一〕羅襦曉長襞,翠被夜徒薰。空汲銀牀井,誰縫金縷裠。所思竟不至,空持清夜分。

【紀批】
〔一〕 "牀上君"三字未安。(2)

【今校】

（1） 回,文津閣本作"面"。
（2） 未安,梁定本作"不佳"。
　　　朱批：
　　　　　淺狹殊甚。○"已泣"二句拙。

夜 夢 還 家

　　歸飛夢所憶,共子汲寒漿。銅瓶細絲綆,綺井白銀牀。雀出芊葺樹,蟲飛瑇瑁梁。[1]離人不相見,難忍對春光。[2]

【今校】

（1） "雀出"二句朱批：
　　　　　"雀出"、"蟲飛"言天曉而夢回,然語意太不了了。
　　　梁定本批：
　　　　　"雀出"二句言天曉夢回之時,然出語頗覺突兀。
（2） "離人"二句梁定本批：
　　　　　末二句亦拙。

玉臺新詠卷第六　　河間紀昀校正

吳均二十首

王僧孺一十七首

張率擬樂府三首

徐悱詩二首⁽¹⁾

費昶一十首⁽²⁾

姚翻同郭侍郎采桑一首

孔翁歸和湘東王班姬一首

徐悱妻劉令嫺答外二首

何思澂三首

徐悱答唐孃七夕所穿針一首

　　此卷目錄體例參差，吳均、王僧孺既惟書名⁽³⁾，張率、徐悱又加"樂府"、"詩"字，姚翻以下又併出詩題，殊爲龐雜，蓋麻沙人隨意爲之。今亦姑從宋刻，以存舊式，徐悱《答唐孃》一首署名舛謬，別考證于卷末本題下。

【今校】

（１）　朱墨批本無"詩"字。

（２）　一十，朱墨批本作"十"。

（３）　惟，梁定本作"爲"。

吳均

和蕭洗馬子顯古意六首〔一〕

　　《春草可攬結》一首，《藝文類聚》作《閨怨》。《賤妾思不堪》一首，《藝文類聚》作《采桑》。案：六朝遺集，率鮮完書。其存于今者，大抵抄撮于諸書之中，輾轉相承，文多訛異，無由定其孰是，今仍從宋刻書之。

賤妾思不堪,采桑渭城南。帶減連枝繡[1],髮亂鳳皇簪。花舞依長薄,依長,宋刻作"衣裳",[2]誤,今從《藝文類聚》。蛾飛愛綠潭。蛾,《藝文》"閨情"部作"鵝",誤。其"桑"部所載仍作"蛾"。[3]無由報君此,此,《樂府詩集》作"信",《藝文類聚》"閨情"部作"此","桑"部作"信",義可兩存。《文苑英華》作"德",則"信"字傳寫之誤。流涕向春蠶。其一。宋本每首下注"其幾"字,然皆另跳行,蓋六首文不相屬,與《秋胡行》、《擣衣》等篇不同[4]。

妾本倡家女,出入魏王宮。既得承雕輦,亦在更衣中。蓮花銜青雀,寶粟鈿金蟲。猶言不得意,流涕憶遼東。〔二〕其二。"遼東"二字未詳,然諸本並同[5]。

春草可攬結,宋刻作"春草攏可結"[6],此從《藝文類聚》。妾心正斷絕。〔三〕綠鬢愁中改,紅顏啼裏滅。非獨淚成珠,亦見珠成血。願爲飛鵲鏡,翩翩照離別。〔四〕其三。

何處報君書,隴右五岐路。淚研兔枝墨,"兔枝"二字未詳。吳氏注謂當作"兔皮",所引《晁氏墨經》,支離不切,當闕所疑。筆染鵝毛素。碧浮孟渚水,孟,疑作"夢"。香下洞庭路。應歸遂不歸,芳春空擲度。其四。

妾家橫塘北,發艷小長干。花釵玉腕轉,珠繩金絡丸。丸,《藝文類聚》作"紈"[7]。羃䍥懸青鳳,透迆搖白團。誰堪久見此,久,《藝文類聚》作"分",誤[8]。含恨不相看。其五。

匈奴數欲盡,僕在玉門關。蓮花穿劍鍔,秋月掩刀環。春機鳴窈窕,夏鳥思綿蠻。鳥,《文苑英華》作"木"。鳴,《藝文類聚》作"思"。[9]"思",《藝文類聚》作"鳴"。[10]中人坐相望,狂夫終未還。其六。"狂"字諸本並同,然臨邊討敵而自稱狂夫[11],於義無取,疑是"征"字以形似而訛耳。○未,《文苑英華》作"不"。[12]

【紀批】

〔一〕六詩雖無深警之思,而詞意修潔,首尾温麗,在齊梁固屬雅音。[13]
〔二〕"妾本"二字是自述語,"猶言"二字是旁斷語,語意不屬,亦是一病。[14]
〔三〕起有神理。[15]
〔四〕"飛鵲鏡"殊非佳事,特取飛至夫前之意耳。古人用事往往不拘出處。[16]

【今校】

（1） 繡,文津閣本作"綏"。
（2） "依長"句梁定本作:

宋刻作"衣裳薄"。
    今按,朱墨批本同宋刻。
(3) 藝文,四庫本、梁定本作"藝文類聚"。梁定本無"所載"字。
(4) 等篇,梁定本作"等"。
(5) 朱批作:
    "憶遼東"未詳。
(6) 朱墨批本同宋刻。
(7) 注文末,梁定本有"恐非"字。
(8) 梁定本無"誤"字。
(9) 文津閣本注各在兩句之下。"春機"句下注:
    機,《藝文類聚》作"思"。
"夏鳥"句下注:
    鳥,《文苑英華》作"木"。○"思",《藝文類聚》作"鳴"。
(10) "春機"二句梁定本合注爲:
    《藝文類聚》"鳴"字、"思"字上下互易。《文苑英華》"鳥"作"木"。
(11) 討敵,梁定本作"對敵"。
(12) "狂夫"句墨批:
    既稱"僕",又稱"狂夫",忽代語,忽自言,未免矛盾,恐是"征夫"之誤。
(13) 朱批作:
    六章語皆清切,異乎爾時之塗飾。○六章各自爲意,不相連屬,宜各以首句跳行。
梁定本作:
    六詩雖無深警之思,而語自修潔,在齊梁固爲雅音。
(14) 梁定本作:
    "妾本"二字是自述語,"猶言"二字又是旁述之詞,文義殊不相應。
(15) 朱批作:
    此首發端工妙。
(16) 梁定本作:
    "飛鵲鏡"非佳事,持取飛至夫前之意耳。古人用事往往不甚拘忌。

與柳惲相贈答六首[一]

黄鸝飛上苑,綠芷出汀洲。日映昆明水,春生鳷鵲樓[1]。飄颻白花舞,瀾漫紫萍流[2]。書織回文錦,無因寄隴頭。思君甚瓊樹,不見方離憂。吴氏本每首下亦各注"其幾"字,宋刻無之。

【紀批】
〔一〕 六詩皆風骨遒上,古法猶存。

【今校】
（1） "日映"二句朱批:
　　齊梁詩句,難得自然。
梁定本批:
　　"日映"二句,後來習爲常調,遂覺語太現成,然在齊梁詩中固是自然好句。
（2） 瀾,文津閣本作"爛"。

鳴鞭適太阿,連翩渡漳河。燕姬及趙女,挾瑟夜經過。纖腰曳廣袖,半額畫長蛾。客本倦遊者,箕帚在江沱。故人不可棄,新知空復何。

【紀批】
後四句接得挺拔。[1]

【今校】
（1） 朱批作:
　　接得挺拔。

離君苦無樂,君,吴氏注本作"居"[1]。向暮心淒淒。要塗訪趙使,聞君仕執珪。杜蘅色已發,菖蒲葉未齊。羃羃蠶餌繭,差池燕吐泥。願逐春風去,飄蕩至遼西。

【紀批】
只"聞君"一句微露新故之疑,以下仍不説破,猶古人忠厚之遺。[2]

【今校】
（１） 梁定本底本作"離居苦無樂",注爲:
　　　宋刻"居"作"君",今從吴氏注本。
（２） 梁定本作:
　　　只"聞君"一句微含新故之疑,以下又不説破,運意深厚。

　　白日隱城樓,勁風掃寒木。離析隔西東,執手異涼燠。相思咽不言,洞房清且肅。歲去甚流煙,年來如轉軸。別鶴千里飛,孤雌夜未宿。

【紀批】
　　收法簡峭(1)。

【今校】
（１） 收法,朱批作"收句"。

　　閨房宿已清,宿,疑作"肅"。落月有餘輝。〔一〕寒蟲隱壁思,秋蛾繞燭飛。斷雲絶更合,離禽去復歸。佳人今何在,迢遞江之沂。〔二〕一爲別鶴弄,馮氏校本謂"弄"字宋刻作"弃",今檢宋刻實作"弄"(1),馮氏偶誤也。(2)千里淚沾衣。

【紀批】
〔一〕 起二句從陳思王"明月照高樓"脱胎,而意境又别。(3)
〔二〕 "斷雲"四句雖習徑(4),而終是古音。

【今校】
（１） 檢,文津閣本作"校"。
（２） "一爲"句梁定本無注。
（３） 朱批作:
　　　從陳思"明月高樓"之句化出,而景象迥别。
　　梁定本作:
　　　"閨房"二句從陳思"明月照高樓"二句化出,而意境小别。
（４） 雖,梁定本作"雖爲"。

秋雲静晚天,寒夜方緜緜。聞君吹急管,相思雜采蓮。別離未幾日,高月三成弦。〔一〕蹀躞黃河浪[1],嘶喝隴頭蟬。六朝詩多用"蟬喝"字,陳張正見有《秋蟬喝柳詩》,終疑爲"唱"字之訛[2],好奇者曲爲之説耳。[3]寄君蘼蕪葉,插著叢臺邊。〔二〕

【紀批】

〔一〕 "別離"二句語淡而調高。[4]
〔二〕 叢臺,歌舞之地。寄蘼蕪而使之插,欲其對新而念故也。運意委曲,運事亦極生動。[5]

【今校】

（1） 躞,朱墨批本、趙本作"疊"。
（2） 終疑,四庫本作"然終疑"。
（3） 整段注文朱批作:

> 六朝詩多用"蟬喝"字,余終疑爲"唱"字之訛。或巧爲之説,好奇之過耳。

（4） 朱批同。
（5） 墨批作:

> 末二委曲有致,"蘼蕪"用"下山逢故夫"意,"叢臺"則冶遊之所也。寄之使插,諷在無言。

梁定本作:

> 叢臺,歌舞之地。寄蘼蕪而使之插,戒以無忘舊也,用意極爲委曲。○六詩皆風骨遒上,異爾時靡靡之音。

擬古四首

嫋嫋陌上桑,蔭陌復垂塘。長條映白日,映,《藝文類聚》作"繫",誤。[1]細葉隱鸝黃。〔一〕隱,《文苑英華》作"影"[2]。蠶饑妾復思,饑,宋刻作"飽",誤,今從《藝文類聚》。[3]拭淚且提筐。故人寧知此,寧知,《文苑英華》作"去如",誤。離恨煎人腸。[4]

陌上桑

【紀批】
〔一〕 "長條"二句是柳非桑。

【今校】
（１） 梁定本作：
　　《藝文類聚》"映"作"影"，誤。
（２） 注文末，梁定本有"誤"字。
（３） 梁定本無注。
（４） 墨批作：
　　語殊淺拙。

　　咸陽春草芳，秦帝卷衣裳。帝，吳氏注本作"女"，於義爲愜，而未詳所本，疑因太白詩而以意改之。〔一〕(1)玉檢茱萸匣，匣，《文苑英華》作"帶"。金泥蘇合香。初芳薰複帳，薰，《文苑英華》注一作"動"，誤。(2)餘輝耀玉牀。玉，《文苑英華》作"寶"。當須晏朝罷，晏，《文苑英華》注：一作"早"，又注(3)：此句一作"須臾朝晏罷"(4)。持此贈華陽。〔二〕華，《樂府詩集》作"龍"。
　　秦王卷衣案：《李太白集》有《秦女卷衣》，疑本爲"秦女"，而《樂府》傳寫作"秦王"爾(5)。

【紀批】
〔一〕 欲言卷衣而先以"春草芳"三字緼染春情，此頂上圓光之筆。(6)
〔二〕 結從對面落筆，王龍標"昨夜風開露井桃"一章從此得法。(7)

【今校】
（１） 梁定本無注。
（２） 梁定本無注。
（３） 注，梁定本作"云"。
（４） 臾，梁定本誤作"史"。
（５） 梁定本無注。樂府，文津閣本作"樂王"，誤。
（６） 朱批作：
　　起有情思。
　　梁定本作：
　　　　欲言卷衣而先以"春草芳"三字緼染春思，極有情致。

（7） 朱批：
　　　　"華陽"一作"龍陽",二名俱可,妬寵之意一也。
　　墨批：
　　　　妙不着一"怨"字,唐人"簾外春寒賜錦袍"即是此意。
　　梁定本作：
　　　　結從對面落筆,不言怨而深于怨,唐人"昨夜風開露井桃"一章即此意也。

錦帶雜花鈿,羅衣垂綠川。問子今何去,出采江南蓮。遼西三千里,欲寄無因緣。願君早旋返,及此荷花鮮。
采蓮

【紀批】
無深湛之思,亦無塗飾之態。雖非高唱,不失正聲。(1)

【今校】
（1） 朱批作：
　　　　常語而風格頗遒,異乎爾時之靡曼。
　　梁定本作：
　　　　疏疏落落,獨以氣格見長,齊梁詩中之所少。

艷裔陽之春,〔一〕携手清洛濱。鷄鳴上林苑,薄暮小平津。長裾藻白日,〔二〕廣袖帶芳塵。故交一如此,新知詎憶人。(1)
携手

【紀批】
〔一〕 "陽之春"三字未安(2)。
〔二〕 藻者,文采耀映之意,然字終太險(3)。

【今校】
（1） "故交"二句,梁定本批：
　　　　末二句太直。
（2） 未安,梁定本作"未妥"。

（3） 字,梁定本作"此字"。

贈杜容成一首

《藝文類聚》作"詠燕"。

一燕海上來,一燕高臺息。一朝相逢遇,相,宋刻作"所"⁽¹⁾,誤,今從《藝文類聚》。依然舊所識。所,《藝文類聚》作"相"。問我來何遲,關山幾紆直。關山,《藝文類聚》作"山川"。答言海路長,風多飛無力。〔一〕多,《藝文類聚》作"駛"。昔別縫羅衣,春風初入幃⁽²⁾。今來夏欲晚,桑蛾薄樹飛。〔二〕

【紀批】

〔一〕 比興太淺。與鮑參軍之《詠燕》、何水部之《詠白鷗》品格正同,皆長慶體之嵓墟也。⁽³⁾

〔二〕 結從《詩》"昔我往矣"四句脫胎,頗有簡峭之致。○好在竟住。⁽⁴⁾

【今校】

（1） 朱墨批本同宋刻。
（2） 幃,朱墨批本、梁定本、趙本作"帷"。
（3） 朱批作:
　　　　作質語常苦其淺。
　　　按:常,國圖抄本原作"嘗",據天圖、上圖抄本改。
　　　梁定本作:
　　　　前八句敷衍太多,比興太淺,遂爲長慶之嵓墟。
（4） 梁定本作:
　　　　後四句從《詩》"昔我往矣"四句脫出,而用之篇末作收,頗有簡峭之致。

春　　詠

春從何處來,拂水復驚梅。水,宋刻作"衣"⁽¹⁾,誤,今從《藝文類聚》。雲障青瑣闥,障,《藝文類聚》作"彰",誤。⁽²⁾風吹承露臺。美人隔千里,羅帷閉不開。無由得共語,空對相思杯。⁽³⁾

【今校】

（1） 朱墨批本同宋刻。

（2） 梁定本無注。

（3） 梁定本批：

　　　語意陳因，殊乏興象。

去妾贈前夫

　　棄妾在河橋，相思復相遼。鳳皇簪落髻，蓮花帶緩腰。腸從別處斷，貌在淚中銷。願君憶疇昔，片言時見饒。

【紀批】

　　"遼"字太造作，"饒"字又太淺俚，皆不可訓。○三、四句開唐人上三下二之格。(1)

【今校】

（1） 朱批：

　　　"相遼"字生，若如此替字，必至于篠驂卉犬。○"見饒"字又生。

梁定本作：

　　　"相遼"二字太生，"遼"字雖訓"遠"，然如此代字，必至於卉犬篠驂。"鳳皇"二句上三下二句法。○"見饒"字不雅。

詠少年

　　董生惟巧笑，子都信美目。百萬市一言，千金買相逐。不道參差菜，誰論窈窕淑。〔一〕願言捧繡被，來就越人宿。(1)

【紀批】

〔一〕 五、六句割裂太甚。(2)

【今校】

（1） "願言"二句朱批：

　　　竟歇後矣。

梁定本批：

　　"願言"二句太猥，亦太直。

（２）　梁定本作：

　　"不道"二句太割裂，不成語。

王僧孺

春　　怨

　　四時如湍水，飛奔競回復。夜鳥響嚶嚶，朝光照煜煜。厭見花成子，多看筍為竹。萬里斷音書，十載異棲宿。積怨落芳髻[(1)]，長啼壞美目。君去在榆關，妾留住函谷。[(2)]惟對昔邪房，如見蜘蛛屋[(3)]。獨與響相酬，還將影自逐。象牀易氈簟，羅衣變單複。幾過度風霜，馮氏校本注"過度"一作"度過"[(4)]。猶能保煢獨。

【今校】

（１）　怨，朱墨批本、趙本作"愁"。
（２）　"積怨"四句朱批：

　　"積怨"四句去之不為斷鶴。

梁定本批：

　　"積怨"四句于意可節。"長啼"句尤俚。

（３）　梁定本批：

　　"如見"二字費解。
（４）　注，梁定本作"注云"。

月夜詠陳南康新有所納

　　二八人如花，三五月如鏡。當簾一種色，開戶兩相映。[〔一〕(1)]開戶，《藝文類聚》作"還將"，誤。重價出秦韓，高名入燕鄭。十城屢請易，千金幾爭聘。君意自能專，妾心本無競。[〔二〕]

【紀批】

〔一〕 起四句漸近自然。(2)

〔二〕 末二句乃托出南康之爲情顛倒,非爲所納作恬退身分語。(3)

【今校】

（1） 開,朱墨批本、趙本作"當"。

（2） 朱批作:

> 本地風光語直寫自佳,所謂漸近自然。

（3） 梁定本作:

> 末二句乃托出陳之爲情顛倒,非爲所納作身分語。

見貴者初迎盛姬聊爲之詠

久想專房麗,未見傾城者。千金訪繁華,一朝遇容冶。家本薊門外,來戲叢臺下。長卿幸未匹,文君復新寡。

【紀批】

竟住有致,再衍即爲鈍筆。(1)

【今校】

（1） 朱批作:

> 竟住者。

梁定本作:

> 結語妙于竟住。

與司馬治書同聞隣婦夜織

洞房風已激,長廊月復清。藹藹夜庭廣,飄飄曉帳輕。雜聞百蟲思,偏傷一鳥聲。鳥,宋刻作"息"(1),誤。鳥聲長不息,妾心復何極。猶恐君無衣,夜夜當窗織。〔一〕

【紀批】

〔一〕 通幅空中設色,"織"字只一點便住,蹊徑不凡。○末四句極渾成,亦

極溫厚。⁽²⁾

【今校】

（1） 朱墨批本同宋刻。
（2） 朱批作：
    語近自然，意尤溫厚。
  梁定本作：
    末四句出語渾成，意尤溫厚。○通幅空中設色，"纖"字只一點便足，筆墨高妙。

夜　　愁

簷露滴爲珠，池水合成璧⁽¹⁾。萬行朝淚瀉，千里夜愁積。積，宋刻作"極"⁽²⁾，馮氏校本注一作"積"，今從之。⁽³⁾孤帳閉不開，寒膏盡復益。誰知心眼亂，看朱忽成碧。⁽⁴⁾

【今校】

（1） 水，朱墨批本、趙本作"冰"。
（2） 朱墨批本同宋刻。
（3） 梁定本無注。
（4） 朱批：
    斧痕不化。
  梁定本批：
    穿鑿之痕未化。

春閨有怨

愁來不理髻，春至更攢眉。悲看蛺蝶粉，泣看蜘蛛絲。月映寒螢褥，風吹翡翠帷。飛鱗難托意，馭翼不銜辭。〔一〕

【紀批】

〔一〕 "飛"字但作"馭"字解，猶"騎"曰"飛騎"耳。或疑鱗不解飛，或又引《吳都賦》"文鰩夜飛而觸綸"事，均爲滯相。⁽¹⁾

【今校】

（1） 梁定本批：

　　　　語皆膚淺。

擣　　衣

　　足傷金管遽[(1)]，多愴緹光促。〔一〕馮氏校本注曰：近本此句下有"露團池上紫，風飄庭裏綠"二句[(2)]，宋刻無之。又《藝文類聚》有此二句[(3)]，而無"下機"四句[(4)]，亦于義爲短。[(5)]下機鶯西眺，鳴砧遽東旭。芳汗似蘭湯，雕金辟龍燭。[(6)]散度《廣陵》音，摻寫《漁陽》曲。摻，宋刻作"操"，誤。[(7)]《別鶴》悲不已，《離鸞》斷更續。尺素在魚腸，寸心憑雁足。

【紀批】

〔一〕 語太雕斲。[(8)]

【今校】

（1） 遽，朱墨批本、趙本作"處"。

（2） 朱墨批本有"露團"二句詩，墨批：

　　　　宋刻無"露團"二句，然有之文意爲足。

（3） 又，四庫本作"今考"。

（4） "而無"句後，文淵閣本有"則擣衣之意全脱"一句。按，擣衣之意，文津閣本作"擣衣之義"。

（5） 注文末稿本劃去"今仍從宋刻"，梁定本保留。

（6） 朱批：

　　　　"下機"四句亦生硬。

（7） 梁定本無注。

（8） 朱批作：

　　　　金管，秋律也。緹光，日景也。此種字法作俑于圓象方儀，弊極于鷗閣蚪户。

　　梁定本作：

　　　　體既冗排，語尤雕琢，用之艷詩更所不宜。

爲人述夢

　　已知想成夢[(1)]，未信夢如此。皎皎無片非，的的一皆是。以親芙蓉褥⁽²⁾,方開合歡被。雅步極嫣妍,含辭恣委靡。如言非倏忽,不意成俄爾。及寤盡空無,方知悉虛詭。

【紀批】

此又太質。⁽³⁾

【今校】

（1） 已知,朱墨批本、趙本作"工知"。
（2） 以,四庫本作"已"。
（3） 朱批作:

此亦質則苦淺者也。

梁定本作:

此又質而太俚。○"皎皎"二句尤拙。

爲人傷近而不見

宋刻誤脱"而"字,據《藝文類聚》補。

嬴女鳳皇樓,漢姬柏梁殿。詎勝仙將死,勝,《藝文類聚》作"過"。音容猶可見。我有一心人,我有,《藝文類聚》作"獨我"。同鄉不異縣。異縣不成隔,同鄉更脈脈。脈脈如牛女,無妨年一語。末句《藝文類聚》作"幽幽寄一語"。⁽¹⁾

【今校】

（1） 梁定本注無"末句"字。

朱批:

亦淺。

梁定本批:

前四句措語殊拙,後六句亦淺。

爲何庫部舊姬擬蘼蕪之句

《藝文類聚》作"爲何遜舊姬上山采蘼蕪"。案:《梁書》何炯曾爲庫部⁽¹⁾,移之何遜,似誤。⁽²⁾

出門望蘭薰,褰簾正逢君。斂容才一訪,新知詎可聞。知,《藝文類聚》作"人"。新人含笑近,故人含淚隱。含淚,《藝文類聚》亦作"含笑",[3]誤。妾意在寒松,君心逐朝槿。[一]

【紀批】

〔一〕 結語怨以怒矣,然雖託舊姬之詞,實友朋規諷之語[4],故不嫌于斥言,言固各有當也。[5]

【今校】

（1） 炯,梁定本作"埛"。
（2） "案"以下句,文津閣本無。注文末稿本劃去"今仍從宋刻",梁定本保留。
（3） 梁定本作:
     《藝文類聚》"淚"作"笑"。
（4） 規諷,梁定本作"規戒"。
（5） 朱批作:
     結語怨以怒矣,然係代作,又係實有之事,冀以感悟,故不嫌激,言固各有當也。

在王晉安酒席數韻
《藝文類聚》作"詠姬人"。

窈窕宋容華,宋,《藝文類聚》作"守",誤。但歌有清曲。清,《藝文類聚》作"情",誤。轉盼非無以[1],斜扇還相矚。扇還,《藝文類聚》作"眉幸",誤。詎減許飛瓊,詎,《藝文類聚》作"不"。多勝劉碧玉。何因送款款,半飲杯中醁。半,宋刻作"伴"。案:詩在酒席已伴飲矣,不得更曰"何因"。《藝文類聚》作"半飲"[2],是。杯酒而留半與之,相憐相調,情思並見,較"伴"字爲有致,今從之。[3]

【紀批】

頗有情致,惟五六句不免淺率。[4]

【今校】

（1） 盼,朱墨批本、趙本作"昐"。

（２）藝文類聚，稿本作"藝文類"。
（３）"半飲"句，梁定本底本爲"伴飲杯中醥"，注文僅一句：
   《藝文類聚》"伴"作"半"。
（４）朱批作：
   後四句語猥而意褻。
   梁定本作：
   "詎減"二句太率易。末二句亦太猥。

爲人有贈

碧玉與綠珠，張盧復雙女。[一]曼聲古難匹，長袂世無侶。似出鳳皇樓，言發瀟湘渚。幸有褰裳便，含情寄一語。

【紀批】
〔一〕"張盧"句不成文理。此種句法，作俑于潘岳《閒居賦》之"櫻胡"、"三桃"、"丹白"、"二柰"(1)，至陸龜蒙之"簾外青楊有二梅"(2)，而纖仄極矣。(3)

【今校】
（１）梁定本無"潘岳"二字。
（２）陸龜蒙，梁定本作"陸魯望"。
（３）整段批語朱批作：
   "張盧"句不成文理。此種句法，作俑於《閒居賦》之"櫻胡"、"三桃"、"丹白"、"二柰"，而弊極於陸魯望之"簾外青楊有二梅"。按：潘岳《閒居賦》有"三桃表櫻胡之別，二柰曜丹白之色"句；陸龜蒙《奉和襲美夏景無事因懷章來二上人次韻》有"簷外青陽有二梅"句。批語所引"簷"、"陽"有異。

何生姬人有怨

寒樹棲羈雌，月映風復吹。逐臣與棄妾，零落心可知。寶琴徒七絃，蘭鐙空百枝。顰容不足效，啼妝拭復垂。同衾成楚越，異國非仳離。佗，宋刻作"此"(1)，誤。

【紀批】

　　興體亦是恒蹊,而寫來特爲濃至。(2)

【今校】

（1）　朱墨批本同宋刻。
（2）　朱批作：
　　　　興體入手,語特超忽。
　　梁定本作：
　　　　興體入手,本是恒蹊,而寫來特爲濃至。

鼓瑟曲　有所思

　　夜風吹熠燿,朝光照昔邪。昔,《文苑英華》作"辟",誤。辟邪,獸名。昔邪,瓦松也。幾銷虇蕪葉,空落蒲萄花。不堪長織素,誰能獨浣紗。光陰復何極,望促反成賒。知君自蕩子,奈妾亦倡家。〔一〕

【紀批】

〔一〕　末二句蓋用古詩"昔爲倡家女"二句之意,言蕩子自好冶遊,倡家亦難堪寂寞耳,而措語未明,似亦自欲越禮者,遂爲語病。(1)

【今校】

（1）　墨批作：
　　　　末二句蓋用古詩"青青河畔草"一首意,而措語太拙,轉成疵累。
　　梁定本作：
　　　　末二句蓋用古詩"昔爲倡家女"二句意,言蕩子自好冶遊,倡家亦不耐寂寞也,而措語不及古人之渾融,遂爲語病。

爲人寵姬有怨

　　可憐獨立樹,枝輕根易搖。已爲露所浥,復爲風所飄。錦衾襞不卧,端坐夜及朝。是妾愁成瘦,非君重細腰。

【紀批】

　　齊梁閨怨,門徑多同,此獨以憂讒畏譏立言,雖古人已有之意,而爾時轉

爲新聲矣。(1)

【今校】

（1） 墨批：

> 寵極憂讒之意。

梁定本作：

> 六朝人閨怨諸作，大抵皆借其麗情以寄藻采，然棄姬思婦，蹊徑多同，此獨以寵極憂讒立言，雖述恒情，乃爲新意矣。

爲 人 自 傷(1)

《藝文類聚》作"爲姬人怨詩"。

自知心裏恨，還向影中羞。迴持昔慊慊，變作今悠悠。還君與妾珥，珥，《藝文類聚》作"扇"。歸妾奉君裘。弦斷猶可續，心去最難留。

【紀批】

其言怨以怒。○此脫胎于古樂府之《有所思》，然彼爲淫奔之詞，無所不可，此則姬人之語，固應自有分寸。(2)

【今校】

（1） 人，朱墨批本作"姬人"。
（2） 分寸，擷英本作"身分"。

朱批作：

> 此亦兩意決絶之比，非詩人溫厚之旨也。○此意出于樂府《有所思》之"拉雜摧燒"，然姬人非淫奔之比。

梁定本作：

> 即《白頭吟》兩意決絶之見，非詩人忠厚之道也。

秋 閨 怨

斜光隱西壁，暮雀上南枝。風來秋扇屏，月出夜鐙吹。[一]深心起百際，遙淚非一垂。(1)徒勞妾辛苦，終言君不知。

【紀批】

〔一〕"風來"二句賦而比也。(2)

【今校】

（１）"深心"二句朱批：

"深心"二句尤拙。嚴滄浪謂勿用六朝生造語，此類是矣。

梁定本作：

"深心"二句措語頗拙。嚴滄浪謂勿用六朝生造語，此類是矣。

（２）朱批作：

"吹"字終俚。

梁定本作：

"風來"二句，賦中有比。

張率

相　逢　行(1)

相逢夕陰街，街，宋刻作"階"，《藝文類聚》作"街"。案：《三輔黃圖》："長安八街，有夕陰街(2)、尚冠前街。"下句用"尚冠里"，則此句爲"夕陰街"無疑，宋刻誤也。今從《藝文類聚》。獨趨尚冠里。高門既如一，甲第復相似。憑軾日欲昏，何處訪公子。公子之所在，所在良易知。青樓出上路，漸臺臨曲池。堂上撫流徵，雷樽朝夕施(3)。橘柚芬華實(4)，芬，《樂府詩集》作"分"，誤。朱火燎金枝(5)。兄弟兩三人，冠佩紛陸離(6)。朝從禁中出，車騎並驅馳。金鞍瑪瑙勒，聚觀路旁兒。入門一顧望，鳧鵠有雄雌。雄雌各數十，十，宋刻及《樂府詩集》並作"千"，誤。門庭之内，隙地幾何？而鳧鵠雌雄各數千，此可以理斷者也。(7)今從《藝文類聚》。相鳴戲羽儀。並在東西立，羣次何離離。大婦刺方領，中婦抱嬰兒。小婦尚嬌稚，端坐吹參差。丈夫無遽起，神鳳且來儀(8)。

【今校】

（１）朱批：

此亦何取乎擬？

（２）　梁定本無"有"字。
（３）　梁定本批：
　　　　"雷樽"句"施"字未穩。
（４）　實,朱墨批本作"食"。
（５）　梁定本批：
　　　　"朱火"句不雅。
（６）　冠,朱墨批本、趙本作"裾"。
（７）　"門庭"以下四句,梁定本無。
（８）　梁定本批：
　　　　"神鳳"句尤爲湊泊。

對　　酒

　　對酒誠可樂,此酒復能醇。如華良可貴,如乳更非珍[1]。何以留上客,爲寄掌中人。金尊清復滿,玉椀亟來親[2]。誰能共遲暮,對酒及芳辰。君歌當未罷,却坐避梁塵。

【今校】
（１）　"如華"二句朱批：
　　　　"如華"二句太俚。
　　　梁定本批：
　　　　比之於華,華良可貴;比之於乳,乳不足珍。一正比,一反襯,然其詞殊俚。
（２）　朱批：
　　　　"亟來親"三字亦俚。
　　　梁定本批：
　　　　"亟來親"三字亦率。

遠　　期

　　遠期終不歸,節物坐將變。物,《藝文類聚》作"華",誤。[1]白露愴單衫,衫,宋刻作"棲"[2]。案："團扇"、"單衫",儷偶爲切,今從《藝文類聚》。[3]秋風息團扇。誰能久別離,能,《藝文類聚》作"將",誤。[4]他鄉且異縣。浮雲蔽重山,相望何時見。何時,《藝文類聚》作"不可"。寄言遠行者,行,《樂府詩集》作"期"。空閨淚如霰。

【紀批】

　　頗有古格。○"浮雲"二句即古詩"浮雲蔽白日"意。(5)

【今校】

（1）　梁定本無注。
（2）　朱墨批本、梁定本同宋刻。
（3）　"白露"句,梁定本注文較簡,且承正文省"棲"字:
　　　　《樂府詩集》作"衫"。
（4）　梁定本無注。
（5）　墨批作:
　　　　出語清峭,在爾時為雅音。
　　　　梁定本作:
　　　　雖無新意,而骨韻較為清峭,無爾時冗俳之習。

徐悱

贈　　內

　　日暮想清揚,揚,宋刻作"陽"(1)。案:"婉如清揚",語本《國風》。"清陽"無所取義,今從馮氏校本。躡履出椒房。網蟲生錦薦,遊塵掩玉牀。不見可憐影,空餘黼帳香。彼美情多樂,挾瑟坐高堂。豈忘離憂者,向隅心獨傷。聊因一書札,以代九回腸。

【紀批】

　　前六句似婦他往而憶之之詞,後六句又似婦在家而寄之之詞,語意殊不了了。案:《梁書》悱乃徐勉第三子,豈令嫻方隨侍舅姑,故用古樂府"小婦挾瑟"、"丈人安坐"事耶？蓋不可考矣。(2)

【今校】

（1） 朱墨批本同宋刻。

（2） 梁定本作：

  前六句似婦他往而寄之之詞，後六句又似己外出而寄之之詞，不甚可解。案：悱乃徐勉第三子，豈令嫺方隨侍勉所，故用古樂府"小婦挾瑟"、"丈人安坐"事耶？蓋不可考矣。

對房前桃樹詠佳期贈內

  相思上北閣，徙倚望東家。忽有當軒樹，兼含映日花。方鮮類紅粉，比素若鉛華。更使增心憶[1]，彌令想狹邪。[一]無如一路阻，脉脉似雲霞。嚴城不可越，言折代疏麻。

【紀批】

〔一〕 前首用"椒房"字，此首用"狹邪"字，皆爲不倫，未喻其旨。[2]

【今校】

（1） 憶，朱墨批本作"意"。

（2） 梁定本作：

  二詩語意皆庸近。○前首以所居爲"椒房"擬之妃后，此首以所居爲"狹邪"又擬之倡家，用事皆爲不倫，殊不可解。

費昶

華光省中夜聞城外擣衣

  華光，宋刻作"華觀"，諸本並同，惟《藝文類聚》作"華光"。案：謝朓有《爲皇太子侍華光殿曲水宴詩》，劉孝綽亦有《華光殿曲水宴詩》，則華光本齊舊殿，梁人因之，故改從《藝文類聚》。○聞，《藝文類聚》作"聽"。[1]

  閶闔下重關，丹墀吐明月。秋氣城中冷，氣，宋刻作"夜"。今從《藝文類聚》。[2]秋砧城外發。浮聲繞雀臺，飄響度龍闕。宛轉何藏摧，當從上路來。藏摧意未已，意，《藝文類聚》作"方"。定自乘軒里。里，宋刻作

"裏"(3),誤,今從《藝文類聚》。乘軒盡世家,佳麗似朝霞。[一]圓璫耳上照,方繡領間斜。衣熏百和屑,髺插九枝花(4)。昨暮庭槐落,今朝羅綺薄。拂席捲鴛鴦,開幔舒氍毹。幔,《藝文類聚》作"緼",誤。(5)金波正容與,玉步依砧杵。紅袖往還縈,素腕參差舉。徒聞不得見,獨夜空愁佇。吳氏本此句下注"其一"字。案:"獨夜"以下,文義相屬,不得斷爲二章,今從宋刻削去。(6)獨夜何窮極,懷之在心側。"側"字義不可解。《詩紀》作"惻",又與"在"字不應,疑當作"枉心惻"。宋刻"在"字皆作"枉",與"枉"字所差毫髮耳。(7)階垂玉衡露,庭舞相風翼。瀝滴流星輝,燦爛長河色。三冬誠足用,五日無糧食。揚雲已寂寥,今君復弦直。

【紀批】

〔總〕 此借寓貧困之感,非實詠擣衣。題中"聞"字極分明。○音節流美,已啟唐音。(8)

〔一〕 "乘軒"二句,一篇眼目,正反對結處揚雲意。(9)

【今校】

（1） 標題異文,朱墨批本同宋刻。題注墨批作:

"光"字,宋刻作"觀",《藝文類聚》引作"光"。按:謝宣城有《華光殿侍宴》詩,則作"光"是也。

（2） 梁定本作:

《藝文類聚》"夜"作"氣"。

按:"秋氣"句梁定本底本作"秋夜城中冷"。

（3） 朱墨批本同宋刻。

（4） 插,朱墨批本、趙本作"搖"。

（5） 梁定本無注。

（6） 朱批作:

文意似屬一首,吳氏本"其一"、"其二"字恐誤,宋刻亦作一首。

（7） "懷之"句整段注文朱批僅:

"在"字恐誤,再校。

（8） 朱批作:

音節流美,初唐之規格已見。

梁定本作:

音節流美,唐人體段已具。○此借寓貧困之感,非詠擣衣。

（9） 梁定本作：
> "乘軒"二句是通篇眼目，正反映結處揚雲意。

和蕭記室春旦有所思

芳樹發春輝，蔡子望青衣。水逐桃花去，春隨楊柳歸。[一]楊柳何時歸，裊裊復依依。已映章臺陌，復埽長門扉。(1)獨知離心者，坐惜春光違。洛陽遠如日，何由見宓妃。

【紀批】
〔一〕 "水逐"句，比也。(2)

【今校】
（1） 扉，梁定本誤作"扇"。"楊柳"四句梁定本批：
> 中四句借柳纇染，宜作情致語。"章臺"、"長門"頗嫌裝砌。

（2） 梁定本作：
> "水逐"二句，宛然唐律。

春郊望美人

芳郊拾翠人，迴袖探芳春。探，宋刻作"掩"(1)，今從《藝文類聚》。金輝起步搖，紅彩發吹綸。湯湯蓋頂日，"湯湯"二字未詳，《藝文類聚》作"陽陽蓋頂月"(2)，亦不可解。飄飄馬足塵。薄暮高樓下，當知妾姓秦。(3)

【今校】
（1） 朱墨批本同宋刻。
（2） 月，四庫本作"日"。
（3） 全詩朱批：
> 支綴而成，絕無情思。○"湯湯"字再校。

梁定本批：
> 後六句皆拙。

詠照鏡

晨輝照杏梁,飛燕起朝妝。留心散廣黛,輕手約花黃。正釵時念影,拂絮且憐香。方嫌翠色故,乍道玉無光。城中皆半額,非妾畫眉長。

【紀批】

結有風旨。[1]

【今校】

(1) 墨批作:

起結有致。

梁定本作:

起結有致。○"方嫌"二句稍拙。

和蕭洗馬畫屏風二首

日凈班姬門,風輕董賢館[1]。卷耳緣階出,反舌登牆喚。〔一〕蠶女桂枝鉤,遊童蘇合彈。拂袖當留客,相逢莫相難。

陽春發和氣

【紀批】

〔一〕 三、四句新色。[2]

【今校】

(1) 風輕,四庫本作"風清"。
(2) 朱批作:

二句新色,"卷耳"、"反舌"取對亦工。

梁定本作:

"卷耳"二句新色,以"反舌"作對,亦工。

佳人在河內,征夫鎮馬邑。零露一朝團[1],中夜兩垂泣。氣爽牀帳冷,天寒針縷澀。紅顏本暫時,君還詎相及。〔一〕

秋夜涼風起

【紀批】

〔一〕 結語沉摯,然太犯玄暉《王孫遊》矣。⁽²⁾

【今校】

（１） 團,四庫本作"漙"。
（２） 梁定本作:
> 結即古詩"過時而不采,將隨秋草萎"意,而不曰不肯還,反曰還時不能相及,運意更爲深至。

采 菱

妾家五湖口,采菱五湖側。玉面不關妝,雙眉本翠色。妝,《文苑英華》作"翠";翠,《文苑英華》作"青",並誤⁽¹⁾。日斜天欲暮,風生浪未息。宛在水中央,空作兩相憶。

【紀批】

一語百媚,情景俱佳。⁽²⁾

【今校】

（１） 梁定本作:
> 《文苑英華》"妝"作"翠";"翠"作"青",並誤。

（２） 俱佳,朱批作"俱在"。按,"玉面"句以下,稿本皆圈點,批語蓋指此六句。

長 門 怨

宋刻作"長門后怨"⁽¹⁾。案《樂府詩集》,《長門怨》乃相和歌辭,楚調曲列柳惲詩第一,昶此詩第二,五卷柳詩署"長門怨",則此"后"字誤衍也。今從《樂府詩集》。

向夕千愁起,自悔何嗟及。愁思且歸牀,愁,《藝文類聚》作"悲",誤。羅襦方掩泣。絳樹搖風軟,黃鳥弄聲急。金屋貯嬌時,不言君不入。

【紀批】

起述悔心,末陳舊愛,用意勝柳文暢作。⁽²⁾

【今校】
（1）朱墨批本同宋刻。
（2）墨批作：
　　　　反兜有致。
梁定本作：
　　　　起作自悔之詞，結以舊愛感動之，怨而不爲怨語，用意勝柳文暢作。

鼓吹曲二首(1)

　　巫山光欲晚，晚，《樂府詩集》注一作"曉"。陽臺色依依。彼美巖之曲，寧知心是非。〔一〕朝雲觸石起，暮雨潤羅衣。願解千金佩，請逐大王歸。
巫山高

【紀批】
〔一〕　未卜其有情與否，故曰"寧知心是非"，措語頗晦。(2)

【今校】
（1）文淵閣本無"二首"字。
　　朱批：
　　　　此亦牀上牀，屋下屋也。
　　梁定本批同朱批。
（2）朱批作：
　　　　"寧知"句未詳。
　　梁定本作：
　　　　未卜其情相屬與否，故曰"寧知心是非"，語意殊晦。

　　上林烏欲栖，栖，《樂府詩集》作"飛"，誤。長安日行暮。所思鬱不見，見，《文苑英華》作"已"。(1)空想丹墀步。簾動憶君來，雷聲似車度。北方佳麗子，窈窕能回顧。夫君自迷惑，非爲妾心妬(2)。
有所思

【紀批】

後四句詞怨以怒,去古人敦厚遠矣。[3]

【今校】

（1）　梁定本無注。
（2）　心妒,朱墨批本作"妒媚"。
（3）　朱批作:

其詞怨以怒。

梁定本作:

後四句詞怨以怒,殊乖風人之旨。

姚翻

同郭侍郎采桑一首

雁還高柳北,春歸洛水南。日照茱萸領,風搖翡翠簪。[1]桑間視欲暮,閨裏遽飢蠶[2]。相思君助取,相望妾那堪。

【今校】

（1）　梁定本批:

起四句語既塗飾,意復膚廓,空中布景,非此之謂也。

（2）　墨批:

"閨裏"句拙。

梁定本批:

"閨裏"句亦拙。

孔翁歸

奉和湘東王教班婕妤一首

長門與長信,日暮九重空。雷聲聽隱隱,車響絕瓏瓏。[1]恩光隨妙舞,團扇逐秋風。鉛華誰不慕[2],人意自難終。"誰不慕"三字未詳。《樂府詩集》"慕"作"暮",《藝文類聚》末二句又作"鉛華誰不見,人意自難同",亦均不甚可解。[3]

【今校】

（1）朱批：

"雷聲"二句可謂點金成鐵。

梁定本：

"雷聲"二句運古甚拙。

（2）慕,稿本圈改爲"暮",據注文改回。

（3）"鉛華"句梁定本底本作"鉛華誰不暮",與下"人意"句合注作：

暮,《樂府詩集》作"莫",即"暮"之本字。宋刻作"慕",《藝文類聚》作"見",並誤,今從《樂府詩集》。《藝文類聚》"終"作"同",義可兩存。

按,稿本原有"終,《藝文類聚》作'同',義可兩存"句,後劃去,梁定本保留。

徐悱妻劉令嫺

答外詩二首

花庭麗景斜,蘭牖輕風度。落日更新妝,開簾對春樹。[一]鳴鸝葉中響,戲蝶枝邊鶩。調瑟本要歡,心愁不成趣。[1]良會誠非遠,佳期今不遇。欲知幽怨多,春閨深且暮。

東家挺奇麗,南國擅容輝。夜月方神女,朝霞喻洛妃。還看鏡中色,比艷自知非。摘詞同妙好,連類頓乖違。智夫雖已麗,吳氏注本疑"智夫"當作"智瓊"。案：令嫺此篇乃答其夫《對房前桃樹詠佳期贈內》之作[2],因贈詩有"方鮮"、"比素"二語[3],以己爲麗,故以"智夫雖已麗"答之,"智夫"蓋以稱徐悱[4]。疑古籍有此相尊之詞,今不可考耳[5]。吳氏牽引"智瓊",殊乖詩意。[6]傾城未敢希。[7]

【紀批】

〔一〕"落日"十字,情韻獨絕。[8]

【今校】

（1） 梁定本批：

此答"挾瑟坐高堂"意，故有"調瑟本要歡，心悲不成趣"語。按，"悲"當作"愁"。

（2） 其夫，四庫本作"其夫徐悱"。

（3） 二語，文淵閣本作"二句"。

（4） 徐悱，四庫本作"悱"。

（5） "疑古"二句四庫本作：

考《禮記·郊特牲》曰："婦人，從人者也。夫也者，以知帥人者也。"注訓"知"爲"材智"。則"智夫"之名，本于經義。

（6） "智夫"句整段注文梁定本作：

此句未詳。吳氏注疑"智夫"當作"智瓊"，更不可解。

（7） 朱批：

後四句殊不成語。

梁定本批：

此答《對房前桃樹》一首，因有"方鮮"、"比素"之句，故謙言其連類之乖違。

（8） 梁定本作：

"落日"二句情景俱妙。

朱批作：

秀媚可挹。

何思澂[1]

奉和湘東王教班婕妤

寂寂長信晚，雀聲愁洞房。愁，宋刻作"哦"[2]，《樂府詩集》作"喧"，今從《藝文類聚》。蜘蛛網高閣，駮蘚被長廊。蘚，《文苑英華》作"蘇"，誤。[3] 虛殿簾帷靜，閒階花蕊香。悠悠視日暮，悠悠，《藝文類聚》作"愁愁"。[4] 還復拂空牀。拂，《藝文類聚》作"守"，然不如"拂"字之有致。[5]

【今校】

（1） 澂，梁定本誤作"徵"。此首梁定本批：

語太浮泛。
（2）朱墨批本同宋刻。
（3）梁定本無注。
（4）梁定本無注。
（5）注文末稿本劃去"今從宋刻"，梁定本保留。

擬　　古⁽¹⁾

故交不可忘，猶如蘭桂芳。新知雖可悅，不異茱萸香。〔一〕妾有《鳳雛曲》，雛，《藝文類聚》作"皇"。非爲《陌上桑》。爲，《藝文類聚》作"無"。案：此二句，上句用《隴西行》語，言己乃家中之健婦；此句用《陌上桑》事，言不比羅敷又自有夫。作"無"爲誤。⁽²⁾薦君君不御，抱瑟自悲涼。

【紀批】
〔一〕前四句全用陳思《浮萍篇》語，未免剿襲太過。⁽³⁾

【今校】
（1）墨批：
　　出手太快便少含蓄，然不施雕繪，于爾時爲古調獨彈。
（2）注文末稿本劃去"今仍從宋刻"字，梁定本保留。"此句"以下梁定本作：
　　此句言不比陌上羅敷又自有夫。作"無"爲誤，今仍從宋刻。
（3）梁定本作：
　　前四句全用曹子建《浮萍篇》，未免偷語。

南苑逢美人

洛浦疑迴雪，巫山似旦雲。傾城今始見，傾國昔曾聞。⁽¹⁾媚眼隨羞合，⁽²⁾眼，宋刻作"服"；羞，宋刻作"嬌"，並誤。今從《藝文類聚》。丹脣逐笑分。風捲蒲萄帶，日照石榴裙。自有狂夫在，空持勞使君。

【今校】
（1）朱批：

傾城傾國分"今見"、"昔聞",絶無文理,不但語拙。

梁定本批：

傾城傾國分"今見"、"昔聞",雖曰互文,究爲拙句。

（2） 墨批：

"媚眼"句亦鄙。

梁定本同朱批。

徐悱

答唐孃七夕所穿針[1]

馮氏校本謂徐悱及妻劉令嫺詩俱見前,此首疑後人所儳入[2],其説甚是。至謂或"悱"字誤,則不然。觀"媚閨絶綺羅"句,與令嫺早寡語正相合,檢諸書亦皆作令嫺詩,蓋宋刻誤脱一"妻"字耳。[3]

倡人助漢女[4],靚妝臨月華。連針學並蔕,縈縷作開花。媚閨絶綺羅,攬贈自傷嗟。雖言未相識,聞道出良家。曾停霍君騎,經過柳惠車。無由一共語,暫看日昇霞。

【今校】

（1） 梁定本批：

酬應之作,殊無意義。

墨批：

語皆拙滯。

（2） 儳,四庫本作"攙"。

（3） "蓋宋"句梁定本作：

此蓋宋刻誤脱"妻"字耳。

整段題注朱批作：

劉令嫺詩分編何思澄之前、後,必有訛誤。

按,本詩作者朱墨批本作"徐悱妻劉氏"。

（4） 助,文津閣本作"效"。

玉臺新詠卷第七　　河間紀昀校正

梁武帝詩一十四首
皇太子聖製四十三首
邵陵王綸詩三首
湘東王繹詩七首
武陵王紀詩三首[1]

　　此書最可疑者莫過此卷，最可信者亦莫過此卷。簡文署皇太子，元帝署湘東王，而武帝署謚、署國號，事所必無。三王直斥其名，似亦非體，此可疑之甚者也。至五卷、六卷、八卷皆屬梁代之詩，而當日帝王介乎其中，於理亦似不倫。然考《漢書·藝文志》，惟《高帝傳》十三篇、《歌詩》二篇以時代最先冠于漢人之首，其《儒家》《孝文傳》十一篇列于《劉敬》《賈山》之間，"詩賦家"武帝賦二篇列于蔡甲、倪寬之間[2]，知帝王製作與臣下合編，乃自漢以來之舊法。至徐堅編《初學記》始升太宗所作於歷代詩文之上，則此例實改于唐，而此書編次，猶存古法，信非後人所能偽託也。其稱梁武及諸王名，蓋後人之所增改，與首署陳官同一例耳。[3]

【今校】
（1）　稿本原作"三首"，據正文所錄，當爲"四首"。
（2）　詩賦，梁定本誤作"時賦"。倪，梁定本作"兒"。
（3）　朱墨批本卷七首頁有朱批：
　　　　七卷、八卷皆梁人之詩，一望如黃茅白葦，翹楚殊稀，爾時風尚可知矣。○可厭在一代之人如出一手。

梁武帝

擣　　衣

駕言易水北，送別河之陽。沉思慘行鑣，結夢在空牀。既寤丹綠謬,始知紈素傷。中州木葉下,邊城應早霜。〔一〕陰蟲日慘烈,烈,疑作"冽"。(1)庭草復云黃(2)。金風徂清夜,徂,宋刻作"但"(3),誤。明月懸洞房。嫋嫋同宮女,助我理衣裳。參差夕杵引,哀怨秋砧揚。輕羅飛玉腕,弱翠低紅妝。朱顏色已興,此句未詳(4)。眄睞目增光。目,疑作"自"。(5)擣以一匪石〔二〕,文成雙鴛鴦。制握斷金刀,薰用如蘭芳(6)。佳期久不歸,持此贈寒鄉。妾身誰爲容,思君苦人腸。

【紀批】
〔總〕 塗澤多而興象少,視謝、柳二作有上下牀之别矣。(7)
〔一〕 "中州"二句小有致。(8)
〔二〕 "匪石"字誤用。(9)

【今校】
（1） 梁定本無注。
（2） 云,文津閣本作"芸"。
（3） 朱墨批本同宋刻。
（4） 朱批作:
　　　　"朱顏"句未詳。
（5） 梁定本無注。
（6） "制握"二句梁定本批:
　　　　"斷金"、"如蘭"皆太裝砌。
（7） 梁定本作:
　　　　塗飾多而性情少,視玄暉、文暢諸作,不止上下牀之别。
　　　朱批:
　　　　湊泊乏真氣,累句尤多。
（8） 墨批作:
　　　　"中州"二句景中有情,吸起擣衣無迹。
　　　梁定本作:
　　　　"中州"二句景中寓情,引入擣衣,小有思致。
（9） 朱批:
　　　　"匪石"字未妥。
　　　梁定本作:
　　　　"匪石"二字誤用。

擬長安有狹斜十韻

案：此詩實十一韻，宋刻蓋誤脫"一"字。

洛陽有曲陌，曲陌不通驛[1]。忽逢二少童，扶轡問君宅。君宅邯鄲右，易憶復可知。大息組緼緼，中息佩陸離。小息尚青綺，總丱遊南皮。三息俱入門，家臣拜門垂。三息俱升堂，旨酒盈千卮。三息俱入戶，戶內有光儀。大婦理金翠[2]，中婦事么觿。么，《樂府詩集》作"玉"。小婦獨閒暇，調笙遊曲池。丈人少徘徊，鳳吹方參差。

【紀批】

三詩皆壽陵之步。[3]

【今校】

（1）　曲陌，朱墨批本、趙本作"陌曲"。

（2）　金，梁定本作"中"。

（3）　按，"三詩"指此首及以下《擬明月照高樓》、《擬青青河邊草》兩首。

朱批作：

此種如雙鉤之帖而加以點畫失真，不知何所取義，而晉以來人人爲之。

梁定本作：

此真可已不已，作者紛紛，究不解其何取也。

擬明月照高樓[1]

圓魄當虛閩，清光流思筵。筵思照孤影，"思筵"、"筵思"四字，諸本並同，然不甚可解。淒怨還自憐。臺鏡早生塵，匣琴又無弦。悲慕屢傷節，離憂亟華年。君如束樽景，妾似西柳煙。相去既路迥，明晦亦殊懸。願爲銅鐵鏵，以感長樂前。

【今校】

（1）　朱批：

與本詞亦不止上下牀。

梁定本批：

亦壽陵餘子之學步。

擬青青河邊草[1]

幕幕繡步絲，悠悠懷昔期。昔期久不歸，鄉國曠音輝[2]。音輝空結遲，半寢覺如至。既寤了無形，與君隔平生。月以雲掩光，葉以霜摧老。葉以，《樂府詩集》作"葉似"，[3]誤。摧，疑作"催"。當途競自容，莫肯爲妾道。此擬至"誰肯相爲言"句而止[4]，似非完篇，然別無可考，姑以宋刻爲據。

【今校】

（1）邊，文津閣本作"畔"。

朱批：

邊幅淺狹。

梁定本批：

語意淺狹。

（2）輝，朱墨批本作"徽"。下句同。

（3）梁定本作：

《樂府詩集》"以"作"似"。

（4）言，文津閣本作"道"。

代蘇屬國婦[一]

良人與我期[1]，不謂當過時。秋風忽逢節，白露凝前基。愴愴獨涼枕，搔搔孤月帷。忽聽西北雁，忽，宋刻作"或"[2]，誤，馮氏校本注一作"忽"。今從之。似從寒海湄[3]。果銜萬里書，中有生離詞。惟言長別矣，不復道相思。胡羊久剽奪，剽，宋刻瀏[4]，誤。今從馮氏校本。[5]漢節故支持。帛上看未終，臉下淚如絲。空懷之死誓，遠勞同穴詩。

【紀批】

〔一〕屬國婦終于去帷，似不必代爲之詞。詞亦頹唐。[6]

【今校】

（1） 梁定本批：

  子卿《別詩》本云"行役在戰場,相見未有期",此乃云"良人與我期",詞人借題抒藻,原不甚拘,然亦不可太乖本事。

（2） 朱墨批本同宋刻。

（3） 寒,文津閣本作"東"。

（4） 朱墨批本同宋刻。

（5） 梁定本無注。

（6） 朱批作：

  屬國妻終于別嫁,似不必代作爾語。語亦頹唐不工。

梁定本作：

  屬國婦終於別嫁,似不必代作此語,語亦頹唐不工。

古意二首

  飛鳥起離離,驚散忽參池[1]。嗷嘈繞樹上,翩翩集寒枝。既悲征役久,偏傷隴上兒[2]。寄言閨中愛[3],此心詎能知。不見松上蘿,葉落根不移。〔一〕

  當春有一草,緑花復重枝。重,馮氏校本注:一作"垂"。[4]云是忘憂物,生在北堂垂。〔二〕飛飛雙蛺蝶,低低兩差池。差池低復起,此芳性不移。飛蝶雙復隻,此心人莫知。〔三〕

【紀批】

〔一〕 "松蘿"本屬陳言,此作征人寄囑之詞,即爲新意。[5]

〔二〕 入手四句略率易。[6]

〔三〕 "飛飛"六句紆紆曲曲,託興深微。[7]

【今校】

（1） 參,朱墨批本、梁定本、趙本作"差"。池,文津閣本作"差"。

（2） 隴,朱墨批本、趙本作"壠"。

（3） 愛,文津閣本作"妾"。

（4） 梁定本無注。

（5） 墨批作：

"松蘿"雖屬陳言,然古詞多作閨人自道,此以征夫寄語囑之,便成新意。

　　梁定本作:

　　　　"松蘿"雖屬陳言,然古詞皆作閨人自道,今以征人寄囑出之,便爲新意。

（6）　梁定本未批。
（7）　託興深微,擷英本作"託興深至"。

　　朱批作:

　　　　淡語却紆紆曲曲,含情不盡。

芳　樹

　　緑樹始摇芳,芳生非一葉。一葉度春風,芳芳自相接(1)。色雜亂參差(2),衆花紛重疊。重疊不可思,思此誰能愜。

【紀批】

　　純用白描,差勝于厚粉濃朱,然又嫌剽而不留。(3)

【今校】

（1）　芳芳,文津閣本作"芳華"。
（2）　色雜,文津閣本作"雜色"。
（3）　梁定本作:

　　　　直用白描,然又頗開滑調。

臨　高　臺

　　《文苑英華》、《樂府詩集》俱作簡文帝詩。

　　高臺半行雲,望望高不極。高不,《文苑英華》作"不可"(1)。草樹無參差,山河同一色。〔一〕髣髴洛陽道,道遠難別識(2)。別,《文苑英華》作"可",誤。(3)玉階故情人,情人,《文苑英華》作"人情",誤。(4)情來共相憶。共,《文苑英華》作"苦"。

【紀批】
〔總〕　此首格意較道。⁽⁵⁾
〔一〕　"草樹"二句,真景宛然。⁽⁶⁾

【今校】
（１）　梁定本注無"高不"字,注文作:
　　　　　《文苑英華》作"不可極"。
（２）　道,朱墨批本作"路"。
（３）　梁定本無注。
（４）　梁定本注作:
　　　　　《文苑英華》作"故人情"。
（５）　梁定本作:
　　　　　風格頗道。
（６）　墨批作:
　　　　　即杜公"俯視但一氣"意,而語意雄渾,則後來居上矣。
　　　梁定本作:
　　　　　"草樹"二句,尤善狀登高望遠之景。

有　所　思

誰言生離久,適意與君別。意⁽¹⁾,諸本並同,以文意推之,當作"憶"。"適憶與君別",即文通《古離別》"送君如昨日"意。⁽²⁾衣上芳猶在,握裏書未滅。腰中雙綺帶,夢爲同心結。〔一〕常恐所思露,瑤華未忍折。〔二〕

【紀批】
〔總〕　意頗委曲。
〔一〕　"腰中"二句,用意沉摯。
〔二〕　"常恐所思露"者,嬌羞自秘之意。⁽³⁾

【今校】
（１）　意,梁定本作"'意'字"。
（２）　"適意"句整段注文墨批作:
　　　　　"意"字,諸本並同,以文義推之,當作"憶"。

（3） 梁定本作：
　　"常恐所思露"者，嬌羞自秘深畏人知之意。

紫蘭始萌(1)

種蘭玉臺下，氣暖蘭始萌。芬芳與時發，宛轉迎節生。獨使金翠嬌，偏動羅綺情。二遊何足懷(2)，懷，宋刻作"壞"，誤(3)。馮氏校本作"環"，亦誤(4)。一顧非傾城。羞將苓芝侶，豈畏鵰鳩鳴。

【紀批】
　　結語太激。(5)

【今校】
（1） 梁定本批：
　　　了無意義。
（2） 朱批：
　　　因"二妃遊江濱"句捏爲"二遊"，是何文理？恐別有出典，注未詳耳。
　　梁定本批：
　　　"二遊"二句殊拙，以"二妃遊江濱"事湊爲"二遊"，尤無理。
（3） 誤，梁定本無。朱墨批本同宋刻。
（4） 亦，梁定本作"並"。
（5） 朱批與稿本批語同。梁定本作：
　　　結亦太緻。

織　婦

送別出南軒，離思沉幽室。調梭輟寒夜，鳴機罷秋日。良人在萬里，誰與共成匹。願得一回光，照此憂與疾。君情儻未忘，妾心常自畢。〔一〕(1)

【紀批】
〔一〕 不敢望歸，但冀不忘，亦沉鬱，亦忠厚。(2)

【今校】
（1） 常，朱墨批本、趙本作"長"。
（2） 沉鬱，擷英本作"沉摯"。
　　　梁定本作：
　　　　　結語不敢望歸，但望不忘，用意尤沉摯。

七　夕(1)

白露月下團，團，《藝文類聚》、《文苑英華》俱作"圓"(2)。秋風枝上鮮。風，《文苑英華》作"氣"，誤。"泠泠鮮風過"，本陸機《吳趨行》語。(3) 瑤臺含碧霧(4)，含，宋刻作"函"，今從《藝文類聚》。瓊幕生紫煙(5)。瓊，《藝文類聚》、《文苑英華》俱作"羅"(6)。妙會非綺節，佳會乃良年。良，《文苑英華》作"涼"，誤。(7) 玉壺承夜急，承，《文苑英華》作"并"，誤。(8) 蘭膏依曉煎。昔時悲難越，今傷何易旋。"昔時"二句，《藝文類聚》、《文苑英華》俱作"昔悲漢難越，今傷河易旋"，于義爲短。(9) 怨咽雙念斷，淒悼兩情懸。悼，宋刻作"草"(10)，誤。今從《藝文類聚》。《初學記》作"到"，則又以"悼"字音近而訛。(11)

【今校】
（1） 墨批：
　　　意既陳因，語尤拙滯。
　　　梁定本批：
　　　意既陳因，語亦多拙，無可措意之題，原自不必強作也。
（2） 朱墨批本、趙本同此二書。梁定本無注。
（3） "秋風"句梁定本底本作"秋氣枝上鮮"，注爲：
　　　（氣）宋刻作"風"，今從《文苑英華》。
（4） 含，朱墨批本作"生"。
（5） 生，朱墨批本作"含"。
（6） 俱，梁定本作"並"。
（7） 梁定本無注。
（8） 梁定本無注。
（9） 注文末稿本劃去"今從宋刻"字，梁定本亦無。
　　　梁定本作：
　　　　《藝文類聚》、《文苑英華》並作"昔悲漢難越，今傷河易旋"。

（10） 朱墨批本同宋刻。
（11） 梁定本無注。

戲　　作[1]

宓妃生洛浦，遊女出漢陽。妖閑逾下蔡，神妙絕高唐。絲駒且變俗，王豹復移鄉。況茲集靈異，豈得無方將。[2] 長袂必留客，清哇咸繞梁。燕趙羞容止，西姐慙芬芳。徒聞殊可弄，吳氏本注曰："殊"當作"珠"。定自乏明璫。[3]

【今校】
（1） 朱批：
　　　　格意凡近，情語而毫無情致。
　　　按，梁定本批語同朱批。
（2） 朱批：
　　　　"況茲"二句笨。
　　　梁定本批：
　　　　"絲駒"四句，意欲展拓生動，而措語板滯，反成拙筆。
（3） 朱批：
　　　　結句弄筆反拙。
　　　梁定本作：
　　　　結二句亦弄姿反拙。

皇太子聖製

樂　府　三　首

宋刻原注"簡文"。○案：昭明先爲太子，故宋刻注"簡文"以別之[1]。又案：昭明艷詩傳于今者，除與簡文及庾肩吾互見四首外，尚有《相逢狹路間》、《三婦艷》、《飲馬長城窟行》、《長相思》等樂府四首，《詠同心蓮》、《詠彈箏人》等詩二首，當時篇詠，自必更多，而竟無一字登此集。蓋昭明薨而簡文立，新故之間，意有所避[2]，不欲于武帝、簡文之間，更置一人，故屏而弗録耳。即此一端，斷非後世作僞之人所能意及[3]。知此書歷代流傳，雖不免于竄易，而要其根柢,固出孝穆無疑也。

　　凌晨光景麗,倡女鳳樓中。前瞻削成小,傍望卷旆空。〔一〕分妝間淺靨(4),繞臉傅斜紅。張琴未調軫,飲吹不全終(5)。飲,疑作"歌"。自知心所愛,出入仕秦宮。誰言連尹屈,尹,宋刻作"伊",誤。據《左傳》改正。(6)更是莫敖通。輕軺綴皂蓋,飛䡊軑雲驄。金鞍隨繫尾,銜瑣映纏鬘。戈縷荊山玉,劍飾丹陽銅。左把蘇合彈,旁持大屈弓。控弦因鵲血,挽強用牛螉。〔二〕弋獵多登隴,酣歌每入豐。暉暉隱落日,冉冉還房櫳。鐙生陽燧火,塵散鯉魚風。流蘇時下帳,象簟復韜筒。霧暗窗前柳,寒疏井上桐。女蘿托松際,甘瓜蔓井東。拳拳特君愛(7),特,馮氏校本作"恃"。案:"特"當訓"獨",作"恃"字與下句意不甚洽(8)。歲暮望無窮。

艷歌篇十八韻

【紀批】

〔一〕"前瞻"二句,太生拗(9)。

〔二〕"輕軺"十句,裝砌弋獵之容飾,殊與艷情無涉,徒鬥靡耳。(10)

【今校】

（1）宋刻注,梁定本作"宋刻"。
（2）意有所避,梁定本作"竟有所避"。
（3）斷非,文津閣本作"更非"。
（4）間,文津閣本作"開"。
（5）飲,朱墨批本作"歌"。
（6）梁定本無注。
（7）愛,朱墨批本、趙本作"寵"。
（8）"恃"字,梁定本作"恃"。不甚洽,文津閣本作"不相洽"。注文末稿本劃去"今仍從宋刻",梁定本保留。
（9）生拗,朱批、梁定本皆作"拙"。
（10）朱批作:

　　　鋪排校獵之服飾,何預艷情?只圖砌事耳。

梁定本作:

　　　"輕軺"十句,鋪排校獵之服飾,惟圖砌事,何與艷情?

銅梁指斜谷,劍道望中區。通星上分野,作固下爲都。固,《文苑英華》作"國",誤[1]。下爲,宋刻作"爲下",誤。今從《文苑英華》。雅歌因良守,因,《文苑英華》作"固",誤。[2] 妙舞自巴渝。渝,《文苑英華》作"歈",誤。[3] 陽城嬉樂所,所,《文苑英華》作"盛"。劍騎鬱相趨。五婦行難至,百兩好遊娛。牲祈望帝祀,酒酹蜀侯誅[4]。酹,《文苑英華》作"醉",誤。[5] 江妃納重聘,卓女愛將雛。愛,宋刻作"受",誤,今從《文苑英華》。停弦時繫爪,繫,《文苑英華》作"擊",誤。[6] 息吹更治朱。"息吹"句《文苑英華》作"息路治脣朱",誤。[7] 春衫湔錦浪,春,《文苑英華》注一作"脫",義可兩存。衫,《文苑英華》作"袗",誤。[8] 回扇避陽烏。聞君握節返,節,《文苑英華》作"道",誤。賤妾下城隅。

蜀國弦歌篇十韻

【紀批】

但陳蜀事,而無意義以貫之[9],遂似散錢滿屋。[10]

【今校】

（1）"誤"下稿本劃去"今從宋刻",梁定本保留。
（2）梁定本無注。
（3）梁定本無注。
（4）誅,文津閣本作"妹"。
（5）梁定本無注。
（6）梁定本無注。
（7）梁定本作:
　　《文苑英華》作"息路理脣朱"。
（8）梁定本作:
　　《文苑英華》注:"春",一作"脫"。
（9）而無,梁定本作"絕無"。
（10）朱批作:
　　堆砌蜀事,毫無義意以貫之,何以爲詩?

名都多麗質,麗,《文苑英華》作"雅"。本自恃容姿。蕩子行未至,未,《文苑英華》作"不"。秋胡無定期。玉貌歇紅臉,臉,《文苑英華》作"纔",

誤。⁽¹⁾長顰串翠眉。〔一〕奩鏡迷朝色,縫鍼脆故絲。縫鍼,《文苑英華》作"針縫",誤。⁽²⁾本異搖舟郃,何關竊席疑。竊席,《文苑英華》作"竊虎",均未詳所出。⁽³⁾生離誰拊背,溘死遽成遲⁽⁴⁾。王嬙貌本絕,跟蹌入氈帷。盧姬嫁日晚,非復少年時。少,宋刻作"好",《藝文類聚》、《古樂府》作"少",《文苑英華》作"妙",今從《藝文類聚》《古樂府》。⁽⁵⁾轉山猶可遂,轉,宋刻作"傳",《古樂府》作"轉"。遂,宋刻作"逐",《樂府詩集》作"遂"。案:江總《雜曲》有"泰山言應可轉移"句,似"轉山"古有此語⁽⁶⁾,但六朝所見之書,今不盡見,無由考其出處耳。宋刻既語不可解,今推以文意,改從《古樂府》及《樂府詩集》。烏白望難期。妾心徒自苦,旁人會見嗤。

妾薄命篇十韻

【紀批】

〔總〕　此篇語脉較清,然亦無深致。⁽⁷⁾
〔一〕　串,連也。顰則兩眉相麼,故云。然亦太澀。⁽⁸⁾

【今校】

（1）　梁定本無注。
（2）　梁定本無注。
（3）　梁定本作:
　　　　《文苑英華》作"席"作"虎",按,"竊席"未詳所出,"竊虎"似用如姬竊兵符事,"虎"謂虎符也。
　　　　按:"竊虎"以下爲稿本劃去,而梁定本保留。
（4）　遽,朱墨批本、趙本作"詎"。
（5）　梁定本作:
　　　　宋刻作"少"作"好",《文苑英華》作"妙",今從《藝文類聚》、《古樂府》。
　　　　按,朱墨批本異文同宋刻。
（6）　此語,梁定本誤作"此詩"。按,"轉山"句異文,朱墨批本同宋刻。
（7）　梁定本作:
　　　　此篇語意較清。
（8）　梁定本作:
　　　　串,連也。顰則兩眉麼合,故曰"串翠眉"。然亦太澀矣。

代樂府三首

　　遥看雲霧中，刻桷映丹紅。珠簾通曉日，曉，《古樂府》作"晚"。金華拂夜風。欲知歌管處，歌，宋刻作"聲"[(1)]，誤，今從《樂府詩集》。來過安樂宫。

　　新城安樂宫[(2)]城，宋刻作"成"[(3)]，據《樂府詩集》改正。

【今校】

（1）　朱墨批本同宋刻。
（2）　朱批：
　　　　此又太窘縮。○其病總在無意義，故多亦不佳，少亦不佳，文亦不佳，質亦不佳。
（3）　朱墨批本同宋刻。

　　季月雙桐井，新枝雜舊株。晚葉藏栖鳳，朝花拂曙烏。還看西子照，西，《樂府詩集》作"稚"，誤。銀牀牽轆轤。牽，《樂府詩集》作"繫"，亦誤。[(1)]

　　雙桐生空井[(2)]

【今校】

（1）　"還看"二句，梁定本合注爲：
　　　　《樂府詩集》"西"作"稚"，"牽"作"繫"，並誤。
（2）　梁定本批：
　　　　此二首又太窘狹，其病在敷衍成篇，而無所取義，故多亦不佳，少亦不佳，文亦不佳，質亦不佳。

　　閨闈漏永永，漏長宵寂寂。草螢飛夜户，絲蟲繞秋壁[(1)]。薄笑未爲歡[(2)]，微歎還成戚。金簪髻下垂，玉筯衣前滴。

　　楚妃歎[(3)]

【今校】

（1）　壁，梁定本誤作"璧"。
（2）　歡，朱墨批本、梁定本、趙本作"欣"。

（3）朱批：
　　　　簡文、元帝詩多無結束，亦其不終之象，所謂文章之道，與氣運通。
　　梁定本：
　　　　亦無取義，而措語較前二首稍有致。

和湘東王橫吹曲三首

　　洛陽佳麗所，大道滿春光。遊童初挾彈，初，《樂府詩集》作"時"。豔妾始提筐。金鞍照龍馬，羅袂拂春桑。玉車爭晚入，潘果溢高箱。
　　洛陽道(1)

【今校】
（1）梁定本批：
　　　　語皆陳腐。

　　楊柳亂成絲，攀折上春時。葉密鳥飛礙，風輕花落遲。城高短簫發，林空畫角悲。曲中無別意，無別，《文苑英華》作"別無"，誤。併爲久相思。爲，《文苑英華》注一作"是"。久，《文苑英華》作"一"。《藝文類聚》《樂府詩集》又作"併是爲相思"。(1)
　　折楊柳(2) 此篇《藝文類聚》亦作簡文，惟《樂府詩集》作柳惲，疑其偶誤。

【今校】
（1）"併爲"句整段注文梁定本作：
　　　　《文苑英華》"久"作"一"，注云："爲"一作"是"。《樂府詩集》《藝文類聚》又作"併是爲相思"。
（2）墨批：
　　　　頗近自然，然又嫌剽而不留。
　　梁定本批：
　　　　不免微剽，然愈于冗滯。

　　賤妾朝下機，正值良人歸。青絲懸玉蹬(1)，朱汗染香衣。驟急珂彌響，珂彌，宋刻作"珍珂"(2)。案：《藝文類聚》《文苑英華》《樂府詩集》《古樂府》

皆作"珂彌",今從之。(3) 踣多塵亂飛,踣,《藝文類聚》作"跳",誤。雕胡幸可薦。胡,《文苑英華》《古樂府》皆作"菰"(4)。故心君莫違。心君,《文苑英華》作"人心"。(5)

紫騮馬(6)

【今校】

（1）蹬,文津閣本作"鐙"。
（2）朱墨批本同宋刻。
（3）梁定本作:
> 宋刻"珂彌"作"彌珂",誤。
（4）菰,梁定本作"蔬"。
（5）梁定本作:
> 《文苑英華》作"故人心莫違"。
（6）朱批:
> 既從紫騮生意,不應了無關合。○病在末二句合不攏。

梁定本批:
> 既從紫騮生情,自宜縮合作結,末二句未免太廓。

雍州十曲抄三首

宋刻原注:是襄州。○案:杜佑《通典》:"雍州,襄陽也。《禹貢》:荆河州之南境,春秋時楚地。魏武始置襄陽郡,晉兼置荆河州。宋文帝割荆州置雍州,號南雍。魏晉以來,常爲重鎮,齊梁因之。"又《樂府詩集》"襄陽樂"條下引《古今樂錄》,亦稱梁簡文帝《雍州十曲》有《大堤》《南湖》《北渚》等曲,則"雍州"字不誤,宋刻此注贅矣。

南湖荇葉浮,復有佳期遊。銀綸翡翠釣,釣,《樂府詩集》作"鉤"(1),誤。玉舳芙蓉舟。荷香亂衣麝,橈聲隨急流。(2)

南湖

【今校】

（1）朱墨批本同《樂府詩集》。
（2）朱批:
> 此種住法自是當時之體,然究竟收束不住。如效此種以爲古,則

不善效古矣。
　　梁定本批：
　　　　此詩結二句自是當時之體，然究竟收束不住。如效此種以爲古，則不善效古矣。

　　岸陰垂柳葉，平江含粉堞。堞，《樂府詩集》作"蝶"，誤。好值城旁人，多逢蕩舟妾。綠水濺長袖，浮苔染輕楫。
　　北渚

　　宜城斷中道，行旅亟流連。亟，《樂府詩集》作"極"，誤。出妻工織素，妖姬慣數錢。炊雕留上客，炊，宋刻作"吹"，誤。上，《樂府詩集》作"吐"，亦誤。[1]賣酒逐神仙。
　　大堤[2]

【今校】
（1）梁定本作：
　　　宋刻"炊"作"吹"，誤。
　　朱批：
　　　雕胡割爲"雕"字，未妥。
（2）梁定本批：
　　　三詩皆無意致。○雕胡删去"胡"字，殊割裂。

同庾肩吾四詠二首

　　采蓮前岸隈，舟子屢徘徊。荷披衣可識，風疏香不來。欲知船度處，當看荷葉開。
　　蓮舟買荷度[1]

【今校】
（1）稿本無眉批。墨批、梁定本批：
　　　此小有致。

　　相隨照綠水，意欲重涼風。欲，《藝文類聚》作"是"。流摇妝影壞，釵落髻華空。⁽¹⁾佳期在何許,徒傷心不同。
照流看落釵

【今校】

（1） 稿本無眉批。朱批、梁定本批：

  "流搖"句刻意求工,反成拙語。

和湘東王三韻二首

花樹含春叢,羅帷夜長空。_{帷,《藝文類聚》作"帳"。}風聲隨筱韻,月色與池同。⁽¹⁾彩牋徒自褰,無信往雲中。
春宵

【今校】

（1） 梁定本批：

  "風聲"二句,不是春宵。

冬朝日照梁,含怨下前牀。帳搴竹葉帶⁽¹⁾,鏡轉菱花光。會是無人見,何用早紅妝。
冬曉

【紀批】

"冬"字意太脫,然末二句極有致。⁽²⁾

【今校】

（1） 搴,朱墨批本、趙本作"褰"。
（2） 墨批：

  常語却入情。

梁定本作：

  "冬"字意太脫。○末二句自有致。

戲作謝惠連體十三韻

雜蕊映南庭,庭中光景媚⁽¹⁾。可憐枝上花,早得春風意。春風復有情,拂幔且開檻。開檻開碧煙,拂幔拂垂蓮。偏使紅花散,飄颻落眼前。眼前多無況⁽²⁾,前,宋刻作"亦"⁽³⁾,誤。今從馮氏校本注。參差鬱可望。朱繩翡翠帷⁽⁴⁾,綺幕芙蓉帳。香煙出窗裏,落日斜階上。〔一〕日影去遲遲,節華咸在茲⁽⁵⁾。桃花紅若點,柳葉亂如絲。絲條轉暮光,影落暮陰長。春燕雙雙舞,春心處處場。"場"字未詳,馮氏校本作"揚",亦爲未愜。以文義推之,當作"傷"⁽⁶⁾。酒滿心聊足,萱枝愁不忘。⁽⁷⁾

【紀批】
〔一〕"香煙"十字,有情景。⁽⁸⁾

【今校】
(1) 景,朱墨批本作"影"。
(2) 朱批:
　　　"眼前"句生硬。
(3) 朱墨批本同宋刻。
(4) 朱,朱墨批本、趙本作"珠"。
(5) 咸,梁定本作"減"。
(6) 朱批作:
　　　"揚"字強押,恐是"傷"字。
(7) 朱批:
　　　末二句亦拙。
(8) 朱批同稿本。梁定本作:
　　　調雖靡靡,而頗爲宛轉有情。○"香煙"二句,寫景宛然。

倡婦怨情十二韻

綺窗臨畫閣,飛閣繞長廊。風散同心草,月送可憐光。仿佛簾中出,妖麗特非常⁽¹⁾。耻學秦羅髻,〔一〕羞爲樓上妝。散誕披紅帔,生情新約黃。斜鐙入錦帳,微煙出玉牀。六安雙琦瑁,〔二〕八幅兩鴛鴦。猶是別時許,留致解心傷。含涕坐度日,俄頃變炎凉。玉關驅夜雪,金氣落嚴霜。飛狐驛使斷,交河川路長。蕩子無消息,朱屑徒自香⁽²⁾。

【紀批】

〔一〕"秦羅"二字割裂。⁽³⁾

〔二〕六安,枕也。崔駰有《六安枕銘》。

【今校】

(1) 朱批:

"妖麗"句太率。

(2) 墨批:

末句複"傷"字韻,宋本作"香"。按,口脂言香,于義亦愜,今從之。

按:朱墨批本吳注:"按,("香")一作'傷'。"故有"複'傷'字韻"之批。

(3) 朱批作:

"秦羅"字割裂。

梁定本作:

語多淺弱。○"秦羅"何不徑用"羅敷",而必如此割裂乎?

按:徑,梁定本原作"経",誤。

和徐錄事見內人作臥具

密房寒日晚,落照度窗邊。紅簾遙不隔,輕帷半卷懸。方知纖手製,詎減縫裳妍。龍刀橫膝上,畫尺墮衣前⁽¹⁾。熨斗金塗色,簪管白牙纏。吳氏注曰:簪,當作"箴"。《禮記》:"婦事舅姑,右佩箴管。"衣裁合歡褶,文作鴛鴦連。鍼用雙縫縷⁽²⁾,絮是八蠶綿。香如麗丘蜜⁽³⁾,麝吐中臺煙。已入琉璃帳,兼雜太華氈。且共雕鑪暖⁽⁴⁾,非同團扇捐。更恐從軍別,空牀徒自憐。

【紀批】

〔一〕裝砌是爾時風氣,然尚有情致。⁽⁵⁾

【今校】

(1) 墮,文津閣本作"度"。

（２）　鍼用雙縫縷,朱墨批本、趙本作"縫用雙鍼縷"。
（３）　香如,朱墨批本、梁定本、趙本、四庫本作"香和"。
（４）　且,朱墨批本、趙本作"具"。
（５）　朱批作:

　　有排偶而無波瀾,有塗澤而乏情致,更出輕艷者之下矣。

梁定本作:

　　裝砌是爾時風氣,然尚有情致。結從錄事參軍生意,亦有關合。

戲贈麗人

　　麗姐與妖嬙,姐,馮氏校本注一作"姬"。蓋據《莊子》"毛嬙麗姬"之語。案:果用《莊子》此文[1],不應麗姬書其全名,而毛嬙獨改一"妖"字。此"姐"字正指妲己。武帝《戲作》詩有"西姐憩芬芳"句[2],亦以西施、妲己異代並稱。六朝人詩往往有此湊合語,不足異也[3]。○《藝文類聚》又作"麗旦",或傳寫脫"姐"字之半,或指鄭旦亦未可知。並附存之。共拂可憐妝。同安鬒裏撥,異作額間黃。羅裦宜細簡,畫屧重高牆。含羞未上砌,微笑出長廊。取花爭間鑷[4],"間鑷"二字未詳,《藝文類聚》作"寶鑷",亦不甚可解。馮氏校本注一作"問色",義亦未愜。[5]攀枝念蕊香。但歌聊一曲,鳴弦未肯張[6]。自矜心所愛,三十侍中郎。[7]

【今校】

（１）　果用,梁定本作"果是"。
（２）　憩,文津閣本作"傳"。
（３）　"不足"句末稿本劃去"今仍從宋刻",梁定本保留。
（４）　間鑷,梁定本作"寶鑷"。
（５）　梁定本作:

　　"寶鑷"宋刻作"間鑷",不甚可解。馮氏校本注一作"問色",亦于文義未愜,今從《藝文類聚》。

墨批作:

　　鑷乃織錦之具,見《西京雜記》。"爭間鑷"者,俱停織而采花耳。吳本作"爭問色",非。今從宋刻。

（６）　肯,朱墨批本、趙本作"息"。
（７）　梁定本批:

　　極意摹寫而未到佳處。○後四句稍可。

秋閨夜思

非關長信別,詎是良人征。九重忽不見,萬恨滿心生。[1]夕門掩魚鑰,宵牀悲畫屏。迴月臨窗度,迴,《藝文類聚》作"迴"[2],誤。吟蟲繞砌鳴。初霜隕細葉,秋風驅亂螢。驅,《藝文類聚》作"吹",義可並存。然"驅"字較有凋零將盡之意。[3]故妝猶累日,新衣襞未成。襞,《藝文類聚》作"製"。欲知妾不寐,城外擣衣聲。衣,《藝文類聚》作"砧"。

【今校】
(1) 梁定本批:
　　語意甚淺,起四句作意搖曳,反成拙滯。
(2) 朱墨批本同《藝文類聚》。
(3) 梁定本作:
　　宋刻"驅"作"吹",義雖可通,而字終太險,今從《藝文類聚》。

和湘東王名士悅傾城[1]

美人稱絕世,麗色比花叢。比,《藝文類聚》作"譬"。經居李城北,經,宋刻作"難"[2],今從《藝文類聚》。來往宋家東[3]。教歌公主第,學舞漢成宮。多遊淇水上,上,《藝文類聚》作"曲"。好在鳳樓中。履高疑上砌[4],裾開特畏風。衫輕見跳脫,珠概雜青蟲。垂絲繞帷幔,落日度房櫳。妝窗隔柳色,井水照桃紅。非憐江浦佩,江浦,《藝文類聚》作"交甫"。羞使春閨空。[5]

【今校】
(1) 朱批:
　　賦得體雖與試律不同,不必字字比附,然亦須有所賦之意。"名士悅"三字未免全不料理。
　　梁定本批:
　　偶然賦詠雖與程試不同,不必規規刻畫,然既已拈題,即不得置題不問。此篇純賦美人,竟刪除"名士悅"三字,未足立制。
(2) 難,文津閣本作"雖"。
　　梁定本作:

宋刻"今"作"雖"。

按,梁定本底本亦作"經居李城北",梁氏注恐誤"經"爲"今"。又按,朱墨批本"經"作"雖"。

（3）來往,朱墨批本、趙本作"住在"。
（4）梁定本批：

"履高"句拙鄙。
（5）梁定本批：

末二句語意不了了。

從頓暨還城

漢渚水初綠,江南草復黃。日照蒲心暖,風吹梅蕊香。蕊,《藝文類聚》作"枝",《初學記》作"樹"。征艫艤湯塹,歸騎息金隍。舞觀衣常襞,常,《藝文類聚》《初學記》並作"恒"。歌臺弦未張。持此橫行去,誰念守空牀。[1]

【今校】

（1）朱批：

後六句殊不醒豁。

梁定本批：

言不以兒女之情短英雄之氣也。然措語太淺拙。

詠人棄妾

昔時嬌玉步,含羞花燭邊。豈言心愛斷,銜啼私自憐。常見歡成怨,常見,《藝文類聚》作"但覺"。非關醜易妍。獨鵠罷中路,孤鸞死鏡前。[1]

【今校】

（1）梁定本批：

亦淺語。

執筆戲書

舞女及燕姬,倡樓復蕩婦。[1]參差大庾發,搖曳小垂手。《釣竿》蜀國彈,新城《折楊柳》。(2)玉案西王桃,蠡杯石榴酒。甲乙羅帳異,辛壬房戶暉。夜夜有明月,時時憐更衣。

【今校】
（1） 梁定本批:
　　　　起二句用字太夾雜。
（2） 梁定本批:
　　　　"釣竿"二句用四樂府題,亦湊。

艷 歌 曲

《藝文類聚》作"艷歌行"。

雲楣桂成戶,飛棟杏爲梁。斜窗通蕊氣,蕊,《藝文類聚》作"藥",誤。細隙引塵光。引,宋刻作"隱",誤,今從《藝文類聚》。裁衣魏后尺,汲水淮南牀。青驪暮當返,當返,《藝文類聚》作"已及",誤。預使羅裾香。[一]裾,《樂府詩集》作"襃",義可兩通;《藝文類聚》作"魂",則字之訛也。(1)

【紀批】
〔一〕 結二句情思委曲,包含無限。(2)

【今校】
（1） 梁定本作:
　　　　《樂府詩集》"裾"作"襃",可通;《藝文類聚》作"魂",則誤也。
（2） 朱批作:
　　　　情思微曲。
　　　梁定本作:
　　　　結二句情思委曲。

怨　　詩

秋風與白團,本自不相安。新人及故愛,意氣豈能寬。黃金肘後鈴(1),白玉案前盤。(2)誰堪空對此,還成無歲寒。(3)

【今校】

（1） 鈴,文津閣本作"鈐"。
（2） 梁定本批：
　　　　"黃金"二句板滯。
（3） 朱批：
　　　　"還成"句晦拙。
　　梁定本批：
　　　　結句亦晦澀。

擬沈隱侯夜夜曲

藹藹夜中霜,何關向曉光。何,《樂府詩集》作"河"。枕啼常帶粉,身眠不著牀[1]。蘭膏盡更益,薰鑪滅復香。但問愁多少,便知夜短長。

【今校】

（1） 朱批：
　　　　"身眠"句景真而語俚。
　　梁定本批：
　　　　"身眠"句景真而語俚,馮鈍吟取之非是。

七　夕[1]

秋期此時浹,長夜徙河靈。紫煙淩鳳羽,奔光隨玉軿[2]。洛陽疑劍氣,成都怪客星。天梭織來久,方逢今夜停。

【今校】

（1） 朱批：
　　　　拉雜堆砌。
　　梁定本批：
　　　　堆砌拉雜,了無意義。
（2） 奔,文津閣本作"紅"。

同劉諮議詠春雪[1]

晚霞飛銀礫[2],浮雲暗未開。入池消不積,消,宋刻作"稍",今從《藝文類聚》。因風墮復來。墮,《藝文類聚》作"隨",誤[3]。思婦流黃素,溫姬玉鏡臺。看花言可插,定自非春梅。

【今校】
（１）梁定本批：
此稍清切。
（２）霞,朱墨批本、梁定本、文津閣本作"霰"。本集、趙本皆作"霰",則作"霞"似誤。
（３）梁定本作：
《藝文類聚》"墮"作"隨",可與"稍"字作對。

晚景出行

細樹含殘景,春閨散晚香。輕花髻邊墮,微汗粉中光。[一]飛梟初罷曲,啼烏忽度行。羞令白日暮,車騎鬱相望[1]。

【紀批】
〔一〕起四句有致。[2]

【今校】
（１）梁定本注：
《藝文類聚》"騎"作"馬"。
梁定本批：
結二句未喻其意。
（２）墨批與稿本同。梁定本作：
起四句甚有情致。

賦樂府得大垂手

《古樂府》作吳均詩。

垂手忽苕苕,飛燕掌中嬌。羅衣恣風引,衣,《古樂府》作"衫"。輕

帶任情搖。詎似長沙地，促舞不回腰。(1)

【今校】

（1） 朱批：

　　雖無佳處，而尚非剪綵爲花，枝枝相對。歸愚謂閱詩至齊梁，眼力亦放下幾許。

　　梁定本批：

　　末二句用事笨滯。

賦樂器名得空篌(1)

捼遲初挑吹，弄急時催舞。時催，《文苑英華》作"持摧"，誤。(2) 釧響逐絃鳴，衫回半障柱。衫，宋刻作"私"，誤，今從《藝文類聚》。欲知心不平，君看黛眉聚。(3)

【今校】

（1） 空，四庫本作"箜"。
（2） 梁定本無注。
（3） 梁定本批：

　　不著故實，反得瀏亮。

詠　　舞

可憐初二八，初二八，《初學記》作"二八初"(1)；《藝文類聚》作"稱二八"；《文苑英華》作"二八物"，並誤(2)。逐節似飛鴻。懸勝河陽伎，闇與淮南同(3)。入行看履進，履，《文苑英華》作"復"，誤。轉面望鬟空(4)。腕動苕華玉，苕，《初學記》、《文苑英華》並作"昭"。袖隨如意風。袖，《初學記》、《文苑英華》並作"衫"(5)。上客何須起，啼烏曲未終。曲未，《藝文類聚》作"未肯"，誤。

【今校】

（1） "二八初"後，梁定本有"義可兩存"字。
（2） 並誤，梁定本作"皆誤"。
（3） 朱批：

　　　　"闇與"句拙。
　　梁定本批：
　　　　"闇與"句用張平子觀舞。"淮南"語殊有填綴之迹。"闇"字尤未穩愜。
（４）梁定本批：
　　　　舞時矯首抑揚，或不見其髻，故曰"望鬟空"。此句極意刻畫，然而不工。
（５）"腕動"、"袖隨"二句，梁定本合注爲：
　　　　《初學記》、《文苑英華》"苕"並作"昭"，"袖"並作"衫"。

春　閨　情

　　楊柳葉纖纖，佳人懶織縑。正衣還向鏡，迎春試舉簾。摘梅多繞樹，覓燕好窺檐。只言逐花草，計較應非嫌。〔一〕

【紀批】
〔一〕結二句極有情思，得兒女癡黠各半之趣。(1)

【今校】
（１）朱批作：
　　　　妙得癡黠各半之趣。
　　梁定本作：
　　　　極有情思。○結二句尤得癡黠各半之趣。
　　按：二本"黠"皆誤作"點"，據稿本改。

又　三　韻(1)

　　案：詩語似悼亡懷舊之詞，疑簡文作《傷美人詩》六韻之後，復作此詩，蒙前首而言之，故題曰"又三韻"。選詩時取後一首，而題則未改耳。吳氏注本誤以"又"字蒙上"春閨"，又因詩有"暮"、"夜"字，遂改曰"詠晚閨"，非也。

　　珠簾向暮卜，妖姿不可追。化風暗裏覺，蘭燭帳中飛〔一〕(2)。何時玉窗裏，夜夜更縫衣。

【紀批】

〔一〕 "飛"言爲風所搖漾也,然終未穩愜。(3)

【今校】

（1） 朱墨批本題作"詠晚閨"。
（2） 帳,文津閣本作"空"。
（3） 朱批作:
  二句"不可追"字、四句"飛"字俱不穩愜。
  梁定本作:
  "飛"謂燈焰因風搖漾也,然究不妥。

率爾爲詠

此因戲調姬人而作,故曰"爲詠"。"爲"字本讀去聲,馮氏校本誤以"爲"字爲平聲,遂從別本改"成"字(1),非也。(2)

借問仙將畫,詎有此佳人。傾城且傾國,如雨復如神。漢后憐飛燕(3),周王重姓申。〔一〕挾瑟曾遊趙,吹簫屢入秦。玉階偏望樹(4),長廊每逐春。約黄出意巧,纏絃用法新。迎風時引袖,避日暫披巾。疏花映鬢插(5),細佩繞衫身。"身"字未詳。(6)誰知日欲暮,含羞不自陳。

【紀批】

〔一〕 申后不以色聞,此似誤用,豈古籍別有所據耶?(7)

【今校】

（1） 改,文津閣本作"作"。
（2） 題注末稿本劃去"今仍從宋刻",梁定本保留。按,朱墨批本題作"率爾成詠"。
（3） 飛,朱墨批本、趙本作"名"。
（4） 梁定本批:
  "偏望樹"三字亦不分明。
（5） 墨批:
  "疏花"五字殊風致。

梁定本批：
    "疏花"五字有風致。
（6） 朱批作：
    吳本作"衫伸"，宋刻作"衫身"。"伸"字不妥，"身"字亦不妥，再校。
（7） 朱批作：
    申后不以色聞。
  梁定本作：
    申后不以色聞，比擬未當。

美 人 晨 妝

北窗向朝鏡，向朝，《藝文類聚》作"朝向"。錦帳復斜縈。嬌羞不肯出，猶言妝未成。[一]散黛隨眉廣，燕脂逐臉生(1)。試將持出衆，定得可憐名。

【紀批】

〔一〕 前四句已足。(2)

【今校】

（1） 梁定本批：
    "散黛"二句實寫，乃不見工。
（2） 梁定本作：
    前四句空寫，却有致。

賦 得 當 壚

宋刻作"賦得詠當壚"，"詠"字顯爲誤衍，今刪之。馮氏校本作"當壚曲"。案：《樂府》雜歌曲詞，沈滿願亦有《當壚曲》，明是古題，而簡文分賦得之，故曰"賦得"。蓋作此詩時，署題如是，亦不必改用樂府本題也。今仍從宋刻。

十五正團圓，團圓，宋刻作"團團"(1)，今從馮氏校本。流光滿上蘭。當壚設夜酒，宿客解金鞍。迎來挾瑟易，瑟，《樂府詩集》作"琴"，誤。送別唱歌難。唱，宋刻作"但"，誤。今從《樂府詩集》。詎知心恨急，翻令衣帶寬。(2)

【今校】

（1） 朱墨批本同宋刻。

（2） 朱批：

"急"字欲挑剔"寬"字，而字不雅馴。

梁定本批：

末二句以"寬"、"急"二字對照掉弄，反成纖仄。

林　下　伎

《初學記》作昭明太子詩。

炎光向夕斂，促宴臨前池。促，《文苑英華》作"徙"，義可兩存。《初學記》作"從"，又"徙"字之誤[1]。泉將影相得，將，宋刻作"深"，今從《藝文類聚》[2]。花與面相宜。籨聲如鳥哢，舞袂寫風枝。〔一〕袂，《初學記》作"袖"。歡樂不知醉，千秋常若斯。〔二〕[3]

【紀批】

〔一〕 "舞袂"句佳。[4]

〔二〕 結二句太廓。[5]

【今校】

（1） 梁定本"又"作"又係"，"誤"作"訛"。

（2） 梁定本作"今從《文苑英華》"。按，朱墨批本同宋刻。

（3） 常，朱墨批本、趙本作"長"。

（4） 朱批作：

中四句穿插頗巧，而"舞袂"句尤有神。○"引"字、"寫"字俱著力鍊出，"寫"字尤妙。

按："籨聲如鳥哢"句，朱墨批本吳注："如"一作"引"。

梁定本批：

中四句關合有致。"舞袂"句尤佳。

（5） 朱批作：

惜一結廓落。

梁定本作：

結二句太膚廓。

擬落日窗中坐

案：謝朓《贈王主簿詩》第一首作"日落窗中坐"，此似倒書。

杏梁斜日照，餘輝映美人(1)。開函脱寶釧(2)，向鏡理紈巾。遊魚動池葉，舞鶴散階塵。空嗟千歲久，願得及陽春。(3)

【今校】

（1）輝，朱墨批本、趙本作"暉"。
（2）"開函"句擷英本有眉批：
　　　"開"，此似誤用，豈古籍别有所據？
（3）梁定本批：
　　　題意頗深，詩殊未稱。

美 人 觀 畫

殿上圖神女，宮裏出佳人。宮，《藝文類聚》作"殿"。可憐俱是畫(1)，誰能辨僞真。(2)分明浄眉眼，一種細腰身。所可持爲異，長有好精神。〔一〕

【紀批】

〔一〕後四句拙。(3)

【今校】

（1）可憐，稿本、擷英本、梁定本皆作"可是"，據四庫本、朱墨批本、趙本改。
（2）朱批作：
　　　前四句清而太淺。
　　梁定本作：
　　　前四句太淺。
（3）朱批作：
　　　後四句俚矣。
　　梁定本作：
　　　後四句尤拙鄙。

孌　童

孌童嬌麗質，踐董復超瑕[(1)]。羽帳晨香滿，珠簾夕漏賒。翠被含鴛色，雕牀鏤象牙。妙年同小史，姝貌比朝霞。袖裁連璧錦，箋織細橦花。"箋"字未詳，疑當作"幒"。《説文》："幒，裹也。"[(2)]攬袴輕紅出，回頭雙鬢斜。[一]嬾眼時含笑，玉手乍攀花。懷猜非後鉤，密愛似前車。足使燕姬妬，彌令鄭女嗟。

【紀批】

〔一〕 "攬袴"句確是孌童，下句則可通用矣。

【今校】

（1） 朱批：

　　　次句生拗。

　　梁定本批：

　　　"踐董"句太湊。

（2） "箋織"句梁定本僅注：

　　　"箋"字未詳。

邵陵王綸

代秋胡婦閨怨[一]

《藝文類聚》作"梁元帝閨怨"。[(1)]

蕩子從遊宦，思妾守房櫳。塵鏡朝朝掩，寒衾夜夜空。衾，《藝文類聚》作"牀"[(2)]。若非新有悦，何事久西東。知人相憶否，涙盡夢啼中。

【紀批】

〔一〕 只"遊宦"二字切秋胡，似宜從《藝文類聚》作"閨怨"。[(3)]

【今校】
（1） 墨批：
邵陵、湘東、武陵三王，宋刻俱署名，當日必無此體，亦後人追署也。
（2） 朱墨批本、趙本同《藝文類聚》。
（3） 朱批、梁定本作：
惟"遊宜"二字切秋胡，何不竟題曰"閨怨"？

車中見美人

關情出眉眼[1]，軟媚着腰肢。語笑能嬌媄[2]，行步絶逶迤。空中自迷惑，渠旁會不知。懸念猶如此，得時應若爲。

【紀批】
其詞殊鄙。[3]

【今校】
（1） 出，四庫本作"非"。
（2） 媄，文津閣本作"媚"。
（3） 朱批：
更益以鄙矣。
梁定本批：
通體鄙俚。

代舊姬有怨

《藝文類聚》亦作元帝詩。

寧爲萬里別，乍此死生離。此，《藝文類聚》作"作"，誤。那堪眼前見，故愛逐新移。[1]未展春花落，花，宋刻作"光"，與"落"字不應，今從《藝文類聚》。[2]遽被秋風吹。秋，《藝文類聚》作"涼"。怨黛舒還斂，啼粧拭更垂。更，《藝文類聚》作"復"。誰能巧爲賦，黄金妾不貲。不，宋刻作"自"[3]，誤，今從《藝文類聚》。

【今校】

（1）朱批：
　　　語亦竭情，愈于無情之堆砌耳。
　　梁定本批：
　　　起四句詞怨以怒，未免竭情，然尚愈于無情之裝砌。
（2）梁定本作：
　　　宋刻"花"作"光"，今從《藝文類聚》。
　　按，朱墨批本同宋刻。
（3）朱墨批本同宋刻。

湘東王繹

登顏園故閣[1]

高樓三五夜，流影入丹墀。先時留上客，夫婿美容姿。美容姿，吳氏注本作"芙蓉姿"，未詳所本。[2] 妝成理蟬鬢，笑罷斂蛾眉。蛾，宋刻作"娥"，誤。[3] 衣香知步近，釧動覺行遲。如何舞館樂，翻見歌梁悲。猶懸北窗幌，未卷南軒帷。寂寂空郊暮，非復少年時。

【今校】

（1）朱批：
　　　簡文惟事堆排，元帝較有情致。
　　梁定本批：
　　　簡文詩堆排處多，元帝詩較有情致。
（2）注文末稿本劃去"今從宋刻"，梁定本保留。
（3）梁定本無注。

戲作艷詩

入堂值小婦，出門逢故夫。含詞未及吐，絞袖且踟躕。搖茲扇似月[1]，掩此淚如珠。今懷固無已，故情今有餘。

【紀批】

本色却佳。(2)

【今校】

（1） 似,文津閣本作"如"。
（2） 梁定本作:

出以本色却佳。

夜遊柏齋

燭暗行人静,簾開雲影入。風細雨聲遲,夜短更籌急。能下班姬淚,復使倡樓泣。况此客遊人,中宵空佇立。〔一〕

【紀批】

〔一〕 一點竟住,通體皆靈。(1)

【今校】

（1） 朱批:

此猶婉約。

梁定本批:

語不竭情,致爲婉約。

和劉上黃

《初學記》作"元帝春日詩",疑本作"和劉上黃春日",宋刻誤脱兩字耳。

新鶯隱葉囀,新燕向窗飛。(1)柳絮時依酒,梅花乍入衣。柳絮時不應有梅花,"梅"字疑誤。玉珂逐風度,金鞍映日輝(2)。無令春色晚,獨望行人歸。

【今校】

（1） 梁定本批:

起二句有致。

（2） 輝,朱墨批本、趙本作"暉"。

詠晚棲鳥

日暮連翮飛,俱向上林棲。風多前歸駛,歸,《藝文類聚》《文苑英華》並作"鳥"[1]。雲暗後羣迷。路遠聲難徹,飛斜行未齊。應從故鄉返,幾過入蘭閨。借問倡樓妾,何如蕩子妻。[一]妻,《藝文類聚》《文苑英華》作"啼"[2],誤。

【紀批】

〔一〕 後四句忽寄別情,所謂趣不關理。[3]

【今校】

（1） 朱墨批本同二書。
（2） 作,梁定本作"並作"。
（3） 朱批作:
　　　挽合巧妙,此可謂趣不關理。
　　梁定本作:
　　　後四句忽然興到,所謂趣不關理。

寒宵三韻

《藝文類聚》作"寒閨"。

烏鵲夜南飛,良人行未歸。[一]池水浮明月,寒風送擣衣。[1]願織回文錦,因風寄武威。

【紀批】

〔一〕 起二句興也。

【今校】

（1） "池水"二句,梁定本批:
　　　"浮"字、"送"字已是鍊字之法。

詠秋夜

秋夜九重空,蕩子怨房櫳。"蕩子"二字未詳,疑爲"蕩婦"之誤。[1]燈光

入綺帷,簾影進屏風。金徽調玉軫,茲夕撫離鴻。〔一〕

【紀批】
〔一〕 結得不盡。(2)

【今校】
（1） 朱批作:
　　　　二句"蕩子"字未詳,恐"子"字訛也。
（2） 梁定本作:
　　　　情在言外。

武陵王紀

同蕭長史看妓

《初學記》作"劉孝綽同武陵王看妓詩"(1)。

燕姬奏妙舞,鄭女發清歌。回羞出慢臉,送態入顰蛾(2)。入,《初學記》作"表"。寧殊值行雨,值,《初學記》作"過",蓋"遇"字之誤。詎減見凌波。想君愁日暮,暮,《初學記》作"落"。應羨魯陽戈。

【今校】
（1） 妓,梁定本注作"伎"。
（2） 梁定本批:
　　　　惟"送態"五字有情景,餘皆凡語。

和湘東王夜夢應令

昨夜夢君歸,賤妾下鳴機。懸知君意薄,懸,《藝文類聚》作"極"(1)。不着去時衣。〔一〕故言如夢裏,賴得雁書飛。

【紀批】
〔一〕 "懸知"二句,兒女深情,體貼微妙。(2)

【今校】
（1） 四庫本作：
　　　　懸，《藝文類聚》作"極"，然《後村詩話》亦作"懸"。
（2） 深情，梁定本作"癡情"。
　　朱批：
　　　　體貼入微。

曉　　思

晨禽爭學囀，朝花亂欲開。爐煙入斗帳，屏風隱鏡臺。紅妝隨淚盡，蕩子何時回。(1)

【今校】
（1） 梁定本批：
　　　　庸熟無味。

閨妾寄征人[一]

斂色金星聚，縈悲玉筯流。願君看海氣，憶妾上高樓。宋刻原注：目作三首，此首疑衍。○案：此書體例，凡五言二韻之詩，俱入第十卷中，不應獨此卷入此首，蓋亦如沈約《八詠》之六(1)，爲後人附入耳。(2)
右第七卷，皆蕭氏父子兄弟之詩(3)，證以諸書，往往一詩而彼此互見。然孝穆編當代諸王之詩(4)，不應有誤，諸書傳寫自訛耳(5)。

【紀批】
〔一〕 此首風格特健。(6)

【今校】
（1）《八詠》，梁定本作"八韻"。
（2） 整段注文朱批作：
　　　　此書之例，二韻詩皆入第十卷，何以忽此一首宋本注曰"目作三首，此首疑衍"？蓋亦如沈約《八詠》之六，爲後人附入耳。
（3） 兄弟之詩，文津閣本作"兄弟詩"字。
（4） 諸王之詩，文津閣本作"諸王之書"，誤。

(5) "諸書"句末稿本劃去"應悉以此本爲定",梁定本保留。
(6) 墨批作:

　　此首卻有風格,不同靡靡之音。

梁定本作:

　　此首較有風格,不同靡靡之音。

玉臺新詠卷第八　　河間紀昀校正

　　蕭子顯雜詩二首
　　王筠和吳主簿六首
　　劉孝綽雜詩五首
　　劉遵雜詩二首
　　王訓奉和率爾有詠一首
　　庾肩吾雜詩七首
　　劉孝威雜詩三首[1]
　　徐君蒨雜詩二首
　　鮑泉雜詩二首
　　劉緩雜詩四首
　　鄧鏗雜詩二首
　　甄固奉和世子春情一首
　　庾信雜詩三首
　　劉邈雜詩四首
　　紀少瑜雜詩三首
　　聞人蒨春日一首
　　徐孝穆雜詩四首
　　吳孜雜詩一首
　　湯僧濟雜詩一首
　　徐悱妻雜詩一首此有舛誤，説見本詩條下。
　　王叔英妻雜詩一首
　　　　此卷目録凡一人一題者，皆書其題，一人數題者，則總標曰"雜詩"，例又不同，今亦從宋刻之舊。

【今校】
（1）劉孝威，稿本目録原作"劉孝成"，誤。

蕭子顯

樂 府 二 首

　　大明上苕苕,陽城射凌霄。光照窗中婦,絕世同阿嬌。明鏡盤龍刻,簪羽鳳皇雕。透迤梁家髻,透迤,疑作"倭墮"。《後漢書》梁冀妻孫壽作墮馬髻。《古今注》:倭墮髻,墮馬之遺制也。冉弱楚宮腰。輕紈雜重錦,薄縠間飛綃。三六前年暮,四五今年朝。蠶園拾芳繭,《藝文類聚》《樂府詩集》並作"蠶籠拾芳翠",誤(1),蠶應稱箔,不應稱籠也(2)。桑陌采柔條。出入東城里,上下洛西橋。忽逢車馬客,飛蓋動襜褕。單衣鼠毛織,寶劍羊頭銷。丈夫疲應對,御者輟銜鑣。柱間徒脉脉,垣上幾翹翹。女本西家宿,君自上宮要。漢馬三萬匹,夫婿仕嫖姚。鞶囊虎頭綬,左珥鳧盧貂。橫吹龍鍾管,奏鼓象牙簫。十五張内侍,十八賈登朝。皆笑顏郎老,盡訝董公超。

日出東南隅行(3)

【今校】

（1）誤,梁定本作"案"。
（2）籠也,梁定本作"'籠'字"。注文末稿本劃去"今從宋刻",梁定本保留。
（3）朱批:
　　　擬得無謂。
梁定本批:
　　　本詞波瀾、節奏種種天成,筆墨之外別有神理,非可以形似揣摩此詩,撮其梗概,而遺其興象,未免去之愈遠。

　　邯鄲蹩輟舞,邯鄲,《藝文類聚》作"章丹"。案:《太平御覽》五百六十八引《夏仲御別傳》曰:"女巫章丹、陳殊二人,妍姿冶媚,清歌妙舞,狀若飛仙。"(1)巴姬請罷絃。佳人淇洧上,上,《藝文類聚》作"出"。艷趙復傾燕。繁穠既爲李,照水亦成蓮。朝沽成都酒(2),暝數河間錢。餘光幸未借,此句未詳。借,《藝文類聚》作"惜",亦未詳。(3)蘭膏徒自煎。

代樂府美女篇[一]

【紀批】

〔一〕子建本詞託言賢士之自守，傅休奕所擬已非本旨，梁簡文帝以下純作艷歌，去之彌遠矣。(4)

【今校】

（1）陳殊，四庫本作"陳珠"。整段注文梁定本作：

《藝文類聚》"邯鄲"作"章丹"。章丹、陳珠皆女巫，善歌舞，見《漢書》。

（2）沽，梁定本作"沾"，誤。

（3）朱批作：

"餘光"句未詳。

（4）梁定本作：

子建本詞託言賢士之自守，傅休奕所擬已非本旨，梁簡文帝以下純作艷歌，皆循名而失其實者也。○此詩氣格尚遒，然以代陳思，則談何容易。

王筠

和吳主簿六首

日照鴛鴦殿，萍生雁鶩池。遊塵隨影入，弱柳帶風垂。青骹逐黃口(1)，骹，馮氏校本作"鵲"。案：《西京賦》"青骹摯于韝"下注："青骹，鷹青脛者。"馮氏蓋未考而誤改之(2)。獨鶴慘羈雌。同衾遠遊說，結愛久生離。於今方溘死，寧須萱草枝。(3)

蓉蔬心未發，蘼蕪葉欲齊。春蠶方曳緒，新燕正銜泥。野雉呼雌雛，庭禽挾子棲。從君客梁後，方晝掩春閨。山川隔道里，芳草徒萋萋。(4)

春月二首

【今校】

（1）"青骹"句梁定本批：

"青骹"句未佳。

（2） 注文末稿本劃去"今仍從宋刻"，梁定本保留。
（3） 梁定本批：
　　　結亦竭情。
（4） 朱批：
　　　二首大致相同，此首較爲圓潤。○齊梁人尚詞不尚意，故往往一意複衍，章法蕩盡。
　　梁定本批：
　　　冗排無味。

　　九重依夜管⁽¹⁾，此句未詳。四壁慘無輝⁽²⁾。招摇顧西落，烏鵲向東飛。流螢漸收火，絡緯欲催機。⁽³⁾爾時思錦字，持製行人衣。所望丹心達，嘉客儻能歸。〔一〕
　　露華初泥泥，桂枝行棟棟。殺氣下重軒〔二〕，輕陰滿四屋。別寵增修夜⁽⁴⁾，遠征悲獨宿。愁縈翠羽眉，淚滿橫波目。長門絕往來，"長門"字疑誤。含情杼空軸⁽⁵⁾。

秋夜二首

【紀批】
〔一〕 末四句猶存古意。⁽⁶⁾
〔二〕 "殺氣"字入之艷歌，殊不配色。文章各有體裁，字句貴從其類也。⁽⁷⁾

【今校】
（1） 管，朱墨批本作"館"。墨批：
　　　館，宋刻作"管"，不可解。
（2） 輝，朱墨批本、趙本作"暉"。
（3） 墨批：
　　　前六句墨痕微重。
（4） 梁定本批：
　　　"別寵"句亦太雕琢，不稱通篇。
（5） 杼空軸，朱墨批本、梁定本、四庫本、趙本作"空杼軸"。
（6） 朱批作：
　　　爾時少此温厚之旨。
　　梁定本作：

末四句溫厚之音,齊梁所少。
（7）朱批作:
"殺氣"字不配色。凡詩設色貴相配。鏡吹之中不容參以粉黛,花月之下不宜對以兜牟。
梁定本作:
"殺氣"字入之艷詩殊不配色。文章各自有體,字句各從其類。鏡吹之中不容雜以琴瑟,粉黛之側不容臨以兜鍪。

落日照紅妝,挾瑟當窗牖。寧復歌靡蕪,惟聞嘆楊柳。結好在同心,離別由衆口。徒設露葵羹,誰酌蘭英酒。會日杳無期,蕣華安得久。〔一〕

相思不安席,聊至狹邪東。愁眉傚戚里,高髻學城中。雙眉偏照日,吳氏注曰:"眉當作楣。"竊疑當作"扉",古詩:"涕下沾雙扉。"(1)獨蕊好縈風。自陳心所想,獻賦甘泉宮。傳聞方鼎食,詎憶春閨中(2)。〔二〕

遊望二首

【紀批】
〔一〕殊有情韻。○起二句自宣城《贈王主簿》化出,妙以兩句縮爲一句。(3)
〔二〕結亦太激。(4)

【今校】
（1）"竊疑"以下,梁定本注無。整段注文墨批作:
"眉"字,吳氏注謂當作"楣"。
（2）憶,文淵閣本作"意"。
（3）朱批作:
神情婉秀。
梁定本作:
起四句極有神理。
（4）朱批:
此後則無復氣韻。
梁定本批:
氣韻遠不及前首。○後四句亦太激。

劉孝綽

遥見隣舟主人投一物，衆姬争之，有客請余爲詠〔一〕

　　河流既浼浼，河鳥復關關。落花浮浦出，飛雉度洲還。洲，宋刻作"州"，誤，今從《藝文類聚》(1)。此日倡家女，此，《藝文類聚》作"是"。競嬌桃李顔。良人惜美珥，欲以代芳菅。新縑疑故素，盛趙蔑衰班。曳綃争掩縠，争，宋刻作"事"，誤，今從《藝文類聚》。摇佩奮鳴環。奮，宋刻作"奪"，誤，今從《藝文類聚》。(2)客心空振蕩，高枝不可攀。高，《藝文類聚》作"喬"。

【紀批】
〔一〕摹寫少致，未稱此題。(3)

【今校】
（1）梁定本作：
　　　　宋刻"洲"作"州"，誤。
（2）"摇佩"句梁定本底本作"摇佩奪鳴環"，梁注爲：
　　　　《藝文類聚》"奪"作"奮"。
（3）梁定本作：
　　　　摹寫少致。

淇上人戲蕩子婦示行事一首

　　此題諸本不同。或作"淇上戲蕩子婦"，或作"淇上戲蕩子婦示行事"，惟宋刻作"淇上人戲蕩子婦示行事"。案：孝綽終始南朝，無緣遠遊淇上，疑代擬淇上人之詞，而"示行事"三字中有訛脱(1)，後人求其説而不得，遂删此三字。輾轉傳寫，又併"人"字脱去之，遂似孝綽自述桑中之遇耳。今仍從宋刻，以存其舊。

　　桑中始奕奕，淇上未湯湯。美人要雜佩，上客誘明璫。日闇人聲静，微步出蘭房。露葵不待勸，鳴琴無暇張。翠釵挂已落，羅衣拂更香。如何嫁蕩子，春夜守空牀。不見青絲騎，徒勞紅粉妝。不，《藝文類聚》作"未"。(2)

【今校】
（1） 訛脱,文津閣本作"誤脱"。按,題中"淇上人",朱墨批本作"淇上"。
（2） 梁定本注在"不見"句下。
梁定本批：
直是淫詞,殊乖大雅,必欲借抒藻思,何題不可見才耶？

賦得照棊燭刻五分成

宋刻"賦"字下誤衍一"詠"字⁽¹⁾,據《初學記》删。

南皮絃吹罷,終弈且留賓。日下房櫳暗,華燭命佳人。側光照全局⁽²⁾,回花半隱身。不辭纖手倦,不,《初學記》作"莫"。案：末二句乃代秉燭者意中語,如作"莫"字,即與下句"羞"字不貫⁽³⁾。○倦,宋刻作"卷",誤,今從《初學記》。羞令夜向晨。⁽⁴⁾

【今校】
（1） 朱墨批本同宋刻。
（2） 照全,朱墨批本、趙本作"全照"。
（3） "即與"句末稿本劃去"今仍從宋刻",梁定本保留。
（4） 梁定本批：
草草而成,自不免于淺率。

夜聽妓賦得烏夜啼

鵾絃且輟弄,《鶴操》暫停徽。〔一〕別有啼烏曲,東西相背飛。相背,《藝文類聚》作"各自"。倡人怨獨守,蕩子遊未歸。遊,《藝文類聚》作"猶",《文苑英華》作"殊"。若逢生離唱,若逢,《藝文類聚》作"忽聞",似不及"若逢"二字之愜適,今仍從宋刻。⁽¹⁾唱,宋刻作"曲",與第三句複,今從《藝文類聚》⁽²⁾。長夜泣羅衣。⁽³⁾長,《藝文類聚》作"中"。

【紀批】
〔一〕 起調與蕭子顯《美女篇》同,蓋當時有此機局,二人皆襲用之耳。○何遜《看新婚詩》亦即此調,而變化出之,便另是一番色澤。

【今校】

（1） 梁定本作：
　　　《藝文類聚》"若逢"作"忽聞"，今從宋刻。
（2） 從，梁定本作"仍從"。按，朱墨批本同宋刻。
（3） 梁定本批：
　　　亦病其率。

賦得遺所思[1]

遺簪雕瑇瑁，贈綺織鴛鴦。未若華滋樹，交枝蕩子房。別前秋已落，別後春更芳。所思不可寄，惟憐盈袖香。

【今校】

（1） 朱批：
　　　雖無新意，猶見雅音。
　　梁定本批：
　　　此賦古詩"攀條折其榮，將以遺所思"意，殊之深致。
　　按，攀，梁定本誤作"摹"。

劉遵

繁　華　應　令

可憐周小童，微笑摘蘭叢。鮮膚勝粉白，慢臉若桃紅。慢，《藝文類聚》作"曖"。挾彈雕陵下，垂釣蓮葉東。腕動飄香麝，衣輕任好風[1]。幸承拂枕選，得奉畫堂中[2]。得，《藝文類聚》作"侍"。金屏障翠被，藍帊覆薰籠。《藝文類聚》無"金屏"二句，蓋類書節本。[3]本知傷輕薄，知，宋刻作"欲"[4]，誤，今從《藝文類聚》。含詞羞自通。翦袖恩雖重[5]，殘桃愛未終。蛾眉詎須嫉，新妝遞入宮。[6]妝遞，《藝文類聚》作"姬近"。

【今校】

（1） 梁定本批：

"衣輕"句自好。
（２）　奉，文津閣本作"侍"。
（３）　梁定本作：
　　　　《藝文類聚》無此二句，蓋節本也。
（４）　朱墨批本同宋刻。
（５）　恩，稿本原作"思"，據抄本改。
（６）　梁定本批：
　　　　結二句言女子争寵者已多，不必專妬男寵，然語不顯豁。

從頓還城應令

　　漢水深難度[1]，深潭見底清。錦笮繫鳧舸，珠竿懸翠旂。鳴箛《芳樹》曲，流唱《采蓮》聲。神遊不停駕，日暮返連營。寧顧空房裏，階上緑苔生。[2]

【今校】
（１）　度，四庫本、朱墨批本、趙本作"渡"。
（２）　梁定本批：
　　　　此應簡文之令，末二句即簡文詩末二句意。

王訓

奉和率爾有詠

有詠，據簡文詩題當作"爲詠"。

　　殿内多仙女，從來難比方。別有當窗艷，復是可憐妝。學舞勝飛燕，染粉薄南陽。散黄分黛色，薫衣雜棗香。簡釵新輾翠，試履逆填牆。一朝恃容色，非復守空房。[1]君恩若可恃，願作雙鴛鴦。

【今校】
（１）　梁定本批：
　　　　"一朝"二句，語未渾成。

庾肩吾

詠得有所思⁽¹⁾

佳期竟不歸,竟,《文苑英華》作"杳"。春物作芳菲⁽²⁾。拂匣看離扇,開箱見別衣。井桐生未合,宮槐卷復稀。不及銜泥燕,從來相逐飛。⁽³⁾

【今校】
（１） 詠,文津閣本作"賦"。
（２） 作,朱墨批本、趙本作"坐"。
（３） 墨批：
　　　亦不失雅則,但未能荸甲新意耳。
　　梁定本批：
　　　不失雅則。

詠美人看畫應令〔一〕

"美人"下宋刻誤衍一"自"字⁽¹⁾,據《藝文類聚》刪。

欲知畫能巧,喚取真來映。並出似分身,相看如照鏡。安釵等周密,着領俱周正。不解平城圍,誰與丹青競。

【紀批】
〔一〕 清巧勝簡文原唱。○小題只合如此,拓到大處轉嫌礙格。⁽²⁾

【今校】
（１） 朱墨批本同宋刻。
（２） 朱批：
　　　題本小巧,詩亦相稱。
　　梁定本批：
　　　語意清巧,勝於簡文原作。

賦得橫吹曲長安道

桂宮連複道,連,《藝文類聚》作"延"。⁽¹⁾黃山開廣路。遠聽平陵鐘,

遥識新豐樹。合殿生光采,離宮起煙霧。日落歌吹還,歌吹,《藝文類聚》作"唱歌",誤。塵飛車馬度。〔一〕

【紀批】
〔一〕 結有神致,王少伯"樓頭小婦鳴箏坐,遥見飛塵入建章"似從此出。(2)

【今校】
（1） 梁定本作：
　　《藝文類聚》"連"作"迷"。
（2） 朱批：
　　結有神致。
　　墨批：
　　唐人"樓頭小婦鳴箏坐,遥見飛塵入建章"句從此化出。
　　梁定本作：
　　結有神致,唐人"樓頭小婦鳴箏坐,遥見飛塵入建章"句從此脱出。

南苑還看人(1)

春花競玉顔,俱折復俱攀。細腰宜窄衣,長釵巧挾鬟。挾,《藝文類聚》作"扶",誤。洛橋初度燭,青門欲上關。中人應有望,上客莫前還〔一〕。

【紀批】
〔一〕 "莫"即"暮"字。《説文》："從日在茻中。"俗體相沿,復加"日"字耳。(2)

【今校】
（1） 還看人,文津閣本作"看人還"。
（2） 梁定本作：
　　語皆凡近。○"莫"即"暮"字。《説文》："從日在茻中。"後人又加"日"字,猶"采"旁又加"手"耳。
　　今按,"莫"字,《説文》："從日在茻中。"稿抄本似誤。

送别於建興苑相逢[1]

相逢小苑北，停車問苑中。梅新雜柳故，粉白映綸紅。去影背斜日，香衣臨上風[2]。雲流階漸黑，冰開池半通。去馬船難駐，啼烏曲未終。眷然從此別[3]，車西馬復東。

【今校】
（1） 梁定本批：
　　　此因送別而睹其所攜，蓋舊相識，故曰"相逢"也。然語殊未工。
（2） 香衣，文津閣本作"衣香"。
（3） 眷，四庫本作"倦"。

和湘東王二首

征人別未久，未，《藝文類聚》作"來"。年芳復臨牖。燭下夜縫衣，春寒偏着手。〔一〕願及歸飛雁，因書寄高柳。
應令春宵

【紀批】
〔一〕 "燭下"二句，細而不瑣中含無限情事。[1]

【今校】
（1） 朱批作：
　　　淺語入情。
　　梁定本作：
　　　"燭下"二句淺語入情。

隣雞聲已傳，愁人竟不眠。月光侵曙後，霜明落曉前。縈鬟起照鏡，誰忍插花鈿。插，《藝文類聚》作"槃"，不可解。然庾肩吾《長安有狹邪行》亦曰："小婦多妖艷，當鈿槃石榴。"或六朝有此方言，附存俟考。
應令冬曉[1]

【今校】
（1） 梁定本批：
　　　此無佳處。

劉孝威

侍宴賦得龍沙宵月明

鵲飛空繞樹，月輪殊未圓。⁽¹⁾嫦娥望不出，桂枝猶隱殘。落照移樓影，浮光動塹瀾。櫪馬悲羌吹，城烏啼塞寒。傳聞機杼妾，愁餘衣服單。當秋終已脆，吳氏注曰："終，當作'絲'。簡文帝《妾薄命篇》'縫針脆故絲'可證。"⁽²⁾衘啼織復難。〔一〕斂眉雖不樂，舞劍強爲歡。請謝函關吏，行當泥一丸。

【紀批】
〔一〕"傳聞"四句對面落筆，與鮑明遠"聞君登隴日"四句同法⁽³⁾。

【今校】
（1） 墨批：
　　　"安"宋本作"圓"，然工部"影斜輪未安"句似用此語。齊梁聲律已嚴，亦罕用古韻，作"安"爲是。
　　　按，"月輪"句旁，朱墨批本尚有墨筆貼條説明：
　　　　抄本原作"殊未安"，旁改爲"圓"，故有此批。
（2） 簡文帝，吳氏注作"皇太子"。
　　　"當秋"句整段注文朱批作：
　　　　"終已脆"未詳，以文意推之，"終"當作"絲"。
（3） 鮑明遠，梁定本作"鮑明遠《擬古》詩"。按，"聞君"句本集及《玉臺》卷四均作"聞君上隴時"，此處眉批恐是紀氏誤記。

奉和湘東王應令冬曉

妾家邊洛城，慣識曉鐘聲。鐘聲猶未盡，漢使報應行。天寒硯水凍,心悲書不成。

【紀批】

清空如話,齊梁所少,不以氣味近薄爲嫌。(1)

【今校】

(1) 朱批作:

清空如話,取其真,不厭其薄。

梁定本作:

清空如話,齊梁詩難得此本色語。

郡縣遇見人織率爾寄婦

郡,《藝文類聚》作"郯"。按:郡縣(1),楚地,見《左傳注》。郯乃昏邑,不以縣名。孝威歷仕南朝,無緣北涉(2),作"郯"爲誤。又題首有"在"字,則義可兩存。

妖姬含怨情,織素起秋聲。度梭環玉動,踏躡佩珠鳴。鳴,《藝文類聚》作"明"。經稀疑杼澀,緯斷恨絲輕。蒲萄始欲罷,鴛鴦猶未成。雲棟共徘徊,紗窗相向開。窗疏眉語度,紗輕眼笑來。矓矓隔淺紗(3),的的見妝華。鏤玉同心藕,列寶連枝花。列,《藝文類聚》作"雜"。紅衫向後結,衫,《藝文類聚》作"巾"。金簪臨鬢斜。機頂挂流蘇,機旁垂結珠。青絲引伏兔,黃金繞鹿盧。艷彩裾邊出,芳脂口上渝。百城交問遺,遺,宋刻作"道"(4),殊無意義。案:古詞《有所思》曰:"何用問遺君,雙珠瑇瑁簪。"作"問遺"于文爲愜,故從《藝文類聚》。五馬共踟躕。直爲閨中人,守故不要新。(5)夢啼漬花枕,覺淚濕羅巾。(6)獨眠真自難,重衾猶覺寒。愈憶凝脂暖,彌想橫陳歡。(7)《藝文類聚》"愈"作"女","暖"作"緩","陳"作"塵",並誤。行驅金絡騎,歸就城南端。城南稍有期,城南,《藝文類聚》作"南端",誤。想子亦勞思。羅襦久應罷,花釵堪更治。新妝莫點黛,莫,《藝文類聚》作"不",誤。余還自畫眉。〔一〕

【紀批】

〔一〕 結有情致。(8)

【今校】

（1）郜縣,梁定本作"郡縣"。
（2）無緣,梁定本作"無由"。
（3）矓矓,四庫本作"朧朧"。
（4）朱墨批本同宋刻。
（5）梁定本批：
　　　　本爲寄內之詞,乃詳述所見之容飾,似爲冗漫。蓋極陳彼美,皆爲"直爲"二句轉捩處作勢,愈寫所見之移人,愈折落有力耳,非泛泛塗飾比也。
（6）梁定本批：
　　　　"夢啼"二句自道相憶之情,然寫來却似女子語,亦是微瑕。
（7）朱批：
　　　　"彌想"句鄙。
　　　梁定本批：
　　　　"愈憶"二句太猥,下句尤甚。
（8）梁定本作：
　　　　結二句極有情致。

徐君蒨

共內人夜坐守歲

歡多情未極,賞至莫停杯。酒中挑喜子,粽裏覓楊梅。簾開風入帳,燭盡炭成灰。勿疑髻釵重[一],爲待曉光來。

【紀批】

〔一〕"髻釵重"言倦坐也。(1)

【今校】

（1）梁定本作：
　　　　了無意味。"髻釵重"者,坐久而倦之意。

初春攜內人行戲(1)

梳飾多今世,衣着一時新。草短猶通屧(2),梅香漸著人。樹斜牽錦帔,風橫入紅輪(3)。滿酌蘭英酒,對此得娛神(4)。

【今校】
（１） 梁定本批:
　　　　亦無意味。
（２） 屧,文津閣本作"履"。
（３） 輪,梁定本、朱墨批本、趙本作"綸"。
（４） 神,文津閣本作"人"。

鮑泉

南苑看遊者

洛陽小苑地,車馬盛經過。緣溝駐行幰,傍柳轉鳴珂。履高全響佩,全,宋刻作"含"(1),誤,今從吳氏注本(2)。襪輕半隱羅。浮雲無處所,何用轉橫波。〔一〕

【紀批】
〔一〕 末二句極無情語正是極多情語。太白詩"相見不相親,不如不相見"即此意也。(3)

【今校】
（１） 朱墨批本同宋刻。
（２） 吳氏注本,梁定本作"《藝文類聚》"。
（３） 朱批作:
　　　　極無情語正是極多情語。
　　　梁定本作:
　　　　結二句極無情語正是極多情語。

落 日 看 還(1)

妖姬競早春,上苑逐名辰。辰,《藝文類聚》作"臣",誤。(2) 㟁輕變水色,霞濃掩日輪。雕甍斜落景,畫扇拂遊塵。衣香遥已度,衫紅遠更新。誰家蕩舟妾,何處織縑人。〔一〕

【紀批】

〔一〕 結法不盡,再着一語便淺。"蕩舟妾"亦非佳事,然古人詩用事不拘,不以此論。(3)

【今校】

（1） 文津閣本作"落日看人還"。
（2） 梁定本無注。
（3） 朱批：
　　　住得含情不盡,再着一語便淺。
　　梁定本：
　　　結二句含情不盡,再着一語便淺。

劉緩

敬酬劉長史詠名士悦傾城

不信巫山女,不信洛川神。何關別有物,還是傾城人。〔一〕經共陳王戲,曾與宋家鄰。未嫁先名玉,來時本姓秦。〔二〕粉光猶似面,朱色不勝脣。遥見疑花發,聞香知異春。釵長逐鬢髮,襪小稱腰身(1)。《藝文類聚》無"釵長"二句,蓋類書節本。(2) 夜夜言嬌盡,日日態還新。(3) 工傾荀奉倩(4),能迷石季倫。(5) 上客徒留目,不見正橫陳。〔三〕

【紀批】

〔一〕 起四句有意翻新,轉成滯相。(6)
〔二〕 "陳王戲"即是洛神,"宋家隣"實非巫女。又于洛神、巫女之外添出紫玉、羅敷,端緒夾雜之甚。大抵六朝人惟喜隸事,往往貪多鬭靡,至

于礙格。⁽⁷⁾
〔三〕　結句太猥。⁽⁸⁾

【今校】

（1）　袜,四庫本作"袾"。
（2）　梁定本作:
　　　《藝文類聚》無此二句,蓋節本也。
（3）　墨批:
　　　"夜夜"句拙。
　　　梁定本批:
　　　"夜夜"二句極用意而極拙。
（4）　倩,稿本作"蒨",據四庫本改。
（5）　朱批:
　　　"迷"字不雅。此二句亦率。
　　　梁定本批:
　　　"工傾"二句太俚,"迷"字尤俚。
（6）　墨批作:
　　　起六句有意翻新而落墨太重,轉成滯相。"何關"句尤拙俚之極。既借二人翻入,不應又突增二人,齊梁人惟喜隸事,往往不顧文理。
　　　梁定本作:
　　　起四句有意翻新,反成拙滯,"物"字尤不妥。
（7）　梁定本作:
　　　"陳王戲"即是洛神,"宋家鄰"却非巫女,于律亦爲夾雜。且既借二古人翻入,又突添紫玉、羅敷二古人,尤無端緒。大抵六朝人惟喜隸事,格法多所不講。
（8）　墨批作:
　　　結句尤猥。
　　　梁定本作:
　　　末二句猥褻至極。

雜詠和湘東王三首⁽¹⁾

別後春池異,荷盡欲生冰。箱中剪刀冷,臺上面脂凝。纖腰轉無力,寒衣恐不勝。[一] 恐,《藝文類聚》作"怨",誤。

寒閨

【紀批】
〔一〕 "纖腰"二句醞藉。(2)

【今校】
（１） 梁定本批：
　　　　三首俱無佳處。
（２） 梁定本無批語。

樓上起秋風,絕望秋閨中(1)。燭溜花行滿(2),香然籤欲空。徒交兩行淚,俱浮妝上紅。

秋夜

【今校】
（１） 秋,文津閣本作"春"。
（２） 燭,文津閣本作"獨"。

不堪寒夜久,夜夜守空牀。衣裾逐坐褔,釵影近鐙長。無憐四幅錦,何須辟惡香。

冬宵

鄧鏗

和陰涼州雜怨(1)

別離雖未久,遂如長別離。首二句《藝文類聚》作"暫別猶添恨,何忍別經時"。叢桂頻銷葉,庭樹幾攀枝。君言妾貌改,妾畏君心移。(2) 終須一相見,併得兩相知。相知,《藝文類聚》作"心知"。(3)

【紀批】
語意清朗,但詞怨以怒,殊乏和平之致。

【今校】

（1） 凉,朱墨批本、趙本作"梁"。
（2） 朱批：

　　　　真而不俚。

　　梁定本批：

　　　　"君言"二句真而不俚。

（3） 梁定本無注。

奉和夜聽伎聲⁽¹⁾

案：詩語似觀妓之作，疑題有誤。

　　華燭似明月⁽²⁾，鬢影勝飛橋。伎兒齊鄭舞⁽³⁾，爭妍學楚腰。新歌自作曲⁽⁴⁾，舊瑟不須調。衆中俱不笑，坐上莫相撩。〔一〕

【紀批】

〔一〕 結句近俚。⁽⁵⁾

【今校】

（1） 伎,文津閣本作"妓"。
（2） 華燭,朱墨批本、趙本作"燭華"。
（3） 伎,朱墨批本、趙本作"妓"。
（4） 自,文津閣本作"己"。
（5） 朱批作：

　　　　結二句鄙。

　　梁定本作：

　　　　末二句鄙。

甄固

奉和世子春情

　　昨晚褰簾望，初逢雙燕歸。今朝見桃李，不啻數花飛。已愁春欲度,已,宋刻作"以",蓋古書"以"字多作"㠯",因傳寫成"以"耳。[1]無復寄芳菲。

【紀批】

情韻並佳。[2]

【今校】

（1）梁定本作：
宋刻"已"作"以",誤。
（2）朱批、梁定本作：
亦是惜春常語,而情韻俱佳。

庾信

奉和詠舞

洞房花燭明,燕餘雙舞輕。頓履隨疏節,隨疏,《藝文類聚》作"疏隨",誤。[1]低鬟逐《上聲》。步轉行初進,步,宋刻作"半"[2],《初學記》作"伴",並誤,今從《藝文類聚》。衫飄曲未成。衫飄,宋刻作"飄衫",誤,今從《藝文類聚》。鸞回鏡欲滿,鶴顧市應傾[3]。已曾天上學,詎似世中生。[4]似,《藝文類聚》作"是",義可兩存。《文苑英華》作"見",誤。世,《初學記》、《文苑英華》並作"地",誤。

【今校】

（1）注文末稿本刪"今從宋刻"字,梁定本保留。
（2）朱墨批本同宋刻。
（3）鶴,朱墨批本、趙本作"鵠"。
（4）"已曾"二句朱批：
杜陵《贈花卿》詩從此衍出而命意迥別,可見古人點化之法。
"鸞回"四句梁定本批：
吳市舞鶴,殊非佳事,六朝人用故實,多借其字句作裝點,不甚拘本事也。○杜工部《贈花卿》詩似從此末二句脫出,而意則迥別,此可見古人點化之法。

七　夕

此詩今本《開府集》不載,蓋今本乃蒐輯而成,編録者偶遺之耳(1)。

　　牽牛遥映水,織女正登車。星橋通漢使,機石逐仙查(2)。隔河相望近,經秋離別賒。愁將今日恨(3),復著明年花〔一〕(4)。

【紀批】
〔一〕 "花"字無着。(5)

【今校】
（１） 梁定本無題注。
（２） 查,朱墨批本、趙本作"槎"。梁定本批:
　　　語殊凡近。○"星橋"二句上下文俱不貫。
（３） 日,朱墨批本、趙本作"夕"。
（４） 著,四庫本作"作"。
（５） 梁定本作:
　　　結句"花"字無著。

和何僕射還宅懷故(1)

　　紫閣旦朝罷,中臺夕奏稀。夕,宋刻作"文",今從馮氏校本注(2)。無復千金笑,徒勞五日歸。步檐朝未掃,蘭房晝掩扉。落生理曲處,網積回文機。故瑟餘絃斷,歌梁秋燕飛。朝雲雖可望(3),夜帳定難依。願憑甘露入,方假慧鐙輝。〔一〕寧知洛城晚,還淚獨沾衣。

【紀批】
〔一〕 "願憑"二句,蓋言其臨命之時皈佛解脱。(4)

【今校】
（１） 和,朱墨批本、趙本作"仰和"。
（２） 梁定本無"注"字。按,朱墨批本同宋刻。
（３） 雖,四庫本作"誰"。
（４） 梁定本作:
　　　"願憑"二句,蓋指其臨命之時皈佛解脱之事。

劉邈

萬山見采桑人

倡妾不勝愁,結束下青樓。逐伴西鹽路,西鹽,馮氏校本注作"西域",誤。[1]案:《隋書·禮志》:韋昭有《西鹽頌》,蓋古鹽宮在西郊也。[2]相携東陌頭。東,《藝文類聚》作"南"。葉盡時移樹,枝高乍易鉤。乍,《樂府詩集》作"任",誤。絲繩挂且脱,挂,《樂府詩集》作"提"。金籠寫復收。鹽饑日已暮,暮,《藝文類聚》作"晚"。詎爲使君留。[3]詎,《樂府詩集》作"誰"。[4]

【今校】
（1） 域,梁定本、文津閣本作"城"。梁定本無"誤"字。
（2） 注文末稿本劃去"今仍從宋刻",梁定本保留。
（3） 梁定本批:
　　　　末二句非寫桑婦意中事,乃自寫悵其遽去耳。運筆無迹。
（4） 注文末四庫本、徐校本有"誤"字。

見人織聊爲之詠

《藝文類聚》作"徐陵詠織婦詩"。案:此書孝穆所編,於自作不應誤署,蓋《藝文類聚》誤也。

纖纖運玉指,脉脉正蛾眉。振躡開交縷,停梭續斷絲。檐花照初月[1],檐花照初月[2],《藝文類聚》作"檐前初月照"。洞户未垂帷。弄機行掩淚,翻令織素遲。翻,《藝文類聚》作"彌"。

【紀批】
前四句深得凝神思遠之意,末二句説破反無味,宜另化一意結之。[3]

【今校】
（1） 月,文淵閣本作"日"。
（2） 月,文淵閣本作"日"。
（3） 梁定本作:

前四句凝然有思之意于言外見之,末二句說破反覺無味。

秋　　閨

螢飛綺窗外,妾思霍將軍。鐙前量獸錦,檐下織花紋。墜露如輕雨,長河似薄雲。〔一〕秋還百種事,衣成未暇薰。

【紀批】
〔一〕 "墜露"二句有情景。宋人"明月如清水,長河似白雲"一聯從此點竄。(1)

【今校】
（1） 梁定本作:
　　　"墜露"二句寫景細緻,非夜涼獨坐不覺,此景所謂景中有人也。

鼓吹曲　折楊柳

高樓十載別,楊柳擢絲枝(1)。摘葉驚開駛(2),攀條恨久離。年年阻音信,月月減容儀。春來誰不望,相思君自知。"君"字于義難通,疑爲"各"字之誤(3)。

【今校】
（1） 擢,文津閣本作"濯"。
（2） 梁定本批:
　　　"摘葉"句拙。
（3） 誤,梁定本作"訛"。

紀少瑜

建　興　苑

丹陵抱天邑,紫淵更上林。銀臺懸百仞,玉樹起千尋。〔一〕水流冠蓋影,風揚鼓吹音。[二]跱崛憐拾翠,顧步惜遺簪。日落庭花轉,方幰屢移陰。終言樂未極,不道愛黃金。

【紀批】
〔一〕起四句語太莊重,不配下文,如羅綺薌澤之宴而冠裳佩劍、陳鼓吹鹵薄以臨之。(1)
〔二〕"水流"句勝簡文"流搖妝影壞"句,劉希夷"人影搖動綠波裏"句又從此出而青于藍。(2)

【今校】
（1）梁定本作：
　　起四句語太莊重,不配下文,如羅襦薌澤之會而冠裳佩劍以臨之。
（2）朱批作：
　　"人影搖動綠波裏"從此化出而青于藍矣。
　　梁定本作：
　　"水流冠蓋影"句勝簡文"流搖妝影壞"句,劉希夷"人影搖動綠波裏"句從此化出而又青於藍。

擬吳均體應教

庭樹發春暉,遊人競下機。卻匣擎歌扇,開箱擇舞衣。桑萎不復惜,看光遽將夕。自有專城居,空持迷上客。

【紀批】
起二句似織婦,三四句似歌姬,後四句又似桑婦,語脉未免夾雜。(1)

【今校】
（1）朱批作：
　　亦以"專城居"代夫婿字,爾時習氣相沿也。
　　梁定本作：
　　起二句似織婦,"卻匣"二句似歌姬,後四句又似蠶妾,未免太不聯貫。○亦以"專城居"代夫婿字,蓋爾時習用相沿。

春　日

愁人試出牖,春色定無窮。參差依網日,澹蕩入簾風。落花還繞樹,輕飛去隱空[1]。徒令玉筯迹,雙垂明鏡中。

【今校】
（1）　梁定本批：
　　　語皆淺近。○"輕飛"句拙笨。

聞人蒨

春　日[1]

高臺動春色,清池照日華。綠葵向光轉,翠柳逐風斜。林有驚心鳥,園多奪目花。相與咸知節,歎子獨離家。行人今不返,何勞空折麻。[一]《藝文類聚》《初學記》《文苑英華》並無末二句,疑後來所刪。

【紀批】
〔一〕　末二句實可刪。[2]

【今校】
（1）　四庫本有題注：
　　　按,《元和姓纂》曰："梁有聞人蒨,詩載《玉臺集》。"所言與此本合。
（2）　梁定本無批語。墨批作：
　　　末二句可刪。

徐孝穆

走筆戲書應令

孝穆編歷代之詩,不應自收己作。疑自此以下,皆後人所附入,如前徐悱婦及武陵王諸作。然此書乃奉簡文之命而作,或當時愛重其文,使自編入,如《太平廣記》之收徐鉉《稽神錄》;又或自喜其文,偶以入選,如芮挺章之《國秀集》,尚均爲事理所有。惟無所避忌而變例書字,其義難明。寒山趙氏以爲其子姓所書。案:《文選》任彦昇《上蕭太傅固辭奪禮啓》内"昉啓"一本作"君啓"。吕向注曰:"昉家集諱其名,但曰君撰者,因而録之。"又《文苑英華》載孝穆諸書,亦稱"孤子徐君",與吕向之説合。疑其家録本之時,既諱其名,而雜列于古今作者之中,又不可署曰"徐君"(1),因變例書字。考《顔氏家訓》,北朝人名字並諱,南朝人諱名不諱字,趙氏所説似非盡無據也。年湮世遠,考證爲難,疑以傳疑,姑仍宋刻書之。(2)

此日乍殷勤,相嫌不如春。今宵花燭淚,不是夜迎人(3)。舞席秋來卷,歌筵無數塵。曾經新代故,那惡故迎新。〔一〕片月窺花簟,輕寒入帔巾。〔二〕秋來應瘦盡(4),偏自著腰身。

【紀批】

〔一〕 "曾經"二句,極和平語正是極不平語。元微之《苦樂相倚行》曰:"班姬收淚抱妾身,我曾排擯無限人。"意出于此。(5)

〔二〕 "片月"二句特爲清麗。(6)

【今校】

(1) 又,文津閣本作"人",似誤。

(2) 整段題注朱批作:

　　選詩而自録所作,始于孝穆。芮挺章《國秀集》因之,雖曰得失自知,究不如俟諸來者。

梁定本作:

　　《文選》之例,凡其人見在者不收,此乃自收己作,論者頗以爲疑。然孝穆此書本應簡文之命而作,或當時愛重其文,令自編入,如《太平廣記》之收《稽神錄》;又或自喜其詩,偶以入選,如芮挺章之《國秀集》,均事理之所有。惟改例書字,則其義難明(按,難,梁定本作"雖",誤)。寒山趙氏謂出其子姓所書。案:元結選《篋中集》録其弟融之詩,亦變例題曰"元厚川",兄不應請其弟名,似其子姓録本而改之。趙氏所云或古有此例,亦未可知。然世遠人湮,屢經傳寫,其中竄改,不盡可詳,疑以傳疑,闕所不知可也。

（3）　不是，朱墨批本、趙本作"非是"。
（4）　瘦，文津閣本作"痩"，誤。
（5）　梁定本批語無"元微之"以下句。
（6）　朱批作：
　　　　秀句。
　　　梁定本作：
　　　　"片月"二句特秀麗。

奉和詠舞

　　十五屬平陽，因來入建章。主家能教舞，城中巧畫妝。畫，宋刻作"旦"[1]，誤，今從《藝文類聚》。低鬟向綺席，舉袖拂花黃。燭送窗邊影，衫傳篋裏香。篋，宋刻作"鉿"。案：《廣雅》："鉿，鋌也。"[2] 于舞衫無涉。《文苑英華》注集作"鈴"，尤誤。此必"篋"訛爲"袷"，"袷"訛爲"鉿"，"鉿"又訛爲"鈴"耳。今從《藝文類聚》。[3] 當關好留客，關，《藝文類聚》作"由"，義同。《初學記》作"延"，《文苑英華》作"筵"，蓋因誤以"當關"爲司閽[4]，而改爲"筵"字，又傳寫脱去半字，遂轉爲"延"，於下句"故作"二字殊不相應[5]，今仍從宋刻。[6] 故作舞衣長。長，《文苑英華》注集作"裳"，誤。[7]

【今校】

（1）　朱墨批本同宋刻。
（2）　鋌，梁定本作"鋋"。"《廣雅》"句末稿本劃去"《廣韻》：'鉿，二尺鋋也。''鋌'、'鋋'未詳孰誤，然皆"字，梁定本保留。按，朱墨批本同宋刻。
（3）　朱批作：
　　　　篋，宋刻作"鉿"，《廣韻》："鉿，古沓切。二尺鋋也。"于義無取，今從吳氏本。
（4）　誤以，梁定本作"誤解"。
（5）　於下，文津閣本作"以下"。
（6）　"當關"句整段注文朱批作：
　　　　此"關"字亦作"䍐"字解，注誤。
（7）　注文末稿本劃去"今從宋刻"，梁定本保留。

和王舍人送客未還閨中有望

倡人歌吹罷,對鏡覽紅顔。拭粉留花勝⁽¹⁾,除釵作小鬟。〔一〕綺鐙停不滅,高扉掩未關。良人在何處,惟見月光還。

【紀批】

〔一〕 "拭粉"十字情景宛然,然漸入詩餘小令矣。文章機括常兆于數百年之前,而成于數百年之後。⁽²⁾

【今校】

(1) 勝,朱墨批本原作"稱",朱筆描寫爲"勝"。趙本作"稱"。
(2) 梁定本作:
　　"拭粉"十字極有情景,然漸入詩餘小令矣。文章機括往往兆于數百年之前,而成于數百年之後。
　　朱批作:
　　("除釵")五字有情景,然漸入小令矣,盛衰倚伏之機常見于數百年之前。

爲羊兗州家人答餉鏡

信來贈寶鏡,亭亭似圓月。鏡久自愈明,人久情愈歇。二"愈"字,宋刻並作"踰"⁽¹⁾,誤。取鏡挂空臺,于今莫復開。不見孤鸞鳥,亡魂何處來。

【紀批】

語嫌激烈。⁽²⁾

【今校】

(1) 朱墨批本同宋刻。
(2) 墨批作:
　　不經意語,雖復不免清淺,而要勝塗飾。
　　梁定本作:
　　其詞怨以怒。

吴孜

春閨怨[1]

玉關音使斷[2]，借問不相諳。春光太無意，窺窗來見參。久與光音絶，"音"字未詳，疑當作"景"。忽見日東南。柳枝皆嬲燕，桑葉復催蠶。物色頓如此，孀居自不堪。

【紀批】

"諳"字、"參"字皆不穩，"嬲"字尤惡，不僅彦和所譏"呦呦"字矣。[3]

【今校】

（1）墨批：
　　淺拙之甚。
　　梁定本批：
　　語皆淺拙。
（2）音，朱墨批本、趙本作"信"。
（3）朱批：
　　"參"字强押。○"嬲"字惡，此種字豈可入詩？
　　梁定本作：
　　"諳"字、"參"字皆不穩。○"嬲"字尤惡。

湯僧濟

詠渫井得金釵

《太平御覽》作"陽濟"，蓋傳寫脱誤。《初學記》亦作"湯僧濟"。○渫，《初學記》作"深"。案：《説文》"渫"訓治井，作"深"無義。[1]

昔日倡家女，摘花露井邊。摘花還自插，插，《初學記》、《太平御覽》並作"比"。[2] 照井還自憐。照井，《初學記》、《太平御覽》並作"插映"。[3] 窺窺終不罷，罷，《太平御覽》作"已"。[4] 笑笑自成妍。寶釵于此落，從來不憶年。不憶,《初學記》《太平御覽》並作"非一"。[5] 翠羽成泥去,金色尚如先。[6]此人今不在,此物今空傳。

【紀批】

追想有情,順敍無致。杜工部《銅瓶詩》亦同此意,而神明變化多矣。[7]

【今校】

（1）題注末稿本劃去"今仍從宋刻"字。梁定本題注作:
　　《初學記》"渫"作"深"。案:《説文》"渫"訓治井,作"深"無義,今仍從宋刻。
（2）梁定本作:
　　《初學記》"插"作"比"。
（3）梁定本作:
　　《初學記》"照井"作"插映"。
（4）梁定本無注。
（5）梁定本作:
　　《初學記》"不憶"作"非一"。
（6）梁定本批:
　　"翠羽"二句太質。
（7）朱批作:
　　追思有情,順敍少致。
　　梁定本作:
　　追想有情,順敍無致。

徐悱妻劉氏

和 婕 妤 怨

　　令嫺已見六卷,此卷不應重出。案:《樂府詩集》此首及下一首均作"王叔英妻",《玉臺》舊本亦必如是。後人因《藝文類聚》載此首爲"徐悱妻",遂改題此首爲令嫺,而未檢前之已見耳。

日落應門閉,愁思百端生。況復昭陽近,傳聞歌吹聲。[一]寵移終不恨,終,《藝文類聚》作"真",誤。讒枉太無情。只言争分理,非妬舞腰輕。⁽¹⁾妬,《樂府詩集》作"獨",誤。

【紀批】
〔一〕 前四句已足。"况復"二句,唐人宫詞多于出藍。

【今校】
（1） 朱批:
　　　　後四句太着迹。
　　梁定本批:
　　　　後四句作意周旋,反着迹衆。

王叔英妻劉氏

和昭君怨

一生竟何定,萬事良難保。良,《文苑英華》作"最",誤。丹青失舊圖,匣玉成秋草。匣玉,宋刻作"玉匣"。案:石崇《王明君詞》⁽¹⁾:"昔爲匣中玉,今爲糞上英。朝華不足歡,甘與秋草併。"則"玉匣"爲誤,今從《藝文類聚》。相接辭關淚,相接,《文苑英華》作"想妾",誤,今從宋刻。至今猶未燥。漢使汝南還,諸本並作"汝南",于義無取。案:《漢書》稱"幕南無王庭",而注謂"幕"即"漠"字,此必"漠南"之訛也。⁽²⁾殷勤爲人道。

【今校】
（1） 詞,梁定本作"辭"。
（2） 注文中二"漠"字,四庫本皆作"漢",誤。整段注文朱批作:
　　　　此"汝"字乃"漢"字之訛,所謂"漢南無王庭"者是也,吳氏注誤。

玉臺新詠卷第九　　河間紀昀校正

歌詞二首

越人歌一首

司馬相如琴歌二首[1]

烏孫公主歌詩一首[2]

漢成帝時童謠歌一首[3]

漢桓帝時童謠歌一首[4]

張衡四愁詩四首

秦嘉四言贈婦詩一首

魏文帝樂府燕歌行二首

曹植樂府妾薄命行一首

傅玄雜詩七首[5]宋刻訛爲五首，又脫《盤中詩》一首未列。

張載擬四愁詩四首

晉惠帝時童謠歌一首

陸機樂府燕歌行一首

鮑昭雜詩八首

釋寶月行路難一首

陸厥李夫人及貴人歌一首

沈約雜詩八詠二首宋刻原注："六首在卷末。"○二首，宋刻誤作四首[6]，今改正。

吳均行路難二首

張率雜詩四首

費昶行路難二首

皇太子聖製一十六首[7]

湘東王繹七言春別應令四首[8]

蕭子顯雜詩七首

王筠行路難一首

劉孝綽元廣州景仲座見故姬一首

劉孝威擬古應令一首[9]

徐君蒨別義陽郡詩二首

王叔英妻贈答一首

沈約古詩題六首前"沈約《八詠》"條下已注"六首在卷末",不應又出"沈約"一條。且"古詩題"三字尤鄙倍,顯爲不學者所竄入也。

【今校】

（1） "二首"後朱墨批本有小字"并序"。

（2） "二首"後朱墨批本有小字"并序"。

（3） 目錄作"一首",正文實爲二首。朱墨批本、趙本目錄作"二首"。

（4） 目錄作"一首",正文實爲二首。朱墨批本、趙本目錄作"二首"。

（5） 七首,朱墨批本作"五首"。

（6） 誤,梁定本作"詊"。按,"沈約"目下,朱墨批本有"白紵曲二首"一行。

（7） 一十六,朱墨批本作"十二"。

（8） 朱墨批本無"七言"二字。

（9） 應令,朱墨批本作"應教"。稿本正文爲"應教"。

歌詞二首[1] 此二首,《藝文類聚》亦並作"古詞"。然核其時代,不應在《越人歌》之前。案:《文苑英華》載前一首爲梁武帝作,《樂府詩集》載後一首亦爲梁武帝作,疑此二詩本署武帝,序在簡文之前。後人因《藝文類聚》之文改爲"古詞",升之卷端,而偶忘《越人歌》等之尤古耳。觀前八卷五言詩及第十卷五言小詩,均以梁武列簡文前,獨此卷歌詞有簡文而無梁武,其爲改竄移掇痕迹顯然可覩也。[2]

東飛伯勞西飛燕,黃姑織女時相見。李義山《燕詩》有"去應逢阿母"句,自注引古詞"東飛伯勞西飛燕,黃姑阿母時相見",則"織女"字當作"阿母"。然"黃姑"、"織女"義取相望,阿母則于義無取[3]。桂華馮馮[4],庚子山誤讀《漢書》;弋者何慕,張曲江詊記《法言》。名流涉筆,不必定無疏舛。義山或偶然失憶耳。[5] 誰家女兒對門居,開顔發艷照里閭。南窗北牖挂明光,宋刻及《藝文類聚》並"顔"作"華"[6],"艷"作"色",今從《文苑英華》及《古樂府》。○挂明光,《文苑英華》、《古樂府》並作"桂月光"。案:此即"珊瑚挂鏡爛生光"意,作"桂月"無義,《藝文類聚》亦與宋刻同。[7] 羅帷綺帳脂粉香。女兒年幾十五六,窈窕無雙美如玉。三春已暮花從風,空留可憐與誰同。[一] 與誰,《文苑英華》《古樂府》並作"誰與"。

　　河中之水向東流,洛陽女兒名莫愁。莫愁十三能織綺,十四采桑南陌頭。南，《藝文類聚》作"東"。十五嫁爲盧家婦，十六生兒字阿侯[8]。盧家蘭室桂爲梁，中有鬱金蘇合香。頭上金釵十二行，足下絲履五文章。珊瑚挂鏡爛生光，平頭奴子提履箱。人生富貴何所望，恨不早嫁東家王。[二] 早嫁，宋刻作"嫁與"，今從《古樂府》。[9]

【紀批】

〔總〕 二詩音節[10]、色澤皆類齊梁，信爲武帝之作。

〔一〕 結二句是作詩本旨。[11]

〔二〕 詳末二句，莫愁蓋嫁富貴之家，而夫則非偶者，故詞人悼而詠之。向來以盧家少婦爲佳事，蓋徒見點綴華艷，而未究"人生富貴"一語將上文已一筆掃盡耳。○一路極力鋪張，而末以一語露本意，章法得之《君子偕老》。高常侍《燕歌行》末以"憶李將軍"點睛，亦此法也。[12]

【今校】

（1） 歌詞，梁定本作"歌辭"，與目錄有別。

（2） 覩，四庫本作"觀"。整段題注朱批作：

　　此二首不應在《越人歌》之前，味其詞格不過與《西州曲》時代相先後。

按：西州曲，抄本作"州曲"，據殘稿本改。

（3） 無取，四庫本作"似無所取"。

（4） 馮馮，文津閣本作"馮氏"，誤。

（5） 失憶，四庫本作"失記"。注文末稿本劃去"今仍從宋刻"，梁定本保留。

"黄姑"句整段注文朱批作：

　　李義山詩自注引此詩作"黃姑阿母時相見"，然"黄姑織女"本寫脉脉相望之意，作"阿母"殊無取義，或義山誤記耳。

（6） 華，文津閣本作"艷"。按，朱墨批本同宋刻。

（7） 整段注文墨批作：

　　"顏"，宋刻作"華"，"艷"，宋刻作"色"，義可兩存。

"開顏"句，梁定本底本作"開華發色照里閭"，與下句"南窗北牖挂明光"合注爲：

　　《文苑英華》、《古樂府》"開華"、"發色"並作"開顏"、"發艷"，挂明光,並作"桂月光"。《藝文類聚》則與宋刻同,今仍從宋刻。
(8) 朱批:
"字"一作"似",則以阿侯爲其夫。龐雪崖《側室生子詩》云"有生不信阿侯似",自注:"面貌似父。"即用此事。然婦呼夫爲阿侯,更無旁證。或云阿侯乃其夫字,亦無明文。
(9) 殘稿本在吳氏注後以墨筆補注:
早嫁,宋刻作"嫁與",義亦兩通。
按,朱墨批本同宋刻。
(10) 梁定本無"二詩"字。
(11) 梁定本無批語。朱批作:
此所謂路旁情也。
(12) 朱批作:
詳末二句,莫愁蓋適富貴之家,而夫則非偶者也。向來盛稱盧家,蓋未尋惋惜之意,徒見詩中點綴華艷耳。○通幅作艷麗之詞,而末以一語見其意,此法得之《君子偕老》。
梁定本作:
詳末二句,莫愁蓋適富貴之家,而夫則非偶者,故詞人悼而詠之。向來盛稱盧家,蓋徒見點綴華艷,而未究惋惜之意耳。○通首極力揄揚,末以一語見意,章法得自《君子偕老》。

越人歌一首併序

楚鄂君子晳者,子晳,《説苑》作"子皙"。乘青翰之舟,張翠羽之蓋。榜枻越人悦之,櫂枻而越歌,以感鄂君,歡然舉繡被而覆之。其詞曰:

今夕何夕,搴舟中流。今日何日,與王子同舟⁽¹⁾。山有木兮木有枝,心悦君兮君不知。[一]《説苑》載此歌曰:"今夕何夕兮,搴洲中流。今日何日兮,得與王子同舟,蒙羞被好兮,不訾詬恥。心幾煩而不絕兮,得知王子。山有木兮木有枝,心悦君兮君不知。"與此所載互異。然古籍流傳,是不一本。介之推《龍蛇之歌》,《史記》與《吕氏春秋》、《説苑》、《新序》各殊;《接輿之歌》,《論語》與《莊子》互異;《滄浪之歌》,《孟子》與《文子》不同。六朝人所見之書,《隋志》所著錄者今已十不存一⁽²⁾,苟其文從字順,義可並通,即不能斷其必誤也。⁽³⁾

【紀批】

〔一〕木與枝相附而生，故以興雙棲一身之意。觀《說苑》所載莊辛執手之本事，文義乃明。此序刪節太略也。[4]

【今校】

（1）"何夕"、"何日"後，朱墨批本有二"兮"字。"與王子同舟"句下朱墨批底本有"蒙羞被好兮，不訾詬恥。心幾煩而不絕兮，得知王子"四句，墨批：

"蒙羞"四句宋本無之，蓋孝穆所刪。

（2）隋志，文津閣本作"隋史"。

（3）按，注文末稿本刪"今仍從宋刻"。

"苟其"以下句，梁定本作：

未可執一隅以繩之，今仍從宋刻。

（4）朱批作：

木與枝相附而生，故以興雙棲一身之意。

按：梁定本批語同朱批。

司馬相如

琴歌二首併序

司馬相如遊臨邛，富人卓王孫有女文君，新寡，竊於壁間窺之。相如鼓琴，歌挑之曰：

鳳兮鳳兮歸故鄉，遨遊四海求其皇。求其，《太平御覽》作"索我"。[1]時未通遇無所將，通遇，《太平御覽》作"遇兮"。[2]何悟今夕升斯堂。升，宋刻作"昇"，誤，今從《藝文類聚》[3]。有艷淑女在此方，方，《太平御覽》作"房"[4]。室邇人遐毒我腸。毒，宋刻作"獨"[5]，誤，今從《樂府詩集》。何緣交頸爲鴛鴦。《樂府詩集》此句下有"胡頡頏兮共翱翔"一句[6]，于文爲複，宋刻無之，《太平御覽》亦無之[7]。

皇兮皇兮從我栖，得託孳尾永爲妃[8]。交情通體心和諧，中夜相從知者誰。雙興俱起翻高飛，無感我思使余悲[9]。

【紀批】

《史記》但言以琴心挑之，不載其詞；《藝文類聚》《太平御覽》俱載之而不言所出；惟《樂府詩集》云出《琴集》，然詞意鄙淺，蓋出依託。孝穆因其事爲詞人所習用，故錄之耳。(10)

【今校】

（1） 梁定本無注。我，文津閣本作"哉"。
（2） 梁定本無注。
（3） "今從"句，梁定本無。
（4） 梁定本無注。
（5） 朱墨批本同宋刻。
（6） 頡頏兮，文津閣本作"頡頏矣"。
（7） "于文"以下三句，梁定本作"于文爲複，今從宋刻"。
（8） 摯，朱墨批本、趙本作"字"。
（9） 思，朱墨批本、趙本作"心"。
（10） 朱批：

   相如不應爾，蓋僞託也。

梁定本作：

  《史記》但言以琴心挑之，不載其詞；《樂府詩集》謂此詞出《琴集》，《藝文類聚》亦載之。然詞意淺鄙，蓋出依託。

烏孫公主

歌詩一首並序

漢武元封中，以江都王女細君爲公主，嫁與烏孫昆彌。至國而自治宮室，宮室，宋刻作"室宮"，據《漢書》改(1)。歲時一再會，言語不通，公主悲愁，自作歌曰：

吾家嫁我兮天一方，遠托異國兮烏孫王。穹廬爲室兮氈爲牆，以肉爲食兮酪爲漿。居常土思兮心內傷[一]，願爲黃鵠兮還故鄉。
"吾家"下宋刻有"之"字。"以肉爲食"，宋刻無"以"字。"居常土思"宋刻作"常思漢土"。"願爲黃鵠"宋刻作"願爲飛黃鵠"。(2) 又《藝文類聚》所載，"遠托"句、"居常"句，俱無"兮"字;"土思"作"思土";"肉"字上亦無"以"字。案:此歌出《漢書·西域傳》,正史所載,當以爲據。諸本蓋傳寫訛異,今並從《漢書》改正。

【紀批】

〔總〕 此本無意於爲文而其詞自然古雅,則風氣渾厚爲之也。漢碑、漢印豈無拙工俗手之所爲?而自今視之無不佳。(3)

〔一〕 "土思"乃倒裝字法,古人多有,如《左傳》以"觀王"爲"王觀"是也。或作"思土",則後人不知而改之。然《詩歸》標此種以爲法,又所不必。(4)

【今校】

（1） 據,梁定本作"今據"。按,朱墨批本同宋刻。
（2） "吾家"以下各句,朱墨批本皆同宋刻。
（3） 朱批作:

此本無意於爲文而其詞質樸而古雅,則風氣之渾厚爲之。漢碑、漢印、漢器豈無俗工所爲?而自今視之無不佳。〇讀此等詩在能得其氣味,不以字句求之。

梁定本作:

此本無意於爲文而其詞自然古雅,則風氣之渾厚爲之,作者不自知也。漢碑、漢器、漢印豈無俗工之所爲?而自今視之無不佳。〇讀此等詩在能得其氣味,不以字句求之。

（4） "居常"句整段批語,梁定本無。

漢成帝時童謠歌二首 併序

漢成帝趙皇后名飛燕,寵幸冠于後宮,常從帝出入。時富平侯張放亦稱佞幸,爲期門之遊,故歌云"張公子,時相見"也。飛燕驕妒,驕,宋刻誤作"嬌"(1)。成帝無子,故云"啄皇孫"(2),華而不實。王莽自云代漢者德土,色尚黃,故云"黃雀"。飛燕竟以廢死,故"爲人所憐"者也。

燕燕尾涎涎(3),張公子,時相見。木門倉琅根(4),燕飛來,啄皇孫。(5)

桂樹華不實,黃雀巢其顛。昔爲人所羨,今爲人所憐。[6]案:《漢書·五行志》,前一首"啄皇孫"句下有"皇孫死,燕啄矢"二句[7];後一首"桂樹華不實"句上有"邪徑敗良田,讒口亂善人"二句,宋刻皆無之。然孝穆所列小序,每句各爲訓釋,而不及此四句,似乎孝穆原本即以删節,非傳寫脱漏[8]。今仍從宋刻所載,以存其舊。至"涎涎"宋刻作"殿殿","倉琅"宋刻作"蒼狼",則傳寫之謬顯然,皆爲更正。[9]

【今校】

(1) 朱墨批本同宋刻。

(2) 皇,朱墨批本作"王"。

(3) "燕燕"句,稿本、抄本、梁定本無注。涎涎,四庫本作"涏涏",且有注:

  案:涎涎,宋刻作"殿殿",蓋以音近而誤,今據《漢書》改正。近本《漢書》作"涏涏",又以形似而訛矣。

按,稿本底本原作"涏涏",圈改爲"涎涎"。梁定本作"涏涏"。徐校本改"涏涏"爲"涎涎"。又按,朱墨批本同宋刻。

(4) "木門"句,稿本、梁定本無注。四庫本注:

  琅,宋刻誤作"狼",今從《漢書》改。

(5) 此首朱批:

  此非艷歌,何以入集?

按:"啄皇孫"句下,殘稿本底本末尚有"皇孫死,燕啄矢"二句,且有墨批:

  宋本無末二句,恐是誤脱,此不比《越人歌》中四句原可删也。

朱墨批本有墨筆貼條:

  宋本無末二句,恐是誤脱,此不比《越人歌》中四句原可删也。○抄本"皇孫死,燕啄矢"六字入正文,故墨批有此語。○卷九第四頁。

梁定本批:

  此等實非艷歌,當以"飛燕"、"張放"多爲艷歌所引用,故存以備故實耳。

(6) 此首墨批:

  此入艷歌更無理。

(7) 矢,四庫本作"失"。

(8) 非傳寫脱漏,梁定本作"而非傳寫脱漏者"。

(9) "至'涎涎'"以下,四庫本無。梁定本作:

  至宋刻"涎涎"作"殿殿","倉琅"作"蒼狼",則傳寫之謬顯然,皆爲更正。

漢桓帝時童謠歌二首

　　小麥青青大麥枯⁽¹⁾，誰當穫者婦與姑。丈夫何在西擊胡，吏買馬，君具車，請爲諸君鼓嚨胡。〔一〕

　　城上烏，尾畢逋。公爲吏，子爲徒。一徒死，百乘車。車班班，入河間。河間姹女工數錢，以錢爲室金爲堂。石上慊慊舂黃粱，粱下有懸鼓，案：上句"粱"字從米，下句"梁"字從木，諸本多淆。⁽²⁾我欲擊之丞相怒。〔二〕宋刻"子"作"兒"，"入"作"至"，"河間姹女"上亦有一"至"字，"錢爲室"上無"以"字，"慊慊舂黃粱"作"舂橆粱"⁽³⁾，"粱下"作"橆粱之下"⁽⁴⁾，《藝文類聚》"子"亦作"兒"，"班班"作"班蘭"，"入"亦作"至"，"河間"下不疊"河間"二字，"以錢爲室"四字作"銀爲室"⁽⁵⁾，"石上慊慊"作"户上橆橆"，"粱下有懸鼓"句無"粱"字、"懸"字。案：此謠載《續漢書·五行志》，司馬彪隨文詮釋，劉昭復加推衍，一字一句，俱有意義。其宋刻及《藝文類聚》所載，頗爲格格難通，恐傳寫有訛，今從《續漢志》改正。⁽⁶⁾

【紀批】

〔一〕　句法之妙，開後來無限法門。⁽⁷⁾

〔二〕　天籟自鳴，無心應節。歌行得其仿佛，即如倚琴以寫山水之音，晉人所謂不必知名而美者，此類是矣。⁽⁸⁾

【今校】

（1）　此句朱墨批本、趙本作"大麥青青小麥枯"。

（2）　梁定本無注。

（3）　舂橆粱，文津閣本作"舂作橆粱"。梁定本作"舂橆粱"。

（4）　粱下，文津閣本作"下"。橆粱，梁定本作"橆粱"。

（5）　銀，文津閣本作"錢"。

（6）　"其宋刻"以下，梁定本作：

　　　　不應復有別本，宋刻蓋恐傳寫之訛，今從《續漢志》改正。

　　　按，此首異文朱墨批本皆同宋刻，惟"石上"作"户上"。

（7）　朱批作：

　　　　句法開無數法門。

　　　梁定本作：

　　　　句法之妙，開後來無數法門。

（8）　朱批、梁定本作：

節奏之妙,所謂天籟自鳴。歌行得其仿佛,即如倚琴以寫山水之音。

張衡

四愁詩四首

案:《文選》載此四詩[1],前有平子自敘,所謂依"屈原以美人爲君子,以珍寶爲仁義,以水深雪雰爲小人。思以道術相報,貽于時君,而懼讒邪不得以通"者,正作者之本意,孝穆獨刪去之。蓋此集所録,皆裹裾脂粉之詞,可備艷體之用。其非艷體而見收者,亦必篇中字句有涉閨幃。故一卷《漢時童謡》以"廣眉""半額"字而録;三卷陸機《緩聲歌》以"宓妃"等字而録;陶潛《擬古》以"美人""酬歌"字而録;五卷何遜《贈魚司馬詩》以"歌黛""舞腰"字而録;以及此卷《漢謡》四首[2],其一以趙飛燕、張放而録[3];其二以"丈夫何在"及"姹女數錢"二語而録[4];《晉謡》一首以"女子千妖"字而録。其意旨皆可逆推。此四詩之見録,亦以"美人贈報"等語。若存其本序,則與艷體爲不倫,故刪去以就此書之例,非遺漏也。吳氏本從《文選》補入,殊非孝穆之本旨。[5]

一思曰:我所思兮在太山,欲往從之梁甫艱[一],側身東望涕沾翰,美人贈我金錯刀。何以報之英瓊瑶,路遠莫致倚逍遥,何爲懷憂心煩勞。

二思曰:我所思兮在桂林,欲往從之湘水深,湘,《永樂大典》作"江"。[6]側身南望涕沾襟,美人贈我金琅玕。金,宋刻及五臣《文選》注本並作"琴",今從李善《文選》注本。[7]何以報之雙玉盤,路遠莫致倚惆悵,何爲懷憂心煩怏。怏,《永樂大典》作"傷"。古無四聲,"悵"、"傷"原可相叶,然諸本作"怏"字,疑《永樂大典》誤也。[8]

三思曰:我所思兮在漢陽,欲往從之隴阪長,側身西望涕沾裳。美人贈我貂襜褕,《太平御覽》"氍毹部"引張衡《四愁詩》曰:"美人贈我氍毹。"以韻推之,當在此首。然諸本並作"貂襜褕",疑《御覽》誤也。[9]何以報之明月珠。路遠莫致倚踟躕,何爲懷憂心煩紆。

四思曰:我所思兮在雁門,欲往從之雪紛紛,側身北望涕沾巾。美人贈我錦繡段,何以報之青玉案。路遠莫致倚增嘆,何爲懷憂心煩惋。

【紀批】

〔總〕　偶託深情,自成別調。晉人所擬已爲屋下之屋,後人豈復容措手?(10)

〔一〕　何義門欲取梁甫比賢王之說,而礙于"水深雪雰",序有明文,遂存騎牆之解。義門之意正以封泰山者禪梁甫,疑以比小人不倫耳。然既以太山比明君,則梁甫附于太山以比近臣,正從其類。況鳧繹、龜蒙乃魯之望,而斧柯之吟不嘗以比權臣乎?于梁甫乎何有?(11)

【今校】

（1）　文選,四庫本作"文苑"。

（2）　以及此卷,文津閣本作"此卷之中"。

（3）　其一,稿本、四庫本作"其二",誤。

（4）　姹女,文津閣本作"詫女"。

（5）　注文末稿本劃去"今仍從宋刻闕之",梁定本保留。
　　　朱墨批本無題注,底本錄有序,墨批:
　　　　　此序宋刻不載。

（6）　四庫本、梁定本皆無注。

（7）　朱墨批本同宋刻。梁定本注作:
　　　　　宋刻"金"作"及",五臣《文選》注本作"琴",今從李善《文選》注本。

（8）　四庫本、梁定本皆無注。

（9）　梁定本無注。

（10）　朱批作:
　　　　　偶託情深,自成別調,從而效之,則爲壽陵之步。
　　　梁定本作:
　　　　　偶託深情,自成別調,不可無一,亦不可有二,擬者紛紛,皆東家顰也。

（11）　梁定本無批語。

秦嘉

贈婦詩一首

宋刻原注:四言。(1)

曖曖白日,引曜西傾。啾啾鷄雀(2),雀可云"赴楹",鷄不可云"赴楹",

"雞"字疑誤。然潘岳《寡婦賦》曰："雀羣飛而赴楹兮[3]，鷄登栖而斂翼。"李善注引此詩亦作"鷄雀"。羣飛赴楹。皎皎明月，煌煌列星。嚴霜淒愴，飛雪覆庭。寂寂獨居，寥寥空室。"室"字與"燭"字不諧，疑當作"屋"。飄飄帷帳，熒熒華燭。爾不是居，帷帳何施[4]。爾不是照，華燭何爲。

【今校】
（1） 文津閣本無"宋刻原注"字。
　　朱批：
　　　　四言本自難工，此種尤無佳處，以其古而存之耳。盛相推許，皆英雄欺人耳。
　　按：欺人耳，殘稿本作"欺人"。
　　又按，梁定本批語與朱批略同，惟"以其"作"徒以其"，"欺人耳"作"欺人"。
（2） 朱批：
　　　　"鷄"字再校。
（3） 兮，文津閣本作"矣"，誤。
（4） 何，朱墨批本、趙本作"焉"。

魏文帝

樂府燕歌行二首

　　秋風蕭瑟天氣涼，草木搖落露爲霜，羣燕辭歸雁南翔。雁，《樂府詩集》作"鵠"[1]，誤。念君客遊多思腸，君，《樂府詩集》作"吾"，誤。○"多思腸"，《永樂大典》作"思斷腸"。[2]慊慊思歸戀故鄉[3]，君何淹留寄他方[4]。君何，《藝文類聚》作"何爲"。賤妾煢煢守空房，憂來思君不可忘，可，《樂府詩集》作"敢"。[5]不覺淚下沾衣裳。援琴鳴絃發清商，短歌微吟不能長[6]。明月皎皎照我牀，星漢西流夜未央。牽牛織女遥相望，爾獨何辜限河梁。[一]辜，宋刻作"幸"[7]，誤，今從《文選》。

【紀批】
〔總〕 此魏文自製之曲，節拍淒緊之中仍有優柔不迫之意，故異乎急管么弦。[8]

〔一〕 直以旁映作收,更不兜轉。建安以後,詩意漸變玲瓏,非復漢人質實矣。[9]

【今校】

（1） "鵠",梁定本誤作"鵲"。
（2） 注文中"多思腸"以下句,四庫本、梁定本並無。
　　 墨批作:
　　　　 "多思腸",《文選》作"思斷腸"。
（3） 歸,文淵閣本誤作"婦"。
（4） 何,朱墨批本、趙本作"爲"。淹,文淵閣本誤作"掩"。
（5） 四庫本作:
　　　　 "不可",《樂府詩集》作"不敢"。
　　 稿本原有二"不"字,皆墨筆劃去。
　　 墨批作:
　　　　 "可",《文選》作"敢"。
（6） 朱批:
　　　　 七字寫幽思入微。
　　 梁定本作:
　　　　 "短歌微吟"七字寫幽思入微。
（7） 朱墨批本同宋刻。
（8） 梁定本作:
　　　　 此曲創自魏文,遂爲後來之制。節拍淒緊,故自動人。
（9） 朱批作:
　　　　 對面寫照,詩至此而巧法漸生矣。
　　 梁定本作:
　　　　 "念君"二句對面落筆,"牽牛"二句旁面落筆。建安以後詩意已漸變玲瓏。

別日何易會日難,山川遥遠路漫漫。鬱陶思君未敢言,寄聲浮雲往不還〔一〕(1)。涕零雨面毀容顔(2),誰能懷憂獨不歎。展詩清歌聊自寬,樂往哀來摧肺肝(3),耿耿伏枕不能眠。披衣出户步東西,馮氏校本注"西"一作"偏",由不知"西"古音"先",而攟《左傳》臆改之,以就後世聲律也(4)。仰看星月觀雲間。看,晉樂所歌作"戴"(5)。案:入樂之詞,率皆增損,本不足以爲據。然此句"看"與"觀"複,殊乖句格,疑"戴"字乃其本文,而"看"字爲傳寫訛舛也(6)。飛鶴晨鳴聲可憐(7),留連顧懷不能存。

【紀批】

〔一〕"寄聲"七字括偉長"浮雲何洋洋"四句,簡鍊之極。[8]

【今校】

（1）"寄聲"句下梁定本有注:
　　《樂府詩集》"聲"作"書"。
（2）梁定本注:
　　《樂府詩集》"容"作"形"。
（3）"展詩"二句梁定本批:
　　清歌自寬不應云"樂"。
（4）墨批作:
　　"東西",吳氏本作"東偏",此不知"西"古音"先",而以《左傳》之文臆改也。
（5）戴,文淵閣本作"載"。
（6）"披衣"二句朱批:
　　"看"字、"西"字俱未妥,再校。○"西"字于義可通,而句法太拗,"看"字句法較穩,又複"觀"字。
（7）飛鵑,文淵閣本作"飛鳥"。
（8）簡鍊,梁定本作"簡練"。朱批作:
　　"寄聲"句句中藏折。

曹植

樂府妾薄命行一首

宋刻原注:六言[1]。

日既逝矣西藏[2],日既逝矣,宋刻作"日月既逝"。案:"日夕"不當兼言"月藏",蓋分爲二篇時所改,今從《藝文類聚》。更會蘭室洞房。華鐙步障舒光,步障,《藝文類聚》作"先置",誤。皎若日出榑桑,促樽合坐行觴。主人起舞娑盤,能者冗觸別端。此句未詳。騰觚飛爵闌干,同量等色齊顔。任意交屬所歡,朱顔發外形蘭。"形蘭"二字未詳。[3]袖隨禮容極情,妙舞僛僛體輕。妙,《藝文類聚》作"屨"。裳解履遺絶纓,裳解,《藝文類聚》作

"解裳"。俛仰笑喧無呈[4]。"呈"字未詳,疑當作"程",程,節度限制也。[5] 覽持佳人玉顏,齊接金爵翠盤。接,《藝文類聚》作"舉"。[6] 手形羅袖良難,腕弱不勝珠環[7]。御巾裹粉君旁,裹粉,《太平御覽》作"粉於",誤。[8] 中有霍納都梁,雞舌五味雜香。進者何人齊姜,恩重愛深難忘。召延親好宴私[9],但歌杯來何遲。客賦既醉言歸,主人稱露未晞。《藝文類聚》載此篇,前有"攜玉手喜同車,北上雲閣飛除。釣臺蹇產清虛,池塘靈沼可娛。仰汎龍舟綠波,俯攉神草枝柯。想彼宓妃洛河[10],退詠漢女湘娥"八句。《樂府詩集》則分前八句自爲一篇。按:前八句文似未畢[11],而此首"既逝"、"更會"二字亦突起無根,當以《藝文類聚》通作一篇爲是。然吳兢《樂府解題》亦曰:"《妾薄命》曹植云'日月既逝西藏',蓋恨燕私之歡不及。"[12]則分"日月既逝"以下自爲一篇。當時原有此別本,孝穆編次之時,偶據所見錄之,非刪節,亦非脫誤。今仍宋刻所載而附錄異同如右。

【紀批】

　　詞亦濃郁而句多詰屈,漢樂府往往如斯,不必斥以爲澀,亦不必效以爲古。[13]

【今校】

（１） 文津閣本無"宋刻原注"字。
（２） 日既逝矣,朱墨批本、趙本作"日月既是"。
（３） "能者"、"朱顏"二句,殘稿本有朱批:
　　　　"能者"句、"朱顏"句俱生拗。
（４） 俛仰,稿本、文淵閣本、梁定本作"俛俯",誤,據通行本改。
（５） 墨批作:
　　　　呈,當作"程"。
（６） 梁定本作:
　　　　《藝文類聚》"接"作"攀"。
（７） "腕弱"句後朱墨批本、梁定本有"坐者歎息舒顏"句,四庫本、稿本、擷英本則闕。殘稿本有朱批:
　　　　"手形"句、"坐者"句俱晦。
（８） 梁定本無注。
（９） 召延,四庫本作"名筵"。
（10） 彼,四庫本作"被"。
（11） 文似未畢,梁定本作"似未畢"。
（12） 不及,梁定本作"不久"。

(13) 朱批作：

  詞自濃郁但多累句，以爲古奧而效之，則爲里人之顰。

梁定本作：

  詞亦濃郁而語多詰屈。效其詰屈以爲古，則失之千里。○"同量"句言酒户相等者各盡其量，醉色如一。"手形"句言羞於露指也。語皆費解。

傅玄

擬北樂府三首

  歷九秋兮三春，遺貴客兮遠賓。宋刻"遺"字上誤衍"分"字，今從《樂府詩集》删。然"遺"字亦不可解，疑爲"邀"字之訛。(1)顧多君心所親，乃命妙伎才人，炳若日月星辰。其一。序金罍兮玉觴，賓主遞起雁行。雁，《樂府詩集》作"寫"，誤。(2)杯若飛電絶光，交觴接卮結裳，"結裳"二字未詳。慨慷歡笑萬方(3)。其二。奏新詩兮夫君，爛然虎變龍文。渾如天地未分，齊謳楚舞紛紛，歌聲上激青雲。其三。窮八音兮異倫，奇聲靡靡每新。微笑素齒丹脣，逸響飛薄梁塵，精爽眇眇入神。其四。坐咸醉兮沾歡，引樽促席臨軒。進爵獻壽翩翩，翩翩，《樂府詩集》作"翻翻"(5)。千秋要君一言，願愛不移若山(4)。其五。君恩愛兮不竭，譬若朝日夕月。此景萬里不絶，長保初醮結髮，何憂坐生胡越(6)。其六。"坐"字下《樂府詩集》誤脱"生"字。(7)携弱手兮金鐶(8)，上遊飛閣雲間。穆若鴛鳳雙鸞，鸞，《樂府詩集》作"燕"。還幸蘭房自安，娛心極意難原(9)。其七。樂既極兮多懷，盛時忽逝若頹。寒暑革御景迴，春榮隨風飄摧，感物動心增哀。其八。妾受命兮孤虚，男兒墮地稱姝(10)。墮，《樂府詩集》作"隨"，誤。女弱雖存若無，雖，宋刻作"難"，誤(11)，今從《樂府詩集》。骨肉至親更疏，奉事他人托軀。其九。君如影兮隨形，賤妾如水浮萍。明月不能常盈，誰能無根保榮，良時冉冉代征。其十。顧繡領兮含輝，皎日回光側微。側，《樂府詩集》作"則"。朱華忽爾漸衰，影欲捨形高飛。誰言往恩可追(12)。其十一。恩，《樂府詩集》作"思"，誤。薺與麥兮夏零(13)，蘭桂踐霜逾馨。霜，《樂府詩集》作"履"。禄命懸天難明，委心結意丹青,何憂君心中傾。其十二。

歷九秋篇　董逃行逃,宋刻誤作"桃"。○吳兢《樂府解題》稱"傅玄《董逃行》十二章,具述夫婦離別之意",所言與詩意全殊,豈別有十二章而亡之耶？然曹植《妾薄命》篇,《解題》謂"恨燕私之歡不久"(14),亦非詩意,則所解固不盡可據也。

【紀批】

《選詩拾遺》以爲相如、枚乘之作,與《董逃行》年代懸殊,馮氏駁之良是。《樂府》或云梁簡文作,無論簡文筆力不及此,孝穆此集正奉簡文之命而作,不應以簡文之詩誤爲休奕也。○詞采耀艷而興象深微,格力遒健,上存漢氏之遺,下開六朝之始。此風氣初轉變而未漓之候也。○三章、四章極鏗鏘幽渺之致,猶彷彿《郊廟》諸歌。○五章已到本意,復以六章、七章引勢使滿,然後以樂往哀來接入。九章爲一篇之轉軸,極沉鬱頓挫之致。○十章、十一章感慨危疑,抑鬱萬狀,而十二章乃終以自勉、自信之詞,用意深厚,不失風人之旨。(15)

【今校】

（1）墨批：
　　次句未詳,宋刻作"分遣貴客兮遠賓",亦不可解。
（2）梁定本無注。
（3）慨慷,朱墨批本、四庫本、趙本作"慷慨"。
（4）愛,文津閣本作"君"。
（5）朱墨批本、趙本同《樂府詩集》。
（6）生,文津閣本作"成"。
（7）生,文津閣本作"坐",誤。梁定本無注。
（8）鐶,朱墨批本、四庫本作"環"。
（9）意,朱墨批本、趙本作"樂"。
（10）姝,文津閣本作"珠"。
（11）四庫本無"誤"字。
（12）追,梁定本作"退"。
（13）夏,梁定本作"憂"。
（14）不久,文津閣本作"不及"。
（15）朱批作：
　　才鋒艷發,天骨開張,自是巨手所成。枚乘、相如時代固不相及,簡文、休奕似尚未能,樂府古詞往往妙絶一世,而作者不得姓名,固不必一一定爲某某也。
梁定本作:
  詞采耀艷,興象深微,格力亦殊道上,上存建安之遺,下啓六朝之始。此風氣初移變而未離之候也。別本或題"梁簡文",簡文筆力斷斷不能及此。○三章、四章鏗鏘幽渺,尚純是漢人意境。○五章已到本意,復以六章、七章引勢使滿,而後以樂往哀來接入。九章爲一篇之轉軸,極沉鬱頓挫之致。○十章、十一章感慨危疑,抑鬱萬狀,而十二章乃終以自勉、自信之詞,用意深厚,猶見風人之旨。

  車遥遥兮馬洋洋,迫思君兮不可忘[1]。君安遊兮西入秦,願爲影兮隨君身。君在陰兮影不見,君依光兮妾所願。
車遥遥篇

【紀批】
  漸入清巧,然尚未纖。[2]

【今校】
（1）"迫思"句,朱墨批本作"追思君兮不可忘",有墨批貼條:
  "追思",抄本作"迫思"。○卷九第十三。
（2）朱批作:
  巧而不纖。
梁定本作:
  末二句巧而不纖。

  燕人美兮趙女佳,其室則邇兮限層崖。雲爲車兮風爲馬,玉在山兮蘭在野。玉在,《太平御覽》作"玉爲",誤。[1]山,《藝文類聚》作"泥"。雲無期兮風有止[2],思心多端兮誰能理[3]。
燕人美篇

【紀批】
  求之不得之意,恍惚其詞,騷之苗裔。[4]

【今校】
（1）注文中"玉在"句,梁定本無。

（2） 無，文津閣本作"爲"。
（3） 思心，文津閣本作"思"。
（4） 朱批同。

擬四愁詩四首併序

昔張平子作《四愁詩》，體小而俗，七言類也。聊擬而作之，名曰《擬四愁詩》。其辭曰：

我所思兮在瀛洲，願爲雙鵠戲中流。牽牛織女期在秋，山高水深路無由。慭予不遘嬰殷憂，佳人貽我明月珠。何以要之比目魚，海廣無舟悵勞敏[1]。寄言飛龍天馬駒，風起雲披飛龍逝。驚波滔天馬不厲[2]，何爲多念心憂世[3]。其一

我所思兮在珠厓，願爲比翼浮清池。剛柔合德配二儀，形影一絕長別離。慭余不遘情如攜，佳人貽我蘭蕙草。何以要之同心鳥，火熱水深憂盈抱。申以琬琰夜光寶，卞和既没玉不察。存若流光忽電滅，何爲多念獨蘊結。其二

我所思兮在崑山，願爲鹿麌窺虞淵[4]。日月回耀照景天，照景，疑當作"景照"[5]。參差曠隔會無緣。慭余不遘罹百艱，佳人贈我蘇合香[6]。何以要之翠鴛鴦，懸度弱水川無梁。申以錦衣文繡裳，三光騁邁景不留。鮮矣民生忽如浮[7]，何爲多念祇自愁。其三

我所思兮在朔方，願爲飛雁俱南翔[8]。焕乎人道著三光，胡越殊心生異鄉。慭余不遘罹百殃，佳人貽我羽葆纓。何以要之影與形，增冰憂結繁華零[9]。申以日月指明星，星辰有翳日月移。駑馬哀鳴慭不馳，何爲多念徒自虧。其四

【紀批】

序未免于輕詆，詩亦未見勝本詞，此徒爲大耳。[10]

【今校】

（1） 敏，朱墨批本、趙本作"劮"，是。
（2） 厲，朱墨批本作"儷"。

（３）　世,文津閣本作"泄"。
（４）　虞,文津閣本作"魚"。
（５）　墨批無"疑"字。
（６）　"佳人"句,朱墨批底本作"佳人貽我蘇合香"。墨批貼條:
　　　　　傅玄《擬四愁詩》第三首"貽我"抄本作"贈我"。卷九第十五頁。
（７）　如,梁定本作"不"。
（８）　雁,四庫本"燕"。
（９）　墨批:
　　　　　"增"即"層"字,二字本《楚詞·天問》。
（１０）　大,擷英本作"大言"。梁定本作:
　　　　　四詩未見勝本詞,菲薄平子,徒爲大耳。

盤中詩一首

案:《滄浪詩話》列"盤中詩"爲一體,注曰:"《玉臺集》有此詩,蘇伯玉妻作,寫之盤中,屈曲成文也。"據此則此詩出處以《玉臺新詠》爲最古,當時舊本亦必明署蘇伯玉妻之名,故滄浪云爾。宋刻于題上誤佚其名,因而目錄失載(１)。馮氏校本遂改題爲傅玄詩(２),殊爲疏舛。又此詩列傅玄、張載之間,其爲晉人無疑,《詩紀》、《詩乘》並列之漢詩,亦未詳何據。(３)

山樹高,鳥鳴悲。泉水深,鯉魚肥。空倉雀,常苦饑。吏人婦,會夫稀。〔一〕出門望,見白衣。謂當是,而更非。還入門,中心悲。北上堂,西入階。急機絞,杼聲催。長嘆息,當語誰。君有行,妾念之。出有日,還無期。結巾帶,巾帶,疑當作"中帶",說見一卷枚乘《雜詩》第二首。(４)長相思。君忘妾,天知之。天,馮氏《詩紀》作"未",似於義爲長。(５)妾忘君,罪當治。(６)妾有行,宜知之。黃者金,白者玉。高者山,下者谷。〔二〕姓爲蘇(７),字伯玉。作人才多智謀足,家居長安身在蜀,何惜馬蹄歸不數(８)。羊肉千劀酒百斛(９),令君馬肥麥與粟(１０)。今時人,智不足(１１)。與其書,不能讀,當從中央周四角。

【紀批】
〔總〕　此種皆性情所至,偶爾成文,如元氣所凝,忽生芝菌,莫知其然而然,非文士所能代擬,而其人亦不復能爲第二篇。如《焦仲卿妻詩》《木蘭詩》《隴上壯士歌》《西州曲》,皆此類也。(１２)

〔一〕 起八句如諺如謠,體融比興。(13)
〔二〕 "黃者"四句蓋廋辭,不必曲爲之解。(14)

【今校】
（1） 因而,文津閣本作"因無"。
（2） 傅玄詩,四庫本作"傅玄之詩"。
（3） 整段題注墨批僅一句:
　　　此詩宋刻作傅玄。
按,殘稿本作:
　　　此詩宋刻誤作傅玄。
梁定本作:
　　　此詩蓋失作者之姓名,故但署詩題如一卷"古詩"、"古樂府"之例。宋刻目錄既誤失載,馮氏校本遂併入傅玄詩中,題爲"雜詩十九首",殊誤。案:《詩紀》、《詩乘》皆列此篇於漢詩,未詳所據何書。
按,朱墨批本題上另有"蘇伯玉妻"一行。
（4） 梁定本無注。按,朱墨批本、趙本"巾帶"作"中帶"。
（5） 墨批作:
　　　天,一作"未","未"字似勝。
按:天知之,梁定本底本作"未知之",注作:
　　　宋刻"未"作"天"。案:此詩語意和平,不應此句忽作懟詞,怵以負心之報。馮氏《詩紀》作"未"字,語意較圓,今從之。
（6） 當,文津閣本作"宜"。
梁定本有批語:
　　　"君忘妾"四句,委曲深至。
（7） 爲,文津閣本作"者"。
（8） 墨批:
　　　"何惜"句中有一折,言何惜馬蹄而乃歸不數乎。
（9） 勖,朱墨批本、四庫本、趙本作"斥"。
（10） 令,文津閣本作"今"。
（11） 智不足,文津閣本作"知四足"。
（12） 芝菌,擷英本、徐校本作"芝蘭"。整段批語梁定本作:
　　　此種詩皆性情所至,偶爾成文,如元氣凝結,忽生芝菌,莫知其然而然,非文士所能代擬,如《焦仲卿妻詩》,如《木蘭詩》,如《隴上壯士歌》,如《西州曲》,皆非當時文士之所及,而其人亦不復作爲第二篇,皆此類也。
(13) 朱批作：

　　　　如諺如謠，體融比興。
(14) 廋，稿本作"庾"，誤。

梁定本作：

　　　　"黃者金"四句蓋故爲隱語，既無可考，不必曲爲之詞。

張載

擬四愁詩四首

　　我所思兮在南巢，欲往從之巫山高。登厓遠望涕泗交，我之懷矣心傷勞。佳人遺我筒中布，何以贈之流黃素。願因飄風超遠路，終然莫致增想慕。其一

　　我所思兮在朔湄，欲往從之白雪霏[1]。登厓永眺涕泗頹[2]。我之懷矣心傷悲。佳人遺我雲中翻，何以贈之連城璧。願因歸鴻超遐隔，超，宋刻作"起"。誤。終然莫致增永積。其二

　　我所思兮在隴原，欲往從之隔秦山。秦山，宋刻作"泰山"。按：隴原在西，泰山不能相隔。《藝文類聚》作"秦山"，今從之。[3]登厓遠望涕泗連，我之懷矣心傷煩。佳人遺我雙角端，何以贈之雕玉環。願因行雲超重巒，終然莫致增永嘆。其三

　　我所思兮在營州，四愁本分屬四方，南巢在南，朔湄在北，隴原在西。此首應指東方，不應複及營州，疑爲"營丘"之訛。營丘，齊地，太公所封也。[4]欲往從之路阻脩。登厓遠望涕泗流，我之懷矣心傷憂。佳人遺我綠綺琴，何以贈之雙南金。願因流波超重深，終然莫致增永吟。其四〔一〕

【紀批】

〔一〕昭明獨錄此一章，未喻其旨。義門所說亦强爲之詞。○"雙南金"字出于此。宋祝穆《事文類聚》云出《淮南子》，《淮南子》無此文也。李善及五臣亦無注。[5]

【今校】

（1） 雪,文津閣本作"雲"。
（2） 永,文津閣本作"遠"。
（3） 梁定本注作:
> 宋刻"秦"作"泰",然隴原在西,不應隔泰山,今從《藝文類聚》。

按,朱墨批本同宋刻。
（4） "不應"以下,四庫本作:
> 而曰營州者,蓋據《爾雅·釋地》"齊曰營州"之文,非訛字也。

（5） 整段眉批殘稿本僅一句,且未見于朱墨批抄本:
> 昭明錄此一首,其實此一首亦屋下屋。

梁定本作:
> 刻畫形似,殊屬贅疣。昭明摘錄第四首亦所未喻。○"雙南金"沿爲典故,實出此詩。祝穆《事□類聚》載,"雙南金"出《淮南子》,《淮南子》無此文也。

晉惠帝時童謡歌一首[1]

鄴中女子莫千妖,前至三月抱胡腰。

【今校】

（1） 擷英本、梁定本批:
> 此實可以不錄。

朱批:
> 此種何以入集?

陸機

樂府燕歌行一首

四時代序逝不追,寒風習習落葉飛。蟋蟀在堂露盈階,念君遠遊常苦悲[1]。君何緬然久不歸,賤妾悠悠心無違。白日既没明鐙輝,寒禽赴林匹鳥棲。雙鳩關關宿河湄,憂來感物涕不晞。非君之念思爲誰,別日何早會日遲。

【紀批】

運意不出恆蹊,詞氣尚爲流美。[2]

【今校】

（1） 苦,文淵閣本作"若"。
（2） 朱批作:
　　　　此種亦是屋下屋,但詞句流美耳。
　　按,詞句,殘稿本朱批作"詞氣"。

鮑昭

代淮南王二首

淮南王,好長生,服食鍊氣讀仙經。琉璃藥碗牙作盤[1],金鼎玉匕合神丹。合神丹,戲紫房,戲,《藝文類聚》《樂府詩集》並作"賜",誤。紫房綵女弄明璫,鸞歌鳳舞斷君腸。[一]

朱城九門門九開[2],首句《樂府詩集》作"朱門九重門九闈",誤。願逐明月入君懷。[二]入君懷,結君佩,怨君恨君悵君愛。[三]築城思堅劍思利,同盛同衰莫相棄。

【紀批】

〔總〕 敖陶孫評參軍詩如饑鷹獨出,奇矯無前,當尚指七言言之,太白多從此脫胎。
〔一〕 後四句言世情不替,非仙才也。語特婉妙,不見諷刺之痕。[3]
〔二〕 "願逐"句可稱俊逸。[4]
〔三〕 "怨君"句下三字解上四字,曲入兒女之情。[5]

【今校】

（1） 藥,文津閣本作"作"。
（2） 九門,文津閣本作"九重"。

（3） 朱批作：

> 言世情不替，不得仙去也。語特婉妙。

梁定批：

> 後四句言世情不替，非仙才也，語特婉妙。○太白歌行從此種開山。

（4） 朱批作：

> 語特雋逸。

梁定本作：

> "願逐"句語特俊逸。

（5） 梁定本作：

> "怨君"句下三字解上四字。

代白紵歌詞二首⁽¹⁾

朱脣動，素袖舉。宋刻作"素腕"，《藝文類聚》作"素袖"。⁽²⁾ 案：晉《白紵舞詞》："質如輕雲色如銀，愛之遺誰贈佳人。製以爲袍餘作巾，袍以光軀巾拂塵，麗服在御會佳賓。"⁽³⁾ 則"素袖"實切"白紵"，宋刻蓋不知古不忌白而誤改⁽⁴⁾。《樂府詩集》亦與《藝文類聚》同，今從之。⁽⁵⁾ 洛陽少童邯鄲女。古稱《淥水》今《白紵》，催絃急管爲君舞。窮秋九月荷葉黃，北風驅雁天雨霜，〔一〕夜長酒多樂未央。

春風澹蕩使思多⁽⁶⁾，天色净緑氣妍和。桃含紅萼蘭紫芽，桃含，《藝文類聚》作"含桃"。朝日灼爍發園花。卷幌結幃羅玉筵⁽⁷⁾，齊謳秦吹盧女絃，千金一笑買芳年。〔二〕一，《藝文類聚》《樂府詩集》並作"顧"，誤。⁽⁸⁾

【紀批】

〔一〕 "窮秋"二句接得展拓生動，使末句倍有神理。⁽⁹⁾

〔二〕 末句語意雙關，中有人在，飴山所謂一意中含得兩三意。⁽¹⁰⁾

【今校】

（1） 朱批：

> 《燕歌》《白紵》同一疊韻之七言，而《燕歌》節婉，《白紵》調促，此歌曲、舞曲之别，可以微吟而意會之。

（2） 朱墨批本同宋刻。"宋刻"以下句梁定本作：

> 宋刻"袖"作"腕"。

（3）　佳賓,文津閣本作"嘉會"。
（4）　忌白,梁定本作"忌句",誤。
（5）　"《樂府詩集》"句,梁定本作:
　　　　今從《藝文類聚》、《樂府詩集》。
（6）　使,文津閣本作"俠"。
（7）　幃,趙本、四庫本作"帷"。
（8）　梁定本注作:
　　　　《藝文類聚》、《樂府詩集》"笑"並作"顧",誤。
　　　　按,朱墨批本、趙本"一"作"顧"。
（9）　朱批作:
　　　　渲染節候,使落句倍爲有情。
　　　　梁定本作:
　　　　"窮秋"二句渲染蕭瑟之景,使落句倍有神理。
（10）　梁定本作:
　　　　末句語意雙關,中有人在。

行路難四首⁽¹⁾

　　中庭五株桃,一株先作花。陽春妖冶二三月,隨風簸蕩落西家。西家思婦見之惋,零淚沾衣撫心歎。初送我君出户時,何言淹留節回換。牀席生塵明鏡垢,纖腰瘦削髮蓬亂。人生不得恒稱意,惆悵徙倚至夜半。〔一〕

【紀批】
〔一〕　以落花引入閨情,語特濃至,亦祇是古詩"過時而不采,將隨秋草萎"意,變爲倒入耳。⁽²⁾

【今校】
（1）　朱批:
　　　　四首歷落欹奇,自成絶調,太白多從此出藍。
（2）　梁定本批:
　　　　以落花引入閨情,語特濃至。○後半篇本屬常語,而亦無陳氣,此由風骨不同。

剗蘗染黃絲,黃絲歷亂不可治。昔我與君始相值,爾時自謂可君意。[一]結帶與我言,死生好惡不相置。"結帶"二句,《古樂府》注一作"結帶與君同,死生好惡不肯相棄置"。今日見我顏色衰,意中錯漠與先異[二](1)。還君金釵瑇瑁簪,金,《古樂府》作"玉"。(2)不忍見之益悲思。[三]

【紀批】

[一] 起二句發端奇恣,妙於"昔我"句,一直結出,不更作一過脉語。(3)
[二] "意中"句體貼入微。(4)
[三] "還君"句近乎憨矣,而曰不忍見之,固自未傷忠厚。(5)

【今校】

(1) 錯漠,文津閣本作"索莫"。
(2) 朱墨批本、趙本同《古樂府》。梁定本無注。
(3) 朱批作:

　　　發端奇逸。

　　梁定本作:

　　　起二句發端奇逸,妙于"昔我"句,一直接出,不更作一過脉語,筆墨高絶。

(4) 朱批作:

　　　七字入微。

　　梁定本作:

　　　"意中"七字摹寫入微。

(5) 梁定本作:

　　　"還君"句近乎憨矣,而云不忍見之,固自不傷忠厚。

奉君金卮之美酒,美酒,宋刻作"酒盌"(1)。案:既曰"金卮",不應複用"盌"字,今從《樂府詩集》。瑇瑁玉匣之雕琴,七采芙蓉之羽帳,九華蒲萄之錦衾。紅顏零落歲將暮,寒花宛轉時欲沉。花,《樂府詩集》作"光"。(2)願君裁悲且減思,減,宋刻作"滅"(3),誤。今從《樂府詩集》。聽我抵節行路吟。不見柏梁銅雀上,寧聞古時清吹音。[一]

【紀批】

[一] 明遠此題共十九首,此其第一首也,乃諸篇之總序,歌者之致語,別無深意。○發端驚矯,前無古人。(4)

【今校】
（１）　酒盌，四庫本作"盌酒"。按，朱墨批本同宋刻。
（２）　注文末稿本劃去"今從宋刻"，梁定本保留。
（３）　朱墨批本同宋刻。
（４）　梁定本作：
　　　　明遠此題凡十九首，此其第一首也，乃諸篇之總序，歌者之致語，但勸及時爲樂，無他深意。○發端驚矯，前無古人。
　　朱批作：
　　　　敖器之品明遠如饑鷹獨出，此首見之。

　　璚閨玉墀上椒閣，文窗繡户垂綺幙。中有一人字金蘭，被服纖羅蘊芳藿。春燕差池風散梅，開帷對影弄禽爵。"禽爵"未詳，《樂府詩集》注一作"春爵"，亦不可解。疑作"金爵"，謂釵也。曹子建《美女篇》："頭上金爵釵。"(1)含歌攬涙不能言，人生幾時得爲樂。寧作野中之雙鳧，不願雲間之別鶴。〔一〕宋刻作"寧作野中雙飛鳧，不願雲間別翅鶴"(2)，不及此二句之矯健，且"別翅鶴"三字尤湊泊，今從《樂府詩集》。

【紀批】
〔一〕　結法超妙。(3)

【今校】
（１）　"開帷"句整段注文墨批：
　　　　爵，即"雀"字。
（２）　朱墨批本同宋刻。
（３）　朱批作：
　　　　結法驚矯。

釋寶月

行路難一首

　　按：鍾嶸《詩品》以此詩爲柴廓作，述寶月攘竊之事甚詳。此仍題寶月，蓋古人詳慎，不輕采雜説也。(1)

君不見孤雁關外發，酸嘶度揚越。空城客子心腸斷，幽閨思婦氣欲絶。凝霜夜下拂羅衣，浮雲中斷開明月。[一]夜夜遥遥徒相思，年年望望情不歇。寄我匣中青銅鏡，倩人爲君除白髮。[二]行路難，行路難，夜聞南城漢使度，使我流淚憶長安。

【紀批】

〔總〕 通體流易，已爲張籍、王建開山。(2)

〔一〕 "浮雲"句清巧之至，韋蘇州之"流雲吐華月"，張子野之"雲破月來花弄影"，皆本此而變化之。(3)

〔二〕 "寄我"二句使知老之將至耳，語特深婉。(4)

【今校】

（1） 梁定本無題注。

（2） 梁定本作：

張籍、王建樂府從此一派發源。

（3） 梁定本作：

"浮雲"句寫景宛然。張子野"雲破月來"之句故是第二義矣。

（4） 朱批作：

言蕩子老尚不歸耳，措詞深婉。

梁定本作：

"寄我"二句諷其老而不歸耳，語特委婉。

陸厥

李夫人及貴人歌一首

屬車挂席塵，豹尾香煙滅。彤殿向蘼蕪，青蒲復萎絶。坐萎絶，對蘼蕪。臨丹階，泣椒塗。寡鶴羈雌飛且止(1)，雕梁翠壁網蜘蛛。洞房明月夜，對此淚如珠。

【紀批】

哀艷而有幽味，已開長吉、飛卿之先。(2)

【今校】
（1） 止，朱墨批本、趙本作"上"。
（2） 朱批作：

飛卿一派從此發脉結胎。

梁定本作：

哀艷而含幽味，昌谷、飛卿一派從此發端。

沈約

八詠二首

宋刻原注：六首在卷末[1]。

望秋月，秋月光如練。照耀三爵臺，徘徊九華殿。九華瑪瑁梁，華榱與璧璫[2]。以此雕麗色[3]，持照明月光。凝華入黼帳，清輝懸洞房。先過飛燕户，却照班姬牀。〔一〕桂宮裊裊落桂枝，露寒凄凄凝白露。上林晚葉颯颯鳴，雁門早鴻離離度。湛秀質兮似圭[4]，委清光兮如素。照愁軒之蓬影，映金階之輕步。居人臨此笑以歌，別客對之傷且慕。且慕，《藝文類聚》作"旦暮"[5]，誤。經衰圃，映寒叢。凝清夜，帶秋風。隨庭雪以偕素，與池荷而共紅。臨玉墀之皎皎，含霜靄之濛濛。輈天衢而徒步，"徒步"二字未詳，《文苑英華》作"從度"，亦不甚可解，疑爲"徒度"之訛，謂按周天之度而徒也。[6]轢長漢而飛空。隱巖崖而半出，隔帷幌而纔通。散朱庭之奕奕，入青瑣而玲瓏。閒階悲寡鵠，沙洲怨別鴻。文姬泣胡殿，文姬，宋刻作"昭姬"[7]，其誤顯然，今從《古詩類苑》本。明君思漢宫。余亦何爲者，淹留此山東。〔二〕

　　望秋月本作"登臺望秋月"。寒山趙氏以爲與後首"會圃"二字皆孝穆所删，于理爲近。《藝文類聚》亦題曰"望秋月"，蓋從《玉臺》本也[8]。

【紀批】
〔總〕　《八詠》自成一調，遂爲初唐之嵒墟。[9]
〔一〕　"先過"二句從人心生出分別，無理有情，所謂詩有別趣。[10]
〔二〕　結處先從四面攏來，一點即歸本位，筆墨自高。[11]

【今校】

（1） 文津閣本無"宋刻原注"字。朱批：

《八詠》取此二章，以此二章語涉閨閣，合此體裁耳，非以工拙爲進退也。後人附入六首，非孝穆著書之本旨。

按，合此體裁，殘稿本作"合此書體裁"。

（2） 璧，朱墨批本、趙本作"壁"。

（3） 此，朱墨批本、趙本作"茲"。

（4） 圭，朱墨批本、趙本作"規"。

（5） 旦暮，文淵閣本作"旦慕"。

（6） 訛，文津閣本作"誤"。謂，文津閣本作"蓋"。"疑爲"二句，梁定本無。

（7） 朱墨批本同宋刻。

（8） "蓋從"句，四庫本作"蓋即從此本也"。按，朱墨批本題作"登臺望秋月"。

（9） 朱批作：

《八詠》自成一調，初唐四傑之崑墟。

（10） 墨批作：

從人心生分別，語淡而奇。

（11） 墨批作：

歸到本意，拉二失意人一陪戛然竟住，筆墨自高。

梁定本作：

結四句歸到本意，引二失意人一陪即戛然而止，筆墨自高。

　　臨春風，春風起春樹。遊絲曖如網，落花雰似霧。先泛天淵池，還過細柳枝。蝶逢飛搖颺，燕值羽參差[一]。"參差"二字與下複，疑爲"差池"之訛(1)。揚桂旆，動芝蓋。開燕裾，吹趙帶。趙帶飛參差，燕裾合且離。回簪復轉黛，顧步惜容儀。容儀已照灼，春風復回薄。氛氳桃李花，青跗含素萼(2)。既爲風所開，復爲風所落。[二]搖綠蔕(3)，枕紫莖。"枕"字不可解，馮氏《詩紀》作"抗"，亦不可解(4)。案：左思《吳都賦》曰："扤白蔕，衛朱蕤。"(5)許慎《説文》曰："扤(6)，動也。"李善《文選》注亦訓"扤"爲搖(7)，疑爲"扤"字之誤(8)。舞春雪，雜流鶯。曲房開兮金鋪響，金鋪響兮妾思驚。梧桐未陰，淇川始碧。[三]始，宋刻作"如"(9)，誤。迎行雨于高唐，送歸鴻於碣石。經洞房，響素紈(10)。感幽閨，思幃帟。想芳園兮可以遊，"芳園"下宋刻誤脱"兮"字。念蘭翹兮漸堪摘。拂明鏡之冬塵,解羅衣之秋襞。既鏗鏘以動佩,又氤氳而流麝。始摇蕩以入閨,終徘徊而緣隙。鳴珠簾于繡户,散芳塵于綺席。是時悵思婦[11],安能久行役。佳人不在兹,春風爲誰惜。

臨春風本作"會圃臨春風"[12],説見《望秋月》條下。

【紀批】

〔一〕 "參差"字太複。[13]

〔二〕 "既爲"二句託興深微。[14]

〔三〕 "梧桐"八字可云清麗芊眠。[15]

【今校】

（1） 梁定本無注。朱墨批本、趙本"參差"作"差池"。
（2） 跗,朱墨批本、趙本作"柎"。
（3） 蔕,朱墨批本、趙本作"帶"。
（4） 抗,文淵閣本作"杭"。

墨批貼條:

抗紫莖,抄本作"枕紫莖",故尚有"'枕'字再校,疑是'拂'字"墨筆八字。

按:朱墨批本原文作"抗紫莖",而殘稿本底本原文作"枕紫莖"。吴注:"'枕',一作'抗'。"殘稿本墨批:"'枕'字再校,疑是'拂'字。"抄本貼條當是對此情形的解説。

（5） 銜,梁定本誤作"御"。
（6） 許慎《説文》曰,梁定本作"《説文》"。扤,文津閣本作"抗"。
（7） 李善《文選》,梁定本作"李善"。"李善"句末,稿本劃去"與《説文》同義"。
（8） 疑爲,四庫本作"疑"。
（9） 朱墨批本同宋刻。
（10） 素紈,朱墨批本、趙本作"紈素"。
（11） 婦,文津閣本作"歸"。
（12） 朱墨批本同。
（13） 梁定本無批語。
（14） 墨批作:

託興深微。

(15) 梁定本無批語。

春日白紵曲一首

蘭葉參差桃半紅,飛芳舞縠戲春風。翡翠羣飛飛不息,願在雲間長比翼。[1]

【今校】
(1) 朱批:
　　　後四句武帝所製。
　　按:後四句或爲"後二句",殘稿本將"四"描改爲"二"。吴兆宜注:
　　　一有"佩服瑶草駐容色,舜日堯年歡無極"。案:茂倩《樂府》有上四句,疑孝穆所删。

秋日白紵曲一首

白露欲凝草已黄,金管玉柱響洞房[1]。雙心一影俱回翔,吐情寄君君莫忘[2]。案:《古今樂録》曰[3]:"沈約云:《白紵》五章,勑臣約造,武帝造後兩句。"《樂府》載《春白紵詞》曰:"蘭葉參差桃半紅,飛芳舞縠戲春風。如嬌如怨狀不同,含笑流盼滿堂中[4]。翡翠羣飛飛不息,願在雲間長比翼。佩服瑶草駐容色,舜日堯年歡無極。"《秋白紵詞》曰:"白露欲凝草已黄,金管玉柱響洞房。雙心一影俱回翔,吐情寄君君莫忘。翡翠羣飛飛不息[5],願在雲間長比翼。佩服瑶草駐容色,舜日堯年歡無極。"與此所載皆不同,或爲孝穆所删取[6],或爲後人所竄易[7],或爲傳寫所訛脱,均無顯證。不欲輕改舊本,姑仍宋刻所載,而附識其異同如右。

【今校】
(1) 管,朱墨批本、趙本作"琯"。
(2) 梁定本批:
　　　"雙心"二句語亦旖旎。○《樂府》所載"如嬌如怨"二句蓋自《楚詞》"滿堂兮美人,忽與余兮目成"二句化出。
(3) 古今樂録,稿本、擷英本作"古今樂府",據梁定本、四庫本改。
(4) 流盼,文淵閣本作"流芬",文津閣本作"流昐"。
(5) 息,文津閣本作"香",誤。
(6) 爲,文津閣本作"謂"。

（7）　竄易，文津閣本作"竄改"。

吳均

行路難二首[1]

　　君不見上林苑中客，冰羅霧縠象牙席。盡是得意忘言者，探腸見膽無所惜。白酒甜鹽甘如乳，綠觴皎鏡華如碧。少年持名不肯嘗，"甜鹽"字、"持名"字，諸本並同，殊不可解[2]，以上下文義推之，疑"甜鹽"當作"甜釀"，"持名"當作"持盃"。[3]安知白駒應過隙。博山鑪中百和香，鬱金蘇合及都梁。逶迤好氣佳容貌[4]，經過青瑣歷紫房。已入中山陰后帳，陰后，《樂府詩集》作"馮后"。案：《漢書‧外戚傳》雖載馮昭儀爲中山太后，然中山陰后《戰國策》亦有明文，既義可並存，即不必輕改舊本[5]。復上皇帝班姬牀。梁代詩人不應泛稱漢成爲皇帝，疑爲"漢帝"之訛。[6]班姬失寵顔不開，奉帚供養長信臺[7]。日暮耿耿不能寐，秋風切切四面來。玉階行路生細草，金鑪香滅變成灰[8]。得意失意須臾頃，非君方寸逆所裁。

【紀批】
　　前幅言榮華不常，後幅以宮闈之內得意失意指點之，末二句結明本旨。首尾意本相貫，惟"博山"數句逗笱太突，遂若詞不相屬。[9]

【今校】
（1）　朱批：
　　　　二篇疏暢，已啓唐風。
（2）　殊不可解，文淵閣本作"皆不可解"。
（3）　"白酒"、"少年"二句墨批：
　　　　"鹽"疑作"釀"。○"名"疑作"盃"。
（4）　朱批：
　　　　"好氣"字未雅。
（5）　舊本，文津閣本作"舊文"。注文末稿本劃去"今仍從宋刻"，梁定本保留。
（6）　訛，文津閣本作"誤"，文淵閣本作"說"。

"復上"句朱批：

"皇帝"二字未詳，疑作"漢帝"。

（7） 墨批：

"臺"字趁韻。

（8） 滅，朱墨批本、趙本作"炭"。

（9） 朱批僅一句：

結出本旨。

梁定本作：

前幅言榮華不常，後幅以宮闈之內得寵失寵指點之，末二句結明本旨。首尾意本相貫，惟"博山"數句接筍太突，遂若詞不相屬。

洞庭水上一株桐，經霜逐浪困嚴風(1)。昔時抽心耀白日，今旦臥死黃沙中。洛陽名工見咨嗟，工，《文苑英華》作"士"，誤，今從《藝文類聚》。一剸一刻作琵琶。白璧規心學明月，珊瑚映面作風花。帝王見賞不見忘，提攜把握登建章。掩抑摧藏張女彈，殷勤促柱楚明光。年年月月對君子，子，《文苑英華》作"王"。案：此詩皆隔句用韻，不應此句獨疊一韻(2)。遙遙夜夜宿未央。未央綵女棄鳴篪，未央綵女，《文苑英華》作"綵女宮娥"，誤(3)。爭先拂拭生光儀。光，《文苑英華》作"見"；生，《文苑英華》作"爭"，並誤。(4)茱萸錦衣玉作匣，安念昔日枯樹枝。不學衡山南嶺桂，至今千年猶未知(5)。〔一〕

【紀批】

〔總〕 純寓升沉之感，音節疏暢，已露唐人風氣。(6)

〔一〕 結有激而反言之，不曰桂不為桐，而曰桐不為桂，着筆深刻。(7)

【今校】

（1） 逐，朱墨批本、趙本作"觸"。

（2） "不應"句，梁定本作"不應獨此句一疊"。注文末稿本劃去"今仍從宋刻"，梁定本保留。

（3） 梁定本無"誤"字。

（4） 注文末稿本劃去"今從宋刻"。梁定本作：

《文苑英華》"先"作"見"，"生"作"爭"，並誤，今從宋刻。

按，朱墨批本、趙本"先"作"見"。

（5） 千，文津閣本誤作"十"。
（6） 朱批作：
> 升沉之感。

梁定本作：
> 疏暢。已啓唐調。長慶一派隱於此種胚胎矣。

（7） 朱批作：
> 佳在"不學"二字，以反言見意，若作"不知"便是常語。

梁定本作：
> 結出升沉之感，妙于"不學"二字有激而反言之，若說"人不知桂"、"桂不見知"便爲常語。

張率

擬樂府長相思二首

　　長相思，久離別，美人之遠如雨絶。獨延佇，心中結。望雲去去遠，望鳥飛飛滅。《樂府詩集》作"望雲雲去遠，望鳥鳥飛滅"。空望終若斯，珠淚不能雪。

　　長相思，久別離。所思何在若天垂，鬱陶相望不得知。玉階月夕映，宋刻"羅帷"上誤重"羅帷"二字[1]，今從《藝文類聚》。羅帷風夜吹[2]。長思不能寢，坐望天河移。

【紀批】
　　梁武造《江南弄》等曲，長短句相錯成文，音節靡曼，樂府之體大變，遂爲詩餘之遠祖。此二首即當時之體，太白《菩薩蠻》《憶秦娥》等詞又踵此變之，說者疑詞譜所偽托，由未究其源流耳。[3]

【今校】
（1） 二"帷"字，四庫本作"幃"。梁定本注作：
> 宋刻此下有"羅帷"二字。

按，朱墨批本、趙本同宋刻。
（2） 帷，四庫本作"幃"。

（3） 墨批作：

此亦靡靡之音，而在當日已爲古調，故題曰"擬"。

按：在當日，殘稿本作"于當日"。

梁定本作：

梁武造《江南弄》等曲，長短句相錯成文，音節靡曼，樂府之體大變，此皆其承流而作者。蓋樂府之旁支，而詩餘之遠祖也。太白《菩薩蠻》《憶秦娥》等詞又踵此而變之，後人疑爲詞譜所僞託，由未究其源流耳。

白紵歌詞二首

歌兒流唱聲欲清，舞女趁節體自輕。歌舞並妙會人情[一]，依絃度曲婉盈盈，揚蛾爲態誰目成。[二]

妙聲屢唱輕體飛，流津染面散芳菲(1)。俱動齊息不相違[三]，令彼嘉客澹忘歸(2)，時久玩夜明星稀。

【紀批】

[一] "會人情"三字入微。(3)

[二] 末句妖冶之極，而語不傷雅。(4)

[三] "俱動"句，摹神之筆。(5)

【今校】

（1） 染，梁定本作"滿"。

（2） 澹，朱墨批本、四庫本作"憺"。

（3） 朱批同。

（4） 墨批：

"揚蛾"七字極冶而不覺其褻。

梁定本作：

"揚蛾"句妖冶之極而不覺其褻。

（5） 朱批作：

七字摹神。

梁定本作：

"俱動"七字摹神之筆。

費昶

行路難二首

　　君不見，長安客舍門，倡家少女名桃根。貧窮夜紡無燈燭，何言一朝奉至尊。至尊離宮百餘處，千門萬戶不知曙。惟聞啞啞城上烏，玉闌金井牽轆轤(1)。丹梁翠柱飛屠蘇，香薪桂火炊雕胡。當年反覆無常定(2)，薄命爲女何必麤。〔一〕何必，《文苑英華》作"心已"，又注一作"必已"，並誤。麤者，輕賤之意。"麤婢"、"麤官"，唐人尚有此語。"何必麤"者，言雖薄命爲女，亦何必定輕賤也。(3)

　　君不見，人生百年如流電，心中堛壙君不見。我昔初入椒房時，詎減班姬與飛燕。朝踏金梯上鳳樓(4)，踏，宋刻作"踰"(5)，誤。今從《文苑英華》。暮下瓊鉤息鸞殿。下，《文苑英華》作"入"，誤。柏梁晝夜香(6)，錦帳自飄揚。笙歌棗下曲，棗下曲，宋刻及《文苑英華》並作"膝上吹"，今從馮氏校本注。(7)琵琶陌上桑。過蒙恩所賜，蒙，《文苑英華》作"叨"。餘光曲霑被。既逢陰后不自專，復值程姬有所避。黃河千年始一清，微軀再逢永無議。"議"字未詳，《文苑英華》作"義"，亦未詳。蛾眉偃月徒自妍(8)，傅粉施朱欲誰爲。不如天淵水中鳥，雙去雙歸長比翅。〔二〕鳥，《文苑英華》作"梟"。(9)

【紀批】

〔一〕　即吳均"洞庭水上"一首之意。
〔二〕　即吳均"上林苑中"一首之意。〇二首相足見意。(10)

【今校】

（1）　闌，朱墨批本、趙本作"欄"。
（2）　反，朱墨批本、趙本作"翻"。
（3）　"薄命"句整段注文朱批僅：
　　　　末句未詳。
（4）　朝踏，梁定本底本作"朝踰"，與"暮下"句合注爲：
　　　　《文苑英華》"踰"作"踏"，"下"作"入"。
（5）　朱墨批本同宋刻。

（6） 梁，朱墨批本、趙本作"臺"。
（7） 朱墨批本同宋刻。梁定本注作：
　　宋刻及《文苑英華》"棗下"並作"膝下"，殊不可解，今從馮氏校本。
（8） 蛾，文津閣本作"修"。
（9） 此注文梁定本、四庫本在"不如"句下。
（10） 墨批作：
　　二首相足見意。
　　梁定本同墨批。

皇太子聖製

烏栖曲四首

宋刻原注：簡文。⁽¹⁾

芙蓉作船絲作絆，北斗橫天月將落。采桑渡頭礙黃河，桑，宋刻作"蓮"⁽²⁾。案：《樂府詩集》"采桑度"條下："《采桑度》⁽³⁾，梁時作。《水經》曰：'河水過屈縣西南爲采桑津⁽⁴⁾，《春秋·僖公八年》晉里克敗狄于采桑是也。'梁簡文帝《烏栖曲》曰：'采桑渡頭礙黃河，郎今欲渡畏風波。'"⁽⁵⁾《藝文類聚》亦作"采桑"，然則宋刻爲誤⁽⁶⁾。郎今欲渡畏風波⁽⁷⁾。

【紀批】
其音哀以思。⁽⁸⁾

【今校】
（1） 文津閣本題注無"宋刻原注"字。
（2） 朱墨批本同宋刻。
（3） 度，梁定本作"渡"。
（4） 屈縣，四庫本作"曲縣"。
（5） 僖公八年，擷英本作"僖公元年"，誤。郎，四庫本作"即"。
（6） 宋刻爲誤，四庫本作"'采蓮'爲誤"。
（7） 郎，四庫本作"即"。

（8）朱批：

齊梁五言綺靡至極，而七言乃往往遒健深厚，爲唐人之胚胎。此如五季之詩至萎弱，而詩餘乃爲詞家之祖。

浮雲似帳月成鉤，那能夜夜南陌頭。宜城醞酒今行熟，按：《周禮·酒正》"五齊"條下鄭玄注曰："泛者，成而滓浮，泛泛然如今宜成醪矣。"賈公彥疏曰："宜成，說У以爲地名。曹植《酒賦》曰：'宜成醴醪，蒼梧縹青。'若馬融所云'今之宜成、會稽稻米清'[1]，似宜成以爲酒名[2]。故劉杳《要雅》亦以'宜成'爲酒名，二者未知孰是。"據此則"宜城"當作"宜成"。○醞酒，《樂府詩集》作"投泊"，宋刻作"醯酒"，並誤，今從《文苑英華》。○行[3]，《文苑英華》作"夜"。○《康熙字典》"投"字注曰："酒再釀曰'酘'，亦作'投'。《字林》：'重釀也。'梁元帝樂府'宜城投酒今行熟'。"案：賈思勰《齊民要術》造酒法，"凡以米入麴皆謂之酘。有自初酘至十酘者"。則謂醞爲酘，實六朝之語。似《英華》"醞"字乃"酘"字之訛；《樂府》"泊"字乃"酒"字之誤。但"宜城"作"宜成"，"梁簡文帝"作"元帝"，未詳何本。併附識之以備考。**莫惜停鞍暫棲宿**。莫惜停鞍，宋刻作"停鞍繫馬"，今從《文苑英華》。[4]

【今校】

（1）會稽，文津閣本作"爲稽"。

（2）"似宜"句，文淵閣本作"則以宜成爲酒名"。

（3）"行"以下注文，四庫本作：

行，《文苑英華》作"夜"。按：賈思勰《齊民要術》造酒法，"凡以米入麴皆謂之酘。有自初酘至十酘者。"則謂醞爲酘，實六朝之語。似《文苑英華》"醞"字乃"酘"字之訛；《樂府》"泊"字乃"酒"字之誤。併附識以備考。

"行"以上注文，梁定本無。"行"以下注文，梁定本作：

《文苑英華》"行"作"夜"，義可兩存。《樂府詩集》："醞酒"作"投泊"，誤，宋刻作"醯酒"，亦誤。案：《康熙字典》"投"字注曰："酒再釀曰'酘'，亦作'投'。《字林》：'重釀也。'梁元帝樂府'宜城投酒今行熟'。"則《英華》"醞"字乃"酘"字之誤，《樂府》"泊"字乃"酒"字之誤。但"宜城"作"宣城"，簡文作元帝，未詳何本。今姑從《英華》本，而附識《字典》之說以備考。

（4）朱墨批本同宋刻。梁定本注作：

宋刻作"停鞍繫馬暫棲宿"，今從《文苑英華》。

全詩梁定本批：

青牛丹轂七香車,可憐今夜宿倡家。倡家高樹烏欲棲⁽¹⁾,羅帷翠帳向君低。〔一〕⁽²⁾ 向,《文苑英華》作"任"⁽³⁾。

【紀批】
〔一〕 末二句妖曼動魂,所謂靡靡之音。⁽⁴⁾

【今校】
（1） 烏,文淵閣本作"鳥"。
（2） 帷,朱墨批本、梁定本、四庫本作"幃"。
（3） 注文末梁定本有"誤"字。
（4） 朱批作:
　　情致宛然,此爲妖曼之音。

織作屏風銀屈膝⁽¹⁾,朱脣玉貌鐙前出⁽²⁾。相看氣息望君憐,誰能含羞不自前。〔一〕 自,《文苑英華》作"向",誤。

【紀批】
〔一〕 末句蕩冶之極,而終不似韓偓《香奩集》之猥鄙。終是古人身分。⁽³⁾

【今校】
（1） 作,朱墨批本、趙本作"成"。
（2） 貌,朱墨批本、趙本作"面"。
（3） 梁定本作:
　　末句蕩冶之極,然終不似韓偓《香奩》之猥褻。古人身分究竟不同。

雜句從軍行一首

雲中亭障羽檄驚,甘泉烽火通夜明。貳師將軍新築營,營,宋刻作"城",韻與下複,今從《藝文類聚》。嫖姚校尉初出征。復有山西將,絶世愛雄名。愛,宋刻作"受"⁽¹⁾,誤,今從《藝文類聚》。三門應遁甲,五壘學神兵。白雲垂斾色[2],斾,宋刻作"陣",誤,今從《藝文類聚》。蒼山答鼓聲。邐迤觀鵝翼,參差睹雁行。"邐迤"二句《文苑英華》在"侍婢"句下[3],誤。先平小月陣,却滅大宛城。善馬還長樂,黃金付水衡。小婦趙人能鼓瑟,侍婢初筓解鄭聲。庭前柳絮飛欲合。柳絮,宋刻作"桃花",《文苑英華》作"柳花"。欲,宋刻及《文苑英華》並作"已"。今從《藝文類聚》。[4]必應紅妝起見迎。起見,《藝文類聚》《文苑英華》並作"來起"。[5]

【紀批】
　　四傑體段已具。○齊梁五言,大抵以塗澤相高。而七言諸作,乃長篇頗見風骨,短詠亦多情韻。蓋五言承積衰之後,尚極而未反,七言爲初變之時,正發而將盛。亦如唐末五代詩格靡靡,而詩餘小令乃爲填詞家不祧之祖。風會所趨,雖作者不知所以然也。○一結出人意表。[6]

【今校】
（１）　朱墨批本同宋刻。
（２）　垂斾,朱墨批本、趙本作"隨陣"。
（３）　梁定本作:
　　　　此二句《文苑英華》在"侍兒"句下。
　　　　按,"侍兒"當作"侍婢"。
（４）　朱墨批本同宋刻。"庭前"句梁定本底本作"庭前桃花飛已合",梁注爲:
　　　　《藝文類聚》"庭前柳絮飛欲合",《文苑英華》惟"桃花"作"柳花"。
（５）　梁定本無注。
（６）　墨批作:
　　　　已純是四傑吐屬,所謂有開必先。
　　朱批作:
　　　　《從軍行》如此作結,可謂掃除一切。
　　梁定本作:
　　　　四傑體段已具,初唐派至是始成。○齊梁人五言詩,大抵以塗澤相高。而七言詩,乃長篇頗見風骨,短作亦饒情韻。蓋五言處積衰之後,猶極而未返之餘,而七言當初變之時,正發而將盛之候也。亦如唐末五代之詩卑不足言,而詩餘小令乃爲填詞家不祧之宗。風會所趨,作者亦不知其然也。○一結出人意表。

和蕭侍中子顯春別四首

宋刻原注：七言[1]。

　　別觀葡萄帶實垂，江南豆蔻生連枝。無情無意猶如此，猶,《藝文類聚》作"又",誤。有心有恨徒別離。[一]
　　蜘蛛作絲滿帳中，芳草結葉當行路。紅臉脉脉一生啼，黃鳥飛飛有時度。故人雖故昔經新，新人雖新復應故。[二]
　　可憐淮水去來潮，春堤楊柳覆河橋。[三]淚跡未燥詎終朝[2]，行聞玉佩已相要。
　　桃紅李白若朝妝，羞持魌頜比新芳。芳,宋刻作"楊"[3],誤,今從《藝文類聚》。不惜暫住君前死，愁無西國更生香。[四]

【紀批】

〔一〕即古詩"兔絲從長風"一首之意，衍爲七言，未免雷同剿説。[4]
〔二〕末二句固是快語，然病正在快，不及徐孝穆"曾經新代故，哪惡故迎新"句。[5]
〔三〕潮有去來以興蕩子，柳覆河橋所以自興，已含得後二句甫別即忘之意。[6]。
〔四〕此太竭情。[7]

【今校】

（1）文津閣本無"宋刻原注"字。
（2）燥,朱墨批本、趙本作"燈"。
（3）朱墨批本同宋刻。
（4）剿説,擷英本作"剿從"。
　　　殘稿本朱批：
　　　　綽有古意。
　　　梁定本批：
　　　　以古詩"兔絲從長風"一首衍爲七言，未免太涉剿襲。
（5）梁定本作：
　　　　結二句淡寫入情。
（6）朱批作：
　　　　有情景。

梁定本作：
> 起二句有情景。

（7） 墨批同。

雜句春情一首

蝶黃花紫燕相追，楊低柳合路塵飛。[一]已見垂鉤挂綠樹，誠知淇水沾羅衣。兩童夾車問不已，五馬城南猶未歸。鶯啼春欲駛，無爲空掩扉。

【紀批】

〔一〕 起二句宛然如畫。(1)

【今校】

（1） 朱批作：
> 好句如畫。

擬古一首

窺紅對鏡斂雙眉，含愁拭淚坐相思。念人一去許多時，眼語笑靨迎來情，心情心想甚分明(1)。憶人不忍語，含恨獨吞聲(2)。

【紀批】

欲以本色效古，而不覺流爲俚詞，所謂壽陵餘子並其故步失之，匍匐而歸者也。(3)

【今校】

（1） 心情，四庫本、朱墨批本、擷英本、趙本作"心懷"。朱墨批本有墨批貼條：
> "心懷"，抄本作"心情"。

（2） 含恨，朱墨批本、梁定本、趙本作"銜恨"，四庫本作"含淚"。
（3） 朱批作：
> 此首却鄙。

梁定本作：
> 用本色却嫌太質。○"念人"句、"眼語"句、"心情"句俱嫌凡鄙。

倡樓怨節一首

宋刻原注：六言[1]。

朝日斜來照户，春鳥爭飛出林。片光片影皆麗，一聲一囀煎心。上林紛紛花落，淇水漠漠苔浮。年馳節流易盡，何爲忍憶含羞。憶，《藝文類聚》作"意"。

【紀批】

情韻殊爲嫵媚，齊梁小詩不以格論，所謂言各有當也。[2]

【今校】

（1） 文津閣本題注無"宋刻原注"字。六言，梁定本作"六首"，誤。
（2） 朱批作：
> 嫵媚宜人。

梁定本作：
> 情韻殊爲嫵媚，齊梁小詩不以格論也。

湘東王

春別應令四首[1]

宋刻原注[2]：七言。○"湘東王"又不書名，蓋偶然竄易未盡也。

昆明夜月光如練，上林朝花色如霰。花朝月夜動春心，誰忍相思不相見。不相，《藝文類聚》作"今不"。

試看機上交龍錦，交，《藝文類聚》作"蛟"，誤。還瞻庭前合歡枝[3]。映日通風影珠幔，珠，宋刻作"朱"。案：王融《詠幔詩》曰："幸得與珠綴，羃麗君之楹。"則以珠綴幔，故曰"珠幔"，作"朱"爲非，今從《藝文類聚》。飄花拂葉度金墀⁽⁴⁾。不聞離人當重合,惟悲合罷會成離。

門前楊柳亂如絲,直置佳人不自持。適言新作裂紈詩,誰悟今成織素詞。

日暮徙倚渭橋西,正見涼月與雲齊。涼,《藝文類聚》作"流"。⁽⁵⁾若使月光無近遠,應照離人今夜啼。夜,《藝文類聚》作"暝",誤。

【今校】

(1) 朱批:
　　此四首不及簡文。
　梁定本批:
　　不及簡文所作。
(2) 文津閣本題注無"宋刻原注"字。
(3) 前,朱墨批本、梁定本、趙本作"裏"。
(4) 墀,朱墨批本、趙本作"池"。
(5) 注文末梁定本有"誤"字。

蕭子顯

春別四首

翻鶯度燕雙比翼,楊柳千條共一色⁽¹⁾。共,《藝文類聚》作"同"。但看陌上攜手歸,誰能對此空相憶。〔一〕相,《藝文類聚》作"中"⁽²⁾,誤。

幽宮積草白芳菲,黃鳥芳樹情相依。爭風競日常聞響,競,《藝文類聚》作"竟",誤。⁽³⁾重花疊葉不通飛。當知此時動妾思,慇使羅袂拂君衣。〔二〕《藝文類聚》"慇"作"蹔","羅"作"罷","君"作"臣",並誤。

江南大道日華春,垂楊掛柳掃清塵。淇水昨送淚霑巾,紅妝宿昔已應新。〔三〕

銜悲攬涕別心知⁽⁴⁾,桃花李花任風吹⁽⁵⁾。本知人心不似樹,何意人別似花離。〔四〕

【紀批】

〔一〕 純用對照之法。⁽⁶⁾

〔二〕 末句非寫嬌羞,正寫掩抑。(7)

〔三〕 末二句回想深閨癡情紆折,簡文和作以"行聞玉佩"一語與之對針,似未喻其用意之曲。(8)

〔四〕 與元帝所作第四首已均有後來《竹枝》風味。

【今校】

（1） 共,梁定本作"同",但注文仍同稿本。

（2） 朱墨批本、趙本同《藝文類聚》。

（3） 梁定本無注。

（4） 涕,文淵閣本作"淚"。

（5） 花,朱墨批本、趙本、梁定本作"色"。

（6） 梁定本作:

　　　　對照有致。

（7） 梁定本作:

　　　　末句非寫嬌羞身分,正寫掩抑情懷也。

（8） 朱批作:

　　　　紆紆曲曲,深情宛轉。

　　梁定本作:

　　　　末句鬱鬱紆紆,無限深情。

樂府烏栖曲應令二首

握中清酒瑪瑙鍾,清酒,宋刻作"酒杯"。按:既曰"杯"又曰"鍾",于文爲複,今從《文苑英華》。(1)裾邊雜佩琥珀龍。龍,馮氏校本注一作"紅"。案:史游《急就篇》曰:"繫臂琅玕虎魄龍。"顏師古注曰:"言以虎魄爲龍,并取琅玕繫著臂肘,取其媚好且珍貴也。"此句蓋用此典。"琥珀"即"虎魄"字異文耳。然則"紅"字爲不知,誤改矣。(2)欲持寄君心不惜,欲,《樂府詩集》作"虛",誤。君,《文苑英華》作"心",義可兩存。(3)共指三星今何夕。(4)

濃黛輕紅點花色(5),還欲令人不相識。金壺夜水詎能多,夜水,《藝文類聚》作"夜永",《文苑英華》注一作"此夜",並誤(6)。詎,宋刻作"誰",誤,今從《文苑英華》注。多,《藝文類聚》作"過",誤。(7)莫持奢用比懸河。〔一〕持,《文苑英華》作"恃",誤。奢,宋刻作"賒",誤,今從《藝文類聚》。比,《文苑英華》作"此",誤。(8)

【紀批】

〔一〕 此首過于做作。(9)

【今校】

（１） 梁定本作：

> 宋刻"清酒"作"酒杯"，於"鍾"字爲複，今從《藝文類聚》。

按，朱墨批本同宋刻。

（２） "裾邊"句整段注文墨批作：

> 吳氏注曰：史游《急就篇》"繫臂琅玕琥珀龍"，別本改爲"琥珀紅"，誤。

梁定本作：

> 龍，馮氏校本注一作"紅"。案：吳氏注引史遊《急就篇》"繫臂琅玕琥珀龍"，顏師古注曰："言以琥珀爲龍，并取琅玕繫著臂肘，取其媚好且珍貴也。"然則"紅"字爲不知，誤改矣。

（３） 注文中"誤"字、"義可兩存"字，梁定本並無。

（４） 此首梁定本批：

> 此有情致。

（５） 濃，朱墨批本、趙本作"淚"。輕紅，朱墨批本、趙本作"紅輕"。

（６） "並誤"，梁定本作"義可兩存"。

（７） 注文末稿本劃去"今從宋刻"，梁定本保留。按，朱墨批本同宋刻。

（８） 朱墨批本同宋刻。梁定本注作：

> 《文苑英華》"持"作"恃"，"比"作"此"，並誤，今從宋刻。宋刻"奢"作"賖"，誤，今從《藝文類聚》。

（９） 梁定本作：

> 此首用意而不工。

燕 歌 行

風光遲舞出青蘋，蘭條翠鳥鳴發春。洛陽梨花落如雪，河邊細草細如茵。《文苑英華》"落"作"白"，"細"作"青"。(1) 吳氏注本下"細"字作"組"，于義爲愜，而未詳所本(2)。桐生井底葉交枝，今看無端雙燕離(3)。五重飛樓入河漢，九華閣道暗清池。還看白馬津上吏，傳道黃龍征戍兒。明月金光徒照妾，徒，《文苑英華》作"從"。浮雲玉葉君不知。思君昔去柳依依,至今八月避暑歸。明珠蠶繭勉登機,鬱金香薷持香衣。上"香"字《文苑英華》作"春"。⁽⁴⁾洛陽城頭雞欲曙,丞相府中烏未飛。夜夢征人縫狐貉,私憐織婦裁錦緋。吳刀鄭緜絡⁽⁵⁾,緋,《文苑英華》作"絡"。絡,《文苑英華》作"結"。案:《楚詞·招魂》:"秦篝齊縷,鄭緜絡此。"則"結"字為誤。下韻既不作"結",則上句作"絡"亦誤矣。⁽⁶⁾寒閨夜被薄。芳年海上水中鳧,日暮寒夜空城雀⁽⁷⁾。〔一〕

【紀批】

〔總〕 七言之體至鮑參軍而始變,然迄六代無和者。迨唐乃有李、杜、韓諸公起而應之,餘則自齊梁以至唐人皆用此格。盧、王諸公變而宏麗,摩詰諸公變而高秀,嘉州諸公變而雄峭,香山諸公變而流易,昌谷諸公變而幽艷,飛卿諸公變而婉孌,不過才分不同,興趣各異,其音節則未之改也。此詩置之初唐、盛唐之間,未見必能辨別,概以"齊梁蟬噪"揮斥之,恐亦興到之言也。⁽⁸⁾

〔一〕 結法波峭。⁽⁹⁾

【今校】

（１） 梁定本作:

　　《文苑英華》"落"作"向","細草"作"青草"。

　　按:梁定本此二校語各在"洛陽"、"河邊"兩句之下。"向"當是"白"之誤。

（２） 所本,梁定本作"所據"。

（３） 看,文津閣本作"著"。

（４） 梁定本作:

　　《文苑英華》"香薷"作"春薷"。

（５） 緜,梁定本作"棉"。

（６） "私憐"、"吳刀"二句梁定本注作:

　　《文苑英華》"緋"作"絡","絡"、"結",並誤。《楚詞·招魂》:"秦篝齊縷,鄭棉絡此。"此可互證也。

（７） 雀,文津閣本作"居"。

（８） 梁定本作:

　　七言之體至鮑參軍《行路難》而變,然迄六代無和者。迨唐李、杜、韓諸公乃遙應而大變之,餘則摩詰諸公變而高秀,嘉州諸公變而雄峭,香山、微之諸公變而平易,飛卿、昌谷諸公變而幽艷,不過才分不同,興趣各異,其格則皆未變也。如此詩置之初唐、盛唐之間,未見必能辨別,一概以"齊梁蟬噪"揮斥之,豈通論哉?

(9) 朱批作:

  結好。

王筠

行路難一首

  千門皆閉夜何央,百憂俱集斷人腸。探揣箱中取刀尺,拂拭機上斷流黃。情人逐情雖可恨,復畏邊遠乏衣裳。[一]復畏邊遠,《文苑英華》作"傷畏邊遠",誤。(1)已纑一蠒催衣縷,纑,《文苑英華》作"繩",誤。復擣百和裹衣香。猶憶去時腰大小,不知今日身短長。[二]裲襠雙心共一抹,袙複兩邊作八襹(2)。襻帶雖安不忍縫,縫,《文苑英華》作"繫"。開孔裁穿猶未達。胸前却月兩相連,本照君心不照天。願君分明得此意,勿復流蕩不如先。[三]含悲含怨判不死,封情忍思待明年。

【紀批】

〔一〕"情人"二句,所謂"怨悱而不亂"。(3)
〔二〕"猶憶"二句,太犯玄暉。(4)
〔三〕"裲襠"八句,從製衣宛轉生情,瑣屑入妙。○張揖《廣雅》曰:"裲襠謂之袙複。"此既曰"裲襠",又云"袙複",疑張揖誤合二名為一物也。(5)

【今校】

(1) 四庫本作:

  復,《文苑英華》作"傷",誤。

梁定本作:

  《文苑英華》"復"作"傷","道"作"邊",誤。

按:"復畏"句,梁定本底本作"復畏道遠乏衣裳"。

(2) 袙,朱墨批本、趙本作"袘"。

（3） 墨批作：

　　二語忠厚。

梁定本作：

　　"情人"二句，溫厚之言，情理兼到，所謂"怨悱而不亂"。

（4） 梁定本：

　　"猶憶"二句，太犯玄暉《擣衣》，殆偶然不檢而暗合也。

（5） 朱批作：

　　瑣屑入妙。

墨批作：

　　從製衣宛轉生情，妙在可解不可解之間，興象玲瓏，開詞曲家多少悟門。

梁定本作：

　　"裲襠"六句，從製衣宛轉生情，瑣屑入妙。

劉孝綽

元廣州景仲座見故姬一首

　　案：此詩語意，不似孝綽自作。疑孝綽于元景仲座見故姬，而王筠嘲之。宋刻因題上有孝綽姓名，時代先後又適與王筠相接，遂誤以爲孝綽作，而目錄別出一條耳。《詩紀》注一作"代人詠見故姬"，則又明人覺其未安而改之[1]。然"代"字仍未安也。[2]

　　留故夫，"留"字未詳。[3] 不時崛。別待春山上，相看采蘼蕪。

【紀批】

　　新故之怨，座上不欲明言，故待之他日。用意委曲而忠厚。[4]

【今校】

（1） 明人，文津閣本作"明明"，誤。
（2） 整段題注梁定本無。
（3） 梁定本無注。
（4） 梁定本作：

新故之怨,座中不欲盡言,故欲待他日言之耳。用意委曲而忠厚。

劉孝威

擬古應教一首

案:此及梁簡文帝作二首,《文苑英華》並題曰"紹古詞"[1],蓋古有是作而擬之。武帝《東飛伯勞》一首亦擬作也,後人失其本詞,遂以武帝作當之,而不審其詞氣之不類。馮氏《詩紀》兼收于晉代樂府中,益臆斷矣[2]。

雙棲翡翠兩鴛鴦,巫雲洛月乍相望[3]。巫雲,《文苑英華》二百五作"巫山"[4];洛月,宋刻作"落月"[5],並誤。誰家妖冶折花枝,蛾眉矏睇使情移。"蛾眉"句,《文苑英華》二百三作"衫長釧動任風吹"。青鋪綠瑣琉璃扉,青鋪綠瑣,《文苑英華》二百三作"金鋪玉瑣",二百五作"青鋪瑣窗"[6]。瓊筵玉筐金縷衣。"瓊筵"句,《文苑英華》二百三作"花鈿寶鏡織成衣"[7]。美人年幾可十餘,含羞轉笑斂風裾。轉,《文苑英華》二百三作"騁"。珠丸出彈不可追,空留可憐持與誰。[一]

【紀批】

〔一〕珠丸出彈,以比輕嫁非偶也。[8]

【今校】

(1) "此及"二句文淵閣本作:
　　此及梁簡文帝作二首,並載《文苑英華》。而此詩又二百三卷、二百五卷兩見,皆題曰"紹古詞"。
　　按,紹,文津閣本作"擬"。
(2) 益,四庫本作"更"。
(3) "巫雲"句四庫本、梁定本底本均作"巫雲洛月乍相望",故注文與稿本有別。
(4) 注文中《文苑英華》的卷數,稿本皆省"卷"字,四庫本於卷數後皆標"卷"字,如"二百五卷",以下不出校。
(5) "洛月"句,梁定本作:

（6） 瑣窗,梁定本作"瑣寬"。注文末四庫本尚多一句：

　　　李翀《日聞錄》所引與《英華》二百三卷同。

（7） 四庫本作：

　　　"瓊筵"句,《文苑英華》二百三、李翀《日聞錄》並作"花鈿寶鏡織成衣"。

（8） 墨批作：

　　　局促於舊調之內,邊幅彌覺窘狹,此亦何取乎擬？

徐君蒨

別義陽郡二首[(1)]

翔鳳樓,遙望與雲浮。歌聲臨樹出,舞影入江流。〔一〕葉落看村近,天高應向秋。

　　飾面亭,飾,宋刻作"飭",誤。又馮氏校本此下增"妝成"二字,注曰："宋本缺。"案：二首起句皆三言,故孝穆編入歌詞,馮氏所增殊誤。[(2)]妝成更點星。妝,宋刻作"莊",誤。頰上紅疑淺,眉心黛不青。故留殘粉絮,掛着簾箔釘。〔二〕[(3)]着,宋刻作"看",誤。

【紀批】

〔一〕 "歌聲"二句清麗。[(4)]

〔二〕 末二句妖冶撩人之意言外見之。[(5)]

【今校】

（1） 朱批：

　　　詩至此漸成唐律,風會所趨,不知其然而然。

（2） 二首,四庫本作"二詩"。"案"以下梁定本作：

　　　按：此二首皆以三字領起,故不入五言而入歌詞,馮氏所增殊誤,今仍從宋刻。

按,其中"以三字領起"、"不入五言而"、"今仍從宋刻"為稿本所刪,梁定本保留。
（3） 簾箔,朱墨批本、趙本作"箔簾"。
（4） 朱批作:
　　　對句勝出句。
　　梁定本作:
　　　"歌聲"二句清麗,對句尤勝。
（5） 墨批作:
　　　妖冶之思見於言外。
　　梁定本作:
　　　末二妖冶撩人之意見于言外。

王叔英婦

贈　答　一　首[1]

妝鉛點黛拂輕紅,鳴環動佩出房櫳。看梅復看柳,淚滿春衫中。

【今校】
（1） 梁定本批:
　　　殊無意致。

沈約

古詩題六首

　　宋刻原注[1]:"《八詠》,孝穆止收前二首,此皆後人附錄,故在卷末。"
案:此書之例,非詞關閨閫者不收,故《八詠》惟錄二章,非挂漏也,以類贅附,殊失孝穆之旨。

憋衰草,衰草無容色。憔悴荒逕中,寒荄不可識。昔時兮春日,昔日兮春風。含華兮佩實,含,《藝文類聚》作"銜"。垂綠兮散紅。氛氳鳲鵠右,照耀望仙東。送歸顧慕泣淇水,慕,宋刻作"暮"[2],誤。嘉客淹留懷上宮。巖陂兮海岸,冰多兮霰積。爛漫兮客根[3],攢幽兮寓隙[4]。布緜密于寒皋,吐纖疏于危石。既惆悵于君子,倍傷心于行役。露高枝于初旦,霜江天于始夕。江,宋刻作"紅"[5],誤。凋芳卉之九衢,"衢"字未詳。[6]賣靈茅之三脊。風急崤道難,秋至客衣單。既傷檐下菊,復悲池上蘭。飄落逐風盡,方知歲早寒。流螢暗明燭,雁聲斷纔續。萎絕長信宮,蕪穢丹墀曲。霜奪莖上紫,風銷葉中綠[7]。山蠻兮青薇,蠻,宋刻作"變",誤。水折兮平葦。"葦"字于今韻不諧,然陸德明《爾雅釋文》言:"'葦'字,謝嶠讀于歸反。"謝嶠,陳人,與休文時代相接,知其時兼讀平聲[8],非舛誤也。秋鴻兮疏引,鴻,《藝文類聚》作"鷗",誤[9]。寒鳥兮聚飛。逈荒寒草合,草長荒徑微。園庭日蕪沒[10],"草長"句宋刻作"桐長舊巖圍","園庭"句宋刻作"日漸蔴蕪落",並于義爲短,今從《藝文類聚》。[11]霜露日沾衣。願逐晨征鳥,薄暮共西歸。

歲暮愍衰草

【今校】

（1）文津閣本題注無"宋刻原注"字。
（2）朱墨批本同宋刻。
（3）漫,梁定本作"熳"。客,文津閣本作"曠"。
（4）攢,朱墨批本、趙本作"欑"。寓,文津閣本作"石"。
（5）朱墨批本同宋刻。
（6）"凋芳"句梁定本無注,擷英本有眉批:
　　璵案:《楚辭·天問》"靡萍九衢,枲華安居",又《山海經》"帝女之桑大五十尺,其枝四衢"注:"枝交四出也。"先生以爲未詳,蓋偶未憶及耳。
（7）葉中,四庫本作"葉上"。
（8）兼讀,文淵閣本作"皆讀"。"水折"句整段注文墨批作:
　　《爾雅釋文》:"葦,謝軌音于歸反。"是古音本有平聲,後人刪去耳。
（9）梁定本無注。
（10）日,文津閣本作"漸"。
（11）梁定本作:
　　宋刻此二句作"桐長舊巖圍,夜漸蔴蕪没",並於義爲短,今從《藝文類聚》。

按,蕪,應作"蘸"。此二句朱墨批本同宋刻,後句作"夜漸蘸蕪沒"。

悲落桐,落桐早霜露。燕至葉未抽,鴻來枝已素。本出龍門山,長枝仰刺天。上峰百丈絕,下趾萬尋懸。幽根已盤結,孤枝復危絕。初不照光景,終年負霜雪。自顧無羽儀,不願生曲池。芬芳本自乏,華實無可施[1]。匠者時留盻[2],時,宋刻作"特",誤。王孫少見之。分取孤生栟,孤生,宋刻作"生孤",誤。徙置北堂陲[3]。宿莖抽晚榦[4],新葉生故枝。故枝雖遼遠,新葉頗離離。春風一朝至,榮華坐如斯[5]。華,宋刻作"户",誤[6]。自惟良菲薄,君恩徒照灼。顧已非嘉樹,空用憑阿閣。願作清廟琴[7],爲舞雙玄鶴。薜荔可爲裳,文杏堪作梁。勿言草木賤,徒照君末光。末光不徒照,爲君含噭咷。咷,宋刻作"眺"[8],誤。陽柯綠水絃,陰枝苦寒調。厚德非可任[9],敢不虛其心。若逢陽春至,吐綠照清潯。

霜來悲落桐

【今校】
(1) 可,文津閣本作"所"。
(2) 朱墨批本"時"作"特","盻"作"盼"。
(3) 徙,梁定本作"徒"。
(4) 榦,梁定本作"檊"。
(5) 華,朱墨批本、趙本作"户"。坐,四庫本作"並"。
(6) 梁定本作:
　　宋刻"榮"作"户",誤。
(7) 琴,文津閣本作"禽"。
(8) 朱墨批本同宋刻。
(9) 可,文津閣本作"所"。

聞夜鶴,夜鶴叫南池。對此孤明月,臨風振羽儀。伊吾人之菲薄,無賦命之天爵。抱踦促之長懷[1],隨冬春而哀樂。愍海上之驚梟,傷雲間之離鶴。離鶴昔未離,近發天北陲[2]。忽值疾風起,暫下昆明池。復值冬冰合,水宿非所宜。欲留不可住,欲去飛已疲。勢逐疾風舉,求溫向衡楚。復值南飛鴻,參差共成侶。海上多雲霧,蒼茫失洲嶼。自此別故羣,獨向瀟湘渚。⁽³⁾故羣不離散,相依滄海畔。夜止羽相切,晝飛影相亂。刷羽共浮沉,湛澹泛清瀨。既不經離別,經,宋刻作"得"⁽⁴⁾,誤。安知慕侶心。九冬霜雪苦,六翮飛不任。且養凌雲翅,俯仰弄清音。所望浮丘子,旦夕來見尋。

夕行聞夜鶴

【今校】

（1）促,擷英本作"踏"。
（2）近,文津閣本作"迥"。
（3）"海上"四句,殘稿本有朱批：
　　　　四句超妙。
（4）朱墨批本同宋刻。

　　聽曉鴻,曉鴻度將旦。跨弱水之微瀾,發成山之遠岸。伏春歸之未幾,驚此歲之云半。出海漲之蒼茫,茫,宋刻作"芒",誤。⁽¹⁾入雲途之渺漫⁽²⁾。無東西之可辨,孰遲邇之能算。微昔見于洲渚,赴秋期于江漢。集勁風于弱軀,負重雪於輕翰。寒谿可以飲,荒皋可以竄。谿水徒自清,微容豈足玩。秋蓬飛兮未極,"極"字韻與下複,義亦未愜,疑當作"息"⁽³⁾。寒草萎兮無色。楚山高兮杳難度,越水深兮不可測。美明月之馳光,顧征禽之騁翼。顧,宋刻作"願"⁽⁴⁾,誤。伊余馬之屢懷,知吾行之未極。夜縣縣而難曉,愁參差而盈臆。望山川悉無似,似,宋刻作"以",誤。⁽⁵⁾惟星河猶可識。聞雁夜南飛,客淚夜沾衣。春鴻思暮返,客子方未歸。歲去歡娛盡,年來容貌非。攬袵形雖似⁽⁵⁾,撫臆事多違。青蒲雖長復易解,白雲誠遠詎難依。

晨征聽曉鴻

【紀批】

　　《八詠》之中當以此章爲第一。⁽⁶⁾

【今校】

（1）梁定本無注。
（2）渺,朱墨批本、趙本作"杳"。

（３）　韻與下複,四庫本作"韻複"。"秋蓬"句梁定本底本作"秋蓬飛兮未絕",注作:

> 宋刻"絕"作"極",誤。

（４）　朱墨批本同宋刻。
（５）　雖,梁定本作"難"。似,朱墨批本、趙本作"是"。
（６）　梁定本作:

> 《八詠》之中當以此章爲第一,風骨高秀,意境亦極闊遠。

朱批:

> 若離若合,妙于取題之神。

　　去朝市,朝市深歸暮。辭北纓而南徂,浮東川而西顧。逢天地之降祥,值日月之重光。伊當仁之菲薄,非余情之信芳。充待詔于金馬,奉高宴于柏梁。觀鬭獸于虎圈,望宧窕于披香[1]。遊西園兮登銅雀,舉青瑣兮眺重陽[2]。講金華兮議宣室,晝武帷兮夕文昌。佩甘泉兮履五柞,簪枍詣兮絨承光。簪,宋刻作"贊",誤。[3]託後車兮侍華幄,遊勃海兮泛清漳。天道有盈闕[4],寒暑遞炎涼。一朝買玉椀[5],椀,宋刻作"琬",誤。[6]眷眷惜餘香。曲池無復處,桂枝亦銷亡。清廟徒肅肅,西陵久茫茫。薄暮余多幸,嘉運重來昌。複"昌"字一韻。忝稽郡之南尉,典千里之光貴。典,宋刻作"曲"[7],誤。別北芒于濁河[8],戀橫橋于清渭。望前軒之早桐,對南階之初卉。非余情之屢傷,寄兹焉兮能慰[9]。眷昔日兮懷哉,日將暮兮歸去來[10]。

解佩去朝市

【今校】

（１）　宧窕,文津閣本作"窈窕"。
（２）　舉,文津閣本作"攀"。
（３）　贊,文津閣本作"替",誤。"簪枍"句,朱墨批本作"贊枍詣兮絨承光",墨批:

> 贊,抄本作"簪"。

（４）　闕,朱墨批本、趙本作"缺"。
（５）　買,梁定本、文津閣本、朱墨批本、趙本作"賣"。
（６）　朱墨批本同宋刻。梁定本無注。
（７）　朱墨批本同宋刻。

（8）　芒,朱墨批本、趙本作"荒"。
（9）　寄,文津閣本作"豈"。
（10）　日將暮,文津閣本作"歲將暮"。

　　守山東,山東萬嶺鬱青葱。兩溪共一寫⁽¹⁾,水潔望如空。岸側青莎被,巖間丹桂叢。上瞻既隱軫,下睇亦溟濛。遠林響咆獸,近樹聆鳴蟲。路帶若谿右,泉吐金華東⁽²⁾。複"東"字一韻。萬仞倒危石,百丈注懸瀍。瀍,宋刻作"叢"⁽³⁾,誤。挈曳瀉流電,奔飛似白虹。洞井含清氣,漏穴吐飛風。玉寶膏滴瀝,石乳室空籠。峭崿途彌險,崖岨步纔通。余捨平生之所愛,倏暮年而逢此⁽⁴⁾。願一去而不還,恨鄒衣之未褫。挹林壑之清曠,事氓俗之紛詭。幸帝德之方升,值天綱之未毀。綱,宋刻作"網"⁽⁵⁾,誤。既除舊而布新,故化民而俗徙。播趙俗以南徂,扇齊風以東靡。乳雉方可馴,流蝗庶能弭。清心矯世濁,儉政革民侈。秩滿歸白雲⁽⁶⁾,淹留事芝髓。

被褐守山東

【今校】
（1）　寫,文津閣本作"壑"。
（2）　泉,朱墨批本、趙本作"澗"。
（3）　朱墨批本同宋刻。
（4）　倏,朱墨批本、趙本作"欻"。"倏暮"句梁定本有注：
　　　　馮氏校本"逢此"作"此逢"。
（5）　朱墨批本同宋刻。
（6）　歸,朱墨批本、趙本作"撫"。

玉臺新詠卷第十 　　河間紀昀校正

古絕句四首宋刻誤脫"句"字。
賈充與妻李夫人連句三首
孫綽情人碧玉歌二首
王獻之詩二首
桃葉答王團扇歌三首
謝靈運谿中贈答二首
宋孝武詩三首[1]
許瑶之詩二首
鮑令暉寄行人一首
近代雜歌五首[2]
吳歌九首
雜歌三首
雜詩一首
丹陽孟珠歌一首
錢唐蘇小小歌一首[3]
王元長詩四首
謝朓詩四首
虞炎有所思一首
沈約詩三首
施榮泰詠王昭君一首
高爽詩一首
吳興妖神贈謝府君覽一首
江洪詩七首
范靖婦詩三首靖，宋刻作"靜"，與五卷所列不同。今考《唐書》改正。
何遜詩三首[4]
吳均雜絕句四首雜，宋刻誤作"新"，從後詩題改正。

王僧孺詩二首

徐悱婦詩三首

姚翻詩三首

王環代西豐侯美人一首

梁武帝詩二十七首

皇太子聖製二十一首

蕭子顯二首[5]

劉孝綽詩二首

庾肩吾詩四首

王臺卿同蕭治中十詠二首

劉孝儀詩二首

劉孝威八絕初笄一首[6]

江伯瑤楚越衫一首瑤，宋刻誤作"搖"。

劉泓詠繁華一首

何曼才爲徐陵傷妾一首

蕭驎詠袙複一首[7] 袙，宋刻作"袘"，誤，說見本詩題下。[8]

紀少瑜詠殘鐙一首

王叔英婦暮寒絕句一首

戴暠詠欲眠一首

劉孝威古體雜意一首

詠佳麗一首此卷目録凡一人數詩者，皆總題其數，孝威此詩獨另題，例不畫一，明爲續附。[9]

【今校】

（1）武，朱墨批本作"武帝"。

（2）雜歌，朱墨批本作"西曲歌"。

（3）蘇小小，朱墨批本、梁定本、趙本作"蘇小"。

（4）三首，通行本作"五首"，稿本正文實亦五首。

（5）二首，朱墨批本作"詩二首"。

（6）"八絕"，朱墨批本無。

（7）袙，朱墨批本、趙本作"袘"。

（8）擷英本無此注。

（9）梁定本、擷英本無此注。

古絶句四首

藁砧今何在？山上復有山。何當大刀頭？破鏡飛上天。〔一〕
日暮秋雲陰，江水清且深。〔二〕何用通音信，蓮花璃珺簪。
兔絲從長風⁽¹⁾，根莖無斷絶。無情尚不離，有情安可別。〔三〕
南山一樹桂，上有雙鴛鴦。千歲常交頸⁽²⁾，歡愛不相忘。〔四〕

【紀批】

〔一〕 此所謂藁砧體也。存此一格則可，從而效之則必墮入惡趣。⁽³⁾
〔二〕 情思全在上二句，已開後來烘染之法⁽⁴⁾。
〔三〕 語質樸而情宛轉，此爲天籟自鳴。
〔四〕 與上首同意，但意在言外，不說破耳，勿以比體視之。⁽⁵⁾

【今校】

（１） 兔，朱墨批本、趙本作"菟"。
（２） 常，朱墨批本、趙本作"長"。
（３） 朱批作：

《讀曲》等歌多用影借之詞，源出于此。

梁定本作：

許彥周《詩話》曰："藁砧今何在"，言夫也；"山上復有山"，言出也；"何當大刀頭？破鏡飛上天"，言月半當還也。○漢時圖讖多作離合之文，通儒討論謂起哀平。其後孔北海有《離合詩》，而《參同契》、《越絶書》之末亦以離合隱作者姓名，是此風盛於後漢，此詩亦後漢作也。《滄浪詩話》謂之藁砧體，後來《讀曲》等歌多作隱語，則又承此體而變之，流傳既久，存此一格則可，如輾轉擬作，即乖大雅。○"出"字《說文》作屮（按，"作"後原爲空白，據《說文》補），非山上山也。然古人離合之文往往但從近似，於六書非所深求。如"去"得"衣"之爲"袞"，"庚"覆"米"之爲康，亦不合於六書也。

（４） 烘染，梁定本作"烘託"。
（５） 梁定本作：

此於言外見情，勿以比體觀之。

賈充

與妻李夫人連句三首

室中是阿誰？歎息聲正悲。賈公。歎息亦何爲？但恐大義虧。夫人。

大義同膠漆，匪石心不移。賈公。人誰不慮終？日月有合離。夫人。

我心子所達，子心我亦知。賈公。若能不食言，與君同所宜。夫人。

【紀批】
　　劉向《列女傳》以《式微》之詩爲二人合作，頗疑附會。劉勰《文心雕龍》謂"聯句共韻，柏梁餘製"，然今所傳《柏梁臺詩》云出辛氏《三秦記》[1]，顧亭林之所考證，僞托顯然。然則古聯句之傳於今者，莫古於是三章矣。[2]

【今校】
（1）　今，稿本原作"合"，誤，據梁定本、徐校本改。
（2）　整段批語梁定本作：
　　　　劉向《列女傳》以《式微》之詩爲二人所合作，向學齊詩，論者以爲齊詩之説，然亦頗疑其附會。劉勰《文心雕龍》謂"聯句共韻，柏梁餘製"，然今所傳《柏梁臺詩》云出辛氏《三秦記》者，顧亭林考其人名、官名，又顯爲後人所僞託。然則古聯句之傳於今者，莫古於是三章矣。

孫綽

情人碧玉歌二首

《樂府詩集》作"古詞"，然《藝文類聚》亦作孫綽。

碧玉小家女，不敢攀貴德。感郎千金意，愧無傾城色。[一][1]

碧玉破瓜時，相爲情顛倒。相，諸本多作"郎"，然義可兩通，則不必執彼改

此。⁽²⁾感郎不羞難,難,《樂府詩集》作"郎",回身就郎抱。〔二〕

【紀批】

〔一〕 非寫碧玉之謙,正寫汝南之寵,所謂愛之甚,故歌之也。古人用筆極質中有極委曲處。⁽³⁾
〔二〕 寫來冶蕩至極,而仍不傷雅。⁽⁴⁾

【今校】

（1） 愧,朱墨批本、趙本作"慚"。
（2） 注文末稿本劃去"今仍從宋刻",梁定本保留。
（3） 梁定本作:

> 非寫碧玉之謙,正寫汝南寵眷之甚也,古人用筆極質直中有極委曲處。

（4） 朱批作:

> 淫靡之極,却無猥褻之氣,此古人不可及處。

> 梁定本作:

> 寫得冶蕩之極,而不覺其猥褻,此見古人身分。

王獻之

情人桃葉歌二首⁽¹⁾

桃葉復桃葉,渡江不用檝⁽²⁾。〔一〕但渡無所苦,我自迎接汝。迎接,《藝文類聚》作"揖迎"⁽³⁾。《古樂府》此句作"我自來迎接"。然《隋書·五行志》所引與宋刻同⁽⁴⁾。

桃葉復桃葉,桃葉連桃根。相憐兩樂事,獨使我殷勤。〔二〕殷勤,《藝文類聚》作"纏綿",于古音亦諧。

【紀批】

〔一〕 "渡江不用檝"言體態輕盈,可以凌波微步耳。周敦實《六朝事迹》謂言其眼波之急,似乎失之。⁽⁵⁾
〔二〕 後二句調其不相就也。

【今校】

（１）　四庫本無"情人"字。
（２）　用機，文津閣本作"相識"，誤。
（３）　揖迎，稿本作"楫迎"，似誤，據抄本改。四庫本作"接迎"。
（４）　注文末稿本劃去"故今從宋刻"，梁定本保留。
（５）　周敦實，徐校本改作"張敦頤"，是。

　　朱批作：
　　　　此種特存爲典故，詞則不必皆工也。
　　梁定本作：
　　　　"渡江不用楫"言其體之輕盈，可以凌波微步耳。周敦頤《六朝事迹》謂言其眼波之急，似失之。
　　按：周敦頤，當爲"張敦頤"。稿本作"周敦實"，亦誤。

桃葉

答王團扇歌三首[1]

　　樂府《桃葉歌》，不署名氏，然《古今樂録》及《隋書》皆明言爲子敬作，是無可疑。惟此歌，《樂府》引《古今樂録》云起王珉嫂婢謝芳姿。所列古詞八首内第七首署王金珠，餘皆無名。其第八首即此第三首，末二句與謝芳姿歌大同小異，似衍謝歌而爲之，均無桃葉之説。然《初學記》《藝文類聚》皆初唐之書，去孝穆時不遠，已皆載爲桃葉，與此書同。蓋婦人女子之作，詞人喜傳爲佳話，輾轉附會，往往失真。傳聞異詞，歷代皆有，孝穆所據，又當別有一本，今不可考耳[2]。

　　七寶畫團扇，燦爛明月光。與郎却暄暑，相憶莫相忘。
　　青青林中竹，可作白團扇。動摇郎玉手，因風託方便。
　　團扇復團扇，下"團扇"字，《藝文類聚》作"向誰"。[3] 持許自障面。憔悴無復理，羞與郎相見。

【今校】

（１）　梁定本批：
　　　　三首皆宛轉有致。

（2） 今，四庫本作"今則"。
（3） 梁定本作：
　　　《藝文類聚》作"團扇復向誰"。

謝靈運

東陽谿中贈答二首

可憐誰家婦，緣流洒素足⁽¹⁾。明月在雲間，迢迢不可得。
可憐誰家郎，緣流乘素舸⁽²⁾。但問情若爲⁽³⁾，月就雲中墮。

【紀批】
詞意膚淺，蓋小說家依託爲之。⁽⁴⁾

【今校】
（1） 緣，四庫本作"綠"。
（2） 同上。
（3） 問，四庫本作"聞"。
（4） 梁定本作：
　　　詞意膚淺，蓋小說家附會之詞，非康樂作也。○康樂一代勝流，編録歷代之詩，不容不載其一字，而尋其所作，則遊覽山水者多，流連歌舞者鮮，故不得已而以委巷瑣語充之。蓋徇名之習，自古而然，非竟不分白黑也。

宋孝武⁽¹⁾

詩　三　首

督護上征去，上征去，《樂府詩集》作"初征時"。儂亦惡聞許。惡，宋刻作"思"⁽²⁾，誤，今從《樂府詩集》。願作石尤風，四面斷行旅。
黃河流無極，洛陽數千里。坎坷戎旅間⁽³⁾，戎旅，宋刻作"我途"，誤，今從《樂府詩集》。何由見歡子[4]。

丁督護歌二首[5] 後一首《樂府詩集》作"王金珠"[6]。

【紀批】
　　二詩氣脉渾厚,有古樂府之遺風。[7]

【今校】
（1）　武,朱墨批本作"武帝"。
（2）　朱墨批本同宋刻。
（3）　坷,朱墨批本、趙本作"軻"。
（4）　歡,文津閣本作"君"。
（5）　督,四庫本作"都"。
（6）　王金珠,稿本、擷英本作"王金",脱"珠"字。按:稿本原有"珠"字,因貼條修訂眉批而遮蓋。
（7）　朱批:
　　　　二首氣脉渾成,風格殊上。
　　梁定本作:
　　　　二詩氣脈渾厚,猶有古人之遺。

自君之出矣[1],金翠闇無精。思君如日月,回環晝夜生[2]。
擬徐幹詩一首《藝文類聚》作"擬室思"。[3]

【紀批】
　　擬偉長作,不應第二句全用偉長《情詩》。[4]

【今校】
（1）　出,文淵閣本作"去"。
（2）　環,朱墨批本、趙本作"還"。
（3）　梁定本無題注。
（4）　梁定本作:
　　　　此題及《相逢狹路間》《三婦艷》《青青河邊草》,六代詩人幾於人人擬作,真不免疊牀架屋之譏。○擬徐詩而第二句全抄徐語,亦不相宜。
　　按,六代,梁定本原作"六代代",誤衍一"代"字。

許瑶之 宋刻目録作"許瑶之",而題則作"許瑶"。案:《詩品》齊有許瑶之,則題爲誤脱,今從目録補之[1]。

詩 二 首

端木生河側,因病遂成妍。朝將雲髻別,夜與蛾眉連。

詠柟榴枕《吴都賦》:"柟榴之木。"注曰:"柟榴,木之盤結者,材理堅邪可作器。"然則"柟榴"即所謂"木瘦"[2]。"榴"字、"瘤"字,假借通用耳,故曰因病成妍也。

【紀批】

有意而無致。

【今校】

(1) 補之,四庫本作"補'之'字"。
(2) 瘦,文津閣本作"瘤"。

昔如影與形,今如胡與越。不知行遠近,忘却離年月。却,宋刻作"去",蓋誤脱半字。今從馮氏校本注[1]。

閨婦答鄰人

【紀批】

前二句太現成,後二句又太作態。[2]

【今校】

(1) 梁定本無"注"字。按,朱墨批本同宋刻。
(2) 梁定本作:
　　後二句作態出之,然不自然。

鮑令暉

寄行人一首

桂吐兩三枝,蘭開四五葉。是時君不歸,春風徒笑妾。

【紀批】

　　淺語含情,妙於不盡。○桂本春花,故摩詰有"人間桂花落,夜静春山空"句。段成式《酉陽雜俎》亦言張曲江"桂華秋皎潔"之誤。(1)

【今校】

（1）　朱批作：

　　　　　閒澹有情。

　　梁定本作：

　　　　　淺語含情,妙於不盡。

近代西曲歌五首[一]

　　生長石城下,開門對城樓。門,《樂府詩集》作"窗"。城中美年少,美年少,《樂府詩集》作"諸少年"。出入見依投。[二]

　　石城樂

【紀批】

〔一〕　六朝小樂府,純乎鄭、衛之音,別作一格存之,不必繩以莊論。

〔二〕　自矜之意,言外見之。

　　有客數寄書,無信心相憶[一](1)。莫作瓶落井,一去無消息。

　　估客樂

【紀批】

〔一〕　"無信"句曲入人情。(2)

【今校】

（1）　信,文津閣本作"那"。
（2）　朱批、梁定本批語同。

　　歌舞諸少年(1),娉婷無種迹(2)。此句未詳。大抵樂府多雜方言,不能盡通于後世。其誤否蓋不可知。菖蒲花可憐[一],聞名不曾識。

　　烏夜啼

【紀批】

〔一〕《南史》載,文獻張皇后謂見菖蒲花者當富貴。蓋其時俗有此説(3),故以爲難見之喻。

【今校】

（1） 少年,朱墨批本、趙本作"年少"。
（2） 種,朱墨批本、趙本作"穜"。
（3） "蓋其"句梁定本作:
　　　　蓋時有此説。

朝發襄陽城,暮至大堤宿。大堤諸女兒,花艷驚郎目〔一〕。
襄陽樂

【紀批】

〔一〕 一"驚"字包括無數繁華,下字簡妙。(1)

【今校】

（1） 梁定本作:
　　　　寫出繁華在一"驚"字,包括多少鋪排。

暫出白門前,楊柳可藏烏。郎作沉水香,郎,《古樂府》作"歡"。儂作博山鑪。〔一〕
楊叛兒楊,宋刻作"陽",誤。

【紀批】

〔一〕 託喻微妙,此真一意中含兩三意矣。(1)

【今校】

（1） 朱批作:
　　　　比喻微妙。
　　梁定本作:
　　　　託喻微妙。

近代吴歌九首

朝日照北林,《樂府詩集》作"明月照桂林",語意與春景無涉。⁽¹⁾ 初花錦繡色。誰能春不思,獨在機中織。

春歌 此及下三首,案《樂府》皆當冠以"子夜"字,蓋宋刻誤脱。

【紀批】

不正寫冶遊,而寫冶遊前一層,此爲頂上圓光。⁽²⁾

【今校】

（1）注文末稿本劃去"今從宋刻",梁定本保留。
（2）朱批作：
　　　　後二句十字一氣。
　　梁定本作：
　　　　不正寫冶遊,而寫向冶遊前一層,所謂頂上圓光。

鬱蒸仲暑月,長嘯北湖邊。芙蓉始結葉,抱艷未成憐〔一〕⁽¹⁾。宋刻"始"作"如","抱"作"抛"⁽²⁾,並誤。今從《樂府詩集》。

夏歌

【紀批】

〔一〕借"蓮"爲憐,吳曲體也。⁽³⁾

【今校】

（1）憐,朱墨批本、趙本、文津閣本作"蓮"。
（2）朱墨批本同宋刻。
（3）吳,擷英本作"誤",徐校本改"誤"爲"詞",並誤。

秋風入窗裏,風,《樂府詩集》作"夜",誤。羅帳起飄颻。仰頭看明月,寄情千里光⁽¹⁾。

秋歌

【紀批】

含情而不竭情。(2)

【今校】

（1） 光,文津閣本作"長"。
（2） 梁定本作：
　　　　含情而不竭情,開後來五絕佳境。

淵冰厚三尺,素雪覆千里。我心如松柏,君心復何似。〔一〕君心,《樂府詩集》作"君情"。

冬歌

【紀批】

〔一〕 不作疑詞,但作相泥之詞,妙有含蓄。

黃葛結蒙籠(1),生在洛溪邊。花落隨流去(2),何見逐流還。〔一〕《樂府詩集》此句下有"還亦不復鮮"一句,疑孝穆以其竭情而刪之。

前谿

【紀批】

〔一〕 年華代謝之悲,人情新故之感,盡於"花落"十字中。(3)

【今校】

（1） 葛,朱墨批本作"蔦",趙本作"鳥"。
（2） 隨,朱墨批本、趙本作"逐"。
（3） 朱批作：
　　　　情思殊深。
　　梁定本作：
　　　　年華代謝之悲,人情新故之感,盡於"花落"十字,興寄殊深。

新衫繡裲襠,新,宋刻作"留",誤,今從《樂府詩集》。裲襠,《樂府詩集》作"兩端",誤。(1)迮置羅裠裏,置,《樂府詩集》作"著",義可兩存。裠,宋刻作"裳"(2)。案:末句正應此句,不應上下異文,今從《樂府詩集》。行步動微塵(3),羅裠隨風起。

上聲

【紀批】

善寫妖冶弄姿之狀。(4)

【今校】

（1）　朱墨批本同宋刻。注文末稿本劃去"今從宋刻"，梁定本保留。
（2）　朱墨批本同宋刻。
（3）　"行步"句，朱墨批本、趙本作"微步動輕塵"。
（4）　梁定本作：
　　　善爲妖研弄態之意。

迢遥天無柱(1)，流漂萍無根。單身如螢火，持底報郎恩。

歡聞

【紀批】

此《歡聞歌》之本詞，未能喻其佳處。

【今校】

（1）　迢，朱墨批本、趙本作"遥"。

紅羅複斗帳，四角垂珠璫。珠，宋刻作"朱"(1)，誤，今從《樂府詩集》。玉枕龍鬚席，郎眠何處牀。
　　長樂佳佳，宋刻作"住"，誤。

【紀批】

此前三句一氣，第四句乃轉。太白"越王句踐破吳歸"一首從此得法；元相"芙蓉脂肉緑雲鬟"一首從此偷意。(2)

【今校】

（1）　朱墨批本同宋刻。
（2）　從此偷意，梁定本作"並從此得意"。
　　　朱批作：
　　　　前三句一氣，太白"宮女如花"一首得章法于此詩。

楊柳得春風⁽¹⁾,一低復一昂。⁽²⁾誰能空相憶,獨眠度三陽。⁽³⁾

讀曲宋刻作"獨曲"⁽⁴⁾。案:《樂府詩集》引《古今樂錄》曰:"《讀曲歌》者,元嘉十七年,袁后崩,百官不敢作聲歌。或因酒讌,止竊聲讀曲,細吟而已,以此爲名。"然則作"獨"爲誤。

【今校】

（1） 楊柳,朱墨批本、趙本作"柳樹"。
（2） 墨批:
   興也。
（3） 全詩梁定本批:
   語意與前《子夜》《春歌》同。
（4） 朱墨批本同宋刻。

近代雜歌三首

稽亭故人去,九里新人還。送一便迎兩,無有暫時閒。⁽¹⁾

潯陽樂潯,宋刻誤作"尋"。

【今校】

（1） 梁定本批:
   即前《石城樂》後二句意,而其詞猥矣。

青荷蓋緑水⁽¹⁾,芙蓉發紅鮮。下有並根藕,上生同心蓮。^[一]發,《樂府詩集》作"披"。同心,《樂府詩集》作"並目"。⁽²⁾

青陽歌曲《樂府詩集》作"青陽度"⁽³⁾。

【紀批】

〔一〕 即古絶句"南山一樹桂"之意。⁽⁴⁾

【今校】

（1） 荷,文津閣本作"紅"。
（2） 注文末稿本劃去"義可兩存,仍從宋刻",梁定本保留。

（3） 度,文津閣本作"曲"。梁定本無題注。
（4） 之意,梁定本作"一首之意"。
　　　朱批作：
　　　　意在言外,妙不説破。

春蠶不應老,晝夜長懷絲[1]。絲,宋刻作"思"。吳歌、西曲多借隱語[2],然率不露本字,今從《樂府詩集》。何惜微軀盡,纏緜自有時。[3]
蠶絲歌"青陽歌曲",《樂府詩集》作"青陽度",此篇《樂府詩集》作"蠶絲",蓋《樂府》乃其本名,此則詩家之省文,孝穆沿之耳。[4]

【今校】
（1） 長,朱墨批本、趙本作"常"。
（2） 借,文津閣本作"情",誤。
（3） 梁定本批：
　　　此寓地下相從之意。
（4） 題注末稿本劃去"今仍從宋刻",梁定本保留。四庫本題注僅一句：
　　　《樂府詩集》作"蠶絲"。

近代雜詩一首

玉釧色未分,衫輕似露腕。舉袖欲障羞,回持理髮亂。

【紀批】
　嬌羞如畫[1],此真靡靡之音。

【今校】
（1） 嬌羞,梁定本作"嬌羞之態"。

丹陽孟珠歌一首

陽春二三月,草與水同色。[一]道逢遊冶郎,恨不早相識。

【紀批】
〔一〕 首二句先寫春光之駘宕,烘托有神。(1)

【今校】
（1） 梁定本作:
　　　次句寫春光之駘蕩,言外有神。

錢塘蘇小小歌一首(1)

妾乘油壁車,郎騎青驄馬。何處結同心,西陵松柏下。〔一〕

【紀批】
〔一〕 松柏取不凋之意。(2)

【今校】
（1） 錢塘蘇小小,朱墨批本、趙本作"錢唐蘇小"。
（2） 梁定本作:
　　　此追述目成之始,非訂期語也。唐人《柳枝詞》曰:"不忿錢塘蘇小小,引郎枝下結同心。"失其旨矣。

王元長

詩　四　首

花蒂今何在？示是林下生。示,《藝文類聚》作"不",誤。(1)何當垂兩髻,團扇雲間明。

擬古《藝文類聚》作"代藁砧詩"(2)。

【紀批】
此擬藁砧體。花蒂,跗也,隱"夫"字;兩髻,鬟也,隱"還"字。團扇,月也。惟示在林下,于文當為"禁"字,未喻其旨,豈謂寓直禁中耶?(3)

【今校】

（1） 梁定本無注。

（2） 文淵閣本作：

《藝文類聚》作"代藁砧"，誤。

（3） 朱批作：

此似擬藁砧體。花蔕，跗也，隱"夫"字；兩髻，鬟也，隱"還"字；團扇隱月滿字。惟第二句不審何以隱"出"字，以文推之，乃是"禁"字。再考。

梁定本作：

此擬藁砧體也。花蔕，跗也，隱"夫"字；兩髻，鬟也，隱"還"字。〇"團扇雲間明"用班婕妤語，隱月圓字。惟示從林下生，於文當爲"禁"字，未喻其故，豈謂良人寓直於禁中耶？〇《藝文類聚》載元長此題凡二首，其次首曰："鏡臺今何在？寸身正相隨。何當碎聯玉，雲上璧已虧。""聯玉"隱"環"字，"璧已虧"隱半月，次句似是隱射字，首句"鏡臺"則不知所寓何字。然不食馬肝未爲不知味，正不必定爲索解耳。

自君之出矣，金鑪香不然。思君如明燭，中宵空自煎。
代徐幹[1]

【今校】

（1） 梁定本批：

陳陳相因之格，雖語工亦自厭觀，無論不工也。

秋夜長復長，夜長樂未央。舞袖拂明燭，歌聲繞鳳梁。
秋夜[1]

【今校】

（1） 梁定本批：

但記秋夜歌舞，了無作意，何取乎有此一詩？

冰容慙遠鑑，水質謝明輝。是照相思夕，早望行人歸。
詠火 宋刻原注[1]：離合賦物爲詠。

【紀批】

"冰"離"水"字存左一點，"是"離"早"字存右一點，及"人"字合爲"火"字。然"冰"本從"冫"，"是"非從"早"，皆牽强之至。○此體創自《越絶書》及《參同契》，其入詩則始自孔北海，殊不可以立制。(2)

【今校】

（1） 文津閣本無"宋刻原注"字。
（2） 墨批作：

"冰"離"水"字存一點，"是"離"早"字存一點，及"人"字合爲"火"字。然冰乃從"冫"，"是"字亦不從"早"，殊爲牽强。

梁定本作：

"冰"離"水"字存左一點，"是"離"早"字存右一點，及"人"字合爲"火"字。然"冰"字從"冫"，非"水"字加一點，"是"字亦非從"早"，殊牽强也。

謝朓

詩 四 首

夕殿下珠簾，流螢飛復息。長夜縫羅衣，思君此何極。
玉階怨

【紀批】

不深不淺，恰到好處。"流螢"五字，深得夜深人静之神。(1)

【今校】

（1） 梁定本作：

"流螢"五字，夜深闃寂之意宛然如見。

渠椀送佳人，玉杯邀上客(1)。車馬一束西，别後思今夕。
金谷聚

【紀批】

　　語淺意深,五言小詩之中聲。(2)

【今校】

（1）　邀,朱墨批本、趙本作"要"。

（2）　梁定本作:

　　　　二詩皆淺淡含情,五言絕句之中聲。

綠草蔓如絲,雜樹紅英發。無論君不歸,君歸芳已歇。〔一〕
王孫遊

【紀批】

〔一〕　即古詩"遇時而不采,將隨秋草萎"意。而不曰不歸,乃曰歸亦不及,更入一層,此古人善變換處。若費昶《和蕭洗馬詩》,末二直從此偷語,不免鈍矣。○結二句淡而有味。(1)

【今校】

（1）　整段批語朱批作:

　　　　沉摯。○六朝小樂府不以竭情爲嫌,文各有體。

　　梁定本作:

　　　　折入一層更爲沉摯。

佳期期未歸,望望下鳴機。徘徊東陌上,月出行人稀。(1)
同王主簿有所思

【今校】

（1）　墨批:

　　　　淡語含情。

　　梁定本批:

　　　　後二句淺語含情。

虞炎

有所思一首

《後山詩話》以"黄鳥"句爲謝朓詩,蓋由誤解《詩品》,不足爲據。(1)

紫藤拂花樹,黄鳥度青枝。宋刻作"間青枝",《藝文類聚》作"度青枝"。案:鍾嶸《詩品》言:"學謝朓劣得'黄鳥度青枝'。"則作"度"爲是。(2) 思君一嘆息,苦淚應言垂。

【今校】
(1) 梁定本無題注。
(2) 朱墨批本同宋刻。朱批:
　　此却凡近,故鍾記室以爲口實。
　　梁定本批:
　　語殊淺俗。

沈約

詩三首

分首桃林岸,首,《文苑英華》作"手"。送別峴山頭。送,《藝文類聚》《文苑英華》皆作"望"。若欲寄音息,音息,《文苑英華》作"書信",《藝文類聚》作"音信"。漢水向東流。〔一〕
襄陽白銅鞮

【紀批】
〔一〕 順流多便,音息易通,言外謂若無音息即相忘也。(1)

【今校】
(1) 梁定本作:
　　順流者多易通音息,言外見若無音息即是相忘,不得藉口於無便。

殘朱猶曖曖,餘粉尚霏霏。尚,宋刻作"上"[1],誤。昨宵何處宿,今晨拂露歸。〔一〕

早行逢故人車中爲贈

【紀批】

〔一〕 妬語正是情語。[2]

【今校】

(1) 朱墨批本同宋刻。
(2) 墨批作:
　　妬語却是極有情語。
　　梁定本作:
　　妬語正是情深語。

影斜逐月來,香遠隨風入。言是定知非,欲笑翻成泣。[1]

爲鄰人有懷不至

【今校】

(1) 梁定本批:
　　極寫佇望之意,然語氣未甚渾成。

施榮泰

詠王昭君一首[1]

垂羅下椒閣,舉袖拂胡塵。唧唧撫心歎,蛾眉誤殺人。

【今校】

(1) 朱批:
　　太落窠臼。
　　梁定本批:
　　詞意俱凡。

高爽

詠酌酒人一首

長筵廣未同,上客嬌難逼。還杯了不顧,回身正顏色。

【紀批】

寫作態入微。(1)

【今校】

(1) 朱批作:

寫出做作。

梁定本作:

寫故作避嫌之態,情景入微。

吴興妖神

贈謝府君覽一首

　　馮氏《詩紀》作"吴興妓童詩",極言《玉臺》"妖神"之誤,然不言何據。案:《太平御覽》"釵"部收此詩作"吴興妖童贈謝府君詩",云出《志怪》。馮氏殆因刊本訛"神"爲"童"(1),遂視"妖"爲"妓"耳。然詩載《志怪》,是"妖"明矣,"妓"則何怪之有?(2)

玉釵空中墮,金鈿色行歇。行,《太平御覽》作"已"。(3) 獨泣謝春風,孤夜傷明月。《太平御覽》作"良夜辜明月"。(4)

【紀批】

此不得其本事,無從知其命意之由(5)。

【今校】

(1) 刊本、四庫本作"別本"。訛,文津閣本作"誤"。
(2) 梁定本題注作:

馮氏《詩紀》作"吳興妓童詩",極言《玉臺》之誤,然不言"妓童"之説何據。

（3） 梁定本無注。
（4） 梁定本無注。
（5） 無從,梁定本作"無由"。

江洪

詩 七 首

風生緑葉聚,波動紫莖開。含花復含實,正待佳人來。〔一〕
白日和清風,輕雲雜高樹(1)。忽然當此時,采菱復相遇。〔二〕
采菱二首(2)

【紀批】
〔一〕 對景懷人(3),爲次首作引,合觀之乃得其趣。
〔二〕 "忽然"十字,神理躍然,前後際俱于言外得之(4)。

【今校】
（1） 雜,文津閣本作"維"。
（2） 朱批:
　　　　　憺語入情。
（3） 懷人,梁定本作"思人"。
（4） "前後"句梁定本作:
　　　　　前後際無限情事,俱於言外得之。

潺溪復皎潔,輕鮮自可悦。自,《藝文類聚》作"尚",誤。横使有情禽,照影自孤絶。〔一〕
塵容不忍飾,飾,宋刻作"飭",今從《藝文類聚》。臨池思客歸。誰能取渌水,能,《藝文類聚》作"知"。無趣浣羅衣。〔二〕
渌水曲二首

【紀批】

〔一〕 不怨影孤而歸怨于水之照見,別趣橫生,癡情宛肖。
〔二〕 此首涉贅。

　　孀居憎四時,況在秋閨內。淒葉落晚暉,虛庭吐寒菜。(1)
　　北牖風催樹(2),催,疑作"摧"。(3)南籬寒螿吟。庭中無限月,思婦夜鳴砧。(4)
　　秋風二首宋刻原注(5):已上六首和巴陵王四詠。

【今校】

（1） 菜,文津閣本作"采"。
　　　梁定本批:
　　　　　欲作不盡語,而語未自然。
（2） 催,文津閣本作"吹"。
（3） 梁定本無注。
（4） 梁定本批:
　　　　　意味亦短,語無興象故也。
（5） 文津閣本題注無"宋刻原注"字。

　　上車畏不妍,顧眄更斜轉〔一〕(1)。太恨畫眉長,猶言顏色淺。
　　詠美人治粧

【紀批】

〔一〕 "顧眄"五字有神。(2)

【今校】

（1） 眄,朱墨批本作"盼",文淵閣本作"盻"。
（2） 梁定本作:
　　　　　摹寫入情。

范靖婦

詩　三　首

　　早信丹青巧,重貨洛陽師。貨,《文苑英華》作"賂",又注曰:毛延壽,長安人。作"洛陽"非。千金買蟬髩,百萬寫蛾眉。
　　今朝猶漢地,明旦入胡關。高堂歌吹遠,遊子夢中還。宋刻原注[1]:一本云"情寄南雲返,思逐北風還"。案[2]:"情寄"二句殊笨滯,然此本"遊子"二字亦不可解。

王昭君嘆二首

【紀批】

　　明妃詩久成塵劫,唐代詩人只從此兩首之意輾轉變換耳。[3]

【今校】

（1）"宋刻"四字,文津閣本無。
（2）案,文津閣本作"今按"。
（3）梁定本作:
　　　　前首好在着力,後首好在不着力。唐代詩人惟此兩首輾轉相襲耳。

　　輕髩學浮雲,雙蛾擬初月。水澄正落釵,萍開理垂髮。[1]
　　映水曲

【今校】

（1）梁定本批:
　　　　此無意致。

何遜

詩　五　首[一]

　　苑門闢千扇,苑戶開萬扉。樓殿問珠履[1],竹樹隔羅衣。
　　南苑[2]

【紀批】
〔一〕 五首皆非水部佳作[3]。

【今校】
（１） 間,四庫本作"聞"。"樓殿"句稿本、梁定本無注,四庫本有注：
　　　　聞,宋刻作"間",誤,今從本集。
（２） 四庫本有題注：
　　　　本集作"苑中絕句"。
　　　梁定本有批語：
　　　　《南苑》一首、《詠春風》一首,尤爲拙筆。
（３） 佳作,梁定本作"之高唱"。

　　閨閣行人斷,房櫳月影斜。誰能北窗下,獨對後園花[1]。
閨怨

【今校】
（１） "獨對"句稿本、梁定本無注。四庫本注：
　　　　園,本集作"庭"。

　　燕子戲還檐,飛花落枕前[1]。寸心君不見,拭淚坐調絃。
爲人妾思[2]

【今校】
（１） 飛花,朱墨批本、趙本作"花飛"。墨批貼條：
　　　　"花"字抄本作"前",疑抄本訛。
（２） 四庫本有題注：
　　　　本集"思"作"怨"。

　　可聞不可見,能重復能輕。鏡前飄落粉,琴上響餘聲。
詠春風

【紀批】
此直謎語。[1]

【今校】

（1） 朱批作：

> 此種謂之字謎可也。

竹樹響南窗⁽¹⁾，月光照東壁。誰知獨夜覺⁽²⁾，枕前雙淚滴⁽³⁾。秋閨⁽⁴⁾

【今校】

（1） 竹樹，四庫本作"竹聲"，朱墨批本作"竹葉"。
（2） 獨夜，朱墨批本、趙本作"夜獨"。
（3） 滴，梁定本作"濕"。
（4） 稿本、梁定本無題注，四庫本有題注：

> 本集作"閨怨絕句"，第二首。

吳均

雜絕句四首

目錄作"新絕句"，然體仍舊格，不應云"新"，當由字形相近而誤。

畫蟬已傷念，夜露復沾衣。昔別曾何道，曾，宋刻作"昔"⁽¹⁾，誤。馮氏校本注一作"曾"，今從之。今夕螢火飛⁽²⁾。

錦腰連枝滴，繡領合歡斜。夢中難言見，難，疑作"雖"。⁽³⁾終成亂眼花。

蜘蛛檐下掛，絡緯井邊啼。何曾得見子，照鏡窗東西。⁽⁴⁾

泣聽離夕歌，悲銜別時酒。自從今日去，當復相思否。〔一〕

【紀批】

〔一〕 兒女深情，呢呢如話。⁽⁵⁾

【今校】

（1） 朱墨批本同宋刻。

（2）夕，朱墨批本、趙本作"令"。
（3）梁定本無注。
（4）梁定本批：

    三首語意皆不工。
（5）朱批作：

    呢呢如見。

  梁定本作：

    語淺情深，曲肖兒女呢呢之神理。

王僧孺

詩 二 首

雪罷枝即青，冰開水便綠。〔一〕水，《文苑英華》作"春"。復聞黄鳥聲，聲，宋刻作"思"，誤(1)，今從《文苑英華》。全作相思曲。全，宋刻作"令"(2)，誤，今從《藝文類聚》。

春思

【紀批】

〔總〕言外有情。(3)
〔一〕馮鈍吟評《瀛奎律髓》，極詆陳後山"冰開還舊綠"句，而評《玉臺新詠》則不敢議此"冰開"句。明季論詩，純乎門户之見，無真是非也。(4)

【今校】

（1）梁定本無"誤"字。朱墨批本同宋刻。
（2）朱墨批本同宋刻。
（3）梁定本作：

    不露一字而言外有情。
（4）梁定本無批語。

日晚應歸去，上客强盤桓(1)。稍知玉釵重，漸覺羅襦寒(2)。
爲徐僕射妓作(3)

【紀批】

調其不留人住,非寫嬌懶也。[4]

【今校】

（1） 强,四庫本作"久"。
（2） 覺,朱墨批本作"見"。
（3） 四庫本作"爲徐僕射"。
（4） 寫,梁定本作"摹寫"。

徐悱婦

詩 三 首

案：此三詩皆涉佻蕩,出自文士,不過溺情之語;出自閨閣,則爲累德之詞。《唐·藝文志》載,令嬺有集三卷。如以此等自編于集,信爲理所必無。如其本集不收,而以委巷傳聞載諸簡牘,無論編此書時距令嬺之時不遠,劉氏、徐氏多列華簪,未必聽其宣播,即以孝穆而言[1],彭城之佚女即東海之宗婦,亦斷不登諸集内,以貽家牒之羞。以意推之,此書排纂之例,蓋以所卒之歲爲先後。第六卷中,徐悱在姚翻前,令嬺則在姚翻後,此忽移令嬺于姚前,不應自亂其例。疑此三首皆徐悱詩,而傳寫誤增一"婦"字,猶六卷《答唐孃七夕所穿針詩》[2],本令嬺作,而傳寫誤脱一"婦"字耳。魯魚帝虎,考證爲難,年遠人湮[3],雖未可以臆斷,而有兹矛盾,不妨疑以傳疑。姑識所見,待博雅者更考之。

長廊欣目送,廣殿悦逢迎。何當曲房裏,幽隱無人聲。
光宅寺

【紀批】

以"光宅寺"爲題,此實有其人其事矣,此豈女子敢自筆于紙者?[4]

【今校】

（1） 以,文津閣本作"就"。
（2） 答,文津閣本作"其",誤。
（3） 年遠,文津閣本作"遠近"。
（4） 朱批作：

此真女子詩耶？

梁定本作：

    以"光宅寺"爲題，此實有其人其事矣。味其詞意，似遊冶之子偶與幼尼目成也。

夕泣已非疏，已，宋刻作"以"[1]，于義未愜，今從《詩紀》。夢啼真太數。惟應夜枕知，過此無人覺。

題甘蕉葉示人[2]

【紀批】

    曰"已非疏"，曰"真太數"，皆相調之詞，非自述之語。曰"無人覺"正言惟我覺之耳。此亦似題葉以示謝娘，而下首所云"兩葉爲贈"即指此甘蕉葉也。[3]

【今校】

（1）朱墨批本同宋刻。
（2）初編本無"示人"字。
（3）朱批作：

    用"知"字于無情之物，開後來多少法門。

梁定本作：

    曰"已非疏"，曰"真太數"，皆相調之詞，非自述語也。曰"無人覺"正謂爲我覺之耳。題葉以示，蓋告以窺其衷曲，而不肯顯言。

兩葉雖爲贈，"兩葉"二字未詳。交情永未因。同心處何限，支子最關人。

摘同心支子贈謝孃因附此詩

【紀批】

    男女相悅，乃贈同心，女子豈宜有此？○合觀三詩，信決非令嫺作也。[1]

【今校】

（1）梁定本作：

    男女相悅，乃贈同心，均屬閨人不應有此，此亦不似女子詩也。

姚翻

詩 三 首[1]

此三首宋刻題姚翻[2]。馮氏《詩紀》併以爲令嫺詩,誤。

臨妝欲含涕,羞畏家人知。還持粉中絮,擁淚不聽垂。
代陳慶之美人爲詠

【今校】
(1) 梁定本批:
　　　　三首皆無佳處。
(2) "此三首"句下四庫本尚有:
　　　　《後村詩話》亦引爲姚翻詩。

覺罷方知恨,人心定不同。誰能對角枕,長夜一邊空。
夢見故人

黄昏信使斷,銜怨心凄凄。回鐙向下榻,轉面暗中啼。
有期不至

王環

代西豐侯美人一首

于今辭宴語,方念泣離違。無因從朔雁,一向黄河飛。

【紀批】
　　此去妾之作。[1]

【今校】
(1) 梁定本作:
　　　　語亦淺近。

梁武帝

詩二十七首

秋月出中天,遠近無偏異。共照一光輝,各懷離別思。
邊戍詩戍,宋刻誤作"戎"。(1)

【紀批】
　　同一對月,苦樂不同,此恒語也。同一離別而情味不同,又深一層。如解爲"隔千里兮共明月"意,則失其旨。(2)

【今校】
（1）　朱墨批本同宋刻。四庫本作:
　　　　　戍,宋刻作"戎",誤。
（2）　墨批作:
　　　　　意工語拙。
　　梁定本作:
　　　　　同一對月,而苦樂不同,此常語也。同一離別而情味各異,又深一層。

　　堂中綺羅人,席上歌舞兒。待我光泛灔(1),爲君照參差。〔一〕
詠燭

【紀批】
〔一〕　忽作燭語,意境甚別。

【今校】
（1）　灔,四庫本作"艷"。

　　昔聞蘭蕙月,獨是桃李年。春心儻未寫,爲君照情筵。(1)
詠筆題與詩不相應,"筆"字疑誤。(2)

【今校】

（1） 朱批：

　　　　未喻其意。

　　梁定本批：

　　　　語不可解,疑題有誤。

（2） 梁定本無題注。

　　柯亭有奇竹⁽¹⁾,含情獨抑揚⁽²⁾。妙聲發玉指,龍音響鳳皇。既曰"龍音",又曰"響鳳皇",語殊夾雜,疑"龍"字有誤。

詠笛[3]

【今校】

（1） 亭,文津閣本作"庭"。
（2） 獨,朱墨批本、趙本作"復"。
（3） 殘稿本朱批：

　　　　此殊無味。

　　梁定本批：

　　　　語無意味。

　　腕弱低復舉⁽¹⁾,身輕由回縱。可謂寫自歡⁽²⁾,此句未詳。方與心期共。

詠舞

【今校】

（1） 低復,文津閣本作"復低"。
（2） "可謂"句朱批：

　　　　"可謂"句生拗。

　　墨批：

　　　　疑是"何謂"之訛。

　　傾城非人美,此句未詳。千載難重逢⁽¹⁾。重,宋刻作"里",誤。馮氏校本注一作"重",今從之。雖懷軒中意,愧無髩髮容⁽²⁾。

連句詩 髩髮,用衛子夫更衣事。似與宮妾連吟之作⁽³⁾,句間當有子注,傳寫失之耳。

【今校】
（1） 朱墨批本"千"作"十","重"作"裏"。
（2） 朱批：
　　　　亦不解所云。
　　梁定本批：
　　　　二首皆無佳處。
（3） 四庫本無"似"字。

　　階上香入懷,香,宋刻作"歌"(1),誤,今從《藝文類聚》。庭中花照眼。春心一如此,一,《樂府詩集》作"鬱",誤。情來不可限。〔一〕可限,《藝文類聚》作"自恨"(2),誤。
　　蘭葉始滿地,梅花已落枝。持此可憐意(3),摘以寄心知。
　　朱日光素冰(4),黃花映白雪。折梅待佳人,共道陽春月(5)。"道"字未詳,《樂府詩集》作"迎",亦未詳(6)。
　　春歌三首此及下《夏歌》《秋歌》皆《子夜四時歌》,宋刻誤脫其總題,然《藝文類聚》已如此,蓋相沿之省文也。

【紀批】
〔一〕 以花發比春心,若不可解,而可以意喻(7)。

【今校】
（1） 朱墨批本同宋刻。
（2） 自恨,文淵閣本作"自限"。
（3） 梁定本批：
　　　　"可憐意"是花是人,雙關有致。
（4） 梁定本批：
　　　　馮鈍吟極取"朱日"句,是所未喻。
（5） 道,朱墨批本作"迎"。陽,四庫本作"揚"。
（6） 亦未詳,四庫本作"較有文義"。
（7） 喻,梁定本作"會之"。

　　江南蓮花開,紅花覆碧水(1)。色同心復同,藕異心無異。〔一〕《藝文類聚》作(2)："江南蓮花水(3),紅光復碧色。同絲有同藕,異心無異芍。"未詳即此首之別本,抑或另一首也。

閨中花如繡,簾上露如珠。欲知有所思,停織復踟躕。〔二〕

玉盤著朱李,金杯盛白酒。雖欲持自親,親,宋刻誤作"新"⁽⁴⁾,今從《樂府詩集》。復恐不甘口。〔三〕

含桃落花日,黃鳥鶯飛時。君住馬已疲,妾去蠶欲饑⁽⁵⁾。已,《古樂府》作"欲";欲,《古樂府》作"已"。

夏歌四首

【紀批】

〔一〕 即前《青陽歌曲》意,而增一"異"字挑剔,便非相犯。⁽⁶⁾
〔二〕 後二句今爲熟語,當其初出,故是摹神。⁽⁷⁾
〔三〕 後二句質而不俚,妙寫無言之隱。⁽⁸⁾

【今校】

（1） 花,朱墨批本、趙本作"光"。
（2） 作,四庫本作"別載一首曰"。
（3） 蓮花水,文津閣本作"蓮出水"。
（4） 朱墨批本同宋刻。
（5） 朱批:
　　　言去却是不肯去,措語深婉。
　　　按:却是,梁定本作"正是"。
（6） 梁定本作:
　　　即前《青陽歌曲》意,而添出"異"字挑剔,便有波折。
（7） 梁定本作:
　　　後二句後來習徑,當其初出,故爲刻意摹神。
（8） 朱批作:
　　　妙寫無言之隱。
　　　梁定本作:
　　　後二句妙寫無言之隱。

繡帶合歡苣,苣,馮氏校本作"炬",誤;《樂府詩集》作"結",義可兩存;《藝文類聚》作"給",亦"結"字誤刊也。⁽¹⁾錦衣連理文。懷情入夜月,懷情,宋刻作"情懷",今從《樂府詩集》。含笑出朝雲。⁽²⁾

七采紫金柱,九華白玉梁。但歌雲不去,含吐有餘香。⁽³⁾

吹滿未可停,滿,宋刻作"蒲"[4],《樂府詩集》作"漏",並誤。今從《詩紀》。絃斷當更續。俱作雙絲引,絲,《樂府詩集》作"思"。共奏同心曲。[一]

當信抱梁期[5],莫聽《回風》音。鏡中兩入鬢,此句未詳。中,《樂府詩集》作"上"[6],亦未詳。分明無兩心。

秋歌四首

【紀批】

〔一〕 常語而有古致。

【今校】

（１） 朱墨批本、趙本同馮氏校本。"《藝文類聚》"二句,梁定本無。

（２） 梁定本批:
　　　　後二句極意雕鏤,却非樂府本色。

（３） 梁定本批:
　　　　後二句秀媚。

（４） 朱墨批本同宋刻。

（５） 梁定本批:
　　　　柱雖梁柱,然不得謂梁爲柱,謂柱爲梁,二字殊未穩。

（６） 朱墨批本同《樂府詩集》。

恃愛如欲進,含羞未肯前。未肯,《古樂府》作"出不"。朱口發艷歌,朱口,宋刻作"口朱"[1],誤,今從《古樂府》。玉指弄嬌絃。[一]

朝日照綺錢,光風動紈羅。巧笑倩兩犀,美目揚雙蛾。[2]

子夜歌二首

【紀批】

〔一〕 亦摹寫入微。[3]

【今校】

（１） 朱墨批本同宋刻。

（２） 梁定本批:
　　　　此無餘味。

（３） 梁定本作:

前二句有致。

花色過桃杏,名稱重金瓊。名歌非《下里》,含笑作《上聲》。
上聲歌一首⁽¹⁾

【今校】
（１）　梁定本批：
　　　　詞殊膚淺。

艷艷金樓女,心如玉池蓮。持底報郎恩,俱期遊梵天。梵,《樂府詩集》作"楚",誤。
南有相思木,合影復同心。合影,宋刻作"含情"⁽¹⁾,誤,今從《樂府詩集》。
遊女不可求,誰能空息陰⁽²⁾。空息陰,《樂府詩集》作"識得音",誤。⁽³⁾
歡聞歌二首⁽⁴⁾

【今校】
（１）　朱墨批本同宋刻。
（２）　空息,朱墨批本、趙本作"息空"。
（３）　注文末稿本劃去"今仍從宋刻",梁定本保留。
（４）　梁定本批：
　　　　二首皆未為佳。

手中白團扇,淨如秋團月。團,《藝文類聚》作"圓"。清風任動生,嬌香隨意發⁽¹⁾。香隨,《樂府詩集》作"聲任",《藝文類聚》作"香乘"。⁽²⁾
團扇歌一首⁽³⁾

【今校】
（１）　隨,朱墨批本、趙本作"承"。
（２）　梁定本作：
　　　　《樂府詩集》"香隨"作"聲任",《藝文類聚》"隨"作"乘"。
（３）　梁定本批：
　　　　此亦常語。

杏梁日始照,蕙席歡未極。碧玉奉金杯,綠酒助花色。
碧玉歌一首

【紀批】

情韻皆佳⁽¹⁾。

【今校】

（1） 皆佳,梁定本作"特佳"。

陌頭征人去,閨中女下機。含情不能言,送別沾羅衣。〔一〕
草樹非一香,花葉百種色。寄語故情人,故,宋刻作"古"⁽¹⁾,誤,今從《樂府詩集》。知我心相憶。⁽²⁾
龍馬紫金鞍,翠眊白玉羈。照耀雙闕下,知是襄陽兒。〔二〕
襄陽白銅鞮歌三首

【紀批】

〔一〕 送別沾衣本爲習語,好在"不能言"三字神味便深⁽³⁾。
〔二〕 顧盼自喜之意,言外可思⁽⁴⁾。

【今校】

（1） 古,文津閣本作"石",誤。
（2） 梁定本批:
    亦是常語,而氣味有別。
（3） 好在,梁定本作"着"。
（4） 言外可思,梁定本作"於言外見之"。

皇太子

雜題二十一首⁽¹⁾

宋刻原注:簡文⁽²⁾。

被空眠數覺,寒重夜風吹。羅幬非海水,那得度前知。〔一〕"度"字未詳。

寒閨

【紀批】

〔一〕 用蔡中郎語,未免不化。(3)

【今校】

（1） 二十一首,文津閣本作"二十首"。
（2） 文津閣本無"宋刻原注"字。
（3） 朱批作:

　　　　用中郎語殊拙。

　　梁定本作:

　　　　後二句用中郎"海水知天寒"意,措語殊拙。

本是巫山來,無人睹容色。惟有楚王臣,曾言夢相識。
行雨

【紀批】

自寫滿志之意。○觀末二句,知姚寬《西溪叢語》謂《神女賦》"王"、"玉"二字互誤,其言有徵。○以"行雨"爲題殊乖大雅。(1)

【今校】

（1） 梁定本作:

　　　　自寫滿志之意,亦頗有致。惟以"行雨"爲題則似典而實鄙。

依帷蒙重翠,帶日聚輕紅。定爲歌聲起,非關團扇風。
梁塵

【紀批】

有關合便有情致。

兔絲生雲夜,月不應稱"兔絲",吳氏注謂當作"兔腹",然兔腹生雲,于文未愜。疑本是"兔影",傳寫者見艷詞多用"兔絲"字,因而筆誤耳。(1) 蛾形出漢時。蛾形,吳氏本作"蛾影",注引漢影娥池事。案:《洞冥記》"娥"字從"女"不從"虫",乃"嫦娥"字,非"蛾眉"字也。[2] 欲傳千里意,不照十年悲[3]。

華月宋刻原注[4]:已上《雜詠》四首。

【今校】

(1) 墨批作:

> 月不應稱"兔絲",吳氏注謂當作"兔腹",亦未然。恐是"兔影"二字,傳寫者因艷詞多用"兔絲"字,因而筆誤耳。

(2) 注文末稿本劃去"吳氏誤改,今仍從宋刻",梁定本保留。
墨批作:

> 蛾形,吳本作"蛾影",此牽于《洞冥記》所載漢有影娥池耳。不知此"蛾"字從"虫"不從"女",而"出漢"乃謂雲漢,非謂漢代也。

(3) 梁定本批:

> 不曰徒照相思而曰"不照",一語而含兩意。

(4) 文津閣本無"宋刻原注"字。

北斗闌干去,夜夜心獨傷。月輝橫射枕,鐙光半隱牀。

夜夜曲原題作"擬沈隱侯夜夜曲",《古樂府》遂作沈約詩,誤。

【紀批】

欲作不盡之語,而措語未工。

暫別兩成疑,開簾生舊憶。都如未有情,更似新相識。

從頓還城南

【紀批】

寫情入細。[1]

【今校】

(1) 墨批:

> 妙寫閨中兒女情性。

梁定本批:

> 不用塗澤而深得情態。

客行衹念路，相將度江口。將，《樂府詩集》作"爭"[1]。誰知堤上人，拭淚空搖手。
春江曲

【紀批】
歸怨同行之人，無理而有情。[2]

【今校】
（1） 注文末梁定本多一"誤"字。
（2） 梁定本作：
　　　怨同行之相促，語淺而情真。

新禽應節歸，俱向吹樓飛。入簾驚釧響，來窗礙舞衣。
新燕[1]

【今校】
（1） 梁定本批：
　　　此殊無味。

彈箏北窗下，夜響清音愁。張高絃易斷，心傷曲不遒。[一]
彈箏

【紀批】
〔一〕 王子年《拾遺記》記漢武帝遊昆靈池，日已西頹，涼風激水，女伶歌聲甚道，因賦《落葉哀蟬曲》。此"道"字所本。[1]

【今校】
（1） 全詩梁定本僅批一句：
　　　"道"字太險。

錦幔扶船列，列，宋刻作"烈"[1]，誤。蘭橈拂浪浮。去燭猶文水，"文"字未詳，疑當作"交"。[2]餘香尚滿舟。[3]
夜遣內人還後舟

【今校】
（1） 朱墨批本同宋刻。
（2） 墨批作：
　　"文"字再校，恐是"暎"字。
　　梁定本注無"疑當"句。
（3） 全詩梁定本批：
　　亦無意味。

頂分如兩髻，簪長驗上頭。捉杯如欲轉，疑殘已復留。[1]
詠武陵王左右伍嵩傳杯

【今校】
（1） 梁定本批：
　　末句不甚了了，似乎伴飲，非傳杯也。

可歎不可思，可思不可見。餘絃斷瑟柱，殘朱染歌扇。
寂寂暮檐響，黯黯垂簾色[1]。惟有瓴甋落，如見蜘蛛織。
入林看碚礧，碚礧，疑當作"蓓蕾"[2]。春至定無賖。何時一可見，更得似梅花。
有所傷三首[3]

【今校】
（1） 黯黯，梁定本底本作"點點"，誤。
　　墨批：
　　常意而出以新語。
（2） 朱批：
　　"碚礧"當是"蓓蕾"之訛。
（3） 傷，文津閣本作"思"。
　　梁定本批：
　　三首皆平平，第二首後二句極用意而未工。

遊戲長楊苑，携手雲臺間。歡樂未窮已，白日下西山。[1]
遊人

【今校】

（1） 梁定本批：

了無意致。

腰肢本獨絕，眉眼特驚人。判自無相比，還來有洛神。
絕句賜麗人[1]

【今校】

（1） 文津閣本作"贈麗人"。

梁定本批：

通體淺率，次句尤鄙。

散誕垂紅帔[1]，斜柯插玉簪。可憐無有比，恐許值千金。
遙望[2]

【今校】

（1） 散，梁定本作"放"。
（2） 此首文津閣本未錄。梁定本批：

亦率筆。

別來頻頷久，他人怪容色。只有匣中鏡，還持自相識。
愁閨照鏡

【紀批】

言外有丰韻猶存之意。如作"貌惟己識，正見他人不識"解，則意淺而語複矣。[1]

【今校】

（1） 梁定本作：

言外有丰韻尚存之意。如作"貌惟自識，正見他人之幾不相識"，則淺矣。

可憐片雲生，暫重復還輕。欲使襄王夢[1]，應過白帝城。
浮雲[2]

【今校】
（1） 襄,朱墨批本、趙本作"荆"。
（2） 梁定本批：
　　此亦作意關合,而不及《梁塵》詩之有致。

緑葉朝朝黄,紅顔日日異。譬喻持相比,那堪不愁思。[1]
寒閨以詩意推之,當是"秋閨"。

【今校】
（1） 梁定本批：
　　直説反嫌其淺。

婉娩新上頭,湔裳出樂遊。帶前結香草,鬢邊插石榴。[1]
和人渡水

【今校】
（1） 梁定本批：
　　敷衍無味。

蕭子顯

詩 二 首

金羈遊俠子,綺機離思妾。春度人不歸,望花盡成葉[1]。
春閨思[2]

【今校】
（1） 墨批：
　　即看朱成碧而變之,然不及本語之工。
　　梁定本批：
　　末句即看朱成碧之意。然朱碧不過偶然拈出,竟以"花"字代"朱"字,以"葉"字代"碧"字,比附愈切愈爲東施之顰。

（2） 思，文津閣本作"怨"。

二月春心動，遊望桃花初。回身隱月扇，却步斂風裾。
詠苑中遊人

【紀批】
　　意與簡文《渡水詩》同而語較生動。[1]

【今校】
（1） 梁定本作：
　　　　格意與簡文《和人渡水詩》同，而摹寫生動則勝之遠矣。

劉孝綽

詩　二　首

菱莖時繞釧，棹水或沾妝。不辭紅袖濕，惟憐綠葉香。[1]
遥見美人采荷

【今校】
（1） 梁定本批：
　　　　末二句寫出嬌癡，併寫出情思。

采菱非采萊，日暮且盈舠。時嶇不敢進，畏欲比殘桃。
詠采菱小兒[1]

【紀批】
　　此殊傷雅。[2]

【今校】
（1） 采菱小兒，朱墨批本、趙本作"小兒采菱"。
（2） 墨批作：

太直致。

梁定本作：

此殊拙鄙。

庾肩吾

詩 四 首[1]

歌聲臨畫閣，舞袖出芳林。石城定若遠，前溪應幾深。
詠舞曲應令[2]

【今校】

（1） 文津閣本無"詩"字。
（2） 梁定本批：

題本如賦六合，詩自無從措手。

故年齊總角，今春半上頭。那知夫婿好，能降使君留。[1]
詠主人少姬應教

【今校】

（1） 梁定本批：

末二句用《陌上桑》語，詞意不甚可解。

委翠似知節，含芳如有情。全由履跡少，併欲上階生。
詠長信宮中草

【紀批】

末二句深警之極，題五字鎔成一片。[1]

【今校】

（1） 朱批作：

能以意運。

梁定本作：
> 末二句深警。

蘭堂上客至，綺席清絃撫。自作明君詞，還教綠珠舞。〔一〕
石崇金谷妓

【紀批】
〔一〕 風流富貴，十字盡之。(1)

【今校】
（1） 梁定本作：
> 後二句富貴風流，十字中一齊涌現。

王臺卿

同蕭治中十詠二首

空度高樓月，非復三五年(1)。何須照牀裏，終是一人眠。
蕩婦高樓月

【紀批】
氣體殊高。(2)

【今校】
（1） 三五，朱墨批本、趙本作"五三"。
（2） 梁定本批：
> 風骨殊遒。

斂容送君別，一斂無開時。只應待相見，還將笑解眉。(1)
南浦別佳人

【今校】
（１）　朱批：
　　　　　意好而語鄙。
　　　梁定本批：
　　　　　此不免於淺拙。

劉孝儀

詩　二　首

金鈿已照耀，白日未蹉跎。欲待黃昏後，含羞淺渡河(1)。
詠織女

【紀批】
　　此託織女以詠人。(2)

【今校】
（１）　羞，朱墨批本、趙本作"嬌"。
（２）　梁定本作：
　　　　　此託織女以譬人，非爲織女詠也。

蓮名堪百萬，石性重千金(1)。不解無情物，那得似人心。
詠石蓮

【紀批】
　　能以意勝。(2)

【今校】
（１）　石性，朱墨批本作"石姓"。墨批：
　　　　　牽合無理，別本作"石性"較妥。
　　　　按：此批語又以墨筆圈起，似爲删除之意。
（２）　梁定本作：
　　　　　齊梁詠物大抵堆砌故實，此獨能以意勝。

劉孝威

和定襄侯八絶初笄一首⁽¹⁾

　　合鬟仍昔髮,略髩即前絲。略,當作"掠",然二字古人亦通用。⁽²⁾ 從前一梳罷⁽³⁾,無復更縈時。

【今校】
（1）　梁定本批：
　　　　淺而無味。
（2）　墨批作：
　　　　"略"疑作"掠"。
（3）　前,朱墨批本、文淵閣本、趙本作"今"。

江伯瑶

和定襄侯八絶楚越衫一首

　　裁縫在篋笥,薰髩帶餘香。"薰髩"二字未詳。開看不忍著,一見落千行[一](1)。

【紀批】
〔一〕"千行"不出"淚"字,定是何物? 此種用法,詩家往往有之,然終是一病。⁽²⁾

【今校】
（1）　朱墨批本作"一見淚千行","淚"下注：按,一作"落"。
（2）　殘稿本朱批：
　　　　節去"淚"字,"千行"定是何物?
　　　梁定本作：
　　　　"落千行"不出"淚"字,所謂"千行"者何物? 詩家多有之,終是一病。

劉泓

詠繁華一首

可憐宜出衆,的的最分明。秀媚開雙眼[1],風流著語聲。

【今校】
(1) 梁定木批:
　　　"秀媚"句近俚。

何曼才

爲徐陵傷妾詩一首

遲遲衫掩淚,憫憫恨縈胸。無復專房日,猶望下山逢。

【紀批】
遣妾殊非佳事,何以暴之? 其有所不得已而志恨耶? ○語意特爲忠厚。[1]

【今校】
(1) 梁定本作:
　　　語意忠厚。○遣妾殊非佳事,何故乃自暴之? 其有所不得已而存以誌恨耶? 抑有所悔焉而存以誌過耶?

蕭驎

詠袙複一首[1]

袙,宋刻目錄作"袒"[2]。按:袒服字雖出《左傳》,然與"複"字不屬。劉熙《釋名》:"帕腹,橫帕其腹也。"段成式《酉陽雜俎》載[3],鬼以綾袙複贈辛秘[4],帶有一結,蓋即帕腹之異文。徐鉉《説文新附字》注曰[5]:"幞,帊也。"

丁度《集韻》:"幞,帕也。"[6]韓愈《元和聖德詩》"以紅帕首"。《續漢書·輿服志》載,秦始以絳袙爲武將首飾[7]。則"帕"、"帊"、"袙"本屬一字,此作"袙複"與《酉陽雜俎》正合,目録作"袒",誤也。

的的金弦净,離離寶褥分。纖腰非學楚,寬帶爲思君[8]。《初學記》收於"裹"部,題曰"詠裹複",詩作:"晶晶金紗净[9],離離寶縫裹。腰非學楚舞,寬帶爲思君。"皆與此不同。

【今校】

（1） 袙,朱墨批本、趙本作"袒"。
（2） "宋刻"句,文淵閣本誤作:
　　　　宋刻目録作"袙"。
（3） 載,文津閣本作"所載"。
（4） 文津閣本無"鬼"字。秘,四庫本作"祕"。綾,文淵閣本作"繗"。
（5） 徐鉉《説文新附字》,梁定本作"許慎《説文》"。
（6） 梁定本無"丁度"句。
（7） 絳袙,四庫本作"絳帕"。
（8） 梁定本批:
　　　　綽有情致。
（9） 晶晶,梁定本、四庫本作"晶晶"。金紗,梁定本作"金絃"。

紀少瑜

詠殘鐙一首

殘鐙猶未滅,將盡更揚輝。惟餘一兩焰,纔得解羅衣。

【紀批】
　　淺語而藻思艷發。[1]

【今校】
（1） 朱批作:
　　　　前後際俱在言外。

梁定本作：
　　後二句淺淡之中藻思豔發。

王叔英婦

暮 寒 一 首

　　梅花自爛發，百舌早迎春。愈寒衣愈薄，二"愈"字，宋刻並誤作"逾"。(1) 未肯惜腰身。惜，宋刻作"懷"(2)，誤。

【紀批】
　　寫出愛好之意，情思已在個中。(3)

【今校】
（1）　朱墨批本同宋刻。
（2）　朱墨批本同宋刻。
（3）　殘稿本朱批：
　　　　情思亦在言外。
　　梁定本批：
　　　　寫出愛好之意，情思於言外見之。

戴暠

詠欲眠詩一首(1)

　　拂枕薰紅帊，回鐙復解衣。旁邊知夜久，不喚定應歸。

【紀批】
　　曼態柔情俱于瑣屑中寫出。○"旁邊"似指侍婢。言之"定應歸"，正嫌其尚不歸耳。(2)

【今校】
（1） 文津閣本無"詩"字。
（2） 朱批作：
　　　　"旁邊"似指侍者。
　　梁定本作：
　　　　曼態柔情悉於瑣屑中淡筆鉤出。○"旁邊"似指侍者。

劉孝威

詩 二 首[一]

　　　馮氏校本注曰：此二首活本所無(1)，與第八卷徐悱同例。案：宋刻實有此二首，但孝威業已見前，顯爲後人附入，宋刻偶然失注耳。

　　朝日大風霜，寄事是交傷。此句未詳。葉落枝柯淨，常自起棊張。吳氏本注曰：棊，疑作"箕"。
　　古體雜意

【紀批】
〔一〕 二首又非《八詠》之比，不知何取而增入。(2)

【今校】
（1） 活本，四庫本、梁定本作"宋本"。
（2） 梁定本：
　　　　二首無一可采，不識何取而附入之。
　　朱批：
　　　　未解。

　　可憐將可念，可念值千金(1)。惟言有一恨，恨不逐人心。(2)
　　詠佳麗

【今校】
（1） 值，朱墨批本、趙本作"直"。

（2） 逐,文津閣本作"遂"。
朱批：

　　殊嫌鄙俚。

跋[1]

紀　昀

　　孔子論《詩》曰"思無邪"，孟子論説《詩》曰"以意逆志"，聖賢宏旨，具於斯矣。學者取古人之詩，究其正變，以求所謂發乎情而止乎禮義者，或法或戒，皆可以上溯風雅也。否則，横生意見，以博名高，本淺者務深言之，本小者務大言之，本通者務執言之，附會經義，動引聖人，是之謂理障。舊説既無師承，古籍亦鮮明證，鈎稽史傳，以倖其姓名年月之偶合，是之謂事障。矜一韻之奇，争一字之巧，所謂好色不淫、怨悱不亂者弗講也；所謂鋪陳終始、排比聲韻者弗講也；所謂思表纖旨、文外曲致者弗講也，是之謂詞障。三障作而詩教晦矣。是非俗士之弊，而通人之弊也。《玉臺新詠》雖宮體，而由漢及梁文章升降之故亦略見於斯。譬之古碑舊帖，不必盡合於六書，而前人行筆結字之法，則往往因是而可悟。余既粗爲校正，勒爲《考異》十卷。會汾陽曹子受之問詩於余，屬爲評點，以便省覽，因雜書簡端以應之，與《考異》各自爲書，不相雜也。曹子如平心静氣以言詩，則管蠡之見或不無小補；如欲高論以駭俗，則僕不敏焉。癸巳正月二十七日，觀弈道人記。

【今校】

（１）　稿本無題。四庫本、梁定本未録此跋。

後　敘[1]

陳玉父

　　右《玉臺新詠集》十卷。幼時至外家李氏,於廢書中得之,舊京本也。宋已失一葉,"宋"字未詳,疑當作"本"。間復多錯謬,板亦時有刓者,欲求他本是正,多不獲。嘉定乙亥在會稽,始從人借得豫章刻本,財五卷。蓋至刻者中徙,故弗畢也。又聞有得石氏所藏錄本者,復求觀之,以補亡校脱。於是其書復全,可繕寫。夫詩者,情之發也。征戍之勞苦,室家之怨思,動于中而形于言,先王不能禁也。豈惟不能禁,且逆探其情而著之,《東山》、《杕杜》之詩是矣。若其他變風化雅,"化"字未詳。謂"豈無膏沐,誰適爲容"、"終朝采緑,不盈一匊"之類,以此集揆之,語意未大異也。顧其發乎情則同,而止乎禮義者蓋以矣[2]。"以"字於義當作"異"。然其間僅合者,亦一二焉。其措詞託興高古,要非後世樂府所能及。自唐《花間集》"花"字宋刻誤作"苗"。已不足道,而況近代狹邪之説,狹,宋刻誤作"挾"。號爲以筆墨動淫者乎?動,疑作"勸"。又自漢魏以來,作者皆在焉,多蕭統《文選》所不載,覽者可以睹歷世文章盛衰之變云。是歲十月旦日書其後,永嘉陳玉父[3]。

【今校】

（1）　文津閣本無此《後敘》。
（2）　以,通行本從趙本作"鮮"。
（3）　文淵閣本缺"父"字。

附録：
紀批《玉臺新詠》宋刻本未收詩輯録

按：《玉臺新詠》有宋代陳玉父刻本與明代鄭玄撫刻本兩大系統。兩本的不同在於，自卷三始，後者比前者多收詩179首。清吳兆宜箋注本將明刻本所闌入者悉附各卷之後，注明"以下宋刻不收"。吳注本是《玉臺新詠》唯一的古注本。紀昀首次批校的底本爲其門人、吳兆宜的曾孫吳惠叔所抄（詳見《版本考述》），此本原稿現僅存卷九、卷十兩卷，藏於臺北"國家圖書館"。此本的過録本卻存完帙，國家圖書館、天津圖書館、上海圖書館各有藏本。從過録情形來看，紀昀對明刻闌入其中約百首詩有評點，而這部分評語因《校正》稿本以"宋刻"爲底本，而未予録入，現附録於下。詩文據吳兆宜注、程琰刪補本《玉臺新詠箋注》録入。原書中雙行小字夾注今處理爲單行。訛異之處加"今按"説明。眉端的紀氏批語，附在整首詩下，標注"【朱批】"或"【墨批】"。若批語針對具體詩句，則以注碼插入所評詩句處。

卷　　三

【墨批】

宋刻不收之詩，皆明人所妄入。吳氏雖離析編之而仍爲作注，今亦一例點論之。他時如繕清本，則仍以宋刻所有爲斷，庶不失舊本面目耳。觀弈道人附記。

今按：這段"附記"批在卷三末所録陸機《擬行行重行行》天頭。

卷　　四

鮑照

朗月行已下諸詩，宋刻不收，今附於後。按：《雜曲歌辭》又有《明月篇》《明月子》諸題，意同。注見卷二傅玄。

朗月出東山，照我綺窗前。窗中多佳人，被服妖且妍。靚妝坐帷裏，一作"袖"。當户弄清弦。相如《上林賦》："靚妝刻飾。"郭璞曰："靚妝，粉白黛黑也。刻飾，畫髳鬢也。"枚乘《雜詩》："當窗理清曲。"鬢奮一作"奪"。衛女迅，體絶飛燕先。[一]《太平御覽》：史記曰："衛皇后，字子夫，與武帝侍衣得幸。頭解，上見其髮鬢，悦之，因立爲后。"今本《史記》無。又《漢武故事》：子夫遂得幸，頭解，上見其髮美，悦之，納于宫中。張衡《西京賦》所云"衛后興於鬢髮"是也。《漢·外戚傳》："孝成趙皇后學歌舞，號曰飛燕。"師古曰："以其體輕也。"《西京雜記》："趙后體輕腰弱，善行步進退。"爲君歌一曲，當作一作"堂上"。朗月篇。酒至顔自解，聲和心亦宣。王讚《雜詩》：誰能宣我心。千金何足重，所存意氣間。古樂府：男兒重意氣。

【朱批】
〔一〕　二句笨滯。

東門行善曰："《歌録》：《日出東門行》，古辭也。"良曰："東都門，長安城門名，別離之地，故敘去留之情焉。"按：相和歌辭瑟調曲。《古今樂録》："王僧虔《技録》云：《東門行》歌古東門一篇，今不歌。"《樂府解題》："古辭云：'出東門，不顧歸。'言士有貧不安其居者，拔劍將去，妻子牽衣留之，願共餔糜，不求富貴，且曰'今時清，不可爲非'也。若宋鮑照'傷禽惡弦驚'，但傷離別而已。"古辭《東門行》四解，二首。

傷禽惡弦驚，倦客惡離聲。[一]善曰："《戰國策》魏加對春申君曰：'臣少之時好射，願以射譬，可乎？'春申君曰：'可。'異日，更嬴與魏王處京臺之下，更嬴謂魏王曰：'臣能虚發而下鳥。'魏王曰：'然則射可至此乎？'更嬴曰：'可。'有鴻鵠從東方來，更嬴以虚弓發而下之。王曰：'射之精可至此乎？'更嬴曰：'此孽也。'王曰：'先生何以知之？'對曰：'其飛徐者，其創痛也。悲鳴久，失羣也。故創未息而驚心未忘，聞弦音引而高飛，故創隕。今臨武君常爲秦孽，不可爲拒秦之將也。'"離聲斷客情，賓御皆涕零。明遠《詠史》："詩賓御紛颯沓。"涕零心斷絶，將去復還訣。一息不相知，何况異鄉別。善曰："《説文》：息，喘也。"遥遥征駕遠，杳杳白按：一作"落"。日晚。善曰："《左傳》童謡曰：'鸜鵒之巢，遠哉遥遥。'《楚辭》：'日杳杳以西顙。'"居人掩閨臥，行子夜中按：一作"中夜"。飯。野風吹草木，行子心腸斷。蔡琰《胡笳》："不得相隨兮空斷腸。"食梅常苦酸，衣葛常苦寒。善曰："《淮南子》：百梅足以爲百人酸。"絲竹徒滿座，憂人不解顏。善曰："絲竹，樂之器也。"長歌欲自慰，彌起長恨端。善曰："鄭玄《禮記注》：彌，益也。"按，此首《文選》載。

【朱批】
發端驚矯，通首音節俱妙造自然。

王融

芳樹《宋書·樂志》鼓吹鐃歌十五篇，何承天晉義熙末私造。一曰《朱鷺》，二曰《思悲公》，三曰《雍離》，四曰《戰城南》，五曰《巫山高》，六曰《上陵者》，七曰《將進酒》，八曰《君馬黃》，九曰《芳樹》，十曰《有所思》，十一曰《雉子遊原澤》，十二曰《上邪》，十三曰《臨高臺》，十四曰《遠期》，十五曰《石流》。考此諸曲，皆承天私作，疑未嘗被於歌也。雖有漢曲舊名，大抵別增新意，故其辭與古辭考之，多不合云。悲公，一作"裴公"。《樂府解題》："古辭中有云：'妬人之子愁殺人，君有他心，樂不可禁。'若齊王融'相思早春日'，謝朓'早翫華池陰'，但言時暮，衆芳歇絕而已。"又按：《鼓吹曲辭》漢鐃歌十八首，其十一首曰《芳樹》古辭一首，融乃擬之也。

相思一作"望"。早春日，煙華雜如霧。沈約《傷春賦》"煙華以層曲"蓋本此。鮑照《舞鶴賦》："頂凝紫而煙華。"復此佳麗人，含情結芳樹。王粲《公讌詩》："今日不盡歡，含情欲待誰？"綺羅以自憐，萱風多有趣。王延壽《魯靈光殿賦》："縱橫絡繹，各有所趣。"去來徘徊者，佳人不可遇〔一〕。

【朱批】
〔一〕"佳人"疑作"佳期"。

回文詩《樂府古題要解》："回文詩，回復讀之，皆歌而成文也。"
枝大柳塞北，葉闇榆關東。按：《史記·楚世家》悼王十一年，三晉伐楚，敗我大梁、榆關。注："榆關，當在大梁之西。"垂條逐絮轉，落藥散花叢。池蓮照曉月，幔錦披按：一作"拂"。朝風。低吹雜綸羽，薄粉豔粧紅。離情隔遠道，歎結深閨中。

【朱批】

此詩家之惡派，不作可也。

蕭諮議西上夜集

徘徊將所愛，惜別在河梁。李陵詩：“携手上河梁，遊子暮何之？”衿袖三春隔，江山千里長。寸心無遠近，邊地有風霜。勉哉勤歲暮，敬矣慎容光。鮑照《秋夜》：“非直惜容光。”山中殊未懌，杜若空自芳。《楚辭》：“山中人兮芳杜若。”

【墨批】

此種究太淺近。

謝朓

銅雀臺妓 六臣：“銅雀”上有“同謝諮議”。善曰：“集曰‘謝諮議璟’。《魏志》：建安十五年冬，作銅雀臺。魏武遺令曰：‘吾伎人皆著銅爵臺，於臺上施六尺牀，繐帳，朝晡，上脯糒之屬。月朝十五日，輒向帳作伎，汝等時時登銅爵臺，望吾西陵墓田。’”按：相和歌辭平調曲。樂府《銅雀臺》，一曰《銅雀妓》。《樂府解題》：“後人悲武帝意，而爲之詠也。”又按：臺在鄴城，最高，上有屋一百二十間，連接榱棟，侵徹雲漢。鑄大銅雀置於樓顛，舒翼奮尾，勢若飛動，因名爲銅雀臺。

繐幄飄井幹，樽酒若平生。善曰：“鄭玄《禮記注》：‘凡布細而疏者謂之繐。今南陽有鄧繐。’《淮南子》：‘大構架，興宮室，有雞棲井幹。’許慎曰：‘皆屋構飾也。’司馬彪《莊子注》：‘幹，井欄。’然井幹，臺之通稱也。”鬱鬱西陵樹，詎聞鼓吹聲。〔一〕《漢·霍光傳》：“擊鼓歌吹作俳倡。”芳襟染淚跡，嬋娟按：一作“媛”。空復情。善曰：“《楚辭》：‘心嬋娟而傷懷兮。’王逸曰：‘嬋娟，牽引也。’”玉座猶寂寞，況乃妾身輕。〔二〕善曰：“《寡婦賦》：懼身輕而施重。”《漢·揚雄傳》：“惟寂寞，自投閣。”按：此首《文選》載。

【朱批】

〔一〕 措語深婉。
〔二〕 結亦沉摯。

贈故人

芳洲有杜若，可以慰佳期。《楚辭》：“采芳洲兮杜若。”又：“與佳期兮夕張。"望望忽超遠,何由見所思?《楚辭》:"平原忽分路超遠。"我行未千里,山川已間之。離居方歲月,佳人不在兹。清風動簾夜,孤月照窗時。安得同携手,酌酒賦新詩。蔡邕《瞽師賦》:"詠新詩以悲歌。"

【朱批】

此種已全是唐音。詩至玄暉是千古一大轉關處。故趙紫芝曰:"玄暉詩有唐音。"

別江水曹

山中上芳月,故人清樽賞。梁沈約《反舌賦》:"對芳辰於此月。"古歌:"清尊發朱顏。"《隋·五行志》:"武平末童謠云:清尊但滿酌。"意義並同。遠山翠百一作"不"。重,迴流映千丈。《西京雜記》:"文君姣好,眉色若望遠山。"《呂氏春秋》:"若決積水於千仞之谿。"花枝聚如雪,垂藤散似網。按:《宋書·符瑞志》大明五年正月元日,花雪降殿庭,于是公卿作花雪詩。又:杜芳藤,形不能自立,根本緣繞他木作房,藤連結如羅網相冒。本《南州異物志》。別後能相思,何嗟異風一作"封"。壤。《黃憲外史》:昔我先王建國,伯、子、男皆無封壤。

【朱批】

就常解翻入一層便離窠臼。王子安"海内存知己,天涯若比鄰"意從此脱出而又不同,可悟古人變化之法。

詠竹火籠

按:《説文》云:"薰衣竹籠也,一曰薰籠。"《方言》謂之焙籠。《西京雜記》:"漢制:天子以象牙爲火籠。"

庭雪亂如花,井冰粲成玉。《韓詩外傳》:"凡草木花多五出,雪花獨六出。"因炎入貂袖,懷温奉芳褥。沈約《傷美人賦》:"空合歡之芳褥。"體密用宜通,文斜性非曲。暫承君王旨,請謝陽春旭。《廣雅》:"日初出爲旭。"

【朱批】

此却粘皮帶骨。〇結句尤晦。

陸厥

邯鄲行

《通典》:"邯鄲,戰國時趙國所都,自敬侯始都之,有叢臺、洪波臺在焉。"邯,山名。鄲,盡也。《樂府廣題》:"邯鄲,舞曲也。"按:雜曲歌辭。梁武帝又有《邯鄲歌》。

趙女撫鳴琴，邯鄲紛躧步。《南都賦》："齊僮唱兮列趙女。"又："張琴撫箏。"《魏都賦》："邯鄲躧步。"《漢·班固傳》："有學步於邯鄲者，未得髣髴，失其故步。"長袖曳三街，兼金輕一顧。《釋名》："道四通曰街。"有美獨臨風，佳人在遐路。《楚辭》："臨風唱兮浩歌。"魏王粲詩："從軍征遐路。"相思欲褰衽，叢臺日已暮。[一]《漢·地理志》："叢臺，在邯鄲，趙武靈王築。"

【朱批】
〔一〕 結有深致。

卷　　五

范雲《宋書》：雲，字彥龍，南鄉舞陰人。起家郢州西曹書佐，累遷廣州刺史。至梁，爲散騎常侍、吏部尚書。

巫山高 注見卷四王融。按：鼓吹曲辭漢鐃歌。以下諸詩，宋刻不收，今附於後。

巫山高不極，百日隱光輝。靄靄朝雲去，冥冥暮雨歸。岩懸獸無跡，林暗鳥疑飛。枕席竟誰薦？相望徒依依。

【朱批】
前四句太熟，五六句太泛，五句尤拙，七八句太直亦太褻。

望織女
盈盈一水邊，夜夜空自憐。不辭精衛苦，河流未可填。《述異記》："昔炎帝女溺死東海中，化爲精衛，其名自呼。每銜西山木石填東海。一名鳥市，一名冤禽，一名志鳥，俗呼帝女雀。"寸情百重結，一心萬處懸。[一]《戰國策》楚王曰："寡人之心，搖搖然如懸旌，終無所薄。"願作雙青鳥，共舒明鏡前。范泰《鸞鳥詩序》："昔罽賓王結罝峻卵之山。獲一鸞鳥，王甚愛之。三年不鳴，其夫人曰：'常聞鳥見其類而後鳴，何不照鏡以映之？'鸞睹影悲鳴而絕。"

【朱批】
〔一〕 "萬處"二字無着。

思歸按：徐刻作"閨思"。

春草醉春煙，春按：一作"深"。閨人獨眠。積恨顏將老，相思心欲然。幾回明月夜，飛夢到郎邊。

【朱批】

小詩却極情致，已開太白之先聲。○佳在自然。

送別

東風柳線長，送郎上河梁。《三齊略紀》："劉俊之爲益州刺史，獻蜀柳數枝，條甚長，狀若絲縷。武帝植於太昌靈和殿前。"未盡樽前酒，妾淚已千行。《呂氏春秋》："吳起至於岸門，止車而望西河，泣數行而下。"不愁書難寄，但恐鬢將霜。《子夜四時歌》："霜鬢不可視。"空懷白首約，江上早歸航。嵇康有《白首賦》。揚雄《法言》："舍舟航而濟乎瀆者，末也。"

【朱批】

好在用質，惟末二句嫌其過質。

江淹

詠美人春遊

江南二月春，東風轉綠蘋。《爾雅》："蘋，萍也。無根，浮水而生，其大者曰蘋。"不知誰家子，看花桃李津。《漢·李廣傳贊》引諺曰："桃李不言，下自成蹊。"白雪一作"雲"。凝瓊貌，問珠點絳脣。《莊子》："藐姑射之山有神人焉，肌膚若冰雪，綽約若處子。"《采蘭餘志》："黄帝煉成金丹，煉餘之藥，汞紅於赤霞，鉛白於素雪。宫人以汞點脣則脣朱，以鉛傅面則面白。見《嬛記》。"王褒《洞簫賦》："絳脣錯雜。"行人咸息駕，爭擬洛川神。曹植《美女篇》："行徒用息駕。"

【朱批】

後四句淺直，然當時之體多如是，故論詩亦論其世。

西洲曲按：雜曲歌辭。《樂府》作古辭，非江淹詩。〔一〕

憶梅下西洲，折梅寄江北。范曄詩："折梅逢驛使，寄與隴頭人。江南無所有，聊贈一枝春。"單衫杏子紅，雙鬢鴉雛色。祖台之《志怪》："建康小吏曹著，爲廬山使君所迎，配以女婉。著形意不安，屢求去。婉淒然流涕，賦詩序別，並贈織成單衫也。"梁簡文帝《答新渝侯和詩書》："雙鬟向光，風流已絕。"《玉海》引"五入為緅"注："緅，今禮俗文作'爵'，言如爵頭色也。"鴉、鵶義同。按，《莊子·秋水篇》："南方有鳥，其名鵷鶵。"鶵，鳥子，初生能啄食，一作雛。**西洲在何處？兩槳橋頭渡。**樂府《莫愁樂》："莫愁在何處？莫愁石城西。艇子打兩槳，催送莫愁來。"**日暮伯勞飛，風吹烏臼樹。**古辭："東飛伯勞西飛燕。"《本草》："伯勞，《夏小正》注作百鷯，《詩》疏作博勞，《左傳》作伯趙。曹植《惡鳥論》：世傳尹吉甫信後妻之讒，殺子伯奇，後化為此鳥，故所鳴之家以為凶。"又："烏臼，時珍曰：'烏臼，烏喜食其子，因此名之。或云其木老則根下黑爛成臼，故得此名。南方平澤甚多，今江西人種植，采子蒸煮取脂，澆燭貨之。'"**樹下即門前**，門中一作"前"。**露翠鈿。開門郎不至，出門採紅蓮。採蓮南塘秋，蓮花過人頭。**《世說》："祖車騎過江時，衣服鮮麗，器皿備具。人問之，曰：'昨夜復南塘一出。'"**低頭弄蓮子，蓮子青如水。**《子夜歌》："乘月采芙蓉，夜夜得蓮子。"**置蓮懷袖中，蓮心徹底紅。**班婕妤《怨詩》："出入君懷袖。"**憶郎郎不至，仰首望飛鴻。**《史記·孔子世家》："衛靈公與孔子語，見蜚鴻，仰視之，色不在孔子，孔子遂行。"**鴻飛滿西洲，望郎上青樓。**曹植《美女篇》："青樓臨大路。"**樓高望不見，盡日欄杆頭。欄杆十二曲，垂手明如玉。卷簾天自高，海水搖空綠。**張景陽《雜詩》："天高萬物肅。"《淮南子》："海水大出。"**海水夢悠悠，君愁我亦愁。南風知我意，吹夢到西洲。**〔二〕

【朱批】

〔一〕 文通似未造此，當以古詞為是。

〔二〕 興象微妙，佳處於言外得之。○天機所到，動合自然，此筆墨之化境，作者亦不能第二首也。

潘黃門六臣有"岳"。**述哀**良曰：為悼婦詩。

青春速天機，素秋馳白日。善曰："《悼亡詩》云：'曜靈運天機，四節代遷逝。'《楚辭》：'青春爰謝復。'"《莊子》："其嗜欲深者，其天機淺"也。**美人歸重泉，悽愴無終畢。**善曰此擬岳詩"之子"二句。宋伍緝之《勞歌》："幽生重泉下。"《漢·鮑鮮傳》"三泉"注：師古曰："三重之泉言其深也。"**殯宮已肅清，松柏轉蕭瑟。**善曰："陸機《挽詩》：'殯宮何嘈嘈。'《寡婦賦》：'虛坐兮肅清。'仲長子《昌言》：'古之葬者，松柏梧桐以識其墳。'《楚辭》：'蕭瑟兮草木搖落而變衰。'"**俯仰未能弭，尋念非但一。**善曰："《楚辭》：'聊抑志而自弭。'賈逵《國語注》：'弭，忘也。'魏文帝詩：'所憂非但一。'"拊衿悼寂寞，悦一作"恍"。然若有失。善曰："此擬岳詩'撫襟'句。王逸《楚辭注》：'悦，失意也。'《後漢書》：'戴良見黃憲，及歸，罔然若有失。'"《漢·揚雄傳》：'惟寂寞，自投閣。"明月入綺窗，髣髴想蕙質。善曰："此擬岳詩'歲寒'以下八句。古詩：'交疏結綺窗。'左九嬪《武帝納皇后頌》：'如蘭之茂。'蕙，蘭類，故變之爾。"銷憂非萱草，永懷寄夢寐。善曰："毛萇《詩傳》曰：'諼草令人忘憂。'《寡婦賦》：'願假寐以通靈。'"夢寐復冥冥，何由覿爾形。善曰："潘岳《哀永逝賦》：'既目遇兮無兆，曾寤寐兮不夢。'《文子》：'慮患於冥冥之外。'"我慚北海術，爾無帝女靈。善曰："《列異傳》：'北海營陵有道人，能使人與死人相見。同郡人婦死已數年，聞而往見之曰："願令我一見死人，不恨。"遂教其見之。於是與婦人相見，言語悲喜，恩情如生。良久，乃聞鼓聲恨恨，不能出户，掩門乃走。其裾爲户所閉，掣絶而去。後歲餘，此人死，家葬之，開見婦棺，蓋下有衣裾。'《宋玉集》：'楚襄王與宋玉遊於雲夢之野，望朝雲之館，有氣焉，須臾之間，變化無窮。王問：此是何氣也？玉對曰：昔先王遊于高唐，怠而晝寢，夢見一婦人，自云：我帝之季女，名曰瑶姬，未行而亡，封於巫山之臺。'"駕按：一作"願"。言出遠山，徘徊泣松銘。雨絶無還雲，花落豈留英。善曰："《鸚鵡賦》：'何今日之雨絶。'《蜀都賦》："落英飄飄。"日月方代序，寢興何時平？善曰此擬岳詩"四節代遷逝"，"寢興自存形"兩句。按：此首《文選》載。

【朱批】

居然潘體。

沈約

塘上行按：相和歌辭清調曲。《樂府》作"江蘺生幽渚"，蓋以陸機《塘上行》首句爲題也。注詳見卷二《塘上行》。

澤蘭被荒徑，孤芳豈自通。陶潛《歸去來辭》云："三徑就荒。"休文《謝齊竟陵王教撰高士傳啓》云："孤芳隨山壑共遠。"幸逢瑶池曠，得與金芝叢。《穆天子傳》："天子觴西王母于瑶池之上。"《抱朴子》："金芝生於金石之中，無蓋，青莖，味甘辛。以秋取，陰乾治食，令人身有光，壽萬歲。"謝朓《杜若賦》："廁金芝于芳叢。"朝承紫臺露，夕潤渌池風。江淹《恨賦》："紫臺稍遠。"注："紫臺，猶紫宮也。"謝莊《北宅秘園詩》："綠池翻素景。"既美修娉女，復悦繁華童。《楚辭》："美人皓齒娉以姱。"張衡《七辨》："西施之徒，姿容修娉。"阮籍《詠懷》詩："昔日繁華子，安陵與龍陽。"夙昔玉霜滿，旦暮翠條空。梁簡文帝《與劉孝綽書》："玉霜夜下。"齊謝朓《泛水曲》："玉露霑翠條。"晉夏侯湛《苦寒謠》："松隕葉於翠條。"王胄詩："御柳長條翠。"葉飄儲胥右，芳歇露寒東。《漢書》：武帝因秦林光宮，元狩二年，增通天、迎風、儲胥、露寒。紀化尚盈昃，俗志信頹隆。木華《海賦》："鬱坳迭而隆頹。"財殫交易絕，華落愛難終。後漢張奐《誡兄子書》："財單藝盡。"《戰國策》："樂毅報燕惠王書曰：'古之君子，交絕不出惡聲。'"焦贛《易林》："秋風生哀，華落悲心。"所惜改歡昒，豈恨逐征蓬。宋鮑照《秋日》詩："卷蓬息復征。"願回朝按：一作"照"。陽景，持按：一作"時"。照長門宮。《西京雜記》：趙飛燕女弟居朝陽殿，中庭彤朱而殿上丹漆。

【朱批】
"葉飄"二句下三字太支湊；"紀化"二句亦太生拗。

詠鶴按：徐刻作江洪詩。
閒園有孤鶴，摧藏信可憐。晉湛方生《弔鶴文》："余以玄冬修夜，忽聞階前有孤鶴鳴。"鮑照《與妹書》："孤鶴寒肅。"寧望春皋下，刷羽甑花鈿。休文《詠湖中雁》詩云："刷羽同搖漾。"何時秋海上，照影弄長川。曉鳴動遙怨，夕唳感孀眠。謝朓詩："孤鶴方朝唳。"謝莊《月賦》："臨濬壑而遙怨。"孔稚珪《北山移文》："蕙帳空兮夜鶴怨。"哀咽芳林右，憫默華池邊。《江表傳》："潘濬哀咽，不能自勝。"曹植《蟬賦》："始遊豫乎芳林。"張衡《靈憲》注："寂寞冥默。"梁宗夬詩："悠默瞻華池。"劉勰《新論》："兩葉蔽目，則冥默無睹。"猶冀淩霄志，萬里共翩翩。魏文帝《與吳質書》："元瑜書記翩翩。"

【朱批】
比興頗淺。

卷　　六

吳均

妾安所居按：雜曲歌辭。
賤妾先有寵，蛾眉進不遲。一從西北麗，無復城南期。枚乘詩："西北有高樓。"古樂府："羅敷善蠶桑，采桑城南隅。"何因按：一作"用"。暫艷逸，豈爲乏妍姿？王粲《閒邪賦》："夫何英媛之麗女，貌洵美而艷逸。"徒有黃昏望，寧遇青樓時。《楚辭·九章》云："黃昏以爲期。"惟惜應門掩，方餘永巷悲。

《史記·范雎傳》:"佯爲不知永巷,而入其中。"《正義》:"永巷,宮中獄名也。宮中有長巷,故名焉。後改曰掖庭。"按:《詩》毛傳:"王之正門曰應門。"鄭箋:"朝門曰應門。"又《陳情表》:"内無應門五尺之童。"**匡牀終不共,何由横自私?**按:一作"思"。

【墨批】

亦太淺拙。

王僧孺

詠歌按:一作"寵"。**姬**

及君高堂還,值妾妍妝罷。[一]《蜀都賦》:"置酒高堂。"**曲房褰錦帳,回廊步珠屣。**《鄴中記》:"春秋施錦帳,表以五色絲,爲裌帷。"《説文》:"廊,東西序也。"《廣韻》:"廡也。"文穎曰:"殿下外屋也。"陸機《七徵》:"長廊迴屬。"簡文帝《善覺寺碑文》:"回廊逢迎。"《西京賦》:"振朱屣於盤樽。"注:"朱屣,赤絲屣也。"**玉釵時可掛,羅襦詎難解?再顧傾城易,一笑千金買。**崔駰《七依》:"回眸百萬,一笑千金。"賈氏《説林》:"武帝與麗娟看花,而薔薇始開,態若含笑,帝曰:'此花絶勝佳人笑也。'麗娟戲曰:'笑可買乎?'帝曰:'可。'麗娟遂命侍者取黄金百斤,作買笑錢,奉帝爲一日之歡。"

【朱批】

〔一〕 起二句有神。

費昶

芳樹按:鼓吹曲辭漢鐃歌,注見卷四王融。

幸被夕風吹,屢得朝光照。枝低按:一作"偃"。**疑欲舞,花開似含笑。長夜踏悠悠,所思不可召。行人早旋返,賤妾猶年少。**按:一作"年猶少"。

【朱批】

翻轉説便成新意。

徐勉《宋書》:徐勉,字修仁,東海郯人。齊領軍長史。入梁,累官吏部尚書,領太子中庶子,改授侍中、中衛將軍,謚簡肅。

採菱曲注見上文。

相攜及嘉月,採菱渡北渚。《楚辭》:"陶嘉月兮總駕。"謝惠連《獻康樂詩》："漾舟陶嘉月。"微風吹櫂歌，日暮相容與。漢武帝《秋風辭》："發櫂歌。"《方言》："楫，或謂之櫂。"郭璞曰："今之櫂歌也。"采采不能歸，望望方延佇。倘逢遺珮人，預以心相許。屈原《九歌》："遺余珮兮澧浦。"枚乘《七發》："目挑心與。"

【墨批】

六朝詩難此天然。

【朱批】

興寄微妙。

卷　　七

昭明太子《梁書》：太子，諱統，字德施，武帝長子。生而聰睿，讀書數行並下，喜文章，聚書至三萬餘卷，因覆舟病薨。

長相思按：雜曲歌辭，注見卷四吳邁遠。已下諸詩，宋刻不收，今附於後。

相思無終極，長夜起一作"豈"。歎息。徒見貌嬋一作"孍"。娟，寧知心有憶。寸心無以因，願附歸飛翼。

【朱批】

語淺而深。

簡文帝

美女篇按：雜曲歌辭，注見卷二曹植。

佳麗盡關情，風流最有名。約黃能效月，裁金巧作星。粉光勝玉靚，衫薄擬蟬輕。密態隨羞按：一作"流"。臉，嬌歌逐軟聲。朱顏半已醉，微笑隱香屏。《黃憲外史》："韓王玉壺、紫英二姬，隱於雕屏。"龍輔《女紅餘志》："《觀美女詩序》：賣眼香屏之中，弄姿綠水之側。"

【朱批】

結有致。

怨歌行按：相和歌辭楚調曲，注見卷一班婕妤、卷二傅玄。

十五頗有餘，日照杏梁初。蛾眉本多嫉，掩鼻特成虛[一]。《離騷》："衆女嫉餘之蛾眉兮。"《亢倉子》："同藝者相嫉。"《楚辭注》："害賢曰嫉，害色曰妬。"《正字通》："妬，與嫉字別義同。"《戰國策》："魏王遺楚王美人，鄭袖因謂新人曰：'王惡子之鼻，子爲見王則必掩子鼻。'新人見王因掩其鼻。王謂鄭袖：'何也？'鄭袖曰：'其似惡聞王之臭也。'王令劓之。"持此傾城貌，翻爲不肖軀。秋風吹海水，寒霜依玉除。梁裴子野《劉虬碑文》："皜乎若寒霜之潔。"《吳都賦》："玉除彤庭。"《説文》："除，殿階也。"月光臨户馳[二]，荷花依浪舒。《廣韻》："浪，波浪也。"望簷悲雙翼，窺沼泣王餘。陸機《擬古》："偏棲常隻翼。"《吳都賦》："雙則比目，片則王餘。"注："與並行爲並目。王餘，俗云越王膾魚未盡，因以其半葉之爲餘，遂無其面，因曰王餘。"苔生履處没，草合行人疎。崔豹《古今注》："空室無人行則生苔蘚。"班婕妤《自傷賦》："思君兮履綦。"晉灼曰："綦，履跡也。"裂紈傷不盡，歸骨恨難袪。《左傳》："知罃對楚子曰：以君之靈，纍臣得歸骨于晉。"潘岳《寡婦賦》："終歸骨兮山足。"早知長信別，不避後園輿[三]。後園輿，用同輦事也。

【朱批】

〔一〕"掩鼻"句晦。

〔二〕"馳"字不佳。

〔三〕結句能以意運事，齊梁所難。齊梁人只解正用法。

傷美人

昔聞倡女別，蕩子無歸期。今似陳王歡，流風難重思。[一]曹植《美女篇》："中夜起長歎。"張衡《南都賦》："流風徘徊。"翠帶留餘結，苔階没故基。圖形更非是，夢見反成疑。晉左貴嬪《班婕妤贊》："形圖丹青，名侔樊虞。"蔡邕樂府："宿昔夢見之。"薰爐含好氣[二]，庭樹吐華滋。漢劉向、李尤俱有《薰鑪銘》。古詩："綠葉發華滋。"香燒日有歇，花落無還時。

【朱批】

〔一〕此用《洛神》語，注誤。

〔二〕"好氣"字不佳。

【墨批】

末二句在古人爲舊格，在爾時反爲新調。

附録：紀批《玉臺新詠》宋刻本未收詩輯録 ·479·

雞鳴高樹顛《樂府解題》："古辭云：'雞鳴高樹顛，狗吠深宮中。'初言'天下方太平，蕩子何所之'，次言'黃金爲門，白玉爲堂，置酒作倡樂爲樂'，終言'桃傷而李仆'，喻兄弟當相爲表裏。兄弟三人近侍，榮耀道路，與《相逢狹路間行》同。若梁劉孝威《雞鳴篇》，但詠雞而已。又有《雞鳴高樹顛》、《晨雞高樹鳴》，皆出於此。"按：相和歌辭相和曲。

碧玉好名倡，夫婿侍中郎。高誘《淮南子注》："陽阿，古之名倡也。"桃花全覆井，金門半隱堂。時欣一來下，復比雙鴛鴦。雞鳴天尚一作"上"。早，東烏定未光。《述異記》：東南有桃都山，上有大樹，名曰桃都，枝相去三千里，上有天雞。日初出，照此木，天雞則鳴，天下雞皆從之鳴。

【朱批】
常情常語，寫來深致。

春日
年還樂應滿，春歸思復生。〔一〕桃含可憐紫，柳發斷腸青。落花隨燕入，遊絲帶蝶驚。〔二〕邯鄲歌管地，見許欲留情。宋孔欣樂府："邯鄲有名倡，乘間奏新聲。"《吳都賦》："歡情留。"

【朱批】
〔一〕 起句拙。
〔二〕 風秀。

和湘東王陽雲臺簷柳
曖曖陽雲臺，春柳發新梅。《晏子春秋》："星之昭昭，不如月之曖曖。"王逸《楚辭注》："曖曖，昏昧貌。"柳枝無極軟〔一〕，春風隨意來。潭沱青帷閉，玲瓏朱扇開。郭璞《江賦》："與波潭沱。"善曰："潭沱，隨波之貌。"曹植《娛賓賦》："舟帷曄以四張。"《月令》："乃修闔扇。"《方言》："以竹編門曰扇，木曰闔。"魏劉楨《魯都賦》："朱扇含光。"佳人有所望，車聲非是雷。〔二〕

【朱批】
〔一〕 "無極軟"三字拙稚。
〔二〕 結句用古尤拙。

聽夜妓

合歡蠲忿葉,萱草忘憂條。如何明月夜,流風拂舞腰。朱脣隨吹動,玉釧逐弦搖。留賓惜殘弄,負態動餘嬌。

【墨批】

與水部《看新婚詩》同一起法,而襯語太遠,便嫌廓落。

詠內人晝眠

北窗聊就枕,南簷日未斜。沈約《六憶詩》:"就枕更須牽。"攀鉤落綺障,插捩舉琵琶。夢笑開嬌靨,眠鬟壓落花。伏知道《爲王寬與義安主書》:"欣看笑靨。"無名氏《歎疆場》:"笑靨自然開。"簟文一作"紋"。生玉腕,香汗浸紅紗。《東宮舊事》:"太子納妃,有烏韜赤花雙文簟。"《子夜秋歌》:"香汗光玉色。"夫婿恒相伴,莫誤是倡家。

【朱批】

小品自佳。○結二句拙晦。

詠按:《樂府》無"詠"字。中婦織流黃按:相和歌辭清調曲。注見卷五沈約《擬三婦》。

翻花滿階砌,愁人獨上機。浮雲西北起,孔雀東南飛。魏文帝《雜詩》:"西北有浮雲,亭亭似車蓋。"無名氏樂府:"孔雀東南飛,五里一徘徊。"調絲時繞腕,易鑷乍牽衣。《語林》:"劉道真見一老嫗採旅,劉調之曰:女子何不調機利杼而採旅。"《周禮》:"㡛氏漚絲以涚水,漚其絲七日,去地尺暴之,晝暴諸日,夜宿諸井,七日七夜,是謂水涷。"《西京雜記》:"霍光妻遺淳于衍葡萄錦二十四匹,散花綾二十五匹。綾出鉅鹿陳寶光家,寶光妻傳其法。霍顯,召入其第,使作之。機用一百二十鑷,六十日成一匹,匹值萬錢。"古辭《東門行》:"兒女牽衣啼。"魏文帝詩:"妻子牽衣袂。"鳴梭逐動釧,紅妝映落暉。

【朱批】

結句窘弱。

和人以妾換馬《樂府題解》:"《愛妾換馬》,舊說淮南王所作。疑淮南王即劉安也。古辭今不傳。李尤《獨異志》:魏曹璋性倜儻,偶逢駿馬,愛之,其主所惜也。璋曰:

'予有美妾可換，惟君所選。'馬主因指一妓，璋遂換之。馬號曰白鵲。後因獵獻于文帝。"按：雜曲歌辭。《樂府》題作"愛妾換馬"。

功名幸多種，何事苦生離？誰言似白玉，定是媿青驪。枚乘《雜詩》："美者顏如玉。"《雜事秘辛》："商女女瑩，築脂刻玉。"晉江偉《襄邑令傅渾頌》："乃冰其清，乃玉其白。"《爾雅》："青驪駽，騽。"注："音陀，今連錢驄。"必取匣中釧，回作飾金羈。《說文》："釧，臂環也。古謂之跳脫。"真成恨不已，願得路旁兒。《藝文類聚》引《風俗通》曰："殺君馬者，路旁兒也。"

【朱批】
五六句太用意而反拙，結二句語既太盡，意亦過激。

詠舞
戚里多妖麗，重聘蔑燕一作"秦"。餘。《漢·萬石君傳》："高祖召石奮姊爲美人，徙其家長安中戚里。"師古曰："於上有姻戚者，則皆居之，故名其里爲戚里。"張衡《七辯》："燕餘材舞。"簡文帝《箏賦》云："乃有燕餘麗妾，方桃譬李。"逐節工新舞，嬌態似凌虛。何晏《景福殿賦》："赴險凌虛。"納花承襜概，垂翠逐瑲舒。扇開衫影亂，巾度履行疏。沈約《宋書》："晉初有公莫舞，今之巾舞也。相傳云項莊劍舞，項伯以袖隔之。今之用巾，蓋像項伯衣袖之遺式。"徒勞交甫憶，自有專城居。古樂府："四十專城居。"

【朱批】
結句用羅敷艷歌，拙極。此三字可代夫婿字乎？
今按："此三字"指"專城居"，其下有墨筆劃線。

採桑 注見卷四鮑照。按：相和歌辭相和曲。
春色映空來，先發院邊梅。細萍重疊長，新花歷亂開。宋辭《華山畿》曰："歷亂傷殺汝。"《讀曲歌》曰："莫案石榴花，歷亂聽儂摘。"連珂往淇上，接轊至叢臺。潘岳《籍田賦》："微風生於輕轊兮。"叢臺可憐妾，當窗望飛蝶。忌跌行衫領，熨斗成襹襹。《方言》："跌，蹶也。"師古曰："足失據也。"《說文》："襹，奪衣也。"下牀著珠佩，捉鏡安花鑷。孔孺《七別》："紫鑷承鬢而騁暉。"《釋名》："鑷，攝也，攝髮也。"薄晚畏蠶饑，競採春桑葉。按：《樂府》無上四句。寄語採桑伴，訝今春日短。枝高攀不及，葉細籠難滿。按："年年"以下十二句，《樂府》不載。年年將使君，歷亂遣相聞。古樂府："使君遣吏往，問此誰家姝?"欲知琴裏意,還贈錦中文。何當照梁日,還作入山雲。《漢·五行志》:"雲起於山中。"重門皆已閉,方知客留袂。可憐黃金絡,復以青絲繫。必也爲人時[一],誰令畏夫婿?

【朱批】
[一] "必也"句未詳,然不成語。

　　半路溪《樂府解題》:"《半渡溪》,言戰而半涉溪水見迫,所言皆嶺南地里,與《武溪深》相類。梁元帝又有《半路溪》,則言相逢隔溪,已識行步。辭旨與此全殊。"按:雜曲歌辭。《樂府》作元帝詩。
　　相逢半路溪,隔溪猶不渡。望望判知是,翩翩識行步,摘贈蘭澤芳,欲表同心句。曹植《七啓》:"收亂髮兮拂蘭澤。"先持一作"將"。動舊情,恐君疑妾妬。

【墨批】
邊幅雖狹而語極用意,差勝生堆故實。

　　詠風
　　樓上起朝妝,風花下砌傍。庾信《七夕賦》:"嫌朝妝之半故。"張華《晉白紵舞歌詩》:"陽春白日風花香。"入鏡先一作"未"。飄粉,翻衫一作"袖"。好染香。度舞飛長袖,傳歌共繞梁。欲因吹少女[一],還將拂大王。《三國·管輅傳》:"輅曰:今夕當大雨,樹上已有少女微風,若少女反風,其應至矣。"宋玉《風賦》:"此所謂大王之雄風也。"

【墨批】
[一] "吹"字不妥。

　　看摘薔薇
　　倡女倦春閨,迎風戲玉除。近叢看影密,隔樹望釵疏。橫枝斜綰袖,嫩葉下牽裾。[一]牆高舉不及,花新摘未舒。莫疑插鬢少,分人猶有餘。《風土記》:"九月九日,折茱萸房以插頭。"

【朱批】

〔一〕"近叢"二句自佳，"橫枝"二句反以細寫失之。

折楊柳 注見上文。按：橫吹曲辭。《樂府》作元帝詩。

山高巫峽長，垂柳復垂楊。《峽程記》："三峽，即明月峽、巫山峽、廣谿峽。其瞿唐、灩澦、燕子、屏風之類，皆不與三峽之數。"同心且同折，故人懷故鄉。山似蓮花艷，流如明月光。《華山記》："山顛有池，生千葉蓮花，服之羽化，因名華山。"寒夜猿聲 按：一作"鳴"。徹，遊子淚沾裳。

【墨批】

語意猶人，而較有風調。

春日

春還春節美，春日春風過。張協《雜詩》："太昊啓東節，春郊禮青祇。"《說苑》："管子曰：吾不能以春風風人。"春心日日異，春情處處多。蕭子範《春望古意》："春情寄楊柳。"處處春芳動，日日春禽變。漢王褒《洞簫賦》："春禽羣嘻。"春意春已繁，春人春不見。不見懷春人，徒望春光新。費昶詩："坐惜春光遲。"春愁春自結，春結誰能申。欲道春園趣，復憶春時人。春人竟何在？空爽上春期。獨念春花落，還似昔春時。按：自《傷別離》以下九首，徐刻俱作元帝詩，敘在前。今按：九首，指《傷別離》、《春夜看妓》、《詠風》、《看摘薔薇》、《洛陽道》、《折楊柳》、《今樂歌》、《古意》、《春日》。明嘉靖徐學謨刻本作元帝詩。其中《詠風》等四首紀氏有眉批，已見前。

【朱批】

亦有別趣，但不容有二。○從淵明《止酒》脫出。

邵陵王

見姬人

春來不復賒〔一〕，入苑駐行車。比來妝點異，今世撥鬢斜。魏繁欽《弭愁賦》："點圓的之熒熒。"卻扇承枝影，舒衫受落花。庾信《爲上黄侯世子與婦書》："分杯帳裏，卻扇妝前。"沈約《麗人賦》："落花入領。"狂夫不妒妾，隨意晚還家。

【墨批】

〔一〕 "不復賒"三字未詳。

【朱批】

五六句秀麗,結二句諷刺雖刻而措詞大雅。

卷　　八

蕭子範《梁書》:蕭子範,字景則,齊高帝孫,封岐陽縣侯。入梁,爲司徒主簿,累遷光禄大夫。

春望古意

光景斜漢宮,橫橋按:一作"梁"。照彩虹。《西京賦》:"亘雄虹之長梁。"注:"虹,蝃蝀也。蝃蝀有雌雄,雄者色鮮好也。"春情寄柳色,鳥語出梅中。氛氲閨裏思,逶迤水上風。〔一〕落花徒入户,何解妾牀空?

【朱批】

兩對句皆湊泊無味。

【墨批】

結二句却有致。

蕭愨《北齊書》:蕭愨,字仁祖,梁上黃侯曄之子。天保中入國,武平太子洗馬。

秋思

清波收潦日,華林鳴籟初。陸機《行思賦》:"揮清波以濯羽。"宋玉《九辯》:"寂寥兮收潦而水清。"王逸曰:"溝無溢潦,百川静也。"《魏志》:"鄴有芳林園,避少帝諱,改曰華林。"《莊子》:"人籟則比竹是已,地籟則衆竅是已,天籟則人心自動者是已。"芙蓉露下落,楊柳月中疏。〔一〕燕幃緗綺被,趙帶流黃裾。沈約《八詠》:"開燕裾,吹趙帶。"相思阻音信,結夢感離居。

【朱批】

〔一〕 顏黃門之論當矣,八米盧郎故應未喻。○此詩得此二語正似懷珠川媚。

王筠

閨情二首

北斗行欲一作"欲行"。沒,東方稍已晞。晨雞初振羽,曉露方霑衣。《尸子》:"使雞伺晨。"《吴越春秋》:"子胥曰:吾言宫中生草棘,霧露霑我衣。"錦衾徒有設,蘭約果相違。誰忍開朝鏡,羞恨掩空扉。

月出宵將半,星流曉未央。空閨易成響,虚室自生光。《莊子》:"虚室生白。"嬌羞悦人夢[一],猶言君在傍。相如《長門賦》:"忽寢寐而夢想兮,魄若君之在旁。"

【朱批】

〔一〕 "嬌羞"句拙。

詠燈檠一作"檠"。

百華耀九枝,鳴鶴映冰池。漢劉歆《燈賦》:"惟兹蒼鶴修麗以奇。"《洞冥記》:"帝起甘泉望風臺,臺上得白珠如花一枝,帝以飾九華之蓋,望之若照月。"《西京雜記》:"漢高祖入咸陽,有青玉五枝燈。"庾信《燈賦》:"斂光芒於鳴鶴。"末光本内照,丹花復外垂。流輝悦嘉客,翻影泣生離。[一]自銷良不悔,明白願君知。《鶡冠子》:"有道之君,任用俊雄,動則明白。"

【朱批】

〔一〕 前六句太喫力。

劉孝綽

贈美人

巫山薦枕日,洛浦獻珠時。一遇便如此,寧關先有期。幸非使君問,莫作秦羅辭[一]。夜長眠復坐,誰知闇斂眉。欲寄同花燭,爲照遥相思。

【朱批】

〔一〕 "秦羅"沿爲常語,究不謂然。

古意

燕趙多佳麗,白日照紅妝。蕩子十年别,羅衣雙一作"舞"。帶長。梁元帝《蕩婦秋思賦》："蕩子之別十年。"春樓怨難守,玉階空自傷。枚乘《雜詩》："盈盈樓上女。"又："空牀難獨守。"對此歸飛燕,銜泥繞曲房。差池入綺幕,上下傍雕梁。故居尤可念,故人安可忘？相思昏望絕,宿昔夢容光。《長門賦》："日黃昏而望絕兮,悵獨託於空堂。"魂交忽在御,轉側定他鄉。徒然居枕席,誰與同衣裳？空使蘭膏夜,炯炯對繁霜。

【朱批】

意皆陳因,語尤冗沓。

冬曉

冬曉風正寒,偏念客衣單。臨妝罷鉛黛,含淚剪綾紈。《山堂肆考》："謂以鉛畫眉也。"無名氏樂府："右手執綾羅。"寄語龍城下,詎知書信難？《漢書》"龍城"注："應劭曰：匈奴單于祭天,大會諸國,名其處爲龍城。"《讀曲歌》："千書信不歸。"

【朱批】

漸近自然。

劉孝儀

《梁書》：劉潛,字孝儀,爲人寬厚,內行尤篤。舉秀才,累遷都官、尚書,出爲豫章內史。按,《南史》：孝綽弟潛,字孝儀,工屬文。孝綽嘗言,三筆六詩,三即潛,六謂孝威也。後侯景寇建鄴,宮城不守,爲前歷陽太守莊鐵所逼,失郡,卒。

閨怨

本無金屋寵,長作玉階悲。一乖西北麗,寧復城南期。永巷愁無盡,應門閉有時。空勞織素巧,徒爲團扇辭。匡牀終不共,何由橫自私。

【朱批】

末句鄙。

劉孝威

怨按：相和歌辭楚調曲。《樂府》作"怨詩"。

退寵辭金屋,見譖斥甘泉。《漢書》："孝武鉤弋趙婕妤,昭帝母也,從幸甘泉,有過見譴,以憂死。"枕席秋風起,房櫳明月懸。燭避窗中影,香迴爐上煙。丹庭斜草徑，素壁點苔錢。卞蘭《武昌宮賦》（今按："武昌"當作"許昌"。）："蟋蛇丹庭。"歌起蒲生曲，樂奏下山弦。宋謝靈運《傷己賦》："奏浦生之足調。"古詩："下山逢故夫。"新聲昔一作"惜"。廣宴，餘杯今自傳。古詩："新聲妙入神。"顏延之《釋奠詩》："即宮廣譔。"謝靈運《擬古》："傳卮弄清聲。"《神仙傳》："葛玄爲客設酒，無人傳之，杯自至前，如或不盡，杯不去也。"王嬙向絕漠，宗女入祁連。《漢書》："元朔六年，衛青將六將軍絕幕。"應劭曰："幕，匈奴之南界。"顏師古《漢書》注："祁連山，即天山，匈奴呼天爲祁連。"宗女，謂烏孫公主也。注見卷九。雁書猶未返，角馬無歸年。《漢·蘇武傳》注：師古曰："羝，牡羊也。羝不當産乳，故設言此示絕其事。若燕太子丹烏頭白、馬生角之比也。"《博物志》："燕太子丹質于秦，欲歸，請於秦王。王謬言曰：'令烏頭白，馬角生，乃可。'丹仰天而歎，烏即頭白，俯而嗟，馬生角。秦王不得已而遣之。"昭臺省媵御，曾阪無棄捐。《三輔黃圖》長安有昭臺宮。《漢書·外戚傳》："許后坐廢，處昭臺宮。"師古曰："在上林苑中。"《平帝紀》："其出媵妾，皆歸得嫁，如孝文時故事。"注："媵妾，爲從皇后俱來者。"《禮記》："妾御莫敢當夕。"《戰國策》："汗明見春申君曰：'夫驥之齒至矣，服鹽車而上太行，漉汁灑地，白汗交流，中阪遷延，負轅不能上。伯樂遭之，下車攀而哭之，解紵衣以冪之，驥於是俯而噴，仰而鳴，聲造於天，仰見伯樂之知己也。'"後薪隨復積，前魚誰復憐？

【墨批】

雜湊成文，了無生趣。

庾肩吾

有所思行一無"行"字。按：鼓吹曲辭。《樂府》作昭明詩。今《昭明集》載，庾詩見前。

佳人按：《樂府》作"公子"。**遠於隔，乃在天一方。**江淹古體："乃在天一涯。"**望望江山阻，悠悠道路長。別前秋葉落，別後春花芳。雷歎一聲響**[一]**，雨淚忽成行。**馬融《長笛賦》："雷歎頹息。"嵇康《思親賦》："淚如雨兮歎青雲。"**悵望情無極，傾心還自傷。**《子夜冬歌》："傾心不蒙照。"

【朱批】

〔一〕"雷歎"句粗。

隴西行按：相和歌辭瑟調曲。注見卷一。

借問隴西行，何當驅馬征？草合前迷路，雲濃後闇城[一]。魏武帝《苦寒行》："迷惑失故路。"《韓非子》："六國時，張敏與高惠二人爲友，每相思不能得見，敏便於夢中往尋。但行至半道，即迷不知路，遂回，如此者三。"寄語幽閨妾，羅袖勿空縈。宋謝靈運《傷己賦》："眺幽閨之清陰。"江淹《別賦》："慚幽閨之琴瑟。"

【朱批】

〔一〕 "後闇城"三字晦拙。

愛妾換馬按：雜曲歌辭。注見卷七皇太子。

渥水出騰駒，湘川實應圖。《漢書》："武帝元鼎四年，馬出渥洼水中，作天馬之歌。"李尤《七歎》："神奔電驅，星流矢驚，則莫若益野騰駒也。"《後漢·馬援傳》："援善別名馬，於交阯得駱越銅鼓，乃鑄爲馬式。還，上之。馬高三尺五寸，圍四尺四寸。"來從西北道，去逐東南隅。《史記》："初，天子發書曰：'神馬當從西北來。'得烏孫馬好，名天馬。及得大宛汗血馬益壯，更名烏孫馬曰西極馬，宛馬曰天馬。"琴聲悲玉匣，山路泣蘼蕪。梁簡文帝《箏賦》："動玉匣之餘怨。"似鹿將含笑，千金會不俱。《韓非子》："衛嗣君曰：夫馬似鹿者千金，有千金之馬，而無一金之鹿者，何也？馬爲人用，而鹿不爲人用。"

【朱批】

用《陌上桑》語割裂不佳。○末二句尤拙。

詠美人

絳樹及西施，俱是好容儀。魏文帝《答繁欽書》："今之妙舞，莫巧於絳樹。"唐馮贄《記事珠》："絳樹一聲能歌兩曲，二人相聽，各聞一曲，一字不亂，人疑其一聲在鼻。"非關能結束，本自細腰肢。鏡前難並照，相將映綠池。《水經注》："含春門北有退門，城上西南列觀，高歡常以避暑，爲綠水池。"張載《濛汜池賦》："造綠池，鏡清流。"看妝畏水動，斂袖避風吹。轉手齊裾亂，橫簪歷鬢垂。曲中人未取，誰堪白日移？班婕妤《自傷賦》："白日忽其移光兮。"《荆州先賢傳》："龐士元師事司馬德操，因與共談，移日忘飡。"不分他相識，惟聽使君知。

【朱批】

結二句拙。

七夕

玉匣卷懸衣,高樓開夜扉。古樂府《東門行》:"還視架上無懸衣。"《竹林七賢論》:"阮咸好酒而貧,舊俗七月七日曬衣,諸阮庭中爛然,莫非綈錦。咸乃將一長竿,以大布犢鼻褌曝於庭中,曰:未能免俗,聊復爾爾。"按:《西京雜記》:"漢時送葬者,皆珠襦玉匣。"嫦娥隨月落,織女逐星移。離前忿促夜〔一〕,別後對空機。倩語雕陵鵲,填河未可飛。

【朱批】

〔一〕"忿"字不佳。

庾成師

遠期篇 一曰"遠期"。注見卷六張率。按:鼓吹曲辭。

憶別春花飛,已見秋葉稀。淚粉羞明鏡,愁帶減寬衣。得書言未反,夢見道應歸。坐使紅顏歇〔一〕,獨掩青樓扉。

【朱批】

〔一〕"坐使"字有誤。

鮑泉

和湘東王春日

新燕始新歸,新蝶復新飛。新花滿新樹,新月麗新暉。新光新氣早,新望新盈抱。新水新綠浮,新禽新音好。新景自新還,新葉復新攀。新枝雖可結,新愁誰解顏?新思獨氤氳,新知不可聞。新扇如新月,新蓋學新雲。班婕妤《怨詩》:"裁爲合歡扇,團團似明月。"班固《西都賦》:"冠蓋如雲。"新落連珠淚,新點石榴裙。

【朱批】

元帝作亦偶一爲之,此體若輾轉相和便成惡道。

詠薔薇

經植宜春館,霢靡上蘭宮。《漢宮闕名》:"長安有宜春宮。"劉安《招隱士》:"清莎雜樹兮,薠草霢靡。"鮑照《觀漏賦》:"惟生經之霢靡。"片舒猶帶紫,半卷未全紅。謝朓《詠薔薇詩》："發萼初攢紫，餘采尚霏紅。"與此意同。葉疏難蔽日，花密易傷風。[一]相如《子虛賦》："日月蔽虧。"《楚辭》："山峻高以蔽日兮。"佳麗新妝罷，含笑折芳叢。楊師道《聽歌管賦》："長袖曳于芳叢。"

【朱批】

〔一〕 "葉疏"二句，陸魯望取以詠辛夷。

寒閨詩

行人消息斷，空閨靜復寒。按：一作"雕欄"。風急按：一作"杼冽"。朝機燥[一]，鏡闇晚妝難。從來腰自小，衣帶就中按：一作"近猶"。寬。

【朱批】

〔一〕 "燥"字不佳。

鄧鏗

閨中月夜

閨中日已暮，樓上月初華。樹陰緣砌上，窗影向牀斜。開帷傷隻鳳，吹燈惜落花。司馬相如《琴歌》："鳳兮鳳兮歸故鄉，遨遊四海求其凰。"《藝文類聚》作"開屏爲密書，卷帳照垂花"。誰能當此夕，獨處類倡家。[一]《禮記》："妻不在，妾御莫敢當夕。"

【朱批】

〔一〕 倡家無獨處之典，此必用"青青河畔草"一章語耳，殊爲未妥。

陰鏗 《南史》：陰鏗，字子堅，武威姑臧人。博涉史傳，尤善五言詩，爲梁湘東王法曹行參軍。入陳，累遷晉陵太守、員外散騎常侍。

侍宴賦得竹

夾池一叢竹，青翠不驚寒。沈約《詠簷前竹詩》："不願夾華池。"謝靈運《晚出西射堂詩》："青翠杳深沉。"葉醞宜城酒，皮裁薛縣冠。張華《輕薄篇》："蒼梧竹葉清，宜城九醞酒。"《漢·高帝紀》："高祖爲亭長，乃以竹皮爲冠，令求盜之薛治，時時冠之。及貴常冠，所謂'劉氏冠'也。"湘川染別淚，衡嶺拂仙壇。《博物志》舜二妃曰湘夫人。舜崩，二妃啼，以淚揮竹，竹盡斑。《湘中記》："邵陵高平縣有文竹,山上有石牀,四面綠竹扶疏,常隨風委拂此牀。"欲見葳蕤色,當來兔苑看。東方朔《七諫》:"便娟之修竹兮,寄生乎江潭上。葳蕤而防露兮,下泠泠而來風。"枚乘《兔園賦》:"修竹檀欒夾池水。"《圖經》:"梁王有修竹園。"

【朱批】

此非艷歌,何以附入?

南征閨怨

湘水舊言深,征客理難一作"南"。尋〔一〕。獨愁無處道,長悲不自禁。逢人憎解珮,幽居懶聽音。〔二〕惟當有夜鵲,南飛似妾心。

【朱批】

〔一〕"征客"句未詳。
〔二〕"逢人"二句拙。○"憎"字亦不穩。

班婕妤怨

柏梁新寵盛,長信昔恩傾。誰謂詩書巧?翻爲歌扇當作"舞"。輕〔一〕。《漢書》:孝成班婕妤,誦詩及《窈窕》、《德象》、《女師》之篇,每進見上疏,依則古禮。又:孝成趙皇后,壯屬陽阿主家,學歌舞,號曰飛燕。花月分窗進,苔草共階生。〔二〕妾淚衫前滿,單眠夢裏驚。可惜逢秋扇,何用合歡名?

【朱批】

〔一〕三、四句有意,然"詩書"如何云"巧"?
〔二〕"花月"二句極作意而不佳。

朱超道《樂苑》:朱超、朱超道、朱越,各詩集所載,名多互見,疑是一人之作。《隋書·藝文志》:梁中書舍人朱超集一卷。今按:藝文志,疑爲"經籍志"。

賦得蕩子行未歸

坐樓愁回望,息意不思春。江總《爲陳六宮謝表》:"息意臨窗。"無奈園中柳,寒時已報人。捉梳羞理鬢,挑朱懶向脣。揚雄《長楊賦》:"頭蓬不暇梳。"何當上路晚,風吹還騎塵。

【朱批】

搖曳有致。

房篆

金石樂按：雜曲歌辭。注見卷七簡文。《樂府》題作"金樂歌"。

前溪流碧水，後渚映清天。杜氏《通典》："《前溪歌》者，晉車騎將軍沈玩所製也。"樂史《寰宇記》："前溪，烏程縣南，東流入太湖，謂之風渚，夾溪悉生箭若。後溪在市北餘不亭，晉車騎將軍沈充家於前溪。《樂府》有《前溪曲》，則充之所製也。"《子夜歌》："朝思出前門，暮思還後渚。"《黃鵠曲》："黃鵠參天飛，半道還後渚。"**登臺臨寶鏡，開窗對綺錢。**《東宮舊事》："窗有四面，綾綺連錢。"謝朓《直中書省詩》："玲瓏結綺錢。"**玉顏光粉色，羅袖拂金鈿。春風散輕蝶，明月映新蓮。摘花競時侶，催指及芳年**〔一〕。宋臧質《石城樂》："捥指蹋忘愁，相與及盛年。"劉鑠《雜詩》："芳年有華月。"

【朱批】

〔一〕"催"字再考。

庾信

昭君辭按：相和歌辭吟歎曲。《樂府》與本集俱作"王昭君"。注見卷二石崇。

拭淚辭戚里，回顧望昭陽。魏文帝《出婦賦》："馬躊躇而回顧。"**鏡失菱花影，釵除卻日**集作"月"。**梁。**龍輔《女紅餘志》："燕昭王賜旋娟以金梁卻月之釵，玉角紅綸之帔。"**圍腰無一尺，垂淚有千行。綠衫承馬汗，紅袖拂秋霜。**《漢書》：《天馬歌》："天馬下，沾赤汗。"**別曲真多恨，哀弦須更張。**《漢書》董仲舒對策曰："琴瑟不調甚者，必解而更張之，乃可鼓也。"《上聲歌》："促柱使弦哀。"

【墨批】

子山亦作此塵劫語，信此題可以不作。

結客少年場行曹植《結客篇》曰："結客少年場，報怨洛北芒。"范曄《後漢書》："祭遵嘗爲部吏所侵，結客殺之。"按：雜曲歌辭。《樂府解題》曰："《結客少年場行》，言輕生重義，慷慨以立功名也。"《廣題》曰："漢長安少年殺吏，受財報仇，相與探丸爲彈，探得赤丸斫武吏，探得黑丸殺文吏。尹賞爲長安令，盡捕之。長安中爲之歌曰：'何處求子死,桓東少年場。生時諒不謹,枯骨復何葬。'言少年時結任俠之客,爲遊樂之場,終而無成,故作此曲也。"

結客少年場,春風滿路香[一]。《漢·酷吏傳》:"長安城中,薄暮塵起,剽掠行者,死傷橫道,桴鼓不絕。尹賞遷長安令,捕得數百人,見十置一,以次内虎穴中。"晉張翬《俠曲》(今按:"張翬"爲"張華"之訛。):"死聞俠骨香。"歌撩李都尉,果擲潘河陽。折一作"隔"。花遥勸酒,就水更移牀。《晉書·武帝紀》:"帝曰:長星勸汝一杯酒。"《宋·張敷傳》:"先設二牀去壁三四尺,二客就席,敷呼左右曰:移我遠客。"《南史·江斆傳》:"紀僧真承旨詣斆,登榻坐定,斆便命左右曰:'移吾牀讓客。'僧真喪氣而退。"今年喜夫婿,新拜羽林郎。定知劉碧玉,偷嫁汝南王。[二]

【朱批】

〔一〕 "春風"句秀逸。
〔二〕 末二句未詳。

對酒集"酒"下有"歌"。《文苑英華》作范雲。按:相和歌辭相和曲。注見卷六張率。

春水望桃花,春洲藉芳杜。琴從緑珠借,酒就文君取。牽馬向渭橋,日落山頭晡。《三輔決錄》:"安陵有項仲山,每飲馬渭水,常投一錢。"宋玉《神女賦》:"晡夕之後。"注:"晡,日落時也。"山簡接䍦倒,王戎如意舞。《晉·山簡傳》:"童兒歌曰:山公出何許?往至高陽池。日夕倒載歸,酩酊無所知。時時能騎馬,倒著白接䍦。舉鞭向葛彊,何如并州兒。"按:《爾雅注》:"鷺、鷗翅背上皆有長翰毛,江東取爲接䍦,名曰白接䍦。"箏鳴金谷園,笛韻平陽塢。馬融《長笛賦序》:"融性好吹笛,爲督郵,無留事。獨卧郿平陽塢中,有洛客舍逆旅,吹笛。"人生一百年,歡笑惟三五。宋鮑照歌:"三五容色滿,四五妙容歇。已輸春日觀,分隨秋光没。"按:《莊子》:"人上壽百歲。"《吕氏春秋》:"人之命久不過百。"何處覓錢刀?求爲洛陽賈。《史記·蘇秦傳》:"周人之俗,治産業,力工商,逐十二以爲務。"

【朱批】

氣機較爲清明。

看妓集作"和趙王看妓"

緑珠歌扇薄,飛燕舞衫長。琴曲隨流水,簫聲逐鳳凰。《漢·司馬遷傳》注:"伯牙、鍾子期,皆楚人也。伯牙鼓琴,子期聽之。伯牙志在泰山,子期曰:

'善哉！巍巍乎若泰山。'少選之間，志在流水。子期曰：'善乎！湯湯乎若流水。'子期死，伯牙於是破琴絕弦，終身不復鼓琴。"膚風蟬鬢亂，映日鳳釵光。集作"細縷纏鐘格，圓花釘鼓牀"。《拾遺記》石崇愛婢翾風縈金爲鳳冠之釵。懸知曲不誤，無事顧一作"畏"。周郎〔一〕。《吳志》："周瑜少精音樂，雖三爵之後，其有闕誤，瑜必知之，知之必顧。故諺曰：'曲有誤，周郎顧。'"

【朱批】
〔一〕"顧"字即是畏意。

春日題屏風集作"詠畫屏風詩二十五首"，此其第四首也。
昨夜鳥聲春，驚鳴動四鄰。今朝花按：集作"梅"。樹下，定有詠花人。流星浮酒泛，粟瑱逐按：集作"繞"。杯脣。晉張協《七命》："浮蟻星沸。"注："酒上有浮者如蟻，故云浮蟻。星沸，言多也。"何勞一片雨，喚作陽臺神。

【朱批】
後四句又入時蹊。

卷　九

張衡

定情歌按：雜曲歌辭。注見卷一繁欽。以下諸詩，宋刻不收，今附於後。
大火流兮草蟲鳴，繁霜降兮草木零。秋爲期兮時已征，思美人兮愁屏營。

【朱批】
意亦猶人，而祇覺深厚。

劉鑠

白紵曲注見前。
遷遷按：《樂府》作"僊僊"。徐動何盈盈，玉腕俱凝若雲行。佳人舉袖耀清蛾，摻摻擢手映鮮羅。《說文》："方目紗綺借罔羅象形曰羅。"狀似明月汎一作"沉"。雲河,體如輕風動流波。

【朱批】
其語未完,又非勒舞馬之謂。

湯惠休

楚明妃曲按:琴曲歌辭。
瓊臺彩檻,桂寢雕薨。《歸藏》:"夏后啓筮享神于晉之墟,爲作璿臺於水之陽。"《三輔故事》:"桂宮周匝十里。"金閨流耀,玉牖含英。江淹《別賦》:"金閨之諸彥。"注:"金閨,金馬門也。"香芬幽藹,珠彩珍榮。文羅秋翠,紈綺春輕。晉左貴嬪《松柏賦》:"馥幽靄而永馨。"駢駕鸞鶴,往來仙靈。《集仙錄》:"羣仙畢集,位高者乘鸞,次乘麒麟,次乘鶴。鸞鶴每翅各大丈餘。"班固《終南山賦》:"固仙靈之所遊集。"《列子》:"岱輿山上觀臺皆金玉,仙聖飛相往來。"含姿綿視,微笑相迎。按:簡文《舞賦》:"既相看而綿視。"意同。結蘭枝,送目成,當年爲君榮。

【墨批】
齊梁體作四言,豈復可觀?

白紵歌按:湯詩《樂府》載二首,此其第二篇也。
少年窈窕舞君前,容華艷艷將欲然。爲君嬌凝復遷延,流目送笑不敢言。[一]宋玉《神女賦》:"遷延引身,不可親附。"張衡《思玄賦》:"流目眺夫衡阿兮。"長袖拂面心自煎,願君流光及盛年。

【朱批】
〔一〕 妖靡之情,宛然如睹。(1)
(1) 今按:此爲殘稿本眉批,未見於抄本。

歌思引一作"秋思引"。
秋寒依依風過河[一],白露蕭蕭洞庭波。思君末光光已滅,眇眇悲望如思何。

【朱批】
〔一〕 "風過河"三字未詳。

梁武帝

江南弄_{按：清商曲辭。以下四曲同。注詳卷六吳均。又按：《古今樂錄》曰："《江南弄》三洲韻，和云：'陽春路，娉婷出綺羅。'"}

衆花雜色滿上林，舒芳耀緑垂輕陰。連手躞蹀舞春心。舞春心，臨歲腴〔一〕，中人望，獨踟躕。《說文》："腴，肥也。"

【朱批】

〔一〕"歲腴"字生。

採菱曲《古今樂錄》："《採菱》，和曲云：菱歌女，解珮戲江南。"

江南稚女珠腕繩，金翠搖首紅顏興〔一〕。桂櫂容與歌采菱。江淹《扇上綵畫賦》："臨淄之稚女。"潘岳《閒居賦》："兒童稚齒。"清商曲《雙行纏》云："朱絲繫腕繩。"《史記》太史公曰："優孟搖頭而歌。"屈原《九歌》："桂櫂兮蘭枻。"注："櫂，楫也。"揚雄《方言》："楫謂之橈。"歌采菱，心未怡，翳羅袖，望所思。

【朱批】

〔一〕"興"字趁韻。

白紵辭二首_{按：《古今樂錄》曰：梁三朝樂第二十，設《巾舞》，并《白紵》，蓋《巾舞》以《白紵》四解送也。}

朱絲玉柱羅象筵，飛琯促節舞少年。沈約詩："象筵鳴寶瑟。"銑曰："象筵，簟也。"短歌流目未肯前，含笑一轉私自憐。〔一〕

纖腰嫋嫋不任衣，嬌態獨_{一作"特"。}立特_{一作"獨"。}爲誰。《埤蒼》："嫋嫋，美也。奴鳥切。"《史記·律書》孝文曰："朕能任衣冠，念不到此。"赴曲君前未忍歸，《上聲》急調中心飛。《樂府》有《上聲歌》，注見卷十。

【朱批】

〔一〕二語雅而冶。

昭明太子

采蓮曲_{《古今樂錄》："和云：采蓮歸，淥水好沾衣。"注見卷六吳均。}

桂楫蘭橈浮碧水，江花玉面兩相似。蓮疏藕折香風起。謝朓詩：

"香風蕊上發。"香風起,白日低。采蓮曲,使君迷。

【墨批】
淡寫却有情韻。

簡文帝

東飛伯勞歌二首按:雜曲歌辭。

翻階蛺蝶戀花情,容華飛燕相逢迎。誰家總角歧路陰,裁紅點翠愁人心。天窗綺井曖徘徊,珠簾玉匣一作"篋"。明鏡臺。孔融《臨終詩》:"天窗通冥室。"《漢官儀》:"泰山下,直上七十里,至天門,如從穴中窺天窗矣。"《風俗通》:"殿堂象東井,形刻作荷菱。荷菱,水物也,所以厭火。"《漢武故事》:"上起神屋,又以白珠爲簾,瑇瑁押之。"可憐年幾十三四,工歌巧舞入人意。《西京賦》:"何工巧之瑰瑋。"白日西傾一作"落"。楊柳垂,含情弄態兩相知。[一]

西飛迷雀東羈雉,倡樓秦女乍相值。謝靈運《晚出西射堂》詩:"迷鳥懷故林。"誰家妖麗鄰中止,輕妝薄粉光閭里。網户珠綴曲瓊鈎,芳茵翠被香氣流。鄭玄《毛詩箋》:"茵,蓐也。"少年年幾方三六,含嬌聚態傾人目。餘香落蕊坐相催,可憐絶世誰爲媒。[二]

【朱批】
〔一〕亦是屋下架屋,而賴此一結尚有情致。
〔二〕此首鉤摹填廓,了無意致,而複衍前篇,更屬可已不已。

元帝

燕歌行注見前。

燕趙佳人本自多,遼東少婦學春歌。黃龍戍北花如錦,玄菟城前一作"南"。月似蛾。《武陵記》:"後漢馬融勤學,夢見一林,花如錦繡,夢中摘此花食之,及寤,見天下文辭無所不知,時人號爲錦囊。"《漢書》:"武帝元封四年,以朝鮮地置樂浪、玄菟、真番、臨屯四郡。昭帝置真番,築遼東玄菟城。"按:《宋書》:"馮跋治黃龍城,故謂之黃龍戍。"如何此時別夫婿,金羈翠眊往交河。龍輔《女紅餘志》:"臨川王宏妾江無畏善騎馬,翠眊珠羈,玉珂金鐙。"還聞入漢去燕營,怨妾心中按:一作"愁心"。白恨生。漫漫悠悠天未曉,遥遥夜夜聽寒更。自從異縣同心別,偏恨同時成異節。橫波滿臉萬行啼,翠眉漸斂千重結。

并海連天合不開,那堪春日上春臺。《漢·地理志》:"正北曰并州。"《老子》:"衆人熙熙,如登春臺。"惟見遠舟如落葉,復看遥舸似行杯。《白帖》:"古者觀落葉,因以爲舟。"《高僧傳》:"杯渡和尚,不知其名,姓尚,乘木杯渡河,因名焉。"沙汀夜鶴嘯羈雌,妾心無趣坐傷離。翻嗟漢使音塵斷,空傷賤妾燕南陲。陸機《思歸賦》:"絕音塵于江介。"

【墨批】
初唐多是此體,蓋此體實成於齊梁。

别詩二首
别罷花枝不共攀,别後書信不相關。欲覓行人寄消息,衣帶潮水暝應還。《古辨異》博遊曰:"何江四海如衣帶。"

三月桃花含面脂,五月新油好煎澤。《古今注》:"後周宫人供奉者,帖勝花子作桃花妝。"蔡邕《女誡》:"脂則思其心之和。"又:"澤髮則思其心之潤。"莫復臨時不寄人,漫道江中無估客。杜氏《通典》:"齊武帝製《估客樂》。"

【朱批】
質而不俚。

沈約

趙瑟曲按:清商曲辭。《樂府》載《江南弄》四首,今選三首。《趙瑟》、《秦箏》二曲,注並見卷六吳均。

邯鄲奇弄出文梓,繁弦急調切—作"急"。流徵。玄鶴徘徊白雲起。嵇康《琴賦》:"奇弄乃發。"《古歌辭》:"《白帝子》歌曰:桐峯文梓千尋直。"《墨子》:"荆有長松文梓。"《漢·郊祀志》:"封禪祠,其後若有光,晝有白雲出封中。"白雲起,鬱披香。離復合,曲未央。

秦箏曲
羅袖飄纚拂離桐,促柱高張散輕宫。迎歌度舞遏歸風。遏歸風,止流月。壽萬春,歡無歇。吳孫皓《爾汝歌》:"昔與汝爲鄰,今與汝爲臣。上汝一杯酒,令汝壽萬春。"鮑照《淩煙樓銘》:"宜此萬春。"

附録：紀批《玉臺新詠》宋刻本未收詩輯録 ·499·

【朱批】
　　二首皆無情致。

　　陽春曲注見卷四吳邁遠。
　　楊柳垂地燕差池，緘情忍思落容儀〔一〕。弦傷曲怨心自知。心自知，人不見。動羅裙，拂珠殿。劉孝綽《棲霞寺碑文》："珠殿連雲。"宋謝莊《應制》："珠殿光未沫。"

【朱批】
　　"落"字未佳。

范靖妻沈氏

　　晨風行《晨風》，本秦詩也。《晨風》詩曰："鴥彼晨風，鬱彼北林。"傳曰："鴥，疾飛貌。晨風，鸇也。言穆公招賢人，賢人往之，疾如晨風之入北林也。"又曰："如何如何，忘我實多。蓋刺康公忘穆公之業，而棄其賢臣焉。"《益部耆舊傳》："後漢楊終，徙於北地望松縣，而母在蜀物故。終自傷被罪充邊，乃作《晨風》之詩，以舒其憤也。"若王循"霧開九曲瀆"，沈氏"理楫令舟人"，但歌晨朝之風爾。按：雜曲歌辭。
　　理楫令舟人，停艫息旅薄河津。念君劬勞冒風塵，臨路揮袂淚沾巾。《説文》："艫，船頭也。"《三秦記》："河津，一名龍門，兩旁有山，水陸不通。"《漢·高帝紀》："絶河津。"師古曰："直渡曰絶。"曹植《七啓》："揮袂則九野生風。"陸機《與弟士龍》詩："揮袂萬始亭。"颼流勁潤逝若飛〔一〕，山高帆急絶音徽。留子句句獨言歸，中心煢煢將依誰。《爾雅》："扶搖謂之猋。"郭璞曰："暴風從下上。"《楚辭·九歌》："長吟永慕涕煢煢兮。"風彌葉落永離索，神往形返情錯漠。循帶易緩愁難卻，心之憂矣頗銷鑠。《晉·涼武昭王傳》：《述志賦》云："心往形留。"

【朱批】
〔總〕　骨力未遒。
　　　　今按：此爲殘稿本所批，未見於他本。
〔一〕　"勁潤"字未詳，恐是"勁闊"之訛。

張率

　　白紵歌辭三首
　　秋風蕭條露垂葉，空閨光盡坐愁妾。獨向長夜一作"安"。淚承睫,《史記·扁鵲傳》:"流涕常潸,忽忽承睫。"桓子《新論》:"雍門周以琴見孟嘗君曰:'臣竊悲千秋萬歲後,墳墓生荆棘,狐兔穴其中,樵兒牧豎踯躅而歌其上,行人之悽愴。孟嘗君之尊貴如何成此乎?'孟嘗君喟然歎息,淚下承睫。"王僧孺《與何炯書》:"淫淫承睫。"山高水遠路難涉,望君光景何時接。

　　日暮掩門望所思,風吹庭樹月入帷。涼陰既滿草蟲悲,誰能離別長夜時。流歎不寐淚如絲,與君之別終何如。一作"知"。[一]

　　愁來一作"多"。夜遲猶歎息,撫枕思君終反仄。金翠釵鐶稍不飾,劉琨《重贈盧諶》詩:"中夜撫枕歎。"霧縠流黄不能織。但坐空閨思何極,欲以短書寄飛翼。古詩:"袖中有短書,願寄雙飛鳧。"《雲麓漫抄》:"唐國子祭酒李涪《刊誤》云:'短書出晉宋兵革之際,時國禁書疏,非弔喪問疾不得行尺牘。故義之書云"死罪",蓋違制令故事也。啓事論兵皆短而緘之,貴易於隱藏。'"

【朱批】

〔總〕　三首皆不失風格,而了無新意。
〔一〕　"如"字不諧韻,"知"字又不可解,再校。

庾信

燕歌行考《周書·王褒傳》,褒曾作《燕歌》,妙盡塞北苦寒之言。元帝及諸文士並和之,競爲悽切之辭,及魏征江陵方驗。按:徐刻庾、徐詩亦載卷末。

代北雲氣晝夜按:一作"昏"。**昏,千里飛蓬無復根。**《兵書》:"韓雲如布,趙雲如牛,魏雲如鼠。"齊高帝《塞客吟》:"平原千里顧,惟見轉蓬飛。"**寒雁嗈嗈**一作"丁丁"。**渡遼水,桑葉紛紛落薊門。**嗈嗈,見《毛詩》。《山海經》:"遼水出自白平東。"曹植詩:"出自薊北門,遥望胡地桑。"**晉陽山頭無箭竹,疏勒城中乏水源。**《戰國策》:張孟談曰:"董安于之治晉陽也,公宫垣皆以荻蒿楛楚牆之,發而用之,有餘箭矣。"《後漢·耿恭傳》:"恭以疏勒城旁有澗水可固,五月乃引兵據之。於城中穿井十五丈不得泉,乃整衣冠再拜,爲吏士禱,有頃,水泉奔出。"**屬國征戍久離居,陽關音信絕復疏。**《漢·霍去病傳》:"分處降者於邊五郡,故塞外因其故俗爲屬國。"**願得魯連飛一箭,持寄思歸燕將書。**[一]《史記·魯仲連傳》:"田單攻聊城,歲餘不下,魯連乃爲書約之,箭以射城中,燕將自殺。"**渡遼本自有將軍,寒風蕭蕭生水紋。**《後漢·匈奴傳》:"永平八年,始置渡遼營,以中郎將吴棠行度遼將軍事。"《史記》:"荆軻入秦,燕丹餞之易水,高漸離擊筑和之,歌曰:風蕭蕭兮易水寒,壯士一去不復還。"**妾驚甘泉足烽火,君訝漁陽少陣雲。**《後漢書》:"王郎起景丹,發漁陽上谷兵擊破之。世祖謂之曰：吾聞突騎天下精兵，今乃見其戰，樂可言邪！"自從將軍出細柳，蕩子空牀難獨守。《漢書》："周亞夫軍細柳，文帝勞軍，至其營，曰：嗟乎！此真將軍矣。向者棘門霸上如兒戲耳。"注："長安有細柳聚。"盤龍明鏡餉秦嘉，辟惡生香寄韓壽。秦嘉《與婦書》："今奉麝香一劬，可以辟惡氣。"《本草》："麝香辟惡。"春分燕來能幾日，二月蠶眠不能集作"復"。久。一作"食"。《左傳》："玄鳥氏司分者也。"注："春分來，秋分去。"《禮記疏》："三俯三起，二十七日而老，謂之紅蠶。"洛陽遊絲百丈連，黃河春冰千片穿。沈約《三月三日詩》："遊絲映空轉。"桃花顏色好如馬，榆莢新開巧似錢。《藝文類聚》："《詩》'有驊有駓'，今桃花馬也。"《後漢書》："漢興，以爲秦錢重，難用，更令民鑄莢錢。"注："如榆莢也。"葡萄一杯千日醉，無事九轉學神仙。《漢·西域傳》："大宛左右以葡萄爲酒，富人藏酒至萬餘石，久者至數十歲不敗。"《博物志》："劉玄石曾於中山酒家沽酒，酒家與千日酒飲之，至家大醉，其家不知，以爲死，葬之。後酒家計向千日，往視之，云已葬。於是開棺，醉始醒。"《抱朴子》："《仙經》、《九轉丹經》、《液經》，皆在崑崙五城內，藏以玉函。"定取金丹作幾服，能令華表得千年。《抱朴子》："金丹燒之愈久，變化愈妙，令人不老不死。"《續搜神記》："遼東城門華表柱，忽有白鶴來集，鶴於空中歌曰：有鳥有鳥丁令威，去家千年今來歸，城郭如故人民非，何不學仙冢纍纍。"

【朱批】
〔總〕　宛轉疏暢，已成就唐人體格。
〔一〕　如此用事乃爲活法。

　　怨詩按：相和歌辭楚調曲。注詳見卷二曹植。集作"怨歌行"。公始仕梁，後乃入周，常有鄉關之思，此詩蓋借以自況也。
　　家住金陵縣前，嫁得長安少年。王湝云："揚雄《潤州箴》：'江寧之邑，楚曰金陵。'梁建都金陵。"《西都賦》："漢之西都，在於雍州，實曰長安。"西魏後周皆建都長安，故云。回頭望鄉淚落，不知何處天邊。〔一〕劉琨詩："回頭堪百萬。"胡塵幾日應盡，漢月何時更圓？孔稚珪《白馬篇》："胡塵千里驚。"爲君能歌此曲，不覺心隨斷弦。

【朱批】
〔一〕　如此四句便住，却是一首好絕句。

卷　　十

劉義恭《宋書》：江夏文獻王義恭，幼而明穎，高祖特所鍾愛，歷官南徐州刺史。世祖即祚，進位太傅，歷太宰領司徒。

自君之出矣注見前。以下諸詩，宋刻不收，今附於後。

自君之出矣，篋錦廢不開。思君如清風，曉夜常徘徊。

【朱批】

清風故有息時，此喻未善。

湯惠休

楊花曲案：雜曲歌辭。

深堤下生草，高城上入雲。春人心生思，思心常爲君。"深堤下生草"之上，一有"葳蕤華結情，婉轉風含思。掩涕守春心，折蘭還自遺。江南相思引，多歎不成音。黃鶴西北去，銜我千里心"。案：茂倩《樂府》同。

【朱批】

措語淺拙。

張融《南齊書》：融，字思光，吳郡吳人。仕宋，爲儀曹郎。入齊，累遷司徒右長史。

別詩

白日一作"雲"。山上盡，清風松下歇。欲識離人愁，孤臺見明月。《南史》謝謨曰："入吾室者，但有清風；對吾飲者，唯當明月。"

【墨批】

興象天然，然殊似鬼語。

邢邵《北齊書》：邢邵，字子才，河間鄭人。累遷中書侍郎，尋除衛將軍、國子祭酒。

思公子《楚辭·九歌》云："靁塡塡兮雨冥冥，猿啾啾兮狖夜鳴。風颯颯兮木蕭蕭，思公子兮徒離憂。"《思公子》，蓋出於此。按：雜曲歌辭。

綺羅日減帶，桃李無顏色。思君君未歸，君一作"歸"。來豈相識。

【朱批】

即玄暉《王孫遊》意。

梁武帝

冬歌四首_{第三章《樂府》作晉宋齊辭。}

一年漏將盡,萬里人未歸。[一]君志固有在,妾軀乃無依。

【朱批】

〔一〕"一年"二句,戴叔倫取爲《客邸除夜詩》,可謂能倒用大司農印。

今按:此詩爲梁武帝《冬歌》之四。紀氏此句眉批僅見於殘稿本,他本皆無。

又按:批語中所謂戴叔倫詩題又作"除夜宿石頭驛"。

簡文帝

夜夜曲_{注見前。}

愁人夜獨傷,滅燭臥蘭芳。按:一作"房"。宋玉《招魂》:"蘭芳假些。"祇恐多情月,旋來照妾房。按:一作"牀"。

【朱批】

深情雋語。

蕭子顯

陌上桑_{按:相和歌辭相和曲。注見卷一古樂府。}

今月開和景,處處動春心。挂筐須葉滿,息倦重枝陰。按:此《古樂府》作王臺卿詩。

【朱批】

從《卷耳》首章化出。

桃花曲_{按:雜曲歌辭。《樂府》作簡文帝詩。}

但使桃_{一作"新"。}花艷,得百美人簪[一]。《韓詩外傳》簡主曰:"夫春樹桃李,夏得蔭其下,秋得食其實。"何須論後實,怨結子瑕心。

【朱批】

〔一〕"百"字未詳。

樹中草_{按：雜曲歌辭。《樂府》作簡文帝詩。}

幸有青袍色,聊因翠幄凋。_{古詩："春袍似青草。"}雖間珊瑚帶,_{一作"蒂"。}非是合歡條。

【朱批】

詠物詩有意便佳。

王臺卿

陌上桑四首

鬱鬱陌上桑,盈盈道旁女。_{枚乘《雜詩》："盈盈樓上女。"}送君上河梁,拭淚不能語。

鬱鬱陌上桑,遥遥山下蹊。君去戍萬里,妾來守空閨。

鬱鬱陌上桑,皎皎雲間月。非無巧笑姿,皓齒爲誰發。_{曹植《雜詩》："誰爲發皓齒。"}

鬱鬱陌上桑,裊裊機頭絲。君行亦宜返,今夕是何時。

【朱批】

語皆凡近。

後　記

　　2004年6月，我以《〈玉臺新詠〉論稿》通過了博士學位論文答辯。畢業離校前，業師詹福瑞先生囑我拓展一下未來的研究方向。然而十幾年過去，兜兜轉轉，竟又回歸到《玉臺新詠》"衍生文獻"的整理研究中，真是慚愧。但詹先生並未責備，而是給予我最多的鼓勵，甚至寬容了我的拖延。書稿付梓之際，先生又於百忙之中撥冗賜序，仍舊鼓勵有加。回首來路，感慨萬千。忐忑于距離先生當初"做好"的期待尚遠，又有太多的感動充盈在記憶中。

　　我於版本目録校勘之學幾乎是從零起步，不自量力地踏入文獻整理的領地，步履蹣跚，幸得專家同好的幫助扶持，才得以完成了預定的計劃。我深知這本小書不足以回報大家的美意，但此時没有更好的方式表達感激，只好擇要臚列那些不能忘懷的人和事。

　　感謝王長華先生、張國星先生、胡大雷先生對課題申報的大力支持。感謝傅剛先生、杜澤遜先生針對底本及校勘所用版本的選取提出的寶貴建議，讓我少走了彎路。感謝匿名評審專家的中肯意見，為立項後的修改完善指明了方向。

　　難忘查閱文獻過程中的美好"遇見"。在國家圖書館善本閱覽室，趙前先生、張廷銀先生作為"地主"多次現場指導，使我受益匪淺。2013年暑假在國圖北海分館查書時，遇到多年未見的上海交大的許建平教授。許老師是我的學長、曾經的同事。那時為完成一個重大項目，他帶領課題組已經在京駐守多日。許老師建議我申報國家社科基金後期資助項目，隨後又熱心地向上海古籍出版社作了推薦。本課題翌年立項，竟首先得益於這次偶遇，不禁慨歎機緣的奇妙。而在上海圖書館意外發現未見著録的翁同龢過録本，在臺北"國家圖書館"突然悟得一部清抄本過録紀昀朱墨批語的取捨規律，那種怦然心動、興奮難抑的感覺也實在美妙。

　　由於課題的性質，異地訪書、文獻核驗是必須的工作，甚至可能是反覆多次的工作。多位師友的援助，為我節省了時間，提高了效率。在滬工作的好友劉雨婷、同鄉宗守雲教授，在需要覆核引文的關鍵時刻施以援手，化解了我欲再赴上圖又不便脫身的尷尬。在津的查洪德師兄、李思弦師妹費心聯絡，爲我到天津圖書館及天津師大圖書館尋訪藏本提供了很多方便。

河北師大文學院的同仁以各自專攻的術業，給了我無私的幫助。王京州教授是文獻學專業科班出身，我曾就校勘原則的確立、版本源流的梳理、階段性成果的提煉等具體問題隨時請益，獲取了許多建設性的提議。京州教授在赴臺進行學術交流的緊張行程中，還專門爲我複印了臺藏珍貴資料。即使移任暨大之後，仍然有求必應。曾智安教授以樂府學、桑宇紅教授以音韻學的專業建樹，匡我不逮；劉萬川博士嫻于書法篆刻，幫我辨識了不少印章及行草用字；陳斯懷博士博聞强記，見到與我課題有關的著述，總是第一時間相告……温暖的集體是我不敢言棄的堅實後盾。

我的幾届研究生對課題的完成也付出很多勞動。曉慶、史心、慧敏曾幫助録入底本，澤文、乾坤查核部分引文，米越、榮榮覆核了文津閣、文淵閣兩本《玉臺新詠考異》的異文，麗麗則校對了部分書稿。教學相長，也是一大幸事。

尤其幸運的是與上海古籍出版社的相遇。奚彤雲編審在課題立項前後做了大量細緻的指導工作。進入出版程序後，責編黄亞卓老師費力尤多。從版面的編排、校語的規範、引文的準確等諸多方面，多次溝通、指正，讓我受益良多，真切體會到何謂"工匠精神"。將古籍整理成果托付給"上古"，是不少學人的夢想。我感恩上天的眷顧，更感佩這些敬業又專業的良師的無私奉獻。

最後，還要感謝河北師大社科著作出版基金，默許我多年摸索，盤桓延宕。感謝家人無條件地支持我努力向學。課題的實際啟動始於2010年11月女兒海外求學之時，如今女兒的求學之路越走越遠，作爲留守家長，課題的完成既是擺脱空虚、失落、焦慮的精神慰藉，也是我與女兒一起成長的見證。至2017年11月接到全國哲學社會科學規劃辦的結項通知，課題斷斷續續已歷七年。加上在出版社打磨的近兩年，九年才交出這樣一份單薄的答卷，的確耗時太久。我當檢討自己的怠惰、愚笨，卻也慶幸充分品味了文獻整理工作的甘苦，享受着那麽多感動時刻帶給我的綿長回憶。

2019年8月9日於河北師大教師公寓

圖書在版編目(CIP)數據

《玉臺新詠校正》整理與研究／張蕾著. —上海：
上海古籍出版社,2019.9
　ISBN 978-7-5325-9343-9

Ⅰ. ①玉… Ⅱ. ①張… Ⅲ. ①古典詩歌—詩歌研究—中國 Ⅳ. ①I207.22

中國版本圖書館CIP數據核字(2019)第192167號

《玉臺新詠校正》整理與研究

張　蕾　著

上海古籍出版社出版發行

（上海瑞金二路272號　郵政編碼200020）

(1) 網址：www.guji.com.cn
(2) E-mail：guji1@guji.com.cn
(3) 易文網網址：www.ewen.co

上海商務聯西印刷有限公司印刷

開本787×1092　1/16　印張33.5　插頁4　字數583,000
2019年9月第1版　2019年9月第1次印刷
ISBN 978-7-5325-9343-9
I·3421　定價：118.00元

如有質量問題,請與承印公司聯繫